國家古籍整理出版專項經費資助項目

國家社會科學基金重大項目《漢魏六朝集部文獻集成》
（項目編號：13&ZD109）成果之一

國家社科基金青年項目"《文選》詩類題解文獻輯録與研究"
（項目編號：15CZW015）成果

《文選》文獻叢編

劉躍進 主編

《文選》詩類題解輯考

宋展雲 編著

鳳凰出版社

圖書在版編目（ＣＩＰ）數據

《文選》詩類題解輯考 / 宋展雲編著. -- 南京 ：
鳳凰出版社，2022.10
　（《文選》文獻叢編 / 劉躍進主編）
　ISBN 978-7-5506-3624-8

　Ⅰ．①文… Ⅱ．①宋… Ⅲ．①《文選》－古典文學研
究 Ⅳ．①I206.2

中國版本圖書館CIP數據核字(2022)第154453號

書　　　　　名	《文選》詩類題解輯考
編　　　　著	宋展雲
責 任 編 輯	尤丹丹
特 約 編 輯	杜錦瑞
裝 幀 設 計	陳貴子
出 版 發 行	鳳凰出版社(原江蘇古籍出版社)
	發行部電話025-83223462
出版社地址	江蘇省南京市中央路165號,郵編:210009
照　　　　排	南京凱建文化發展有限公司
印　　　　刷	南京凱德印刷有限公司
	江蘇省南京市江寧濱江開發區寶象路16號，郵編:210001
開　　　　本	880毫米×1230毫米　1/32
印　　　　張	17.625
字　　　　數	458千字
版　　　　次	2022年10月第1版
印　　　　次	2022年10月第1次印刷
標 準 書 號	ISBN 978-7-5506-3624-8
定　　　　價	198.00圓
	(本書凡印裝錯誤可向承印廠調換,電話:025-52603752)

總　序

　　漢魏六朝，是文學觀念不斷進步、文學體裁競相發展、文學理論初步成熟、文學作品大量涌現的重要時期，是唐宋文學繁榮的重要基礎，也是唐代以後文學在創新性發展、創造性轉化時尋找理論依據的重要源頭。這個時期，圖書按照四部分類的觀念和方法逐漸明晰起來。其中的集部，與近代以來的文學觀念相近，在魏晉以後得到長足發展。一些閥閱世家，甚至人人有集。《隋書·經籍志》中的著録，可謂洋洋大觀。

　　輯録、彙編漢魏六朝時期的集部文獻，明清以來成果卓著。張燮《七十二家集》、張溥《漢魏六朝百三家集》爲綜合性文獻整理成果。清代嚴可均以一己之力，取廣義之文，傾其半生心血，彙纂而成《全上古三代秦漢三國六朝文》。現代學者逯欽立編《先秦漢魏晉南北朝詩》，收録重點在詩。這幾部大書，至今依然是研究漢魏六朝文學不可或缺的重要文獻資料。然而，限於當時聞見和學術觀念，這些著作在整體性、系統性等方面還存在一些不盡如人意的地方。近百年來，敦煌遺書等出土文獻的面世以及域外漢籍的傳入，爲我們從全域視野出發，重新認識并系統整理漢魏六朝集部文獻提供了新的歷史契機。

　　在文獻資料積累不斷豐富和現代學科觀念日益發展的背景下，如何運用現代科學的研究方法與學術理論，重新整理與研究漢魏六朝集部文獻，確實是一個值得深入思考的問題。爲此，我們應當跳出狹隘的純文學研究路徑，更廣泛地關注政治文化背景；跳出中國原有的學術疆域，更密切地跟踪境外學術界的新資料、新方法、新成果；跳出理論與文獻孰重孰輕的無謂紛争，在文獻與理論并重的基礎上，强調文本細讀的重要性。在此基礎上，回歸傳統的經典著作，回歸主流的思想方法。

　　二〇一三年度國家社科基金重大項目《漢魏六朝集部文獻集成》

努力踐行這一理念,從五個方面開展研究:

第一是《文選》研究,華僑大學文學院徐華負責。核心成果是劉躍進編纂的《文選舊註輯存》。此外,還有徐華的《歷代選學文獻綜錄》,宋展雲的《〈文選〉詩類題解輯考》,黃燕平的《〈文選〉應用文體叙説》,趙建成的《李善〈文選注〉引書考録》,崔潔的《〈文選〉目録標注》,馬燕鑫的《〈文選〉音注輯考》,王瑋的《現當代〈文選〉研究論著分類目録索引》等,充分體現出《文選》作爲文學經典所蘊含的豐富内容。第二是《玉臺新詠》研究,北京大學傅剛負責,主體成果是《〈玉臺新詠〉校箋》。第三是先唐集部文獻叙録,廈門大學胡旭負責。主要成果是《先唐總集叙録》《先唐別集叙録》和《先唐詩文評叙録》三部著作。第四是漢魏六朝文集研究綜録,陝西師範大學楊曉斌負責。成果有楊曉斌主編的《漢魏六朝集部文獻研究著作提要》,蔡丹君的《陶淵明集文獻研究》等。第五是漢魏六朝文學批評文獻研究,中國社會科學院文學研究所孫少華負責。主要成果有孫少華的《漢魏六朝文學紀事》,梁臨川的《詩品疏證》等著作。

爲完整體現"集成"特色,課題組已獲得國家社科基金滚動經費的支持,正在組織學術團隊編纂這個項目的二期工程《漢魏六朝集部文獻叢刊》。這項工作具體由孫少華和劉明負責。

漢魏六朝集部文獻,浩如煙海。我們盡可能以不同形式、不同層次向學界呈其整體面貌,相信能對漢魏六朝文學史研究有所裨益。重大課題研究,是一個系統工程,需要全體參與人員通力合作,共同提高。通過這次重大課題的集體攻關,我們試圖探索出一條既有鮮明學術個性,又能呈現整體風貌的有效途徑。更重要的是,通過這種合作,各位同仁取長補短,精誠合作,開闊視野,增進友情,大家都受益匪淺。希望這套叢書的出版,能有力地推進漢魏六朝文學研究的深入。對此,我們充滿期待。

劉躍進

二〇一六年三月二十日

目　録

前　言 ……………………………………………………… 1

凡　例 ……………………………………………………… 1

《文選》卷十九 …………………………………………… 1

　補　亡 ………………………………………………… 1

　　補亡詩六首 …………………………………… 束廣微 1

　述　德 ………………………………………………… 4

　　述祖德詩二首 ………………………………… 謝靈運 4

　勸　勵 ………………………………………………… 9

　　諷諫一首 ……………………………………… 韋　孟 9

　　勵志一首 ……………………………………… 張茂先 11

《文選》卷二十 …………………………………………… 13

　獻　詩 ………………………………………………… 13

　　上責躬應詔詩表 ……………………………… 曹子建 13

　　責躬詩一首 …………………………………… 曹子建 15

　　應詔詩一首 …………………………………… 曹子建 16

　　關中詩一首 …………………………………… 潘安仁 17

　公　讌 ………………………………………………… 20

　　公讌詩一首 …………………………………… 曹子建 20

　　公讌詩一首 …………………………………… 王仲宣 21

　　公讌詩一首 …………………………………… 劉公幹 23

　　侍五官中郎將建章臺集詩一首 ……………… 應德璉 24

　　皇太子宴玄圃宣猷堂有令賦詩一首 ………… 陸士衡 26

大將軍宴會被命作詩一首 ·················· 陸士龍 28

晉武帝華林園集詩一首 ·················· 應吉甫 29

九日從宋公戲馬臺集送孔令詩一首 ·········· 謝宣遠 31

樂遊應詔詩一首 ························ 范蔚宗 33

九月從宋公戲馬臺集送孔令詩一首 ·········· 謝靈運 35

應詔讌曲水作詩一首 ···················· 顏延年 37

皇太子釋奠會作詩一首 ·················· 顏延年 39

侍宴樂遊苑送張徐州應詔詩一首 ············ 丘希範 41

應詔樂遊苑餞呂僧珍詩一首 ··············· 沈休文 43

祖　餞 ····························· 45

送應氏詩二首 ························· 曹子建 45

征西官屬送於陟陽候作詩一首 ·············· 孫子荆 48

金谷集作詩一首 ······················· 潘安仁 50

王撫軍庾西陽集別時爲豫章太守庾被徵還東一首 ··· 謝宣遠 52

鄰里相送方山詩一首 ···················· 謝靈運 54

新亭渚別范零陵詩一首 ·················· 謝玄暉 56

別范安成詩一首 ······················· 沈休文 57

《文選》卷二十一 ······················· 59

詠　史 ····························· 59

詠史詩一首 ·························· 王仲宣 59

三良詩一首 ·························· 曹子建 61

詠史詩八首 ·························· 左太沖 63

詠史一首 ··························· 張景陽 66

覽古詩一首 ·························· 盧子諒 68

張子房詩一首 ························· 謝宣遠 70

秋胡詩一首 ·························· 顏延年 73

五君詠五首 ·························· 顏延年 75

　　詠史一首 ························· 鮑明遠 78
　　詠霍將軍北伐一首 ··········· 虞子陽 80
　百　一 ······························ 81
　　百一詩一首 ····················· 應　璩 81
　遊　仙 ······························ 85
　　遊仙詩一首 ····················· 何敬宗 85
　　遊仙詩七首 ····················· 郭景純 86

《文選》卷二十二 ················· 90
　招　隱 ······························ 90
　　招隱詩二首 ····················· 左太沖 90
　　招隱詩一首 ····················· 陸士衡 93
　　反招隱詩一首 ·················· 王康琚 94
　遊　覽 ······························ 96
　　芙蓉池作一首 ·················· 魏文帝 96
　　南州桓公九井作一首 ········· 殷仲文 97
　　遊西池一首 ····················· 謝叔源 100
　　泛湖歸出樓中翫月一首 ······ 謝惠連 101
　　從遊京口北固應詔一首 ······ 謝靈運 102
　　晚出西射堂一首 ··············· 謝靈運 105
　　登池上樓一首 ·················· 謝靈運 106
　　遊南亭一首 ····················· 謝靈運 109
　　遊赤石進帆海一首 ············ 謝靈運 111
　　石壁精舍還湖中作一首 ······ 謝靈運 113
　　登石門最高頂一首 ············ 謝靈運 115
　　於南山往北山經湖中瞻眺一首 ·· 謝靈運 117
　　從斤竹澗越嶺溪行一首 ······ 謝靈運 119
　　應詔觀北湖田收一首 ········· 顏延年 120

車駕幸京口侍遊蒜山作一首 ……………… 顏延年 122

車駕幸京口三月三日侍遊曲阿後湖作一首 …… 顏延年 123

行藥至城東橋一首 ……………………… 鮑明遠 125

遊東田一首 …………………………… 謝玄暉 127

從冠軍建平王登廬山香爐峯一首 ………… 江文通 129

鍾山詩應西陽王教一首 ………………… 沈休文 130

宿東園一首 …………………………… 沈休文 132

遊沈道士館一首 ………………………… 沈休文 133

古意酬到長史溉登琅邪城詩一首 ………… 徐敬業 135

《文選》卷二十三 …………………………………… 138

詠　懷 ………………………………………… 138

詠懷詩十七首 ………………………… 阮嗣宗 138

秋懷一首 ……………………………… 謝惠連 142

臨終詩一首 …………………………… 歐陽堅石 144

哀　傷 ………………………………………… 145

幽憤詩一首 …………………………… 嵇叔夜 145

七哀詩一首 …………………………… 曹子建 147

七哀詩二首 …………………………… 王仲宣 149

七哀詩二首 …………………………… 張孟陽 152

悼亡詩三首 …………………………… 潘安仁 153

廬陵王墓下作一首 …………………… 謝靈運 156

拜陵廟作一首 ………………………… 顏延年 158

同謝諮議銅雀臺詩一首 ………………… 謝玄暉 160

出郡傳舍哭范僕射一首 ………………… 任彥升 162

贈　答 ………………………………………… 163

贈蔡子篤詩一首 ……………………… 王仲宣 163

贈士孫文始一首 ……………………… 王仲宣 165

贈文叔良一首 ………………………… 王仲宣　166

贈五官中郎將四首 …………………… 劉公幹　168

贈徐幹一首 …………………………… 劉公幹　170

贈從弟三首 …………………………… 劉公幹　172

《文選》卷二十四 …………………………………… 174

贈答二 ……………………………………………… 174

贈徐幹一首 …………………………… 曹子建　174

贈丁儀一首 …………………………… 曹子建　176

贈王粲一首 …………………………… 曹子建　178

又贈丁儀王粲一首 …………………… 曹子建　180

贈白馬王彪一首 ……………………… 曹子建　182

贈丁翼一首 …………………………… 曹子建　184

贈秀才入軍五首 ……………………… 嵇叔夜　185

贈山濤一首 …………………………… 司馬紹統　187

答何劭二首 …………………………… 張茂先　189

贈張華一首 …………………………… 何敬祖　191

贈馮文羆遷斥丘令一首 ……………… 陸士衡　192

答賈長淵一首 并序 …………………… 陸士衡　194

於承明作與士龍一首 ………………… 陸士衡　196

贈尚書郎顧彥先二首 ………………… 陸士衡　197

贈顧交阯公真一首 …………………… 陸士衡　199

贈從兄車騎一首 ……………………… 陸士衡　200

答張士然一首 ………………………… 陸士衡　202

爲顧彥先贈婦二首 …………………… 陸士衡　203

贈馮文羆一首 ………………………… 陸士衡　205

贈弟士龍一首 ………………………… 陸士衡　206

爲賈謐作贈陸機一首 ………………… 潘安仁　207

贈陸機出爲吳王郎中令一首 ……………………… 潘正叔 209

贈河陽一首 …………………………………………… 潘正叔 210

贈侍御史王元貺一首 ………………………………… 潘正叔 211

《文選》卷二十五 ………………………………………………… 213

　贈答三 …………………………………………………………… 213

贈何劭王濟一首 ……………………………………… 傅長虞 213

答傅咸一首 …………………………………………… 郭泰機 214

爲顧彦先贈婦二首 …………………………………… 陸士龍 216

答兄機一首 …………………………………………… 陸士龍 218

答張士然一首 ………………………………………… 陸士龍 219

答盧諶一首 并書 ……………………………………… 劉越石 220

重贈盧諶一首 ………………………………………… 劉越石 223

贈劉琨一首 并書 ……………………………………… 盧子諒 226

贈崔温一首 …………………………………………… 盧子諒 230

答魏子悌一首 ………………………………………… 盧子諒 231

答靈運一首 …………………………………………… 謝宣遠 233

於安城答靈運一首 …………………………………… 謝宣遠 234

西陵遇風獻康樂一首 ………………………………… 謝惠連 236

還舊園作見顏范二中書一首 ………………………… 謝靈運 238

登臨海嶠初發彊中作與從弟惠連見羊何共和之一首

………………………………………………………… 謝靈運 240

酬從弟惠連一首 ……………………………………… 謝靈運 242

《文選》卷二十六 ………………………………………………… 245

　贈答四 …………………………………………………………… 245

贈王太常一首 ………………………………………… 顏延年 245

夏夜呈從兄散騎車長沙一首 ………………………… 顏延年 246

直東宮答鄭尚書一首 ………………………… 顏延年 247

和謝監靈運一首 ………………………………… 顏延年 249

答顏延年一首 …………………………………… 王僧達 250

郡內高齋閑坐答呂法曹一首 …………………… 謝玄暉 251

在郡臥病呈沈尚書一首 ………………………… 謝玄暉 253

暫使下都夜發新林至京邑贈西府同僚一首 …… 謝玄暉 255

酬王晉安一首 …………………………………… 謝玄暉 257

奉答內兄希叔一首 ……………………………… 陸韓卿 259

贈張徐州稷一首 ………………………………… 范彥龍 261

古意贈王中書一首 ……………………………………… 262

贈郭桐廬出溪口見候余既未至郭仍進村維舟久之郭生

　方至一首 …………………………………… 任彥昇 263

行旅上 …………………………………………………… 265

河陽縣作二首 …………………………………… 潘安仁 265

在懷縣作二首 …………………………………… 潘安仁 266

迎大駕一首 ……………………………………… 潘正叔 268

赴洛二首 ………………………………………… 陸士衡 269

赴洛道中作二首 ………………………………… 陸士衡 271

吳王郎中時從梁陳作一首 ……………………… 陸士衡 273

始作鎮軍參軍經曲阿作一首 …………………… 陶淵明 274

辛丑歲七月赴假還江陵夜行塗口作一首 ……… 陶淵明 276

永初三年七月十六日之郡初發都一首 ………… 謝靈運 278

過始寧墅一首 …………………………………… 謝靈運 280

富春渚一首 ……………………………………… 謝靈運 282

七里瀨一首 ……………………………………… 謝靈運 284

登江中孤嶼一首 ………………………………… 謝靈運 285

初去郡一首 ……………………………………… 謝靈運 287

初發石首城一首 ………………………………… 謝靈運 290

　　　道路憶山中一首 ……………………………………… 謝靈運　292

　　　入彭蠡湖口一首 ……………………………………… 謝靈運　294

　　　入華子崗是麻源第三谷一首 ………………………… 謝靈運　295

《文選》卷二十七 …………………………………………………… 298

　行旅下 ……………………………………………………………… 298

　　　北使洛一首 …………………………………………… 顏延年　298

　　　還至梁城作一首 ……………………………………… 顏延年　300

　　　始安郡還都與張湘州登巴陵城樓作一首 …………… 顏延年　302

　　　還都道中作一首 ……………………………………… 鮑明遠　304

　　　之宣城出新林浦向版橋一首 ………………………… 謝玄暉　306

　　　敬亭山詩一首 ………………………………………… 謝玄暉　308

　　　休沐重還道中一首 …………………………………… 謝玄暉　309

　　　晚登三山還望京邑一首 ……………………………… 謝玄暉　311

　　　京路夜發一首 ………………………………………… 謝玄暉　312

　　　望荆山一首 …………………………………………… 江文通　314

　　　旦發漁浦潭一首 ……………………………………… 丘希範　315

　　　早發定山一句 ………………………………………… 沈休文　316

　　　新安江水至清淺深見底貽京邑遊好一首 …………… 沈休文　317

　軍　戎 ……………………………………………………………… 319

　　　從軍詩五首 …………………………………………… 王仲宣　319

　郊　廟 ……………………………………………………………… 323

　　　宋郊祀歌二首 ………………………………………… 顏延年　323

　樂府上 ……………………………………………………………… 324

　　　樂府三首 ……………………………………………… 古　　詞　324

　　　怨歌行一首 …………………………………………… 班婕妤　329

　　　樂府二首 ……………………………………………… 魏武帝　331

　　　樂府二首 ……………………………………………… 魏文帝　335

樂府詩四首 ················· 曹子建 338

王明君詞一首 并序 ··········· 石季倫 344

君子行 ·················· 古　詞 346

《文選》卷二十八 ·············· 348

　樂府下 ·················· 348

　　樂府詩十七首 ············ 陸士衡 348

　　樂府一首 ·············· 謝靈運 372

　　樂府八首 ·············· 鮑明遠 374

　　鼓吹曲一首 ············· 謝玄暉 390

　挽　歌 ·················· 391

　　挽歌詩一首 ············· 繆熙伯 392

　　挽歌詩三首 ············· 陸士衡 393

　　挽歌詩一首 ············· 陶淵明 395

　雜　歌 ·················· 396

　　歌一首 ··············· 荆　軻 396

　　歌一首 并序 ············ 漢高祖 398

　　扶風歌一首 ············· 劉越石 399

　　中山王孺子妾歌一首 ········ 陸韓卿 402

《文選》卷二十九 ·············· 404

　雜詩上 ·················· 404

　　古詩一十九首 ············ 404

　　與蘇武三首 ············· 李少卿 409

　　詩四首 ··············· 蘇子卿 411

　　四愁詩四首 ············· 張平子 414

　　雜詩一首 ·············· 王仲宣 416

　　雜詩一首 ·············· 劉公幹 417

雜詩二首 …………………………………… 魏文帝 418

朔風詩一首 ………………………………… 曹子建 420

雜詩六首 …………………………………… 曹子建 421

情詩一首 …………………………………… 曹子建 425

雜詩一首 …………………………………… 嵇叔夜 426

雜詩一首 …………………………………… 傅休奕 427

雜詩一首 …………………………………… 張茂先 429

情詩二首 …………………………………… 張茂先 430

園葵詩一首 ………………………………… 陸士衡 431

思友人詩一首 ……………………………… 曹顏遠 433

感舊詩一首 ………………………………… 曹顏遠 435

雜詩一首 …………………………………… 何敬祖 436

雜詩一首 …………………………………… 王正長 437

雜詩一首 …………………………………… 棗道彥 438

雜詩一首 …………………………………… 左太沖 440

雜詩一首 …………………………………… 張季鷹 441

雜詩十首 …………………………………… 張景陽 443

《文選》卷三十 ……………………………………… 448

　雜詩下 ……………………………………………… 448

時興詩一首 ………………………………… 盧子諒 448

雜詩二首 …………………………………… 陶淵明 449

詠貧士詩一首 ……………………………… 陶淵明 451

讀山海經詩一首 …………………………… 謝惠連 453

七月七日夜詠牛女一首 …………………… 謝惠連 454

搗衣一首 …………………………………… 謝惠連 456

南樓中望所遲客一首 ……………………… 謝靈運 457

田南樹園激流植援一首 …………………… 謝靈運 459

齋中讀書一首 ·················· 謝靈運 461

石門新營所住四面高山迴溪石瀨脩竹茂林詩一首

··················· 謝靈運 463

雜詩一首 ·················· 王景玄 464

數詩一首 ·················· 鮑明遠 466

翫月城西門解中一首 ·············· 鮑明遠 467

始出尚書省一首 ·············· 謝玄暉 468

直中書省一首 ·············· 謝玄暉 470

觀朝雨一首 ·················· 謝玄暉 471

郡內登望一首 ·············· 謝玄暉 473

和伏武昌登孫權故城一首 ·········· 謝玄暉 474

和王著作八公山一首 ·············· 謝玄暉 477

和徐都曹一首 ·············· 謝玄暉 478

和王主簿怨情一首 ·············· 謝玄暉 480

和謝宣城一首 ·············· 沈休文 481

應王中丞思遠詠月一首 ·········· 沈休文 482

冬節後至丞相第詣世子車中一首 ······ 沈休文 483

學省愁臥一首 ·············· 沈休文 485

詠湖中雁一首 ·············· 沈休文 486

三月三日率爾成篇一首 ·········· 沈休文 487

雜擬上 ···························· 488

擬古詩十二首 ·············· 陸士衡 488

擬四愁詩一首 ·············· 張夢陽 492

擬古詩一首 ·················· 陶淵明 493

擬魏太子鄴中集詩八首 ·········· 謝靈運 494

《文選》卷三十一 ··························· 499

雜擬下 ······························ 499

效曹子建樂府白馬篇一首 …………………… 袁陽源　499

效古一首 …………………………………………… 袁陽源　500

擬古二首 …………………………………………… 劉休玄　501

和琅邪王依古一首 ……………………………… 王僧達　503

擬古三首 …………………………………………… 鮑明遠　504

學劉公幹體一首 ………………………………… 鮑明遠　506

代君子有所思一首 ……………………………… 鮑明遠　507

效古一首 …………………………………………… 范彥龍　509

雜體詩三十首 ……………………………………………… 509

參考文獻 ……………………………………………………… 540

前　言

　　詩歌之作，本於人心，感物吟志，發諸筆端，抒寫性情。《詩》三百篇，四始彪炳，頗足涵詠；《離騷》之文，怫鬱頓挫，亦多興寄。漢魏之際，五言騰涌；詩人繼興，佳作迭起。《風》《雅》之道，由此不輟。風人旨趣，遂由民間歌謠質樸含蓄之詞，轉爲魏晉文士體兼雅怨之言；詩歌體式，由《詩》《騷》之體，變爲五言流調。比興寄托之情，温柔敦厚之致，得以延續不息。

　　所謂"選詩"，《文選》之詩也。"選詩"分爲二十三類，從束皙《補亡》到江淹《雜體》，始於繼蹤《風》《雅》之四言仿作，終於品藻淵流之五言詩體，其中對前代詩歌體制及詩教傳統承襲之意，足見《文選》編者之良苦用心。中國古代文藝作品通常在擬古之中尋求新變，《風》《騷》之後，"選體"已卓然可觀，江淹《雜體詩》三十首，正是對"選詩"經典名篇的回望與致敬。蘇李、曹劉、潘陸、陶潛、顏、鮑、謝等諸家之作，音調各殊，異彩紛呈。"選詩"體制多樣，類目繁多，内藴豐富。漢、魏、晉、宋、齊、梁，六代名作，大多入《選》，其情韻深厚，動人心魄。何爲六代詩韻？或是沈休文筆下的臨别一樽酒，或是陶淵明偃卧東籬下的陶然松菊，或是阮籍《詠懷詩》"徘徊將何見，憂思獨傷心"的彷徨無助，或是《古詩十九首》"不惜歌者苦，但傷知音稀"的千古慨嘆……回首過往，亦是《詩經》中"知我者謂我心憂，不知我者謂我何求"的千古人情。蘇李體、正始體、陶彭澤體等，共同構成"選體"之枝葉。然而，詩者豈可爲體式所縛？詩人惟才所安，異代而有别調。於是乎，有"正體"與"變體"。左思借詠史以言志，孫楚贈别之際而談玄，郭璞遊仙之製，文多自叙。有"漢音"，有"魏響"，有正始之音，也有太康文采，亦有江左風流。時運更迭，質文代變，雲蒸霞蔚，令人應接不暇。

　　如何走進中古詩歌，對話"選詩"中的詩與人？題解，是打開詩歌意旨的門鎖、貼近詩人心扉的鑰匙。"選詩"題解内容豐富，舉凡文獻徵引（歷代史書、文士傳、方志等）、詩作釋義（釋類目、辨體式、明題旨之類）、條目考辨（篇題、篇次、地理、職官、作年等）之類，皆切中題旨，可資參證。歷代題解中，透過"尋詩之意""故作此詩"等語，讀者可尋覓詩人拳拳深情，探尋風人深致，希冀在類似《詩序》傳統中，重塑中國古典詩歌的現實諷諫功用及比興寄托之意趣。

　　縱觀歷代《文選》詩類題解文獻，其中關於篇題、作年、意旨等問題之討論，以及對先唐別集文獻的援引與論述，對於考察唐前別集文本形態、加深作品理解，頗有裨益。其中，經典篇目訓解、主旨闡釋存在分歧與爭議，這對於探究中國詩歌詮釋特色的繼承與演變，具有參考意義及研究價值。通過"選詩"題解，可以由此探求歷史真意，洞察千古人情，也可繞到文獻記載背後，尋繹中國古典詩歌的抒情言志傳統，進而重建"風人之旨"。"選詩"題解，可以帶領讀者回到特定的空間和時間中，去探尋詩人創作的歷史坐標，通過篇題、主旨、意趣等問題，建構多元的作品闡釋路徑，走進更爲豐富的詩人内心與讀者世界。

　　由此，筆者爬梳整理，綴成此編。疏漏之處，或存其間；掛一漏萬，在所難免。爲學之士，倘佯其中，覽閱斯編，亦可明心見志，進德修業。月明之夜，風雨之日，展卷讀之，或可搖蕩性情，頤養心志。《風》《雅》之道，粲然可观矣！

　　　　　　　　　　　　　辛丑年九月宋展雲序於邗上靜寄軒

凡　例

　　本書研究對象爲《文選》所録 430 多篇漢魏六朝時期的詩歌作品，并以"選詩"題解爲中心進行整理與研究。所謂題解，主要是指每篇作品之前，有關作者小傳，揭示作品寫作年代、背景及内容主旨的文字。其淵源可追溯至《詩序》、王逸《楚辭注》等。兩晉南北朝時期，文章總集日益增多，《文章志》《文士傳》之類著作中有不少題解性質的文字，後世文章總集及詩話著作延續此傳統，也有不少"選詩"題解文獻。基於上述史料背景，本書梳理《文選》詩歌作品的主旨、本事及歷代演變史，整理并研究的對象主要有三部分："選詩"李善、五臣注等相關題解，"選詩"研究專著中的題解，歷代詩話中的相關題解。本書對《文選》第十九卷至第三十一卷中的詩歌部分的相關題解文獻加以整理并考辨。

　　一、本書每篇"選詩"下分爲六臣注、本事、繫年、集説、按語五個部分：

　　（一）六臣注，即"選詩"李善、五臣題解輯録。先收録詩作原文，原文以宋刻尤袤本李善注《文選》爲基礎。隨後輯録李善、五臣題解。李善、五臣題解文獻主要有《文選》注解中的作者注及題下注兩種，篇中偶爾也有題解文字。題解方式爲引書或自注，以此訓題義、釋文意、闡明作者寫作意圖等。版本以尤袤本李善注《文選》及陳八郎本五臣注《文選》爲基礎，個別異文參照諸本加以考訂。此外，敦煌本《文選》注、《文選集注》中的《文選鈔》、陸善經注的作者及題下注等具有題解性質的材料也一并收入。

　　（二）本事，即"選詩"本事資料輯録。所謂"本事"，是指每篇作品相關史事背景材料。主要集中在作家本傳、《世説新語》等筆記小説、各種類書所引等。清代余蕭客著有《文選紀聞》，其中録有一些本事材料，但流於散漫寬泛。輯録"選詩"本事材料，可與李善、五臣注所引題解文獻相互補正。

（三）繫年，即"選詩"作品繫年。上述李善、五臣題解以及"選詩"本事資料中有些涉及作品寫作年代。與此同時，充分吸收現代學者研究成果。如陸侃如《中古文學繫年》，曹道衡《中古文學史料叢考》，曹道衡、劉躍進《南北朝文學編年史》，劉躍進、范子燁編《六朝作家年譜輯要》，韓暉《〈文選〉編輯及作品繫年考證》等。先録史料，并對後世成果擇善而存。

（四）集説，即"選詩"相關題解文獻輯録。對"選詩"研究著作以及歷代詩話中的題解資料進行整理，選取其中疏通詩意、解説題旨、斷定作年等材料，對於偏重藝術分析的内容則不予收録。彙集的諸説主要有曾原一《選詩演義》、方回《文選顏鮑謝詩評》、劉履《選詩補注》、吳淇《六朝選詩定論》、何焯《義門讀書記》、梁章鉅《文選旁證》等。歷代詩話中有關"選詩"題解文獻也加以輯録。主要有鍾嶸《詩品》、葛立方《韻語陽秋》、陳祚明《采菽堂古詩選》、沈德潛《古詩源》、張玉穀《古詩賞析》等。"集説"中引六臣注原文，若和六臣注有别，且出現訛誤，則依據六臣注改之。如因版本不同而字形有異，則保留原貌。如尤袤本"謝朓"作"謝脁"，本書"集説"中文字有作"謝脁"者，則保留原字不改。

（五）按語。分析比較上述題解文獻，對"選詩"各篇寫作年代、創作背景、篇章主旨等詳加按語，辨證是非，闡明己見。

二、本書用字規範問題。原文及注文中出現的舊字形、俗字改，異體字一般不改。

三、關於文中注釋格式。書中隨文出現徵引相關論著及論文，皆以頁下腳注形式簡明注出，具體出版信息，可參見本書書後所附"參考文獻"。

四、引文處理辦法説明。其一，引文錯誤。底本原有明顯訛誤，在正文中徑改，不作詳細説明。其二，引文版本有異。如"集説"等部分中提及詩句、史料、六臣注等引文與本書所據底本不同，皆遵照詩評家原書，不改。"按語"部分，多引今人論者，所引引文亦據原書，不加改動。

《文選》卷十九

補　亡

補亡詩六首四言 并序

善曰:《補亡詩序》曰:皙與司業疇人肄脩鄉飲之禮,然所詠之詩,或有義無辭,音樂取節,闕而不備。於是遙想既往,存思在昔,補著其文,以綴舊制。

束廣微

善曰:王隱《晉書》曰:束皙,字廣微,平陽陽干人也。父惠,馮翊太守;兄璩,與皙齊名。嘗覽古詩,惜其不備,故作詩以補之。賈謐請爲著作郎。

翰曰:王隱《晉書》曰:束皙,字廣微,陽平人也。賈謐請爲著作。嘗覽周成王詩,有其義,亡其辭。惜其不備,故作辭以補之。

《南陔》,孝子相戒以養也。

循彼南陔,言采其蘭。眷戀庭闈,心不遑安。彼居之子,罔或游盤。馨爾夕膳,絜爾晨餐。循彼南陔,厥草油油。彼居之子,色思其柔。眷戀庭闈,心不遑留。馨爾夕膳,絜爾晨羞。有獺有獺,在河之涘。凌波赴汨,噬魴捕鯉。嗷嗷林烏,受哺于子。養隆敬薄,惟禽之似。勖增爾虔,以介丕祉。

《白華》,孝子之絜白也。

白華朱萼,被于幽薄。粲粲門子,如磨如錯。終晨三省,匪惰其恪。白華絳趺,在陵之陬。蔪蔪士子,涅而不渝。竭誠盡敬,亹亹忘劬。白華玄足,在丘之曲。堂堂處子,無營無欲。鮮伻晨葩,莫之點辱。

《華黍》,時和歲豐,宜黍稷也。

黮黮重雲,輯輯和風。黍華陵巔,麥秀丘中。靡田不播,九穀斯豐。奕奕玄霄,濛濛甘霤。黍發稠華,亦挺其秀。靡田不殖,九穀斯茂。無高不播,無下不殖。芒芒其稼,參參其穡。稽我王委,充我民食。玉燭陽明,顯猷翼翼。

《由庚》,萬物得由其道也。

蕩蕩夷庚,物則由之。蠢蠢庶類,王亦柔之。道之既由,化之既柔。木以秋零,草以春抽。獸在于草,魚躍順流。四時遞謝,八風代扇。纖阿案晷,星變其躔。五是不逆,六氣無易。愔愔我王,紹文之跡。

《崇丘》,萬物得極其高大也。

瞻彼崇丘,其林藹藹。植物斯高,動類斯大。周風既洽,王猷允泰。漫漫方輿,回回洪覆。何類不繁,何生不茂。物極其性,人永其壽。恢恢大圓,芒芒九壤。資生仰化,于何不養。人無道夭,物極則長。

《由儀》,萬物之生,各得其儀也。

肅肅君子,由儀率性。明明后辟,仁以爲政。魚游清沼,鳥萃平林。濯鱗鼓翼,振振其音。賓寫爾誠,主竭其心。時之和矣,何思何脩。文化內輯,武功外悠。

【本事】

《毛詩序》:《南陔》,孝子相戒以養也。《白華》,孝子之潔白也。《華黍》,時和歲豐,宜黍稷也。有其義,而亡其辭。……《由庚》,萬物得由其道也。《崇丘》,萬物得極其高大也。《由儀》,萬物之生各得其宜也。有其義,而亡其辭。

陸德明《經典釋文》:蓋武王之時,周公制禮,用爲樂章,吹笙以播其曲。故稱之謂"笙詩",亦稱"六笙詩"。

【繫年】

此詩可能作於束皙爲著作郎時,即元康七年(297)到元康九年(299)期間。陸侃如《中古文學繫年》認爲,束皙爲著作郎在元康七年(297)。① 元康九年(299),遷尚書郎。永康元年(300),趙王倫爲相國,請爲記室。皙辭疾罷歸,教授門徒。

【集説】

朱彝尊《經義考》卷二百七十四:董説曰:"廣微《補亡》不過規摹二雅,傅會小序,於古笙詩之理未有當也。"

吳淇《六朝選詩定論》卷八:至於束皙《補亡》六詩,能於六經蕩亡之餘,重脩雅道,至今燕禮及鄉飲酒禮用之不廢,而其辭遂與《鹿鳴》等詩並傳不朽,以持已崩之禮、已壞之樂,其關於世道人心者尤鉅。《文選》取之弁六代詩人之首,良有以也。

何焯《義門讀書記》卷四十六:首之以《補亡詩》編集,欲以繼三百篇之緒,非苟然而已也。

【按語】

此詩附會小序而成,純爲晉人語。何焯曰:"欲以繼三百篇之緒,非苟然而已也。"其説可從。此亦可見蕭統編纂《文選》用心之處。西

---

① 參見陸侃如《中古文學繫年》,第768—778頁。

晉時期,夏侯湛亦作有《補亡詩》,可謂一時風尚。《世説新語·文學》:"夏侯湛作《周詩》成,示潘安仁。安仁曰:'此非徒温雅,乃別見孝悌之性。'潘因此遂作《家風詩》。"劉孝標注引《文士傳》:"湛《集》載其《叙》曰:《周詩》者,《南陔》《白華》《華黍》《由庚》《崇丘》《由儀》六篇,有其義而亡其辭。湛續其亡,故云《周詩》也。"

述　　德

述祖德詩二首五言

善曰:《陳郡謝録》曰:玄字幼度,領徐州牧。符(苻)堅傾國大出,玄爲前鋒,射傷符(苻)堅,臨陣殺符(苻)融,封康樂公。靈運《述祖德詩序》曰:太元中,王父龕定淮南,負荷世業,尊主隆人。逮賢相徂謝,君子道消,拂衣蕃岳,考卜東山,事同樂生之時,志期范蠡之舉。

謝靈運

敦煌本佚名注:爲敗苻堅等,故作此詩。丘淵之《新集録》曰:"靈運,陳郡陽夏人。祖玄,車騎將軍。父漁,秘書監。靈運歷秘書監、侍中、臨川内史,伏誅。"謝靈運,字靈運,陳郡陽夏人,小名客兒。晉世以仕,至宋時爲侍中。初爲永嘉太守,非其意,乃歸會稽。會稽太守孟顗譖之反,運乃馳入京自理得免。乃遷之爲臨川内史,秩中二千石。於臨川取晉之疏從子弟養之,意欲興晉。後事發,徙居廣州,於廣州犯事被殺。其人性好急躁粗疏,曾謂孟顗云:"君生天在運前,若作佛在運後。"顗問何謂,運對曰:"丈人蔬食好善,故生天在前。作佛須智慧,丈人故在運後。"因此孟顗遂致恨之。孟顗是運之丈人。靈運作詩,意述其祖德。其祖玄,有功於晉。曾祖安,亦有功於晉世。父名奐,本作血,一人。

善曰:沈約《宋書》曰:謝靈運,陳郡人也。博覽群書,文章之美,江左莫逮。初辟琅邪王大司馬行參軍,後爲臨川郡守。爲有司所糾,

徒付廣州。遂令趙欽等要合鄉里健兒，於三江口篡取謝，要不及，有
司奏依法收罰，詔於廣州行棄市刑。

銑曰：沈約《宋書》云：謝靈運，陳郡人也。博覽羣書，文章之美，
江左莫及。初爲琅邪王大司馬行參軍，後爲臨川郡太守，述其祖謝
安、謝玄之德。後爲有司所糾，徙廣州，有詔斬於廣州市。

達人貴自我，高情屬天雲。兼抱濟物性，而不纓垢氛。段生蕃魏
國，展季救魯人。弦高犒晉師，仲連却秦軍。臨組乍不緤，對珪寧肯
分。惠物辭所賞，勵志故絶人。苕苕歷千載，遥遥播清塵。清塵竟誰
嗣，明哲時經綸。委講綴道論，改服康世屯。屯難既云康，尊主隆斯
民。（其一）

中原昔喪亂，喪亂豈解已。崩騰永嘉末，逼迫太元始。河外無反
正，江介有蹊圮。萬邦咸震懾，横流賴君子。拯溺由道情，龕暴資神
理。秦趙欣來蘇，燕魏遲文軌。賢相謝世運，遠圖因事止。高揖七洲
外，拂衣五湖裏。隨山疏濬潭，傍巖藝枌梓。遺情舍塵物，貞觀丘壑
美。（其二）

【本事】
　　見該詩題下李善注引謝靈運《述祖德詩序》。又，方回《文選顏鮑
謝詩評》注引史事可參。

【繫年】
　　顧紹柏《謝靈運集校注》繫於宋少帝景平元年（423）秋，謝靈運第
一次隱居故鄉始寧時。①

————————
① 參見顧紹柏《謝靈運集校注》，第154頁。

【集説】

其一

曾原一《選詩演義》卷下：利登曰：“達人”指謝安、謝玄。言循之“高屬及天雲”，雖有濟世之志，而實有超世之心。段生四人，皆有心濟物而無心富貴，以此證安、玄也。“委講輟道論”者，言其本心論道歸隱，安則高卧東山，玄則從王羲之隱於會稽山，後改其隱服，出康世難，世難既康，惟尊主隆民而已，富貴所不有也。靈運借其祖之所行，以證己之無心富貴。時宋帝有疑，故借此自明，又不欲直其説，但微寓此意而已。

方回《文選顔鮑謝詩評》卷一：靈運之意，似謂乃祖功大賞薄，立此高論。太元八年十一月，謝玄破苻堅，謝石爲大都督，玄爲前鋒都督，蓋神帥也。劉牢之、謝琰，功亦亞玄。明年二月，桓沖卒，朝議欲以玄爲荆、江二州刺史。謝安自以父子名位太盛，又懼桓氏失職怨望，乃以桓石民爲荆州，桓石虔爲豫州，桓伊爲江州，而玄亦爲徐、兗二州刺史。晉之州刺史如漢之州牧，而帶都督軍事，統十數郡，猶近世制置使、宣撫使，而權尤重，可以自殺郡守，入則爲相，位不輕也。靈運此詩，似是虛言。

劉履《選詩補注》卷六：靈運欲稱述祖德，先言古者賢達之人，貴自我而不繫於物，故其高情屬天，雖有濟物之功，不受爵賞。所以迥異於人，歷千載而莫及。惟我祖車騎，既明且哲，素抱經綸之才。一聞徵詔，即委輟朋好講論之務，更著戎服，以匡世難。尊主而隆民，爲能繼嗣昔人之清塵也。

吳淇《六朝選詩定論》卷十四：曰“祖德”，是表玄德，非頌玄功也。玄功詳載晉史，無容贊。靈運恐後人因功而掩其德，故作此詩。

其二

曾原一《選詩演義》卷下：利登曰：方晉懷、愍時，據天下之全可以反正，猶不能之，今偏居江介，況復迫狹，屢有圮壞，而欲遏其奔放橫流，他人皆振慑，惟君子獨能之。蓋拯溺斯民，非道情不能，然徒有其志，苟無神略，則暴亦未易戡也。惟安於道情之中，有此神略，故能成此功。使秦趙燕魏之人皆恨文軌會同之遲，不幸安謝去世運而死，而宏遠之圖因此而遂止。大抵安之功雖足以濟時，而安之心本遺富貴外物，惟樂山水之興，見夫丘壑之美而已。靈運亦借其祖以自明也。

方回《文選顏鮑謝詩評》卷一：太元九年八月，謝太保安奏請乘苻氏傾敗，開拓中原，以徐、兗二州刺史謝玄爲前鋒都督，率豫州刺史桓石虔等伐秦。玄至下邳，秦徐州刺史趙遷棄彭城走，玄進據彭城。九月，彭城内史劉牢之進據鄄城，河南城堡皆來歸附。太保安自求北征，加都督揚、江等十五州諸軍事。玄遣晉陵太守滕恬之渡江，據黎陽。朝廷以兗、青、司、豫既平，加玄都督徐、兗、青、司、冀、幽、并七州諸軍事。十二月，劉牢之據碻磝、滑臺，苻丕請救。玄遣牢之以兵二萬救鄴，饋米二千斛。十年四月，牢之爲慕容垂所敗，自鄴征還。會稽王道子好專權，與太保安有隙。安出鎮廣陵避之，築新城。八月，以疾還建康，卒。道子以司徒琅邪王領揚州刺史，録尚書，都督中外諸軍事。尚書令謝石爲衛將軍。十一年三月，黎陽翟遼、太山張願叛玄，還淮陰。十二年正月，以朱序爲青、兗二州刺史，代玄鎮彭城，序求鎮淮陰，以玄爲會稽内史。十三年正月，康樂獻武公謝玄卒。十二月，南康襄公謝石卒。靈運第二詩，蓋專賦此事本末。

"賢相謝世運"，謂安之殁也。"遠圖因事止"，謂琅邪王道子與安不協也，然亦孝武以昏主嗜酒色，無遠略，委事道子。此所以當中原潰亂可乘之機，以謝安爲相，玄、石、牢之爲將，而無所成也。靈運詩但稱乃祖高蹈之節，恐非康公本心也。《文選》注"高揖七州外"，謂舜分天下爲十二州。時晉有七州，故云七州，予獨謂不然，指康樂所解徐、兗、青、司、冀、幽、并七州都督耳，謂晉有七州，而高揖於其外，則不復居晉之土耶？非也。道子解玄七州都督而爲會稽内史，釋兵柄於内郡,自是左遷。然玄亦嘗疾篤,詔還京口。玄不以爲怨,而靈運微有怨辭,蓋以己之不得朝柄爲望耳。

劉履《選詩補注》卷六:此篇言自劉聰、石勒作釁於永嘉之末,至苻堅侵迫於太元之始,中原喪亂無時解息。且河外既没於秦,而江淮之地,又日摧陷於時,中外莫不震懼。所賴吾祖大破秦兵於淝上,得免横流之禍。其後司、豫、兗、青諸州,漸次削平,拯溺戡暴,使近者悦,遠者慕,其功大矣。夫何太傅在朝,稍被讒間,又與會稽王道子有隙,遂出鎮廣陵,尋以疾薨。時既若此,則雖有宏遠之圖,已可因事而止。於是拂衣蕃鎮,歸隱東山,遺棄世榮,日以遊觀爲樂,可謂功成身退,志同范蠡者矣。

吴淇《六朝選詩定論》卷十四:劉辰翁曰:"後詩專美謝安,蓋安當時高卧東山,是有道情神理者。"此言大謬。蓋前章"明哲"、後章"君子"皆指玄,"賢相"方指安。試觀其語意仍是以玄爲主。王元美曰:"安石没後,晉事不可爲矣,玄所以拂衣而去。"是爲得之。蓋謝氏之功,莫大於破苻堅,然破堅者安也,玄因安成事者也。此際最難立言,言之則没其功,不言則没其實。此詩之妙,自前章及後章之半,并不及安,至末乃出"賢相"云云。其意以淝水之戰,當堅者玄也。玄實有破堅之才,使得行其志者安也。安既没,事方不可爲耳。此所謂不没其功,亦不没其實也。尤妙在稱安爲"賢相",蓋以《采薇》頌玄,而别歸《天保》於安矣。

【按語】

其一

方回指出"功大賞薄",不妥,雖結合史實,但與詩作題旨有違。吴淇認爲"是表玄德",其説可從。

其二

曾原一注引利登"靈運借其祖以自明",指明謝靈運詩作内蘊。

又,方回以爲"靈運微有怨辭,蓋以己之不得朝柄爲望耳",此詩借述祖德彰顯其不滿現實,道出謝靈運詩作之内在寄托。本詩"高揖七洲外,拂衣五湖裏"一句,李善注引謝靈運《山居賦注》:"便求解駕東歸,以避君側之亂。"正是謝靈運之内心寫照。

勸　勵

敦煌本佚名注：勸勵,謂勸勵取用賢相意也。

善曰:勸者,進善之名。勵者,勖己之稱。

諷諫一首四言并序

韋　孟

敦煌本佚名注:韋孟,彭城人,漢玄成五世祖。

善曰:《漢書》曰:韋賢,魯國鄒人也。其先韋孟,家本彭城,爲楚元王傅。

銑曰:《漢書》曰:韋孟,彭城人也。爲楚元王傅也。

孟爲元王傅,傅子夷王及孫王戊。戊荒淫不遵道,作詩諷諫曰:

肅肅我祖,國自豕韋。黼衣朱黻,四牡龍旂。彤弓斯征,撫寧遐荒。揔齊群邦,以翼大商。迭彼大彭,勳績惟光。至于有周,歷世會同。王赧聽譖,實絶我邦。我邦既絶,厥政斯逸。賞罰之行,非繇王室。庶尹群后,靡扶靡衛。五服崩離,宗周以墜。我祖斯微,遷于彭城。在予小子,勤唉厥生。阨此嫚秦,耒耜斯耕。悠悠嫚秦,上天不寧。乃眷南顧,授漢于京。於赫有漢,四方是征。靡適不懷,萬國攸平。乃命厥弟,建侯于楚。俾我小臣,惟傅是輔。矜矜元王,恭儉靜一。惠此黎民,納彼輔弼。享國漸世,垂烈于後。乃及夷王,克奉厥緒。咨命不永,惟王統祀。左右陪臣,斯惟皇士。如何我王,不思守保。不惟履冰，以繼祖考。邦事是廢，逸游是娛。犬馬悠悠，是放是驅。務此鳥獸，忽此稼苗。蒸民以匱，我王以偷。所弘匪德，所親匪俊。唯囿是恢，唯諛是信。瑜瑜諂夫，謂謂黃髮。如何我王，曾不是察。既藐下臣，追欲縱逸。嫚彼顯祖，輕此削黜。

嗟嗟我王，漢之睦親。曾不夙夜，以休令聞。穆穆天子，照臨下土。明明群司，執憲靡顧。正遐由近，殆其茲怙。嗟嗟我王，曷不斯思。匪思匪監，嗣其罔則。彌彌其逸，岌岌其國。致冰匪霜，致墜匪嫚。瞻惟我王，時靡不練。興國救顛，執違悔過。追思黃髮，秦繆以霸。歲月其徂，年其逮耇。於赫君子，庶顯於後。我王如何，曾不斯覽。黃髮不近，胡不時鑒！

【本事】

《漢書·韋賢傳》：韋賢，字長孺，魯國鄒人也。其先韋孟，家本彭城，為楚元王傅，傅子夷王及孫王戊。戊荒淫不遵道，孟作詩諷諫。後遂去位，徙家於鄒，又作一篇（《在鄒詩》）。……孟卒於鄒，或曰其子孫好事，述先人之志而作是詩也。

【繫年】

據《漢書·諸侯王表》，劉戊從嗣位到謀反被誅在漢文帝前元六年（前 174）至漢景帝前元三年（前 154）間。劉躍進《秦漢文學編年史》將此詩繫於漢景帝前元二年（前 155），其說大體可從。

【集說】

劉勰《文心雕龍·明詩》：漢初四言，韋孟首唱，匡諫之義，繼軌周人。

魏慶之《詩人玉屑》卷二：四言起於漢楚王傅韋孟。

謝榛《四溟詩話》卷一：韋孟《諷諫詩》，乃四言長篇之祖，忠鯁有餘，溫厚不足。太白《雪讒》詩百憂章，去韋孟遠矣。

何焯《義門讀書記》卷四十六：家父、凡伯之流。

【按語】

本詩收入《漢書·韋賢傳》，"或曰其子孫好事，述先人之志而作是詩也"。詩作是否爲其子孫所作，難以考證。該詩詩序"孟爲楚元王傅，傅子夷王及孫王戊。戊荒淫不遵道，作詩諷諫"，同於本傳所載。詩句中直陳"興國就顛，孰違悔過"，詞意直露迫切，正如謝榛所言"忠鯁有餘，溫厚不足"。何焯所言"家父、凡伯之流"，"家父"指《詩經·小雅·節南山》的作者，"凡伯"指《詩經·大雅·板》的作者，以此指代這兩首詩，二詩均爲諷諫之作，"匡諫之義，繼軌周人"，於此可見。

勵志一首四言

善曰：《廣雅》曰：勵，勸也。此詩茂先自勸勤學。

銑曰：勵，勉也。謂勉志以脩德業。

張茂先

敦煌本佚名注：此茂先自勵勸勤學。

大儀斡運，天迴地遊。四氣鱗次，寒暑環周。星火既夕，忽焉素秋。凉風振落，熠耀宵流。吉士思秋，實感物化。日與月與，荏苒代謝。逝者如斯，曾無日夜。嗟爾庶士，胡寧自舍？仁道不遐，德輶如羽。求焉斯至，衆鮮克舉。大猷玄漠，將抽厥緒。先民有作，貽我高矩。雖有淑姿，放心縱逸。田般于游，居多暇日。如彼梓材，弗勤丹漆。雖勞朴斲，終負素質。養由矯矢，獸號于林。蒲盧縈繳，神感飛禽。末伎之妙，動物應心。研精躭道，安有幽深？安心恬蕩，棲志浮雲。如彼南畝，力未既勤。薆菱致功，必有豐殷。水積成淵，載瀾載清。土積成山，歊蒸鬱冥。山不讓塵，川不辭盈。勉爾含弘，以隆德聲。高以下基，洪由纖起。川廣自源，成人在

始。累微以著，乃物之理。緪牽之長，實累千里。復禮終朝，天下歸
仁。若金受礪，若泥在鈞。進德脩業，暉光日新。隰朋仰慕，予亦
何人？

【本事】

《晉書·張華傳》：惠帝即位，以華爲太子少傅，與王戎、裴楷、和
嶠俱以德望爲楊駿所忌，皆不與朝政。

【繫年】

此詩可能作於晉惠帝永熙元年(290)，張華任太子少傅時。

【集説】

劉履《選詩補注》卷三：茂先志欲及時進德脩業，故賦此詩以自勵
而并以勉人。……愚謂漢、魏以下諸詩，未有如茂先此篇能以聖賢之
學自勵其志者，且"逝者如斯"一語，程子謂自漢以來儒者皆不識此
義，今茂先獨得聖人之旨，則其知識超詣，有非淺學之士可得而擬者
焉。厥後茂先負臺輔之望，立朝盡忠，臨危不屈，而信史以令德稱之，
豈非力學之驗歟？

何焯《義門讀書記》卷四十六：漢末東北之士爲學最盛，張公此詩
居然有端緒可尋。張公詩惟此一篇，餘皆女郎詩也。

【按語】

李善注以爲張華"自勸勤學"，劉履以爲"自勵而并以勉人"，劉説
可從。此詩可能作於張華爲太子少傅時，自勵并勸勉太子勤學而作。

獻　詩

上責躬應詔詩表

善曰：《魏志》曰：黄初四年，植朝京都，上疏并獻詩二首。

曹子建

敦煌本佚名注：曹子建名植，武帝時依銅雀臺詩門司馬門禁。於時，御史大夫中謁者灌均奏之，遂不在。後文帝即位，念其舊事，乃封臨淄侯，又爲鄄城侯，唯與老臣廿許人，後太后適追之。入朝至關，乃將單馬輕向清河公主家求見，帝使人逆之不得，恐其自死。後至，帝置之西館，未許之朝，故遣獻此詩。太后謂皇后、清河公主遣之。

翰曰：植嘗與楊脩、應瑒等飲酒醉，走馬於司禁門。文帝即位，念其舊事，徙封鄄城侯。後求見帝，帝責之，置西館，未許朝，故子建獻此詩也。

臣植言：臣自抱釁歸藩，刻肌刻骨，追思罪戾，晝分而食，夜分而寢。誠以天網不可重罹，聖恩難可再恃，竊感《相鼠》之篇，無禮遄死之義，形影相弔，五情愧赧。以罪棄生，則違古賢夕改之勸；忍垢苟全，則犯詩人胡顔之譏。伏惟陛下，德象天地，恩隆父母，施暢春風，澤如時雨。是以不别荆棘者，慶雲之惠也；七子均養者，鳲鳩之仁也；舍罪責功者，明君之舉也；矜愚愛能者，慈父之恩也。是以愚臣徘徊於恩澤，而不敢自棄者也。前奉詔書，臣等絶朝，心離志絶。自分黄耇，永無執珪之望。不圖聖詔，猥垂齒召。至止之日，馳心輦轂，僻處西館,未奉闕庭,踴躍之懷,瞻望反側,不勝犬馬戀主之情。謹拜表,并獻詩二篇。詞旨淺末,不足采覽,貴露下情,冒顏以聞。臣植誠惶誠恐,頓首頓首,死罪死罪。

【本事】

《三國志·魏書·陳思王傳》:四年,徙封雍丘王。其年,朝京都,上疏曰……

《三國志·魏書·陳思王傳》裴松之注引《魏略》:初植未到關,自念有過,宜當謝帝。乃留其從官著關東,單將兩三人微行,入見清河長公主,欲因主謝。而關吏以聞,帝使人逆之,不得見。太后以爲自殺也,對帝泣。會植科頭負鈇鑕,徒跣詣闕下,帝及太后乃喜。及見之,帝猶嚴顏色,不與語,又不使冠履。植伏地泣涕,太后爲不樂。詔乃聽復王服。

《文選·魏都賦》注:文帝《答曹植詔》曰:"所獻詩二篇,微顯成章。"

【繫年】

據李善注引《魏志》,本表及以下二詩當作於黃初四年(223),曹植自雍丘入朝京師之時。

【集説】

劉履《選詩補注》卷二《朔風詩》注:文帝多猜忌,諸昆弟各就藩國不得以時朝謁。黃初四年,子建始得自雍丘入朝,上《責躬詩》。是時待遇,禮甚倨,法甚峻,既而與白馬王彪還國,欲同路款叙,不許,遂憤惋而別。此詩必還雍丘後作,故此章首懷魏都而兼思兄弟之國。

【按語】

此表用以獻詩,與以下二詩作於同時,《三國志·魏書·陳思王傳》收錄表文及詩作,然表文并未收全,較《文選》少出"不勝犬馬戀主之情。謹拜表，并獻詩二篇。詞旨淺末，不足采覽，貴露下情，冒顏以聞。臣植誠惶誠恐，頓首頓首，死罪死罪"一段。表文中寫到"僻處西館，未奉闕庭"，敦煌本佚名注"帝置之西館，未許之朝，故遣獻此詩"，可見此時尚未受詔朝見。徐公持先生《曹植年譜考證》以爲："以上一表二詩撰寫時間，蓋在黃初四年五月曹植甫到洛陽而未獲朝見之時。"①其説可從。

責躬詩一首四言

曹子建

於穆顯考，時惟武皇。受命于天，寧濟四方。朱旗所拂，九土披攘。玄化滂流，荒服來王。超商越周，與唐比蹤。篤生我皇，奕世載聰。武則肅烈，文則時雍。受禪于漢，君臨萬邦。萬邦既化，率由舊則。廣命懿親，以藩王國。帝曰爾侯，君茲青土。奄有海濱，方周于魯。車服有輝，旗章有叙。濟濟俊乂，我弼我輔。伊余小子，侍寵驕盈。舉挂時網，動亂國經。作蕃作屏，先軌是墮。傲我皇使，犯我朝儀。國有典刑，我削我黜。將寘于理，元兇是率。類。不忍我刑，暴之朝肆。違彼執憲，哀予小臣。改封兗邑，于河之濱。股肱弗置，有君無臣。荒淫之闕，誰弼予身？煢煢僕夫，于彼冀方。嗟余小子，乃罹斯殃。赫赫天子，恩不遺物。冠我玄冕，要我朱紱。光光大使，我榮我華。剖符受土，王爵是加。仰齒金璽，俯執聖策。皇恩過隆，祇承怵惕。咨我小子，頑凶是嬰。逝慚陵墓，存愧闕庭。匪敢傲德，實恩是恃。威靈改加，足以沒齒。昊天罔極，生命不圖。嘗懼顛沛，抱罪黃壚。願蒙矢石，建旗東嶽。庶立毫氂，微功自贖。危軀受命，知足免戾。甘赴江湘，奮戈吳越。天啓其衷，得會京畿。遲奉聖顏，如渴如饑。心之云慕，愴矣其悲。天高聽卑，皇肯照微。

---

① 參見徐公持《曹植年譜考證》，第315頁。

【本事】

見前篇《上責躬應詔詩表》。

【繫年】

此詩作於黃初四年(223)，曹植自雍丘入朝京師之時。

【集說】

吳淇《六朝選詩定論》卷五：此詩步驟全學韋孟，其丰度較韋差勝。然韋詩嚴切雍和，深得《風》《雅》之致，良未易及。……此詩句句是服罪，却句句不服罪；不惟不服罪，且更跨進一步，求假兵權，詞特倔强，然却字字本忠愛之道，來得渾厚不露，是爲合作。

陳祚明《采菽堂古詩選》卷六：自叙條次，微寓悲感。“股肱弗致”，可知侍衛之缺。“匪敢傲德”句，言之得體。然反觀其意，則“匪敢傲德”，知由少恩也。末願以微功自贖，雖素志如此，但嫌疑中詎肯委以事權，況用兵之地乎？此爲不智。

于光華《重訂文選集評》卷五引何焯評：此即《求自試表》之意。同氣一體，冀可感動，立效報國，即不虛此生，未可律以自悔免猜之常也。

【按語】

詩中“剖符受土，王爵是加”一句，李善注：“《魏志》曰：黃初三年，立爲鄄城王。四年，封雍丘王。”可爲該詩作於黃初四年之旁證。此詩雖多自譴之詞，但亦寄予微功自贖之意。陳祚明以爲“不智”，不如吳淇所言“詞特倔强，然却字字本忠愛之道”更爲貼切。

應詔詩一首四言

翰曰：言應詔命而來，於道路所見，對詔而作也。

曹子建

蕭承明詔，應會皇都。星陳夙駕，秣馬脂車。命彼掌徒，肅我征旅。朝發鸞臺，夕宿蘭渚。芒芒原隰，祁祁士女。經彼公田，樂我稷黍。爰有樛木，重陰匪息。雖有糇糧，飢不遑食。望城不過，面邑不遊。僕夫警策，平路是由。玄駟藹藹，揚鑣漂沫。流風翼衡，輕雲承蓋。涉澗之濱，緣山之限。遵彼河滸，黃坂是階。西濟關谷，或降或升。騑驂倦路，再寢再興。將朝聖皇，匪敢晏寧。弭節長鶩，指日遄征。前驅舉燧，後乘抗旌。輪不輟運，鑾無廢聲。爰暨帝室，稅此西墉。嘉詔未賜，朝覲莫從。仰瞻城閾，俯惟闕庭。長懷永慕，憂心如酲。

【本事】

見前篇《上責躬應詔詩表》。

【繫年】

此詩作於黃初四年（223），曹植自雍丘入朝京師之時。

【集說】

吳淇《六朝選詩定論》卷五：題曰"應詔"，乃應赴朝之詔，非應詔作詩也。

陳祚明《采菽堂古詩選》卷六：此首較流動，寫途路勞辛，來朝之誠如此。而徘徊邸舍，得覲與否尚未可必，疑畏之忠，如何可言。

【按語】

李周翰所言"對詔而作"，尚不够明確。吳淇"乃應赴朝之詔，非應詔作詩也"，此則更爲明晰。此篇寫應詔赴京之旅途辛勞以及渴求覲見之迫切心情，陳祚明所言可參。

關中詩一首四言

善曰：岳《上詩表》曰：詔臣作《關中詩》，輒奉詔竭愚作詩一篇。案《漢記》，孝明時，護羌校尉竇林上降羌顛岸，以爲羌豪。岸兄顛吾復降，問事狀，林對前後兩屈，坐誣調，下獄死。齊萬年編戶隸屬，爲日久矣,而死生異辭,必有詭謬,故引證喻,以懲不恪。

潘安仁

翰曰:晉惠帝元康六年,氐賊齊萬年與楊茂於關中反亂,人多疲敝。既定,帝命諸臣作《關中詩》。

於皇時晉,受命既固。三祖在天,聖皇紹祚。德博化光,刑簡枉錯。微火不戒,延我寶庫。

蠢爾戎狄,狡焉思肆。虞我國眚,窺我利器。岳牧慮殊,威懷理二。將無專策,兵不素肄。

翹翹趙王,請徒三萬。朝議惟疑,未遑斯願。桓桓梁征,高牙乃建。旗蓋相望,偏師作援。

虎視眈眈,威彼好畤。素甲日曜,玄幕雲起。誰其繼之,夏侯卿士。惟系惟處,列營墓畤。

夫豈無謀,戎士承平。守有完郛,戰無全兵。鋒交卒奔,孰免孟明。飛檄秦郊,告敗上京。

周殉師令,身膏氐斧。人之云亡,貞節克舉。盧播違命,投畀朔土。爲法受惡,誰謂荼苦。

哀此黎元,無罪無辜。肝腦塗地,白骨交衢。夫行妻寡,父出子孤。俾我晉民,化爲狄俘。

亂離斯瘼,日月其稔。天子是矜,旰食晏寢。主憂臣勞,孰不祇懍。愧無獻納,尸素以甚。

皇赫斯怒,爰整精銳。命彼上谷,指日遄逝。親奉成規,稜威遐厲。首陷中亭,揚聲萬計。

兵固詭道,先聲後實。聞之有司,以萬爲一。紂之不善,我未之必。虛畾潚德,謬彰甲吉。

雍門不啓,陳汧危逼。觀遂虎奮,感恩輸力。重圍克解,危城載色。豈曰無過,功亦不測。

情固萬端,于何不有。紛紜齊萬,亦孔之醜。曰納其降,曰梟其首。疇真可掩，孰僞可久。

　　既徵爾辭，既蔽爾訟。當乃明實，否則證空。好爵既靡，顯戮亦從。不見竇林，伏尸漢邦。

　　周人之詩，實曰采薇。北難獫狁，西患昆夷。以古况今，何足曜威。徒愍斯民，我心傷悲。

　　斯民如何，荼毒于秦。師旅既加，饑饉是因。疫癘淫行，荊棘成榛。絳陽之粟，浮于渭濱。

　　明明天子，視民如傷。申命群司，保爾封疆。靡暴于衆，無陵于強。惴惴寡弱，如熙春陽。

【本事】

　　《晉書·周處傳》：時潘岳奉詔作《關中詩》曰：“周徇師令，身膏齊斧。人之云亡，貞節克舉。”又西戎校尉閻纘亦上詩云：“周全其節，令問不已。身雖云没，書名良史。”

【繫年】

　　《晉書·惠帝紀》：“(元康)九年春正月，左積弩將軍孟觀伐氐，戰於中亭，大破之，獲齊萬年。”據此可知，本詩當作於元康九年(299)。

【集説】

　　吳淇《六朝選詩定論》卷八：此詩序事，繁簡得宜，是非不謬，直堪奉爲詩史云。

　　何焯《義門讀書記》卷四十六：觀《晉書·孟觀傳》所載事甚略，此詩可補其闕。議論其偉，非陸士衡所及。……“情固萬端”至“伏尸漢邦”，此言首虜不實，情所常有。惟叛酋忽生忽死，宜核其實，嚴示賞罰，以明國之大法。尋繹此詩，當日廷議，於觀太苛，於駿太徇，故作者特爲平兩人之功罪也。

【按語】

據《晉書·惠帝紀》及李周翰注，元康六年齊萬年作亂，及至元康九年平定，潘岳奉詔作《關中詩》。又，該詩中李善注引諸家《晉書》，可補史缺。何焯所言"平兩人之功罪"與李善注"故引證喻，以懲不恪"相似，"宜核其實，嚴示賞罰"亦爲本詩主旨所在。

公　讌

公讌詩一首五言

曹子建

善曰：《贈答》《雜詩》，子建在仲宣之後，而此在前，疑誤。

濟曰：公讌詩者，臣下在公家侍宴也。此讌在鄴宮，與兄丕宴飲。

公子敬愛客，終宴不知疲。清夜遊西園，飛蓋相追隨。明月澄清景，列宿正參差。秋蘭被長坂，朱華冒綠池。潛魚躍清波，好鳥鳴高枝。神飈接丹轂，輕輦隨風移。飄颻放志意，千秋長若斯。

【本事】

《三國志·魏書·文帝紀》：建安十六年，爲五官中郎將、副丞相。二十二年，立爲魏太子。

【繫年】

"公子敬愛客"一句，李善注："'公子'，謂文帝。時武帝在，謂五官中郎也。"[①]據此可知當作於建安十六年（211）至建安二十二年（217），曹丕爲五官中郎將時。趙幼文《曹植集校注》引丁晏《魏陳思王年譜》

---

① 胡克家《文選考異》卷四以爲，"謂五官中郎也"當作"爲五官中郎將"，可從。

列此詩於建安十六年,當年七月曹植隨曹操西征馬超,似植不得有此詩。[①]　徐公持《曹植年譜考證》繫於建安十七年(212),大體可從。[②]

【集説】

　　吴淇《六朝選詩定論》卷五:首二句遞過畫宴,從夜遊寫起。其寫法甚類文帝《芙蓉池作》。先"明月"二句,是仰寫,次"秋蘭"四句俯寫,末"神飇"二句平寫,但其佳處,止是練得幾個響字。其實較之《芙蓉池作》,風調遠不及也。

　　梁章鉅《文選旁證》卷十九:子建作此詩時,丕尚稱公子,是操尚在也。仲宣《公宴詩》有"願我賢主人"及"克符周公業"等語,則侍操宴詩亦宜在前。

　　曾國藩《求闕齋讀書録》卷六:此在鄴宫與兄丕宴飲時,時武帝在,故稱丕爲公子。

【按語】

　　此詩頗類曹丕《芙蓉池作》,可能與此詩作於同時。吕延濟曰"與兄丕宴飲"可從,曾國藩從之。又,黄節《曹子建詩注》以爲"此詩蓋和魏文帝《芙蓉池作》",可備一説。

公讌詩一首五言

王仲宣

　　銑曰:此侍曹操讌時。操未爲天子,故云公讌。

　　昊天降豐澤,百卉挺葳蕤。涼風撤蒸暑,清雲却炎暉。高會君子堂,并坐蔭華榱。嘉肴充圓方,旨酒盈金罍。管弦發徽音,曲度清且悲。合坐同所樂,但訴杯行遲。常聞詩人語,不醉且無歸。今日不極

---

① 參見趙幼文《曹植集校注》,第 50 頁。
② 參見徐公持《曹植年譜考證》,第 144 頁。

歡,含情欲待誰？見眷良不翅,守分豈能違。古人有遺言,君子福所綏。願我賢主人,與天享巍巍。克符周公業,奕世不可追。

【本事】

不詳。

【繫年】

此詩作於建安十四年(209)至建安二十一年(216)之間。

【集說】

葛立方《韻語陽秋》卷八：操以建安十八年春受魏公九錫之命,公知衆情未順,終其身不敢稱尊,而粲詩已有"願我賢主人,與天享巍巍"之語,則粲豈復有心於漢耶？粲嘗說劉表之子琮曰："曹公人杰也,將軍卷甲倒戈以歸曹公,長享福祚萬全之策也。"厥後操以粲爲軍諮祭酒,則以腹心委之矣。

吳淇《六朝選詩定論》卷六：子建、公幹《公宴詩》俱作"夜宴",此獨從初宴起,仲宣應是首唱。首四句紀時,"高會"八句入事,"常聞"四語感恩,"古人"四句頌德,"克符"二句微諷,與劉詩"北面寵珍"同意。此亦侍文帝宴,舊注爲武帝,誤矣。

何焯《義門讀書記》卷四十六："守分豈能違",守分則猶以漢臣自處也。結處頌之以"同符周公",則猶以北面事之也。

方東樹《昭昧詹言》卷二：據《文選注》,仲宣此詩侍曹操宴,非侍文帝芙蓉池比,則後半不可少。然粲以周公、文王、聖武等語稱曹操,不一而足,豈謂非媚子哉！

【按語】

該詩末句"克符周公業,奕世不可追",李善注亦云"此詩侍曹操宴",此詩當爲侍曹操宴所作。張銑注"操未爲天子,故云公宴"之解釋,望文生義。余蕭客《文選紀聞》曰："公者,對私之稱。昭明列爲一門，凡十四首。侍帝四、太子二、王一、世子一、公二，不專爲曹操稱公宴。”吳淇以爲“侍文帝宴”，俞紹初《建安七子集》亦認爲該詩“公指曹丕”，似不妥。

公讌詩一首五言

劉公幹

善曰：《魏志》曰：東平劉楨，字公幹。少有學，太祖辟丞相掾屬。太子嘗請諸文學，酒酣，命甄氏出拜，坐中皆伏，楨獨平視。太祖聞之，收楨，減死輸作。著文、賦數十篇。卒。

良曰：《魏志》云：劉楨，字公幹，東平人也。魏太子文學。著詩、賦數十篇。此宴與王粲同於鄴宮作也。

　　永日行遊戲，歡樂猶未央。遺思在玄夜，相與復翱翔。輦車飛素蓋，從者盈路傍。月出照園中，珍木鬱蒼蒼。清川過石渠，流波爲魚防。芙蓉散其華，菡萏溢金塘。靈鳥宿水裔，仁獸遊飛梁。華館寄流波，豁達來風涼。生平未始聞，歌之安能詳？投翰長嘆息，綺麗不可忘。

【本事】

　　《世説新語·言語》劉孝標注引《典略》：建安十六年，世子爲五官中郎將，妙選文學，使楨隨侍太子。

【繫年】

　　作於建安十六年(211)至建安二十一年(216)之間。俞紹初《建安七子集》繫於建安十六年(211)，此詩可能作於劉楨爲魏太子文學之時。

【集説】

　　吳淇《六朝選詩定論》卷六：通章只言遊從之盛、景物之美，曾無一頌德語,又賢於仲宣"克配周公"遠矣。此應付詩中之有品者。

何焯《義門讀書記》卷四十六:此篇似與子建一時所作。

【按語】

劉良注"此宴與王粲同於鄴宮作也",然本詩是否與之作於同時不可考,二詩詞意不類,所寫物色亦不同。據本詩中所寫"月出""芙蓉"等語,叙寫夏夜遊園景色,與曹植《公宴詩》頗爲相似,何焯所言"似與子建一時所作",其説可從。

侍五官中郎將建章臺集詩一首五言

善曰:《魏志》曰:建安十六年正月,天子命公世子丕爲五官中郎將。

應德璉

善曰:《魏志》曰:汝南應瑒,字德璉。太祖辟爲丞相掾屬,後爲五官將文學,卒。

翰曰:《魏志》云:應瑒,字德璉,汝南人也。太祖辟爲丞相掾屬,後文帝爲五官中郎將,瑒爲文學。

朝雁鳴雲中,音響一何哀!問子遊何鄉?戢翼正徘徊。言我寒門來,將就衡陽棲。往春翔北土,今冬客南淮。遠行蒙霜雪,毛羽日摧頹。常恐傷肌骨,身隕沉黃泥。簡珠墮沙石,何能中自諧?欲因雲雨會,濯翼陵高梯。良遇不可值,伸眉路何階?公子敬愛客,樂飲不知疲。和顏既以暢,乃肯顧細微。贈詩見存慰,小子非所宜。爲且極歡情,不醉其無歸。凡百敬爾位,以副飢渴懷。

【本事】

《三國志·魏書·王粲傳》:始文帝爲五官將,及平原侯植皆好文學。粲與北海徐幹字偉長、廣陵陳琳字孔璋、陳留阮瑀字元瑜、汝南應瑒字德璉、東平劉楨字公幹并見友善。

【繫年】

陸侃如《中古文學繫年》繫於建安二十一年(216)，任平原侯庶子五年後。《三國志·魏書·王衛二劉傳傳》："瑒、楨各被太祖辟爲丞相掾屬。瑒轉爲平原侯庶子，後爲五官將文學。"又據《魏志·陳思王傳》，建安十六年，曹植封爲平原侯，建安十九年，徙封臨淄侯。此詩可能作於建安十九年(214)左右，應瑒爲五官中郎將文學時。

【集説】

劉履《選詩補注》卷二：德璉既遭亂離，有志弗遂，而此詩蓋作於朔方遠回之初，未領文學之日，乃借旅雁以自喻。……愚謂公宴有詩尚矣，在建安間如平原侯王侍中、劉文學諸作，蓋所謂傑然者也。然其詞藻有餘，理義不足，或放志以流連，或傾情而取悦，今皆不録。惟德璉於飄薄羇寓之中預富貴宴酣之樂，而能以敬位一語爲獻，豈易得哉？

張溥《漢魏六朝百三家集》卷三十二《魏應瑒集》："公子"以下疑別一首。

吳淇《六朝選詩定論》卷六：前半代雁爲言，舊注以爲出賈誼《鵩賦》。鵩不能言，請對以臆，不知其實本於周公《鴟鴞》之詩。蓋詩備於《三百篇》，後人萬不能出其範圍也。此詩不惟代雁爲詞，却妙在又寫出許多姿態也。首二句欲將代雁爲詞，未開口之先，先寫其音響之哀。此"哀"字直貫到底，即下良遇難獲、伸眉無階者。此哀豈區區飲酒贈詩之小惠所能慰止已哉！"問子"句借問發端，他却不遽答。"戢翼徘徊"，有擇盡寒蘆之意。"塞門"喻朔方，"衡陽"喻魏國。"北土""南淮"，乃由塞門至衡陽之路也，言所行之遠。"往春""今冬"，喻所行之久。"遠行"云云，萬死一生，言其苦極。"簡珠"，喻勵身勵行，垂死不移者，將因此風雲之會，建功名於竹帛，圖個揚眉吐氣日子，其願抑何奢也？不值良辰，伸眉無階，今值其時矣，方且不勝慶幸。而"公子"云云，不過陪著飲他幾杯剩酒，和他幾首歪詩，大失千里而來之望,豈不可哀!

　　陳祚明《采菽堂古詩選》卷七:德璉《侍集》一詩吞吐低徊,宛轉深至,意將宣而復頓,情欲盡而終含,務使聽者會其無已之衷,達於不言之表,此申訴懷來之妙術也。

　　沈德潛《古詩源》卷六:魏人《公宴》俱極平庸,後人應酬詩從此開出。篇中代雁爲詞,音響悲切,異於衆作,存此以備一格。

【按語】

　　劉履以爲"作於朔方遠回之初,未領文學之日",此與篇題及李善注有異,不妥。應瑒此詩,在建安公宴詩中獨受推崇,因其"音響悲切,異於衆作"。又,張溥所言當分爲兩首,并無依據。

皇太子宴玄圃宣猷堂有令賦詩一首四言

　　善曰:王隱《晉書》曰:愍懷太子遹,字熙祖。惠帝即位,立爲皇太子。楊佺期《洛陽記》曰:東宮之北,曰玄圃園。

陸士衡

　　濟曰:皇太子,晉惠帝愍懷太子也。玄圃,園名。宣猷,堂名,在園中。衡時爲太子洗馬,應令作此詩。

　　三正迭紹,洪聖啓運。自昔哲王,先天而順。群辟崇替,降及近古。黃暉既渝,素靈承祐。乃眷斯顧,祚之宅土。三后始基,世武丕承。協風傍駭,天晷仰澄。淳曜六合,皇慶攸興。自彼河汾,奄齊七政。時文惟晉,世篤其聖。欽翼昊天,對揚成命。九區克咸,讜歌以詠。皇上纂隆,經教弘道。于化既豐,在工載考。俯釐庶績,仰荒大造。儀刑祖宗,妥綏天保。篤生我后,克明克秀。體輝重光,承規景數。茂德淵沖,天姿玉裕。蕞爾小臣,邈彼荒遐。弛厥負檐,振纓承華。匪願伊始,惟命之嘉。

【本事】

《晉書·陸機傳》：會駿誅，累遷太子洗馬、著作郎。

【繫年】

該詩"篤生我后，克明克秀"一句，李善注："我后，謂太子也。機爲洗馬，故稱我后。"又"弛厥負檐，振纓乘華"一句，李善注引臧榮緒《晉書》曰："楊駿誅，徵機爲太子洗馬。"姜亮夫先生《陸平原年譜》繫於晉惠帝元康元年（291）。陸侃如《中古文學繫年》繫於元康三年（293），與潘尼《七月七日侍太子宴玄圃》同時作。此詩當是元康元年（291）至元康四年（294）間，陸機任太子洗馬時所作。

【集説】

吳淇《六朝選詩定論》卷十：題是"皇太子宴玄圃宣猷堂有令賦詩"，詩却只是"皇太子有令賦詩"，無一字及"宴玄圃宣猷堂"。此宴應是太子私宴，不曾奉詔。

何焯《義門讀書記》卷四十六：入本題後太促，亦絶無勸勉慇懷之語。

陳祚明《采菽堂古詩選》卷十：末章自叙，稍見生致。

【按語】

晉惠帝繼位，立司馬遹爲皇太子，太子在玄圃園中宣猷堂設宴，陸機奉命而作此詩，故詩中有"篤生我后，克明克秀"等頌揚之語。何焯所謂"絶無勸勉慇懷之語"，求之過深。南朝亦繼承西晉公宴傳統，有玄圃園遊宴活動。《梁書·昭明太子傳》："性愛山水，於玄圃穿築，更立亭館，與朝士名素者遊其中。"《梁書·王筠傳》："昭明太子愛文學士，常與筠及劉孝綽、陸倕、到洽、殷芸等遊宴玄圃。"蕭統選入此篇，當有現實觀照。關於玄圃園，有胡運宏、王浩《南朝玄圃園考》一文可參。①

————————

① 參見《中國園林》，2016 年第 3 期。

大將軍宴會被命作詩一首四言

善曰：臧榮緒《晉書》曰：成都王穎，字章度。趙王倫篡位，穎與齊王同誅之，進位大將軍。

陸士龍

善曰：王隱《晉書》曰：陸雲，字士龍，少與兄機齊名，號曰“二陸”。爲吳王郎中令，出宰浚儀，有惠政。機被收，并收雲。

銑曰：王隱《晉書》曰：陸雲，字士龍，少與兄機齊名，爲吳王郎中令，出宰浚儀，甚有惠政。後與機同被誅也。大將軍，謂成都王穎也。

皇皇帝祜，誕隆駿命。四祖正家，天禄保定。睿哲惟晉，世有明聖。如彼日月，萬景攸正。（一章）

巍巍明聖，道隆自天。則明分爽，觀象洞玄。陵風協紀，絶輝照淵。肅雍往播，福禄來臻。（二章）

在昔姦臣，稱亂紫微。神風潛駭，有赫茲威。靈旗樹旆，如電斯揮。致天之屆，于河之沂。有命再集，皇輿凱歸。（三章）

穎綱既振，品物咸秩。神道見素，遺華反質。辰晷重光，協風應律。函夏無塵，海外有謐。（四章）

芒芒宇宙，天地交泰。王在華堂，式宴嘉會。玄暉峻朗，翠雲崇靄。冕弁振纓，服藻垂帶。（五章）

祁祁臣僚，有來雍雍。薄言載考，承顏下風。俯覲嘉客，仰瞻玉容。施己唯約，于禮斯豐。天錫難老，如嶽之崇。（六章）

【本事】

《晉書·惠帝紀》：永寧元年（301）春正月乙丑，趙王倫篡帝位。丙寅，遷帝於金墉城。永寧元年（301）六月，成都王穎爲大將軍、録尚書事。

陸雲《歲暮賦》序：永寧二年（302）春，忝寵北郡；其夏又轉大將軍右司馬于鄴都。

【繫年】

據詩中所寫"在昔姦臣，稱亂紫微"一句，李善注："姦臣，謂趙王倫也。"本詩當爲平定趙王倫叛亂之後所作，陸侃如《中古文學繫年》認爲作於永康二年（301），不妥。據陸雲《歲暮賦》序，永寧二年（302），陸雲轉爲大將軍右司馬，該詩當作於此後。俞士玲《陸機陸雲年譜》繫於永寧二年，可從。①

【集説】

吳淇《六朝選詩定論》卷十：（一章）首述晉家列祖功德。（二章）頌帝。（三章）叙大將軍定亂之勳。（四章）叙大將軍治化之隆，爲宴會張本。（五章）序事。（六章）前四句自述，後四句頌美。

陳祚明《采菽堂古詩選》卷十一：（三章）此章叙趙王倫之難，語流暢。（六章）大雅得體。

何焯《義門讀書記》卷四十六："陵風"，特言其風教之崇高耳。

【按語】

本詩爲陸雲參加成都王穎宴會時奉命而作，其時大將軍府文士較多，二陸書信中有所提及，陸雲《與兄平原書》第二十四書云："一日會，公大欽，欣命坐者皆賦諸詩。"其時政治風雲變幻，一些文士考慮隱逸避禍，陸雲作有《逸民箴》，以此討論逸民問題。②

晉武帝華林園集詩一首四言

善曰：《洛陽圖經》曰：華林園在城内東北隅。魏明帝起名芳林園，齊王芳改爲華林。干寶《晉紀》曰：泰始四年二月，上幸芳林園，與

---

① 參見俞士玲《陸機陸雲年譜》，第 273 頁。
② 參見俞士玲《陸機陸雲年譜》，第 261 頁。

群臣宴,賦詩觀志。孫盛《晉陽秋》曰:散騎常侍應貞詩最美。

應吉甫

善曰:《文章志》曰:應貞,字吉甫。少以才聞,能談論。晉武帝爲撫軍將軍,以貞參軍。晉室踐祚,遷太子中庶子、散騎常侍。卒。

濟曰:《文章志》云:應禎,字吉甫,少以才聞,能談論。晉武爲撫軍將軍,以禎爲參軍。晉室踐祚,遷太子中庶子。華林,園名。當晉武帝與群臣射於此園,賦詩觀志。

悠悠太上,民之厥初。皇極肇建,彝倫攸敷。五德更運,膺籙受符。陶唐既謝,天歷在虞。

於時上帝,乃顧惟眷。光我晉祚,應期納禪。位以龍飛,文以虎變。玄澤滂流,仁風潛扇。區内宅心,方隅回面。

天垂其象,地曜其文。鳳鳴朝陽,龍翔景雲。嘉禾重穎,蓂莢載芳。率土咸序,人胥悦欣。

恢恢皇度,穆穆聖容。言思其順,貌思其恭。在視斯明,在聽斯聰。登庸以德,明試以功。

其恭惟何? 昧旦丕顯。無理不經,無義不踐。行捨其華,言去其辯。游心至虛,同規易簡。六府孔脩,九有斯靖。

澤靡不被,化罔不加。聲教南暨,西漸流沙。幽人肆險,遠國忘遐。越裳重譯,充我皇家。

峨峨列辟,赫赫虎臣。内和五品,外威四賓。脩時貢職,入覲天人。備言錫命,羽蓋朱輪。

貽宴好會,不常厥數。神心所受,不言而喻。於時肄射,弓矢斯御。發彼五的,有酒斯飫。

文武之道,厥猷未墜。在昔先王,射御兹器。示武懼荒,過亦爲失。凡厥群后,無懈于位。

【本事】

《晉書·文苑傳·應貞傳》：應貞，字吉甫，汝南南頓人，魏侍中璩之子也。自漢至魏，世以文章顯，軒冕相襲，爲郡盛族。貞善談論，以才學稱。夏侯玄有盛名，貞詣玄，玄甚重之。舉高第，頻歷顯位。武帝爲撫軍大將軍，以爲參軍。及踐阼，遷給事中。帝於華林園宴射，貞賦詩最美。

【繫年】

據李善注引干寶《晉紀》，該詩作於晉武帝泰始四年(268)。

【集説】

吳淇《六朝選詩定論》卷九：古人作詩，多不著題，題多後人追命，若云必皆自命，此題不應冠以“晉武帝”。……百官會於華林園，只是肄射一事，而前邊頌功德處過於冗長，此亦晉習。……末章有諷意。“……先王，躬御茲器”上着“在昔”二字，見今日弗躬弗親，不過有司承命肄習而已，忘戰之危兆矣。

何焯《義門讀書記》卷四十六：“登庸以德”二句，此即明德之實也。“貽宴好會”，“貽”疑作“怡”，謂歡宴也。

【按語】

據該詩作者名下呂延濟注引《文章志》，西晉初立，晉武帝與群臣宴射於華林園，“賦詩觀志”符合當時揄揚頌德的政治需求。應貞詩最美，美在雍容典雅，此詩末章以儆戒意作結，略有美刺。又，吳淇所言篇題問題，當爲編者後加，所言甚是。

九日從宋公戲馬臺集送孔令詩一首五言

善曰：蕭子顯《齊書》曰：宋武帝爲宋公，在彭城，九日出項羽戲馬臺，至今相承以爲舊準。沈約《宋書》曰：孔靖，字季恭。宋臺初建，以爲尚書令，讓不受，辭事東歸，高祖餞之戲馬臺，百寮咸賦詩以述其美。

謝宣遠

善曰:《宋書七志》曰:謝瞻,字宣遠,東郡人也。幼能屬文。宋黄門郎。以弟晦權貴,求爲豫章太守,卒。高祖遊戲馬臺,命僚佐賦詩,瞻之所作冠于時。

向曰:《宋書·士志》云:謝瞻,字宣遠,陳郡人也。幼能爲文章。豫章太守劉裕爲宋公時,九月九日出遊項羽戲馬臺,送尚書令孔靖辭位歸鄉。宋公與百寮賦詩,以述其美焉。

風至授寒服,霜降休百工。繁林收陽彩,密苑解華叢。巢幕無留燕,遵渚有來鴻。輕霞冠秋日,迅商薄清穹。聖心眷嘉節,揚鑾戾行宮。四筵霑芳醴,中堂起絲桐。扶光迫西汜,歡餘讌有窮。逝矣將歸客,養素克有終。臨流怨莫從,歡心嘆飛蓬。

【本事】

《宋書·孔季恭傳》:宋臺初建,令書以爲尚書令。……辭事東歸,高祖餞之戲馬臺,百僚咸賦詩以述其美。

【繫年】

據《宋書·孔季恭傳》,謝瞻隨劉裕北伐,於義熙十三年班師,頓彭城。次年九月九日,大會於項羽戲馬臺,餞孔季恭東歸。可知,該詩作於義熙十四年(418)重陽。[1]

【集説】

方回《文選顏鮑謝詩評》卷一:宋國建,無晉君矣,故二謝詩皆有"聖心"之語。《易》曰:"謙,亨,君子有終,吉。""養素"之句用此,佳。

吳淇《六朝選詩定論》卷十四:譏餞賢不以禮也。宋公將有受禪之勢,以孔靖爲尚書,辭而東歸,是不欲預其事也。不送,恐失大臣之

---

[1]　參見曹道衡、沈玉成《中古文學史料叢考》,第249頁。

禮;送之,又非其意。於是,不送之九日之前、九日之後,而於九日。不於離亭,不爲祖帳,而於戲馬臺,一如常年九日集百僚賞節故事。然送賢者,果當草草如是乎? 謝瞻窺見其微。

何焯《義門讀書記》卷四十六:宣遠與康樂詩皆從九日直起,都忘此集宋公乃爲孔令出也。中間"巢幕無留燕"二句,亦似興歸者,然送孔令終覺太略。

梁章鉅《文選旁證》卷二十:《元和郡縣志》:戲馬臺在彭城縣東南三里,項羽所造,宋公九日登臺即此。……"《宋書七志》曰",六臣本"宋"作"今"。陳曰:"注引《今書七志》處甚多,《王文憲集序》注可證。"是也。又見後棗道彦詩注下。

張雲璈《選學膠言》卷十:"聖心眷嘉節",宋公而言聖,其諛甚矣。靈運作亦云"良辰感聖心",晉主尚存,而晉之世臣已諂媚至此。靈運又有句云"韓亡子房奮,秦帝魯連恥",又何前佞而後忠也。

【按語】

該詩作者名下李善注引《宋書七志》當爲《今書七志》,梁章鉅《文選旁證》之考辨可從。又,李善注謝瞻"東郡人"當爲"陳郡人";"冠於時"當作"冠於一時"。呂向注:"孔靜辭位歸鄉。""孔靜"當爲"孔靖"。

又,吳淇所言"譏餞賢不以禮也",過於附會穿鑿。謝靈運亦有同題詩作,二詩皆有"聖心"一語,歷來評說不一。張雲璈所言"又何前佞而後忠也",其說不妥。該詩"聖心眷嘉節"一句,李善注:"《孫卿子》曰:積善德而聖心備焉。"李善并未將"聖"當作對皇帝的尊稱,後世論者過於強化詩作中的忠君情結。[①]

樂遊應詔詩一首五言

善曰:《丹陽郡圖經》曰:樂遊苑,宮城北三里,晉時藥園也。

---

① 參見顧紹柏《謝靈運集校注》,第 37 頁。

范蔚宗

善曰：沈約《宋書》曰：范曄，字蔚宗，順陽人。少好學，爲高祖相國掾，稍遷至太子詹事。坐謀反，誅。

銑曰：沈約《宋書》云：范曄，字蔚宗，順陽人也。少好學，爲高祖相國掾，稍遷至太子言事。坐謀反，誅。樂遊，苑名。應宋文帝詔。

崇盛歸朝闕，虛寂在川岑。山梁協孔性，黃屋非堯心。軒駕時未肅，文囿降照臨。流雲起行蓋，晨風引鑾音。原薄信平蔚，臺澗備曾深。蘭池清夏氣，脩帳含秋陰。遵渚攀蒙密，隨山上崛嶔。睇目有極覽，遊情無近尋。聞道雖已積，年力互頹侵。探己謝丹黻，感事懷長林。

【本事】

《宋書·范曄傳》：服闋，爲始興王濬後軍長史，領南下邳太守。及濬爲揚州，未親政事，悉以委曄。尋遷左衛將軍、太子詹事。

【繫年】

此詩作年難考。韓暉認爲，范曄爲文帝親近，在其爲左衛將軍、太子詹事時期。范曄於元嘉二十二年因謀反罪被誅，此詩可能作於宋文帝元嘉十八年（441）至元嘉二十二年（445）間，其説可從。[①]

【集説】

吳淇《六朝選詩定論》卷十三：從來應詔之什，着不得寒儉，自宜典重爲式。但恐失於板重，少靈秀之致耳。此詩詞非不典重，特其運筆精巧，直把皇家一座極宏麗園囿寫作自家山林一般，以興起本懷，真匠手也。

王夫之《古詩評選》卷五：用意大有層次，將有累棋之憂，每於轉

---

① 參見韓暉《〈文選〉編輯及作品繫年考證》，第314頁。

處，抑氣使之不怒。至其相爲迴映，更微作開勢。蔚宗文史之筆，無不於此得手。古人用意之深，後人直白不省，亦可爲三嘆者也。

【按語】

　　該詩末句"探己謝丹黻，感事懷長林"，呂向注："言探己年已老，慚榮祿之飾，感此事思歸於長林。"此詩爲范曄侍樂遊苑應詔而作，篇末述其年邁歸隱之感。吳淇所言"興起本懷"，正可見此詩有別於一般應制之作。宋文帝時期曾多次宴飲於樂遊苑，《方輿勝覽》卷十六："樂遊苑在覆舟山南。宋文帝禊飲於樂遊苑，會者賦詩，顏延之爲序。"又，顏延之《應詔讌曲水作詩》李善注引裴子野《宋略》曰："文帝元嘉十一年三月丙申，禊飲於樂遊苑，且祖道江夏王義恭、衡陽王義季，有詔會者賦詩。"顏延之此詩作於春季，而范曄詩句"蘭池清夏氣，脩帳含秋陰"叙寫夏景，二詩并非作於同時。

九月從宋公戲馬臺集送孔令詩一首五言

謝靈運

　　季秋邊朔苦，旅雁違霜雪。淒淒陽卉腓，皎皎寒潭絜。良辰感聖心，雲旗興暮節。鳴葭庾朱宮，蘭厄獻時哲。餞宴光有孚，和樂隆所缺。在宥天下理，吹萬群方悦。歸客遂海嵎，脱冠謝朝列。弭棹薄枉渚，指景待樂闋。河流有急瀾，浮驂無緩轍。豈伊川途念，宿心愧將別。彼美丘園道，喟焉傷薄劣。

【本事】

　　《宋書·孔季恭傳》：宋臺初建，令書以爲尚書令。……辭事東歸，高祖餞之戲馬臺，百僚咸賦詩以述其美。

　　樂史《太平寰宇記》卷十五：戲馬臺，在縣南三里。項羽築戲馬臺於此。宋武北征至彭城，遣長史王虞等立第舍於項羽戲馬臺，作閣橋渡池。重九日，公引賓佐登此臺，會將佐百僚，賦詩以觀志，作者百餘人,獨謝靈運詩最工。

【繫年】

此詩作於晉安帝義熙十四年(418)重陽。

【集説】

方回《文選顏鮑謝詩評》卷一:當時賦詩,推謝瞻宣遠詩爲冠,所謂"巢幕無留燕,遵渚有來鴻"者也。宣遠詩有云"聖心眷嘉節",靈運詩亦云"良辰感聖心"。宋臺既建,坐受九錫,則裕爲君,而晉安帝已非君矣,故二謝皆以"聖"稱宋公。然猶立恭帝,改元元熙,至二年六月而後禪。使裕脱有王敦、桓温之死,以"聖心"爲詩者能無患乎?……孔靖,《南史》有傳,會稽山陰人。據《傳》,靖畫卧,有神人謂曰:"起,天子在門。"出見,乃劉裕,靖因結交,以身爲托,蓋裕之私人,若他人也豈敢於宋臺初建而辭尚書令乎? 此不足爲高。

劉履《選詩補注》卷六:宋公,武帝也,晉義熙十四年始受命爲宋公。戲馬臺在彭城,項羽所築。孔令,名靖,字季恭,會稽山陰人。宋初建國以爲尚書令,固讓不受,因謝事東歸。……宋公始建國彭城而孔令辭位歸鄉,因九日出遊戲馬臺以餞之,百寮咸賦詩以述其美。靈運時爲相國從事,亦從而賦之。其言君臣相孚燕飲和樂,而恩寵光輝有如此者,蓋以公能寬宥天下,吹煦群生,使各得遂其所,故孔令乃得謝事而歸休焉。然我於其將別而興感念者,豈惟川塗分異而戀惜之耶? 且初心縈想丘園之美,顧以才氣薄劣,不克自遂,是尤不免有愧而至於嘆傷也。

吴淇《六朝選詩定論》卷十四:此詩與謝瞻同題,一字不差。謝瞻心中無事,故其詩只以"九日從宋公戲馬臺集"爲主,而"送孔令"只於篇末略帶之。康樂却是欲歸不得,無限牢騷,故通篇以"送孔令"爲主。……此四句(開頭四句),人但知其以景表時,不知乃以時喻時也。此等之時,難爲致之。當日關天下治亂之機者,宋公也。"在宥"

二句,雖寫其未有天下而已據有天下之勢,然借《莊子》語,言"在宥"者,謂其所藏蓄者深不可測,而"吹萬"者,謂以小仁小義取媚於天下而不可語以至精之道也。以致"陽卉"云云,即廣成子謂黃帝曰"而治天下雲不待族而雨,草不待黃而落"也。夫孔在當時雖稱賢哲,然不過急流勇退之人,何必如此深寫?然孔令此時有歸期,而康樂平昔有歸志,此其相合處。故寫孔令政寫自己,寫自己故不得深耳。

何焯《義門讀書記》卷四:康樂較優於宣遠,然皆不見宋公優賢、孔令知止之美,此齊、梁間詩人知體要者鮮也。"在宥"一聯,似亦有優賢之意。"遂海隅"亦似以二疏比孔。卒章微致不能見機遠逝之感,是其心猶不忘事二姓爲可恥也。

【按語】

謝靈運與謝瞻詩作意旨不一,吳淇指明"康樂平昔有歸志",其説可從。此詩寄托着謝靈運内心之不平,黃稚荃《文選顏鮑謝詩評補》曰:"是時靈運亦未必忠於晉室,亦以己之不得意于宋室,乃思其故國故君,作爲忠義之言,以泄其私憤耳。"[1]何焯所言"其心猶不忘事二姓爲可恥",過於强化忠君説。

應詔讌曲水作詩一首四言

善曰:《水經注》曰:舊樂遊苑,宋元嘉十一年,以其地爲曲水,武帝引流轉酌賦詩。裴子野《宋略》曰:文帝元嘉十一年三月丙申,禊飲於樂遊苑,且祖道江夏王義恭、衡陽王義季,有詔,會者賦詩。

顏延年

銑曰:曲水,謂引水行酒盃。

道隱未形,治彰既亂。帝迹懸衡,皇流共貫。惟王創物,永錫洪

---

[1] 參見黃稚荃《文選顏鮑謝詩評補》,第38頁。

算。仁固開周,義高登漢。

祚融世哲,業光列聖。太上正位,天臨海鏡。制以化裁,樹之形性。惠浸萌生,信及翔泳。

崇虛非徵,積實莫尚。豈伊人和,實靈所貺。日完其朔,月不掩望。航琛越水,輦賮踰障。

帝體麗明,儀辰作貳。君彼東朝,金昭玉粹。德有潤身,禮不愆器。柔中淵映,芳猷蘭秘。

昔在文昭,今惟武穆。於赫王宰,方旦居叔。有晬睿蕃,爰履奠牧。寧極和鈞,屏京維服。

胐魄雙交,月氣參變。開榮灑澤,舒虹爍電。化際無間,皇情爰眷。伊思鎬飲,每惟洛宴。

郊餞有壇,君舉有禮。幕帷蘭甸,畫流高陛。分庭薦樂,析波浮醴。豫同夏諺,事兼出濟。

仰閱豐施,降惟微物。三妨儲隸,五塵朝黻。途泰命屯,恩充報屈。有悔可悛,滯瑕難拂。

【本事】

見該詩題下李善注引《水經注》及裴子野《宋略》。又,顏延之《三月三日曲水詩序》寫道:"以二王於邁,出餞戒告,有詔掌故,爰命司曆,獻洛飲之禮,具上巳之儀。"

【繫年】

據該詩題下李善注,作於元嘉十一年(434)三月三日。

【集說】

吳淇《六朝選詩定論》卷十二:宋文帝以樂遊苑為曲水,元嘉十一年三日禊於此,且江夏、衡陽二王之鎮,有詔會者賦詩,而止曰"應詔讌曲水"者,蓋刺之也。餞二王赴郡大事也,自有專禮,不當以遂事出之,況遊宴之餘乎?故詩中詳叙餞二王,而題不及,所以致刺云。

何焯《義門讀書記》卷四十六：此會特爲二藩祖道，故兼頌之而并及義康也。

【按語】

該詩題下李善注引《水經注》作“武帝”，元嘉爲文帝年號，當作“文帝”。此詩爲宋文帝元嘉十一年禊飲於樂遊苑，顏延之應詔而作。當時參加此次遊宴的人數頗多，據《高僧傳》卷七《宋京師道場寺釋慧觀傳》載：“元嘉初，三月上巳，車駕臨曲水宴會，命觀與朝士賦詩。觀即坐先獻，文旨清婉，事適當時。琅琊王僧達、廬江何尚之并以清言致款，結賞塵外。”①

又，吳淇美刺之説不甚明確，蓋從詩句“君舉有禮”立論，過於牽強。後有學者認爲該詩爲諷勸彭城王劉義康所作，可備一説。②

皇太子釋奠會作詩一首四言

善曰：裴子野《宋略》曰：文帝元嘉二十年三月，皇太子劭釋奠於國學。《禮記》曰：凡學，春，官釋奠於先師，秋冬亦如之。鄭玄曰：官，謂《禮》《樂》《詩》《書》之官。《周禮》曰：凡有道者有德者使教焉，死則以爲樂祖，祭於瞽宗，此之謂先師也。若漢，《禮》有高堂生，《樂》有制氏，《詩》有毛公，《書》有伏生。釋奠者，設薦饌酌奠而已，無迎尸之事。

顏延年

向曰：宋文帝太子親釋奠於太學。

國尚師位，家崇儒門。稟道毓德，講藝立言。浚明爽曙，達義茲昏。永瞻先覺，顧惟後昆。（一章）

① 參見曹道衡、劉躍進《南北朝文學編年史》，第 111 頁。
② 參見楊曉斌《論顏延之〈應詔宴曲水作詩〉的寫作背景、動機與主旨》，《甘肅社會科學》，2007 年第 2 期。

大人長物，繼天接聖。時屯必亨，運蒙則正。偃閉武術，闡揚文令。庶士傾風，萬流仰鏡。（二章）

虞庠飾館，睿圖炳晬。懷仁憬集，抱智虘至。踵門陳書，躡蹺獻器。澡身玄淵，宅心道秘。（三章）

伊昔周儲，聿光往記。思皇世哲，體元作嗣。資此夙知，降從經志。遏彼前文，規周矩值。（四章）

正殿虛筵，司分簡日。尚席函杖，丞疑奉帙。侍言稱辭，惇史秉筆。妙識幾音，王載有述。（五章）

肆議芳訊，大教克明。敬躬祀典，告奠聖靈。禮屬觀盥，樂薦歌笙。昭事是肅，俎實非馨。（六章）

獻終襲吉，即宮廣讌。堂設象筵，庭宿金懸。台保兼徽，皇戚比彥。肴乾酒澄，端服整弁。（七章）

六官眡命，九賓相儀。纓笏帀序，巾卷充街。都莊雲動，野馗風馳。倫周伍漢，超哉邈猗。（八章）

清暉在天，容光必照。物性其情，理宣其奧。妄先國胄，側聞邦教。徒愧微冥，終謝智效。（九章）

【本事】

《宋書·禮制》：元嘉二十二年，太子釋奠，采晉故事，官有其注。祭畢，太祖親臨學宴會，太子以下悉豫。

【繫年】

據《宋書·禮制》，宋文帝太子釋奠在元嘉二十二年。曹道衡、劉躍進《南北朝文學編年史》認爲該詩作於元嘉二十二年，可從。①

【集説】

吳淇《六朝選詩定論》卷十二：（一章）此言釋奠，所以養成太子之

---

① 參見曹道衡、劉躍進《南北朝文學編年史》，第140頁。

德,乃國家大典,不可不舉。(二章)此章頌聖,蓋太子之釋奠奉命於天子也。(三章)此言太學人材之盛,當以太子爲表率也。"憬集""麕至""踵門""躡蹻",應題中"會"字。(四章)此述古義,見釋奠之禮,出於古聖王之制,不可廢也。(五章)先將廟中執事分派妥當,方好行禮。(六章)此章正寫太子釋奠。(七章)此釋奠別而宴享也。(八章)此釋奠畢,禮既成而歸也。(九章)此述得與釋奠之盛禮。前四句統言從臣之幸,照題"會"字。末四句自謙,照題"作"字。

梁章鉅《文選旁證》卷二十:注:"元嘉二十年三月,皇太子劭釋奠於國學。"按,宋以後各書載太子釋奠,始於晉武帝泰始三年。此注元嘉二十年,各書皆作二十二年。

【按語】

該詩"妄先國冑,側聞邦教"一句,李善注:"元嘉中,延之遷國子祭酒、司徒左長史。"李周翰注:"延年時爲國子博士,故謙云妄居國冑之先,而側聞國之教義。"可知此詩爲顏延之爲國子祭酒,參與釋奠之禮而作。李善注引裴子野《宋略》曰"元嘉二十年",誤。據梁章鉅考辨,當爲元嘉二十二年,可從。

侍宴樂遊苑送張徐州應詔詩一首五言

善曰:劉璠《梁典》曰:張謖,字公喬,齊明帝時爲北徐州刺史。

丘希範

善曰:《梁史》曰:丘遲,字希範,吳興人。八歲能屬文。及長,辟徐州從事。高祖踐祚,拜中書郎,遷司徒從事中郎。卒。《集》題曰:兼中書侍郎丘遲上。

向曰:《梁典》云:丘遲,字希範,吳興人。時爲中郎,武帝弟宏爲徐州刺史,應詔送王。

詰旦閶闔開,馳道聞鳳吹。輕荑承玉輦,細草藉龍騎。風遲山尚響，雨息雲猶積。巢空初鳥飛，荇亂新魚戲。實惟北門重，匪親孰爲寄？參差別念舉，蕭穆恩波被。小臣信多幸，投生豈酬義。

【本事】

《梁書·丘遲傳》：高祖踐阼，拜散騎侍郎，俄遷中書侍郎，領吳興邑中正，待詔文德殿。

【繫年】

此詩作於齊東昏侯永元二年（500）。本年七月張稷爲北徐州刺史，十一月爲南兗州刺史，詩作於此期間。[①]

【集説】

吳淇《六朝選詩定論》卷十六：通篇句句是愛弟出守。"風遲"四句，雖寫苑中之景，實喻天子有憐愛幼小之意。只以北門重寄，不得已而遣之。故念爲之舉恩加之厚者，是其細心體貼人心處，若泛送他人詩移不得。

何焯《義門讀書記》卷四十六：注："齊明帝時，張謖爲北齊州刺史。"又五臣本題無"張"字。吕向注："希範時爲中郎，武帝弟宏爲徐州刺史，應詔送之。"按，詩中有"匪親孰爲寄"之語，則五臣本是也。善注又曰："《集》題曰：'兼中書侍郎丘遲上。'"按，《集》題益知爲梁時詩。體制未工而有新句。"實惟北門重"，注引《史記》："黔夫守徐州，燕人祭北門。"謂齊之北門。按，此徐州從人，與鄒同。乃魯園薛縣也，與南北兩徐州無與。若引此，則趙人祭西門，更如何牽合耶？

梁章鉅《文選旁證》卷二十："匪親孰爲寄？"按，向注："希範時爲中郎，武帝弟宏爲徐州刺史，應詔送王。"銑注言非親王誰者可寄。據此可知題中無"張"字爲是。陳云："李注引《梁典》以爲'張謖'，史作'張稷'，在齊爲北徐州刺史，而希範在梁，始爲中書侍郎。則吕向以

---

① 參見曹道衡、劉躍進《南北朝文學編年史》，第340頁。

爲武帝弟,當有所據也。"何曰:"此'徐'與'邾'同,乃魯國薛縣,與南北兩徐州無涉。"

　　張雲璈《選學膠言》卷十:劉璠《梁典》曰:"張謖字公喬,齊明帝時爲北徐州刺史。"何義門云:"此徐字從人,與邾同,乃魯國薛縣,與南北兩徐州無涉。"雲璈按,《集韻》:"徐,香居切,音書緣。"徐與邾皆有徐音,故誤以爲南北徐耳。邾,本音徒。

【按語】

　　此篇李善注與五臣注有分歧,繫年亦有爭議。徐州刺史,是指張稷還是武帝弟臨川王宏,或是他人? 何焯認爲五臣本是,梁章鉅、張雲璈等多從之。吳淇所言"通篇句句是愛弟出守",亦依據五臣注附會而成。

　　張謖,史作"張稷"。據《南齊書·東昏侯紀》,張稷於齊永元二年(500)任北徐州刺史。李善注引《集》題曰:"兼中書侍郎丘遲上。"丘遲爲中書侍郎在梁天監二年(503),此題可能爲編者所加。曹道衡、沈玉成《中古文學史料叢考》對此有詳細考辨,并認爲五臣所見疑是誤本,吕向注:"武帝弟宏爲徐州刺史,應詔送王。"蓋據詩中"匪親孰爲寄"而想當然。韓暉認爲該詩作於梁天監二年(503)初春,所送當爲鄱陽王恢,其於天監二年被任命爲南徐州刺史。[1] 可備一說。又,沈約亦作有《侍宴樂遊苑餞徐州刺史應詔》,當與丘遲同賦。此外,范雲亦有《贈張徐州稷》。

應詔樂遊苑餞吕僧珍詩一首五言

　　善曰:《梁書》曰:吕僧珍,字元瑜,爲左衛將軍。天監四年冬,大舉北伐。

沈休文

　　善曰:劉璠《梁典》曰:沈約,字休文,吳興人。少爲蔡興宗所知,

---

[1] 參見韓暉《〈文選〉編輯及作品繫年考證》,第354頁。

引爲安西記室。梁興,稍遷至侍中、丹陽尹、建昌侯。薨,諡曰隱。

良曰:劉璠《梁典》云:沈約,字休文,吳興人。少爲蔡興宗所知,引爲安西記室。梁興,稍遷至丹陽尹。僧珍爲左衛將軍,北伐魏,故命作詩餞也。

丹浦非樂戰,負重切君臨。我皇秉至德,忘己用堯心。愍兹區宇内,魚鳥失飛沉。推轂二崤岨,揚旆九河陰。超乘盡三屬,選士皆百金。戎車出細柳,餞席樽上林。命師誅後服,授律緩前禽。函輈方解帶,堯武稍披襟。伐罪芒山曲,吊民伊水潯。將陪告成禮,待此未抽簪。

【本事】

《梁書•武帝紀》:(天監四年)冬十月丙午,北伐,以中軍將軍、揚州刺史臨川王宏都督北討諸軍事,尚書右僕射柳惔爲副。

《梁書•吕僧珍傳》:天監四年冬,大舉北伐,自是軍機多事,僧珍晝直中書省,夜還秘書。五年夏,又命僧珍率羽林勁勇出梁城。其年冬旋軍,以本官領太子中庶子。

【繫年】

曹道衡先生據李善注引《梁書》,認爲該詩作於梁武帝天監四年(505),不妥。[①] 據《梁書•吕僧珍傳》,天監五年(506)夏,"又命僧珍率羽林勁勇出梁城",陳慶元繫於此年,其說可從。[②]

【集說】

劉履《選詩補注》卷八:武帝天監四年大舉北伐,時僧珍爲冠軍將軍、前軍司馬。於是出餞樂遊以遺之,復命官僚賦詩以送焉。休文此

---

① 參見曹道衡、劉躍進《南北朝文學編年史》,第367頁。
② 參見陳慶元《沈約集校箋》,第342頁。

詩謂堯征有苗，非樂於戰鬥也，以其頑，弗率服，所係甚重，迫於不得已而親臨之。今武帝用堯之心，憂天下民物不得其所，故有是舉。蓋將發跡河南，長驅海濱，悉戡定之而後已。是以嚴備器械，精選士卒，命將出師，皆有禮法。凡關險之處，聞其威德，自將披解出降，而伐罪吊民之功可立待矣。我將奉陪大告武成之禮，故未敢爲退休計也。然則休文以混一區宇期於武帝，人臣之心固當如此，且以壯僧珍攻伐必克之志云。

　　吳淇《六朝選詩定論》卷十六：梁武禪代之後，厭於用兵，求和於魏，以息其民。至此，魏無故興兵南侵，武帝不得已，命王演帥師往禦，而又命左衛將軍呂僧珍繼之，餞於樂遊苑，詔群臣賦詩。而沈之詩題云云，不係其事，不著其官，一見呂之不能將，一見武帝之不能將將也。蓋以此詩爲諷諫云。

【按語】

　　此詩前面敘寫出征現實，後面想象獲勝場景。詩中所寫"超乘盡三屬，選士皆百金"，與史書所載"羽林勁勇"頗爲契合，當是天監五年呂僧珍出征時所作。劉履所言"以壯僧珍攻伐必克之志"，其説可從。吳淇諷諫説，求之過深。

　　祖　餞

送應氏詩二首五言

曹子建

　　良曰：送應璩、瑒兄弟。時董卓遷獻帝於西京，洛陽被燒，故多言荒蕪之事。

　　步登北芒坂，遙望洛陽山。洛陽何寂寞，宮室盡燒焚。垣牆皆頓掃，荆棘上參天。不見舊耆老，但覩新少年。側足無行徑，荒疇不復田。遊子久不歸，不識陌與阡。中野何蕭條，千里無人煙。念我平常居，氣結不能言。（其一）

清時難屢得，嘉會不可常。天地無終極，人命若朝霜。願得展嬿婉，我友之朔方。親昵并集送，置酒此河陽。中饋豈獨薄，賓飲不盡觴。愛至望苦深，豈不愧中腸！山川阻且遠，別促會日長。願爲比翼鳥，施翮起高翔。（其二）

【本事】

曹植《離思賦序》：建安十六年，大軍西討馬超，太子留監國，植時從焉。意有憶戀，遂作《離思賦》云。

應瑒《別詩》其一：朝雲浮四海，日暮歸故山。行役懷舊土，悲思不能言。悠悠涉千里，未知何時旋。

【繫年】

此詩作於建安十六年（211），曹植爲平原侯，應瑒爲平原侯庶子，二人酬答之作。

【集説】

劉履《選詩補注》卷二：此詩《文選》本有二首，劉良以爲送應瑒兄弟也。今考其前篇，既傷洛陽被焚，荆棘荒穢，則清時之難得可知。復言“遊子久不歸”“念我平生居”，則嘉會之不常又可知矣。故於此嘆人生之脆促，願得常相歡洽。而今親友遠遊北方，則其情念當何如哉？於其行也，所親之人莫不出餞，而我之所具豈獨薄於衆人？奈何離別傷懷，而賓飲不能盡觴也。然我於爾情愛既至，期望甚深，今乃使之不諧所志而有遠離之苦，豈不愧於中乎？故特願爲比翼之鳥，相輔高飛，以副吾之所望焉。詳此，豈子建爲平原侯時，瑒爲庶子，心親義密，其於送別，殆不自知其詞之切至歟？

吴淇《六朝選詩定論》卷五：應詩有“往春客北土”之句，此詩云“我友之朔方”，當是二應自朔方避難至鄴，及朔方稍定，有故暫歸。子建送之作詩，乃從洛陽起興，既非送別之地，亦非朔方所由之路。蓋借洛陽以況朔方也。

張玉穀《古詩賞析》卷九：二詩自來注家俱以爲一時送別之詩，是爲題所誤，而於地志未之考也。詳詩明是兩時兩地所作，特以題同，集中撮歸一處耳。各還詮解，斬斷葛籐。

此在北邙送應歸家之詩。應家汝南，在洛陽之東南，歸途必過洛陽，而洛陽新亂，汝南亦騷動不寧，應氏之歸，心必皇遽，故亦爲之傷感也。起十，點明送地，即從洛陽亂後荒涼之景說起，在己則爲觸目傷心，在應尤爲關心者亂，而謀篇亦極得逆勢。“遊子”四句，方正落應氏之歸。阡陌不識，蕭條無人，係猜度其途中情事，非與前段複沓也。末二，以念彼亦爲氣結，暗收傷亂於惜別之中，用筆勁甚。（其一）

……此在河陽送應之朔方之詩。玩“愛至”二語，朔方之役，應必有望植止之而植不能者，故惜別中都帶憤激。首四，“清時難得”，隱含正直不容，嘉會難常，便引知心遠別，申以人命易終，則更爲苦役深一層作跌筆，一起便有無窮悲感意在。“願得”四句，叙清送別正面，以“願展嬿婉”轉入，便已略表己心。“中饋”四句，借酒不盡歡，醒出望援無益之愧。末四，就路遠會難，設想到願與俱往，到底曲折。

陳王爲文帝所忌，有愛才之心，而實無援才之力，故於同時六子，贈送諸什，時露此意，而皆不使一直筆，讀者須玩其慘淡經營處。（其二）

朱緒曾《曹集考異》：劉說非是。按詩首章云“遙望洛陽山”，次章云“置酒此河陽”，又云“我友之朔方”。朔方者，冀州，指鄴而言。此應瑒辟爲丞相掾屬，子建在洛陽餞別而作。魏武自領冀州牧，雖四方征伐，而掾屬常留鄴，不必盡從。若爲平原侯庶子，則朝夕相依，即偶爾遣使到鄴，何必“氣結”而傷別促會長也？

　　黃節《曹子建詩注》:朱説亦非是。應瑒《侍五官中郎將建章臺集詩》以朝雁自喻曰:"問子遊何鄉? 戢翼正徘徊。言我寒門來,將就衡陽棲。往春翔北土,今春客南淮。遠行蒙霜雪,毛羽日摧頹。"建章臺集不知何年。然考《魏志》,子桓於建安十六年爲五官中郎將,二十二年立爲魏太子。應詩題曰"侍五官中郎將",則是建安十六年至二十二年事。而其詩曰"往春翔北土",正與此詩"我友之朔方"相合。應詩是述客遊,非赴官之語,故其詩又云"良遇不可值,伸眉路可階",是朱氏所云"此應瑒辟爲丞相掾屬"之説非也。……又考《魏志》,子建於建安十六年封平原侯,是年從操西征馬超,見本集《離思賦序》。殆由鄴而西,道過洛陽,故本集有《洛陽賦》逸句,是此詩之作,蓋在其時。

【按語】

　　本詩繫年諸説不一,主要爭議在於對詩作中所描述的"洛陽""河陽""朔方"等地點難以斷定。劉良注:"時董卓遷獻帝於西京。"此在初平元年,子建尚未出生,劉注失考。黃節將此詩繫於建安十六年,當時子建"由鄴而西,道過洛陽",其説可從。趙幼文《曹植集校注》大體認同黃節之説,并推測可能作於建安十六年之前。吳雲《建安七子集校注》中,據應瑒《別詩》推測:"曹植隨曹操西征馬超,應瑒隨曹植西征。到洛陽不久,應瑒轉爲五官將文學,遂離開曹植北上,投奔留守鄴城的五官中郎將曹丕。"分析較爲合理。吳淇認爲:"從洛陽起興,既非送別之地,亦非朔方所由之路。"此則指明文學中的地理描寫有時爲比興手法而不必落實,可備一説。張玉穀認爲"是兩時兩地所作",其説與衆不同,可資參考。

征西官屬送於陟陽候作詩一首五言

孫子荆

善曰:臧榮緒《晉書》曰:孫楚,字子荆,太原人也。征西扶風王駿與楚舊好,起爲參軍、梁令、衛軍司馬,爲馮翊太守。卒。

向曰:臧榮緒《晉書》云:孫楚,字子荆,太原人也,仕爲馮翊太守。時司馬俊爲征西將軍,俊下官屬,住者送至陟陽候,故於此作也。陟陽,亭名。候,亭也。

晨風飄岐路,零雨被秋草。傾城遠追送,餞我千里道。三命皆有極,咄嗟安可保? 莫大於殤子,彭聃猶爲夭。吉凶如糾纆,憂喜相紛繞。天地爲我爐,萬物一何小? 達人垂大觀,誠此苦不早。乖離即長衢,惆悵盈懷抱。孰能察其心? 鑒之以蒼昊。齊契在今朝,守之與偕老。

【本事】

《晉書·孫楚傳》:征西將軍扶風王駿與楚舊好,起爲參軍。轉梁令,遷衛將軍司馬。……惠帝初,爲馮翊太守。元康三年卒。

【繫年】

陸侃如《中古文學繫年》繫於晉武帝太康七年(286),扶風王卒於本年九月,孫楚由參軍轉梁令,似作於離任時。顧農《臨別之際大談玄理——說孫楚〈征西官屬送於陟陽候作〉》一文:"孫楚由梁令遷衛將軍司馬在太康五年(284);此前他擔任梁令,如以在職三年計,則他離開征西參軍去當梁令當在太康二年(281)左右,詩應寫於此時。"[①]其說可從。

【集説】

劉履《選詩補注》卷三:子荆自征西幕下遠赴馮翊,而同寮官屬傾城出餞,故賦此詩以爲別。因言人生脩短,皆有定極,安得保其長存? 以言乎夭,則固莫大於殤子矣。以言乎壽,則雖如彭聃比之天地,猶

---

① 參見《古典文學知識》,2008 年第 2 期。

以爲夭也。奈何吉凶憂喜交相纏擾，鮮有不爲滑其精魂而損其自然之數者，惟達人大觀，能知造化之機，所以齊生死、輕去就，不爲外物之所動搖，顧我苦不早誡於此。當此乖別，未免惆悵盈懷也。然揆之初心，本慕此道，惟天鑒之，當與天地間萬有之不齊者契合爲一，自今日始，守之終身而不失矣。篇中語多見賈誼《服（鵩）賦》，亦皆莊周之遺意，而子荆乃借此以自廣耳，固未必能究夫原始反終之理而真有得焉。然世之鄙夫，汲汲以死生得失爲患者，觀此亦庶幾能警悟云。

　　吴淇《六朝選詩定論》卷九：此留別之詩也。時子荆爲征西幕偶出，同僚官屬送之。陟陽候，設祖之地也。“作詩”者，大家作詩，各言爾志，不分贈答之義也。

　　何焯《義門讀書記》卷四十六：漫浪無歸，等於狂易。時方貴老莊而見之於詩，亦爲創變，故舉世而推高。

【按語】

　　劉履注：“子荆自征西幕下遠赴馮翊。”其説失考，孫楚於晉惠帝初年（290）方爲馮翊太守。劉注可能受吕向注“仕爲馮翊太守”一句影響，其實，吕向注僅是概述其仕宦經歷，與下句“時司馬俊爲征西將軍”并無前後關聯。吴淇言“時子荆爲征西幕偶出，同僚官屬送之”，孫楚詩句充滿生死別離之意，當非“偶出”。本詩當作於孫楚離開征西將軍幕府赴任梁令之時，大約作於太康二年（281）。

金谷集作詩一首五言

　　善曰：酈元《水經注》曰：金谷水出河南太白原，東南流，歷金谷，謂之金谷水。東南流，經石崇故居。

潘安仁

　　向曰：金谷，水名，流經石崇之居。時崇出爲城陽太守，潘安仁送之。

　　王生和鼎實，石子鎮海沂。親友各言邁，中心悵有違。何以叙離思？携手游郊畿。朝發晉京陽，夕次金谷湄。迴谿縈曲阻，峻阪路威夷。綠池泛淡淡，青柳何依依。濫泉龍鱗瀾，激波連珠揮。前庭樹沙堂，後園植烏椑。靈囿繁若榴，茂林列芳梨。飲至臨華沼，遷坐登隆坻。玄醴染朱顏，但訴杯行遲。揚枹撫靈鼓，蕭管清且悲。春榮誰不慕？歲寒良獨希！投分寄石友，白首同所歸。

【本事】

　　《世説新語・品藻》第五十七則劉孝標注引石崇《金谷詩叙》：余以元康六年，從太僕卿出爲使持節，監青徐諸軍事、征虜將軍。有別廬在河南縣界金谷澗中，或高或下，有清泉、茂林、衆果、竹柏、藥草之屬，莫不畢備。又有水碓、魚池、土窟，其爲娛目歡心之物備矣。時征西大將軍祭酒王詡當還長安，余與衆賢共送往澗中，晝夜遊宴，屢遷其坐。或登高臨下，或列坐水濱。時琴瑟笙築，合載車中，道路并作。及住，令與鼓吹遞奏。遂各賦詩，以叙中懷。或不能者，罰酒三斗。感性命之不永，懼凋落之無期，故具列時人官號、姓名、年紀，又寫詩著後。後之好事者，其覽之哉！凡三十人，吳王師、議郎關中侯、始平武功蘇紹，字世嗣，年五十，爲首。

　　《晉書・石崇傳》：出爲征虜將軍，假節、監徐州諸軍事，鎮下邳。崇有別館在河陽之金谷，一名梓澤，送者傾都，帳飲於此焉。

【繫年】

　　該詩“王生和鼎實，石子鎮海沂”句下李善注引石崇《金谷詩序》曰：“余以元康六年，從太僕卿出爲使持節，監青、徐諸軍事，有別廬在河南縣界金谷澗。時征西大將軍祭酒王詡當還長安，余與衆賢共送澗中，賦詩以叙中懷。”據此詩序可知，本詩作於晉惠帝元康六年（296）。

【集説】

　　吳淇《六朝選詩定論》卷八：觀此序，是此詩末四句方是作詩根本,而首四句不過集金谷緣起耳。在序是石率諸人送王,在詩又是潘同諸人送王兼送石也。

何焯《義門讀書記》卷四十六:勝地盛遊,兼叙景物。擬建安公宴,猶與應氏爲近。

【按語】

呂向注"時崇出爲城陽太守,潘安仁送之",失考。據《晉書·石崇傳》:"年二十餘,爲脩武令,有能名。入爲散騎郎,遷城陽太守。伐吳有功,封安陽鄉侯。"石崇"入爲散騎郎,遷城陽太守"較早,該詩當作於石崇出爲征虜將軍時。

王撫軍庾西陽集別時爲豫章太守庾被徵還東一首五言

善曰:沈約《宋書》曰:王弘爲豫州之西陽、新蔡諸軍事、撫軍將軍、江州刺史。庾登之爲西陽太守,入爲太子庶子。《集序》曰:謝還豫章,庾被徵還都,王撫軍送至湓口南樓作。

謝宣遠

善曰:瞻時爲豫章太守。

良曰:王弘爲撫軍將軍、江州刺史。庾登之爲西陽太守。後庾被徵還,撫軍送至盆口,瞻時爲豫章太守,亦將赴豫章。三人於此序別,故賦是詩。

祗召旋北京,守官反南服。方舟新舊知,對筵曠明牧。舉觴矜飲餞,指途念出宿。來晨無定端,別晷有成速。頹陽照通津,夕陰曖平陸。榜人理行艫,輶軒命歸僕。分手東城闉,發櫂西江隩。離會雖相親,逝川豈往復。誰謂情可書? 盡言非尺牘。

【本事】

見此詩題下李善注引沈約《宋書》及《集序》。

【繫年】

此詩作於宋武帝永初元年(420)左右。據《宋書・王弘傳》,義熙十四年(418),王弘遷撫軍參軍、江州刺史。劉裕於永初元年(420)設太子僚屬,庾登之"入爲太子庶子",當在此時。謝瞻出任豫章太守,大約在元熙元年(419)。①

【集説】

方回《文選顔鮑謝詩評》卷一:瞻避弟晦權盛,求守豫章,卒。元嘉三年,晦以荆州刺史見討被誅,謝皭、謝遯及晦兄弟之子并死。一人可以禍一家,雖宣遠之出無救於後來如此。

劉履《選詩補注》卷七:王撫軍名弘,爲撫軍將軍、江州刺史。庾西陽名登之,爲西陽太守,即今黄州也,時登之被召還京,弘送至溢口,適宣遠亦將赴豫章,三人於此集别。……此篇特叙其離會之情。言故人祗召還京,我則守官赴郡,偶來并舟,已不忍遽離析矣,况對送别之筵,將并違此明牧乎?且舉觴雖矜飲餞,而指途已念出宿,來會之晨未期,而别去之晷何速耶!今兹日落將昏,僕役之人各理舟車,而東西背馳於此焉。始是則因離而會,雖暫相親,如逝川一往,何時能復興。言及此,則友誼情感爲何如哉?若謂此情可書,亦非一尺之牘所得而盡也。

吴淇《六朝選詩定論》卷十四:庾登之爲西陽太守,被召還京,瞻亦將赴豫章,王弘爲撫軍將軍,弘送之溢口,故作此詩。而題云"集别"者何?三人互有交情,若止叙謝、庾之别,而不及王,則是兩人有情,而於王無情;若叙王送二人,則是止王與二人有情,而二人之情不見,故三人皆莫適主者。分手之際,一南、一北、一留,若鼎足一時俱折,而三人别情參錯互見矣。

---

① 參見曹道衡、沈玉成《中古文學史料叢考》,第248—249頁。

【按語】

本篇詩題陳八郎本、朝鮮正德本、奎章閣本皆作"王撫軍庾西陽集別"，尤刻本詩題多出"時爲豫章太守庾被徵還東"，當爲注文或序文而誤入詩題。李善注引《集序》曰："謝還豫章，庾被徵還都。"曹道衡指出："於時庾奉調還都，由西陽泝江而下，道江州訪王，謝適由豫章之郡，三人乃得相聚。送別後返任，故集序云'還'。"①

鄰里相送方山詩一首五言

善曰：沈約《宋書》曰：少帝出靈運爲永嘉郡守。《丹陽郡圖經》曰：方山在江寧縣東五十里，下有湖水。舊揚州有四津，方山爲東，石頭爲西。

謝靈運

銑曰：方山在江寧縣。靈運爲永嘉太守，故鄰里相送於此作詩。

祇役出皇邑，相期憩甌越。解纜及流潮，懷舊不能發。析析就衰林，皎皎明秋月。含情易爲盈，遇物難可歇。積痾謝生慮，寡欲罕所闕。資此永幽棲，豈伊年歲別。各勉日新志，音塵慰寂蔑。

【本事】

《宋書·謝靈運傳》：高祖受命，降公爵爲侯，食邑五百戶。起爲散騎常侍，轉太子左衛率。靈運爲性褊激，多愆禮度，朝廷唯以文義處之，不以應實相許。自謂才能宜參權要，既不見知，常懷憤憤。廬陵王義真少好文籍，與靈運情款異常。少帝即位，權在大臣，靈運構扇異同，非毀執政，司徒徐羨之等患之，出爲永嘉太守。

---

① 參見曹道衡、沈玉成《中古文學史料叢考》，第248頁。

【繫年】

謝靈運出任永嘉太守在宋武帝永初三年(422)，該詩作於此時。謝靈運《永初三年七月十六日之郡初發都》與此詩作於同時。

【集説】

方回《文選顏鮑謝詩評》卷一："懷舊不能發"，謂義真、延之、慧琳也。晉以來士大夫喜讀《易》《老》《莊》，而不知謙益止足之義，率多懷才負氣，求逞於澆漓衰亂之世，箕潁枕漱，設爲虛談。義真之昵靈運，雖未必果有用爲宰相之言，史或難信，然靈運之爲人，非靜退者，徐羨之、傅亮排黜，蓋其自取。"懷舊不能發"，有不樂爲郡之意，"資此永幽棲"，亦一時憤激之語耳。羨之等廢少帝，殺義真，自貽灰滅。義真之死，亦自不晦斂。靈運又終身不自悔艾，其敗也，詩意已可覘云。

劉履《選詩補注》卷六：靈運自京都之永嘉，而鄰里有相送至方山者，故作此詩爲別。言奉職遠行，因懷舊而不忍發。既含此情，又遇時物之變，則其感念於中，豈得已耶？然我爲多病而謝去生慮，由寡欲而少所闕失者，亦已久矣。方將藉此，永爲幽棲之計，豈惟與爾年歲相別而已哉！但當各勉日新其德，庶使得聞音塵，而有以慰吾寂蔑之懷也。

吳淇《六朝選詩定論》卷十四：首二句將出守永嘉，既辭朝矣，此鄰里相送之由。

何焯《義門讀書記》卷四十六：留別鄰里，藉以自解於徐、傅，又變體也。

【按語】

方回緊扣"懷舊不能發"一句，分析謝靈運心態，有可取之處。顧農《謝靈運詩〈鄰里相送至方山解讀〉》一文可參。[①] 顧紹柏分析謝靈

_____

① 參見顧農《文選論叢》，第157頁。

運同時期作品《永初三年七月十六日之郡初發都》較佳："表現了他對故土知己的依戀，發出了生不逢辰的慨嘆，間接流露出對徐、傅集團的不滿情緒及寄情山水的隱逸思想。"①

新亭渚別范零陵詩一首五言

善曰：《十洲記》曰：丹陽郡新亭在中興里，吳舊亭也。《梁書》曰：范雲，齊世爲零陵郡內史。

謝玄暉

善曰：蕭子顯《齊書》曰：謝朓，字玄暉，陳郡人也。少有美名，文章清麗。解褐豫章王行參軍，稍遷至尚書吏部郎，兼知衛尉事。江祐等謀立始安王遙光，朓不肯。祐白遙光，遙光收朓，下獄死。

銑曰：蕭子顯《齊書》曰：謝朓，字玄暉，陳郡人也。少有美名，稍遷尚書吏部郎。時江祐等謀立始安王遙光，朓不肯。後遙光收付獄，死。新亭，亭名。范雲代零陵郡內史。

洞庭張樂地，瀟湘帝子遊。雲去蒼梧野，水還江漢流。停驂我悵望，輟棹子夷猶。廣平聽方籍，茂陵將見求。心事俱已矣，江上徒離憂。

【本事】

《南史·范雲傳》："永明十年使魏。……使還，再遷零陵內史。"

【繫年】

作於范雲遷任零陵郡內史之時，即齊武帝永明十一年(493)秋。

【集説】

方回《文選顏鮑謝詩評》卷一：自"洞庭張樂地"以下六句，言湖、

---

① 參見顧紹柏《謝靈運集校注》，第54頁。

湘間諸郡，范去而己思之也。"廣平聽方籍"謂范也，"茂陵將見求"謂己也。王隱《晉書》："鄭袤，字林叔，爲中郎散騎常侍，會廣平太守闕，宣帝謂袤曰：'賢叔大匠渾垂稱於平陽，魏郡蒙惠化，且盧子家、王子邕繼踵此郡。欲使世不乏賢，故復相屈。'"袤父泰，字公業，所謂鄭公業爲不亡，泰始中終辭司空者。此廣平事比汲黯淮陽事，而世人罕用司馬相如病免，家居茂陵，故朓以自謂，蓋言范之聲譽方籍甚，己則當求諸閑退之地也。"心事俱已矣"，必自有説。不傳之秘，非所形容。味"雲去蒼梧野"之句暗用舜殂落事，得非以齊主爲喻乎。

吳淇《六朝選詩定論》卷十五：此送別范零陵之郡之詩，故從零陵生意。首句紀地，謂零陵在洞庭之南，固黃帝張樂處也。次句懷人。"帝子"，借二妃以喻舜，謂舜之所遊巡也。"雲去"二句，承舜不可作矣，徒其遺跡在耳。史雲外補，時事可知。故謂子之此去，不過爲今日廣平之聽而已。我亦將自此致仕還家，不過爲他日茂陵之求而已。堯舜君民之事，不可復望，故曰"心事俱已矣"。"心事"二字，暗藏在上面四句内。

何焯《義門讀書記》卷四十六："雲去"一聯，既有興象，兼之故實。

【按語】

該詩題下李善注引《十洲記》，胡克家《文選考異》認爲"十洲記"當爲"十州記"，并非署名東方朔的"十洲記"，奎章閣本李善注亦作"十州記"，可爲旁證。另，范雲作有《之零陵郡次新亭詩》，可與此詩并讀。

別范安成詩一首五言

善曰：《梁書》曰：范岫，字樊賓，齊代爲安成内史。

沈休文

銑曰：范岫爲安成内史。

生平少年日，分手易前期。及爾同衰暮，非復別離時。勿言一樽酒，明日難重持。夢中不識路，何以慰相思？

【本事】

《梁書·范岫傳》：累遷太子家令。文惠太子之在東宫，沈約之徒以文才見引，岫亦預焉。岫文雖不逮約，而名行爲時輩所與。……出爲建威將軍、安成內史。入爲給事黄門侍郎，遷御史中丞。

【繫年】

作於永明八、九年間（490—491）。曹道衡、劉躍進《南北朝文學編年史》："其爲御史中丞是在永元元年（499），則其爲安成內史必在此前；所奉之主由此可以推定是齊安成王蕭暠。據《南齊書·安成王暠傳》，蕭暠卒於永明九年夏。則此詩又必作於本年夏之前。"①

【集説】

劉履《選詩補注》卷八：此休文與范內史老年相別，故其感念顧慮之情自有不容已者，然非交誼之深，亦未必能至此也。

吴淇《六朝選詩定論》卷十六：通篇清空，一氣如話，詩品至此神矣。不意齊梁波靡之餘，乃復覩此。上可繼李於漢，下可開孟於唐。

何焯《義門讀書記》卷四十六：清便婉轉，自成永明之後風氣。

【按語】

范岫爲沈約同僚好友。此篇寫暮年之別，情感真摯，語言流轉，開唐詩先聲。該詩題下李善注："《梁書》曰：范岫，字樊賓。"《梁書·范岫傳》"樊賓"作"懋賓"，李善注可能有誤。

---

① 參見曹道衡、劉躍進《南北朝文學編年史》，第287頁。

《文選》卷二十一

詠　史

詠史詩一首五言

王仲宣

向曰：謂覽史書，詠其行事得失，或自寄情焉。曹公好以己事誅殺賢良，粲故托言秦穆公殺三良自殉以諷之。

自古無殉死，達人共所知。秦穆殺三良，惜哉空爾爲。結髮事明君，受恩良不訾。臨歿要之死，焉得不相隨？妻子當門泣，兄弟哭路垂。臨穴呼蒼天，涕下如綆縻。人生各有志，終不爲此移。同知埋身劇，心亦有所施。生爲百夫雄，死爲壯士規。黃鳥作悲詩，至今聲不虧。

【本事】

《史記・秦本紀》：三十九年，繆公卒，葬雍。從死者百七十七人，秦之良臣子輿氏三人，名曰奄息、仲行、鍼虎，亦在從死之中，秦人哀之，爲作歌《黃鳥》之詩。

【繫年】

據《三國志・魏書・武帝紀》："（建安十六年）秋七月，公西征。"本詩當作於建安十六年(211)，王粲從曹操西征，過三良墓而作。

【集説】

皎然《詩式》卷二：陳王詩云"秦穆先下世，三臣皆自殘"，王粲云"秦穆殺三良，惜哉空爾爲"，蓋以陳王徙國、任城被害已後，常有憂生之慮，故其詞婉娩，存譏諫也。王粲顯責穆公，正言其過，存直諫也。二詩體格高逸，才藻相鄰。至如"臨穴呼蒼天，淚下如綆縻"，斯乃迥出情表，未知陳王將何以敵？

劉履《選詩補注》卷二：仲宣此篇抑揚太過，有可議者，然首四句自是正論，今姑録之。吕向謂魏太祖好誅殺賢良，故仲宣托此以諷焉，意或近之。

吴淇《六朝選詩定論》卷六：爲此詩，蓋亦見武帝猜忌賢良，恩未受而誅已加，使如秦穆之待三良，恩深於前，死要於後，不猶愈夫徒誅已耶？

梁章鉅《文選旁證》卷二十引《韻語陽秋》云：仲宣之"臨殁要之死，焉得不相隨"，與陶元亮之"厚恩固難忘，君命安可違"，皆不以三良之死爲非也。至李德裕論，則欲與齊梁丘據、魏安陵君同譏，是則謂三良之死非其所。柳子厚詩："疾病命固亂，魏氏言有章，從邪陷厥父，吾欲討彼狂。"則謂秦康公不能如魏顆之不用亂命，至陷父於不義也。

【按語】

俞紹初《建安七子集》："據《魏志·武帝紀》，曹操於十二月自安定還長安，粲、瑀二人蓋因入秦故地，有感於三良、荆軻事而同詠之。"其説可從。阮瑀、王粲各作有《詠史詩》，曹植作有《三良詩》，皆作於同時。另，王粲作有《吊夷齊文》，可能也作於同時。

吕向注："粲故托言秦穆公殺三良自殉以諷之。"向注不妥。皎然及吴淇之説有誤，曹道衡先生有論："曹植徙國、曹彰被害，王粲早已謝世，焉得於地下爲二王鳴不平乎？"對於吴淇説，曹先生指出："粲之於操,有知遇之恩,報效盡心,《從軍詩》之頌聖言志,頗爲道學君子所非,安得而譏孟德陰賊乎?且此詩立意遣辭,與曹植之作曲異工同,豈以人子而亦譏若父乎?"①

三良詩一首五言

曹子建

良曰:亦詠史也,義與前詩同。植被文帝責黜,意者是悔不隨武帝死,而托是詩。

功名不可爲,忠義我所安。秦穆先下世,三臣皆自殘。生時等榮樂,既没同憂患。誰言捐軀易?殺身誠獨難。攬涕登君墓,臨穴仰天嘆。長夜何冥冥?一往不復還。黄鳥爲悲鳴,哀哉傷肺肝。

【本事】

同上,見《史記·秦本紀》。

【繫年】

據曹植《離思賦序》:"建安十六年,大軍西討馬超,太子留監國,植時從焉。"本詩作於建安十六年(211),曹植隨從曹操西征時所作。

【集説】

劉履《選詩補注》卷二:此哀三良之不得其死也。言功名不可以強爲,惟於忠義所在乃吾心之所安也。且秦穆既死,彼三臣者皆以身殉,徒自害耳。蓋臣之於君,生既同榮,死則同患,固其理也。人但言捐軀報國,不以爲難,然究其所以殺身者,必欲當理而合乎忠義,使中心安焉,無所疑惑,則誠獨不易矣。今三良之就死,乃不顧其非禮,而曲從君命,此豈安於忠義者哉?是以不免臨穴悲嘆,而有惘慄之意,

---

① 參見曹道衡、沈玉成《中古文學史料叢考》,第66頁。

故下文特爲之哀惜也。

陳祚明《采菽堂古詩選》卷六：此子建自鳴中懷，非詠三良也。詠三良何必言"功名不可爲"？爾時三良，何遽不可爲功名？若詠三良，何從云"殺身良獨難""一往不復還"？蓋子建實欲建功於時，觀《責躬詩》可見。今終不見用，已矣，功名不可爲矣！文帝之猜嫌，起於武帝之鍾愛，此時相遇不堪，生不如死。慨然欲相從於地下，而殺身良難，一往不還。徘徊顧慮，是以隱忍而偷生也。子桓既從奪嫡爲嫌，其待陳思誠有生人所不能忍者。故憤懣而作，追慕三良。嗟乎！同氣之親，令至此極，亦可哀矣！

吳淇《六朝選詩定論》卷五：與王仲宣所詠，人同事同，然却題不同。仲宣是詠史詩，故兼責秦穆。子建是詠三良詩，故專表三良。專表三良而不及穆公，政所以深責穆公。古人有擬古詩，未有擬《三百篇》者。子建此詩，何爲而作也？蓋三良之詩見於《詩》，而三良之事載於史。此乃感秦史而詠三良，非依《秦風》而詠《黃鳥》也。

朱緒曾《曹集考異》：此詩乃建安二十年，從征張魯，至關中，過秦穆公墓，與王粲同作。若黃初時作，則粲早已卒，恐轉涉附會也。

【按語】

本詩繫年存有爭議，據趙幼文《曹植集校注》所引，有建安十六年、建安二十年、黃初時期等諸說。[①] 建安二十年，曹操西征張魯，據《文選・與鍾大理書》中李善注引《魏略》，曹植并未同行。劉良注："植被文帝責黜，意者是悔不隨武帝死，而托是詩。"對於將此詩繫於黃初年間頗有影響，其說似求之過深。此詩當與王粲《詠史詩》作於同時，隨從曹操西征時所作。關於本詩題旨的解讀，黃節有詳細分析，并援引歷代三良詩。[②] 另有侯方元《曹植三良詩考辨》、王書才《魏

---

① 參見趙幼文《曹植集校注》，第 136 頁。
② 參見黃節《曹子建詩注》，第 308 頁。

晉三良詩繫列作品新論》等論文可參。

詠史詩八首五言

左太沖

向曰：是詩之意，多以喻己。

弱冠弄柔翰，卓犖觀群書。著論準《過秦》，作賦擬《子虛》。邊城苦鳴鏑，羽檄飛京都。雖非甲冑士，疇昔覽穰苴。長嘯激清風，志若無東吳。鉛刀貴一割，夢想騁良圖。左眄澄江湘，右盼定羌胡。功成不受爵，長揖歸田廬。

鬱鬱澗底松，離離山上苗。以彼徑寸莖，蔭此百尺條。世冑躡高位，英俊沈下僚。地勢使之然，由來非一朝。金張藉舊業，七葉珥漢貂。馮公豈不偉？白首不見招。

吾希段干木，偃息藩魏君。吾慕魯仲連，談笑却秦軍。當世貴不羈，遭難能解紛。功成不受賞，高節卓不群。臨組不肯緤，對珪不肯分。連璽耀前庭，比之猶浮雲。

濟濟京城內，赫赫王侯居。冠蓋蔭四術，朱輪竟長衢。朝集金張館，暮宿許史廬。南鄰擊鐘磬，北里吹笙竽。寂寂楊子宅，門無卿相輿。寥寥空宇中，所講在玄虛。言論準宣尼，辭賦擬相如。悠悠百世後，英明擅八區。

皓天舒白日，靈景耀神州。列宅紫宮裏，飛宇若雲浮。峨峨高門內，藹藹皆王侯。自非攀龍客，何爲欻來遊？被褐出閶闔，高步追許由。振衣千仞崗，濯足萬里流。

荊軻飲燕市，酒酣氣益振。哀歌和漸離，謂若傍無人。雖無壯士
節，與世亦殊倫。高眄邈四海，豪右何足陳？貴者雖自貴，視之若埃
塵。賤者雖自賤，重之若千鈞。

主父宦不達，骨肉還相薄。買臣困采樵，伉儷不安宅。陳平無產
業，歸來翳負郭。長卿還成都，壁立何寥廓。四賢豈不偉？遺烈光篇
籍。當其未遇時，憂在填溝壑。英雄有屯邅，由來自古昔。何世無奇
才，遺之在草澤。

習習籠中鳥，舉翮觸四隅。落落窮巷士，抱影守空廬。出門無通
路，枳棘塞中塗。計策棄不收，塊若枯池魚。外望無寸祿，内顧無斗
儲。親戚還相蔑，朋友日夜疏。蘇秦北遊說，李斯西上書。俛仰生榮
華，咄嗟復彫枯。飲河期滿腹，貴足不願餘。巢林棲一枝，可爲達
士模。

【本事】

《晉書·左思傳》：家世儒學。父雍，起小吏，以能擢授殿中侍御
史。思小學鐘、胡書及鼓琴，并不成。雍謂友人曰："思所曉解，不及
我少時。"思遂感激勤學，兼善陰陽之術。貌寢，口訥，而辭藻壯麗。

【繫年】

非一時之作。韓暉《〈文選〉編輯及作品繫年考證》及鍾至强《左
思詠史詩創作時間略考》一文可參。

【集説】

吳淇《六朝選詩定論》卷八：此詩首章却是自叙，内帶詠古；後七
章是詠古寓自叙。"卓犖"句言己之能學，"著論"二句言己之能文，可
方賈誼、相如云云。且不止能文，又有安邦之武，用兵雖司馬穰苴不
能遇也。"鉛刀"云云，有此才思得一試，行吾之志耳，非有類於人間

之功名富貴者，故曰"功成"云云。二章承"鉛刀"二句，有此才而不見用，自是地勢使然，有歸之時命意。夫以馮唐之賢，遇文帝之賢而不用，信其窮通有命，從來久矣。三章段干木、魯仲連正是功成不受賞者，根次章來，言功名限於地勢，遂令此志不克遂耳。四章又承首章，言我既能文，却不是浮華之士，一切著書立說，皆原本於仲尼，不過以子雲爲私淑之人也。五章根四章來，我之著論賦章，震耀千古，是我有知言之學；"振衣千仞"，是我又有養氣之學，非任俠使氣一流，原從大勇來。故六章又以荆軻、漸離照出，以見當世之不用爲可惜也。七章申二章，八章亦申二章意。二章以不用歸之時命，七章借買臣諸賢不見用，歸咎於當時有用賢之責者。末章既不見用，但以義命自安，素位而行，決不學蘇秦之遊說、李氏之上書，炫其道以阿世取容，則將卷而懷之，以爲萬世士人之模耳。

何焯《義門讀書記》卷四十六：題云"詠史"，其實乃詠懷也。八首一氣揮灑，激昂頓挫，真是大手。晉詩中杰出者，太白多學之。"弱冠"首，"志欲無東吳"，詩作於武帝時，故但曰東吳、涼州屢擾，故下文又云"定羌胡"。"鬱鬱"首，"良圖莫騁"，職由困於資地，托前代以自鳴所不平也。唐劉秩云，曹魏中正取士，權歸著姓，於時賢哲無位，詩道大作，怨曠之端也。讀太沖詩而論其世，可以爲今之不病而呻者戒矣。"世胄"一聯橫貫，"地勢"一聯上極，經緯相雜之妙。"段干木"首，申前功成不受爵意。"濟濟首"謂王愷、羊琇之屬，言地勢既非，立功難覬，則柔翰故在，潛於篇籍，以章厥身者，乃吾師也。"言論準宣尼"二句，非句法與首篇重複，正自竊比子雲耳。"皓天"首，揚子猶三世不遷，執戟，老死京師，向上更有由、光至高之行，世人豈得爲我輕重哉？"荆軻"首，又言雖博徒狗屠，猶有軼倫之才，視碌碌豪右自詫攀龍者，方復夷然不屑，況吾儕也。"貴者雖自貴"四句，上二句言在人者輕，下二句言在己者重。"主父"首，此又言士之遇合，固自有時，顧爲國家計，則方隅未靖。創業垂統，方待奇才，不當棄群策而任私

昵耳。"遺烈光篇籍"，籍，讀爲鵲。籍，從昔，讀鵲乃諧聲。陳第以爲
當讀爲酌，誤矣。"習習"首，末篇言誠欲俟時，而勢利相激，幾不可
堪。自守亦難矣，然棲托篇翰，亦足自通於後。如蘇、李之躁動，爭光
榮於俄頃，策用身危者，吾束髮讀書思之熟矣，卒非所願也。"飲河期
滿腹"四句，此太沖所以獨得考終，異乎潘、陸輩也。太沖之於二十四
友，特以身托戚屬，難以自疏，然非有所附麗乾没，讀此足以知其
志也。

　　張玉穀《古詩賞析》卷十一：或先述己意，而以史事征之；或止述
史事，而以己意斷之；或止述己意，而以史事暗含；或止述史事，而己
意默寓。

【按語】

　　呂向注以爲"是詩之意，多以喻己"，與何焯觀點一致，道出左思
借詠史以詠懷之題旨。程千帆《左太沖〈詠史〉詩三論》一文指出："蓋
太沖自其妹芬入宫，頗思則效前代外戚之立功名，取富貴。所懷不
遂，因假古人以寓言。其擇題徵事，胥有用意。"①

詠史一首五言

張景陽

　　善曰：臧榮緒《晉書》曰：張協，字景陽，載弟也。兄弟并守道不
競，以屬詠自娱。少辟公府，後爲黄門侍郎。因托疾，遂絶人事，終
於家。

　　翰曰：臧榮緒《晉書》云：張協，字景陽，載之弟也。兄弟并守道不
競，以屬文自娱。少辟公府，後爲黄門侍郎。因托疾，遂絶人事。協
見朝廷貪禄位者衆，故詠此詩而刺之。

---

① 參見莫礪鋒編《程千帆選集》，第1208頁。

昔在西京時,朝野多歡娛。藹藹東都門,群公祖二疏。朱軒曜金城,供帳臨長衢。達人知止足,遺榮忽如無。抽簪解朝衣,散髮歸海隅。行人爲隕涕,賢哉此丈夫。揮金樂當年,歲暮不留儲。顧謂四坐賓,多財爲累愚。清風激萬代,名與天壤俱。咄此蟬冕客,君紳宜見書。

【本事】

《漢書·疏廣傳》:廣謂受曰:"吾聞'知足不辱,知止不殆','功遂身退,天之道'也。今仕官至二千石,宦成名立,如此不去,懼有後悔,豈如父子相隨出關,歸老故鄉,以壽命終,不亦善乎?"受叩頭曰:"從大人議。"即日父子俱移病。滿三月賜告,廣遂稱篤,上疏乞骸骨。上以其年篤老,皆許之,加賜黃金二十斤,皇太子贈以五十斤。公卿大夫故人邑子設祖道,供帳東都門外,送者車數百兩,辭決而去。及道路觀者皆曰:"賢哉二大夫!"或嘆息爲之下泣。

廣既歸鄉里,日令家共具設酒食,請族人故舊賓客,與相娛樂。數問其家金余尚有幾所,趣賣以共具。居歲餘,廣子孫竊謂其昆弟老人廣所愛信者曰:"子孫幾及君時頗立產業基址,今日飲食,費且盡。宜從丈人所,勸說君買田宅。"老人即以閒暇時爲廣言此計,廣曰:"吾豈老誖不念子孫哉?顧自有舊田廬,令子孫勤力其中,足以共衣食,與凡人齊。今復增益之以爲贏餘,但教子孫怠惰耳。賢而多財,則捐其志;愚而多財,則益其過。且夫富者,衆人之怨也;吾既亡以教化子孫,不欲益其過而生怨。又此金者,聖主所以惠養老臣也,故樂與鄉黨宗族共饗其賜,以盡吾餘日,不亦可乎!"於是族人說服。皆以壽終。

【繫年】

據《晉書·張協傳》:"永嘉初,復徵爲黃門侍郎,托疾不就,終於家。"本詩當作於晉懷帝永嘉元年(307)稍後,張協托疾屏居期間。

【集説】

劉履《選詩補注》卷四：景陽時既托疾屏居，故詠其事，以諷當代之持禄固位者。且首言西漢朝野歡娛之盛，以見今之不然，其意微矣。

吳淇《六朝選詩定論》卷九：二張不樂仕進，得明哲保身之道，故景陽寓意於漢之二疏。……此詩詞語和婉，極似應璩《百一詩》，似勸而實戒也。蓋有感於西晉之末，貪冒成風，進而謀榮，故有取於二疏之抽簪。退亦黷貨，故有取於二疏之揮金。……以見當此時也，朝既不可托仕，而野亦不能安隱。此詩又是左、陸、王三《招引》之跋後也。

何焯《義門讀書記》卷四十六：恬退之人，自寫胸臆，故其詞亦瀟灑可愛。詠史者不過美其事而詠嘆之，櫽括本傳，不加藻飾，此正體也。太沖多攄胸臆，乃又其變。叙致本事能不冗不晦，以此爲難。

【按語】

此詩通篇寫二疏之事，末句"咄此蟬冕客，君紳宜見書"一語點醒全篇，寫出本詩所頌揚知足知止的主旨。李周翰注："協見朝廷貪禄位者眾，故詠此詩以刺之。"其説可從，劉履等諸家注解多從之。本詩可與張協《雜詩》并讀，表達出西晉永嘉年間士人歸隱之心以及托諷之意。

覽古詩一首五言

盧子諒

善曰：徐廣《晉紀》曰：盧諶，字子諒，范陽人也。有才理。顯宗徵爲散騎常侍。段末波愛其才，托以道險，終不遣之。末波死，諶依石季龍。冉閔誅石氏，諶隨閔軍，遇害。

濟曰：徐廣《晉紀》云：盧諶，字子諒，范陽人也。有才理，善屬文。西晉之末，天下喪亂，北投劉琨。琨以爲從事中郎，後爲段匹磾別駕。嘗覽史籍，至《藺相如傳》，觀其志，思其人，故詠之。

趙氏有和璧，天下無不傳。秦人來求市，厥價徒空言。與之將見賣，不與恐致患。簡才備行李，圖令國命全。藺生在下位，繆子稱其賢。奉辭馳出境，伏軾徑入關。秦王御殿坐，趙使擁節前。揮袂睨金柱，身玉要俱捐。連城既僞往，荊玉亦真還。爰在澠池會，二主克交歡。昭襄欲負力，相如折其端。眥血下霑衿，怒髮上衝冠。西缶終雙擊，東瑟不隻彈。捨生豈不易，處死誠獨難。稜威章臺顛，彊禦亦不干。屈節邯鄲中，俛首忍迴軒。廉公何爲者？負荊謝厥愆。智勇蓋當代，弛張使我嘆。

【本事】

《晉書・盧諶傳》：諶字子諒，清敏有理思，好《老》《莊》，善屬文。……琨爲司空，以諶爲主簿，轉從事中郎。琨妻即諶之從母，既加親愛，又重其才地。

【繫年】

作於晉愍帝建興四年(315)左右，盧諶任劉琨從事中郎時。

【集說】

吳淇《六朝選詩定論》卷十一：覽古詩與詠史詩不同。詠史者，胸中先有所感，特借史所載之人與事相類者發之。覽古者，乃披覽古籍，偶觸其人與事，與己之人與事相類，因而有感也。郎中此詩，雖通篇俱是贊嘆藺生，似是感藺生之賢，不知正感夫繆子之能稱其賢也。藺生，繆子之舍人。盧之與劉，緣姻媾患難而相依，較之舍人誼尤篤、情尤切矣。故盧之事劉，亦欲資其薦拔，如公叔文子同升之舉。乃晉當多艱之時，選才不可謂不急，而盧之賢，終不見稱於朝端。此所以覽史至藺生傳，而感動於心也。故詩雖詳寫藺生之智勇，而"繆子稱其賢"只得一句，而此句乃一篇之關鎖血脈。使藺生不遇繆子，縱有冠世智勇，安所表見於千古哉？此所以終於去劉之縣歟？

何焯《義門讀書記》卷四十六：通篇直敘藺生事，而結以"張弛"二字,何等筆力？疑爲越石從事時,見并、幽構釁而作。

【按語】

　　吳淇未詳考史事,盧諶離開劉琨并非因爲無法得到重用,二者有贈答詩及書信,并提及和氏璧的典故,可見劉琨對於盧諶的激勵。何焯認爲:"疑爲越石從事時,見并、幽構釁而作。"其説可從。

張子房詩一首五言

　　善曰:沈約《宋書》曰:姚泓新立,關中亂。義熙十三年正月,公以舟師進討,軍頓留項城,經張良廟也。

謝宣遠

　　善曰:王儉《七志》曰:高祖遊張良廟,并命僚佐賦詩。瞻之所造,冠於一時。

　　良曰:晉末,宋高祖北伐,見張良廟毀,乃脩之,并命諸人爲詩。瞻時爲豫章太守,遙以和此。雖是和詩,而實詠史。

　　王風哀以思,周道蕩無章。卜洛易隆替,興亂罔不亡。力政吞九鼎,苛慝暴三殤。息肩纏民思,靈鑒集朱光。伊人感代工,聿來扶興王。婉婉幕中畫,輝輝天業昌。鴻門消薄蝕,垓下殞攙搶。爵仇建蕭宰,定都護儲皇。筆允契幽叟,翻飛指帝鄉。惠心奮千祀,清埃播無疆。神武睦三正,裁成被八荒。明兩燭河陰,慶霄薄汾陽。鑾旂歷頹寢,飾像薦嘉嘗。聖心豈徒甄,惟德在無忘。逝者如可作,揆子慕周行。濟濟屬車士,粲粲翰墨場。瞽夫違盛觀,竦踊企一方。四達雖平直,蹇步愧無良。飡和忘微遠,延首詠太康。

【本事】

　　《宋書・武帝紀》:十三年正月,公以舟師進討,留彭城公義隆鎮彭城。軍次留城,經張良廟,令曰:"夫盛德不泯,義在祀典,微管之嘆，撫事彌深。張子房道亞黃中，照鄰殆庶，風雲玄感，蔚爲帝師，大拯橫流，夷項定漢，固以參軌伊、望，冠德如仁。若乃神交圯上，道契商洛，顯晦之間，窈然難究，源流淵浩，莫測其端矣。塗次舊沛，佇駕留城，靈廟荒殘，遺象陳昧，撫迹懷人，慨然永嘆。過大梁者，或佇想於夷門；遊九原者，亦流連於隨會。可改構榱桷，脩飾丹青，蘋蘩行潦，以時致薦。以紆懷古之情，用存不刊之烈。"

【繫年】

此詩作於晉安帝義熙十三年(417)。

【集説】

方回《文選顏鮑謝詩評》卷一：劉裕義熙十三年，舟師至項城，遊張良廟，僚佐賦詩，瞻爲冠。第一韻"王風哀以思，周道蕩無章"，以言周之衰。第三韻"力政吞九鼎，苛慝暴三殤"，以言秦之暴。東坡詆五臣誤注。"三殤"，其實乃是李善。第五韻至第十韻，叙美子房。"婉婉幕中畫"一句，世多用之。"鴻門銷薄蝕，垓下殞攙搶。爵仇建蕭宰，定都護儲皇。肇允契幽叟，翻飛指帝鄉。"皆佳。"肇允"，"翻飛"，瞻詩兩用此語。第十一韻至第十四韻，歸美劉裕。首曰"神武睦三正"，又曰"明兩燭河陰，慶霄薄汾陽"，河陰、汾陽，堯舜所居，諛裕至矣。又曰"聖心豈徒甄"，不待明年九日集於戲馬而稱聖也，裕之奪晉而自君也久矣。後五韻惟"四達雖平直，蹇步愧無良"佳，他平平。

劉履《選詩補注》卷七：舊説義熙十三年，宋公北伐秦，引水軍發彭城，經下邳，見張良廟頹毁，爲之脩飾，并命官僚賦詩，以頌美之。時宣遠守豫章，遥聞其事而追和焉。言自王風變衰，周道蕩盡，以周之德業尚易興廢如此，而况苛暴之秦以力政併吞天下，安有不亡者乎？於時民情患苦之極，猶負重擔而思息肩，故天監在下用集大命於漢，於是子房感天人之嘉會，出扶高祖，運籌决勝，以昌帝業。至若解急難於鴻門，滅勍敵於垓下，封仇怨以息衆疑，立賢相以安社稷，定都關中，調護儲嗣，皆出子房之謀，其功盛矣。且其始信得黃石異書而爲帝者師，迫乎功成，乃翻然願從赤松而輕舉，則其出處又非常人所能及者，以此順天順人之心，奮乎千載之上，故其清塵遠播至今，使人歆羨也。

今宋公以神武之德敬奉天時，裁成輔相，功被遐表，所至無不光照，而慶雲亦從，爲之依覆焉。及過子房遺廟，乃爲飾像，而薦祭者豈但表明之而已。蓋思其德不忘其人，欲用之而不可得。設若死者可起而使之仕，度子房之心，亦必感慕我宋之朝行矣。當時扈從文翰之士乃能發揚其事，而我遠隔一方，不獲與此盛觀，徒爲竦企。然我分甘退守，譬猶通道，雖無險曲，而蹇步者，自愧足之無良。惟當飲此雍熙之和，忘其征遠之跡，引領詠歌，以樂夫治安之世也。

愚謂宋公雖有傾晉之勢，爲其臣者正當陳善閉邪，以匡救之，不應豫述天子之事而爲容悅，蓋宣遠之心有所憂患，務求免禍，是以陷於逢君之惡而不自知矣，悲夫！

吳淇《六朝選詩定論》卷十四：宋高北伐，至河陰，脩張子房廟，命從臣各賦詩。宣明爲豫章太守，作詩遙和。詩詳述其事，而題但曰《張子房詩》。蓋子房之人，心所獨儀也；子房之廟，目之所未覩也。心所儀，故取以自擬；目未覩，以明己之不與從耳。爲此詩者，殆惜夫北伐之功垂成，而宋高輕於還師歟？此詩不止遙和，應屬追作。

何焯《義門讀書記》卷四十六：從衰周説起，議論劇有根柢。自神武以下，兼叙今事，蓋詠古兼應教也。時劉裕猶爲人臣，瞻之比擬，無乃不倫。後有采詩者，自此以下可以不錄，皆凡語耳。

【按語】

該詩末句"延首詠太康"，呂延濟注："瞻自謂人微而守遠郡，由餐和氣，遂覆亡此，但以舉目延首詠太康之道。"道出本詩主旨。同時又有傅亮《爲宋公脩張良廟教》，收入《宋書·武帝紀》，并載入《文選》。

秋胡詩一首五言

顏延年

善曰：《列女傳》曰：魯秋胡潔婦者，魯秋胡子之妻。秋胡子既納之，五日，去而宦於陳，五年乃歸。未至其家，見路傍有美婦人方採桑，秋胡子悅之，下車謂曰：今吾有金，願以與夫人。婦人曰：嘻！夫採桑奉二親，吾不願人之金。秋胡子遂去。歸至家，奉金遺其母。其母使人呼其婦，婦至，乃向採桑者也。秋胡子見之而慚。婦曰：束髮脩身，辭親往仕，五年乃得還，當見親戚。今也乃悅路旁婦人，而下子之裝，以金與之，是忘母，不孝也。妾不忍見不孝之人。遂去而走，自投河而死。

良曰：魯秋胡子納妻，五日而去，宦於陳，五年乃歸。未至其家，見路傍有美婦人方採桑，秋胡子悅之，下車謂曰：吾有金，願以與夫人。婦人曰：嘻！妾採桑奉二親，不願受人之金。秋胡子遂去。至家，奉金遺其母。婦晚而至，乃向來採桑者。婦曰：子辭親往仕，五年乃還，而悅路傍之婦人，解子裝金以與之，而忘其母，是不孝也。妾不忍見不孝之人。遂去走，投於河而死。延年詠此，以刺爲君之義不固也。

椅梧傾高鳳，寒谷侍鳴律。影響豈不懷，自遠每相匹。婉彼幽閑女，作嬪君子室。峻節貫秋霜，明艷侔朝日。嘉運既我從，欣願自此畢。

燕居未及好，良人顧有違。脫巾千里外，結綬登王畿。戒徒在昧旦，左右來相依。驅車出郊郭，行路正威遲。存爲久離別，沒爲長不歸。

嗟余怨行役，三陟窮晨暮。嚴駕越風寒，解鞍犯霜露。原隰多悲涼，迴飇卷高樹。離獸起荒蹊，驚鳥縱橫去。悲哉遊宦子，勞此山川路。

超遥行人遠,宛轉年運徂。良時爲此別,日月方向除。孰知寒暑積,俛偲見榮枯。歲暮臨空房,涼風起座隅。寢興日已寒,白露生庭蕪。

勤役從歸願,反路遵山河。昔醉秋未素,今也歲載華。蠶月觀時暇,桑野多經過。佳人從此務,窈窕援高柯。傾城誰不顧,弭節停中阿。

年往誠思勞,事遠闊音形。雖爲五載別,相與昧平生。捨車遵往路,鳧藻馳目成。南金豈不重?聊自意所輕。義心多苦調,密比金玉聲。

高節難久淹,朅來空復辭。遲遲前塗盡,依依造門基。上堂拜嘉慶,入室問何之?日暮行采歸,物色桑榆時。美人望昏至,慚嘆前相持。

有懷誰能已?聊用申苦難。離居殊年載,一別阻河關。春來無時豫,秋至恒早寒。明發動愁心,閨中起長嘆。慘淒歲方晏,日落遊子顏。

高張生絕弦,聲急由調起。自昔枉光塵,結言固終始。如何久爲別,百行愆諸己?君子失明義,誰與偕沒齒?愧彼行露詩,甘之長川汜。

【本事】

見李善注引《列女傳》。

【繫年】

具體作年不詳。據《南史·謝莊傳》:"孝建元年,遷左將軍。莊有口辯,孝武嘗問顏延之曰:'謝希逸《月賦》何如?'答曰:'美則美矣,但莊始知"隔千里兮共明月"。'帝召莊,以延之語語之,莊應聲曰:'延之作《秋胡詩》,始知"生爲久離別,没爲長不歸"。'帝撫掌竟日。"由此可知,本詩當作於宋孝武帝孝建元年(454)之前。

【集説】

劉履《選詩補注》卷七:《樂府解題》謂後人哀其事,爲賦《秋胡行》,延年此詩蓋擬作也。……古之賢婦能守其節義有如此夫。後人或有詠歌之者,詞多不傳,獨延年此詩叙述周折,足以發其情志。雖若繁衍而不流於靡麗,亦可使人吟諷,而有以哀夫死者之不幸云。

吳淇《六朝選詩定論》卷十二:學者讀此詩,以秋胡爲正面,則生戒心,而天下有孝子、有義夫;秋胡妻爲正面,則天下有貞婦。此詩所關非淺,而舊謂詩刺爲君之誼不終,恐太鑿。

何焯《義門讀書記》卷四十六:詠秋胡者,傅休奕得之。《焦仲卿妻》詩質而近野,此過於文,却似少真味。獨取此者,與此書氣味協也。題是《秋胡詩》,然重在潔婦。今詩中詳叙秋胡宦遊之事,而於桑下拒金一事顧略焉,體制殊不可解。

【按語】

本詩重在稱頌潔婦。劉良注"刺爲君之義不固",其説過於穿鑿。吳淇説大體可參。

五君詠五首五言

善曰:沈約《宋書》曰:顏延年領步兵,好酒疏誕,不能斟酌當時。劉湛言於彭城王義康,出爲永嘉太守。延年甚怨憤,乃作《五君詠》,以述竹林七賢。山濤、王戎以貴顯被黜。詠嵇康曰:"鸞翮有時鎩,龍性誰能馴?"詠阮籍曰:"物故不可論,途窮能無慟?"詠阮咸曰:"屢薦不入官,一麾乃出守。"詠劉伶曰:"韜精日沈飲,誰知非荒宴?"此四句蓋自序也。

顏延年

向曰:延年領步兵,好酒疏誕,不能斟酌當時。劉諶言於彭城王,出爲永嘉太守。延年甚怨憤,乃作《五君詠》,述竹林七賢以自喻。山濤、王戎由貴盛也,遂黜而不收。

阮步兵

阮公雖淪跡，識密鑒亦洞。沈醉似埋照，寓辭類托諷。長嘯若懷人，越禮自驚衆。物故不可論，途窮能無慟？

嵇中散

中散不偶世，本自餐霞人。形解驗默仙，吐論知凝神。立俗迕流議，尋山洽隱淪。鸞翮有時鎩，龍性誰能馴？

劉參軍

劉靈善閉關，懷情滅聞見。鼓鍾不足歡，榮色豈能眩？韜精日沈飲，誰知非荒宴？頌酒雖短章，深衷自此見。

阮始平

仲容青雲器，實稟生民秀。達音何用深？識微在金奏。郭弈已心醉，山公非虛覯。屢薦不入官，一麾乃出守。

向常侍

向秀甘淡薄，深心托豪素。探道好淵玄，觀書鄙章句。交呂既鴻軒，攀嵇亦鳳舉。流連河裏遊，惻愴山陽賦。

【本事】

《宋書·顏延之傳》：元嘉三年，羨之等誅，徵爲中書侍郎，尋轉太子中庶子。頃之，領步兵校尉，賞遇甚厚。延之好酒疏誕，不能斟酌當世，見劉湛、殷景仁專當要任，意有不平，常云："天下之務，當與天下共之，豈一人之智所能獨了！"辭甚激揚，每犯權要。謂湛曰："吾名器不升，當由作卿家吏。"湛深恨焉，言於彭城王義康，出爲永嘉太守。延之甚怨憤，乃作《五君詠》，以述竹林七賢。山濤、王戎以貴顯被黜。詠嵇康曰："鸞翮有時鎩，龍性誰能馴？"詠阮籍曰："物故可不論，途窮能無慚?"詠阮咸曰:"屢薦不入官,一麾乃出守。"詠劉伶曰:"韜精日沉飲,誰知非荒宴。"此四句,蓋自序也。湛及義康以其辭旨不遜,大怒。時延之已拜,欲黜爲遠郡,太祖與義康詔曰:"降延之爲小邦不政,有謂其在都邑,豈動物情,罪過彰著,亦士庶共悉,直欲選代,令思愆里閭。猶復不悛,當驅往東土。乃志難恕,自可隨事録治。殷、劉意咸無異也。"乃以光禄勳車仲遠代之。

【繫年】

　　本詩當是顏延之出爲永嘉太守之後所作。據繆鉞《顏延之年譜》考證,顏延之於元嘉十一年(434)出爲永嘉太守,本詩作於此時。

【集説】

　　劉履《選詩補注》卷七:愚謂五君率皆負才放誕,輕蔑禮法,縱酒昏酣,遺落世事,當時士大夫莫不以爲賢,謂之曠達,延年蓋亦有取焉。此五詠者其實自叙,大概爲一麾出守而發也。雖復不免以詞旨不遜得罪於衆,然欲觀五君一時之風致,殆亦不出此詠也夫。

　　吳淇《六朝選詩定論》卷十二:延年托詠於五君者何也?七賢之中,惟嗣宗才識并優,中散才稍大於嗣宗而識不及,參軍識優於中散而才并不及嗣宗。延年蓋自負其才識如嗣宗,且嗣宗曾領步兵,而延年亦領步兵,嗣宗曾出守東平,而延年亦出守永嘉。嗣宗當猜諱之朝,遇文帝之刻忌,猶稱其"至慎",其操心也危矣、慮患也深矣。延年憂讒畏譏,恰與相符。故首詠嗣宗以自擬,寫至"物故不可論,窮途能無痛",真痛心酸鼻之極。然懼負才之累,故詠中散悲性之難化、智慮之難處;故詠參軍,冀闕之善閉、精之善韜。次詠始平及常侍者,永嘉天末遠郡,人罕至者,讀書之外無事,故以始平況永嘉,而借常侍之澹薄,以明著作之意。且器爲用世之具,爰有取於達音識微,道乃藏身之寶,深有取於探道托素,故詠始平,結以"屢薦"云云,蓋有此不臣不友之本領,不能自持,乃至"一麾出守",悔之也、惜之也。詠常侍結以"流連"云云,常侍作賦,雖止懷嵇、呂,然其時諸賢零落已盡,終以"山陽"一賦了却五君之案。此延年之托詠，分之雖爲五人之詩，而合之實延年一人之詩也。

　　何焯《義門讀書記》卷四十六：既能自序，仍不溢題。五篇簡煉道緊，後人多方摹擬，終不能及。

【按語】

　　該詩作者名下吕向注："述竹林七賢以自喻。"其説可從。黄稚荃《文選顔鮑謝詩評補》，對本詩之自况性有論述。[①] 吴淇指明詩作托詠性質，分析爲何僅選五君作詠，與吕向注之"山濤、王戎由貴盛也，遂黜而不收"觀點相似。蕭統作有《詠山濤王戎》，可補其缺。黄水雲《論〈文選〉詠史詩類——顔延之〈五君詠〉》一文對《五君詠》之詠史特點及流變有研究。[②]

詠史一首五言

鮑明遠

　　五都矜財雄，三川養聲利。百金不市死，明經有高位。京城十二衢，飛甍各鱗次。仕子影華纓，遊客竦輕轡。明星晨未稀，軒蓋已雲至。賓御紛颯沓，鞍馬光照地。寒暑在一時，繁華及春媚。君平獨寂漠，身世兩相棄。

【本事】

　　《漢書·嚴君平傳》：君平卜筮於成都市……裁日閲數人，得百錢足自養，則閉肆下簾而授《老子》。博覽亡不通，依老子、嚴周之指著書十餘萬言。揚雄少時從遊學，以而仕京師顯名，數爲朝廷在位賢者稱君平德。

---

① 參見黄稚荃《文選顔鮑謝詩評補》，第 66 頁。
② 參見黄水雲《論〈文選〉詠史詩類——顔延之〈五君詠〉》，《遼東學院學報》，2005 年第 2 期。

【繫年】

劉履注:"明遠退處既久,而因以自況歟?"此詩可能作於鮑照退居江北之時。錢仲聯《鮑照年譜》考證,鮑照於宋孝武帝大明三年因得罪去職,客居江北。[①] 韓暉《〈文選〉編輯及作品繫年考證》據此認爲,此詩可能作於大明三年(459)。

【集説】

方回《文選顏鮑謝詩評》卷一:此詩八韻,以七韻言繁盛之如彼,以一韻言寂寞之如此。左太沖《詠史》第四首亦八韻,前四韻言京城之豪侈,後四韻言子雲之貧樂,蓋一意也。明遠多爲不得志之辭,憫夫寒士下僚之不達,而惡夫逐物奔利者之苟賤無恥,每篇必致意於斯,唐以來詩人多有此體,李白、陳子昂集中可考。而近代劉屏山爲五言古詩,亦出於此,參以建安體法。

劉履《選詩補注》卷七:此篇本指時事,而托以詠史。故言漢時五都之地,皆尚富豪,三川之人,多好名利。或明經而出仕,或懷金而來遊,莫不一時駢集於京城,而其服飾車徒之盛如此。譬則四時,寒暑各異,而今日繁華,正如春陽之明媚。當是時,惟君平之在成都,脩身自保,不以富貴累其心,故獨窮居寂寞。身既棄世而不仕,世亦棄君平而不任也。然此豈亦明遠退處既久,而因以自況歟?

吳淇《六朝選詩定論》卷十三:舉世繁華如此,那得不棄君平!舉世繁華如此,君平那得不棄世!詩用"兩相"字者,有激之言。畢竟世先棄君平,君平始棄世耳。李太白詩以此五字衍爲十字,云"君平既棄世,世亦棄君平",恰是君平先棄世矣,不知太白意蓋在興起下文"觀變窮大《易》,探元化群生"云云,亦如夫子之既老不用,退而刪述之意,故先作訣絶之詞耳。畢竟君平終身不欲棄世。

何焯《義門讀書記》卷四十六:不脫左思窠臼,其壯麗則明遠本色。

---

① 參見錢仲聯《鮑參軍集注》,第442頁。

【按語】

鮑照此詩繼承左思《詠史詩》筆法,借詠史以詠懷。劉履"退處既久,而以自况"説,符合詩意。此詩末句"君平獨寂漠,身世兩相棄",張銑注:"此詩獨美嚴公,以誚當時奢麗。"可參。

詠霍將軍北伐一首五言

虞子陽

善曰:《虞羲集序》曰:羲字子陽,會稽人也。七歲能屬文。後始安王引爲侍郎,尋兼建安征虜府主簿功曹,又兼記室參軍事。天監中卒。

向曰:《虞羲集》曰:字子陽,會稽人,七歲能屬文。始安王引爲侍郎,後遷征虜府記室參軍。霍去病爲漢驃騎將軍,以破匈奴。羲慕之,是以詠矣。

擁旄爲漢將,汗馬出長城。長城地勢嶮,萬里與雲平。凉秋八九月,虜騎入幽并。飛狐白日晚,瀚海愁陰生。羽書時斷絶,刁斗晝夜驚。乘墉揮寶劍,蔽日引高旍。雲屯七萃士,魚麗六郡兵。胡笳關下思,羌笛隴頭鳴。骨都先自讋,日逐次亡精。玉門罷斥候,甲第始脩營。位登萬庾積,功立百行成。天長地自久,人道有虧盈。未窮激楚樂,已見高臺傾。當令麟閣上,千載有雄名!

【本事】

《梁書·武帝紀》:(天監四年)冬十月丙午,北伐,以中軍將軍、揚州刺史臨川王宏都督北討諸軍事,尚書右僕射柳惔爲副。

【繫年】

此詩可能作於梁武帝天監四年(505)。

【集説】

吳淇《六朝選詩定論》卷十六:虞伯陽北伐詩,風骨駿秀,不唯近超齊、梁，即晉、宋罕有其匹，然却於唐人相近。《史記》衛、霍同傳，止詠霍不詠衛者，衛日退而霍日貴也。始以幸而爲大將，終其身未嘗困絶焉。惟霍獨有天幸矣，豈真有不世之才哉？將以傷夫有才而不遇其時者。

張玉穀《古詩賞析》卷二十：此美霍功，而傷其不能庇蔭子孫也。前四，從爲將守險説起。萬里雲平，寫險奇句。“凉秋”六句，補叙胡騎入寇，邊防緊急，是所以北伐之由。“乘墉”六句，方接首四，正叙禦胡勞績及軍容之整暇。“骨都”六句，叙破胡功成，歸朝升賞，北伐題意已完。後六，則惜其身死之後，家旋破毁。是餘波，却是本旨，妙仍以功終難没兜題作收。通首層次鋪陳，取材既富，琢句亦工，可稱煌煌鉅制。

【按語】

吕向注：“義慕之，是以詠矣。”可從。此詩可能與天監四年北伐之事有關。此詩末句“當令麟閣上，千載有雄名”，張銑注：“天子思其功德，圖形貌於麟閣上，雖千載後猶有雄名，當令勇義將效也。”可參。

百　一

百一詩一首五言

善曰：張方賢《楚國先賢傳》曰：汝南應休璉作百一篇詩，譏切時事，徧以示在事者，咸皆怪愕，或以爲應焚棄之，何晏獨無怪也。然方賢之意，以有百一篇，故曰“百一”。李充《翰林論》曰：應休璉五言詩百數十篇，以風規治道，蓋有詩人之旨焉。又孫盛《晉陽秋》曰：應璩作五言詩百三十篇，言時事頗有補益，世多傳之。據此二文，不得以一百一篇而稱百一也。《今書七志》曰：《應璩集》謂之新詩，以百言爲一篇，或謂之“百一詩”。然以字名詩，義無所取。據《百一詩序》云：

時謂曹爽曰：公今聞周公巍巍之稱，安知百慮有一失乎？百一之名，蓋興於此也。

應璩

善曰：《文章錄》曰：璩字休璉，博學好屬文，明帝時歷官散騎侍郎。曹爽多違法度，璩爲詩以諷焉。典著作，卒。《文章志》曰：璩，汝南人也。《詩序》曰：下流，應侯自誨也。

向曰：《文章錄》曰：應璩，字休璉，汝陰人，博學好屬文，明帝時歷官散騎侍郎。曹爽多違法度，璩爲是詩以諷焉，以刺在位者。莫不怪愕，獨何晏無怪也。意者以爲百分有一補於時政。

下流不可處，君子慎厥初。名高不宿著，易用受侵誣。前者墮官去，有人適我閭。田家無所有，酌醴焚枯魚。問我何功德，三入承明廬。所占於此土，是謂仁智居。文章不經國，筐篋無尺書。用等稱才學，往往見嘆譽？避席跪自陳，賤子實空虛。宋人遇周客，慚愧靡所如。

【本事】

《三國志・魏書・王粲傳》裴松之注引《文章敘錄》：璩字休璉，博學好屬文，善爲書記。文、明帝世，歷官散騎常侍。齊王即位，稍遷侍中、大將軍長史。曹爽秉政，多違法度，璩爲詩以諷焉。其言雖頗諧合，多切時要，世共傳之。復爲侍中，典著作。嘉平四年卒，追贈衛尉。

【繫年】

該詩"問我何功德，三入承明廬"一句，李善注："璩初爲侍郎，又爲常侍，又爲侍中，故云三入。"據《三國志・魏書・王粲傳》裴松之注引《文章敘錄》："齊王即位，稍遷侍中、大將軍長史。曹爽秉政，多違法度，璩爲詩以諷焉。"可知此詩大約作於應璩任曹爽大將軍長史時。

曹爽於正始十年（249）被誅，可知此詩當作於正始九年（248）之前。陸侃如將此詩繫於正始九年，大體可從。①

又，據詩句"前者墮官去，有人適我閭"，顧農以爲，此詩當爲正始十年（249）司馬懿發動高平陵之變將曹爽集團一網打盡之後，應璩一度賦閑在家時所作。② 應璩《百一詩》，篇目較多，未必作於一時。"賦閑在家時所作"，可備一説。

【集説】

葛立方《韻語陽秋》卷四：觀《楚國先賢傳》，言汝南應璩作《百一詩》，譏切時事，徧以示在事者，皆怪愕，以爲應焚棄之。及觀《文選》所載璩《百一篇》，略不及時事，何邪？又觀郭茂倩《雜體詩》，載《百一詩》五篇，皆璩所作。首篇言馬子侯解音律，而以《陌上桑》爲《鳳將雛》。二篇傷翳桑二老，無以葬妻子，而已無宣孟之德，可以賙其急。三篇言老人自知桑榆之景，斗酒自勞，不肯爲子孫積財。末篇即《文選》所載是也。第四篇似有諷諫，所謂"苟欲娛耳目，快心樂腹腸。我躬不悦歡，安能慮死亡"，此豈非所謂應焚棄之詩乎？方是時，曹爽事多違法，而璩爲爽長史，切諫其失如此。所謂"百一"者，庶幾百分有一補於爽也。而爽卒不悟，以及於禍。或謂以百言爲一篇者，以字數而言也。或謂百者數之終，一者數之始，士有百行，終始如一者，以士行而言也。然皆穿鑿之説，何足論哉？後何遜亦有擬百一體，所謂"靈輒困桑下，於陵食李螬"，其詩一百十字，恐出於或者之説。然璩詩每篇字數各不同，第不過爾。

王楙《野客叢書》卷二十七：《樂府廣題》曰："百者數之終，一者數之始。士有百行，終始如一，故云'百一'。"應璩爲曹爽大將軍長史，前後爲詩百餘篇，以諷爽，揉以習俗之言，傅會其意，名曰"百一"。爽卒不悟，以及於禍。

胡應麟《詩藪·外編》卷一：應璩《百一》，舊謂規曹爽作，今讀之絕無此意。惟"細微可不慎"一篇皆諫戒語，當時傳寫錯雜，互置此題耳。昌谷謂休璉《百一》，微傷於媚。此詩如"下流不可處，君子慎厥初""所占於此土，是謂仁智居"，皆拙樸類措大語，謂之傷媚，何居？

吳淇《六朝選詩定論》卷七：題曰"百一"，詩中唯首四句，稍稍相類，"前者"以下，全不相照，餘三復似得其解。

張玉穀《古詩賞析》卷十：據前二說，百一之義，究無的解。即篇數多寡，亦所見異辭。無論百三十篇不可得見，即《丹陽集》所云，尚有五篇，乃今《古詩紀》止載三篇，第一即此首，第二乃所謂老人自知桑榆之景者，第三首止四句，云"子弟可不慎，慎在選師友。師友必長德，中才可進誘"，下注闕字，是又五首中所無者也。《古詩所》載有六首，前三與《詩紀》同，第四首即"苟欲悅耳目"，第五首亦四句，第六首止六句，則又郭《雜詩》《古詩紀》所皆無者。細繹之，蓋郭茂倩《樂府詩集》外，本尚有《雜體詩》，但未刊刻流傳，馮氏亦未之見，故所收止有三首，而第三首又不在五首中，而《詩所》又不知何據，復收二首。姑識其異，以見考訂詳核之難。

梁章鉅《文選旁證》卷二十：《隋書·經籍志》："應璩《百一詩》八卷。"此特其一篇耳。《文心雕龍》謂："應璩百一，辭譎義貞。"《談藝錄》謂："休璉《百一》，微能自振，但傷媚焉。"其辭異同。鍾嶸《詩品》云："應璩詩祖魏文。善指事，得激刺之旨。"又謂："陶淵明詩出於應璩。"想皆評全詩。今僅存此首，無從證其是非也。又按，《野客叢書》言應璩《百一詩》凡有五首，亦未載其辭，知南宋已少傳矣。

【按語】

此詩命名及題旨歷來有爭議。李善所引諸說，旨在闡明以篇數或字數命題，當不足取。李善認爲，"百慮有一失"說可從。呂向注以

爲"百分有一補於時政"，重在揭示譏諷時事之主旨。此後，葛立方亦
對李善説加以補充發揮。胡應麟認爲"舊謂規曹爽作，今讀之絶無此
意"，其説不妥，僅以《文選》所録一篇，尚不足以見其規諷之意。梁章
鉅引《文心雕龍》《詩品》諸説，可見其時《百一詩》頗有影響，詩評者讀
其全本，故有"辭譎義貞""微能自振，但傷媚焉"之論。嚴可均《先秦
漢魏晉南北朝詩》輯録應璩《百一詩》殘句，可供參考。蕭統將此詩單
列"百一"詩類，足見"百一"詩體在當時頗具影響，南朝何遜作有《聊
作百一體詩》，可見一斑。

游　　仙

遊仙詩一首五言

何敬宗

善曰：臧榮緒《晉書》曰：何劭，字敬宗，陳國人也。博學多聞，善
屬篇章。初爲相國掾，稍遷尚書左僕射，薨。

向曰：臧榮緒《晉書》云：何劭，字敬祖。博學多聞，善屬篇章。初
爲相國掾，稍遷尚書左僕射。以處亂朝，思遊仙去世，故爲是詩。

青青陵上松，亭亭高山柏。光色冬夏茂，根柢無凋落。吉士懷貞
心，悟物思遠托。揚志玄雲際，流目矚巖石。羡昔王子喬，友道發伊
洛。迢遞陵峻岳，連翩御飛鶴。抗跡遺萬里，豈戀生民樂？長懷慕仙
類，眇然心綿邈。

【本事】

《晉書·五行志》：惠帝元康九年三月，有聲若牛，出許昌城。十
二月，廢愍懷太子，幽於許宫。

《晉書·何劭傳》：永康初，遷司徒。趙王倫篡位，以劭爲太宰。及三王交爭，劭以軒冕而遊其間，無怨之者。……永寧元年薨，贈司徒，謚曰康。

【繫年】

此詩作年存疑。可能作於元康末年至永康初年之間，政治動蕩時期。

【集說】

吳淇《六朝選詩定論》卷九：此詩一洗道家鉛汞之氣，獨標清新，雖不及郭弘農之奇俊宏肆，而意味自深長可玩。

何焯《義門讀書記》卷四十六：遊仙正體，弘農其變。此詩似爲愍懷太子作。

于光華《重訂文選集評》卷五引方伯海評：大意是言松柏所托之高，故冬夏不改。人欲與仙人比跡，所托亦猶是也。是立言宗旨，但此詩詞旨却不甚遠。

【按語】

呂向注："以處亂朝，思遊仙去世，故爲是詩。"向注可從。晉惠帝永康元年（300），愍懷太子被害。何焯言："此詩似爲愍懷太子作。"其時政治動蕩，何劭此詩可能作於此時。

遊仙詩七首五言

郭景純

善曰：凡遊仙之篇，皆所以滓穢塵網，錙銖纓紱，飡霞倒景，餌玉玄都。而璞之制，文多自叙。雖志狹中區，而辭無俗累，見非前識，良有以哉！

向曰：璞詩雖遊仙，意雜傲誕。上下道德，信遠乎哉。

京華遊俠窟，山林隱遁棲。朱門何足榮？未若托蓬萊。臨源挹清波，陵崗掇丹荑。靈谿可潛盤，安事登雲梯。漆園有傲吏，萊氏有逸妻。進則保龍見，退爲觸藩羝。高蹈風塵外，長揖謝夷齊。

青谿千餘仞，中有一道士。雲生梁棟間，風出窗戶裏。借問此何誰？云是鬼谷子。翹跡企潁陽，臨河思洗耳。閶闔西南來，潛波渙鱗起。靈妃顧我笑，粲然啓玉齒。蹇脩時不存，要之將誰使？

翡翠戲蘭苕，容色更相鮮。綠蘿結高林，蒙籠蓋一山。中有冥寂士，靜嘯撫清弦。放情陵霄外，嚼蕊挹飛泉。赤松臨上遊，駕鴻乘紫煙。左挹浮丘袖，右拍洪崖肩。借問蜉蝣輩，寧知龜鶴年？

六龍安可頓，運流有代謝。時變感人思，已秋復願夏。淮海變微禽，吾生獨不化。雖欲騰丹谿，雲螭非我駕。愧無魯陽德，迴日向三舍。臨川哀年邁，撫心獨悲吒。

逸翮思拂霄，迅足羨遠遊。清源無增瀾，安得運吞舟？珪璋雖特達，明月難闇投。潛穎怨青陽，陵苕哀素秋。悲來惻丹心，零淚緣纓流。

雜縣寓魯門，風暖將爲災。吞舟涌海底，高浪駕蓬萊。神仙排雲出，但見金銀臺。陵陽挹丹溜，容成揮玉杯。姮娥揚妙音，洪崖頷其頤。升降隨長煙，飄飄戲九垓。奇齡邁五龍，千歲方嬰孩。燕昭無靈氣，漢武非仙才。

晦朔如循環，月盈已見魄。蓐收清西陸，朱羲將由白。寒露拂陵苕，女蘿辭松柏。蕣榮不終朝，蜉蝣豈見夕？圓丘有奇草，鍾山出靈液。王孫列八珍，安期鍊五石。長揖當塗人，去來山林客。

【本事】

不詳。

【繫年】

非作於一時一地。《遊仙詩》其二李善注引庾仲雍《荆州記》曰：
"臨沮縣有青溪山，山東有泉，泉側有道士精舍。郭景純嘗作臨沮縣，
故《遊仙詩》嗟青溪之美。"由此推斷，其中一些詩作可能作於郭璞晚
年任職王敦幕時。聶恩彦以爲大約寫於晉元帝永昌元年（322）之後，
郭璞爲王敦記室參軍。[①]

【集說】

鍾嶸《詩品》卷二：《遊仙》之作，辭多慷慨，乖遠玄宗，而云"奈何
虎豹姿"，又云"戢翼棲榛梗"，乃是坎壈詠懷，非列仙之趣也。

吴淇《六朝選詩定論》卷十一：世有謂景純三十首，中多慷慨忠憤
之語，非遊仙本色，此説良然。然古之遊仙詩以出世之人，爲出世之
言，其胸中絕無牢騷不平之感也。景純當王室崩析之餘，生民塗炭極
矣，此何等時，而忍高蹈世外耶？故景純亦思建功名於當年耳。功名
不可爲，然後激爲出世之言，遊仙非其本志也。

陳祚明《采菽堂古詩選》卷十二：郭璞《遊仙》之作，明屬寄托之
詞，如以列仙之趣求之，非其本旨矣。

何焯《義門讀書記》卷四十六：景純之遊仙即屈子之遠遊也。

梁章鉅《文選旁證》卷二十：何焯曰：景純《遊仙》當與屈子《遠遊》
同旨。蓋自傷坎壈，不成匡濟，寓旨懷生，用以寫鬱。

劉熙載《藝概》卷二：《遊仙詩》假棲遁之言，而激烈悲憤，自在
言外。

---

① 參見聶恩彦《郭弘農集校注》，第 296 頁。

【按語】

　　衆説皆突出非列仙之趣，詩中敘寫憂生之嗟、濟世無門之悲，故托言遊仙，以抒泄憂思。另，顧農《論郭璞〈遊仙詩〉的自叙性》一文可參。①

_____

① 參見顧農《文選論叢》，第 170—177 頁。

《文選》卷二十二

招　隱

招隱詩二首五言

善曰：《韓子》曰：閑靜安居謂之隱。

《鈔》曰：招者，召呼爲名。隱者，藏匿之號。隱有三種。一者求於道術，絕棄喧囂，以居山林。二者無被徵召，廢於業行，真隱人。三者也，求名譽，詐在山林，望大官職，召即出仕，非隱人也，徵名而已。王逸云：以手曰招。《春秋左傳》云：招我以弓。隱者，謂潛養於……（下缺）

左太沖

善曰：《雜詩》左居陸後，而此在前，誤也。

良曰：思苦天下混濁，故將招尋隱者，欲以退不仕。

杖策招隱士，荒塗横古今。巖穴無結構，丘中有鳴琴。白雪停陰岡，丹葩曜陽林。石泉漱瓊瑤，纖鱗亦浮沈。非必絲與竹，山水有清音。何事待嘯歌，灌木自悲吟。秋菊兼糇糧，幽蘭間重襟。躊躇足力煩，聊欲投吾簪。（其一）

經始東山廬，果下自成榛。前有寒泉井，聊可瑩心神。峭蒨青蔥間，竹柏得其真。弱葉棲霜雪，飛榮流餘津。爵服無常玩，好惡有屈伸。結綬生纏牽，彈冠去埃塵。惠連非吾屈，首陽非吾仁。相與觀所尚，逍遥撰良辰。（其二）

【本事】

《晉書·左思傳》：不好交遊，惟以閑居爲事。造《齊都賦》，一年乃成。復欲賦三都，會妹芬入宮，移家京師。……謡諑，退居宜春里，專意典籍。齊王冏命爲記室督，辭疾，不就。及張方縱暴都邑，舉家適冀州。數歲，以疾終。

【繫年】

左思《招隱詩》其二"經始東山廬，果下自成榛"一句，李善注引王隱《晉書》："左思徙居洛陽城東，著《經始東山廬》詩。"又《晉書·左思傳》："會妹芬入宮，移家京師。"陸侃如《中古文學繫年》據此繫於泰始八年(272)，左思移家京師時。①　其説可從。

【集説】

其一

劉履《選詩補注》卷三：太沖厭世混濁，素有箕山之志，故此詩托言招尋隱士於巖林之間，見其境趣幽雅，人事簡易，方且躊躇顧慮，足力煩倦，欲棄冠簪而就隱也。

吳淇《六朝選詩定論》卷八：此詩合前後兩首觀之，始見其妙。欲招隱必先爲之營隱居，欲營隱居必先爲之卜隱地。

張玉穀《古詩賞析》卷十一：此首叙偶然入山，招尋隱士，慕其自得，因欲投簪也。首四，叙入山初徑，未見其人，先聞琴聲，領局緊。"白雲"四句，接寫山景以展拓之。"非必"四句，借人剔景，亦即景寫人，交融入妙。絲聲應琴，竹與嘯歌，則路漸近而續聞者也。末四，正寫即見其人，遂決偕隱之志，拖起下首。

其二

劉履《選詩補注》卷三：王隱《晉書》謂，太沖徙居洛陽城東，著《經

---

① 參見陸侃如《中古文學繫年》，第653頁。

始東山廬》之詩，乃知此篇隱居以後所作。故言目前所有自可賞適，靜觀物理，有契吾心，當此悖亂之時，爵服豈得常玩，而專以好惡爲屈伸？觀夫結綬而仕，自生纏牽之累，不若彈冠隱去，以自潔也。且如惠連之降志辱身，豈非吾之屈乎？夷齊餓於首陽，豈非求仁而得仁者乎？是以人當各觀志之所尚，逍遙遊宴，以盡夫良辰而已。

何焯《義門讀書記》卷四十六：桃李不言，下自成蹊，今乃榛棘塞路，則自有美實而莫之采也。然而寒泉終非不食，王明照之，則并受其福矣。豈其脩己全潔而不見用，徒爲心惻哉？大器晚成，猶松柏後凋，誠不爭一時之先榮與當世之好惡，故屈伸得以自主耳。惠連以下，又自明其非一於隱而俟時也，良辰至，則相招以出矣。"首陽非吾仁"言魏晉禪代已在易世之後，如我者，不當復以自處也。

張玉穀《古詩賞析》卷十一：此首叙山居既成，愈知昨誤，相與逍遙，不思再出也。前八，蒙前首來，點清結廬，隨補叙山廬之景。"爵服"四句，特將人爵非榮，脱接展局。"結綬""彈冠"，雖似平列，而"生纏牽"則足上意，"去埃塵"又暗領下意也。後四，轉到現在隱居，初非屈已，亦不求仁，然後以相與觀尚逍遙，兜應前首隱士，醒出偕隱之樂收住，密甚。"彈冠""首陽"二句，尤能就舊事翻出新意，用筆最靈。

【按語】

劉履所言"王隱《晉書》謂太沖徙居洛陽城東，著《經始東山廬》之詩，乃知此篇隱居以後所作"，又言"當此悖亂之時"，此詩或作於左思晚年退居宜春里之時。何焯所謂"良辰至則相招以出"，似不妥，"逍遙待良辰"，并非待時而出之意。另，徐傳武《左思〈招隱詩〉三題》一文對李善注及詩歌藝術有分析，可參。①

---

① 參見徐傳武《左思〈招隱詩〉三題》，《棗莊師專學報》，2000 年第 2 期。

招隱詩一首五言

陸士衡

明發心不夷，振衣聊躑躅。躑躅欲安之，幽人在浚谷。朝採南澗藻，夕息西山足。輕條象雲構，密葉成翠幄。激楚佇蘭林，回芳薄秀木。山溜何泠泠，飛泉漱鳴玉。哀音附靈波，頹響赴曾曲。至樂非有假，安事澆醇樸？富貴苟難圖，稅駕從所欲。

【本事】

《晉書·陸機傳》：(陸機)年二十而吴滅，退居舊里，閉門勤學，積有十年。

【繫年】

作年不詳，據此詩末句"富貴苟難圖，稅駕從所欲"，可能作於太康十年(289)二陸入洛前，陸機退居勤學之時。劉運好以爲，疑作於遭齊王冏誣枉之後。① 可備一説。

【集説】

劉履《選詩補注》卷四：士衡見朝廷仕進之難，慕山林隱居之勝，故賦是篇。言明發而心思不平，乃振衣舉足，想夫幽人之在深谷而招尋之。觀其朝夕暇豫，景趣自然，有不假營爲而至樂存焉者。且富貴誠不易圖，則將就此稅駕，以從吾所好而已。此特托爲空言而不及踐者，蓋其幽隱之情卒無以勝夫功名之志焉爾。

吴淇《六朝選詩定論》卷十：此作當在左思之後，全就被招者口中寫出招隱士來。

何焯《義門讀書記》卷四十六：疑亦有其二而逸之。"至樂非有假"二句，至此不自知其平夷而悦懌也。

---

① 參見劉運好《陸士衡文集校注》，第307頁。

　　沈德潛《古詩源》卷七：必富貴難圖而始稅駕，是已晚矣。士衡進退，所以不無可議。

【按語】

　　劉履、沈德潛對陸機進退問題加以議論，劉履所言"其幽隱之情卒無以勝夫功名之志焉爾"，深知陸機心聲。該詩末句"富貴苟難圖，稅駕從所欲"，李善注引《論語》："子曰：'富而可求也，雖執鞭之士，吾亦爲之；如不可求，從吾所好。'稅駕，喻辭榮也。"足見陸機服膺儒術，儒家仕進觀念深入其心。另，顧農以爲，此詩中的描寫頗似陸機青年時期隱居華亭時的作品。①

反招隱詩一首五言

王康琚

　　善曰：《古今詩英華》題云：晉王康琚，然爵里未詳也。

　　向曰：《今古詩英》題云：晉王康琚，而不述其爵里才行也。康琚以爲，混俗自處，足以免患，何必山林，然後爲道。故作《反招隱》之詩，其情與隱者相反。

　　小隱隱陵藪，大隱隱朝市。伯夷竄首陽，老聃伏柱史。昔在太平時，亦有巢居子。今雖盛明世，能無中林士？放神青雲外，絶迹窮山裏。鵾雞先晨鳴，哀風迎夜起。凝霜凋朱顏，寒泉傷玉趾。周才信衆人，偏智任諸己。推分得天和，矯性失至理。歸來安所期？與物齊終始。

【本事】

　　不詳。

---

① 參見顧農《説陸機招隱詩》，《中國典籍與文化》，2011年第3期。

【繫年】

不詳。

【集説】

阮閲《詩話總龜後集》卷十九：淮南小山作《招隱》，極道山中窮苦之狀，以諷切遁世之士使無退心，其旨深矣。其後左太沖、陸士衡相繼有作，雖極清麗，顧乃自爲隱遁之辭，遂與本題不合，故王康琚作詩以反之，雖正左、陸之誤，而所述乃老氏之言，又非小山本意也。

吳淇《六朝選詩定論》卷九：康琚之名，不見王氏譜，應起家寒微，不關淮水苗裔。今觀其詩，殆亦隱仕之流與？……《選》中騷有招隱士詩，有《招隱詩》，有《反招隱詩》，總"招隱"一意，後人誤解，謂反招隱詩與招隱士，俱爲招隱者出仕，大錯。"招隱"之目，昉於淮南。爲有士先隱，招彼未隱者偕隱，故曰"招隱士"。左思"招隱士"上添"杖策"二字，便自注得明白，學者因其辭内極摹山中險惡，遂將"隱士"二字連讀，謂爲招之使出仕也。不知辭内云云，本是詭調，其言山中不可久留，正言朝中不可久留也。

此題"反"字，乃康琚謂左、陸二詩，已盡此題之致，因而另求出脱，反其辭，非反其意也。反其辭者，彼以隱者招仕者使隱，以成其隱；此以仕者招隱者使仕，亦以成其隱也。不反其意者，以隱者招未隱者歸已，此實以大隱招小隱歸已也。淮南招隱，是招隱士口中寫，左思是作者口中寫，陸機是所招者口中寫，王康琚亦是招隱士口中寫。或正或側、或激或婉，各極其妙，幾令後人無下手處。然就四招隱而論，淮南已居太上，左與陸有"天下英雄唯使君與操"之嘆，而王作亦鵲起吳山。

梁章鉅《文選旁證》卷二十：《南史》載："王瑒，字子瑛。""王瑜，字子珪。""王球，字蒨玉。"又有王琨、王琮，在晉代已有王珣、康琚，疑爲一族也。《藝文類聚》卷三十六載：晉王康琚《招隱詩》曰："登山招隱士，褰裳躡遺蹤，華條當圓室，翠葉代綺窗。"亦不詳爵里。

【按語】

　　王康琚生平及爵里不詳,吳淇以爲或是隱者,梁章鉅以爲可能是王氏一族,梁説可從。據梁章鉅所引《藝文類聚》,王康琚也作有《招隱詩》,可見王康琚并非刻意求新,阮閱所言"故王康琚作詩以反之",未能成立。吕向以爲,"其情與隱者相反",不妥,此與詩中"矯性失至理"的觀點不一。吳淇認爲"反其辭,非反其意",其説可從。

遊　覽

芙蓉池作一首五言

魏文帝

　　善曰:《魏志》曰:文帝諱丕,字子桓,太祖太子也,爲五官中郎將。太祖薨,嗣位爲丞相、魏王。受漢禪,即皇帝位。

　　良曰:魏姓曹氏。《魏志》云:文帝諱丕,字子桓,太祖之子,爲五官中郎將。太祖薨,嗣位爲丞相。受漢禪,即皇帝位。此詩未即位時作,謂文帝者,後人題之。芙蓉,池名也。

　　乘輦夜行遊,逍遙步西園。雙渠相溉灌,嘉木繞通川。卑枝拂羽蓋,脩條摩蒼天。驚風扶輪轂,飛鳥翔我前。丹霞夾明月,華星出雲間。上天垂光采,五色一何鮮!壽命非松喬,誰能得神仙?遨遊快心意,保己終百年。

【本事】

　　《三國志·魏書·文帝紀》:建安十六年,爲五官中郎將、副丞相。二十二年,立爲魏太子。

【繫年】

據劉良注"此詩未即位時作",曹丕建安十六年爲五官中郎將,黃初元年即位,該詩作於建安十六年(211)至黃初元年(220)之間。俞紹初《建安七子集》將此詩繫於建安十六年(211)。[①]

【集説】

吳淇《六朝選詩定論》卷五:此詩只寫"夜行遊"三字。於"步西園"上著"逍遥"二字,蓋逐一細看,故逐一細寫也。

何焯《義門讀書記》卷四十六:"丹霞"一絶,直書即目,自有帝王氣象,合結語恰似文帝生平也。"丹霞夾明月"二句,托興與子建《公宴詩》同,寫景亦有雲霞之色。"壽命非喬松",收足夜遊。"遨遊快心意"二句,即君知吾喜否意,丕之所見如此,其語偷,不似民主,吳人所以券其不十也。

方東樹《昭昧詹言》卷二:遊賞。首二句點題。三、四寫景如畫。"卑枝"二句,承"嘉木繞"。"驚風"句,極寫人所道不出之景。子建衍之,更極詳盡。"丹霞"四句,是人君語氣,有福祿深厚祥瑞氣象。收四句,義意亦本前人習語,然足以窺其全無整躬經遠之志,但極荒樂而已。子建衍之,則人臣之語,宜也。觀古人詩,須觀其氣象。此詩氣體用意,正聲中鋒,渾穆沈厚,精深華妙,似勝仲宣、公幹諸人,然終無多味。

【按語】

曹植《公宴詩》有詩句"朱華冒綠池",與曹丕此詩所寫夜遊場景頗爲相似,可能作於同時。何焯所言"其語偷,不似民主",過於强化詩作君臣大義以及教化意義。

南州桓公九井作一首五言

善曰:《水經注》曰:淮南郡之於湖縣南,所謂姑孰,即南州矣。庚

---

① 參見俞紹初《建安七子集校注》,第433頁。

仲雍《江圖》曰：姑孰至直瀆十里，東通丹陽湖，南有銅山，一名九井山，山有九井，井與江通。何法盛《桓玄錄》曰：桓玄，字敬道，出姑孰，大築府第。

殷仲文

善曰：檀道鸞《晉陽秋》曰：殷仲文，字仲文，陳郡人也，爲驃騎行參軍。以桓玄之姊夫，玄僭立，用爲長史。帝反正，出爲東陽太守，愈益憤怒。後照鏡不見其面，數日禍及。

銑曰：檀道鸞《晉陽春秋》曰：殷仲文，字仲文，陳郡人也，爲驃騎行參軍。以桓玄之姊夫，玄僭立，爲長史。帝反正，出爲東陽太守，愈益憤怒。後照鏡不見其面，數日而禍及。姑孰，桓玄所出，大築府第於此國南，故曰南州。其界九井山，仲文從玄於此遊。故作是詩，敘其進退危懼之情。

　　四運雖鱗次，理化各有準。獨有清秋日，能使高興盡。景氣多明遠，風物自淒緊。爽籟警幽律，哀壑叩虛牝。歲寒無早秀，浮榮甘夙殞。何以標貞脆，薄言寄松菌。哲匠感蕭晨，肅此塵外軫。廣筵散泛愛，逸爵紆勝引。伊余樂好仁，惑袪吝亦泯。猥首阿衡朝，將貽匈奴哂。

【本事】

《晉書·殷仲文傳》：會桓玄與朝廷有隙，玄之姊，仲文之妻，疑而間之，左遷新安太守。仲文於玄雖爲姻親，而素不交密，及聞玄平京師，便棄郡投焉。玄甚悅之，以爲諮議參軍。時王謐見禮而不親，卞範之被親而少禮，而寵遇隆重，兼於王、卞矣。玄將爲亂，使總領詔命，以爲侍中，領左衛將軍。玄九錫，仲文之辭也。

【繫年】

據《晉書·安帝紀》："（元興）二年，秋八月，玄又自號相國、楚王。……十二月壬辰,玄篡位,以帝爲平固王。"此詩當作於晉安帝元興二年(403)。

【集說】

唐汝諤《古詩解》卷十九:仲文從桓公於九井,故作此詩。言四時運行若魚鱗相次,物理變化亦各均平,而獨清秋之日,凄風應律,空谷生哀,最足令人興感。因言歲寒之妥將期,晚秀浮華之質,定甘早凋,若長松朝菌,其貞脆必有分矣。令桓公當此秋晨,肅駕來此,開筵禮士,導飲飛觴,令余惑吝之心亦皆銷去。特念以凡庸之品,首列阿衡之朝,恐不冤爲匈奴所笑耳。一若自謙,若自慮,其危懼之情亦隱然想見於言外。

吳淇《六朝選詩定論》卷十一:"景氣"句是秋色,"爽籟"句是秋聲。四句止寫"高興盡"三字。"景氣"句、"爽籟"句,是"高興"。"風物"句、"哀壑"句,是"盡"也。唯清秋理化則然,以喻桓玄之暴苛。當時名流,誅鋤將盡,獨己尚存。人或疑爲阿諛取容,不知乃後凋之松柏也。"哲匠"云云,謂九井之會,乃是閑出怡情,衆僚咸在,己亦在焉,故曰"泛愛",見非其親暱也。即有時云云,似乎好仁,然不過清談往來,袪惑泯吝而已,初未嘗爲畫一策也。曰"猥首",正見不事其事。"風物凄緊",寫秋意不減宋玉,仍可取"凄緊"二字以評此詩。蓋詩本心聲,由其胸中有不舒暢者在耳。

【按語】

此詩"何以標貞脆,薄言寄松菌"一句,呂向注:"言己貞正,其猶松柏而性危脆,同於朝菌。謂被桓玄所制,憂懼至斯。"呂向注突出殷仲文危懼之情。此詩作者名下李善注所引檀道鸞《晉陽秋》,當爲《續晉陽秋》。又,《宋書·謝靈運傳》:"仲文始革孫、許之風。"此詩寄託遙深、感物抒懷,與"理過其辭,淡乎寡味"的東晉玄言詩不同。

遊西池一首五言

謝叔源

善曰：臧榮緒《晉書》曰：謝混，少有美譽，善屬文，爲尚書左僕射。以黨劉毅誅。沈約《宋書》曰：混，字叔源。西池，丹陽西池。混思與友朋相與爲樂也。

向曰：臧榮緒《晉書》云：謝混，字叔源，少有美譽，善屬文，爲尚書左僕射。以黨劉毅被誅。西池，丹陽西也。混思與友朋相與爲樂。

悟彼蟋蟀唱，信此勞者歌。有來豈不疾，良遊常蹉跎。逍遥越城肆，願言屢經過。回阡被陵闕，高臺眺飛霞。惠風蕩繁囿，白雲屯曾阿。景昃鳴禽集，水木湛清華。褰裳順蘭沚，徙倚引芳柯。美人愆歲月，遲暮獨如何？無爲牽所思，南榮誡其多。

【本事】

不詳。

【繫年】

作年存疑。王建國以爲此詩作於謝混任中領軍之時，即晉安帝義熙二年(406)至義熙六年(410)之間。[1]

【集説】

劉履《選詩補注》卷四：此叔源感詩人之詠歌，嘆歲月之易逝，故於芳春出遊西池，而登高眺翫，臨流徙倚，其情賞自得如此。因念友人牽于世務，不得及時相與爲樂，恐其遲暮，無如之何，且舉庚桑子所以誡南榮者爲勸，則其意之所在，豈特望其同遊而已哉？

吳淇《六朝選詩定論》卷十一：通篇以“悟”字爲主，“信”生於“悟”

---

① 參見王建國《謝混〈遊西池〉考論》，《洛陽師範學院學報》，2015 年第 4 期。

也。人生以勞,鳥生以飛,足見古今之人,盡是勞者,古今之唱,盡是勞者之歌,不獨《唐風》爲然。而《唐風》之詠蟋蟀,乃其顯著者耳。後半皆發明此二句意。

張玉穀《古詩賞析》卷十一:此因遊而懷友之詩也。前四,以感觸《蟋蟀》《伐木》二詩,引出人生不知及時行樂之誤。己、友雙含,在己邊則爲反振得勢,在友邊則爲伏脈有根。中十,接寫己遊,次第鋪叙,落到"徙倚引柯",已逗起懷人之意。後四,點清懷友,惜其不得同遊,獨傷遲暮,隨撢筆以牽思戒多,就己邊收住,伸縮盡致。

【按語】

此篇爲遊覽懷友之作,李善注"混思與友朋相與爲樂也",劉履補注由此發揮,切合詩旨,其說可從。此詩"美人愆歲月,遲暮獨如何"一句,劉良注:"美人,謂友人也。愆,過也。言友人遲晚不至,我將如之何。"此注望文生義,不妥。

泛湖歸出樓中翫月一首五言

善曰:靈運《山居賦注》曰:大小巫湖。

謝惠連

向曰:樓,即所居之樓也。

日落泛澄瀛,星羅遊輕橈。憩榭面曲汜,臨流對迴潮。輟策共駢筵,并坐相招要。哀鴻鳴沙渚,悲猿響山椒。亭亭映江月,瀏瀏出谷飆。斐斐氣幕岫,泫泫露盈條。近矚祛幽蘊,遠視蕩喧囂。悟言不知罷,從夕至清朝。

【本事】

《宋書·謝靈運傳》:靈運以疾東歸,而遊娛宴集,以夜續晝,復爲御史中丞傅隆所奏,坐以免官。是歲,元嘉五年。靈運既東還,與族

弟惠連、東海何長瑜、潁川荀雍、泰山羊璿之,以文章賞會,共爲山澤
之遊,時人謂之四友。

【繫年】

　　黄稚荃《文選顏鮑謝詩評補》:"此詩當是元嘉五年,靈運偕惠連、
長瑜還始寧後,惠連述其弟兄朋友遊宴晤言之樂。"①其説可從,本詩
當作於宋文帝元嘉五年(428)。

【集説】

　　方回《文選顏鮑謝詩評》卷一:惠連少年工詩文,此篇十六句之
内,十二句對偶親的,綺靡細潤。然言景不可以無情,必有"近矚窺幽
蘊,遠視蕩喧囂"及末句,乃成好詩。若靈運則尤情多於景,而爲謝氏
詩之冠。散義勝偶句,叙情勝述景,能如是者,建安可近矣!

　　何焯《義門讀書記》卷四十六:曲折層次,曲盡"玩"字之妙。首聯
泛湖,次聯樓中,"哀鴻"一聯藏下"風"字,"斐斐"一聯藏下"從夕
至朝"。

【按語】

　　據《宋書·謝靈運傳》載,此詩當作於謝靈運第二次隱居故鄉始
寧時期,約在元嘉五年或稍後。詩中所寫遊覽場景,正與史書所載
"以文章賞會,共爲山澤之遊"契合。李善注引謝靈運《山居賦注》,指
明泛舟地點。呂向曰:"樓,即所居之樓也。"或爲故鄉始寧舊居之樓。
此詩寫景澄澈明净,方回所謂"言景不可以無情",道出此詩妙處。

從遊京口北固應詔一首五言

　　善曰:《水經注》曰:京口,丹徒之西鄉也。又曰:京城西北有别嶺
入江,三面臨水,高數十丈,號曰北固。

---

① 參見黄稚荃《文選顏鮑謝詩評補》,第76頁。

謝靈運

濟曰：京口，江口。北固，山名。靈運從宋高祖上此山樓，望江而應制也。凡和天子，曰應詔。

玉璽戒誠信，黃屋示崇高。事爲名教用，道以神理超。昔聞汾水遊，今見塵外鑣。鳴笳發春渚，稅鑾登山椒。張組眺倒景，列筵矚歸潮。遠巖映蘭薄，白日麗江皋。原隰荑緑柳，墟囿散紅桃。皇心美陽澤，萬象咸光昭。顧己枉維縶，撫志慚場苗。工拙各所宜，終以反林巢。曾是縈舊想，覽物奏長謠。

【本事】

《宋書·文帝紀》：(元嘉)四年二月乙卯，行幸丹徒，謁京陵。

《宋書·謝靈運傳》：太祖登祚，誅徐羨之等，徵爲秘書監，再召不起，上使光禄大夫范泰與靈運書敦獎之，乃出就職。

【繫年】

此詩當作於宋文帝元嘉四年(427)。謝靈運爲秘書監，宋文帝劉義隆巡幸丹徒，謝靈運隨往，應詔而作。

【集説】

方回《文選顏鮑謝詩評》卷一：《水經注》："京口，丹徒之西鄉，西北有別嶺入江，三面臨水，高十數丈，號曰北固。"今鎮江府猶有北固樓，詩家絶景。靈運出爲永嘉太守，滿歲謝病去職。元嘉三年，既誅徐羨之、傅亮、謝晦，徵靈運爲秘書監，顏延之爲中書侍郎。四年，文帝如丹徒，謁京陵，靈運以其秘書監從，故有應詔之作。

劉履《選詩補注》卷六：武帝即位之後，靈運時爲散騎常侍，從遊北固，應詔而作是詩。言居至尊之位者，玉璽所以驗誠僞，黃屋所以嚴等威，此二事特爲名教之用耳。若乃治化之道，自有神機妙理，超出於事爲之外者焉。且聞昔者帝堯尚有汾水之遊，今吾皇揚鑣塵外，亦豈常情所能測哉？然其所以登高眺玩，而見夫陽景輝映，卉物鮮榮者，莫非聖心仁澤之美，遠近乎布，而萬象無不光昭也。詳此則群臣之受恩寵者，各遂所志，意有在矣。故下文謙言己獨愚拙，自宜歸隱山林，顧乃枉見縶維，徒慚尸素。以此縈想於懷已非一日，今因覽物興感，而奏此長歌也。

吳淇《六朝選詩定論》卷十四：“顧己”至末，寫從遊。因眼前之景物想及山中景物，浩然動歸林之興。此詩有傲氣，只是深藏不露耳。

何焯《義門讀書記》卷四十六：“皇心美陽澤”二句，結裹有力。“曾是縈舊想”句，以曾是爲在位，亦當時之語。

梁章鉅《文選旁證》卷二十一：《元和郡縣誌》：“北固山，在丹徒縣北一公里，下臨長江，其勢險固，因名。”案，《南史·梁武紀》：“幸京口城北固樓，因改名北顧。”嗣後山亦名北顧也。

黃節《謝康樂詩注》：張銑、呂向皆以爲從宋高祖登北固山而作，劉履《補注》從之。考高祖在位三年，史未書遊京口事。《宋書·文帝紀》：“元嘉四年幸丹徒，謁京陵。”此詩蓋靈運爲秘書監時，從遊應詔之作。靈運《本傳》：元嘉五年免官，免官之前已上表陳疾，賜假東歸。觀篇中所云：“顧己枉維縶，撫志慚場苗。工拙各所宜，終以反林巢。”則作此詩時，靈運已有歸志矣。張、呂及劉氏殆未考耳。

【按語】

呂延濟曰：“靈運從宋高祖上此山樓，望江而應制也。”注誤。劉履從之，亦誤。方回之說可從。張銑、呂向注皆以爲從宋高祖登北固山而作，黃節辯之甚確，此詩當是靈運爲秘書監時，從遊應詔之作。此詩“曾是縈舊想，終以反林巢”一句，李善注：“‘舊想’，謂隱居之志也。”吳淇所言“此詩有傲氣”，可謂洞見之論。

晚出西射堂一首五言

善曰：永嘉郡射堂。

銑曰：射堂在永嘉西，靈運獨處，常不得意，作是詩也。然此以下皆永嘉所作。

謝靈運

步出西城門，遙望城西岑。連鄣疊巘崿，青翠杳深沈。曉霜楓葉丹，夕曛嵐氣陰。節往戚不淺，感來念已深。羈雌戀舊侶，迷鳥懷故林。含情尚勞愛，如何離賞心？撫鏡華緇鬢，攬帶緩促衿。安排徒空言，幽獨賴鳴琴。

【本事】

《宋書·謝靈運傳》：少帝即位，權在大臣，靈運構扇異同，非毀執政，司徒徐羨之等患之，出爲永嘉太守。郡有名山水，靈運素所愛好，出守既不得志，遂肆意遊遨，遍歷諸縣，動逾旬朔，民間聽訟，不復關懷。所至輒爲詩詠，以致其意焉。在郡一周，稱疾去職，從弟晦、曜、弘微等并與書止之，不從。

【繫年】

據謝靈運《永初三年七月十六日之郡初發都》李善注：“沈約《宋書》曰：高祖永初三年五月崩。少帝即位，出靈運爲永嘉郡守。少帝猶未改元，故云永初。”謝靈運於宋武帝永初三年（422）任永嘉太守，本詩當作於此時。

【集說】

方回《文選顏鮑謝詩評》卷一：《文選》注：“永嘉郡射堂。”予謂自西射堂出西城門也。起句十字蓋古體，“曉霜楓葉丹”與“池塘生春草”皆名佳句，以其自然也。“節往戚不淺，感來念已深”，靈運多有此句法。感物而必及於情人理之常也。不樂爲郡，而懷賞心之人，至於

"撫鏡""攬帶",恨夫鬢之老、衣之寬,則何其戚戚之甚邪?"安排",《莊子》語,郭象注謂:"安於推移。"此則謂安於世運之推移,徒有空言,不如寄於琴書,足以寫幽獨之無聊也。意深遠而心惻愴,豈真恬於道者哉?

劉履《選詩補注》卷六:靈運被譖出守,常不得意,因步出射堂,而作此詩。言眺望城西,見物候之變,而知節往,則憂思已不淺矣。況感鳥之含情者,尚勞愛戀,則我如何離去賞心之人,能不深念乎哉?且於撫鏡攬帶之頃,又知其漸至老瘦如此,雖欲遺情委化,而不可得,然必善處而使之無悶,惟賴鳴琴以自遣耳。

吳淇《六朝選詩定論》卷十四:"射堂",射圃之堂,"西"者講武之地。詩無所取義者,以偶出所至也。即出之晚,亦是偶值。然却從"晚"字斗底警心,有晤於賞心之不可離。"鳴琴",賞心之事也。射堂雖無所取義,城西岑乃射堂所望見者,妙在一"遥"字,下文俱從遥望寫來。

梁章鉅《文選旁證》卷二十一;《太平寰宇記》卷九十九:西射堂在溫州西南二里,基址猶存,今西山寺是。

【按語】

張銑注:"靈運獨處,常不得意,作是詩也。"其説可從。劉履疏解揭示此詩意旨。顧紹柏《謝靈運集校注》曰:"詩人於蒼茫暮色中,獨自步出西門遠眺,觸景生情,感年華易逝,嘆故鄉邈遠,只好藉撫琴來排遣孤獨苦悶之情。"[1]其説可參。

登池上樓一首五言

善曰:永嘉郡池上樓。

翰曰:靈運被譖出,時有疾,起而作是。

---

① 參見顧紹柏《謝靈運集校注》,第82頁。

謝靈運

潜虬媚幽姿,飛鴻響遠音。薄霄愧雲浮,棲川怍淵沈。進德智所拙,退耕力不任。徇禄反窮海,卧痾對空林。傾耳聆波瀾,舉目眺嶇嶔。初景革緒風,新陽改故陰。池塘生春草,園柳變鳴禽。祁祁傷豳歌,萋萋感楚吟。索居易永久,離群難處心。持操豈獨古,無悶徵在今。

【本事】

鍾嶸《詩品》引《謝氏家録》:康樂每對惠連輒得佳語。嘗在永嘉西堂,思詩竟日不就,寤寐間忽見惠連,即成"池塘生春草"。故常云:"此語有神助,非我語也。"

《太平寰宇記》卷九十九:謝公池在州西北三里,其池在積谷山東。謝靈運《登池上樓》詩云:"池塘生春草,園柳變鳴禽。"初公作詩不佳,夢惠連,得此句。

【繫年】

謝靈運於永初三年(422)七月赴任永嘉太守,次年秋日去職。此詩叙寫永嘉春景,當作於景平元年(423)初春。

【集説】

曾原一《選詩演義》:此在永嘉病起作,翰之説是。濟曰:虬以潜處而自保,鴻以遠飛而去患,靈運既羈世網,故有愧慚虬鴻之心。此説亦通。然於"進德"一句,似無血脉以下。"進德"二語味之,則"潜虬"一句是應"退耕"言,"退耕力不任",則有愧潜虬之幽姿。"飛鴻"一句,是應"進德"言,"進德智拙",則有愧飛鴻之遠音。"鴻漸於征",亦是奮飛之義,不可專執飛鴻冥冥之句,以爲隱遁也。

方回《文選顏鮑謝詩評》卷一:此句("池塘生春草")之工,不以字眼,不以句律,亦無甚深意奧旨。如《古詩》及建安諸子,"明月照高

樓”“高臺多悲風”及靈運之“曉霜楓葉丹”，皆天然渾成，學者當以是
求之。

劉履《選詩補注》卷六：“飛鴻”，李善、呂延濟皆以爲高飛遠害，獨
曾原取鴻漸奮飛之義，謂與“進德”一句相應，當從其說。……靈運自
七月赴郡，至明年春，已踰半載。因病起登樓，而作此詩。言虬以深
潛而自媚，鴻能奮飛而揚音，二者出處雖殊，亦各得其所矣。今我進
希薄霄，則拙於施德，無能爲用，故有愧於飛鴻。退效棲川，則不任力
耕，無以自養，故有慚於潛虬也。夫進退既已若此，未免徇祿海邦，至
於臥病昏昧，不覺節候之易。今乃暫得臨眺，因睹春物更新，則知離
索既久，而感傷懷人之情自不能已。蓋是時廬陵王未廢，故念及之。
且謂窮達離合，非人力所致，唯執持貞操，樂天無悶，豈獨古人爲然，
當自驗之於今可也。

吴淇《六朝選詩定論》卷十四：登池上樓者，初登也。池即詩中池
草、園柳之池，樓在池上，池在園中，園在署側，故詩中曰“傾耳聆”“舉
目眺”，將波瀾嶇嶔寫得稍遠者，以明此樓本在郡署，與城上郊外之樓
不同也。夫康樂以遊覽爲性命，鑿山開道，至伐木三百餘里，乃永嘉
山水之勝，甲於東南。到郡已數月矣，至今方登池樓，一聆一眺，正不
知其數月中何以堪，今日亦何以堪也？……余嘗覽《吟窗雜録》云：康
樂坐此詩得罪。“池塘”二句，因托阿連夢中授此語。客有請於舒王
曰：“不知此詩何以得名於後世，何以得罪於當時？”王曰：“權德輿已
嘗評之，公若未尋繹爾。”客退而求《德輿集》弗得，復以爲問。王誦其
略曰：“池塘者，泉洲瀦漑之地，今日‘生春草’，是王澤竭也。《豳風》
所紀，一蟲鳴則一候變，今日‘變鳴禽’者，候將變也。”由舒王此言觀
之，則於“鳴禽”句之下，即接以“祁祁”句，是嘆周公之不作也。“凄
凄”句以莊爲自喻，謂其外補遠郡，無異羈囚也。末四句，蓋以遁世無
悶之聖人自處，應前首句，即《易》之“潛龍勿用”，而以操文王羑里之
操，應楚吟之感也。黄省曾謂康樂肆覽《莊》《易》，乃不能以《易》自

全,而反以招尤焉,良可惜夫!

何焯《義門讀書記》卷四十六:只似自寫懷抱,然刊置別處不得,循諷再四,乃覺巧不可階。"池塘"一聯,兼寓比托,合首尾咀之,文外重旨隱躍。"祁祁"二句,亦傷不及公子同歸也。"池塘"一聯,驚心節物,乃爾清綺。惟病起即日,故千載常新。

尤侗《艮齋雜説》卷九:"池塘生春草,園柳變鳴禽",本是寫景致語,權德輿謂托諷深重,爲廣州之禍。以池塘泉水濚溉之地而生春草,是王澤竭也;《豳》詩所配,一蟲鳴則一候,今曰變鳴禽者,時候變也。其强作解事,幾於鑿矣。正如黄山谷解杜詩:渭北天寒,故樹有花少實;江東水鄉多癘氣,故雲色駁雜。文體亦然,欲與白細論。此可一笑也。

沈德潛《古詩源》卷十:虬以深潛而保真,鴻以高飛而遠害。今以嬰世網,故有愧虬與鴻也。"薄霄"頂"飛鴻","棲川"頂"潛虬"。又,"池塘生春草",偶然佳句,何必深求。權德輿解爲"王澤竭,候將變",何句不可穿鑿耶?

【按語】

此詩佳句偶得還是托諷深重,爲歷來論爭焦點。權德輿所謂"王澤竭,候將變",過於穿鑿,吳淇敷衍其説,求之過深。何焯所言"兼寓比托,合首尾咀之,文外重旨隱躍",可謂折衷之論。

遊南亭一首五言

善曰:永嘉郡南亭。

銑曰:靈運所居之南亭。

謝靈運

時竟夕澄霽,雲歸日西馳。密林含餘清,遠峯隱半規。久痗昏墊苦,旅館眺郊歧。澤蘭漸被逕,芙蓉始發池。未厭青春好,已覩朱明移。感感感物嘆,星星白髮垂。藥餌情所止,衰疾忽在斯。逝將候秋水,息景偃舊崖。我志誰與亮,賞心惟良知。

【本事】

《宋書・謝靈運傳》:少帝即位,權在大臣,靈運構扇異同,非毀執政,司徒徐羨之等患之,出爲永嘉太守。郡有名山水,靈運素所愛好,出守既不得志,遂肆意遊遨,遍歷諸縣,動逾旬朔,民間聽訟,不復關懷。所至輒爲詩詠,以致其意焉。在郡一周,稱疾去職,從弟晦、曜、弘微等并與書止之,不從。

【繫年】

據該詩題下李善注,此詩當作於謝靈運任永嘉太守時。詩中"未厭青春好,已覩朱明移"一句,李周翰注:"夏爲朱明。"謝靈運於永初三年(422)七月赴任永嘉太守,次年秋日去職。此詩當作於景平元年(423)夏。

【集説】

方回《文選顏鮑謝詩評》卷一:永嘉郡南亭也。按,靈運詩《永初三年七月十六日之郡》,在郡凡一年。《鄰里相送方山詩》曰"皎皎明秋月",此赴郡之始,在少帝即位未改元之前也。《西射堂》詩曰"曉霜楓葉丹",則在郡見冬矣。《池上樓》詩曰"池塘生春草",則在郡見春矣。此乃夏雨喜霽之作,思欲見秋而歸也,其歸當在景平元年秋。景平二年五月少帝廢,八月文帝即位改爲元嘉元年。所謂"賞心惟良知",必指從弟惠連及何敬瑜、羊璿之之流耳。三年始徵爲秘書監。

唐汝諤《古詩解》卷二十:此感時遊息而作。言雨色初霽,夕陽已西,天朗氣清,因出而閑眺。只見芳菲滿徑,景物漸非,乃春光正佳,而夏忽改序。青鬢已白,衰疾復嬰我,是以欲俟清秋之候而息偃於舊崖也。然吾此志,惟良友可與賞心,而又誰能亮之哉?

張玉穀《古詩賞析》卷十六：此亦因遊思歸之詩。前六，先就夕霽寫景，以久苦昏墊，挑出喜晴出遊。“旅館”句，點題引下。中四，即眺中澤蘭芙蓉，指出春去夏來時物之變。後八，頂物變，感到年衰疾作，而以秋來逝息舊厓，良知必能亮我，點明詩旨，曲折流動。

方東樹《昭昧詹言》卷五：自病起《登池上樓》，遂《遊南亭》，繼之以《赤石帆海》，又繼以《登江中孤嶼》，皆一時漸歷之跡。故此數詩，必合誦之，乃見其一時情事及語言之次第。“時竟”，據前後詩意，乃是春時竟也。

【按語】

方回認爲，“賞心惟良知”指謝惠連等，其説不妥。據史載，謝靈運與謝惠連等交遊，當在去永嘉還始寧時，黄稚荃《文選顏鮑謝詩評補》已指出。[①]

遊赤石進帆海一首五言

善曰：靈運《遊名山志》曰：永寧、安固二縣中，路東南便是赤石，又枕海。

翰曰：赤石山枕海，靈運於此進也。

謝靈運

首夏猶清和，芳草亦未歇。水宿淹晨暮，陰霞屢興没。周覽倦瀛壖，況乃陵窮髮。川后時安流，天吴静不發。揚帆采石華，挂席拾海月。溟漲無端倪，虛舟有超越。仲連輕齊組，子牟眷魏闕。矜名道不足，適己物可忽。請附任公言，終然謝天伐。

【本事】

謝靈運《遊名山志》：永寧安固二縣中路東南，便是赤石。又枕

---

① 參見黄稚荃《文選顏鮑謝詩評補》，第93頁。

海、巫湖三面悉高山,枕水,渚山溪澗,凡有五處,南第一谷,今在所謂石壁精舍。

【繫年】

據該詩題下李善注,本詩作於謝靈運任永嘉太守時。詩中寫道:"首夏猶清和。"此詩作於宋少帝景平元年(423)夏。

【集說】

方回《文選顏鮑謝詩評》卷一:"首夏猶清和",至今以爲名言。"瀛堧",海之邊岸也。南極海中有窮髮之人。"天吳",水伯也,其獸八首、八足、八尾,背黄青。"石華""海月",皆海中可食之物。"揚帆""挂席",古詩未尚大巧,故不嫌異辭而同義,猶前詩用"愧"對"怍"也。"仲連輕齊組,子牟眷魏闕",《文選》注謂:"仲連輕齊組而至海上,明海上可悦,既悦海上,恐有輕朝廷之譏,故云'子牟眷魏闕'。"予謂靈運意不然,其意乃是雙舉仲連、子牟,一是而一非之。矜名者道不足,名固不可矜也。適己者物可忽,"忽"字未安,以富貴爲外物而忽之可也;以物爲人物之物,但知適己而忽物則不可也。

劉履《選詩補注》卷六:史言,靈運出守,既不得志,遂肆意遊遨山水,徧歷諸縣,動踰旬朔,所至輒爲詩詠,此遊海一篇,亦其證也。其言首夏於舟中淹宿,連日周覽瀛堧,亦已倦矣,況乃深入無涯之溟漲乎?是時風波恬静,玩物夷猶,不覺超越之遠。因思魯連、魏牟之在海上者,一則戀闕矜名,而於道爲不足;一則任真自適,而於物無所繫,二者之趣已判然可識,更請益以太公任之言,則終能謝去夭伐而全吾生矣。其後靈運在臨川爲有司所糾,遣使收之,乃興兵逃逸,作詩曰:"韓亡子房奮,秦帝魯連恥。"竟以此自致夭伐,徒爲空言而不能踐,惜哉!

何焯《義門讀書記》卷四十六:老杜《渼陂行》奪胎於此。波瀾頓挫,在數詩中尤爲出格。"首夏猶清和",唐人省試命題作"夏首"。

【按語】

方回指出，"仲連輕齊組，子牟眷魏闕"一句李善注誤，方說可從。劉履指出謝靈運言行前後矛盾性，"空言而不能踐"，頗爲可嘆。又，黃稚荃曰："末六句蓋托爲曠達，有浮海不返之心。舉仲連、子牟二人，一輕齊組而逃於海上，一身在江海而心存魏闕，以子牟爲矜名，以仲聯爲適己，欲附任公之言，師乎仲連，高蹈遠引，以全生遠害耳。"① 其說可參。

石壁精舍還湖中作一首五言

善曰：精舍，今讀書齋是也。謝靈運《遊名山志》曰：湖三面悉高山，枕水渚山，溪澗凡有五處。南第一谷，今在所謂石壁精舍。

向曰：言靈運遊山寺也。

謝靈運

昏旦變氣候，山水含清暉。清暉能娛人，遊子憺忘歸。出谷日尚早，入舟陽已微。林壑斂暝色，雲霞收夕霏。芰荷迭映蔚，蒲稗相因依。披拂趨南逕，愉悅偃東扉。慮澹物自輕，意愜理無違。寄言攝生客，試用此道推。

【本事】

《宋書·謝靈運傳》：靈運父祖并葬始寧縣，并有故宅及墅，遂移籍會稽，脩營別業，傍山帶江，盡幽居之美。與隱士王弘之、孔淳之等縱放爲娛，有終焉之志。每有一詩至都邑，貴賤莫不競寫，宿昔之間，士庶皆遍，遠近欽慕，名動京師。作《山居賦》并自注，以言其事。

【繫年】

謝靈運於景平元年（423）秋辭去永嘉太守，隱居故鄉始寧。顧紹

---

① 參見黃稚荃《文選顏鮑謝詩評補》，第 99 頁。

柏《謝靈運集校注》繫於景平二年（424）夏，可從。

【集説】

葛立方《韻語陽秋》卷十三：晉孝武初奉佛法，立精舍於殿内，引沙門居之，故今人皆以佛寺爲精舍。殊不知精舍者，乃儒者教授生徒之處。《後漢》包咸、檀敷、劉淑《傳》，皆有立精舍教授生徒之文。謝靈運《石壁精舍詩》曰：“披拂趨南徑，愉悦偃東扉。”皆靈運所居之境，非佛寺也。故李善注云：“精舍者，今讀書齋是也。”葉少蘊所居號石林精舍，蓋用此義。

方回《文選顔鮑謝詩評》卷一：靈運所以可觀者，不在於言景，而在於言情。“慮澹物自輕，意愜理無違”，如此用工，同時諸人皆不能逮也。至其所言之景，如“山水含清暉，林壑斂暝色”及他日“天高秋月明，春晚緑野秀”，於細密之中，時出自然，不皆出於纖組。顔延年、鮑明遠、沈休文雖各有所長，不到此地。如石壁地名之類，自可看《文選》注。

劉履《選詩補注》卷六：按孫枝《東山考》，石壁精舍即所謂讀書齋，蓋太傅之故宅，今爲國慶院。湖謂太康湖也。……靈運既卜居田南，時復泛舟湖上，往遊舊居，此詩因暮還而作。首言石壁山水之勝，能使我澹然而忘歸。次敘舟中所歷景物之佳，以至趨還田南，偃息東扉之樂。此皆胸中自得真趣，有非他人所能與者。故又明言慮淡則外物自輕，意愜則物理亦順。凡養生之人能以此道推之，則所樂亦不假外求而自得矣。

唐汝諤《古詩解》卷二十：靈運既卜居田南，時復泛舟湖上，此因暮歸而作。

【按語】

關於“精舍”，歷來有考。李善注以爲是讀書齋，劉履認爲是太傅故宅，皆誤。吕向注：“言靈運遊山寺也。”可從。黄節注以爲李善及劉履注誤。① 顧紹柏從之,以爲精舍爲佛寺。又,顧紹柏《謝靈運集校注》有詳考。② 黄稚荃認爲:"想見此公棄官歸來,以禪悦自適之豪情勝概。"③謝靈運山居,有寺有僧,頗爲信奉佛教。

登石門最高頂一首五言

善曰:靈運《遊名山志》曰:石門澗六處,石門溯水上,入兩山口,兩邊石壁,右邊石巖,下臨澗水。

濟曰:言靈運登石門山也。

謝靈運

晨策尋絶壁,夕息在山樓。疏峯抗高館,對嶺臨迴溪。長林羅户穴,積石擁基階。連巖覺路塞,密竹使徑迷。來人忘新術,去子惑故蹊。活活夕流馳,噭噭夜猿啼。沈冥豈别理,守道自不携。心契九秋幹,目翫三春荑。居常以待終,處順故安排。惜無同懷客,共登青雲梯。

【本事】

《宋書・謝方明傳》附《謝惠連傳》:元嘉七年,方爲司徒彭城王義康法曹參軍。

【繫年】

顧紹柏繫於宋文帝元嘉七年(430),可從。④ 謝惠連於本年春離開始寧赴京,惠連於是年任職至十年卒,一直在建康。謝靈運此詩"惜無同懷客,共登青雲梯"一句,可能爲謝惠連而發。

---

① 參見黄節《謝康樂詩注》,第 646 頁。
② 參見顧紹柏《謝靈運集校注》,第 587—588 頁。
③ 參見黄稚荃《文選顏鮑照謝詩評補》,第 103 頁。
④ 參見顧紹柏《謝靈運集校注》,第 262 頁。

【集説】

方回《文選顏鮑謝詩評》卷一：此詩"密竹使徑迷"已似唐詩。《新序》榮啓期曰："貧者士之常，死者人之終。居常待終，何憂哉？"靈運用此全語，曰"居常以待終"，恐靈運非貧者也。《莊子》："老聃死，秦失吊之，曰：'適來，夫子時也；適去，夫子順也。'""安排"，已見前注。排者，推也。能處順，故安於造物之推移也。然靈運又豈能處順者哉？"惜無同懷客，共登青雲梯"，靈運每有賞心之嘆，即義真所謂未能忘言於悟賞者。然則賞一也，有獨賞，有共賞，靈運思夫共賞者，而不可得，則以獨賞爲憾，此尾句之意也，亦篇篇致意於斯。"心契""目翫"一聯，謂内其實而外其華，先之以沈冥守道之説，自處高矣。焉得不爲俗人所忌？

劉履《選詩補注》卷六：靈運於南北兩居，往來棲息。此詩因還北居既久，復尋石門而作，大意與前篇略同。其所叙景物亦不過幽深險阻、悲響凄愴之意。且謂人生各遂所趨，而我獨沉冥若此者，是豈別有一理哉？但當守道不變，則窮達顯晦渾然一致，自無離間矣。夫卉木秋落而春榮，亦皆順時變化，莫非一氣之流行，故常目玩而心契焉。今我亦惟居常待終，處順安排，如斯而已耳。惜無同懷之人，共此登陟之樂也。

方東樹《昭昧詹言》卷五：此題是登山，而詩所言棲息久止事，疑在《石門新營所住》後，與《夜宿石門》一類，皆永嘉石門。

【按語】

方東樹以爲，"石門"爲"永嘉石門"，不妥。黃稚荃對"石門"有詳考，認爲當是會稽嶀山之石門，其《文選顏鮑謝詩評補》曰："'居常以待終，處順故安排'，是守故居寂寞語，異於在永嘉怨激思歸之言。"①其説可從。

---

① 參見黃稚荃《文選顏鮑謝詩評補》，第107—108頁。

於南山往北山經湖中瞻眺一首五言

善曰:靈運《山居賦》曰:若乃南北兩居,水通陸阻。又曰:永歸其路,乃界北山。注云:兩居,謂南北兩處,南山是開創卜居之處也。又曰:大小巫湖,中隔一山。然往北山經巫湖中過。

銑曰:則靈運所居南山、北山。

謝靈運

朝旦發陽崖,景落憩陰峯。舍舟眺迴渚,停策倚茂松。側逕既窈窕,環洲亦玲瓏。俛視喬木杪,仰聆大壑灇。石橫水分流,林密蹊絕蹤。解作竟何感,升長皆丰容。初篁苞綠籜,新蒲含紫茸。海鷗戲春岸,天雞弄和風。撫化心無厭,覽物眷彌重。不惜去人遠,但恨莫與同。孤遊非情嘆,賞廢理誰通?

【本事】

《宋書・謝靈運傳》:靈運父祖并葬始寧縣,并有故宅及墅,遂移籍會稽,脩營別業,傍山帶江,盡幽居之美。與隱士王弘之、孔淳之等縱放爲娛,有終焉之志。每有一詩至都邑,貴賤莫不競寫,宿昔之間,士庶皆遍,遠近欽慕,名動京師。作《山居賦》并自注,以言其事。

【繫年】

據李善注引《山居賦》及詩中寫到南山、北山物色,此詩可能作於謝靈運第一次隱居故鄉始寧期間。顧紹柏將此詩繫於元嘉二年(425)春,可從。①

【集説】

方回《文選顏鮑謝詩評》卷一:此詩述事寫景,自"天雞弄和風"以上十六句,有入佳句,可膾炙。然非用"撫化""覽物"一聯以繳之,則

---

① 參見顧紹柏《謝靈運集校注》,第 175 頁。

　　無議論,無歸宿矣,此靈運詩高妙處。"不惜去人遠"謂古人也,"不惜"者,深惜之也。以獨遊山中,今人無可與同者也。"孤遊非情嘆,賞廢理誰通",謂己之獨遊於此,不以真情形之嘆詠,則賞心之事之人既廢,此理誰與通乎? 意極哀惋。柳子厚永州諸詩多近此。"陽崖"謂南山,"陰峰"謂北山,"解作"謂雷雨。"升長"謂草木,用兩卦名爲偶,建安詩無是也。

　　劉履《選詩補注》卷六:此篇特寫其遊玩山水自得之趣。謂終日之間,涉歷瞻眺,景各不同。且因春陽感發,萬物生育,動植各得其宜,而我靜觀天地造化之妙,中心已無厭斁。況乃歷覽生物如此,又知一物之中,各具造化之理,則眷賞之情,自不一而足也。然能深知此中之樂者,其惟古人乎? 今我不惜其逝去已遠,但恨今人莫可與同,是以獨遊興嘆,非私情也。正恐玩賞之事若廢,則此理寖微,誰復能達其妙者,是其可惜也矣。

　　張玉穀《古詩賞析》卷十六:題似在湖瞻眺,詳詩則過湖後,正在北山瞻眺也。前四,先將題面盡皆點清,是先出題法。"側徑"六句,眺中不變之景。"解作"六句,亦寫眺中景,然在春時動植之物上說,初非複雜。後六,撫景流連,以致嘆無人共賞收住。"解作""升長",經語入詩而不覺腐,謝公所長。

【按語】
　　此詩末句"孤遊非情嘆,賞廢理誰通",各家解釋不一。顧紹柏曰:"賞廢,謂賞心廢止。賞,唐呂延濟、元劉履理解爲玩賞,不妥;唐李善、元方回理解爲賞心,甚是。賞心,以心相賞,特指好友能在一起傾心吐膽。……因摯友廬陵王劉義真於景平二年六月被殺,故云賞廢。"①其說可參。

_____

① 參見顧紹柏《謝靈運集校注》,第 178 頁。

從斤竹澗越嶺溪行一首五言

善曰：靈運《遊名山志》曰：神子溪，南山與七里山分流，去斤竹澗數里。

銑曰：越，度也。

謝靈運

猿鳴誠知曙，谷幽光未顯。巖下雲方合，花上露猶泫。逶迤傍隈隩，苕遞陟陘峴。過澗既厲急，登棧亦陵緬。川渚屢逕復，乘流翫迴轉。蘋萍泛沈深，菰蒲冒清淺。企石挹飛泉，攀林摘葉卷。想見山阿人，薜蘿若在眼。握蘭勤徒結，折麻心莫展。情用賞爲美，事昧竟誰辨？觀此遺物慮，一悟得所遣。

【本事】

《宋書·謝靈運傳》：靈運去永嘉還始寧，時方明爲會稽郡。靈運嘗自始寧至會稽造方明，過視惠連，大相知賞。

【繫年】

此詩作年存疑。據詩中"想見山阿人，薜蘿若在眼""情用賞爲美，事昧竟誰辨"等語，顧紹柏認爲此詩可能作於元嘉二年（425）夏，謝靈運拜訪謝方明歸來經斤竹嶺時作。[1]

【集説】

方回《文選顏鮑謝詩評》卷一：七韻言遊山之事，四韻言情，借《楚詞·山鬼》"薜蘿"語，以懷所思之人。"握蘭""折麻"，將以遺之，心徒勤而不展也。"情用賞爲美"，謂遊山之情已獨賞矣，而無知我心共賞之者，則何美之有？如此，則其事幽昧而無分別者。一説謂吾之真情以賞知此山爲美。事不明，顧不暇，憂其不察也。以此觀之，物慮可

---

① 參見顧紹柏《謝靈運集校注》，第178頁。

遺，而是非可遺矣。然則伐木開徑，以致王琇之疑、孟顗之奏，此詩殆先兆也。

劉履《選詩補注》卷六："山阿人"，《楚詞》云："若有人兮山之阿，被薜荔兮帶女蘿。"本指山鬼，是時廬陵王已死，故托言之。"握蘭"，束道彥賦云："握春蘭兮遺芳。"……"事昧"，蓋謂廬陵王爲徐羨之等譖廢，尋復見殺，及己，亦因此而出也。"得所遺"，郭象《莊子注》云："既遺是非，又遺其所遺，然後無所不遺，而是非去也。"蓋用此意。

此篇因登覽山水有懷而作。其言山谷幽深，曉景清麗，於是乘此出遊。延歷漸遠，不憚陵涉回復之勞，而玩物適情，悠然自得。然而所思永隔，神期若存，偶因瞻眺山阿，而其人髣髴在目。雖欲折芳贈遺，以通殷勤，而此心莫展，徒成鬱結耳。夫情以賞適爲美，況往事暗昧，竟無爲之辨明者。何乃自貽憂念，而不爲樂哉？且當觀此佳勝，遺去物慮，釋然一悟，斯得排遣之道矣。

梁章鉅《文選旁證》卷二十一：劉氏履曰："山阿人"，《楚詞》本作山鬼，是時廬陵王已死，故托言之。按遍考沈約《宋書》及《謝靈運傳》，此詩未見與廬陵王相涉也，劉説未知所本。

【按語】

"山阿人"，劉履指出："本作山鬼，是時廬陵王已死，故托言之。"顧紹柏發揮其説，并認爲："這首詩寫詩人越嶺行溪，領略夏晨景色，但一想到好友廬陵王已作古人，事昧難辨，不覺悲從中來。"其説求之過深。梁章鉅所言"此詩未見與廬陵王相涉也"，可備一説。"想見山阿人，薜蘿若在眼"一句，劉良注曰："《楚辭》云：'若有人兮山之阿，披薜荔兮帶女蘿。'靈運想此，其猶眼見也。"此詩或因眼前景色聯想到《楚辭》意境，并無深層托諷之意。

應詔觀北湖田收一首五言

善曰：《丹陽郡圖經》曰：樂遊苑，晉時藥園，元嘉中築隄壅水，名爲北湖。《集》曰：元嘉十年也。太祖改景平十二年爲元嘉。

顏延年

翰曰：延年從文帝遊曲阿北湖，觀收田勤苦，應詔作此詩也。

周御窮轍跡，夏載歷山川。蓄軫豈明懋，善遊皆聖仙。帝暉膺順動，清蹕巡廣塵。樓觀眺豐穎，金駕映松山。飛奔互流綴，緹縠代迴環。神行埒浮景，爭光溢中天。開冬眷徂物，殘悴盈化先。陽陸團精氣，陰谷曳寒煙。攢素既森藹，積翠亦蔥仟。息饗報嘉歲，通急戒無年。溫渥浹輿隸，和惠屬後筵。觀風久有作，陳詩愧未妍。疲弱謝凌遽，取累非繮牽。

【本事】

《宋書·禮制》：北郊，晉成帝始立，本在覆舟山南。宋太祖以其地爲樂遊苑，移於山西北。後以其地爲北湖，移於湖塘西北。

【繫年】

據該詩題下李善注引《顏延之集》，此詩作於元嘉十年（433）冬。

【集説】

葛立方《韻語陽秋》卷十三：虞巡之事遠矣，後世莫能知其詳也。若周穆王者，勞民費財，從事於八荒之遠，豈人君之美事乎？顏延年《應詔觀北湖詩》乃云："周御家轍跡，夏載歷山川。蓄軫豈明懋，善遊皆聖仙。"《侍遊曲阿詩》又云："虞風載帝狩，夏諺頌王遊。春方動宸駕，望幸傾五州。"是開人君遊豫流亡之心，非所謂告以善道者也。

方回《文選顏鮑謝詩評》卷一：此詩十三韻，無可取。《文選》注："《丹陽郡圖經》曰：'樂遊苑，晉時藥園，元嘉中築堤壅水，名爲北湖。'《集》曰：'元嘉十年也。'"予謂李善時有《丹陽郡圖經》，有《顏延之集》，今皆無之矣。詩第二韻曰："蓄軫豈明懋，善遊皆聖仙。"注云："蓄軫不行，豈是欽明懋德之後。善遊天下，皆是睿聖神仙之君。"能通詩意，而理則無是也。前一韻曰："周御窮轍跡，夏載歷山川。"言周穆王、夏禹，此乃復注曰："聖謂夏禹，仙謂周穆。"亦巧。

何焯《義門讀書記》卷四十六：較康樂《從遊京口北固詩》，顏、謝優劣，何啻霄壤。

梁章鉅《文選旁證》卷二十一："太祖改景平十二年爲元嘉"，"十"字應去除，各本皆衍。

【按語】

此爲應制之作，題旨明確，然歷來評價大多不高。何焯所言："顏、謝優劣，何啻霄壤。"謝詩表達歸隱之志，顏詩一味頌揚，因而何焯有顏、謝優劣之論。

車駕幸京口侍遊蒜山作一首五言

善曰：劉楨《京口記》曰：蒜山無峯，嶺北臨江。《集》曰：元嘉二十六年也。蒜山在潤州西二里，京口在潤州。

銑曰：此題延年侍遊蒜山，觀其詩意乃不得從駕，恐題之誤。

顏延年

元天高北列，日觀臨東溟。入河起陽峽，踐華因削成。巖險去漢宇，袨衛徙吳京。流池自化造，山關固神營。園縣極方望，邑社揔地靈。宅道炳星緯，誕曜應神明。睿思纏故里，巡駕帀舊坰。陟峯騰輦路，尋雲抗瑤甍。春江壯風濤，蘭野茂稊英。宣遊弘下濟，窮遠凝聖情。嶽濱有和會，祥習在卜征。周南悲昔老，留滯感遺氓。空食疲廊肆，反稅事巖耕。

【本事】

《宋書·文帝紀》：二十六年春正月辛巳，車駕親祠南郊。二月己亥，車駕陸道幸丹徒，謁京陵。

【繫年】

據該詩題下李善注引《顔延之集》，此詩作於元嘉二十六年（449）。

【集説】

吴淇《六朝選詩定論》卷十二：題是侍遊詩，却是不得侍遊，想當從遊侍臣作此詩，延年亦依其題而作耳。

何焯《義門讀書記》卷四十六：從京口發端，文帝此行，下詔者三，此詩實驪括其意。以《本紀》參觀，而後見其工也。銑注："其意乃不得從駕，恐題之誤。"

陳祚明《采菽堂古詩選》卷十六：銑注詩意乃似延之不得從駕，恐題誤。非也。正言古人有以不得從爲憾者，今儼在行列，是空食也。

【按語】

該詩題下李善注引劉楨《京口記》，訛誤。《文選考異》卷四《京口記》作者爲劉損，此書爲《隋書·經籍志》著録。又，詩中顔延之有無從駕，歷來有爭議。依據"周南悲昔老，留滯感遺萌"一句，李善、張銑注認爲顔延之未能從駕。黄侃《文選平點》卷三："此反喻也，言己幸於周南留滯之人也。'周南'二句即反映從駕。'周南''留滯'，一事而分用，句法與'宣尼悲獲麟'二語同。"黄稚荃引《宋書》，并認爲當時顔延之爲秘書監，可能從駕。[①] 其説可從。

車駕幸京口三月三日侍遊曲阿後湖作一首五言

善曰：《水經注》曰：晉陵郡之曲阿縣下，陳敏引水爲湖，水週四十里，號曰曲阿後湖。《集》曰：元嘉二十六年也。

顔延年

虞風載帝狩，夏諺頌王遊。春方動辰駕，望幸傾五州。山祇蹕嶠

---

① 參見黄稚荃《文選顔鮑謝詩評補》，第102頁。

路,水若警滄流。神御出瑶軫,天儀降藻舟。萬軸胤行衛,千翼泛飛浮。彤雲麗琁蓋,祥飆被綵斿。江南進荊艷,河激獻趙謳。金練照海浦,笳鼓震溟洲。藐盼觀青崖,衍漾觀綠疇。人靈騫都野,鱗翰聳淵丘。德禮既普洽,川嶽遍懷柔。

【本事】

《宋書·文帝紀》:二十六年春正月辛巳,車駕親祠南郊。二月己亥,車駕陸道幸丹徒,謁京陵。

【繫年】

據該詩題下李善注引《顏延之集》,此詩作於元嘉二十六年(449)。

【集說】

吳淇《六朝選詩定論》卷十二:唐許渾《凌歊臺詩》曰:"宋祖凌歊樂未回,三千歌舞宿層臺。"或以爲失實。蓋宋高,固節儉之主也,當指文帝。觀延年此詩及《城北田收》詩,其侍從之多、車騎之盛,此又有"江南進荊艷,河激獻趙謳"之語,則三千歌舞,文帝洵有之,然却無宿凌歊之事也。余以爲仍指宋高爲是。蓋此臺乃宋高所建也。宋高固節儉之主,曷爲而建此臺也? 宋高常有經營西北之志,故作臺於宋之北邊,親覽北方之形勢而又恐人之我虞也,於是假名於凌歊,若避暑之離宮然。然既名凌歊臺,則高矣大矣。宋高固節儉之主,曷爲此高大之臺也? 臺不高則望不遠,基不大則臺不高,且兼以備突來之虞而容宿衛也。此宋高之深謀老算,敵人莫知、臣民莫知,即後世之子孫亦不知也。後世子孫,既不知其深謀老算,但見臺之巍然高耳、恢然大耳,以爲先王之奢於土木如此。土木既可奢,則車騎亦可奢,舟楫亦可奢,而聲色亦何不可奢也? 則今日之"山祇"云云,雖出於文帝,而實宋高有以啓之也。

何焯《義門讀書記》卷四十六:唐初諸公所作勝之遠矣,無論少陵

也。又，是年帝始與王元謨謀北伐五州，"望幸"之語，延年或以抵其
蠟乎？"彤雲麗琁蓋"六句，如此則已盡反乎高祖儉素之德，而流連荒
亡之爲務矣。延年顧侈陳不已，於六義安取焉？

【按語】

　　此詩奢言從遊之盛，故吳淇聯繫宋高奢于土木，宋文帝亦頗爲奢
靡，闡釋此詩意旨。何焯所言："延年顧侈陳不已，於六義安取焉。"此
從儒家詩教重諷諫立論，求之過深。

行藥至城東橋一首五言

鮑明遠

　　良曰：昭因疾服藥，行而宣導之，遂至建康城東橋，見遊宦之子，
而作是詩。

　　雞鳴關吏起，伐鼓早通晨。嚴車臨迥陌，延瞰歷城闉。蔓草緣高
隅，脩楊夾廣津。迅風首旦發，平路塞飛塵。擾擾遊宦子，營營市井
人。懷金近從利，撫劍遠辭親。爭先萬里塗，各事百年身。開芳及稚
節，含采吝驚春。尊賢永昭灼，孤賤長隱淪。容華坐消歇，端爲誰
苦辛？

【本事】

　　不詳。

【繫年】

　　作年不詳。錢仲聯《鮑照年表》指出，元嘉二十九年（454），鮑照
自南兗州返建業。[1] 韓暉《〈文選〉編輯及作品繫年考證》認爲，此詩可

_____

① 參見錢仲聯《鮑參軍集注》，第 434 頁。

能作於元嘉二十九年左右(454)，鮑照在詩中表達對門閥制度的不滿。① 可從。

【集説】

方回《文選顏鮑謝詩評》卷一：此亦不得志詩。“雞鳴”四句，昭自敘早行也。“行藥”有二義，晉、宋間人服寒食散之類，服藥矣，而遊行以消息之。行藥者，老杜詩“乘興還來看藥欄”，蓋行視花草藥物之意，亦通。“蔓草”以下，敘景述事。言早起之人，不爲仕宦，即爲井市。懷金撫劍，近遠不同，而同於奔競也，故曰：“爭先萬里途，各事百年身。”下文曰：“開芳及稚節，含采吝驚春。”《文選》注“吝”字，殊爲費力。其説曰：“草之開芳，宜及少節。既以含采，理惜驚春。夫草之驚春，花葉必盛，盛必有衰，固所當惜也。”又引孔安國《尚書傳》曰：“吝，惜也。”虛谷竊謂“吝”字可疑，豈以上文有“各事百年身”，故於此句避“各”字以爲“吝”字乎？以愚見決之，當作“開芳及稚節，含采各驚春”爲是。

此蓋有感於行藥之際，見夫開芳含采之藥物，及乎未老之時，而皆有驚春之色，以譬夫仕宦撫劍、市井懷金之徒。然當時之所謂尊而賢者，久永光顯，吾曹之孤而賤者，則終於隱淪，坐成衰老，爲誰而空苦辛也？故曰此亦不得志之詩。

劉履《選詩補注》卷七：“行樂”，六臣并作“行藥”，且謂“因疾服藥，行而宣導之”，然與詩意略不相涉，詳此特字畫之誤，今正之。城，謂京城也。……此明遠因行樂有感而作。言侵晨將出遊，眺遠郊，至城東門，方且延覽景物，而行者之塵，已飛塞於路矣。觀夫遊宦從利之徒，擾擾營營，爭先萬里，莫不各爲百年之身所累而然。殊不知百年之内，倏忽無幾，惟當及此少壯，以進德俻業，開布芳榮，何乃徒自含章，羞驚盛年之失。且尊貴而有德者，雖不免於形役，猶得

① 參見韓暉《〈文選〉編輯及作品繫年考證》，第320頁。

以揚名後世。若此孤賤無聞之人，乃亦奔走其間，坐見衰老，不知端爲誰而辛苦哉？蓋亦勉人及時自樹，不可徒爲淪没也。曾原曰："明遠之詩，詞氣俊偉，而之渾涵，然未至流於靡麗，下此則皆靡麗矣，讀者詳之。"

　　吳淇《六朝選詩定論》卷十三：病而服藥。行者，欲其藥之行也。城東橋，行藥所至也。詩中爲名爲利之人，乃橋上所見，因而有感，乃感之緣；抑多病則多感，又感之因也。然題雖曰"行藥"，而詩中一字不及者，似是此事不雅馴，故托之行藥耳。……蓋人生富貴窮通有定分，"尊賢"自合"照灼"，"孤賤"自合"隱淪"，從古而然。彼擾擾遊宦之人，撫劍辭親，不過爲百年計耳。乃容華坐歇，百年倏忽，彈指之頃，爭先萬里，恁地苦辛，端爲誰乎？此參軍之所以深感也。

　　梁章鉅《文選旁證》卷二十一："行藥"，良注："照因疾服藥，行而宣導之。"林先生曰：潘安仁"藥以勞宣"，蓋即此意。杜詩"行藥頭涔涔"，當亦本此。

〔按語〕

　　劉良注："因疾服藥，行而宣導之。"不妥。劉履以爲"行樂有感"，亦誤。關於行藥，黄稚荃《文選顏鮑謝詩評補》有考，其文指出："方氏'服藥遊行消息之説'甚是，又引杜詩'乘興還來看藥欄'則誤也。引杜詩，亦當引'行藥頭涔涔'之句，則與此同義。"[①]其説可從。

遊東田一首五言

謝玄暉

善曰：脁有莊在鍾山東，遊還作。

濟曰：則脁所居之東田。

---

① 參見黄稚荃《文選顏鮑謝詩評補》，第127—131頁。

感感苦無憬,携手共行樂。尋雲陟累榭,隨山望菌閣。遠樹暧仟仟,生煙紛漠漠。魚戲新荷動,鳥散餘花落。不對芳春酒,還望青山郭。

【本事】

《南史·鬱林王紀》:文惠太子立樓館於鍾山下,號曰"東田",太子屢遊幸之。

【繫年】

作年存疑。可能作於齊武帝永明八年(490),謝朓爲文惠太子舍人時。①

【集説】

吴淇《六朝選詩定論》卷十五:凡詩先景而後情者,情因景感也。先情而後景者,乃其懷中一段憂思無時可解,借景以排遣。其寫閑適到十分,正是十分愁苦也。此詩首句,正出遊之由。東田在鍾山之東,史稱齊太子出東田觀獲是也,朓別業在焉。"携手"云云,言同遊有人。"累榭""菌閣",東田之臺樹。"尋雲"句,寫高,言不必尋雲,陟之而雲自親。"隨山"句,所望之遠,言不必隨山,望之而山自見。"遠樹"二句,遠景之妙;"魚戲"二句,近景之妙。總言處處可樂也。"不對"二句,事事可樂也。然而可樂者,亦止此東田片地,遊東田之片,瞬而其戚戚無憬,終無可解者。

何焯《義門讀書記》卷四十六:齊武帝時,文惠太子立樓館於鍾山下,號曰"東田",太子屢遊幸之。詩之所云乃其地也。節候已過,强事登望,所以見其戚戚無歡也,呼應無跡,古人所以高。陶詩"曖曖遠人村,依依墟里煙",玄暉蓋用之結句,是魚鳥之有得而思歸也。當塗青山,謝朓宅在焉。

---

① 參見韓暉《〈文選〉編輯及作品繫年考證》,第331頁。

　　張玉穀《古詩賞析》卷十八：此賦遊以適興之詩。前四，以寫憂尋樂説起，點清出遊東田。"累榭""菌閣"指山莊言。中四，寫遊時所見初夏之景，兩遠兩近。後二，則以無春酒，遽言歸，寄慨收住。

　　梁章鉅《文選旁證》卷二十一引《太平寰宇記》：齊文惠太子立樓館於鍾山下，號曰"東田"，與府屬遊幸。"東田"反語爲"顛童"。案，"東田"，見《南史‧齊武帝諸子文惠太子傳》。"顛童"，見《南史‧鬱林王紀》。

【按語】

　　關於"東田"，吕延濟曰："則眺所居之東田。"不妥。當從何焯之説。文惠太子"與府屬遊幸"，謝朓時爲太子舍人，詩中"携手共行樂"一句，寫出衆人同遊的場景。

從冠軍建平王登廬山香爐峯一首五言

　　善曰：沈約《宋書》曰：建平王景素，爲冠軍將軍、湘州刺史。劉璠《梁典》曰：江淹年二十，以五經授宋建平王景素，待以客禮。遠法師《廬山記》曰：山東南有香爐山，孤峯秀起，遊氣籠其上，即樊藴若煙氣。

　　濟曰：宋建平王景素爲冠軍，廬山東南有香爐山，孤峰秀起，遊氣籠其上，氛氣若香煙也。觀淹詩意，乃和王詩。此不云之應教，誤矣。

江文通

　　廣成愛神鼎，淮南好丹經。此山具鸞鶴，往來盡仙靈。瑶草正翕葩，玉樹信葱青。絳氣下縈薄，白雲上杳冥。中坐瞰蜿虹，俯伏視流星。不尋邅怪極，則知耳目驚。日落長沙渚，曾陰萬里生。藉蘭素多意，臨風默含情。方學松柏隱，羞逐市井名。幸承光誦末，伏思托後旍。

【本事】

《宋書·明帝紀》:(泰始五年十二月)已未,吳興太守建平王景素爲湘州刺史。

《南史·江淹傳》:景素爲荆州,淹從之鎮。少帝即位,多失德,景素專據上流,咸勸因此舉事。淹每從容進諫,景素不納。

【繫年】

此詩作於晉武帝泰始六年(270),江淹與建平王同路赴荆州,道中登廬山而有是作。① 另有曹道衡《江淹作品寫作年代考》一文可參。②

【集説】

陳祚明《采菽堂古詩選》卷二十四:略能狀高迥,意不期深。"不尋"二句,却不成語。

何焯《義門讀書記》卷四十六:《宋史·江淹傳》:"景素爲荆州,淹從之鎮。少帝即位,多失德。景素專據上流,咸勸因此舉事。淹每從容進諫,景素不納。"末章托意賈生,蓋示不欲如市賈相求爲同惡也。

【按語】

吕延濟曰:"觀淹詩意,乃和王詩。"詩末"幸承光誦末,伏思托後旅"一句,吕延濟注:"光誦,謂建平王首篇也。"其説可從。何説失考,勸諫之説,不可從之。

鍾山詩應西陽王教一首五言

善曰:徐爰《釋問略》曰:建康北十里有鍾山。裴子野《宋略》曰:孝武封皇子,子尚爲西陽王。

---

① 參見劉躍進、范子燁《六朝作家年譜輯要》下册,第97頁。
② 參見曹道衡《中古文學史論文集續編》,第53頁。

沈休文

向曰：宋西陽王子尚。

靈山紀地德，地險資嶽靈。終南表秦觀，少室邁王城。翠鳳翔淮海，衿帶繞神坰。北阜何其峻，林薄杳蔥青。發地多奇嶺，干雲非一狀。合沓共隱天，參差互相望。鬱律構丹巘，崚嶒起青嶂。勢隨九疑高，氣與三山壯。即事既多美，臨眺殊復奇。南瞻儲胥觀，西望昆明池。山中咸可悅，賞逐四時移。春光發隴首，秋風生桂枝。多值息心侶，結架山之足。八解鳴澗流，四禪隱巖曲。窈冥終不見，蕭條無可欲。所願從之遊，寸心於此足。君王挺逸趣，羽斾臨崇基。白雲隨玉趾，青霞雜桂旗。淹留訪五藥，顧步佇三芝。於焉仰鑣駕，歲暮以爲期。

【本事】

《宋書·孝武十四王傳》：豫章王子尚，字孝師，孝武帝第二子也。孝建三年，年六歲，封西陽王，食邑二千戶。（大明）五年，改封豫章王。

【繫年】

此詩大約作於宋孝武帝大明五年（461），沈約侍奉西陽王遊鍾山而作。羅國威《沈約任昉年譜》可參。①

【集說】

吳淇《六朝選詩定論》卷十六：首章密邁神京，見鍾山之重。二章極寫形勢之雄壯。三章山中即事之美。四章山中定有高隱之士。末章始點出應西陽王教作詩，是倒插法。

何焯《義門讀書記》卷四十六：規模《蒜山詩》，而峭蒨則過。

---

① 參見劉躍進、范子燁《六朝作家年譜輯要》上冊，第 388 頁。

于光華《重訂文選集評》卷五引方伯海評：此文一路只寫鍾山，而西陽王之遊只末後一章帶出便止，高甚。

【按語】

沈約何時從遊，史無詳載，待考。末句"於焉仰鑣駕，歲暮以爲期"，五臣"爲"作"終"，李周翰注："言己於此仰奉王之鑣駕，及老終期隱於此也。"此詩寫出日後年老歸隱之志，不似早年時期所作（大明五年，沈約二十一歲）。

宿東園一首五言

濟曰：休文家園。

沈休文

陳王鬥雞道，安仁采樵路。東郊豈異昔，聊可閑余步。野徑既盤紆，荒阡亦交互。槿籬疏復密，荊扉新且故。樹頂鳴風颼，草根積霜露。驚麏去不息，征鳥時相顧。茅棟嘯愁鴟，平岡走寒兔。夕陰帶曾阜，長煙引輕素。飛光忽我遒，寧止歲雲暮。若蒙西山藥，頹齡儻能度。

【本事】

《梁書·沈約傳》：約性不飲酒，少嗜欲，雖時遇隆重，而居處儉素。立宅東田，矚望郊阜。嘗爲《郊居賦》。

【繫年】

沈約任國子監祭酒在齊明帝建武三年（496）至永泰元年（498）間，此詩可能作於其時。陳慶元《沈約集校箋》繫於永泰元年（498），大體可從。①

---

① 參見陳慶元《沈約集校箋》，第 370 頁。

【集説】

吳淇《六朝選詩定論》卷十六：題曰《宿東園》，即從"東"字拈出陳王、安仁，蓋以陳王、安仁詩有"鬥雞""采樵"等語，皆繫東郊故也。蓋丈夫生世，亦欲以轟轟烈烈、垂名千古耳。陳王豈耽鬥雞之戲，安仁豈是采樵之人？俱是不得意中，一片壯心無處發遣，特借此瑣瑣者以消磨歲月。至於更無些事可作，止於閑步，則抑鬱益盛矣。

陳祚明《采菽堂古詩選》卷二十三：起句切"東"字，殊能典雅。向後寫景，一氣直下，蕭瑟蒼涼，遊味其中，愈入愈悲。景中有情，知物化之不常，感閱人之成世。西山乞藥，此懷難遣。命意既臻古風，選語亦無近響。用希康樂，無患絕塵矣。蓋取致漢魏，乃及康樂也。《文選》登沈詩，當以此爲第一。

何焯《義門讀書記》卷四十六：開出宋之問、王維風氣。

【按語】

"東園"，呂延濟注"休文家園"，與本傳所載"立宅東田，矚望郊阜"，頗爲契合。此詩以陳王、安仁自況，通過叙寫東郊之景，表達其年邁歸隱之情。詩中"飛光忽我遒，寧止歲雲暮"一句，張銑注："日月迫落，豈止歲暮而已，老將及我，不得遊於斯也。"又，陳祚明言："知物化之不常，感閱人之成世。"皆爲此詩題旨所在。

遊沈道士館一首五言

翰曰：休文遊道士沈恭館。

沈休文

秦皇御宇宙，漢帝恢武功。歡娛人事盡，情性猶未充。銳意三山上，托慕九霄中。既表祈年觀，復立望仙宮。寧爲心好道，直由意無窮。曰余知止足，是願不湏豐。遇可淹留處，便欲息微躬。山嶂遠重疊，竹樹近蒙籠。開衿濯寒水，解帶臨清風。所累非外物，爲念在玄空。朋來握石髓，賓至駕輕鴻。都令人逕絕，唯使雲路通。一舉陵倒景,無事適華嵩。寄言賞心客,歲暮爾來同。

【本事】

《梁書·沈約傳》:初,約久處端揆,有志台司,論者咸謂爲宜,而帝終不用,乃求外出,又不見許。

【繫年】

作年不詳。陳慶元《沈約集校箋》繫於齊明帝永泰元年(498),認爲此詩與《金庭館碑》作於同時,似不可從。① 據詩中所寫內容,此詩可能作於梁武帝天監年間。

【集説】

劉履《選詩補注》卷八:《梁書》言:約久居端揆,有志台司,而武帝終不用,於是稍知止足,陳情老病,欲謝事而歸休焉。此因遊沈道士館,作詩以見志。大概欲托跡山林,屏去塵累,唯與朋好賞適,以終餘年而已,非若秦皇、漢帝貪慕無窮者比也。所謂"通雲路""陵倒景",亦不過寄興而言,以極夫登陟遊觀之樂,而未至於神仙輕舉之事。故篇末且望知己之人投老而來同,意亦可見。

吳淇《六朝選詩定論》卷十六:其感梁武溺於佛教,而借秦始、漢武求仙之事以諷刺之歟?梁武帝受齊禪,約自負有推戴之功,而武帝反惡其爲人矜躁,終不大用。約有觖望之意,而作此詩。其云梁武之貪得無厭,可謂切中矣。而自以爲能"知止足",將誰欺哉?

何焯《義門讀書記》卷四十六:休文五言詩,此篇是其壓卷。

張玉穀《古詩賞析》卷十九:此因遊館而思求仙之詩。前十,以秦皇、漢武之好道非真,題前翻跌而起。"歡娛"十字、"寧爲"十字,實能道盡病根。中八,落到己身。先叙不須豐願,隨處淹留,徜徉水山之

---

① 參見陳慶元《沈約集校箋》,第370頁。

樂,遊沈館已含在內。後十,轉入求仙,鋪敘求仙得仙之趣,而以賞心來同收住。詩境亦平順無深意,以前路議論可取,存之。

【按語】

劉履"作詩見志"說大體可從,此詩或因武帝終不用,抒發"謝事歸休"之情。吳淇所謂"約有觸望之意而作此詩",可備一說。此詩又有遊仙之趣,"所累非外物,爲念在玄空"一句,李周翰注:"我遊此超然自得,不爲外物累,己所念在於道也。"其說可參。

古意酬到長史溉登琅邪城詩一首五言

善曰:何之元《梁典》曰:到溉,字茂灌,爲司徒長史。沈約《宋書》曰:南琅邪郡琅邪國人,隨晉元帝過江。大興三年,立懷德縣,隸丹楊,無土地。成帝咸康元年,桓溫領郡,鎮江乘,縣境立郡鎮。《輿地圖》曰:梁武改南琅邪爲琅邪郡,在潤州江寧縣西北十八里。

徐敬業

善曰:何之元《梁典》曰:徐勉第三息悱,字敬業,晉安內史,有學業,最知名。卒於郡府。

向曰:何之元《梁典》曰:徐悱,字敬業,少有才學,爲晉安內史。古意,作古詩之意也。酬,報也。溉爲司徒長史,登此城作詩贈悱,故悱報之。

甘泉警烽候,上谷拒樓蘭。此江稱豁險,茲山復鬱盤。表裏窮形勝,襟帶盡巖巒。脩篁壯下屬,危樓峻上干。登陴起遐望,迴首見長安。金溝朝灂溹,甬道入鴛鸞。鮮車鶩華轂,汗馬躍銀鞍。少年負壯氣,耿介立衝冠。懷紀燕山石,思開函谷丸。豈如霸上戲,羞取路傍觀。寄言封侯者,數奇良可嘆!

【本事】

《梁書·到溉傳》：出爲建安内史，遷中書郎，兼吏部，太子中庶子。湘東王繹爲會稽太守，以溉爲輕車長史、行府郡事。

《梁書·徐勉傳》：勉第二子悱卒，痛悼甚至，不欲久廢王務，乃爲《答客喻》。其辭曰："普通五年春二月丁丑，余第二息晉安内史悱喪之問至焉，舉家傷悼，心情若隕。……"悱字敬業，幼聰敏，能屬文。起家著作佐郎，轉太子舍人，掌書記之任。累遷洗馬、中舍人，猶管書記。出入宫坊者，歷稔，以足疾出爲湘東王友，遷晉安内史。

【繫年】

作年不詳。到溉爲司徒長史時間難考。何融《〈文選〉編撰時期及編者考略》認爲此詩作於梁武帝天監十三年(514)後。① 韓暉認爲，此詩可能作於天監十三年(514)到普通元年(520)間。② 其説可參。

【集説】

吴淇《六朝選詩定論》卷十六：徐詩不多見，《古意酬到》一詩，英盼奕奕，大顯齊風，應是少年人作，却無五陵兒裘馬之態。……江南用兵，長於舟楫，琅琊以北，車騎之地。苟非兼長車騎，决不能長驅西北。以少年長才，自負指顧之間，可以紀石開丸，此北望之遐思也，却轉身南望説來，若將一片開丸壯懷，面向吾君請纓者，又若將琅琊北及燕山、函谷形勢，向吾君聚米爲山者，無奈數奇不偶於時，深爲可嘆耳。

何焯《義門讀書記》卷四十六：普通之末，拓跋内亂，梁武屢命將北伐。悱以此詩，和到溉詩也。《南史·到溉傳》：湘東王爲會稽，到溉爲輕車長史，行府郡事。《徐勉傳》：悱在官坊者，歷稔，以足疾出爲湘東王友。上谷，北邊郡，而樓蘭在西域。齊梁中詩筆，地理多不審。

---

① 參見俞紹初、許逸民《中外學者文選學論集》，第 111 頁。
② 參見韓暉《〈文選〉編輯及作品繫年考證》，第 364 頁。

　　梁章鉅《文選旁證》卷二十一：林先生曰：《太平寰宇記》引王隱《晉書》云：江乘南岸溝州津有城，即琅琊城也。在上元縣東北六十里。洪氏亮吉曰：今句容縣北有琅琊鄉，即其地。

　　黄侃《文選平點》卷三：《登琅邪城》乃到溉之作，徐悱酬之，自題古意耳。然到詩必有戮力神州之意，故徐詩亦有壯氣封侯之説，非詠琅邪城也。《日知錄》譏其不切琅邪，失其旨矣。

【按語】

　　此詩作者名下李善注引《梁典》"徐勉第三息"，據《梁書·徐勉傳》，當作"第二息"，徐悱爲徐勉第二子。何焯以爲普通之末，失考，普通五年(524)，徐悱已卒。此詩有壯志未遂之感慨。"寄言封侯者，數奇良可嘆"一句，李周翰注："當數奇之時，良可嘆息也。此皆悱之心事以報於溉。"

詠　懷

詠懷詩十七首五言

善曰：顏延年曰：説者阮籍在晉文代，常慮禍患，故發此詠耳。
阮嗣宗
善曰：臧榮緒《晉書》曰：阮籍，字嗣宗，陳留尉氏人也。容貌瑰傑，志氣宏放。蔣濟辟爲掾，後謝病去，爲尚書郎，遷步兵校尉，卒。

良曰：臧榮緒《晉書》云：阮籍，字嗣宗，陳留尉氏人也。容貌瑰桀，志氣宏放。蔣濟辟爲掾，後爲尚書郎、步兵校尉。籍屬文初不苦思，率爾便成，作《陳留》八十餘篇，此獨取十七首。詠懷者，記人情懷。籍於魏末晉文之代，常慮禍患及己，故有此詩。多刺時人無故舊之情，逐勢利。觀其體趣，實謂幽深，非夫作者不能探測之。

夜中不能寐，起坐彈鳴琴。薄帷鑒明月，清風吹我衿。孤鴻號外野，朔鳥鳴北林。徘徊將何見？憂思獨傷心。

二妃遊江濱，逍遙順風翔。交甫懷環珮，婉孌有芬芳。猗靡情歡愛，千載不相忘。傾城迷下蔡，容好結中腸。感激生憂思，謢草樹蘭房。膏沐爲誰施？其雨怨朝陽。如何金石交，一旦更離傷？

嘉樹下成蹊，東園桃與李。秋風吹飛藿，零落從此始。繁華有憔悴，堂上生荆杞。驅馬舍之去，去上西山趾。一身不自保，何況戀妻子？凝霜被野草，歲暮亦云已。

　　昔日繁華子，安陵與龍陽。夭夭桃李花，灼灼有輝光。悅懌若九春，磐折似秋霜。流盼發姿媚，言笑吐芬芳。携手等歡愛，宿昔同衣裳。願爲雙飛鳥，比翼共翺翔。丹青著明誓，永世不相忘。

　　天馬出西北，由來從東道。春秋非有托，富貴焉常保？清露被皋蘭，凝霜霑野草。朝爲媚少年，夕暮成醜老。自非王子晉，誰能常美好？

　　登高臨四野，北望青山阿。松柏翳岡岑，飛鳥鳴相過。感慨懷辛酸，怨毒常苦多。李公悲東門，蘇子狹三河。求仁自得仁，豈復嘆咨嗟！

　　開秋兆凉氣，蟋蟀鳴牀帷。感物懷殷憂，悄悄令心悲。多言焉所告，繁辭將訴誰？微風吹羅袂，明月耀清暉。晨雞鳴高樹，命駕起旋歸。

　　平生少年時，輕薄好弦歌。西遊咸陽中，趙李相經過。娛樂未終極，白日忽蹉跎。驅馬復來歸，反顧望三河。黃金百溢盡，資用常苦多。北臨太行道，失路將如何？

　　昔聞東陵瓜，近在青門外。連軫距阡陌，子母相拘帶。五色曜朝日，嘉賓四面會。膏火自煎熬，多財爲患害。布衣可終身，寵禄豈足賴。

　　步出上東門，北望首陽岑。下有采薇士，上有嘉樹林。良辰在何許？凝霜霑衣襟。寒風振山岡，玄雲起重陰。鳴雁飛南征，鵙鳩發哀音。素質遊商聲,淒愴傷我心。

　　昔年十四五,志尚好書詩。被褐懷珠玉,顏閔相與期。開軒臨四野,登高望所思。丘墓蔽山岡,萬代同一時。千秋萬歲後,榮名安所之?乃悟羨門子,噭噭今自蚩。

　　徘徊蓬池上,還顧望大梁。綠水揚洪波,曠野莽茫茫。走獸交橫馳,飛鳥相隨翔。是時鶉火中,日月正相望。朔風厲嚴寒,陰氣下微霜。羈旅無儔匹,俛仰懷哀傷。小人計其功,君子道其常。豈惜終憔悴,詠言著斯章。

　　炎暑惟茲夏,三旬將欲移。芳樹垂綠葉,清雲自逶迤。四時更代謝,日月遞差馳。徘徊空堂上,忉怛莫我知。願覩卒歡好,不見悲別離。

　　灼灼西隤日,餘光照我衣。迴風吹四壁,寒鳥相因依。周周尚銜羽,蛩蛩亦念飢。如何當路子,磬折忘所歸?豈為夸譽名,憔悴使心悲。寧與鷰雀翔,不隨黃鵠飛。黃鵠遊四海,中路將安歸?

　　獨坐空堂上,誰可與歡者?出門臨永路,不見行車馬。登高望九州,悠悠分曠野。孤鳥西北飛,離獸東南下。日暮思親友,晤言用自寫。

　　北里多奇舞,濮上有微音。輕薄閑遊子,俯仰乍浮沈。捷徑從狹路,僶俛趣荒淫。焉見王子喬,乘雲翔鄧林。獨有延年術,可以慰我心。

　　湛湛長江水,上有楓樹林。皋蘭被徑路,青驪逝騃騃。遠望令人悲,春氣感我心。三楚多秀士,朝雲進荒淫。朱華振芬芳,高蔡相追尋。一爲黄雀哀,涕下誰能禁?

【本事】

《晉書·阮籍傳》:籍本有濟世志,屬魏、晉之際,天下多故,名士少有全者,籍由是不與世事,遂酣飲爲常。……籍能屬文,初不留思。作《詠懷詩》八十餘篇,爲世所重。

【繫年】

非作於一時。

【集説】

李善《文選注》:嗣宗身仕亂朝,常恐罹謗遇禍,因兹發詠,故每有憂生之嗟。雖志在刺譏,而文多隱避。百代之下,難以情測,故粗明大意,略其幽旨也。(阮籍《詠懷詩》"夜中不能寐"篇注)

何焯《義門讀書記》卷四十六:詠懷之作,其歸在於魏、晉易代之事,而其詞旨亦復難以直尋,若篇篇附會又失之也。注,顏延年曰:常慮禍患,故發此詠。按:籍豈徒慮患也哉?延年遜詞以謝逆劭,宜其不足知此。所選十七篇,作者之要指已具矣。惟其間尚有《王子年十五》一篇,言明帝不能辨宣王之奸,輕以愛子付托,最爲深永。當時以德施,方當明兩之地,嫌於甄録耳。其源本諸《離騷》,而鍾記室以爲出於《小雅》。

【按語】

關於本組詩作的歷代注解,可參見錢志熙論文。① 顧農以爲,此組詩作於正始十年(249)前,爲阮籍隱居故鄉時所作,意在諷刺何晏

---

① 參見錢志熙《論〈文選〉〈詠懷〉十七首注與阮詩解釋的歷史演變》,《文學遺産》,2009年第1期。

及曹爽。①

秋懷一首五言

謝惠連

銑曰：感秋而述其所懷。

平生無志意，少小嬰憂患。如何乘苦心，矧復值秋晏。皎皎天月明，弈弈河宿爛。蕭瑟含風蟬，寥唳度雲雁。寒商動清閨，孤燈曖幽幔。耿介繁慮積，展轉長宵半。夷險難豫謀，倚伏昧前算。雖好相如達，不同長卿慢。頗悅鄭生偃，無取白衣宦。未知古人心，且從性所翫。賓至可命觴，朋來當染翰。高臺驟登踐，清淺時陵亂。頹魄不再圓，傾義無兩旦。金石終消毀，丹青暫彫煥。各勉玄髮歡，無貽白首嘆。因歌遂成賦，聊用布親串。

【本事】

《宋書·謝方明傳》附《謝惠連傳》：元嘉七年，（謝惠連）方爲司徒彭城王義康法曹參軍。……文章并傳於世。十年，卒，時年二十七。

【繫年】

作年不詳。據詩中"平生無志意，少小嬰憂患"等語，可能作於元嘉七年（430）入仕後。

【集説】

劉履《選詩補注》卷七：唐子西以宣遠詩不工，而推惠連與靈運、玄暉，合爲三謝。鍾嶸評惠連，才思富健，《秋懷》《搗衣》，雖靈運無以加。而《文章正宗》亦專録《秋懷》一篇而已。以愚觀之，惠連才氣不逮宣遠，《秋懷》一詩尤無足取，即其首云"平生無志意"，殆將何以爲

---

① 參見顧農《〈文選〉所録阮籍〈詠懷詩〉五題》，《文學遺産》，2010 年第 4 期。

人？至如"夷險難預謀，倚伏昧前算。未知古人心，且從性所玩"，則其智識淺狹，而自棄可知。且謂"頹魄不再圓，傾曦無兩旦"，其失理又如此。竊恐學者尊所聞而忽所見，猶未免於顧惜，故附著其說焉。

唐汝諤《古詩解》卷二：此惠連悲秋而述，所懷亦耽心翰墨，而無意於立功者也。言秋風蕭瑟，景物淒其。夷險難於預謀，倚伏昧於前算，雖好相如之達，而不苟同於慢世；雖悅鄭均之隱，而無取宦於白衣。惟從性之所便，日與賓朋觴詠以自適足矣。因嘆人老不再少年，功名終當銷歇，但期年少之樂，無貽白首之嗟，此吾所爲賦詩而聊以布躬親習慣之意也。《秋懷》一篇，劉坦之譏其智識淺狹，令不得與《搗衣》并傳。然而志於賦詠，自是文人之常，何必不以詞賦爲勳績哉？

何焯《義門讀書記》卷四十六：一往清綺，而不乏真味。

張玉穀《古詩賞析》卷十六：此述懷以告親串之詩。前四，就居恒不樂，轉出況值秋晏。是虛含"懷"字，逆入"秋"字也。"皎皎"六句，寫秋夜之景，兩就形說，兩就聲說，動閨曖幔，拍到己身。"耿介"四句，正落"懷"字。多愁不寐，後事難期，即前所謂苦心也。"耿介"二字，正爲達倨對照。"雖好"六句，轉出破愁作用莫如達倨，却援引古人，於中節取，煞到從性所玩，點清主意。"賓至"四句，約指達倨之事。賓至朋來，已爲親串伏根。後八，復推開說時不再來，功名難永，人當及時勉達倨之歡，無徒耿介以貽白首之嘆。然後以作詩告友，爲通章總收。局陣展拓，而結構仍復謹嚴。法曹詩此爲壓卷。

【按語】

此詩一人名分而用之，如"雖好相如達，不同長卿慢"，寫法獨特，劉履、梁章鉅、顧炎武等皆有論。該詩清綺流轉，與謝靈運詩不同。劉履不選此詩，而對謝惠連詩作頗有微詞，張玉穀對此加以辨析，立論允當。

臨終詩一首五言

歐陽堅石

善曰：王隱《晉書》曰：石崇外生歐陽建，渤海人也，爲馮翊太守。趙王倫之爲征西，撓亂關中，建每匡正，不從私欲，由是有隙。及乎倫篡立，勸淮南王允誅倫。未行，事覺，倫收崇、建及母妻，無少長，皆行斬刑。孫盛《晉陽秋》曰：建字堅石，臨刑作。

銑曰：王隱《晉書》云：歐陽建，字堅石，渤海人，石崇甥也，爲馮翊太守。趙王倫之爲征西，撓亂關中，建每匡政，不從。欲迎楚王偉立之，由是有隙。石崇勸淮南王使誅倫。未行，事覺，倫收崇、建及母妻，無少長皆斬。建臨刑而作是詩也。

伯陽適西戎，子欲居九蠻。苟懷四方志，所在可遊盤。況乃遭屯蹇，顛沛遇災患。古人達機兆，策馬遊近關。咨余沖且暗，抱責守微官。潛圖密已構，成此禍福端。恢恢六合間，四海一何寬！天網布紘綱，投足不獲安。松栢隆冬悴，然後知歲寒。不涉太行險，誰知斯路難？真僞因事顯，人情難豫觀。窮達有定分，慷慨復何嘆？上負慈母恩，痛酷摧心肝。下顧所憐女，惻惻中心酸。二子棄若遺，念皆遭凶殘。不惜一身死，惟此如循環。執紙五情塞，揮筆涕汍瀾。

【本事】

《晉書·石崇傳》：歐陽建，字堅石，世爲冀方右族。雅有理思，才藻美贍，擅名北州。時人爲之語曰：“渤海赫赫，歐陽堅石。”辟公府，歷山陽令、尚書郎、馮翊太守，甚得時譽。及遇禍，莫不悼惜之，年三十餘。臨命作詩，文甚哀楚。

【繫年】

據《晉書·石崇傳》，此詩作於晉惠帝永康元年（300）八月。

【集説】

何焯《義門讀書記》卷四十六:"抱責守微官",以匡正有隙。"潛圖密已構"二句,勸允事未行。

于光華《重訂文選集評》卷五引方伯海評:按首以不能見機遠引自咎,中以爲國與謀討賊見收,末以見收而害及一家抱痛,而仍歸之循環常理。當臨刑時寫懷告哀,有倫有序,非有定識、定力不能也。嗚呼! 死非難,處死爲難,建可謂善處死矣。

梁章鉅《文選旁證》卷二十一:銑注作"建每匡正不從,欲迎楚王偉立之"十三字,六臣本"欲"上仍有"私"字。今按李注引王隱《晉書》,乃以四字爲句,銑注乃以"不從"屬上,六字爲句,"欲"屬下,七字爲句。六臣本仍有"私"字屬下,八字爲句。兩家迥異。"偉",今《晉書》作"瑋",在八王列傳。楚王瑋於晉惠帝元康元年已誅,而趙王倫之擾亂關中,乃六年事,迎楚王偉以及私欲皆前後不相及。此必五臣不考,竄入此説耳。今《晉書・石崇傳》亦只載崇甥歐陽建與倫有隙而已,不涉楚王偉,可知李所見《晉書》即王隱而外,各家亦無楚王偉事,故不載於唐所脩書。正當據李注以證五臣之誤耳。

【按語】

此詩作者名下張銑注引王隱《晉書》多出"欲迎楚王偉立之",梁章鉅《文選旁證》以爲"此必五臣不考,竄入此説耳"。其考較詳,可從。

哀　傷

幽憤詩一首四言

善曰:《魏氏春秋》曰:康及吕安事,爲詩自責。吕安事,已見《思舊賦》。班固《史遷述》曰:幽而發憤,乃思乃精。

嵇叔夜

向曰：叔夜爲呂安事連罪收繫，遂作此詩。憤，怨也。言幽怨者，人莫能見明。

嗟余薄祜，少遭不造。哀煢靡識，越在繦褓。母兄鞠育，有慈無威。恃愛肆姐，不訓不師。爰及冠帶，馮寵自放。抗心希古，任其所尚。託好老莊，賤物貴身。志在守樸，養素全真。曰余不敏，好善闇人。子玉之敗，屢增惟塵。大人含弘，藏垢懷恥。民之多僻，政不由己。惟此褊心，顯明臧否。感悟思愆，怛若創痏。欲寡其過，謗議沸騰。性不傷物，頻致怨憎。昔慚柳下，今愧孫登。內負宿心，外恧良朋。仰慕嚴鄭，樂道閑居。與世無營，神氣晏如。咨予不淑，嬰累多虞。匪降自天，實由頑疏。理弊患結，卒致囹圄。對答鄙訊，縶此幽阻。實恥訟免，時不我與。雖曰義直，神辱志沮。澡身滄浪，豈云能補。嗷嗷鳴雁，奮翼北遊。順時而動，得意忘憂。嗟我憤嘆，曾莫能儔。事與願違，遘茲淹留。窮達有命，亦又何求。古人有言，善莫近名。奉時恭默，咎悔不生。萬石周慎，安親保榮。世務紛紜，祇攪予情。安樂必誡，乃終利貞。煌煌靈芝，一年三秀。予獨何爲，有志不就。懲難思復，心焉內疚。庶勗將來，無馨無臭。采薇山阿，散髮巖岫。永嘯長吟，頤性養壽。

【本事】

《三國志‧魏書‧王衛二劉傅傳》：時又有譙郡嵇康，文辭壯麗，好言老、莊，而尚奇任俠。至景元中，坐事誅。

《三國志‧魏書‧王衛二劉傅傳》裴松之注引《魏氏春秋》：初，康與東平呂昭子巽及巽弟安親善。會巽淫安妻徐氏，而誣安不孝，囚之。安引康爲證，康義不負心，保明其事，安亦至烈，有濟世志力。鍾會勸大將軍因此除之，遂殺安及康。

《晉書·嵇康傳》：東平呂安服康高致，每一相思，輒千里命駕，康友而善之。後安爲兄所枉訴，以事繫獄，辭相證引，遂復收康。康性慎言行，一旦縲紲，乃作《幽憤詩》。

【繫年】

陸侃如將此詩繫於魏元帝景元四年(263)，可從。①

【集說】

吳淇《六朝選詩定論》卷七：人多稱阮公爲至慎，叔夜正與相反。然既自道破，却又"欲寡"云云，是謂己無取謗致怨之由，而物來橫加之也。蓋由於自視太高，過之未寡，性之傷物，不能自覺矣。豈有能寡過而謗不止，不傷物而怨不息乎？

陳祚明《采菽堂古詩選》卷八：康與東平呂安善，後安爲兄所枉，訴以事，繫獄，辭相證引，遂收康，康乃作此詩。直叙懷來，喜其暢達，怨尤之辭少，而悔禍之意真，如得免者，當知所戒矣。

何焯《義門讀書記》卷四十六："民之多僻"，此引司馬叔游誡祁盈語，以况呂安事也。"古人有言"四句，生今之世，可爲座右銘也。嗣宗至慎，卒得保持，非薄湯、武，徒騰口說。亦何爲哉，蓋悔之也。

【按語】

呂向注指出此詩作旨及幽憤之意，可從。關於此詩作年，舊有正元二年(255)與景元三年(262)二說，陸侃如以爲作於景元四年(263)，可從。另，顧農《嵇康幽憤詩解讀》一文可參。②

七哀詩一首五言

曹子建

善曰：贈答，子建在仲宣之後，而此在前，誤也。

---

① 參見陸侃如《中古文學繫年》，第610—612頁。
② 參見顧農《文選論叢》，第197頁。

向曰：七哀，謂痛而哀，義而哀，感而哀，怨而哀，耳目見聞而哀，口嘆而哀，鼻酸而哀之。子建爲漢末征役別離，婦人哀嘆，故賦此詩。

明月照高樓，流光正徘徊。上有愁思婦，悲嘆有餘哀。借問嘆者誰？言是客子妻。君行踰十年，孤妾常獨棲。君若清路塵，妾若濁水泥。浮沈各異勢，會合何時諧？願爲西南風，長逝入君懷。君懷良不開，賤妾當何依？

【本事】

《三國志·魏書·陳思王傳》：黃初二年，監國謁者灌均希指，奏“植醉酒悖慢，劫脅使者”。有司請治罪，帝以太后故，貶爵安鄉侯。

《三國志·魏書·陳思王傳》裴松之注引《魏書》：（《魏書》載）詔曰：“植，朕之同母弟。朕於天下無所不容，而況植乎？骨肉之親，舍而不誅，其改封植。”

【繫年】

作年不詳。可能作於黃初年間（220—226）。[1]

【集説】

曾原一《選詩演義》卷上：其植得罪魏文，感恨而詩乎？明月流光，時若清明矣，而不知中有愁嘆之婦，豈其徘徊之間，流光有所不及照耶？孤臣零落，去君遼絶，浮沉既異，會合難開。願爲西南之風，庶幾其可與君近。君不我納，尚何依乎？雖然此詩之大旨也。至於抑揚開闔妙得三百篇之遺音，讀者當自悟之，非可以言釋也。

劉履《選詩補注》卷二：子建與文帝同母骨肉，今乃浮沉異勢，不相親與，故特以孤妾自喻，而切切哀慮之也。其首言“月光徘徊”者，喻文帝恩澤流布之盛，以發下文獨不見及之意焉。此篇亦知在雍丘

――――――――――

① 參見趙幼文《曹植集校注》，第 313 頁。

所作，故有"願爲西南風"之語。按，雍丘即今汴梁之陳留縣，當魏都西南云。

何焯《義門讀書記》卷四十六：情有七而偏主於哀，惟其所遭之窮也。"明月照高樓"二句，"明月"喻君，"徘徊"比恩之易移，而仍冀其遠照。"浮沉各異勢"二句，蓋望文帝之悔悟，復爲兄弟如初也。

沈德潛《古詩源》卷五：此種大抵思君之辭，絶無華飾，性情結撰，其品最工。

丁晏《曹集詮評》卷五：此其望文帝悔悟乎？結尤淒惋。

【按語】

呂向注："子建爲漢末征役別離，婦人哀嘆，故賦此詩。"以爲曹植前期所作，可備一説。劉履以爲"在雍丘所作"，考證過實。歷代注解多比附君臣之意，此詩可能作於黃初年間。趙幼文曰："塵、泥本一物，因處境不同，遂出差異。丕與植俱同生，一顯榮，一屈辱，故以此比況。其意若欲曹丕追念骨肉之誼，少予寬待，乃藉思婦之語，用以申己意。情辭委婉懇摯，纏綿悱惻，尤饒深致。"①其説可參。

七哀詩二首五言

翰曰：此詩哀漢亂也。

王仲宣

西京亂無象，豺虎方遘患。復棄中國去，遠身適荆蠻。親戚對我悲，朋友相追攀。出門無所見，白骨蔽平原。路有飢婦人，抱子棄草間。顧聞號泣聲，揮涕獨不還。未知身死處，何能兩相完？驅馬棄之去，不忍聽此言。南登霸陵岸，迴首望長安。悟彼下泉人，喟然傷心肝。（其一）

---

① 參見趙幼文《曹植集校注》，第314頁。

荆蠻非我鄉,何爲久滯淫?方舟溯大江,日暮愁我心。山崗有餘暎,巖阿增重陰。狐狸馳赴穴,飛鳥翔故林。流波激清響,猴猿臨岸吟。迅風拂裳袂,白露霑衣衿。獨夜不能寐,攝衣起撫琴。絲桐感人情,爲我發悲音。羈旅無終極,憂思壯難任。(其二)

【本事】

其一

《三國志·魏書·王粲傳》:年十七,司徒辟,詔除黄門侍郎,以西京擾亂,皆不就。乃之荆州依劉表。

其二

《三國志·魏書·王粲傳》:乃之荆州依劉表。表以粲貌寢而體弱通悅,不甚重也。

【繫年】

其一

俞紹初認爲,此詩當作於王粲至荆州途中,漢獻帝初平三年(192)至四年(193)間。①

其二

作於建安十一年至十三年間,依附劉表之時。俞紹初《建安七子年譜》繫於建安十三年(208),與《登樓賦》作於同時。②

【集説】

其一

劉履《選詩補注》卷二:仲宣以西京肇亂,既不就仕而又避地荆楚,因道塗所見,感彼在昔遭亂思治之人,哀而作是詩也。

唐汝諤《古詩解》卷十六:此仲宣遭漢室之亂,而賦所見以自傷。

---

① 參見俞紹初《建安七子集》,第 388 頁。
② 參見俞紹初《建安七子集》,第 424 頁。

言西京既不可仕而避地荆楚，乃道塗之白骨縱橫，餓莩之分離滿目，且曰身死未知何所，兒啼豈復能憐，聞之慘凄，至不忍聽，於是彷徨霸陵之上，而回望長安，始悟昔人之亂極思治，而爲之喟然傷心也。

吳淇《六朝選詩定論》卷六：舊注云："《七哀》，哀漢亂也。"余謂固是哀漢，實自哀也。凡古人作詩，詩中景事雖多，只主一意。此首章全注"復棄中國去"一句，二章全注"羈旅無終極"一句，總哀己之不辰也。

張玉穀《古詩賞析》卷九：此三首中第一首，追叙赴荆時事而感懷也。題借"七哀"，無庸拘泥。

其二

劉履《選詩補注》卷二：此篇因久淹荆土，感物興哀而作。其言"日暮""餘暎"，以喻漢祚之微延。"巖阿增陰"，以比僭亂之益盛。當此之時，或奔趨以附勢，或戀闕以徘徊，亦猶狐狸各馳赴穴，而飛鳥尚翔故林也。又況"波響猿吟""風凄露冷"，其氣象蕭索如此，因念久客羈棲，何有終極，則憂思至此，愈不可禁矣。

何焯《義門讀書記》卷四十六：前詩哀王室之亂，此又自傷羈旅也。"山岡有餘暎"，餘暎之在山，比天子微弱，流離播遷，光曜不能及遠也。"羈旅無終極"，與前篇"方構患"首尾呼應，言亂靡有定也。

于光華《重訂文選集評》卷五引方伯海評：前篇是來荆州，見人骨肉相棄而哀；此篇是去荆州，因日暮景物蕭條而哀。皆是亂離景象。

【按語】
其一

吳淇曰："固是哀漢，實自哀也。"可從。俞紹初先生以爲，史書所載王粲"年十七"當爲"年十六"，大體可從。

其二

王粲《七哀詩》共三首，《文選》錄其兩首。劉履注"因久淹荆土，感物興哀而作"，可從。何焯所言"餘暎之在山，比天子微弱，流離播遷",稍顯附會。方伯海曰"此篇是去荆州",求之過實,不妥。

七哀詩二首五言

張孟陽

　　善曰:臧榮緒《晉書》曰:張載,字孟陽,武邑人也,有才華。起家拜著作佐郎,稍遷領著作。遂稱疾,抽簪告歸。卒於家。

　　翰曰:臧榮緒《晉書》云:張載,字孟陽,武邑人也,有才華。起家拜著作郎,後爲中書郎,稱疾告歸。此詩哀人事遷化,後詩哀帝室漸衰。

　　北芒何壘壘,高陵有四五。借問誰家墳?皆云漢世主。恭文遙相望,原陵鬱膴膴。季世喪亂起,賊盜如豺虎。毁壞過一抔,便房啓幽户。珠柙離玉體,珍寶見剽虜。園寢化爲墟,周墉無遺堵。蒙籠荆棘生,蹊逕登童豎。狐兔窟其中,蕪穢不復掃。頹隴并墾發,萌隸營農圃。昔爲萬乘君,今爲丘山土。感彼雍門言,淒愴哀往古。(其一)

　　秋風吐商氣,蕭瑟掃前林。陽鳥收和響,寒蟬無餘音。白露中夜結,木落柯條森。朱光馳北陸,浮景忽西沈。顧望無所見,惟覩松栢陰。蕭蕭高桐枝,翩翩棲孤禽。仰聽離鴻鳴,俯聞蜻蛚吟。哀人易感傷,觸物增悲心。丘隴日已遠,纏綿彌思深。憂來令髮白,誰云愁可任。徘徊向長風,淚下霑衣衿。(其二)

【本事】

　　不詳。

【繫年】

　　作年不詳。可能作於西晉末年八王之亂後。

【集説】

葛立方《韻語陽秋》卷四：七哀詩起曹子建，其次則王仲宣、張孟陽也。釋詩者謂，病而哀，義而哀，感而哀，悲而哀，耳目聞見而哀，口嘆而哀，鼻酸而哀，謂一事而七者具也。子建之《七哀》在於獨棲之思婦，仲宣之《七哀》哀在於棄子之婦人，張孟陽之《七哀》哀在於已毀之園寢。

劉履《選詩補注》卷四：此蓋孟陽嘗訪漢陵遺跡，感而有賦，故其言之詳而哀之深。讀者亦不能無感焉。

于光華《重訂文選集評》卷五引方伯海評：前篇是見諸陵發掘而哀，此由感秋思及墳墓而哀。

吳淇《六朝選詩定論》卷九：《七哀詩》，《選》中所收者，子建一首，寓意思婦；仲宣一首，俱自叙。孟陽此詩，前首叙漢陵發掘之慘，次首自叙。前後意不相承。按，“七哀”原題，謂痛而哀，義而哀，感而哀，怨而哀，耳目聞見而哀，口嘆而哀，鼻酸而哀，總來七哀。詩不拘自己，不拘他人，亦不拘一事，亦不分七事，但遇人間可哀處拈來，寫得悲悲楚楚，令人應聲淚下，便是合作。

何焯《義門讀書記》卷四十六：漢道始衰於安而極於靈，故舉恭、文言之。

【按語】

此詩作者名下李周翰注：“此詩哀人事遷化，後詩哀帝室漸衰。”其説可從。其二“丘隴日已遠，纏綿彌思深”一句，張銑注：“丘隴，謂其先人也。霜露既降，君子履之，必有凄愴之心，故纏綿。謂憂思多。哀於國，故亦思親。”此詩頗多憂思之情。吳淇認爲：“蓋緣哀人本有歸思，最易傷感也。”以此釋第二首中“丘隴日已遠”等句意，可從。

悼亡詩三首五言

善曰：《風俗通》曰：慎終悼亡。鄭玄《詩箋》曰：悼，傷也。

潘安仁

銑曰：悼，痛也。安仁痛妻亡，故賦詩以自寬。

荏苒冬春謝，寒暑忽流易。之子歸窮泉，重壤永幽隔。私懷誰克從，淹留亦何益？僶俛恭朝命，迴心反初役。望廬思其人，入室想所歷。帷屏無髣髴，翰墨有餘跡。流芳未及歇，遺挂猶在壁。悵恍如或存，周遑忡驚惕。如彼翰林鳥，雙栖一朝隻。如彼遊川魚，比目中路析。春風緣隟來，晨霤承檐滴。寢息何時忘，沈憂日盈積。庶幾有時衰，莊缶猶可擊。

皎皎窗中月，照我室南端。清商應秋至，溽暑隨節闌。凜凜涼風升，始覺夏衾單。豈曰無重纊，誰與同歲寒？歲寒無與同，朗月何朧朧。展轉眄枕席，長簟竟牀空。牀空委清塵，室虛來悲風。獨無李氏靈，髣髴覩爾容。撫衿長嘆息，不覺涕霑胸。霑胸安能已，悲懷從中起。寢興目存形，遺音猶在耳。上慚東門吳，下愧蒙莊子。賦詩欲言志，此志難具紀。命也可奈何！長戚自令鄙。

曜靈運天機，四節代遷逝。悽悽朝露凝，烈烈夕風厲。奈何悼淑儷，儀容永潛翳。念此如昨日，誰知已卒歲。改服從朝政，哀心寄私制。茵幬張故房，朔望臨爾祭。爾祭詎幾時，朔望忽復盡。衾裳一毀撤，千載不復引。亹亹期月周，戚戚彌相愍。悲懷感物來，泣涕應情隕。駕言陟東阜，望墳思紆軫。徘徊墟墓間，欲去復不忍。徘徊不忍去，徙倚步踟躕。落葉委埏側，枯荄帶墳隅。孤魂獨煢煢，安知靈與無？投心遵朝命，揮涕強就車。誰謂帝宮遠？路極悲有餘。

【本事】

潘岳《楊仲武誄》：而子之姑，余之伉儷焉。往歲卒於德宮里。喪服周次，綢繆累月，苟人必有心，此亦款誠之至也。不幸短命，春秋二

十九,元康九年夏五月已亥卒。……自時迄今,曾未盈稔。姑佇繼
隕,何痛斯甚。

【繫年】

此組詩是潘岳爲悼念亡妻所作,寫於爲亡妻服喪一年期滿,即晉
惠帝元康九年(299)秋後。[①]

【集説】

吳淇《六朝選詩定論》卷八:舊注此詩,謂之子既已葬畢,留此無
益,於是奉朝命而反初任。説得無味,且與"望廬"句不接。余意此當
是安仁在朝,其妻卒於里,適當朝命,聞訃假道而歸也。四時流代,是
六朝詩一派起套,在此詩則一篇之柱。言時光荏苒,而之子竟歸矣。
在予初心,只欲返予初服,與子偕老園林,此懷莫從,淹留京師何益
哉? 今幸僶俛朝命,庶回心返予初役,得遂此偕老園林之私懷乎? 不
意行至中途,而忽有此云云也。

何焯《義門讀書記》卷四十六:悼亡之作蓋在終制之後,"荏苒冬
春謝,寒暑忽流易",是一期已周也。大功去琴瑟,古人未有有喪而賦
詩者,首云"僶俛恭朝命",後云"改服從朝政",又云"投心遵朝命",謂
釋服而復出也。當晉時,禮教已壞,然期喪猶解官行服。

【按語】

吳淇認爲此詩乃安仁在朝時作,失考,非是。何焯曰"悼亡之作
蓋在終制之後",其説可從。關於潘岳婚史,可參見顧農《潘岳的婚姻
史與相關作品》一文。[②]

---

① 參見王增文《潘黃門集校注》,第 285 頁。
② 參見顧農《潘岳的婚姻史與相關作品》,《文學遺産》,2013 年第 4 期。

盧陵王墓下作一首五言

謝靈運

　　善曰：沈約《宋書》曰：武帝男盧陵獻王義真，初封盧陵王，之任而高祖崩。義真聰明愛文義，與陳郡謝靈運周旋異常。而少帝失德，徐羨之等密謀廢立，則次第應在義真。義真輕訬，不任主社稷，因與少帝不協，乃奏廢義真爲庶人，徙新安近郡，羨之等遣使殺義真於徙所，時年十八。元嘉三年，誅徐羨之、傅亮。是日詔曰：故盧陵王可追崇侍中王如故。

　　翰曰：宋武帝子義真，封盧陵王，未之藩而高祖崩。盧陵聰敏好文，常與靈運周旋。屬帝失德，朝廷謀廢立之事，次在盧陵，言盧陵輕眺，不任社稷，與少帝不協。徐羨之等奏廢盧陵爲庶人，徙新安郡，羨之等使使殺盧陵也。後有讒靈運欲立盧陵王，遂還出之。後知其無罪，追還。至曲阿，過丹陽。文帝問曰："自南行來，何所製作？"對曰："過盧陵王墓下，作一篇。"

　　曉月發雲陽，落日次朱方。含淒泛廣川，灑淚眺連崗。眷言懷君子，沉痛結中腸。道消結憤懣，運開申悲涼。神期恒若存，德音初不忘。徂謝易永久，松栢森已行。延州協心許，楚老惜蘭芳。解劍竟何及，撫墳徒自傷。平生疑若人，通蔽互相妨。理感深情慟，定非識所將。脆促良可哀，夭枉特兼常。一隨往化滅，安用空名揚？舉聲泣已灑，長嘆不成章。

【本事】

　　《宋書·盧陵王義真傳》：義真聰明愛文義，而輕動無德業。與陳郡謝靈運、琅邪顏延之、慧琳道人并周旋異常，云得志之日，以靈運、延之爲宰相，慧琳爲西豫州都督。徐羨之等嫌義真與靈運、延之昵狎過甚，故使范晏從容戒之。義真曰："靈運空疏，延之隘薄，魏文帝云鮮能以名節自立者。但性情所得，未能忘言於悟賞，故與之遊耳。"

《宋書·謝靈運傳》：廬陵王義真少好文籍，與靈運情款異常。少帝即位，權在大臣，靈運構扇異同，非毀執政，司徒徐羨之等患之，出爲永嘉太守。……太祖登祚，誅徐羨之等，徵爲秘書監，再召不起，上使光禄大夫范泰與靈運書敦獎之，乃出就職。

【繫年】

元嘉三年(426)，謝靈運應詔赴建康，任秘書監，途經丹徒，謁廬陵王墓，寫下此詩。①

【集説】

方回《文選顔鮑謝詩評》卷二："道消"，謂義真被殺，則以鬱結憤懣。"運開"，謂文帝既立，可以申寫悲凉。"通蔽"本桓譚語，論漢高者，今用之，以明季札之於徐君，楚老之於龔勝。"解劍""惜蘭"，舉措異常，若通人之蔽者。然今日之慟，情理如此，則知昔人之非蔽也。靈運詩此篇未爲致佳。

劉履《選詩補注》卷六：靈運自永初三年，以廬陵之故被出，至元嘉三年始徵爲秘書監。此詩因赴召，舟次廬陵墓下，痛悼而作。其言道有屈伸，而人情易感，念神期之若存，悲冢木之已拱。雖如延陵解劍，以酬心許；楚老撫墳以惜蘭芳，竟何及焉。且吾素疑斯人於處衆之道，或未盡善，以令情理所感，自可深慟，若定其是非，則已識其所以將亡之端矣。夫以命之脆促，事之夭枉，若此其甚，則形既隨化而滅，其於追崇虛名亦何用哉？是以舉聲垂泣，而言之不能成文也。靈運既至闕，因上問自南行來何所制作，特舉此篇爲對，則其情之不能已者，又可見矣！

吳淇《六朝選詩定論》卷十四：宋武帝子義真，封廬陵王。聰敏好

① 參見顧紹柏《謝靈運集校注》，第193頁。

文,與靈運遊。武帝崩,廢爲庶人,尋遇害。有讒靈運欲立廬陵者,遂遷出之。後知無罪,追還。文帝問曰:"自南行來,何所制作?"對曰:"過廬陵王墓下,作一篇詩。"即取"廬陵王墓下作"六字爲題,見彼墓中之人特爲夭枉而作詩其下者,情痛之極,由於理感之深,非有私也,與尋常哭挽之詩異矣。

陳祚明《采菽堂古詩選》卷十七:常論康樂情深而多愛人也,惟其多愛,故山水亦愛,友朋亦愛,乃至富貴功名,亦不能不愛。愛分現前,此取彼奪,不能徇節,亦是愛身。惟其情深中有難,已蘊蓄在抱,亦匪頓忘。觀墓下之作,哀慘異常。知忠義之感,亦非全偶。胸中隱隱,特不能發。至計無復之,有激始動耳。廬陵之哀,無關故國,以其愛友,徵其念君也。

何焯《義門讀書記》卷四十六:文帝既誅徐傅,乃追還顏、謝及慧琳道人。又,流連往復,字字凄斷。

【按語】

謝靈運與廬陵王義關係親密,又作有《廬陵王誄》,此詩"情痛之極,理感之深"超過尋常哀悼之作。此詩"道消結憤懣,運開申悲涼"一句,李周翰曰:"君子道消,群佞在朝也。憤懣氣結者,謂少帝時王見廢也,今屬大運已開,得申積日悲愁,謂文帝即位追崇王爲侍中,王如故也。"此注揭示出該詩寫作意旨。又,顧農《謝靈運〈廬陵王墓下作〉解讀》一文可參。①

拜陵廟作一首五言

善曰:沈約《宋書》曰:漢儀,上陵歲以爲常。魏無定制。江左元帝崩後,諸侯始有謁陵辭陵事,蓋率情而舉,非京、洛之舊。自元嘉已來,每正月,輿駕必謁初寧陵,復漢儀。

---

① 參見顧農《文選論叢》,第 204 頁。

顏延年

良曰：延之從文帝拜高祖陵，作此詩。於陵置廟，故兼言矣。

周德恭明祀，漢道尊光靈。哀敬隆祖廟，崇樹加園塋。逮事休命始，投迹階王庭。陪廁迴天顧，朝謁流聖情。早服身義重，晚達生戒輕。否來王澤竭，泰往人悔形。敕躬慚積素，復與昌運并。恩合非漸漬，榮會在逢迎。鳳御嚴清制，朝駕守禁城。束紳入西寢，伏軫出東坰。衣冠終冥漠，陵邑轉蔥青。松風遵路急，山煙冒壠生。皇心憑容物，民思被歌聲。萬紀載弦吹，千載托旒旌。未殊帝世遠，已同淪化萌。幼牡困孤介，末暮謝幽貞。發軫喪夷易，歸軫慎崎傾。

【本事】

《宋書·顏延之傳》：劉湛誅，起延之爲始興王浚後軍諮議參軍，御史中丞。在任縱容，無所舉奏。遷國子祭酒、司徒左長史。

【繫年】

據詩中“早服身義重，晚達生戒輕”等語，此詩當作於晚年，可能作於顏延之任國子祭酒時期，其年六十二歲，元嘉二十二年（445）以後。具體作年待考。

【集說】

方回《文選顏鮑謝詩評》卷二：此詩十七韻。“松風遵路急，山煙冒壠生”兩句平平，是處可用。他切題處冗而晦，無可書。蓋從宋文帝上高祖塚也。

吳淇《六朝選詩定論》卷十二：其憂讒畏譏之意，見於言外，故曰“發軫”云云。

何焯《義門讀書記》卷四十六：顏詩大抵長於鋪陳。讀老杜《昭陵》二詩，乃嘆延年爲陋。

于光華《重訂文選集評》卷五引方伯海評:只中間"衣冠"數句,是拜陵廟正位,餘俱從題之前後鋪襯。文字鋪襯則難警策,而應制文體自應爾也。

【按語】

此詩前段鋪陳,中間"衣冠"數句寫拜陵廟,末尾表達自警之意。吳淇曰:"其憂讒畏譏之意,見於言外。"可從。末句"發軌喪夷易,歸軫慎崎傾",劉良注:"言發跡入仕在於高祖平易之時,高祖既没,遭少帝之難,是發跡而失平易之道。今老矣,如車之將歸,宜慎崎傾之險。"其說可參。

同謝諮議銅雀臺詩一首五言

善曰:《集》曰:謝諮議璟。《魏志》曰:建安十五年冬,作銅雀臺。魏武遺令曰:吾伎人皆著銅爵臺,於臺上施六尺牀繐帳,朝晡,上脯糒之屬。月朝十五日,輒向帳作伎,汝等時時登銅爵臺,望吾西陵墓田。
謝玄暉
翰曰:魏武帝作銅雀臺,遺令:施繐帳,朝晡設脯糒之屬,向帳作妓,望吾西陵。

繐幄飄井幹,罇酒若平生。鬱鬱西陵樹,詎聞歌吹聲。芳襟染淚迹,嬋媛空復情。玉座猶寂漠,況乃妾身輕!

【本事】

《梁書·謝徵傳》:齊竟陵王子良開西邸,招文學,璟亦預焉。隆昌中(即海陵王延興元年),爲明帝驃騎諮議參軍,領記室。遷中書郎,晉安内史。

《南齊書·謝朓傳》:隆昌初,敕朓接北使,朓自以口訥,啓讓不當,不見許。高宗輔政,以朓爲驃騎諮議,領記室,掌霸府文筆。又掌

中書詔誥，除秘書丞，未拜，仍轉中書郎。出爲宣城太守，以選復爲中
書郎。

【繫年】

此詩爲謝朓與謝璟唱和之作。謝璟爲明帝驃騎諮議參軍在延興
元年，陳慶元《謝朓作品繫年》將此詩繫於延興元年（494），曹道衡、劉
躍進《南北朝文學編年史》同此，可從。①

【集説】

劉履《選詩補注》卷八：魏武既作銅雀臺，臨終遺令，於臺上施繐
帳，設醢糒，月朝作妓，望吾西陵墓田。玄暉此詩蓋同謝諮議追詠其
事，以刺夫雖死猶不能忘情於妓樂，則亦徒然而已。且以妓妾感嘆之
詞終焉，其警人之意益深遠矣！

唐汝諤《古詩解》卷十二：玄暉此詩，蓋同謝諮議追詠其事以刺之
也。言設幃臺上，儼若平生，而歌吹之聲則已不聞久矣。雖没後猶然
追念，而徒令妓妾感傷，昔日之英雄安在？警戒之意宛然。

何焯《義門讀書記》卷四十六：詩可以怨，作者其知之矣。前一絶
諷充奉園陵之愚，後一絶仍歸於忠愛，此篇爲兩得之。有哀有嘆，一
味嗤笑，味反短矣！

張玉穀《古詩賞析》卷十八：詩以誚魏武也。前四，以置酒鼓吹，
托於陵樹不聞，已極婉妙。後四，更以玉座寂寞，從染淚之妾自寬自
解中點出，絶不露非笑之痕，何等溫厚。

【按語】

關於曹操銅雀臺之事，歷代有論。劉履譏刺説大體可從，唐汝
諤、張玉穀等從其説。此詩首句“繐幃飄井幹”，李周翰注：“銅雀，一
名井幹樓。”非是。黄稚荃認爲：“井幹之名，自有專屬，玄暉蓋以井幹

---

① 參見曹道衡、劉躍進《南北朝文學編年史》，第 309 頁。

比銅雀臺耳。"又，黃稚荃引陳餘山曰："陵旁之樹尚不聞聲，塚中枯骨更有何益？蓋諷之也。"①

出郡傳舍哭范僕射一首五言

善曰：劉璠《梁典》曰：天監二年，僕射范雲卒。任昉自義興貽沈約書曰：永念平生，忽爲疇昔。然此郡謂義興也。劉熙《釋名》曰：傳，傳舍也，使人所止息而去，後人復來，轉相傳也。《風俗通》曰：諸有傳信，乃得舍於傳也。

任彥升

善曰：劉璠《梁典》曰：任昉，字彥昇，樂安人。年四歲，誦古詩數十篇，十六舉秀才第一。辭章之美，冠絶當時。爲寧朔將軍，新安太守。卒。

翰曰：劉璠《梁典》曰：任昉，字彥昇，樂安人也。年四歲，誦古詩十篇，十六舉秀才甲科。文章之美，冠絶當時。昉出義興傳舍，哭范僕射雲，遂作此詩。傳舍，客舍也。

平生禮數絶，式瞻在國楨。一朝萬化盡，猶我故人情。待時屬興運，王佐俟民英。結歡三十載，生死一交情。携手遁衰孽，接景事休明。運阻衡言革，時泰玉階平。澬沖得茂彥，夫子值狂生。伊人有涇渭，非余揚濁清。將乖不忍別，欲以遣離情。不忍一辰意，千齡萬恨生。已矣平生事，詠歌盈篋笥。兼復相嘲謔，常與虛舟值。何時見范侯，還叙平生意；與子別幾辰，經塗不盈旬。弗覿朱顔改，徒想平生人。寧知安歌日，非君撤瑟晨。已矣余何嘆，輟春哀國均。

【本事】

《梁書·武帝紀》：（天監二年）五月丁巳，尚書右僕射范雲卒。

---

① 參見黃稚荃《文選顔鮑謝詩評補》，第160頁。

【繫年】

據李善及李周翰注引劉璠《梁典》，此詩作於天監二年(503)。

【集説】

唐汝諤《古詩解》卷二十三：任與范爲至交，別未幾而居然物化，是安歌之日，乃其撤瑟晨也。況范爲僕射，秉國之均，民哀之如五羖之殁，足垂千秋矣，我亦何用嘆息乎？

吴淇《六朝選詩定論》卷十六：玩此詩第二章云云，乃是任出守義興郡。別范未幾，在傳舍中聞訃而哭之也。

何焯《義門讀書記》卷四十六：朋友哭諸寢門之外，故出傳舍而爲位以哭也。位高年促，有哀有諷，隱約言表。末句仍爲時惜，而不徒以其私也。

洪若臯《文選越裁》卷四：彦升爲沈休文深所推挹，史稱昉晚節轉好著詩，然動輒用事，所以詩不得奇。似此首一片真氣浮動，不參以一毫境事，直可與休文“生平日”并雋千古。沈詩任筆，可以雪此一恨。

【按語】

范雲、任昉二人情誼深厚，任昉出任義興郡太守，“別范未幾，在傳舍中聞訃而哭之也”，吴淇説可參。何焯“有哀有諷，隱約言表”，此詩末句“已矣余何嘆，輟舂哀國均”，李周翰注：“已矣，哀嘆之甚也。秦五羖大夫死，秦人皆輟舂不食，以思之。均，平也。哀國家失平正之道。”此可謂哀中有諷。

　　贈　　答

贈蔡子篤詩一首四言

善曰：《晉官名》曰：蔡睦，字子篤，爲尚書。

王仲宣

向曰：蔡子篤爲尚書，仲宣與之爲友，同避難荆州，子篤還會稽，仲宣故贈之。

翼翼飛鸞，載飛載東。我友云徂，言戾舊邦。舫舟翩翩，以泝大江。蔚矣荒塗，時行靡通。慨我懷慕，君子所同。悠悠世路，亂離多阻。濟岱江行，邈焉異處。風流雲散，一別如雨。人生實難，願其弗與。瞻望遐路，允企伊佇。烈烈冬日，蕭蕭凄風。潛鱗在淵，歸雁載軒。苟非鴻鵰，孰能飛翻？雖則追慕，予思罔宣。瞻望東路，慘愴增嘆。率彼江流，爰逝靡期。君子信誓，不遷于時。及子同寮，生死固之。何以贈行？言授斯詩。中心孔悼，涕淚漣洏。嗟爾君子，如何勿思！

【本事】

參見呂向注。

【繫年】

具體作年不詳。可能作於初平三年（192）至建安十三年（208），王粲避難荆州時期。

【集説】

吳淇《六朝選詩定論》卷六：王與蔡同避難荆州，至是，蔡還濟陽，故贈此詩。首二句，興。"我友"八句，叙别。"悠悠"一段，别路尚在亂離，故爲之瞻望而延佇。"烈烈"一段，别時正值寒冬，故瞻望而凄愴。"率彼"云云，申别後之盟，期其久要不忘。末六句，結完贈詩。

何焯《義門讀書記》卷四十六：呂向曰："子篤與仲宣同避難荆州，子篤還會稽，仲宣贈以詩。"按，詩有"濟岱"語，則向所云還會稽者，乃憑臆妄撰也。

【按語】

該詩題下李善注引《晉官名》當爲《魏晉百官名》,《隋書·經籍志》著録,梁章鉅《文選旁證》有考。又見胡克家《文選考異》。作者名下呂向注所云“還會稽”,不知何據,疑誤。“濟岱江行,邈焉異處”一句,李善注:“濟岱近兗州,子篤所往。江行近荆州,仲宣所居也。”其説可從。

贈士孫文始一首四言

善曰:《三輔決録》趙岐注曰:士孫孺子名萌,字文始,少有才學,年十五,能屬文。初,董卓之誅也,父瑞,知王允必敗,京師不可居,乃命萌將家屬至荆州依劉表。去無幾,果爲李傕等所殺。及天子都許昌,追論誅董卓之功,封萌爲澹津亭侯。與山陽王粲善,萌當就國,粲等各作詩以贈萌,於今詩猶存也。

翰曰:士孫文始少有賢學,年十五能屬文。初,董卓作亂,文始知京師不可居,將家屬至荆州,後功封澹津亭侯。與粲友善,文始將就國,故贈以此詩。

王仲宣

天降喪亂,靡國不夷。我曁我友,自彼京師。宗守蕩失,越用遁違。遷于荆楚,在漳之湄。在漳之湄,亦剋宴處。和通簝塤,比德車輔。既度禮義,卒獲笑語。度茲永日,無愆厥緒。雖曰無愆,時不我已。同心離事,乃有逝止。橫此大江,淹彼南汜。我思弗及,載坐載起。惟彼南汜,君子居之。悠悠我心,薄言慕之。人亦有言,靡喆不思。矧伊嬿婉,胡不淒而?晨風夕逝,托與之期。瞻仰王室,慨其永嘆。良人在外,誰佐天官?四國方阻,俾爾歸蕃。爾之歸蕃,作式下國。無曰蠻裔,不虔汝德。慎爾所主,率由嘉則。龍雖勿用,志亦靡忒。悠悠澹澧,鬱彼唐林。雖則同域,邈其迥深。白駒遠志,古人所箴。允矣君子,不遐厥心。既往既來,無密爾音。

【本事】

《三國志·魏書·董卓傳》裴松之注引《三輔決録注》：天子都許，追論瑞功，封子萌澹津亭侯。萌字文始，亦有才學，與王粲善。臨當就國，粲作詩以贈萌，萌有答，在粲《集》中。

【繫年】

士孫萌受封澹津亭侯，臨當就國，王粲作詩以贈。此詩作於建安元年(196)。①

【集説】

吳淇《六朝選詩定論》卷六：仲宣與文始同里，締交久矣。其相與之情，乃不叙之於前，叙於遷荊之後者，凡人交情，在平日雖厚不覺，到離亂時又播在他鄉，更覺親昵。

梁章鉅《文選旁證》卷二十二：《三輔決録》趙岐注曰：陳曰"趙岐"二字衍，是也。岐著《三輔決録》，摯虞作注，下云"於今時猶存"，即虞自謂作注之時也。

【按語】

該詩題下李善注引《三輔決録》趙岐注誤，《三輔決録》爲趙岐撰，摯虞注，梁章鉅《文選旁證》可參。

贈文叔良一首四言

善曰：干寶《搜神記》曰：文穎，字叔良，南陽人。《繁欽集》又云：爲荊州從事，文叔良作《移零陵文》。而粲《集》又有《贈叔良詩》。獻帝初平中，王粲依荊州劉表。然叔良之爲從事，蓋事劉表也。詳其詩意，似聘蜀結好劉璋也。

銑曰：叔良爲劉表從事，使聘益州牧劉璋，贈以此詩戒之。

---

① 參見俞紹初《建安七子集》，第 397 頁。

王仲宣

　　翩翩者鴻,率彼江濱。君子于征,爰聘西鄰。臨此洪渚,伊思梁岷。爾往孔邈,如何勿勤?君子敬始,慎爾所主。謀言必賢,錯説申輔。延陵有作,喬胖是與。先民遺跡,來世之矩。既慎爾主,亦迪知幾。探情以華,覿著知微。視明聽聰,靡事不惟。董褐荷名,胡寧不師?衆不可蓋,無尚我言。梧宮致辯,齊楚構患。成功有要,在衆思歡。人之多忌,掩之實難。瞻彼黑水,滔滔其流。江漢有卷,允來厥休。二邦若否,職汝之由。緬彼行人,鮮克弗留。尚哉君子,于異他仇。人誰不勤?無厚我憂。惟詩作贈,敢詠在舟。

【本事】

　　《三國志·蜀志·劉焉傳》:州大吏趙韙等貪璋温仁,共上璋爲益州刺史,詔書因以爲監軍使者,領益州牧,以韙爲征東中郎將,率衆繫劉表。

【繫年】

　　此詩爲王粲滯留荆州時期所作,可能作於興平元年(194)。[1]

【集説】

　　吳淇《六朝選詩定論》卷六:首叙其奉使之事,次勗之以慎主,次知幾,次謹言,終申以關係之重。既有章法,撰語精,引事切,真可傳之業。

　　何焯《義門讀書記》卷四十六:猶有古人贈言遺意。

　　于光華《重訂文選集評》卷六引方伯海評:馬使當慎所主,自是不易,但專對不辱尤難。故慎主意,入手帶過。以下不夾入此義,只承上謀言必賢,歷歷指陳當法當戒,深悉人情,閲歷世故,真是字字金石,不特爲使當知,凡持身涉世,俱當銘之座右。仲宣殆有道而文者乎?

---

① 參見俞紹初《建安七子集》,第391頁。

【按語】

本詩繫年存疑，諸説不一。俞紹初《建安七子年譜》繫於興平
(194)元年。據《蜀志・劉焉傳》，劉璋領益州牧，率衆繫劉表。郁賢
皓《建安七子詩箋注》繫於建安十三年，曹操征荆州時，此説不符合王
粲歸曹心態。韓暉《〈文選〉編輯及作品繫年考證》繫於建安三年，依
據《後漢書・劉表傳》，長沙太守張羨率零陵、桂陽三郡叛表而通好劉
璋。俞紹初説更爲合理。又，本詩有殘句，"溫溫恭人，禀道之極"，見
《文選》卷二十顏延之《皇太子釋奠會作詩》李善注引詩句。

贈五官中郎將四首五言

劉公幹

濟曰：魏文帝初爲五官中郎將、副丞相。文帝來視楨疾，去後，楨
賦詩以贈之。謂未及帝位時也。

昔我從元后，整駕至南鄉。過彼豐沛都，與君共翱翔。四節相推
斥，季冬風且涼。衆賓會廣坐，明鐙熺炎光。清歌制妙聲，萬舞在中
堂。金罍含甘醴，羽觴行無方。長夜忘歸來，聊且爲太康。四牡向路
馳，嘆悦誠未央。

余嬰沉痼疾，竄身清漳濱。自夏涉玄冬，彌曠十餘旬。常恐遊岱
宗，不復見故人。所親一何篤？步趾慰我身。清談同日夕，情眄叙憂
勤。便復爲別辭，遊車歸西鄰。素葉隨風起，廣路揚埃塵。逝者如流
水，哀此遂離分。追問何時會？要我以陽春。望慕結不解，貽爾新詩
文。勉哉脩令德，北面自寵珍。

秋日多悲懷，感慨以長嘆。終夜不遑寐，叙意於濡翰。明鐙曜閨
中，清風淒已寒。白露塗前庭，應門重其關。四節相推斥，歲月忽欲
殫。壯士遠出征，戎事將獨難。涕泣灑衣裳，能不懷所歡？

凉風吹沙礫，霜氣何鼕鼕。明月照緹幕，華燈散炎輝。賦詩連篇章，極夜不知歸。君侯多壯思，文雅縱橫飛。小臣信頑鹵，僶俛安能追？

【本事】

《文選》李善注《贈五官中郎將四首》其三"壯士遠出征，戎事將獨難"：壯士，謂五官也。《漢書》高祖曰：壯士行何畏！出征，謂在孟津也。《魏志》曰：建安十六年，文帝立爲五官中郎將。《典略》曰：建安二十二年，魏郡大疫，徐幹、劉楨等俱逝。然其間唯有鎮孟津及黎陽，而無所征伐，故疑出征謂在孟津也。以在鄴，故曰出征；以有兵衛，故曰戎事也。

【繫年】

陸侃如據上述李善注，將此詩組繫於建安二十一年（217）。[①] 此組詩作并非作於同時，其第三首可能作於建安後期。

【集説】

嚴羽《滄浪詩話・詩評》："元后"蓋指曹操也，"至南鄉"謂伐劉表之時，"豐""沛"喻操譙郡也……是時漢帝尚存，而二子之言如此……正與荀彧比曹操爲高光同科。或以公幹平視美人爲不屈，是未爲知人之論，春秋誅心之法，二子其何逃。

鄧伯羔《藝㲄》卷上：二姓改革之際，必有諂諛之人，探其隱而成其奸，雖讀書明理道者，猶不免也。劉公幹《贈五官中郎將》詩"昔我從元后，整駕至南鄉"，王仲宣《從軍詩》"籌策運帷幄，一由我聖君"，謝宣遠《九日從宋公戲馬臺詩》"聖心眷佳節"，謝靈運詩"良辰感聖心"。魏、宋未受命，四子者先巳殊稱加之矣。昔人云古今文人類不護細行，鮮能以名節自立，正此類也。

---

① 參見陸侃如《中古文學繫年》，第405頁。

吳淇《六朝選詩定論》卷六：舊注以爲文帝視疾去後奉贈之詩。細玩之，乃答贈之詩也。先是公幹於夏月出居漳濱養疾，冬十月文帝將有西行，遂來視疾，兼以別之也。臨別，文帝期以明春即還相見，迄秋未歸。文帝有詩贈，故公幹賦此詩以答之，而追叙其本末，詩語自明白。魏氏於諸子，不過如富貴人家養幾個作詩相公，陪伴自己子弟讀書或遊戲、或飲酒，間亦教他代作些書札，其實非憐其才而大用之也。在諸子當漢室大亂之後，四海無家，只得事急相隨，留滯於此。其實心上多有不快活處，所以各人叙感恩處只在飲宴間説去，而他無所及。如此詩凡四章，第一章述宴飲之好，并不他及。二章病漳濱，弗預其事，病中清談相慰，居不與謀也。三章、四章軍中賦詩莫追、出不從行也。徐元直以母故從魏，終身不爲畫一策。公幹之詩，正是此意。

何焯《義門讀書記》卷四十六："元后""豐沛"之語，殊傷詩教。"余嬰"首，叙致款曲，清利可誦。十余句，所謂告滿百日也。

【按語】

吳淇指出此非奉贈之詩，可從。鄧伯羔對易代之際文人節操詳論之，此與何焯"殊傷詩教"説及嚴羽"知人之論"説不謀而合。又，曹道衡先生認爲吳淇將此組詩分爲四章，前後一氣貫注，顯然牽強。此組詩非作於同時，"皆是建安十六年後所作，'昔我從元后'一首，當作於操進爵魏王之後"。[1]

贈徐幹一首五言

濟曰：是時徐在西掖，劉在禁省，故有此詩。

劉公幹

誰謂相去遠，隔此西掖垣。拘限清切禁，中情無由宣。思子沉心曲，長嘆不能言。起坐失次第，一日三四遷。步出北寺門，遥望西苑

---

① 參見曹道衡、沈玉成《中古文學史料叢考》，第60頁。

園。細柳夾道生，方塘含清源。輕葉隨風轉，飛鳥何翻翻！乖人易感動，涕下與衿連。仰視白日光，皦皦高且懸。兼燭八紘內，物類無頗偏。我獨抱深感，不得與比焉。

【本事】

《三國志・魏書・王衛二劉傅傳》：楨以不敬被刑，刑竟署吏。

《三國志・魏書・王衛二劉傅傳》裴松之注引《典略》：其後太子嘗請諸文學，酒酣坐歡，命夫人甄氏出拜。坐中眾人咸伏，而楨獨平視。太祖聞之，乃收楨，減死，輸作。

《世說新語・言語》“劉公幹以失敬罹罪”條劉孝標注引《典略》：建安十六年，世子爲五官中郎將，妙選文學，使楨隨侍太子。酒酣坐歡，乃使夫人甄氏出拜。

《世說新語・言語》“劉公幹以失敬罹罪”條注引《文士傳》：楨性辯捷，所問應聲而答。坐平視甄夫人，配輸作部，使磨石。武帝至尚方，觀作者，見楨匡坐正色磨石。武帝問曰：“石何如？”楨因得喻己，自理，跪而對曰：“石出荊山懸巖之巔，外有五色之章，內含卞氏之珍，磨之不加瑩，雕之不增文，稟氣堅貞，受之自然，顧其理枉屈紆繞而不得申！”帝顧左右大笑，即日赦之。

【繫年】

陸侃如將“楨以不敬被刑事”繫於建安十七年（212）。[1] 俞紹初《建安七子集》認爲此詩作於建安十六年（211），“步出北寺門”，蓋指鄴城御史臺，參見《文選・魏都賦》劉逵注。俞紹初指出：“此言楨收其於北寺，而非輸作時事也。”[2]

---

① 參見陸侃如《中古文學繫年》，第 386 頁。
② 參見俞紹初《建安七子集》，第 439 頁。

【集説】

吳淇《六朝選詩定論》卷六：武帝末年，欲易太子，故文帝與子建各樹黨翼，而子建之黨尤盛，唯偉長淡泊、公幹憨直不與。然偉長以淡泊故無感，公幹憨直招忌，故獨抱深感。然此深感，除偉長外，再無一人可告訴者。故思之不已而望，望之不已而感。要知不是思人望人，只是自己心中有事，故見“細柳”云云，感之而動也。至仰觀日光，所感尤深。要知只是慨憤不平，無覬覦之意。若有覬覦，焉得爲“卓犖偏人”！

何焯《義門讀書記》卷四十六：《魏志》云：楨以不敬被刑，刑竟，署吏。此詩有“仰視白日”之語，疑此時作也。“步出北寺門”，或楨方輸作於北寺耳。

方東樹《昭昧詹言》卷二：時徐爲太子文學，故在西園。所云“北寺”，當是被刑輸作北寺署吏時作，故有“仰視白日”等語。

【按語】

劉楨《贈徐幹》共兩首，此錄一首。徐幹有《答劉楨》詩，曹植亦有《贈徐幹》。此詩“步出北寺門，遥望西苑園”一句，李善注引《風俗通》曰：“尚書、侍御、御史、謁者所止，皆曰寺也。”呂向注：“寺，司也。謂楨主司之地。”何焯所言“或楨方輸作於北寺”，不可從。

贈從弟三首五言

濟曰：公幹從弟，蓋尋究无名。

劉公幹

泛泛東流水，磷磷水中石。蘋藻生其涯，華紛何擾弱。采之薦宗廟，可以羞嘉客。豈無園中葵，懿此出深澤。

亭亭山上松，瑟瑟谷中風。風聲一何盛，松枝一何勁！冰霜正慘愴，終歲常端正。豈不羅凝寒，松栢有本性。

鳳凰集南嶽,徘徊孤竹根。於心有不厭,奮翅凌紫氛。豈不常勤苦,羞與黃雀群。何時當來儀? 將須聖明君。

【本事】

不詳。

【繫年】

不詳。

【集說】

劉履《選詩補注》卷二:公幹之從弟蓋能守志勵操,不苟進取,故贈是詩以嘉勉焉。

吳淇《六朝選詩定論》卷六:諸子以世亂依魏,苟全性命而已,非其本志也。細玩公幹《贈從弟》詩,其人似不肯仕魏者,其品行高潔大有過人者,公幹不勝致羨焉。蓋亦以自傷也。

何焯《義門讀書記》卷四十六:此教以脩身俟時。首章致其潔也,次章屬其節也,三章擇其幾也。峻骨凌霜,高風跨俗,要惟此等足當之。

【按語】

吳淇指出公幹"自傷",與何焯"脩身俟時"説相類,詳其詩意,此詩可能作於劉楨不得意時,并以高潔之志、堅貞本性勉勵從弟。此組詩歌其三"何時當來儀? 將須聖明君"一句,李周翰注:"何時當見光儀? 將待聖明君也。"詩中有待時而出之意,此詩或作於劉楨入鄴之前。

贈答二

贈徐幹一首五言

曹子建

《鈔》曰：羅云：從此以下七首，此等人并子建知友。丁儀兄弟未殺時相與交好，後文帝時皆失勢，故作此詩耳。

良曰：子建與徐幹俱不見用，有怨刺之意，故爲此詩。

驚風飄白日，忽然歸西山。圓景光未滿，衆星粲以繁。志士營世業，小人亦不閑。聊且夜行遊，遊彼雙闕間。文昌鬱雲興，迎風高中天。春鳩鳴飛棟，流焱激櫺軒。顧念蓬室士，貧賤誠足憐。薇藿弗充虛，皮褐猶不全。忼慨有悲心，興文自成篇。寶棄怨何人，和氏有其愆。彈冠俟知己，知己誰不然？良田無晚歲，膏澤多豐年。亮懷璵璠美，積久德逾宣。親交義在敦，申章復何言！

【本事】

《三國志·魏志·王衛二劉傳傳》裴松之注引《先賢行狀》：幹清玄體道，六行脩備，聰識洽聞，操翰成章，輕官忽祿，不耽世榮。建安中，太祖特加旌命，以疾休息。後除上艾長，又以疾不行。

【繫年】

作年不詳。可能作於建安中後期。徐公持將此詩繫於建安中期,建安二十二年(217)前。① 大體可從。

【集説】

劉履《選詩補注》卷二:此子建閔偉長遭世運之未亨,而不究于用,姑勉之以待時也。言驚風飄日,忽歸西山,以比董卓作亂,獻帝播遷,漢室由此而傾也。圓景未滿而衆星繁,以比魏之基業未集,而一時群臣已翕然輔佐之。當是時,有志之士以及卑下之人莫不各有所營,而無閑居者焉。我亦聊且乘時出遊其間,觀夫宫殿臺觀巍然中天,可見魏都氣象之有成矣。然其所用之人,或有邪佞上廁,如鳩鳥之鳴棟,焱風之激檻,乃使有德之士困處蓬室,飢寒呻吟,有足憐者。且如寶之見棄,將怨誰,和氏誠欲獻之,則亦反受其罪。此又興彈冠以俟知己之薦,而知己之人亦莫不見疑於君而不自遂也。然德之厚者雖晚成,其器必大,亦猶田之沃者雖晚熟,其獲必豐。蓋蘊美於中,積久而愈著,未有不際遇者,故以此勖之。末又謂其且當益敦親交之義,我但申意於詩章,夫復何言。詳此,則子建亦不得志於斯時,其所望於晚成者,又豈可以常情測哉。

吴淇《六朝選詩定論》卷五:諸子在當時,皆以文人畜之,如齊稷下士,不治事而議論。諸子無有罹孔、楊之禍者在此,其不效功名於當世者亦在此。所以雖被寵接,而反鬱鬱不得志,正與子建不獲自試之意相同。故其贈諸子之詩,皆極致其憐惜云。

陳祚明《采菽堂古詩選》卷六:友誼真至。"知己誰不然",亦寓不試之感。"良田"以下,慰勉有古風。

何焯《義門讀書記》卷四十六:發端言歲月不居,與後"久"字相呼應。和氏刖足以明玉,而己不能力進偉長,故云"有怨"也。然而彈冠結綬,意豈有間哉? 君其俟時而己。

---

① 參見徐公持《曹植年譜考證》,第 219 頁。

【按語】

　　黄節《曹子建詩注》引朱緒曾説:"幹卒於建安二十二年,子建不得志在黄初時,幹已不得見,劉説非是。"①該詩"圓景光未滿,衆星粲以繁"一句,張銑注:"謂文帝不明。群小在位,不用賢良。"將此詩定於黄初時期,誤矣。該詩作者名下公孫羅注:"丁儀兄弟未殺時相與交好,後文帝時皆失勢,故作此詩耳。"亦誤。

贈丁儀一首五言

　　善曰:《集》云:與都亭侯丁翼,今云儀,誤也。《魏略》:丁儀,字正禮。太祖辟儀爲掾。

　　《鈔》曰:《魏略》云:丁儀,譙郡人,父仲,漢時爲司隸校尉。丁儀眇一目,有才能,曹操聞之,欲嫁女與之。文帝以爲患目,恐非女所悦,遂不與。後聘爲丞相府掾。武帝與談,知異才,帝曰:丁儀哲士,縱兼兩目,亦須與女,何況一目乎?豎子誤我。武帝欲立植爲太子,儀曰:臨淄侯仁孝可立也。後文帝立,儀兄弟并被殺。植作此詩,自感傷失勢也。

　　向曰:《魏志》云:丁儀,字正禮,有文才,武帝辟以爲掾。子建贈以此詩,有怨刺之意。

曹子建

　　初秋涼氣發,庭樹微銷落。凝霜依玉除,清風飄飛閣。朝雲不歸山,霖雨成川澤。黍稷委疇隴,農夫安所獲?在貴多忘賤,爲恩誰能博?狐白足禦冬,焉念無衣客?思慕延陵子,寶劍非所惜。子其寧爾心,親交義不薄。

【本事】

　　《三國志·魏書·陳思王傳》裴松之注引《魏略》:丁儀字正禮,沛

---

①　參見黄節《黄節注漢魏六朝詩六種》,第357頁。

郡人也。……時儀亦恨不得尚公主，而與臨菑侯親善，數稱其奇才。太祖既有意欲立植，而儀又共贊之。及太子立，欲治儀罪，轉儀爲右刺奸掾，欲儀自裁而儀不能。

【繫年】

此詩可能作於建安二十三年(218)。據《三國志·魏書·陳思王傳》裴松之注引《魏略》，可知太子立，欲治儀罪。詩中"在貴多忘賤，爲恩誰能博"一句，可能責怪曹丕不能容納丁儀。曹丕於建安二十二年十月爲太子，二十五年正月嗣位，誅儀。《贈丁儀》又有"初秋凉氣發"句，詩當寫於此年或明年初秋。徐公持認爲，本篇可能撰於建安後期，即二十二年曹丕立爲太子之後。① 其說可從。另，熊清元《曹植〈贈丁儀〉作年辨析》一文可參。②

【集説】

劉履《選詩補注》卷二：此詩大意與《贈徐幹》篇略同。言凉氣初發，庭樹銷落，以喻天下肇亂，漸見迫奪。至於霜依玉除，風飄飛閣，則漢室危矣。雲不歸山，霖雨成川，又以比諸豪之不肯匡輔本朝，各據一方，是以兵戈日鬥，流毒日深，而生民之失利，從可知焉。當是時，儀居貧賤，無能憐念之者，故又言人之常情，在貴者多忘賤，衣暖者不恤寒，然我思慕延陵季子之義，彼但一見徐君，尚不惜寶劍，而遂其所欲於既死，況我與子親交素厚，豈不能振拔爾乎？其言子寧爾心者，則所以慰之之意深矣。

吴淇《六朝選詩定論》卷五：史稱魏武以植爲類己，幾欲易儲，觀其《短歌》一篇，其一片體恤天下幽寒之士之意，可謂深至矣。不獨天下之策士在其牢籠之中，即諸子之文學亦得與焉。丕與諸子雖往來贈答，意不甚恤。而植與諸子則篤，故其與諸子酬和之詩，皆恤其隱，

---

① 參見徐公持《曹植年譜考證》，第 244 頁。
② 參見熊清元《曹植〈贈丁儀〉作年辨析》，《學術研究》，1991 年第 4 期。

頗有魏武憐才意。此詩尤其著明者也。

張玉穀《古詩賞析》卷八：此慰丁不得意之詩。前八，即秋景之蕭瑟陰霾，田荒無獲，寫出方正不容影子。"在貴"四句突接"貴多忘賤，爲恩誰博"，揭出惜丁本意。加以暖者忘寒，比喻托醒，便不單薄。末四，方以知己寧無，轉合慰勉之意，援古作證，似自任，亦似冀人，何等忠厚。

【按語】

此詩篇題中"丁儀"存疑，趙幼文《曹植集校注》以爲李善注是，丁儀當爲丁廙。"廙"，《三國志·魏書·陳思王傳》作"廙"，廙爲儀之弟。黃節認爲"善只據五言集，以爲儀誤，他無足證也"，又引丁儀《厲志賦》，并曰："則此詩所謂在貴忘賤，正與賦意相合。詩乃贈儀無疑。"①黃節說可從。此詩"在貴多忘賤，爲恩誰能博"一句，《文選鈔》曰："忘賤，曹植爲鄄城侯，乘牛車。忘賤，斥兄丕也。"《文選鈔》失考，曹植改封鄄城侯在黃初二年，而丁儀於黃初元年已被殺。另，劉履附會漢末動蕩時局，其說不妥。

贈王粲一首五言

曹子建

端坐苦愁思，攬衣起西遊。樹木發春華，清池激長流。中有孤鴛鴦，哀鳴求匹儔。我願執此鳥，惜哉無輕舟。欲歸忘故道，顧望但懷愁。悲風鳴我側，羲和逝不留。重陰潤萬物，何懼澤不周？誰令君多念，自使懷百憂。

【本事】

《三國志·魏書·杜襲傳》：魏國既建，(杜襲)爲侍中，與王粲、和

---

① 參見黃節《黃節注漢魏六朝詩六種》，第 357 頁。

洽并用。粲强識博聞，故太祖遊觀出入，多得驂乘，至其見敬不及洽、襲。襲嘗獨見，至於夜半。粲性躁競，起坐曰："不知公對杜襲道何等也?"洽笑答曰："天下事豈有盡邪？卿晝侍可矣，悒悒於此，欲兼之乎！"

【繫年】

此詩"重陰潤萬物，何懼澤不周?"一句，李善注："重陰以喻太祖。"據此以及《三國志‧魏書‧杜襲傳》，此詩表達對王粲不受重用的安慰之情，可能作於王粲歸曹初期，其尚未任職侍中之時。建安十四年(209)至十八年(213)之間。

【集説】

劉履《選詩補注》卷二：仲宣因西京擾亂，乃之荆州依劉表，以其貌寢體弱通悦而不甚重。及表卒，勸其子琮歸太祖，則是仲宣固有思魏之心矣。是時子建寄贈此詩，托言西遊見池中有孤鴛鴦哀鳴而求侶者，我願摯之而不可得，至於欲歸忘道，顧望懷愁，蓋深惜其無所依歸，而思念之情切焉。悲風鳴而義和不留，亦以喻漢祚之速去，而重陰潤物，則以比太祖德澤之廣被。言此又以勸其歸魏，而勉使勿憂也。或謂太祖名爲輔漢，而實有傾漢之志，此言澤周萬物者，得不害於義乎？愚謂子建既無泰伯至德，能不從而逃，則惟恭父之命而已。或者之議，其亦充類至義之盡之意歟？

吴淇《六朝選詩定論》卷五：舊注謂粲在荆州，子建以此詩寄之。今復細玩，乃粲已至鄴下。當時魏武欲易儲，故子建有羅致群彦，以爲羽翼之意。若是在荆州寄贈，定作山川阻脩之語，乃云孤鴛在池，則近求非遠求矣。"重潤"二句，即前詩"子其"云云之意。"欲歸"四句，自訴其憂危也。

何焯《義門讀書記》卷四十六：繾綣，得風人之旨。

朱緒曾《曹集考異》：粲歸魏，與子建相善。此詩猶寄吳質書所云，別遠會稀，不勝勞積之意。

【按語】

劉履以爲，王粲在荆州，曹植以此詩寄之，勸其歸魏，誤也。黃節《曹子建詩注》："諸說皆未有當。……粲詩或爲植而發，植此詩蓋擬粲詩而作也。"[①]又，趙幼文曰："王粲《雜詩》：'日暮遊西園，冀寫憂思情。'曹植此篇，蓋答粲詩而作。……王粲初歸曹操，未任顯職，對當時政治待遇抱着悒鬱不滿之悲思，欲見曹植申訴而無機會，故寫詩藉以傾訴自己的願望。"[②]黃節、趙幼文説是。

又贈丁儀王粲一首五言

善曰：《集》云：答丁敬禮、王仲宣。翼字敬禮，今云儀，誤也。

曹子建

從軍度函谷，驅馬過西京。山岑高無極，涇渭揚濁清。壯哉帝王居，佳麗殊百城。員闕出浮雲，承露概泰清。皇佐揚天惠，四海無交兵。權家雖愛勝，全國爲令名。君子在末位，不能歌德聲。丁生怨在朝，王子歡自營。歡怨非貞則，中和誠可經。

【本事】

《三國志·魏書·武帝紀》：建安二十年三月，公西征張魯。……二十一年春二月還鄴。

【繫年】

詩中"從軍度函谷，驅馬過西京"一句，李善注引《魏志》曰："建安二十年，公西征張魯。"此詩可能作於建安二十一年（216），西征張魯，還鄴之後。

---

① 參見黃節《黃節注漢魏六朝詩六種》，第 360 頁。
② 參見趙幼文《曹植集校注》，第 29 頁。

【集説】

劉履《選詩補注》卷二：建安二十年，太祖西征張魯，而子建從之。因歷覽西都城闕之壯麗，喜見太祖用兵之神速，惜乎二子俱在末位，不能樂於其職，而頌歌太祖之德聲，故贈是詩以規勉焉。考之仲宣《從軍詩》云：“籌策運帷幄，一由我聖君。”劉公幹詩亦云：“昔我從元后，整駕至南鄉。”是時漢帝尚存，其尊太祖皆已如此。今子建猶以“皇佐”稱之，特異二子。蓋此詩可謂上不失君臣之義，下以盡朋友之道者矣。

吴淇《六朝選詩定論》卷五：此亦寄贈之詩。首言別後，紀所歷山河宫闕之盛。次四句，頌魏武之功。末二句，傷其不見用，而勖之以自勉也。

何焯《義門讀書記》卷四十六：《魏志》曰：建安二十三年秋七月，治兵。遂西征劉備，九月至長安，此其事也。征魯未嘗至長安，自陳倉以出散關也。注誤。李氏注此詩，以爲征張魯時作者，蓋以《魏志·王粲傳》，粲以建安二十一年從征吴，二十二年春，道病卒。若二十三年西征，爲粲已亡故也。按：文帝書云，徐、陳、應、劉一時俱逝，獨不言粲，則粲之亡在二十二年之後矣。若作征張魯時詩，則“權家愛勝”謂劉曄請乘蜀新定以先聲下之。時曹公不敢與劉氏爭漢中，二十四年夏五月引軍還。此篇非特爲内諱敗，其實固善謀也。

【按語】

此詩“丁生怨在朝，王子歡自營”一句，張銑注：“丁儀時爲太祖掾，王粲爲侍中，儀常怨職卑，故曰怨在朝也。”其説可從。梁章鉅《文選旁證》以爲何焯誤并詳加考辨，“何所説，皆非也”。另，余蕭客《文選紀聞》亦認爲善注可從。此詩當作於西征張魯時，何焯“西征劉備”説，不可從。

關於曹植、王粲、丁儀三人是否從征，黄節有詳考。黄節以爲，曹植未嘗從征。王粲曾從征，并作有《從軍詩》，蓋作於還鄴以後。丁儀可能也在軍中。另,黃節以爲贈丁儀不誤,非丁翼,李善注不可從。①
黃節説大體可從。

贈白馬王彪一首五言

善曰:《魏志》曰:楚王彪,字朱虎,武帝子也。初封白馬王,後徙
封楚。《集》曰:於圈城作。又曰:黃初四年五月,白馬王、任城王與余
俱朝京師,會節氣,日不陽,任城王薨。至七月,與白馬王還國。後有
司以二王歸蕃,道路宜異宿止,意毒恨之。蓋以大別在數日,是用自
剖,與王辭焉,憤而成篇。

濟曰:《魏志》云:白馬王彪,字朱虎,武帝子。黃初中與任城王及
植,俱會京師,到洛陽,任城薨。後植與白馬王還國,有司以二王歸
藩,在道宜異宿止也。意每恨之。蓋以大別不在數日,乃自割,與白
馬王辭,植發憤,遂賦此詩以贈之。

曹子建

謁帝承明廬,逝將歸舊疆。清晨發皇邑,日夕過首陽。伊洛廣且
深,欲濟川無梁。泛舟越洪濤,怨彼東路長。顧瞻戀城闕,引領情
內傷。

太谷何寥廓,山樹鬱蒼蒼。霖雨泥我塗,流潦浩縱橫。中逵絕無
軌,改轍登高崗。脩坂造雲日,我馬玄以黃。

玄黃猶能進,我思鬱以紆。鬱紆將難進,親愛在離居。本圖相與
偕,中更不克俱。鴟梟鳴衡扼,豺狼當路衢。蒼蠅間白黑,讒巧令親
疏。欲還絕無蹊,攬轡止踟躕。

踟躕亦何留?相思無終極。秋風發微凉,寒蟬鳴我側。原野何
蕭條,白日忽西匿。歸鳥赴喬林,翩翩厲羽翼。孤獸走索群,銜草不
遑食。感物傷我懷,撫心長太息。

太息將何爲?天命與我違。奈何念同生,一往形不歸。孤魂翔

---

① 參見黃節《黃節注漢魏六朝詩六種》,第 362 頁。

故城，靈柩寄京師。存者忽復過，亡沒身自衰。人生處一世，去若朝露晞。年在桑榆間，影響不能追。自顧非金石，咄唶令心悲。

心悲動我神，棄置莫復陳。丈夫志四海，萬里猶比鄰。恩愛苟不虧，在遠分日親。何必同衾幬，然後展慇懃。憂思成疾疢，無乃兒女仁。倉卒骨肉情，能不懷苦辛。

苦辛何慮思？天命信可疑。虛無求列仙，松子久吾欺。變故在斯須，百年誰能持？離別永無會，執手將何時？王其愛玉體，俱享黃髮期。收淚即長路，援筆從此辭。

【本事】

《三國志·魏書·陳思王傳》裴松之注引《魏氏春秋》：是時待遇諸國法峻，任城王暴薨，諸王既懷友於之痛。植及白馬王彪還國，欲同路東歸，以叙隔闊之思，而監國使者不聽。植發憤，告離而作詩。

《三國志·魏書·任城王傳》：三年，立爲任城王。四年，朝京都，疾薨於邸，謚曰威。

《三國志·魏書·任城王傳》裴松之注引《魏氏春秋》：初，彰問璽綬，將有異志，故來朝不即得見。彰忿怒暴薨。

《三國志·魏書·武文世王公傳》：三年，封弋陽王。其年徙封吳王。五年，改封壽春縣。七年，徙封白馬。

【繫年】

據此詩題下李善注引《魏志》，此詩作於黃初四年(223)七月。

【集説】

劉履《選詩補注》卷二：子建在黃初四年五月入朝，與諸王俱會於洛陽。時任城威王彰暴薨，既懷友於之痛，七月即與白馬王還國，而監國使者灌均等又不許同路止宿，遂憤怨，賦此而別。

何焯《義門讀書記》卷四十六：小雅嗣音。五言可與此篇匹敵者，其昭姬《悲憤》乎？何緣録此廢彼？《魏氏春秋》曰："是時待遇諸國法峻，任城王暴薨，諸王既懷友於之痛。及白馬王彪還國，欲同路東歸，以叙隔闊之思，而監國使者不聽。植發憤，告離而作詩。"按：《魏氏春秋》載此詩極有識，與《六代論》表裏也。《彪傳》：是時爲吴王，五年改封壽春縣，七年乃徙白馬。

　　梁章鉅《文選旁證》卷二十二：《藝文類聚》亦題爲《贈白馬王彪》。……今所傳本則此詩前有序，即此注。……豈彪在是年已封白馬，陳壽之書殆有不核者與？

【按語】

　　此詩題爲《贈白馬王彪》，歷來有爭議。《魏氏春秋》稱爲"白馬王彪"，與《魏志·武文世王公傳》"七年，徙封白馬"不符。陸侃如以爲："也許序是七年以後追加的，未必是史誤。"①黄節《曹子建詩注》："或四年彪自弋陽徙白馬，七年自壽春復還白馬。而彪傳略其一也。"又引《初學記》曹彪《答東阿王詩》證明歸途地理方向。② 黄節説可從。《四庫全書考證》曰："又考《任城王彰傳》曰：四年朝京都，則朝在四年無疑。《志》稱彪七年徙封白馬，則四年尚爲吴王矣，而植詩作於四年，臨行叙別題序俱稱白馬，必不誤也。恐本傳徙封之年有誤耳。"其説可參。

贈丁翼一首五言

　　善曰：《文士傳》曰：翼字敬禮，儀之弟也，爲黄門侍郎。
　　翰曰：丁翼，字敬儀，少有才姿，博學，爲黄門郎。植贈此詩勗勵之，爲大度之意。

曹子建

　　嘉賓填城闕，豐膳出中厨。吾與二三子，曲宴此城隅。秦箏發西

---

① 參見陸侃如《中古文學繫年》，第 455 頁。
② 參見黄節《黄節注漢魏六朝詩六種》，第 362 頁。

氣，齊瑟揚東謳。肴來不虛歸，醧至反無餘。我豈狎異人？朋友與我俱。大國多良材，譬海出明珠。君子義休偫，小人德無儲。積善有餘慶，榮枯立可須。滔蕩固大節，世俗多所拘。君子通大道，無願爲世儒。

【本事】

《三國志‧魏書‧陳思王傳》裴松之注引《文士傳》：廙（丁翼，《魏志》作"廙"）少有才姿，博學洽聞。初辟公府，建安中，爲黃門侍郎。

【繫年】

作年不詳。據陸侃如《中古文學繫年》，建安十九年，丁儀、丁翼爲曹植羽翼。[1]　建安二十二年，曹丕立爲太子。此詩可能作於建安十九年(214)至建安二十二年(217)間。

【集説】

吳淇《六朝選詩定論》卷五：子建與諸子，皆傷其不遇，而敬禮年最少，故止有勖勉之詞。其曰"滔蕩固大節"，晉室放誕之風，已肇於此矣。

陳祚明《采菽堂古詩選》卷六：慨然懷邁俗之心。

【按語】

吳淇勖勉之説源自李周翰注，其所言"晉室放誕之風，已肇於此"，不妥。"滔蕩固大節"一句，李善注引《淮南子》："曲士不可與語至道，拘於俗而束於教。"陳祚明言"慨然懷邁俗之心"，可從。

贈秀才入軍五首四言

善曰：《集》云：兄秀才公穆入軍贈詩。劉義慶《集林》曰：嵇喜，字公穆，舉秀才。

---

[1]　參見陸侃如《中古文學繫年》，第397頁。

嵇叔夜

銑曰：康之從弟秀才入軍，贈以此詩，不知其名。

良馬既閑，麗服有暉。左攬繁弱，右接忘歸。風馳電逝，躡景追飛。凌厲中原，顧盼生姿。攜我好仇，載我輕車。南凌長阜，北厲清渠。仰落驚鴻，俯引淵魚。盤于遊田，其樂只且。

輕車迅邁，息彼長林。春木載榮，布葉垂陰。習習谷風，吹我素琴。咬咬黃鳥，顧儔弄音。感悟馳情，思我所欽。心之憂矣，永嘯長吟。

浩浩洪流，帶我邦畿。萋萋綠林，奮榮揚暉。魚龍瀺灂，山鳥群飛。駕言出遊，日夕忘歸。思我良朋，如渴如飢。願言不獲，愴矣其悲。

息徒蘭圃，秣馬華山。流磻平皋，垂綸長川。目送歸鴻，手揮五弦。俯仰自得，遊心泰玄。嘉彼釣叟，得魚忘筌。郢人逝矣，誰與盡言？

閑夜肅清，朗月照軒。微風動袿，組帳高褰。旨酒盈樽，莫與交歡。鳴琴在御，誰與鼓彈？仰慕同趣，其馨若蘭。佳人不在，能不永嘆！

【本事】

《晉書·嵇康傳》：兄喜，有當世才，歷太僕、宗正。

【繫年】

非作於一時，具體作年不詳。

【集説】

葛立方《韻語陽秋》卷十:《文選》載嵇叔夜《贈秀才入軍詩》,李善注謂兄喜秀才入軍,而張銑謂叔夜弟,不知其名。考五詩,或曰"携我好仇",或曰"思我良朋",或曰"佳人不在",皆非兄弟之稱。善、銑所注,恐未必然爾。

劉履《選詩補注》卷三:秀才,李善引本集作"兄公穆",又按,劉義慶《集林》:"公穆名熹,舉秀才。"張銑曰:"康之從弟。"未知所據。

吳淇《六朝選詩定論》卷七:五詩俱寫別後之思。即首章亦是遥想其入軍後行樂之詩。題曰"贈",似寄贈,非送贈也。

何焯《義門讀書記》卷四十六:四言詩,叔夜、淵明俱爲秀絶。

【按語】

嵇康此詩共十九首,題名及編排次序不一。戴明揚以爲:"此十九首自非盡爲一時之作,後人編集歸入一題耳。"[①]張銑注以爲秀才爲康從弟,非是。《太平御覽》引王隱《晉書》:"兄喜。"戴明揚按:"此十九首仍非盡爲贈兄之詩,亦編集者所入也。"其説可從。又據詩中所言"思我良朋"等語,或非贈兄之詩。

贈山濤一首五言

司馬紹統

善曰:臧榮緒《晉書》曰:司馬彪,字紹統,少篤學。初拜騎都尉,太始中爲秘書郎,轉丞,後拜散騎侍郎,終於家。

銑曰:臧榮緒《晉書》云:司馬彪,字紹統,少篤學,爲散騎侍郎。初,山濤爲吏部侍郎,而紹統未仕,故贈以此詩,欲濤薦也。

苕苕椅桐樹,寄生於南岳。上凌青雲霓,下臨千仞谷。處身孤且

---

① 參見戴明揚《嵇康集校注》,第3—4頁。

危,於何托余足？昔也植朝陽,傾枝俟鸞鷟。今者絶世用,倥傯見迫束。班匠不我顧,牙曠不我録。焉得成琴瑟,何由揚妙曲？冉冉三光馳,逝者一何速！中夜不能寐,撫劍起躑躅。感彼孔聖嘆,哀此年命促。卞和潛幽冥,誰能證奇璞？冀願神龍來,揚光以見燭。

【本事】

《晉書·司馬彪傳》:司馬彪,字紹統,高陽王睦之長子也。出後宣帝弟敏。少篤學不倦,然好色薄行,爲睦所責,故不得爲嗣,雖名出繼,實廢之也。彪由此不交人事,而專精學習,故得博覽群籍,終其綴集之務。初拜騎都尉。泰始中,爲秘書郎,轉丞。……後拜散騎侍郎。惠帝末年卒,時年六十餘。

《晉書·山濤傳》:(景帝時)久之,拜趙國相,遷尚書吏部郎。……咸寧初,轉太子少傅,加散騎常侍;除尚書僕射,加侍中,領吏部。……泰始中,爲秘書郎,轉丞。濤再居選職十有餘年,每一官缺,輒啓擬數人,詔旨有所向,然後顯奏,隨帝意所欲爲先。故帝之所用,或非舉首,衆情不察,以濤輕重任意。或譖之於帝,故帝手詔戒濤曰:"夫用人惟才,不遺疏遠單賤,天下便化矣。"而濤行之自若,一年之後衆情乃寢。濤所奏甄拔人物,各爲題目,時稱"山公啓事"。

【繫年】

陸侃如繫於西晉太康二年(281),山濤爲吏部侍郎時。① 不妥。山濤魏時曾任尚書吏部郎,此詩當作於魏,"紹統未仕"時。據《三國志·魏書·王衛二劉傅傳》裴松之注引《山濤行狀》,山濤始以景元二年除吏部郎耳。此詩可能作於魏景元二年(261)至四年(263)間。②

---

① 參見陸侃如《中古文學繫年》,第696頁。
② 參見韓暉《〈文選〉編輯及作品繫年考證》,第254頁。

【集説】

劉履《選詩補注》卷三：初，紹統未仕時，山濤居選職，故贈是詩，所以自薦達也。其意謂抱負良材，傾俟世用，今者不見顧録，則所蘊無由表著。將恐歲不我與，遂没世而名不稱，是以中夜不寐，撫劍躑躅，殆有皇皇如也之意焉。且濤爲吏部，凡所甄拔人物，各爲題目，時稱"山公啓事"。故又言世無卞和，則雖有珎璞，無能識者。惟神龍之明照無所不至，所以深有望於巨源也。

吴淇《六朝選詩定論》卷九：此與郭泰機詩同一求薦而詞不同。此詩且迫而婉，郭詩切而激。蓋山濤與司馬爲先達，而傅與郭爲故人也。

何焯《義門讀書記》卷四十六：豪健不減劉越石。向謂：紹統椅桐、泰機寒女，并爲當時所重。然詞旨淺迫，有乖君子不知不愠、遁世無悶之義。後讀彪本傳，高陽王睦長子，少以好色蕩行爲睦所責，不得爲嗣。由此不交人事，而專精學習，博覽群籍。按，此則其求知於山公，蓋非獲已，不容概譏之也。"冀願神龍來"二句，非山公莫能當此語。

【按語】

劉履説可從。此詩"冀願神龍來，揚光以見燭"一句，李周翰注："言托神龍，以喻山濤，欲使薦而用之，故云願神龍揚其光暉以相照燭。鍾山有燭龍，能照其萬物。"可與何焯説并參。

答何劭二首五言

張茂先

良曰：何劭，字敬祖。贈華詩，則此詩之下是也。贈答之體，則贈詩當爲先，今以答爲先者，蓋依前賢所編，不復追改也。

吏道何其迫？窘然坐自拘。纓緌爲徽纆，文憲焉可踰？恬曠苦不足，煩促每有餘。良朋貽新詩，示我以遊娛。穆如灑清風，奐若春華敷。自昔同寮寀，於今比園廬。衰夕近辱殆，庶幾并懸輿。散髮重陰下，抱杖臨清渠。屬耳聽鸎鳴，流目玩儵魚。從容養餘日，取樂於桑榆。（其一）

　　洪鈞陶萬類，大塊稟群生。明闇信異姿，靜躁亦殊形。自予及有識，志不在功名。虛恬竊所好，文學少所經。忝荷既過任，白日已西傾。道長苦智短，責重困才輕。周任有遺規，其言明且清。負乘爲我戒，夕惕坐自驚。是用感嘉貺，寫心出中誠。發篇雖溫麗，無乃違其情。（其二）

【本事】

　　《晉書·張華傳》：（永平元年）及瑋誅，華以首謀有功，拜右光禄大夫、開府儀同三司、侍中、中書監，金章紫綬。固辭開府。……及吳滅，其進封爲廣武縣侯。

【繫年】

　　晉惠帝永熙元年（290），張華爲太子少傅，何劭爲太子師。姜亮夫《張華年譜》：“以華詩‘自昔同僚’審推知，則尚在拜太常後，惠帝即位爲少傅時，此晚年作也。”韓暉繫於晉惠帝永平元年（291）。[1]　大體可從。

【集説】

其一

　　劉履《選詩補注》卷三：何敬祖嘗以茂先所居鄰并，乃贈以詩，願逍遥共適，以偕黄髮，故茂先以此答之。因自述其居官迫於煩冗，衰疾近於辱殆，亦庶幾相與佚樂云爾。然既盡忠所事，有志弗遂，惜哉！

---

[1]　參見韓暉《〈文選〉編輯及作品繫年考證》，第 219—220 頁。

其二

何焯《義門讀書記》卷四十六：“洪鈞”首，結言自處於知足，非敢以鎮俗也。

【按語】

其一“自昔同寮寀，於今比園廬”一句，李善注：“臧榮緒《晉書》曰：惠帝即位，劢爲太子太師。又曰：武帝崩，華爲太子少傅。然考乎其時，事正相接，故曰同寮也。”可知此詩作於張華爲太子少傅、何劢爲太子太師之時。

贈張華一首五言

何敬祖

良曰：臧榮緒《晉書》云：何劢，字敬祖，姿望甚長者，博學多聞，善篇章，爲太子師，與華相善也。

四時更代謝，懸象迭卷舒。暮春忽復來，和風與節俱。俯臨清泉涌，仰觀嘉木敷。周旋我陋圃，西瞻廣武廬。既貴不忘儉，處有能存無。鎮俗在簡約，樹塞焉足慕。在昔同班司，今者并園墟。私願偕黄髮，逍遥綜琴書。舉爵茂陰下，携手共躊躇。奚用遺形骸，忘筌在得魚。

【本事】

《晉書・何劢傳》：惠帝即位，初建東官，太子年幼，欲令親萬機，故盛選六傅，以劢爲太子太師，通省尚書事。後轉特進，累遷尚書左僕射。……劢博學，善屬文，陳説近代事，若指諸掌。永康初，遷司徒。趙王倫簒位，以劢爲太宰。及三王交争，劢以軒冕而遊其間，無怨之者。而驕奢簡貴，亦有父風。衣裘服翫，新故巨積。食必盡四方珍異，一日之供以錢二萬爲限。時論以爲太官御膳，無以加之。然優遊自足,不貪權勢。

【繫年】

此詩與前張華《答何劭》作於同時,作於晉惠帝永平元年(291)。

【集說】

葛立方《韻語陽秋》卷十九:晉史稱何劭驕奢簡貴,衣裘服玩,新故巨積,食必盡四方珍異,一日之供以錢二萬爲限,而曾所食不過萬錢,是劭之自奉侈於父也。而劭《贈張華詩》乃云:"周旋我陋圃,西瞻廣武廬。既貴不忘儉,處約能存無。鎮俗在簡約,塞門焉足摹?"是以姬、孔爲法,以管氏爲戒也。審能如是,則史所書又如何耶?以史爲正,則劭所言誣也!

劉履《選詩補注》卷三:史言何曾窮奢極侈,日食萬錢,而劭亦有父風。然其優遊自足,不貪權勢。故此詩能稱慕茂先之儉德,而布其私願者如此。且言何用遺忘形骸,但自相得意,如得魚忘筌可也,而茂先答章亦云"庶幾懸輿",蓋二人之志,未即歸隱,於此可見。

吳淇《六朝選詩定論》卷九:此劭與華,在朝同班列,在家并園廬。劭先歸,勸華亦歸隱也。

【按語】

此詩爲何劭與張華酬答之作,表達二者同僚情誼與棲逸之趣。"既貴不忘儉,處有能存無"一句,葛立方曰:"以史爲正,則劭所言誣也。"不妥。此爲《贈張華》詩,所言對象當爲張華。此句劉良注:"華好儉,雖有貴位,不傲於人,是存無也。"其說可參。

贈馮文羆遷斥丘令一首四言

善曰:《晉百官名》曰:外兵郎馮文羆。《集》云:文羆爲太子洗馬,遷斥丘令,贈以此詩。闞駰《十三州記》曰:斥丘縣在魏郡東八十里。

陸士衡

翰曰:文羆爲太子洗馬,遷斥丘令,故贈以此詩。

於皇聖世，時文惟晉。受命自天，奄有黎獻。閶闔既闢，承華再建。明明在上，有集惟彥。

奕奕馮生，哲問允迪。天保定子，靡德不鑠。邁心玄曠，矯志崇邈。遵彼承華，其容灼灼。

嗟我人斯，戢翼江潭。有命集止，爢飛自南。出自幽谷，及爾同林。雙情交映，遺物識心。

人亦有言，交道實難。有頍者弁，千載一彈。今我與子，曠世齊歡。利斷金石，氣惠秋蘭。

群黎未綏，帝用勤止。我求明德，肆于百里。僉曰爾諧，俾民是紀。乃眷北徂，對揚帝祉。

疇昔之遊，好合纏綿。借曰未洽，亦既三年。居陪華幄，出從朱輪。方驥齊鑣，比迹同塵。

之子既命，四牡項領。遵塗遠蹈，騰軌高騁。慶雲扶質，清風承景。嗟我懷人，其邁惟永。

否泰苟殊，窮達有違。及子春華，後爾秋暉。逝將去我，陟彼朔垂。非子之念，心孰爲悲。

【本事】

《晉書・陸機傳》：會駿誅，累遷太子洗馬、著作郎。

陸機《皇太子賜宴詩序》：元康四年秋，余以太子洗馬，出補吳王郎中。

【繫年】

陸機元康元年三月任太子洗馬，元康四年出任吳王郎中令。詩中有“借曰未洽，亦既三年”一句，可知此詩當作於元康四年(294)。

【集説】

吳淇《六朝選詩定論》卷十：此雖贈熊之詩，實寓不忘吳之意。

陳祚明《采菽堂古詩選》卷十：并有悠颺之風致。通篇情事宛合，用筆輕倩。四言詩須有此雋致，乃佳。

【按語】

《晉書·馮紞傳》："（馮紞）二子：播、熊。播，大長秋。熊字文羆，中書郎。"詩中"嗟我人斯，戢翼江潭"一句，呂向注："馮羆吳人，故云此也。"馮文羆爲安平人，向注誤。

答賈長淵一首并序 四言

善曰：王隱《晉書》曰：魯公賈謐，字長淵。

陸士衡

余昔爲太子洗馬，賈長淵以散騎常侍東宮積年。余出補吳王郎中令，元康六年，入爲尚書郎。魯公贈詩一篇，作此詩答之云爾。

伊昔有皇，肇濟黎蒸。先天創物，景命是膺。降及群后，迭毀迭興。邈矣終古，崇替有徵。

在漢之季，皇綱幅裂。大辰匿耀，金虎習質。雄臣馳騖，義夫赴節。釋位揮戈，言謀王室。

王室之亂，靡邦不泯。如彼墜景，曾不可振。乃眷三哲，俾乂斯民。啓土雖難，改物承天。

爰茲有魏，即宮天邑。吳實龍飛，劉亦岳立。干戈載揚，俎豆載戢。民勞師興，國玩凱入。

天厭霸德，黃祚告釁。獄訟違魏，謳歌適晉。陳留歸蕃，我皇登禪。庸岷稽顙，三江改獻。

赫矣隆晉，奄宅率土。對揚天人，有秩斯祜。惟公太宰，光翼二祖。誕育洪胄，纂戎于魯。

東朝既建，淑問峨峨。我求明德，濟同以和。魯公戾止，衮服委蛇。思媚皇儲，高步承華。

昔我逮茲，時惟下僚。及子棲遲，同林異條。年殊志比，服舛義稠。遊跨三春，情固二秋。

祗承皇命，出納無違。往踐蕃朝，來步紫微。升降秘閣，我服載暉。孰云匪懼？仰肅明威。

分索則易，攜手實難。念昔良遊，兹焉永嘆！公之云感，貽此音翰。蔚彼高藻，如玉之闌。

惟漢有木，曾不踰境。惟南有金，萬邦作詠。民之胥好，狂狷厲聖。儀形在昔，予聞子命。

【本事】

陸機《答賈長淵》詩序：元康六年，入爲尚書郎。魯公贈詩一篇，作此詩答之云爾。

【繫年】

據陸機《答賈長淵》詩序，此詩作於元康六年（296）。

【集説】

葛立方《韻語陽秋》卷十：陸機作詩贈賈謐，幾三百言，無非極其褒贊。方謐用事，生死榮辱人如反覆手，其褒贊亦何足怪。然其間亦有寄意譏誚，人未能推其意者。按，臧榮緒《晉書》：謐父韓壽，母賈充少女也。充平生不議立後，後妻郭槐輒以外孫韓謐襲封，帝許之，遂以謐爲魯公，則是賈謐非充子也。故機詩云："誕育洪胄，纂戎于魯。"言誕育，則以謐非己生也。又曰："惟漢有木，曾不踰境。"謂橘踰淮則化爲枳，言如螟蛉之化蜾蠃無異也。夫謐勢焰熏灼如此，而機敢爲廋詞以狎侮之，真文人之習氣哉。

吳淇《六朝選詩定論》卷十：凡詩中有未明處，則前著小序。此詩明白矣，又有小序云云者，明謂已於魯公有舊誼。魯公贈詩，不得不答，答之又不敢盡其辭也。……雖答自勉，實是解嘲，若曰：子謂在南爲柑，在北爲枳，木固不越境矣。獨不曰"惟南有金"乎？在境不變，出境亦不變，且益當見重也。

　　何焯《義門讀書記》卷四十六：鋪陳整贍，實開顏光祿之先。鍾嶸品第顏詩，以爲其源出於陸機，是也。然士衡較爲道秀。……“濟同以和”，時謐多無禮於太子，和同之語蓋有刺也。“惟南有金”，金以勵賈，故下云“狂狷屬聖”，自謂恃宿昔相知，乃敢云然也，注似微遠本義。

　　黄侃《文選平點》卷三：細爲紬繹贈詩，始知此詩兀傲風刺，兼而有之。未識賈謐喻其旨否。

【按語】

　　此詩就賈謐贈詩作答，雖不乏表面贊語，却暗藏譏諷。葛立方所言“亦有寄意譏誚”，可從。此詩“惟南有金”一句，呂向注：“蓋自勵如金之堅剛不可變易也。謐贈詩戒士衡無爲變志故也。”吳淇所言“雖答自勉，實是解嘲”，甚是。

於承明作與士龍一首五言

　　善曰：《集》云：與士龍於承明亭作。

　　《鈔》曰：承明，亭名，在今蘇州北。機被遣入洛，在此亭與士龍别，作此詩也。

　　良曰：承明，亭名。機從吳入洛，與弟子龍别於長林亭，作詩與士龍，述相思之意。

陸士衡

　　牽世嬰時網，駕言遠徂征。飲餞豈異族，親戚弟與兄。婉孌居人思，紆鬱游子情。明發遺安寐，寤言涕交纓。分塗長林側，揮袂萬始亭。佇盼要遲景，傾耳玩餘聲。南歸憩永安，北邁頓承明。永安有昨軌，承明子棄予。俯仰悲林薄，慷慨含辛楚。懷往歡絶端，悼來憂成緒。感别慘舒翮，思歸樂遵渚。

【本事】

《晉書·陸機傳》：吳王晏出鎮淮南，以機爲郎中令，遷尚書中兵郎。

【繫年】

可能作於晉惠帝元康六年(296)，陸機由吳王郎中令遷尚書中兵郎時，陸雲繼任吳王郎中令。陸機從吳赴洛，與弟陸雲餞別而作。①

【集説】

吳淇《六朝選詩定論》卷十：承明、萬始、永安，三亭名，皆士衡北行所經。承明在萬始之北，永安在萬始之南，士龍送士衡到萬始才分袂。分袂之前一日，兄弟并轡，偕經過永安。分袂之後一日，士衡北至承明宿，士龍應回至永安宿，是永安猶有昨日兄弟同行過之跡，而承明并無，所以更悲。末以鴻雁比兄弟，"舒翮""遵渚"，一行一留。行則曰"慘"，北入洛也；留則曰"樂"，南歸吳也。

何焯《義門讀書記》卷四十六："永安有昨軌"二句，永安則猶有昨軌可尋，承明則悄然獨往，人殊路絕矣，二句極淡極悲。

【按語】

此詩"永安有昨軌，承明子棄予"一句，李周翰注："言永安亭有兄弟二人昨日之跡，至承明則士衡獨止，不見其弟，故云棄予也。"另，二陸兄弟相別時間，説法不一，顧農以爲應爲太康十年，二陸入洛之時。②

贈尚書郎顧彥先二首五言

善曰：王隱《晉書》曰：顧榮，字彥先，吳人也，爲尚書郎。

《鈔》曰：機從洗馬爲吳王郎中令，從郎中又爲尚書郎，彥先亦爲尚書郎，同在楚省別院。榮復是機妹夫，於時遇雨，不得相見，相憶作

---

② 參見顧農《從孔融到陶淵明——漢末三國兩晉文學史論衡》，第428頁。

此詩。

　　翰曰：顧彥先同爲尚書郎，遇雨，不相見，故贈此詩。

陸士衡

　　大火貞朱光，積陽熙自南。望舒離金虎，屏翳吐重陰。凄風迕時序，苦雨遂成霖。朝遊忘輕羽，夕息憶重裘。感物百憂生，纏綿自相尋。與子隔蕭牆，蕭牆隔且深。形影曠不接，所托聲與音。音聲日夜闊，何用慰吾心。

　　朝遊遊層城，夕息旋直廬。迅雷中宵激，驚電光夜舒。玄雲拖朱閣，振風薄綺疏。豐注溢修霤，黃潦浸階除。停陰結不解，通衢化爲渠。沈稼湮梁潁，流民泝荊徐。眷言懷桑梓，無乃將爲魚。

【本事】

　　陸機《答賈長淵》詩序：元康六年，入爲尚書郎。

　　《晉書·惠帝紀》：元康六年五月，荊、揚二州大水。

【繫年】

　　作於元康六年（296），陸、顧二人同爲尚書郎時。

【集説】

　　劉履《選詩補注》卷四：此蓋士衡與彥先同時爲尚書郎，因雨久不得相見，故贈是詩。且以寓夫朝廷方當隆盛，而陰邪擅權，政事乖錯，感物懷憂，欲相慰而不得之意云。

　　吳淇《六朝選詩定論》卷十：玩此詩二章，只前章末“與子”云云六句是贈顧。前“大火”十句，俱寫苦雨。後章通篇只是苦雨，末方念及桑梓。題宜曰“苦雨贈尚書郎顧彥先”，今止言贈顧而不言苦雨者，言苦雨是因苦雨而及顧也，不言苦雨是因贈顧而及苦雨也。兩人生長於吳，萬里遥身入洛，滿眼赫赫俱是晉朝舊臣，又且分侍兩宮。蕭牆這廂，單單一陸士衡是個吳人；蕭牆那廂，單單一顧彥先是個吳人。加以阻雨連日，聲音不通，陸之苦，顧之苦也。陰霖爲沴，故國爲墊，骨肉親友，難保佖離，陸之憂，顧之憂也。故其寫苦雨處許多詞，無一句無一字無尚書郎顧彥先在内也，故不言苦雨，而止曰"贈顧"云云。

何焯《義門讀書記》卷四十六：水鄉之士，值愁霖而憶桑梓，今古同也。

【按語】

劉履説比附政治，求之過深，流於穿鑿，不妥。此詩其二"眷言懷桑梓，無乃將爲魚"一句，吕延濟注："機本吳人，其鄉國多水。今此尚爲沈渠，則懼彼已爲湮没矣。故懷桑梓之人化爲魚也。"其説可從。

贈顧交阯公真一首五言

善曰：《晉百官名》曰：交州刺史顧秘，字公真。

《鈔》曰：顧尚，字公真，初曾同事太子，今出爲交阯太守，故贈之也。

翰曰：《晉百官名》云：顧秘，字公真，爲交州刺史。士衡思之，故贈此詩。

陸士衡

顧侯體明德，清風肅已邁。發迹翼藩后，改授撫南裔。伐鼓五嶺表，揚旌萬里外。遠績不辭小，立德不在大。高山安足凌，巨海猶縈帶。惆悵瞻飛駕，引領望歸斾。

【本事】

此詩"發迹翼藩后，改授撫南裔"一句，李善注："藩后，吳王也。《顧氏譜》曰：秘爲吳王郎中令，南裔謂交阯也。"

【繫年】

《顧氏譜》："秘爲吳王郎中令。"元康四年（294）至六年（296），陸機爲吳王郎中令，與顧秘同僚，後秘爲交州刺史，此詩當作於元康六年（296）。另，據《文選鈔》，二人曾同事太子，不知何據。

【集說】

吳淇《六朝選詩定論》卷十：首四句叙顧之平生出處。“伐鼓”二句，見邊上大臣之尊，不患無威德。“遠績”二句，戒其生事邀功，恐起邊釁，有規諷之意。言身爲天子大臣，鎮守邊疆，只宜如李牧堅閉清野，休養兵民，却是千古大功大績也。末望其功名而歸，乃送遠之情。

梁章鉅《文選旁證》卷二十二：此詩題顧交阯，而注云交州刺史，或先爲交阯太守而後領交州耳。

【按語】

“交阯”或“交州”，此詩詩題與注有異，梁章鉅説可從。劉運好認爲，魏晉兩代交阯爲郡，交州爲州。顧秘先任交阯太守，後任交州刺史，李善不察，遂至混淆。[①] 據史載，顧秘任交州刺史在晉懷帝永嘉年間，此次贈别，當在其赴任交阯太守之時。此詩“發跡翼藩后，改授撫南裔”一句，張銑注：“公真初爲吳王郎中令，故云翼藩后。南裔，即交阯也。”可參。又，顧秘有《答陸機詩》殘句“恢恢太素，萬物初基。在昔哲人，觀衆濟時”。見逯欽立《先秦漢魏晉南北朝詩》引《太平御覽》。

贈從兄車騎一首五言

善曰：《集》云：陸士光。

陸士衡

孤獸思故藪，離鳥悲舊林。翩翩遊宦子，辛苦誰爲心。髣髴谷水陽，婉孌崑山陰。營魄懷兹土，精爽若飛沉。寤寐靡安豫，願言思所欽。感彼歸塗艱，使我怨慕深。安得忘歸草，言樹背與衿。斯言豈虛作，思鳥有悲音。

---

① 參見劉運好《陸士衡文集校注》，第380頁。

【本事】

《晉書·陸瞱傳》：瞱少有雅望，從兄機每稱之曰：“我家世不乏公矣。”……後察孝廉，除永世、烏江二縣令，皆不就。元帝初鎮江左，辟爲祭酒，尋補振威將軍、義興太守，以疾不拜。

【繫年】

此詩可能作於陸機入洛之初，元康元年（291）左右。

【集説】

劉履《選詩補注》卷四：此士衡在京師時寄贈之詩。言彼孤獸離鳥，則各思其故處矣。此遠遊從宦之人，其心辛苦，豈無所爲者耶？故下文歷叙其懷戀故鄉、思慕從兄之情既已深切，且謂安得靈草使人忘歸者，以樹背襟乎？蓋背與襟本非樹草之所，特以其切近於身，故托言之，譬猶思群之鳥，音聲悲苦，其實如此，豈虛言哉！

吴淇《六朝選詩定論》卷十：《贈弟士龍》詩，皆由兄弟依依之情寫出國破家亡之感。《贈從兄車騎》詩，由國破家亡之感，寫出兄弟依依之情，蓋親親之殺也，詩中雖自序意多，却句句有從兄在内，與贈他人之詩不同。首四句，今之翩翩連翩，遊宦於此者，固昔之同林共藪者。谷水之陽，祖父之田廬在焉；昆山之陰，祖父之墳墓在焉。“營魄”二句，直把“懷土”二字寫入骨髓。令思歸人讀之鼻酸。此士衡平日之思，作詩之根本，而車騎既與同祖，應亦同情，故又感車騎歸塗之艱。而平日之怨慕，至此又加深焉。此士衡偶觸之思，作詩之緣起。“安得”二句，硬改忘憂草作“忘歸草”，此用事化腐爲新之妙。可見人生百憂，唯思歸爲最耳。要知此意，亦由從兄生出，俗稱從兄爲堂兄。背者堂之陰，襟者堂之陽，得此草而兩樹之，彼此皆可忘歸矣。末二句應前首二句，獸鳥雙起，末只單收鳥邊，此是章法。然起處重“悲”字、“思”字，結處重“悲音”。悲音者，悲思之效也。

何焯《義門讀書記》卷四十六：士衡之言如此，而終以懷安罹患，不能還守先人之丘墓,亦可鑒矣。"故藪""舊林"雙起,結但云思鳥,古人詩筆多如此。"安得忘歸草",萱草只取能忘,忘憂、忘歸皆可。

【按語】

據《晉書·陸曄傳》,陸曄爲陸機從兄,詩題"從兄"當爲從弟。另,此詩原題爲《思鄉詩》。劉運好認爲:"或作詩寄從弟,李善所見文集已誤題,善遂襲其誤,後人未加詳辨故也。"[1]另詩中"安得忘歸草,言樹背與衿"一句,忘憂草或是忘歸草説法不一,吳淇曰:"硬改忘憂草作'忘歸草',此用事化腐爲新之妙。"可從。

答張士然一首五言

善曰:孫盛《晉陽秋》曰:張悛,字士然。少以文章與士衡友善。

良曰:孫盛《晉陽秋》云:張悛,字士然。少以文章與士衡友善。機從駕出遊,士然贈詩,故有此答。

陸士衡

絜身躋秘閣,秘閣峻且玄。終朝理文案,薄暮不遑眠。駕言巡明祀,致敬在祈年。逍遥春王圃,躑躅千畝田。回渠繞曲陌,通波扶直阡。嘉穀垂重穎,芳樹發華顛。余固水鄉士,總轡臨清淵。戚戚多遠念,行行遂成篇。

【本事】

此詩"絜身躋秘閣,秘閣峻且玄"一句,李善注:"《吊魏武》曰:機出補著作,遊乎秘閣,然秘書省亦爲秘閣。《説文》曰:'玄,幽遠也。'謂秘閣之幽遠也。"

【繫年】

據陸機《吊魏武文序》,晉惠帝元康八年(298),陸機出補著作郎,

---

[1]　參見劉運好《陸士衡文集校注》,第290頁。

遊乎秘閣。此詩當作於此時或稍後。

【集説】

吴淇《六朝選詩定論》卷十：此詩似是士衡從駕，有詩呈張，張又贈詩以美之，士衡復作此詩以答焉。首四句言身在秘閣，日夜料理文案，全不得工夫做詩。及從駕出遊，見此"回渠""通波"云云，因而思我乃水鄉之士，胡爲攬轡臨此？不覺愴然感懷，馬上漫成此詩。詩雖草草，而心則苦也。"戚戚""行行"，一内一外，形失意人如畫。

【按語】

此詩"駕言巡明祀，致敬在祈年"一句，李周翰注："此機從駕出巡，祭祀致敬鬼神，祈年豐也。"其説可從。另，陸雲亦有《答張士然》，見《文選》卷二十五《贈答三》。

爲顧彦先贈婦二首五言

善曰：《集》云：爲全彦先作。今云顧彦先，誤也。且此上篇贈婦，下篇答，而俱云贈婦，又誤也。

陸士衡

辭家遠行遊，悠悠三千里。京洛多風塵，素衣化爲緇。脩身悼憂苦，感念同懷子。隆思辭心曲，沈歡滯不起。歡沈難克興，心亂誰爲理。願假歸鴻翼，翻飛浙江汜。

東南有思婦，長嘆充幽闥。借問嘆何爲？佳人眇天末。遊宦久不歸，山川脩且闊。形影參商乖，音息曠不達。離合非有常，譬彼弦與括。願保金石軀，慰妾長飢渴。

【本事】

《晉書·顧榮傳》：顧榮，字彦先，吳國吳人也，爲南土著姓。祖雍，吳丞相。父穆，宜都太守。榮機神朗悟，弱冠仕吳，爲黃門侍郎、太子輔義都尉。吳平，與陸機兄弟同入洛，時人號爲"三俊"。例拜爲郎中，歷尚書郎、太子中舍人、廷尉正。

【繫年】

此詩作於陸機入洛之後，具體時間不詳。陸侃如繫於元康元年（291），陸機遷太子洗馬之時。[1]　大體可從。

【集説】

劉履《選詩補注》卷四：此詩托爲彦先夫婦贈答，若近於戲。然其詞義敬慎，殊不失倫理之正。且言"願保金石軀，慰妾長飢渴"，則又見其愛愈篤、望愈深，而無怨傷之心焉。其得夫婦之道者矣。

吳淇《六朝選詩定論》卷十：題只云"爲顧彦先贈婦詩"，却一贈一答，於語意甚明，故不另立題。此戲筆耳。士衡曷爲而戲彦先？意者當時南人自相推獎，而彦先兼援引北士。此雖渡江以後之事，然在入洛之初，彦先應已留意北交，而士衡絶不理論。觀其詩中，唯賈長淵一答，出於不得已，而往來贈詩者顧彦先、張士然、馮文羆輩，俱是南人，可知其不悦彦先所爲，而作此以微刺之乎？首章"京洛"二句，明明刺其爲北人所誘；後章思婦，特拈出"東南"二字，見其不加隆南人。但其寓意深遠難覺，有灰綫草蛇之妙。蓋彦先一代妙人，只合如此，若士龍痛摹極寫，便自露醜。

張雲璈《選學膠言》卷十一：按，《三國志》：吳有全琮，字子璜。彦先或其後裔。

紀容舒《玉臺新詠考異》卷三：李善《文選注》曰：《集》云：爲令彦先作，今云顧彦先，誤也。且此上篇贈婦，下篇答，俱云贈婦，亦誤也。案《晉書》：顧榮字彦先，令彦先別無所考，二陸皆別有贈顧彦先詩，則作顧彦先似不誤。士龍此題贈婦，下有"往反"二字，士衡此題亦必

---

[1]　參見陸侃如《中古文學繫年》，第742頁。

爾，當是傳寫誤脱。《文選》載士龍詩題亦脱"往反"二字也。

【按語】

劉履所言"此詩托爲彥先夫婦贈答"，可從。吳淇微刺顧彥先説，過於附會，不可從。本詩頗有爭議，贈與"顧彥先"還是"全彥先"或是"令彥先"，存疑。曹道衡引姜亮夫《陸平原年譜》，并認爲李善注不誤。姜亮夫據詩中"願假歸鴻翼，飄飛浙江汜"，認爲"贈者比浙江人無疑"，所贈當爲全彥先。力之經過比較諸本及注解認爲，李善注本之"浙江汜"本爲"遊江汜"，"全彥先"（"令彥先"）當爲"顧彥先"之失。[①]　其説可從。

贈馮文羆一首五言

《鈔》曰：熊爲斥丘令，機前已作詩贈熊，答訖，機復重贈也。

翰曰：文羆爲斥丘令，前已贈詩，今此重贈也。

陸善經曰：詳詩意，馮時在斥丘。

陸士衡

昔與二三子，遊息承華南。拊翼同枝條，飄飛各異尋。苟無凌風翮，徘徊守故林。慷慨誰爲感，願言懷所欽。發軔清洛汭，驅馬大河陰。佇立望朔塗，悠悠迥且深。分索古所悲，志士多苦心。悲情臨川結，苦言隨風吟。愧無雜珮贈，良訊代兼金。夫子茂遠猷，款誠寄惠音。

【本事】

《晉書·陸機傳》：會駿誅，累遷太子洗馬、著作郎。

---

① 參見力之《〈爲顧彥先贈婦〉李注辨誤》，《南京師範大學文學院學報》，2008 年第 3 期。

陸機《皇太子賜讌詩序》：元康四年秋，余以太子洗馬，出補吳王郎中。

【繫年】

此詩與《贈馮文羆遷斥丘令》爲同時期作品，作於元康四年（294）。

【集説】

吳淇《六朝選詩定論》卷十：此雖贈熊之詩，實寓不忘吳之意。

梁章鉅《文選旁證》卷二十二："徘徊守故林"……向注"故林，太子宫，言尚爲洗馬"十字，胡公《考異》曰：此尤校添，或其所見有正文二句及此注也。故林謂吳，此必作於出補吳王郎中令時，故云耳。……向注誤。

【按語】

馮文羆爲安平人，吳淇所言"寓不忘吳之意"，不妥。梁章鉅引《文選考異》曰"此尤校添"，不可從。《文選鈔》曰："故林，即謂猶爲洗馬。又云：機被廢官時也。"《文選集注》有此二句及相似注文，當非尤袤所加。

贈弟士龍一首五言

《鈔》曰：初，吳破入洛，士龍在家，將與之別贈。至承明，又作前詩。此篇當合居前也。

陸士衡

行矣怨路長，怒焉傷別促。指途悲有餘，臨觴歡不足。我若西流水，子爲東時岳。慷慨逝言感，徘徊居情育。安得携手俱，契闊成騑服。

【本事】

《文選鈔》題注可參。

【繫年】

本詩可能作於太康十年(289)，陸機入洛時。

【集説】

吳淇《六朝選詩定論》卷十：此士衡先被詔赴洛，留別士龍之作。言世網已嬰我身，不得自由，故爲"西流水"。然世網未嬰子身，尚可強立，故爲"東峙岳"。……曰"西流水"，便是逆性，見今日之赴洛，出於不得已，非士衡之本心也。

【按語】

吳淇所言，與《文選鈔》相同，可從。詩中"我若西流水，子爲東峙岳"一句，陸善經注："士衡赴洛，故若西流。士龍留吳，故爲東峙。"此注可參。

爲賈謐作贈陸機一首五言

潘安仁

《鈔》曰：謐字長淵，賈充所養子也，繫充爲魯公，爲散騎常侍。時陸機爲太子洗馬，謐以常侍侍東宮，首尾三年，與機同處。機後被出爲吳王晏郎中，經二年，至元康六年入爲尚書郎。謐乃憶往與機同聚，又經離別遷轉之慶，故請潘安仁作此詩以贈之。

向曰：大意述晉平吳，得陸生，與之同官，兼言離別歡戒之事。

肇自初創，二儀煙熅。粵有生民，伏羲始君。結繩闡化，八象成文。芒芒九有，區域以分。

神農更王，軒轅承紀。畫野離壃，爰封衆子。夏殷既襲，宗周繼祀。綿綿瓜瓞，六國互峙。

强秦兼并，吞滅四隅。子嬰面櫬，漢祖膺圖。靈獻微弱，在涅則渝。三雄鼎足，孫啓南吳。

南吳伊何，借號稱王。大晉統天，仁風遐揚。僞孫銜璧？奉土歸壇。婉婉長離,凌江而翔。

長離云誰?咨爾陸生。鶴鳴九皋,猶載厥聲。況乃海隅,播名上京。爰應旌招,撫翼宰庭。

儲皇之選,實簡惟良。英英朱鸞,來自南岡。曜藻崇正,玄冕丹裳。如彼蘭蕙,載採其芳。

藩岳作鎮,輔我京室。旋反桑梓,帝弟作弼。或云國宦,清塗攸失。吾子洗然,恬淡自逸。

廊廟惟清,俊乂是延。擢應嘉舉,自國而遷。齊響群龍,光讚納言。優遊省闥,珥筆華軒。

昔余與子,繾綣東朝。雖禮以賓,情同友僚。嬉娛絲竹,撫鞞舞韶。脩日朗月,携手逍遙。

自我離群,二周于今。雖簡其面,分著情深。子其超矣,實慰我心。發言爲詩,俟望好音。

欲崇其高,必重其層。立德之柄,莫匪安恒。在南稱甘,度北則橙。崇子鋒穎,不頹不崩。

【本事】

陸機《答賈長淵》詩序:元康六年,入爲尚書郎。魯公贈詩一篇,作此答之云爾。

【繫年】

此詩作於元康六年(296)。

【集説】

吳淇《六朝選詩定論》卷八:此詩見潘安仁滿肚輕薄、滿懷傾險,總生於一妒。正叔與安仁同爲滎陽望族,何爲正叔不妒?正叔自以才望不及陸,故情好日篤。安仁自是恃爲晉朝一代巨匠,再無出其右者,忽有人焉陵江而來,以羈旅之人而高名居其上,便有萬分不快處,因而作詩以輕薄之也。但我以此等加彼,彼亦以此等加我,計當日之勢，炎炎莫遏者惟賈氏，而長淵年少狂，且一假其手，而彼必甘受焉，則我之計得矣；彼受之不甘，則禍立至，我之計亦得矣。世之人不自學問，專受代筆人愚弄如賈謐者，亦可悲夫。

【按語】

吳淇以妒寫潘，求之過甚。此詩暗藏輕薄之語，詩中"南吳伊何，借號稱王"一句，《文選鈔》曰："言南吳是何主乎，乃濫潛稱王，非正統也。爲此語嘆機也。"又，"在南稱甘，度北則橙"，李善注："言甘以移植而易名，恐人徙居而變節，故引以誡之。"此有勸誡之意。

贈陸機出爲吳王郎中令一首四言

潘正叔

善曰：《文章志》曰：潘尼，字正叔。少有清才，初應州辟，後以父老歸養，父終乃出仕，位終太常。

良曰：《文章志》云：潘尼，字正叔。少有清才，初應州辟，後以父老歸養，及父終，出仕，位至太常卿。

東南之美，曩惟延州。顯允陸生，於今勘儔。振鱗南海，濯翼清流。婆娑翰林，容與墳丘。

玉以瑜潤，隨以光融。乃漸上京，乃儀儲宮。玩爾清藻，味爾芳風。泳之彌廣，挹之彌沖。

崐山何有，有瑤有珉。及爾同僚，具惟近臣。予涉素秋，子登青春。愧無老成，廁彼日新。

祁祁大邦，惟桑惟梓。穆穆伊人，南國之紀。帝曰爾諧，惟王卿士。俯僂從命，爰恤爰喜。

我車既巾，我馬既秣。星陳夙駕，載脂載轄。婉孌二宮，徘徊殿闥。醪澄莫饗，孰慰飢渴。

昔子忝私，貽我蕙蘭。今子徂東，何以贈旃。寸晷惟寶，豈無璵璠。彼美陸生,可與晤言。

【本事】

《晉書·潘尼傳》:尼少有清才,與岳俱以文章見知。性靜退不競,唯以勤學著述爲事。著《安身論》以明所守。

【繫年】

作於元康四年(294),機赴任吳王郎中令時。

【集說】

吳淇《六朝選詩定論》卷九:叙情何等繾綣篤摯,千回萬護,惟恐有一字傷陸生之意。較之安仁、長淵,另是一副心腸。

【按語】

陸機、潘尼二人曾爲同僚,二人互有贈答,潘尼此詩贊譽陸機堪稱"東南之美",蘊含惜別之情。潘尼靜退不競,不同于潘岳躁進。陸、潘二人關係較爲和洽,正如吳淇所言"繾綣篤摯"。此詩末句"彼美陸生,可與晤言",劉良注:"言陸機之美,可與申明悟之言。"可參。

贈河陽一首五言

《鈔》曰:河陽,縣名也,屬今懷州。時安仁爲河陽縣令,正叔作此詩贈之。安仁是正叔叔父,故不言名姓,但言贈河陽也。

向曰:潘岳爲河陽令,是尼從父,故不言名。

潘正叔

密生化單父,子奇莅東阿。桐鄉建遺烈,武城播弦歌。逸驥騰夷路,潛龍躍洪波。弱冠步鼎鉉,既立宰三河。流聲馥秋蘭,摛藻艷春華。徒美天姿茂,豈謂人爵多。

【本事】

潘岳《河陽縣作》序:"咸寧四年(278),爲河陽令。"

【繫年】

作於潘岳任河陽令時期,咸寧四年(278)至太康三年(282)間。

【集説】

吳淇《六朝選詩定論》卷九:此贈安仁之詩。曰"贈河陽",題似有不全者,却有意。一河陽者,安仁出宰之邑名也。自此一出,則永爲安仁之河陽,不得再有第二人稱河陽也。一君子素位而行,安仁現宰河陽,則亦河陽之而已。即一題,已具慰勉之義。……子尚未及嘉社,而何必以外補爲恤耶? 此詩全是微詞,蓋己與安仁同宗故也。

陳祚明《采菽堂古詩選》卷十一:一令也,安仁輕之如彼,正叔羡之如此。味"弱冠"二句,其亦慰山甫永懷之意乎? 詞固雅切,推以此旨,益見其佳。

【按語】

吳淇認爲"此詩全是微詞,蓋己與安仁同宗故也",所謂"微詞"之説,實欠妥當。陳祚明所謂"安仁輕之如彼,正叔羡之如此",可從。潘岳《河陽縣作》有"引領望京室"之語,寄托思京之意,而潘尼此詩更多則是贊譽之言,"慰勉之義"甚微。

贈侍御史王元貺一首五言

《鈔》曰:御史,周官,奉秦因之不改,漢亦不改也。

向曰:《周禮·大宗伯》:御史,掌書之官,至秦以爲理獄之官。

潘正叔

崐山積瓊玉,廣厦構衆材。遊鱗萃靈沼,撫翼希天階。膏蘭孰爲銷? 濟治由賢能。王侯厭崇禮,迴迹清憲臺。蠖屈固小往,龍翔乃大來。協心毗聖世,畢力讚康哉。

【本事】

《晉書·潘尼傳》:出爲宛令,在任寬而不縱,恤隱勤政,屬公平而遺人事。入補尚書郎，俄轉著作郎。

【繫年】

　　可能作於元康六年(296)，潘尼爲尚書郎時。

【集説】

　　吳淇《六朝選詩定論》卷九：此詩與前《贈河陽》一首，俱是一副印板印來，然潘由府掾出宰，王由尚書郎爲侍御史，俱當有一番慰望意。但贈潘之辭微，贈王之辭顯，所以世人遂以此篇之語爲稍活動耳。

【按語】

　　此詩"王侯厭崇禮，迴迹清憲臺"一句，張銑注："王侯，謂覬也。崇禮，門名。王前爲尚書郎，朝奏皆在此門，言今厭之，回跡清肅憲臺。憲臺，即御史署也。"王元覬由尚書郎爲侍御史，潘尼作詩相贈。潘尼入補尚書郎，可能與王同時。陸侃如《中古文學繫年》認爲潘尼爲尚書郎在元康八年(298)，俞士玲《西晉文學考論》以爲元康六年(296)，俞説更妥。[①]

_____

① 參見俞士玲《西晉文學考論》，第140頁。

《文選》卷二十五

贈答三

贈何劭王濟一首五言 并序

傅長虞

善曰：王隱《晉書》曰：傅咸，字長虞，北地泥陽人也。舉孝廉，拜太子洗馬，後爲司隸校尉，薨。

良曰：王隱《晉書》曰：傅咸，字長虞，北地泥陽人也。舉孝廉，拜太子洗馬，後爲司隸校尉。

朗陵公何敬祖，咸之從内兄；國子祭酒王武子，咸從姑之外孫也。并以明德見重於世。咸親之重之，情猶同生，義則師友。何公既登侍中，武子俄而亦作，二賢相得甚歡，咸亦慶之。然自恨闇劣，雖顧其繾綣，而從之末由。歷試無效，且有家艱。賦詩申懷，以貽之云爾。

日月光太清，列宿曜紫微。赫赫大晉朝，明明闢皇闈。吾兄既鳳翔，王子亦龍飛。雙鸞遊蘭渚，二離揚清暉。携手升玉階，并坐侍丹帷。金璫綴惠文，煌煌發令姿。斯榮非攸庶，繾綣情所希。豈不企高蹤，麟趾邈難追。臨川靡芳餌，何爲空守坁？槁葉待風飄，逝將與君違。違君能無戀，尸素當言歸。歸身蓬蓽廬，樂道以忘飢。進則無云補，退則恤其私。但願隆弘美，王度日清夷。

【本事】

見傅咸《贈何劭王濟》詩序。

【繫年】

作於太康五年(284)左右。

【集説】

吳淇《六朝選詩定論》卷九:詩頌二子之美,似有攀附之意,而不知實譏之也。信於友生,上始可獲,况在至戚,相知最真,奈何不一引手乎?

何焯《義門讀書記》卷四十六:深婉,得陳思一體。

于光華《重訂文選集評》卷六引何焯評:言二人并貴公子,早歷華要,自顧非其匹也。以"尸素"自謙,實亦諷之義。我雖不以戚屬之故介爾并進,然退耕於野,亦望王路清夷,可以獨樂。惟汝二人身侍省闥,當懼不稱其服,勉盡我職業耳。

【按語】

俞士玲將此詩繫於太康中,并認爲:"咸謀求侍中府任,未果,於是宣稱'歸身蓬蓽廬',繼而有'自表解職'之事。"[1]其説可從。此詩暗含譏諷,吳淇、何焯説甚是。

答傅咸一首五言

郭泰機

善曰:《傅咸集》曰:河南郭泰機,寒素後門之士,不知余無能爲益,以詩見激切,可施用之才,而况沉淪不能自拔於世。余雖心知之,而末如之何。此屈非復文辭所予,故直戲以答其詩云。

向曰:《傅咸集序》云:河南郭泰機,寒素後進之士,數作詩與咸,咸報詩恒激切戲之,後因咸贈詩,故作此答之。

皦皦白素絲,織爲寒女衣。寒女雖妙巧,不得秉杼機。天寒知運

速,況復雁南飛。衣工秉刀尺,弃我忽若遺。人不取諸身,世士焉所希?況復已朝餐,曷由知我飢?

【本事】

見《傅咸集序》。

【繫年】

作年不詳。

【集説】

鍾嶸《詩品》卷中:泰機寒女之制,孤怨宜恨。

吳淇《六朝選詩定論》卷九:此詩當與司馬彪《贈山公詩》參看。彪詩比而賦,郭詩通篇皆比。絲上加素,素上加白,白上又迭"皎皎"二字,極形其德之潔。此絲至潔,豈不可爲黼爲黻,乃僅織作寒女之衣,喻獨善其身也。然豈寒女無爲黼爲黻巧妙之才?但寒女不秉機杼之權,一不得織;迫於天短,二不得織;且以雁之南飛,心中愁苦,三不得織。織既不成,所以衣工棄之如遺。此寒女之所以苦寒也。"秉刀尺","秉"字正與"秉機杼"相應。蓋機杼,寒女所不得秉,而刀尺固衣工所得秉者也,喻己有才而咸不能薦也。然我今日,豈惟困於寒?凡人無衣而寒,苟得飽食在腹,猶可撐持,若更無食,則愈苦矣。始知衣食爲生人之至需,必須自己有在身,遇飢寒而取用,方得便宜。若在他人身邊,豈得自由?今傅之身邊,不惟有衣兼且有食,傅自有而自取自用。既已飽飫,又安知他人之饑歟?喻傅之貴而忘其賤也。然不以貴賤相形,而托喻衣食者,是以貧富相較也。夫入生在世,貴賤者名也,貧富者實也。

何焯《義門讀書記》卷四十六:詩乃贈傅,非答也。

沈德潛《古詩源》卷七:通體喻言,諷傅之不能薦己也。老杜《白絲行》本此。

梁章鉅《文選旁證》卷二十二：何曰：詩乃贈傅，非答。按，此"答"字不誤，説詳下。注：傅咸贈詩曰。按，此"贈"字當作"答"。題注引《傅咸集》云云，當是郭先投傅，傅戲答郭，而郭重報此詩也。

【按語】

此爲贈詩求薦之作，從中可見門閥政治下寒士仕進艱難。吳淇説"郭詩通篇皆比"，其疏解甚詳。此詩内含怨刺，詩中"寒女雖妙巧，不得秉杼機"一句，李善注："言不見用也。"又，"況復已朝餐，曷由知我飢？"張銑注："朝餐，謂咸先食禄也。曷，何也。何由知我飢者，刺咸不庶己及人。"另，"寒女雖妙巧，不得秉杼機"一句，李善注引傅咸贈詩："貧寒猶手拙，操杼安能工？""皦皦白素絲，織爲寒女衣"一句，李善注引傅咸贈詩："素絲豈不潔，寒女難爲容。"傅咸贈詩似就此首答詩而發，當作於郭泰機答詩之後。何焯言："詩乃贈傅，非答也。"可從。吕向注："數作詩與咸，咸報詩恒激切戲之。"可見二人多次贈答。

爲顧彦先贈婦二首五言

善曰：《集》亦云：爲顧彦先。然此二篇，并是婦答，而云贈婦，誤也。

陸士龍

向曰：《集》云：爲顧彦先贈婦二首，爲婦答亦二首。此是婦答，而云贈婦，《集》者誤也。

悠悠君行邁，熒熒妾獨止。山河安可踰？永路隔萬里。京室多妖冶，粲粲都人子。雅步擢纖腰，巧笑發皓齒。佳麗良可美，衰賤焉足紀？遠蒙眷顧言，銜恩非望始。

浮海難爲水，遊林難爲觀。容色貴及時，朝華忌日晏。皎皎彼姝子，灼灼懷春粲。西城善雅儛，摠章饒清彈。鳴簧發丹脣，朱弦繞素腕。輕裾猶電揮，雙袂如霧散。華容溢藻幄，哀響入雲漢。知音世所希，非君誰能讚？弃置北辰星，問此玄龍煥。時暮復何言，華落理必賤。

【本事】

《晉書·顧榮傳》：吳平，與陸機兄弟同入洛，時人號爲"三俊"。例拜爲郎中，歷尚書郎、太子中舍人、廷尉正。

【繫年】

作年不詳。可能作於元康六年（296）左右，陸雲爲吳王郎中令時。

【集説】

劉履《選詩補注》卷四：《文選》本有二篇，皆婦答之詞。舊注并謂贈婦、婦答各爲二首，此云贈婦，誤也。愚按：士衡亦爲彥先贈答各一篇，而總題之曰"贈婦"，意者士龍名題當不異此。但昭明止録其答詞，而題則因其舊耳。

吳淇《六朝選詩定論》卷十：晉家南渡，北方士流離莫依，多賴顧彥先接引之力，南士多怨之，故王車騎初領驍騎將軍，不樂，謂人曰"我還東掘顧彥先塚"，此蓋後事。士衡《爲彥先贈婦詩》，尚在晉家未南渡，蓋此時顧已結納北人矣。士衡詩二首，一贈一答，士龍俱是答詩。前首謂北人不可交，後首謂彥先不得交北人。然士衡尚有含蘊，而士龍太露矣。

何焯《義門讀書記》卷四十六："佳麗良可美"二句，奈何先薄待其夫耶？此等最乖詩教。因其夫之思己，而以此明其感恩，則固無害於詩教矣。若爲怨望之詞，即不可也。本集謂《顧彥先贈婦往返四首》，此但録其答詩故耳。

【按語】

此詩篇題《玉臺新詠》卷三作《爲顧彦先贈婦往返四首》,宋本《陸雲集》共四首,《文選》録其二首,故云"贈婦"不誤。劉履所謂"題則因其舊耳",可從。詩中"遠蒙眷顧言,銜恩非望始"一句,李周翰注:"遠蒙眷顧言,謂夫先寄詩也。"可參。又,吴淇以爲"謂彦先不得交北人",流於附會,不可從。

答兄機一首五言

向曰:機自吴王郎中,寄詩與雲,故有此答。

陸士龍

善曰:士衡前爲太子洗馬時贈别士龍,今答之。

悠遠塗可極,别促怨會長。銜恩戀行邁,興言在臨觴。南津有絕濟,北渚無河梁。神往同逝感,形留悲參商。衡軌若殊跡,牽牛非服箱。

【本事】

陸機《思歸賦》序:余牽役京室,去家四載,以元康六年冬取急歸。

【繫年】

作年不詳。可能作於太康十年(289)左右。

【集説】

吴淇《六朝選詩定論》卷十:答贈之詩,不過答其大意,而此詩則逐句逐字答去,洵弟兄酬和之式準也。……"衡軌"二句,答"焉得携手俱,契闊成騑服"。在士衡原詩,亦無拖士龍仕晉之意,然其文辭之間,不甚分明,故以此二句解之。若曰騑服非馬不成,牛乃耕畜,况牽牛星名,絶無實乎? 此明己之不願仕晉也。

何焯《義門讀書記》卷四十六:注:"士衡前爲太子洗馬時,贈别士

龍,今答之。"按:選詩者偶分兩卷耳,遂以爲贈答異時。固哉,李叟之
爲詩也。

【按語】

此篇作年争議頗多。李善、五臣、《文選鈔》(見前陸機《贈弟士
龍》)三説不一。何焯指出善注之誤,可從。顧農認爲作於太康末
年。[①] 劉運好認爲,據陸機《思歸賦》,當依五臣説,此詩作於陸機離任
吴王郎中令時,即元康六年(296)。[②] 又,吴淇所言:"此明己之不願仕
晉也。"求之過深,不可從。此詩"衡軛若殊跡,牽牛非服箱"一句,吕
延濟注:"兄弟相依當如衡軛,而今殊跡。牽牛有名,不堪服車,亦猶
有兄弟之名而不得同聚。"其説可參。

答張士然一首五言

良曰:張士然平吴後入洛,有贈雲,雲故答之。

陸士龍

行邁越長川,飄颻冒風塵。通波激枉渚,悲風薄丘榛。脩路無窮
迹,井邑自相循。百城各異俗,千室非良鄰。歡舊難假合,風土豈虚
親。感念桑梓城,髣髴眼中人。靡靡日夜遠,眷眷懷苦辛。

【本事】

陸機《答張士然》李善注引孫盛《晉陽秋》:張悛,字士然,少以文
章與士衡友善。

【繫年】

此詩作年不詳。可能作於太康末年(289),陸雲入洛之時。

---

① 參見顧農《從孔融到陶淵明——漢末三國兩晉文學史論衡》,第449頁。
② 參見劉運好《陸士龍文集校注》,第598頁。

【集説】

劉履《選詩補注》卷四：此蓋士龍入洛時答士然所贈，故歷叙川塗風俗之異，感念故鄉親舊之違，是以行愈遠而情愈苦也。

閔齊華《文選瀹注》卷十二引孫鑛評：似與士然同赴洛塗中作。

吳淇《六朝選詩定論》卷十：此應孫氏亡，張先入洛，後聞陸將至，故作詩贈陸，而陸作此詩以答之也。"風塵"二字，乃行路尋常物色，然出士龍之口，便有無限妙意，全在劈首"越長川"三字。蓋長川即大江，大江以南，風塵絶少，一越大江，便落風塵之中矣。"通波"句是風，"悲風"句是塵。此江南人曾未經之物色。"脩路"二句，言土不同。"百城"二句，言風不同。風土既已不同，而强作歡親之狀，中心不安，故日夜只是思念桑梓。張雖在洛，實是我桑梓人物，思念之極，眼中髣髴見之。髣髴之中，只是見人，不曾見洛也。洛者，我之所不願見，而張又我所亟欲見者。洛不欲見，故遲遲吾行，而人我所亟欲見，故"靡靡日夜"，猶覺我人之速也。末結以"眷眷懷苦辛"者，謂此塗中懷土懷人不能兼，遂真辛苦異常耳。

【按語】

劉履言"此蓋士龍入洛時答士然所贈"，可從。詩作描寫行旅之苦、思鄉之情。詩中"感念桑梓城，髣髴眼中人"一句，呂延濟注："感此憶桑梓而思見親識也。眼中人，謂親戚也。"可參。另，陸機亦有《答張士然》。上述陸雲詩可參考顧農《〈文選〉中的陸雲詩》一文。[①]

答盧諶一首并書四言

劉越石

善曰：王隱《晉書》曰：劉琨，字越石，中山靜王之後也。初辟太尉隴西秦王府，未就。尋爲博士，未之職。永嘉中爲并州刺史，與盧志

---

① 參見顧農《〈文選〉中的陸雲詩》，《廣西師範大學學報》，2015年第1期。

親善。志子諶，琨先辟之，後爲從事中郎。段匹磾領幽州牧，諶求爲匹磾別駕。諶箋詩與琨，故有此答。後琨竟爲匹磾所害也。

良曰：《晉書》云：劉琨，字越石，漢中山靜王之後。初爲博士，永嘉中爲并州刺史，與盧志親善。志子諶，琨先辟之，後中郎。段匹磾領幽州牧，諶求爲匹磾別駕，諶有箋及詩與琨，故有此答。琨竟爲匹磾所害。

琨頓首：損書及詩，備辛酸之苦言，暢經通之遠旨。執玩反覆，不能釋手。慨然以悲，歡然以喜。昔在少壯，未嘗檢括。遠慕老莊之齊物，近嘉阮生之放曠，怪厚薄何從而生，哀樂何由而至。自頃輈張，困於逆亂，國破家亡，親友彫殘。負杖行吟，則百憂俱至；塊然獨坐，則哀憤兩集。時復相與舉觴對膝，破涕爲笑，排終身之積慘，求數刻之暫歡。譬由疾疢彌年，而欲一丸銷之，其可得乎？夫才生於世，世實須才。和氏之璧，焉得獨曜於郢握？夜光之珠，何得專玩於隨掌？天下之寶，當與天下共之。但分析之日，不能不悵恨耳！然後知聃、周之爲虛誕，嗣宗之爲妄作也。昔騄驥倚輈於吳坂，長鳴於良樂，知與不知也。百里奚愚於虞而智於秦，遇與不遇也。今君遇之矣，勖之而已。不復屬意於文，二十餘年矣。久廢則無次，想必欲其一反，故稱指送一篇，適足以彰來詩之益美耳。琨頓首頓首。

厄運初遘，陽爻在六。乾象棟傾，坤儀舟覆。橫厲糾紛，群妖競逐。火燎神州，洪流華域。彼黍離離，彼稷育育。哀我皇晉，痛心在目。（一章）

天地無心，萬物同塗。禍淫莫驗，福善則虛。逆有全邑，義無完都。英蕊夏落，毒卉冬敷。如彼龜玉，韞櫝毀諸。呰狗之談，其最得乎？（二章）

咨余軟弱，弗克負荷。愆釁仍彰，榮寵屢加。威之不建，禍延凶播。忠隕于國，孝愆于家。斯罪之積，如彼山河。斯釁之深，終莫能磨。（三章）

郁穆舊姻，嬿婉新婚。裹粮携弱，匍匐星奔。未輟爾駕，已隳我門。二族俱覆，三孽并根。長慚舊孤，永負冤魂。（四章）

亭亭孤幹，獨生無伴。綠葉繁縟，柔條脩罕。朝採爾實，夕捋爾竿。竿翠豐尋，逸珠盈椀。實消我憂，憂急用緩。逝將去乎？庭虚情滿。（五章）

虚滿伊何，蘭桂移植。茂彼春林，瘁此秋棘。有鳥翻飛，不遑休息。匪桐不棲，匪竹不食。永戢東羽，翰撫西翼。我之敬之，廢歡輟職。（六章）

音以賞奏，味以殊珍。文以明言，言以暢神。之子之往，四美不臻。澄醪覆觴，絲竹生塵。素卷莫啓，幄無談賓。既孤我德，又闕我鄰。（七章）

光光段生，出幽遷喬。資忠履信，武烈文昭。旂弓騂騂，輿馬翹翹。乃奮長縻，是彎是鑣。何以贈子？竭心公朝。何以叙懷？引領長謠。（八章）

【本事】

《晉書·劉琨傳》：幽州刺史鮮卑段匹磾數遣信要琨，欲與同獎王室。琨由是率衆赴之，從飛狐入薊。匹磾見之，甚相崇重，與琨結婚，約爲兄弟。

《晉書·愍帝紀》：（建興四年）劉琨奔薊，依段匹磾。

【繫年】

據李善注引王隱《晉書》，此詩當作於晉愍帝建興四年（316）。

【集説】

葛立方《韻語陽秋》卷七：晉盧諶先爲劉琨從事中郎將，段匹磾領幽州，求諶爲別駕。故琨《答諶詩》云：“情滿伊何，蘭桂移植。茂彼春林，瘁此秋棘。”言諶棄己而就匹磾也。厥後琨命箕澹攻石勒，一軍皆没。由是窮蹙不能自守，乃率衆赴匹磾。繼爲匹磾所拘，知其必死矣,豈無望於諶哉! 觀《再贈諶》云:"朱實隕勁風,繁英落素秋。何意百煉剛,化爲繞指柔。"其詩托意,欲以激諶而救其急,而諶殊不領也。琨既被害,諶始上表以雪其冤,終亦何所補耶!

吳淇《六朝選詩定論》卷十一:六代多好文之主,故時握兵權者,亦多文人。在越石與祖逖,雖同稱豪,觀其賦詩金谷,見賞於時,知其學爲獨優。及夫罹此厄運,有忠莫伸,以清剛之氣爲淒戾之詞,述喪亂之事,表忠烈之懷,因宜方弘農之駕、開少陵之先。忠義一脈,賴以不墜云。……

慷慨磊落,英分雄分俱足,雖其經營琢煉處,少遜郭之精密,而一種豪邁之氣,則遠過之矣。固是兩人身份不同。

何焯《義門讀書記》卷四十六:書詞慷慨,有建安諸人韻,詩則二雅之變。

沈德潛《古詩源》卷八:首章指國破。二章謂天不祚晉。三章指家亡。四章指途中奔竄,申上章意。五章托喻己有資於諶,而諶又將之段匹磾所也。六章喻諶之段所,猶鳳之棲梧桐、食竹實,而已如秋棘之瘁,彌見可傷。七章言己之孤特,亦申前意。八章表段之忠信,見諶之托身得所,望其戮力王室,轉危爲安,收束全篇。感激豪宕。

【按語】

此詩"茂彼春林,瘁此秋棘",呂向注:"春林,喻段匹磾也。秋棘,自喻也。言諶爲匹磾左右是茂,棄琨而去是病也。"其說可參。關於盧、劉二人關係及相關史事背景,可參見顧農《關於劉琨與盧諶的贈答詩》一文。①

重贈盧諶一首五言

善曰:臧榮緒《晉書》曰:琨詩托意非常,想張、陳以激。諶素無奇

---

① 參見顧農《文選論叢》,第208—218頁。

略，以常詞酬琨。

　　良曰：前詩未尽，復有此贈，勸諶欲共輔晉室。

劉越石

　　握中有懸璧，本自荊山璆。惟彼太公望，昔在渭濱叟。鄧生何感激，千里來相求。白登幸曲逆，鴻門賴留侯。重耳任五賢，小白相射鈎。苟能隆二伯，安問黨與讎？中夜撫枕嘆，想與數子遊。吾衰久矣夫，何其不夢周？誰云聖達節，知命故不憂。宣尼悲獲麟，西狩涕孔丘。功業未及建，夕陽忽西流。時哉不我與，去乎若雲浮。朱實隕勁風，繁英落素秋。狹路傾華蓋，駭駟摧雙輈。何意百煉剛，化爲繞指柔。

【本事】

　　《晉書·劉琨傳》：初，琨之去晉陽也，慮及危亡而大恥不雪，亦知夷狄難以義伏，冀輸寫至誠，僥倖萬一。每見將佐，發言慷慨，悲其道窮，欲率部曲列於賊壘。斯謀未果，竟爲匹磾所拘。自知必死，神色怡如也。爲五言詩贈其別駕盧諶曰："握中有懸璧……"琨詩托意非常，攄暢幽憤，遠想張、陳，感鴻門、白登之事，用以激諶。諶素無奇略，以常詞酬和，殊乖琨心，重以詩贈之，乃謂琨曰："前篇帝王大志，非人臣所言矣。"然琨既忠於晉室，素有重望，被拘經月，遠近憤嘆。……會王敦密使匹磾殺琨，匹磾又懼衆反己，遂稱有詔收琨。初，琨聞敦使到，謂其子曰："處仲使來而不我告，是殺我也。死生有命，但恨仇恥不雪，無以下見二親耳。"因歔欷不能自勝。匹磾遂縊之，時年四十八。子姪四人俱被害。

【繫年】

　　據《晉書·劉琨傳》，劉琨爲段匹磾所拘而作詩贈與盧諶。此詩作於晉元帝大興元年（318）。

【集説】

王楙《野客叢書》卷三十：《文選》載劉司空琨、盧中郎諶贈答詩止一二首，而琨文集載贈答詩往返四首。琨《重贈盧諶》詩有曰："功業未及建，夕陽忽西流。朱實隕勁風，繁英落素秋。何意百煉剛，化爲繞指柔。"今選本傳俱載是詩，而不聞盧諶所答。按，琨《集》中有諶答曰："誰言日向暮？桑榆猶啓晨。誰言繁英實？振藻耀芳春。百煉或致屈，繞指所以伸。"皆答其意也。又按，琨《集》先是《盧子諒謹箋詣劉司空并贈司空詩》，然後《劉司空答子諒書與詩》云云，今《選》先載答，而後載贈，失其序矣。鍾嶸《詩品》曰："越石詩，其源出於王粲，善爲凄戾之詞，自有清拔之氣。琨既體良才，又罹厄運，故善叙喪亂，多感慨之詞。中郎仰之，微不逮矣。"觀此有以見二公之淺深。考《唐·藝文志》，《劉琨集》十卷，僕家藏正本十卷。

劉履《選詩補注》卷四：此越石專言己志之不申，而以《贈盧諶》爲題者，豈以樂平之敗未幾，而并州又没於石勒，遂奔幽州，得與諶會，故述其情以告之歟？言握中之璧，可貴重者，本由荆山璞玉斫而成之，以興。太公之爲文武師，以佐代商之功者，本惟昔日渭濱一釣叟耳。蓋自古聖賢遭時應運，而君臣相濟有如此者，故鄧生亦不遠千里而求見光武，卒居雲臺功臣之首。又若高祖能用陳、張深謀奇計賴，以排難解紛，終成大業。齊桓、晉文不忌五臣之黨、射鈎之讎，而信任之，卒致霸功之盛，良有以哉。今我中夜痛嘆，想與昔人同遊，而遇非其時，故借孔子不夢周公之語，感麟涕泣之事，以反覆悲傷之也。"朱實"以下，又皆自比之詞，且謂時既不利，志氣摧弱，有非平日之堅剛者矣。情痛語至，不復隱諱，可哀也夫。

吳淇《六朝選詩定論》卷十一：首二句比也。"懸璧"着"握中"，珍惜之極。亦見昔曾在握，雖現不在握，終冀復歸於握也。太公、鄧禹、陳平、張良、狐偃、趙衰、管仲數子擬盧，想與數子，兼以自擬。蓋本同輔晉室，至此身已老、志已衰，事業無成，甚可悲嘆。古云聖人達節，知命不憂,徒虛語耳。使知命可無憂,則聖如孔子,又何爲悲獲麟?獲麟又何足動孔子悲哉?在平生之日,方自矢爲百煉純剛,千折百回,及至變亂日甚。"朱實"云云,不覺"化爲繞指"耳。要知"化爲"云云,委曲從時以圖濟。非隨波逐流,要自有不化者在。

何焯《義門讀書記》卷四十六:慷慨悲凉,故是幽、并本色。越石時爲匹磾所幽,故有白登、鴻門之語。前史所謂以張、陳激諶者也。下二聯則謂所志惟在興復晉祚,比績桓、文,不計黨讎,欲諶深達此意於匹磾,使其顧念前好,同獎王室,我終不以被幽爲恨,如小白於管仲,何嘗問從前射鈎之事也。

張玉穀《古詩賞析》卷十二:題云重贈,蓋因前詩意有未盡,故復贈此。

【按語】

此詩頗多用典,劉履及吳淇疏解可參。《野客叢書》引琨《集》中盧諶答詩"百煉或致屈,繞指所以伸",可與此詩并讀。另,逯欽立輯《先秦漢魏晉南北朝詩》卷二十引《藝文類聚》盧諶答詩云:"隨寶産漢濱,摛此夜光真。不待卞和顯,自爲命世珍。"

贈劉琨一首并書四言

盧子諒

良曰:諶在路被劉聰破,遂將妻子往并州投琨。後在段匹磾處,憶琨前恩,故贈此詩也。

故吏從事中郎盧諶,死罪死罪! 諶稟性短弱,當世罕任。因其自然,用安靜退。在木闕不材之資,處雁乏善鳴之分。卷異遽子,愚殊寧生。匠者時眄,不免臠賓。嘗自思惟,因緣運會,得蒙接事,自奉清塵,于今五稔,謨明之效不著,候人之譏以彰。大雅含弘,量苞山藪。加以待接彌優,款眷逾昵,與運籌之謀,廁讜私之歡。綢繆之旨,有同骨肉，其爲知己，古人罔喻。昔聶政殉嚴遂之顧，荊軻慕燕丹之義，意氣之間，靡軀不悔。雖微達節，謂之可庶，然苟曰有情，孰能不懷？故委身之日，夷險已之。事與願違，當忝外役，遂去左右，收迹府朝。蓋本同末異，楊朱興哀；始素終玄，墨翟垂涕。分乖之際，咸可嘆慨；致感之途，或迫乎茲。亦奚必臨路而後長號，覩絲而後歔欷哉？是以仰惟先情，俯覽今遇，感存念亡，觸物眷戀。《易》曰："書不盡言，言不盡意。"然則書非盡言之器，言非盡意之具矣。況言有不得至於盡意，書有不得至於盡言邪？不勝猥懣！謹貢詩一篇，抑不足以揄揚弘美，亦以攄其所抱而已。若公肆大惠，遂其厚恩，錫以咳唾之音，慰其違離之意，則所謂咸池酬於北里，夜光報於魚目。諶之願也，非所敢望也。諶死罪死罪。

　　濬哲惟皇，紹熙有晉。振厥弛維，光闡遠韻。有來斯雍，至止伊順。三台摛朗，四岳增峻。

　　伊陟佐商，山甫翼周。弘濟艱難，對揚王休。苟非異德，曠世同流。加其忠貞，宜其徽猷。

　　伊諶陋宗，昔遭嘉惠。申以婚姻，著以累世。義等休戚，好同興廢。孰云匪諧？如樂之契！

　　王室喪師，私門播遷。望公歸之，視險忽艱。茲願不遂，中路阻顛。仰悲先意，俯思身愆。

　　大鈞載運，良辰遂往。瞻彼日月，迅過俯仰。感今惟昔，口存心想。借曰如昨，忽爲疇曩。

　　疇曩伊何，逝者彌疏。温温恭人，慎終如初。覽彼遺音，恤此窮孤。譬彼樛木，蔓葛以敷。

　　妙哉蔓葛，得托樛木。葉不雲布，華不星燭。承俸卞和，質非荊璞。眷同尤良，用乏驥騄。

　　承亦既篤，眷亦既親；飾獎篤猥，方駕駿珍。弼諧靡成，良謀莫陳。無覬狐趙，有與五臣。

　　五臣奚與？契闊百罹。身經險阻，足蹈幽遐。義由恩深，分隨昵加。綢繆委心，自同匪他。

昔在暇日，妙尋通理。尤彼意氣，使是節士。情以體生，感以情起。趣舍罔要，窮達斯已。

由余片言，秦人是憚。日磾效忠，飛聲有漢。桓桓撫軍，古賢作冠。來牧幽都，濟厥塗炭。

塗炭既濟，寇挫民皁。謬其疲隸，授之朝右。上懼任大，下欣施厚。實祗高明，敢忘所守。

相彼反哺，尚在翔禽。孰是人斯，而忍斯心？每憑山海，庶覿高深。遐眺存亡，緬成飛沈。

長徽已縷，逝將徙舉。收跡西踐，銜哀東顧。曷云塗遼？曾不咫步。豈不夙夜？謂行多露。

綿綿女蘿，施于松標。稟澤洪幹，晞陽豐條。根淺難固，莖弱易彫；操彼纖質，承此衝飈。

纖質實微，衝飈斯值。誰謂言精？致在賞意。不見得魚，亦忘厥餌。遺其形骸，寄之深識。

先民頤意，潛山隱机。仰熙丹崖，俯澡綠水。無求於和，自附衆美。慷慨遐蹤，有愧高旨。

爰造異論，肝膽楚越。惟同大觀，萬殊一轍。死生既齊，榮辱奚別？處其玄根，廓焉靡結。

福爲禍始，禍作福階。天地盈虛，寒暑周迴。夫差不祀，釁在勝齊。勾踐作伯，祚自會稽。

邈矣達度，唯道是杖。形有未泰，神無不暢。如川之流，如淵之量。上弘棟隆，下塞民望。

【本事】

《晉書·盧諶傳》：建興末，隨琨投段匹磾。匹磾自領幽州，取諶爲別駕。

【繫年】

此詩與劉琨《答盧諶》互爲贈答，作於建興四年(316)。

【集說】

吳淇《六朝選詩定論》卷十一：史：劉之將衰也，子諒去之。及見其拘，弗能救。史譏其無奇略，以爲負心。刻矣！何也？天下之報施有二：一曰受恩之報，一曰知己之報。受恩之報，如壯繆曰"當立效以報曹公"是也。知己之報，如武侯遇先主，"鞠躬盡瘁，死而後已"；或豫讓與智伯，"吞炭漆身，死而靡他"是也。之二者，稱物平施，千古不易之極則。苟以國士之報報恩，則爲倒行逆施，君子所不出矣。盧答劉五言之詩，在既拘之後，不見《選》。此贈劉四言之詩，在未拘之前，可舉論以見意也。按：此詩二十首，自一至九，皆述其受恩，且不訾矣。何爲而去？曰：不用故去。詩曰："弼諧靡成，良謨莫陳。"夫人抱才略於身，亦欲見用於知己，一展其奇耳，乃朝陳一謨而不用，夕陳一謨而不用，史所謂"長於招撫而短於控御"，此盧所以終於必去耳。然則去於何時？曰：去於殺令狐盛之時。夫劉之於盧，親昵極矣，雖不見用，然猶有望焉。及殺盡言之令狐盛，即劉母所云"汝能經略駕御英雄，專除勝己以自安"，此見幾之君子不俟終日者，盧之去劉，與范增之去楚同。但增悖言於臨去之日，而盧特婉言於既去之後耳。即此詩之十九章禍福相依云云，未嘗不是"良謨"，無如不省何也？卒至勢窮力盡，身見拘執。雖有善者亦無如之何之時，而欲其出奇略以脫之，豈不過哉！雖然，匹磾之弟好學，不有言乎曰："此時有奉琨而起者，吾族危矣。"使盧能以幽州之衆應琨，事濟則爲鴻門之張、白登之陳，不成亦不失荆生之義舉，惜乎見不及此也！史謂其無奇略，亦信。

何焯《義門讀書記》卷四十六：書中云"貢詩一篇"，此"贈"字後人所題。書詞非不翩翩，但多陳言耳。

【按語】

劉琨、盧諶之關係，史書往往傾向於劉琨一方，而對盧諶頗有微詞。吳淇云："史譏其無奇略,以爲負心。刻矣!"其説可從。

贈崔温一首五言

善曰:《集》曰:與温太真、崔道儒。何法盛《晉録》曰:温嶠,字太真。又曰:崔悦,字道儒。

盧子諒

逍遥步城隅,暇日聊遊豫。北眺沙漠垂,南望舊京路。平陸引長流,崗巒挺茂樹。中原厲迅飇,山阿起雲霧。遊子恒悲懷,舉目增永慕。良儔不獲偕,舒情將焉訴?遠念賢士風,遂存往古務。朔鄙多俠氣,豈惟地所固?李牧鎮邊城,荒夷懷南懼。趙奢正疆場,秦人折北慮。羇旅及寬政,委質與時遇。恨以駑蹇姿,徒煩飛子御。亦既弛負檐,忝位宰黔庶。苟云免罪戾,何暇收民譽?倪寬以殿黜,終乃最衆賦。何武不赫赫,遺愛常在去。古人非所希,短弱自有素。何以敷斯辭,惟以二子故。

【本事】

《晉書·盧諶傳》:建興末,隨琨投段匹磾。匹磾自領幽州,取諶爲別駕。

【繫年】

據《晉書·盧諶傳》,此詩可能作於建興五年(317)。

【集説】

劉履《選詩補注》卷四:此詩蓋子諒當洛陽焚毀之後,爲幽州別駕之時,遊覽山川風景,感古念今,舒寫情膝,特以寄贈崔、温二子云爾。然其委質所事,謙己恤民,於此亦可見矣。

吳淇《六朝選詩定論》卷十一:盧當極亂之世,又身在遥邊,何暇逍遥遊豫?便伏下段之能靖邊,已之能休民意。"北眺"句是客,"南望"句是主,然必用"北眺"句者,明身之在幽州,迤北惟有沙漠,無復中國之區。"舊京"謂洛陽，遠不可望。望其路，"平陸"四句，正路上之景。路上之慘如此，則舊京可知，故遊子舉目永嘆，見心之無時忘晉也。"良儔"指崔、溫二子，不在眼前，此一點不忘晉之情，無人可訴，因而遠念古人古務也。"賢士"即下李、趙。"古務"即下"鎮""正"。"朔都"二句，言幽州朔都，人多俠氣，古今皆然。蓋自喻己及段。李、趙比段之不邀功生事，能靖北邊。以下自序，己亦不肯違道干譽，能體段鎮靜之意，相助爲理，故以倪、何自比也。末二贈詩之本意。二子在朝，有獎勵人倫之權，即劉越石謂溫太眞曰"我欲收功河朔，子馬延譽江南"之意。

　　何焯《義門讀書記》卷四十六：倪寬、何武應前"賢士風"，言朔鄙多俠，自古以武健爲理，謂地固宜然。自惟短弱，欲於喪亂之後，與之休息，寬其賦斂，簡其繫斷，雖人非倪、何，素志若此，顧非我良儔，莫之訴也。

【按語】

　　此詩當作於洛陽失陷之後，盧諶爲段匹磾別駕之時，劉履説可從。"羈旅及寬政，委質與時遇"一句，良曰："諶自云寄客於匹磾，蒙寬容之政，得委身事之，是與時遇也。"其説可參。

答魏子悌一首五言

　　向曰：魏子悌，亦爲劉琨從事，與諶同官。

盧子諒

　　崇臺非一幹，珍裘非一腋。多士成大業，群賢濟弘績。遇蒙時來會，聊齊朝彦迹。顧此腹背羽，愧彼排虚翮。寄身蔭四嶽，托好憑三益。傾蓋雖終朝，大分邁疇昔。在危每同險，處安不異易。俱涉晉昌艱，共更飛狐厄。恩由契闊生，義隨周旋積。豈謂鄉曲譽，謬充本州役。乖離令我感，悲欣使情惕。理以精神通，匪曰形骸隔。妙詩申篤好，清義貫幽賾。恨無隨侯珠，以酬荆文璧。

【本事】

此詩"俱涉晉昌艱"一句,李善注:"王隱《晉書》曰:惠帝以敦煌土界闊遠,分立晉昌郡。又曰:晉昌護匈奴中郎將,別領户。然時段匹磾爲此職,諶在磾所,難斥言之,故曰晉昌也。《晉中興書》曰:石勒攻樂平,劉琨自伐飛狐口奔安次也。"

【繫年】

可能作於盧諶贈別魏子悌,爲幽州別駕之際。大約在建興四年(316)。

【集説】

吳淇《六朝選詩定論》卷十一:盧與魏俱爲劉太尉從事,後盧去劉從段,魏所贈盧原詩,應是承劉命,招之使還也。新主舊主之際,答詩最難。首四句,"崇臺"云云,應是隱括原詩意。而"遇蒙"云云,自序處,只須腹毳背毛一比,便示不復歸劉之意。以下或述往愫、或序今恬、或答原詩,絶不照顧招己之意,的是妙手。契闊易至相忘,"恩由契闊生",遠不攜也;周旋易以生狎,"義由周旋積",邇不貳也。古人云云,揮之不去,今且招之不來也。"遇蒙"云云,與劉同升,昔非劉之私臣;"豈謂"云云,鄉曲共推,今亦非段之家隸。

何焯《義門讀書記》卷四十六:"俱涉晉昌艱",注引王隱《晉書》曰:惠帝以敦煌土界闊遠,分立晉昌郡。又曰:晉昌護匈奴中郎將,別領户。然時匹磾爲此職,諶在匹磾所,難斥言之,故曰晉昌也。按,"晉昌艱"即指越石晉陽之敗。越石父母爲令狐泥所害,諶父母兄弟亦爲劉聰所害。"陽"與"昌"音相近,傳寫誤也。晉雖設晉昌護匈奴中郎將,考匹磾生平未爲此職,安得而附會之?況晉昌乃敦煌所分,遠在隴右,而匹磾方爲幽州刺史,尤如風馬牛之不相及也。

梁章鉅《文選旁證》卷二十二:何曰:越石晉陽之敗,父母爲令狐泥所害。諶父母兄弟亦爲劉聰所害。又曰:《晉書·地理志》:惠帝改新興郡爲晉昌，統九原、定襄、雲中、廣牧、晉昌五縣，在并州所統一國五郡之中。注以爲燉煌之晉昌，恐誤。

張玉穀《古詩賞析》卷十二：此盧將至幽州答魏之詩，非在幽州寄答也。

【按語】

吳淇所言"應是承劉命，招之使還也"，不可從。張玉穀認爲"此盧將至幽州答魏之詩"，甚是。詩中"俱涉晉昌艱，共更飛狐厄"一句，呂向注："晉昌，郡名，爲石勒所攻。飛狐，塞名，嘗爲賊所得，劉琨與諶、悌往伐之，爲賊所敗，奔安次，故云同險易厄難也。"其說可從。何焯以爲"陽與昌音相近，傳寫誤也"，黃侃《文選平點》亦認爲何說是，恐不妥。梁章鉅引"晉陽之敗"說，可從。

答靈運一首五言

謝宣遠

向曰：靈運先寄《愁霖詩》於瞻，故有此答。

夕霽風氣涼，閑房有餘清。開軒滅華燭，月露皓已盈。獨夜無物役，寢者亦云寧。忽獲愁霖唱，懷勞奏所成。嘆彼行旅艱，深茲眷言情。伊余雖寡慰，殷憂暫爲輕。牽率酬嘉藻，長揖愧吾生。

【本事】

參見呂向注。

【繫年】

此詩大約作於義熙十二年(416)，時謝瞻任安城相。[①]

---

① 參見顧紹柏《謝靈運集校注》，第28頁。

【集説】

方回《文選顏鮑謝詩評》卷二：七韻惟四句佳。"夕霽風氣涼，閑房有餘清。開軒滅華燭，月露皓已盈。"以下不工。此詩答靈運《愁霖詩》也。《文選》於"忽獲愁霖唱"下注云：靈運《愁霖詩序》云："示從兄宣遠。"今所謂五言集、《靈運集》已亡，不可考。

吳淇《六朝選詩定論》卷十四：此答康樂《苦雨》見贈之詩也，妙在首四句。劈首"夕霽"二字，明前此之苦雨也，便伏"愁霖唱"意。初霽之夕，月光定然倍好，乃不出庭待之，而反處閑房者，久雨乍霽，勢或未便耳。然此夕月光又不可不看，故定要"開軒"也。然又滅燭，燭光小，雖不敵月，然燭在房中近，月在房外遠，故妙於看月者必滅燭也。"月露皓已盈"非寫月，兼寫露，乃挾露以寫月，故非月看露不出，非露寫"盈"字不出。總寫霽後之快，則未霽已前之苦可知。此古人答詩，妙在意言之表。

張玉穀《古詩賞析》卷十六：詩有以居家傲行役意。前六，就己邊敘閑居月夜休息之景，即以反照彼邊愁霖行役之艱。中四，接入得詩，敘其勞苦眷念。後四，仍兜轉己邊雖寡慰，暫輕憂，略表自得，收到酬詩。謙中總帶傲意。

【按語】

此詩"忽獲愁霖唱，懷勞奏所成"一句，李善注："靈運《愁霖詩序》云：示從兄宣遠。"然謝靈運所贈《愁霖詩》今不存。張玉穀所謂"謙中總帶傲意"，不可從。此詩"伊余雖寡慰，殷憂暫爲輕"一句，劉良注："言我情雖少安，爲得靈運詩，殷憂之情暫爲輕也，生有德之稱也。"可參。

於安城答靈運一首五言

善曰：謝靈運《贈宣遠序》曰：從兄宣遠，義熙十一年正月作守安城。其年夏贈以此詩，到其年冬有答。

向曰：瞻爲安城守，靈運見瞻，故有此答。

謝宣遠

　　條繁林彌蔚，波清源愈濬。華宗誕吾秀，之子紹前胤。綢繆結風徽，煙熅吐芳訊。鴻漸隨事變，雲臺與年峻。（一章）

　　華萼相光飾，嚶嚶悅同響。親親子敦予，賢賢吾爾賞。比景後鮮輝，方年一日長。萎葉愛榮條，涸流好河廣。（二章）

　　殉業謝成操，復禮愧貧樂。幸會果代耕，符守江南曲。履運傷荏苒，遵塗嘆緬邈。布懷存所欽，我勞一何篤！（三章）

　　肇允雖同規，翻飛各異概。迢遞封畿外，窈窕承明内。尋塗塗既暌，即理理已對。絲路有恒悲，矧乃在吾愛。（四章）

　　跬行安步武，鍛翮周數仞。豈不識高遠，違方往有吝。歲寒霜雪嚴，過半路愈峻。量己畏友朋，勇退不敢進。行矣勵令猷，寫誠酬來訊。（五章）

【本事】

　　見李善注引謝靈運《贈宣遠序》。

【繫年】

　　此詩作於晉安帝義熙十一年（415）。

【集説】

　　方回《文選顏鮑謝詩評》卷二：《文選》注：靈運《贈宣遠序》曰：從兄宣遠，義熙十一年正月作守安城。其年夏贈以此詩，到其年冬有答。第一章“華宗誕吾秀，之子紹前胤”，此句典正。第二章“親親子敦予，賢賢吾爾賞”，亦佳。……宣遠元意乃謂：靈運之厚我，親其親也；我之賞靈運，賢其賢也。第四章“肇允雖同規，翻飛各異概”，此所謂兩用者。《文選》注下文“窈窕承明内”，謂靈運爲秘書監。按，此詩靈運當爲琅琊王大司馬行軍參軍，永初三年始爲永嘉太守，元嘉三年始爲秘書監，則宣遠卒於豫章久矣。第五章有云“量己畏友朋，勇退不敢進",亦佳。宣遠惡其弟宣明之盛,始終有常退志,然宣明坐誅,并及兄弟之子,則宣遠有子亦不免也,哀哉!

劉履《選詩補注》卷七:按:李善引靈運《贈宣遠詩序》:"別宣遠,作守安城,在義熙十一年正月。其年夏以詩贈問,故有是答。"言足之窘者,行必循其步;武羽之傷者,飛僅周乎數仞,以喻己之才德蹇劣,必慎所守,而不敢踰越也。夫豈不知高遠之可企及哉。苟違道而妄進,則亦徒取羞吝而已。且世道艱危,涉歷至此,尤爲難處。正猶凝寒之時,行路過半而愈經險絕,是以量己畏議,而甘分疏外,更當從此而去,惟以善道自勉。故直寫此衷誠,以答來問云耳。

吳淇《六朝選詩定論》卷十四:(一章)美康樂之才望。(二章)述己友愛之情。(三章)自序末入贈詩。(四章)己與康樂兩兩對形,正爲下危言張本。(五章)不惟切中康樂之病,實是千古藥石,學者皆當置此於座右。

【按語】

此詩可見謝瞻有退守之心,方回所言"始終有常退志",可從。詩中"殉業謝成操,復禮愧貧樂"一句,李周翰注:"言營事業無成,遂本志不克己復禮居貧樂道,故云愧也。"又,"量己畏友朋,勇退不敢進"一句,張銑注:"量其己材薄劣,畏其友朋,故難進而勇於退也。"可參。

西陵遇風獻康樂一首五言

善曰:沈約《宋書》曰:靈運襲封康樂侯。鄭玄《禮記注》曰:獻,猶進也。又曰:古者致物於人,尊之曰獻。

謝惠連

濟曰:靈運襲封康樂公,惠連是靈運弟,尊之,故云獻也。西陵,蓋所居之西。

我行指孟春,春仲尚未發。趣途遠有期,念離情無歇。成裝候良辰,漾舟陶嘉月。瞻塗意少悰,還顧情多闕。

　　哲兄感仳別,相送越坰林。飲餞野亭館,分袂澄湖陰。淒淒留子言,眷眷浮客心。迴塘隱艫栧,遠望絕形音。

　　靡靡即長路,戚戚抱遙悲。悲遙但自弭,路長當語誰! 行行道轉遠,去去情彌遲。昨發浦陽泝,今宿浙江湄。

　　屯雲蔽曾嶺,驚風涌飛流。零雨潤墳澤,落雪灑林丘。浮氛晦崖巘,積素惑原疇。曲汜薄停旅,通川絕行舟。

　　臨津不得濟,佇檝阻風波。蕭條洲渚際,氣色少諧和。西瞻興遊嘆,東睇起淒歌。積憤成痎痏,無萱將如何!

【本事】

　　《宋書·謝方明傳》附《謝惠連傳》:元嘉七年,方爲司徒彭城王義康法曹參軍。

【繫年】

　　宋文帝元嘉七年(430),謝惠連離開會稽始寧,北上彭城,赴任司徒彭城王劉義康法曹參軍,此詩作於其時。

【集說】

　　丘光庭《兼明書》卷四:謝惠連《西陵遇風獻康樂》,臣良曰:西陵,蓋所居之西陵也。明曰西陵,浙江東之西陵,驛名也。何以知之? 以其詩云"昨發浦陽泝,今宿浙江湄",知也。

　　方回《文選顏鮑謝詩評》卷二:五章,章八句,僅有四句佳。"積素惑原疇","惑"字佳,餘多譸譇。靈運答此詩殊勝也。

　　劉履《選詩補注》卷七:浦陽,江名。酈道元謂其自剡東北經始寧。蓋今曹娥江上流是也。水曲曰泝。浙江,今錢塘江也。其說已具靈運所答篇。此可見惠連綢繆懷戀之意,而章末直以宿處相告者,欲使兄知我今夕之所在,又自嘆其離去之漸遠也。

　　唐汝諤《古詩解》卷二十一：惠連留別其兄，而自述塗中之苦。首言促塗已久，未忍即行。次言兄送林坰，不勝眷戀。中言朝馳長路，夕宿江湄，陡遇驚風，更苦積雪。終言爲風波所阻，而追念其兄，因思成疾，而惜無萱草以解之也。

　　吳淇《六朝選詩定論》卷十四：觀詩中"今宿浙江湄"句，乃是杭州之西陵。舊謂所居之西，誤矣。……康樂以父、祖葬始寧，有故宅及墅，故移籍會稽。後謝方明爲會稽郡，康樂於方明所，得見其子惠連，即康樂詩云"末年值令弟"也。此應是惠連有事如建康，故送之澄湖之陰也。澄湖應在會稽。……西瞻，建業也。東睇，會稽也。前進不得，後退不得，正寫出中間遇風苦情。

　　何焯《義門讀書記》卷四十六：清便婉轉。此等詩亦復憲章陳、王，但比之康樂爲差弱耳。

　　梁章鉅《文選旁證》卷二十二：《兼明書》云：良注以西陵爲所居之西陵，非也。此浙江東之西陵，驛名也。以詩"昨發浦陽泝，今宿浙江湄"知之。余曰：《水經注》：浙江又逕固陵城北，今之西陵也。《會稽志》：西陵城，在蕭山縣西十二里。吳越改曰西興。

【按語】

　　此詩爲謝惠連離開始寧，北上赴任，贈別謝靈運所作。謝靈運有答詩《酬從弟惠連》，可與此詩并讀。"西陵"，劉良注誤，諸家已指出。丘光庭《兼明書》以爲驛名，似不妥。梁章鉅所引諸説可參。

還舊園作見顏范二中書一首五言

　　善曰：沈約《宋書》曰：元嘉三年，徐羨之等誅，徵顏延之爲中書侍郎。范中書，蓋謂范泰也。

謝靈運

　　銑曰：顏延之、范泰俱爲中書侍郎。舊園，即會稽始寧之園也。

宋太祖遣范泰與靈運書，敦獎令仕，故有此詩也。

　　辭滿豈多秩，謝病不待年。偶與張邴合，久欲還東山。聖靈昔迴眷，微尚不及宣。何意衝飆激，烈火縱炎煙。焚玉發崐峯，餘燎遂見遷。投沙理既迫，如邛願亦愆。長與歡愛別，永絕平生緣。浮舟千仞壑，揔轡萬尋巔。流沫不足險，石林豈爲艱！閩中安可處，日夜念歸旋。事躓兩如直，心愜三避賢。托身青雲上，棲巖挹飛泉。盛明蕩氛昏，貞休康屯遭。殊方咸成貸，微物豫采甄。感深操不固，質弱易版纏。曾是反昔園，語往實款然。曩基即先築，故池不更穿。果木有舊行，壤石無遠延。雖非休憩地，聊取永日閑。衛生自有經，息陰謝所牽。夫子照情素，探懷授往篇。

【本事】

　　《宋書·謝靈運傳》：太祖登祚，誅徐羨之等，徵爲秘書監，再召不起，上使光禄大夫范泰與靈運書敦獎之，乃出就職。

【繫年】

　　據李善注引沈約《宋書》，此詩作於元嘉三年(426)。

【集說】

　　方回《文選顏鮑謝詩評》卷二：此詩二十一韻，初兩韻引張、邴事爲柱。次五韻先言武帝舊眷，而徐、傅廢弒，因以見黜。次五韻言自永嘉郡得歸。賈誼投沙，馬卿如邛，史魚"兩如直"，孫叔敖"三避賢"，皆善用事。"盛明蕩氛昏"以下四韻，言文帝擢爲秘書監，今乃酬素欵而還故園也。"曩基即先築，故池不更穿。果木有舊行，壤石無遠延。"當是永嘉歸始寧時，宅墅之役大盛，已招物論，故誓不再行增廣也。後三韻，平平繳尾，然終有伐山開逕，不自收斂之悔，何邪？

　　吳淇《六朝選詩定論》卷十四：此詩"聖靈""盛明"，舊注俱指太祖，上下文意不甚通。余反覆再四始解。按：康樂去永康郡詩："牽思及元興,解龜在景平。"元興,晉帝年號。"聖靈"是指宋高祖,蓋云感高祖之眷,而不肯歸也。"何意"以下是高祖崩,徐羨之等作亂,以廬陵事見疑,出之永嘉,二年始歸。"事躓"四句,言時不可爲,已惟避賢而去,托身青雲而已。"盛明"以下,是太祖既定亂,又思康樂,乃使顏、范二公招之,故云云。"感深"二句,又許之出,但詞在含吐之間,只云我"感深"不得不出。"曾是"云者,言雖出而我既反舊園,訴及往事,實出誠欵,但看我舊好處云云,便知非虛飾之詞,冀二公之見諒也。

陳祚明《采菽堂古詩選》卷十七:詳此詩應作於罷郡歸來之時,但永嘉甌越非閩也。康樂又未常至閩,或甌、閩相臨,往昔得通稱耳。發論每深入一層,跌蕩而出,起二句是也。

何焯《義門讀書記》卷四十六:此等詩,真初日芙蕖。

【按語】

顏延之有《和謝監靈運》,可與此詩并讀。吳淇言:"此詩'聖靈''盛明',舊注俱指太祖,上下文意不甚通。"其説不妥。"聖靈",李善注"謂高祖";又,李善注"盛明、貞休,謂太祖也",可從。顧紹柏曰:"聖靈,對已經去世的宋武帝劉裕的尊稱。聖明、貞休,都是對宋文帝劉義隆的稱頌。"①又,閩中代指永嘉,陳祚明説不可從。

登臨海嶠初發彊中作與從弟惠連見羊何共和之一首五言

善曰:謝靈運《遊名山志》曰:桂林頂,遠則嶸尖彊中。沈約《宋書》曰:靈運既東還,與族弟惠連、東海何長瑜、潁川荀雍、泰山羊璿之文章常會,共爲山澤之遊,時人謂之"四友"。

銑曰:臨海,郡名。嶠,山頂也。彊中,地名。羊,羊璿。何,何長瑜。此詩與惠連,今見羊、何二人,可共和之也。

―――――――

① 參見顧紹柏《謝靈運集校注》,第186—189頁。

謝靈運

杪秋尋遠山，山遠行不近。與子別山阿，含酸赴脩軫。中流袂就判，欲去情不忍。顧望脰未悁，汀曲舟已隱。隱汀絕望舟，鶩棹逐驚流。欲抑一生歡，并奔千里遊。日落當棲薄，繫纜臨江樓。豈惟夕情斂，憶爾共淹留。淹留昔時歡，復增今日嘆。茲情已分慮，況乃協悲端。秋泉鳴北澗，哀猿響南巒。戚戚新別心，淒淒久念攢！攢念攻別心，且發清溪陰。暝投剡中宿，明登天姥岑。高高入雲霓，還期那可尋？儻遇浮丘公，長絕子徽音。

【本事】

《宋書·謝靈運傳》：靈運以疾東歸，而遊娛宴集，以夜續晝，復爲御史中丞傅隆所奏，坐以免官。是歲，元嘉五年。靈連既東還，與族弟惠連、東海何長瑜、潁川荀雍、泰山羊璿之，以文章賞會，共爲山澤之遊，時人謂之四友。

【繫年】

此詩作於謝靈運第二次隱居故鄉始寧時期，大約在元嘉六年（429）。

【集說】

方回《文選顏鮑謝詩評》卷二：此當是四章，章四韻，而《文選》不注。羊、何共和之實，李白首用爲詩，後人多用，謂羊璿之、何敬瑜也。“含酸赴脩眹”，謂長路也，作“軫”非。“顧望脰未悁”，“悁”字當作“痟”。陸彥聲詩曰：“相思心既勞，相望脰亦悁。”謂引頸以望，未勞而身已隱也。《列仙傳》：“王子喬好吹笙，道人浮丘公，接以上嵩山。”末句用此事，殆亦戲言，萬一遇仙飛舉，則與惠連永絕音問也。

劉履《選詩補注》卷六：史言，靈運由侍中自解東歸，嘗著木屐登山陟嶺，自始寧南山伐木開徑，直至臨海。此詩蓋初發南山時作，以寄惠連，而于首章追述其將有遠行，臨別顧戀之情也。

吴淇《六朝選詩定論》卷十四：此題共二十字，只"初發彊中作與從弟惠連"十字是實。劈首"登臨海嶠"四字，是"發"的主意。"發"而曰"初"，此身尚在彊中未到海嶠，雖實而虛。末"見羊何共和之"六字純虛，須連上"與從弟惠連"十一字作一句讀之，言我已不及見羊、何矣，子見羊、何，共和此詩，分明借惠連轉寄羊、何，故題中不著此六字，讀者亦未必能覺。及其既著此六字，便覺詩中句句有羊、何，此古人之神威也。若刪此六字，題既不全，詩亦無味。……又，謝家兄弟相贈答之詩，在謝集中另是一樣。

方東樹《昭昧詹言》卷五：此亦效惠連體。綿邈真至，情味無窮。上嗣公幹，下掩惠連。

【按語】

關於篇題中的"彊中"，有些書中誤作"彊中"。顧紹柏認爲，"彊中"，地名，在今嵊縣。[①] 吴淇所言"謝家兄弟相贈答之詩，在謝集中另是一樣"，可從。謝氏兄弟贈答詩，情感真摯，別是一格。

酬從弟惠連一首五言

銑曰：酬，報也。報前西陵遇風獻詩也。

謝靈運

寢瘵謝人徒，滅迹入雲峯。巖壑寓耳目，歡愛隔音容。永絕賞心望，長懷莫與同。末路值令弟，開顏披心胸。（一章）

心胸既云披，意得咸在斯。凌澗尋我室，散帙問所知。夕慮曉月流，朝忌曛日馳。悟對無厭歇，聚散成分離。（二章）

分離別西川，迴景歸東山。別時悲已甚，別後情更延。傾想遲嘉音，果枉濟江篇。辛勤風波事，款曲洲渚言。（三章）

洲渚既淹時，風波子行遲。務協華京想，詎存空谷期。猶復惠來

---

① 參見顧紹柏《謝靈運集校注》，第246頁。

章,祇足攪余思。儻若果歸言,共陶暮春時。(四章)

暮春雖未交,仲春善遊遨。山桃發紅蕚,野蕨漸紫苞。鳴嚶已悦豫,幽居猶鬱陶。夢寐佇歸舟,釋我吝與勞。(五章)

【本事】

《宋書·謝方明傳》附《謝惠連傳》:元嘉七年,方爲司徒彭城王義康法曹參軍。

【繋年】

此詩作於元嘉七年(430)。謝惠連離開始寧往建康,謝靈運送行。謝惠連作有《西陵遇風獻康樂》,謝靈運此詩爲答詩。①

【集説】

方回《文選顔鮑謝詩評》卷二:此乃是惠連訪靈運於始寧山居,别去將往都下,至西興阻風,以詩來寄,而靈運答也。一筆寫就,如書問直道情愫,既委曲,又流麗。

劉履《選詩補注》卷六:西川指浦陽江,惠連詩云:"昨發浦陽泝。""延"者,思而不絶之意。"枉"謂見寄也。按,《宋史》:惠連父方明爲會稽太守,靈運造焉。惠連幼有奇才,不爲父所知,靈運一見嘉賞,遂與爲刎頸交。其後惠連赴京師,至西陵遇風有獻康樂一篇,故有是答。此章既叙初别悲戀,及别後傾想之懷,及述來詩所言"辛勤""風波"之事,而其情思優遊,詠嘆無窮焉。

吴淇《六朝選詩定論》卷十四:蓋康樂病謝人徒,非真病也,以斯人之徒無可與偕隱者耳。末年始得惠連,而開胸披心云云,是有空谷偕隱之期矣。一旦惠連别出,恐以京華之遊而忘之,故寫出"山桃"二句以諷之。

---

① 參見顧紹柏《謝靈運集校注》,第 251 頁。

何焯《義門讀書記》卷四十六：陳王緩步，謝公同行，獨冠元嘉，不當以其模山範水，逼真《贈白馬王》篇。

方東樹《昭昧詹言》卷五：此與惠連詩，即效惠連體，古人皆然。一往清綺，真味至情，緊健親切，密澁遲留，一字不率，一步不滑，頓挫芊綿，銜承一片，醒耳饜心，惠連所長也。一章言初得見。二章言相聚。三章言別及寄詩。四章正酬來詩中語意。五章望歸。細校之，畢竟勝惠連，以魄力厚密也。

【按語】

此詩重在敘說"別後傾想之懷"，劉履說可從，吳淇贈詩以諷之說不妥。此詩"猶復惠來章，祇足攪余思"一句，呂延濟注："言觀詩之趣，但合遊宦之路，不存意山谷也。惠我之詩，祇足亂我之志。"呂注求之過深，吳淇或是由此發揮，強加訓解。

《文選》卷二十六

贈答四

贈王太常一首五言

善曰:蕭子顯《齊書》曰:王僧達除太常。

顔延年

向曰:太常,王僧達也。

玉水記方流,琁源載圓折。蓄寶每希聲,雖秘猶彰徹。聆龍睒九泉,聞鳳窺丹穴。歷聽豈多工? 唯然覿世哲。舒文廣國華,敷言遠朝列。德輝灼邦懋,芳風被鄉臺。側同幽人居,郊扉常晝閉。林閭時晏開,亟迴長者轍。庭昏見野陰,山明望松雪。靜惟浹群化,徂生入窮節。豫往誠歡歇,悲來非樂闋。屬美謝繁翰,遥懷具短札。

【本事】

《宋書·王僧達傳》:孝建三年,除太常,意尤不悦。

【繫年】

此詩作於宋孝武帝孝建三年(456)左右,王僧達任太常之時。

【集説】

方回《文選顔鮑謝詩評》卷二:此詩十二韻。"玉水記方流,琁源載圓折",事出《尸子》:"凡水,其方折者有玉,其圓折者有珠。""舒文廣國華,敷言遠朝列。德輝灼邦懋,芳風被鄉臺",此稱王僧達。"側同幽人居,郊扉常晝閉。林間時晏開,亟回長者轍",此四句謂僧達來訪。然錯綜互對,古未見之,昔也"郊扉常晝閉",以"側同幽人居"也。今也"林間時晏開",以"亟回長者轍"也。"庭昏見野陰,山明望松雪",延之自述所居,下一句始自然。

　　吳淇《六朝選詩定論》卷十二:此詩自分二段。前段是頌美,後段是遙懷。然遙懷與頌美,原不相屬,而合爲一詩,全是中間"側同幽人居"爲之關鎖。蓋顔之遙懷,非由他興,即起於所居之景。兩人既同居,則庭際之野陰、山頭之松雪,必兩人之所同見同望者,應有同懷,所以作詩贈之也。

　　何焯《義門讀書記》卷四十六:方流圓折、九泉丹穴、國華朝列、邦懋鄉臺,拉雜而至,亦復何趣?

　　張雲璈《選學膠言》卷十一:僧達除太常在宋代孝建二年,注似當引沈約《宋書》。

【按語】

　　王僧達有《答顔延年》,可與此詩并讀。該詩題下李善注引蕭子顯《齊書》當作沈約《宋書》,張雲璈《選學膠言》及陳景雲《文選舉正》已指出,可從。

夏夜呈從兄散騎車長沙一首五言

　　善曰:《集》曰:從兄散騎,字敬宗。車長沙,字仲遠。
　　濟曰:顔延年從兄,顔敬宗也。車長沙,字仲遠。

顔延年

炎天方埃鬱,暑晏閴塵紛。獨靜闕偶坐,臨堂對星分。側聽風薄木,遥睇月開雲。夜蟬當夏急,陰蟲先秋聞。歲候初過半,荃蕙豈久芬?屏居側物變,慕類抱情殷。九逝非空思,七襄無成文。

【本事】

《宋書·顏延之傳》：延之與仲遠世素不協，屛居里巷，不豫人間者七載。

【繫年】

此詩可能作於元嘉十一年(434)至元嘉十七年(440)期間，顏延之免官隱居時期。據繆鉞《顏延之年譜》，顏延之免官大約在元嘉十一年至元嘉十七年。

【集説】

方回《文選顏鮑謝詩評》卷二：此詩七韻。"夜蟬當夏急，陰蟲先秋聞。歲候初過半，荃蕙豈久芬"四句可書，"陰蟲"一句尤佳。《文選》注："五言。《集》曰：從兄散騎，字敬宗。車長沙，字仲遠。"今不知其名。

吳淇《六朝選詩定論》卷十二：傳延年在永嘉，作《五君詠》以見志。當事者見之大怒，將點爲遠郡，於是屛居不豫人事者七載，此詩當作於此時。

何焯《義門讀書記》卷四十六："側聽風薄木"二句，頂上"獨靜"。

于光華《重訂文選集評》卷六引方伯海評：因物候之變而慕及同類，即"今者不樂，逝者其耄"之意，詞意自明。

【按語】

此詩爲顏延之贈從兄顏敬宗及車仲遠之作。詩中"屛居側物變，慕類抱情殷"一句，呂延濟注："類，朋類也，謂敬宗亦遠也。退居痛物之變化，思慕朋類而情殷憂也。"此與方伯海説相類，可以互參。

直東宮答鄭尚書一首五言

善曰：沈約《宋書》曰：鄭鮮之，字道子。高祖踐祚，遷都官尚書。
良曰：鄭鮮之爲都官尚書，延年時爲太子舍人，故有此贈答。

顏延年

善曰：沈約《宋書》曰：高祖受命，延年補太子舍人。然答詩謝舍人之日。

皇居體寰極，設險祇天工。兩闈阻通軌，對禁限清風。跂予旅東館，徒歌屬南埇。寢興鬱無已，起觀辰漢中。流雲藹青闕，皓月鑒丹宮。踟躕清防密，徙倚恒漏窮。君子吐芳訊，感物惻余衷。惜無丘園秀，景行彼高松。知言有誠貫，美價難克充。何以銘嘉貺，言樹絲與桐。

【本事】

《宋書·顏延之傳》：高祖受命，補太子舍人。

【繫年】

據繆鉞《顏延之年譜》，宋武帝永初元年（420），顏延之爲太子舍人，本詩當作於此時。

【集說】

方回《文選顏鮑謝詩評》卷二：此詩十韻。惟"流雲藹青闕，皓月鑒丹宮"，一言東宮，一言中臺，齊整，他皆可及。《文選》注：鄭鮮之，字道子。

吳淇《六朝選詩定論》卷十二：此不得於君之感，借答鄭以寓意。……下文"跂予"云云，雖是懷鄭，兼是自惻。

【按語】

據該詩題下劉良注，鄭鮮之爲都官尚書，顏延之爲太子舍人，二人性格相契，故有贈答之作。吳淇所言"雖是懷鄭，兼是自惻"，可從。此詩"君子吐芳訊，感物惻余衷"一句，張銑注："君子，謂鄭也。芳訊，謂所贈詩也。言感物痛我之中心也。"可參。

和謝監靈運一首五言

善曰：沈約《宋書》曰：靈運爲秘書監也。

翰曰：監，秘書監也。和前靈運贈顏、范二中書也。

顏延年

善曰：沈約《宋書》曰：少帝出顏延年爲始安太守。元嘉三年，徵爲中書侍郎。

弱植慕端操，窘步懼先迷。寡立非擇方，刻意藉窮棲。伊昔遘多幸，秉筆侍兩閨。雖慚丹腴施，未謂玄素睽。徒遭良時詖，王道奄昏霾。人神幽明絶，朋好雲雨乖。弔屈汀洲浦，謁帝蒼山蹊。倚巖聽緒風，攀林結留荑。跂予間衡嶠，曷月瞻秦稽。皇聖昭天德，豐澤振沉泥。惜無爵雉化，何用充海淮。去國還故里，幽門樹蓬藜。采茨葺昔宇，翦棘開舊畦。物謝時既晏，年往志不偕。親仁敷情昵，興賦究辭棲。芬馥歇蘭若，清越奪琳珪。盡言非報章，聊用布所懷。

【本事】

《宋書·顏延之傳》：元嘉三年，羡之等誅，徵爲中書侍郎，尋轉太子中庶子。

【繫年】

此詩爲和謝靈運《還舊園作見顏范二中書》而作，作於元嘉三年（426）。

【集説】

方回《文選顏鮑謝詩評》卷二：延之元嘉三年徵爲中書侍郎，靈運徵爲秘書監。其先，二人俱爲廬陵王義真所昵。高祖崩，少帝立，徐羡之等屏二人，出爲始安、永嘉太守，在永初三年秋。景平元年秋，靈運謝病歸會稽。至是，徐、傅既誅，文帝召用，延之自始安還朝至此贈答。

　　吳淇《六朝選詩定論》卷十二：觀此詩"間衡嶠""瞻秦稽"，是延年在始安，遙和康樂之詩。夫"達則兼善天下，窮則獨善其身"，大丈夫亦欲兼善天下耳，獨善其身不得已也，非其志矣。況處不成處，出不成出，播棄荒裔者乎？康樂原詩，已還舊國，尚有無限牢騷之意，況流落南裔，并舊國不可還者。是惟有吊屈湘浦、謁帝蒼山而已。雖天子昭德，有振沈泥之意。奈予不能逢迎權貴，故決意於必還也。"幽門"三句，正和原題。"志不偕"，雖承上"還故里"，言獨善之志不遂，實言兼善之志不遂云。

　　何焯《義門讀書記》卷四十六：和《還舊園》作也。顏詩中最清新之作，要非謝匹。

【按語】

　　方回所言"延之自始安還朝至此贈答"，可從。顏、謝詩風雖不同，然其詩作內容可互參。此詩末句"盡言非報章，聊用布所懷"，劉良注："盡我之言非所能報其文，聊且布懷抱之所有。"顏延之和詩吐露真心，感懷人生際遇，由此可見。

答顏延年一首五言

王僧達

　　善曰：沈約《宋書》曰：王僧達，琅邪人。少好學，善屬文。爲始興王行軍參軍，稍遷至中書令，以屢犯上顏，於獄賜死。

　　銑曰：沈約《宋書》云：王僧達，琅邪人也。少好學，善屬文。爲始興王行府參軍，稍遷至中書令，以屢犯上顏，於獄中賜死。

　　長卿冠華陽，仲連擅海陰。珪璋既文府，精理亦道心。君子聳高駕，塵軌實爲林。崇情符遠迹，清氣溢素襟。結遊略年義，篤顧棄浮沉。寒榮共偃曝，春醖時獻斟。聿來歲序暄，輕雲出東岑。麥壟多秀色，楊園流好音。歡此乘日暇，忽忘逝景侵。幽衷何用慰，翰墨久謠吟。棲鳳難爲條，淑覜非所臨。誦以永周旋，匭以代兼金。

【本事】

《宋書·王僧達傳》：孝建三年，除太常，意尤不悦。

【繫年】

顏延之作有《贈王太常》，此爲酬答之作。作於孝建三年（456）。

【集説】

吳淇《六朝選詩定論》卷十三：此即答顏“玉水記方流”詩也。……“棲鳳”四句，極珍重其詩。蓋少年人當名聲將起之日，最喜得老宿一言以爲聲價，其心情如畫。

于光華《重訂文選集評》卷六引方伯海評：贊來詩之美，却從暇日出遊後忽而流連把玩，即是永周旋之義，用意推陳出新。

沈德潛《古詩源》卷十一：亦著意追琢。答顏謝詩與顏體相似。

【按語】

王僧達與顏延之爲忘年交，二者聲氣相通，故有贈答之作。吳淇言“‘棲鳳’四句，極珍重其詩”。又，此詩“棲鳳難爲條，淑覜非所臨”一句，劉良注：“鳳非梧桐不棲，言君文章如鳳，而我非梧桐，難爲待鳳之條。淑，言。覜，賜也，言不堪當所賜者也。”二説略異，可并參。

郡内高齋閑坐答吕法曹一首五言

善曰：郡是宣城郡。

謝玄暉

向曰：在宣城郡内。高齋，謂安坐以静心也。吕僧珍，齊王法曹也。先有贈，故答之。

結構何迢遰，曠望極高深。牕中列遠岫，庭際俯喬林。日出衆鳥

散,山暝孤猿吟。已有池上酌,復此風中琴。非君美無度,孰爲勞寸
心。惠而能好我,問以瑶華音。若遺金門步,見就玉山岑。

【本事】

《南齊書·謝朓傳》:出爲宣城太守,以選復爲中書郎。

謝朓《酬德賦》序:建武二年,予將南牧,見贈五言。

【繫年】

作於齊明帝建武二年(495),謝朓時任宣城太守。[①]

【集説】

方回《文選顔鮑謝詩評》卷二:郡,宣城郡也。柳子厚詩曰"遥憐
郡齋好,謝守但臨窗",用"窗中列遠岫"事也。或以爲"岫"本訓穴,謝
宣城誤用此字。予以爲"雲無心而出岫",若專言穴,則淵明之意不亦
狹乎?山谷嘗用之:"窗中遠岫是眉黛,席上榴花皆舞裙。"山有巖有
穴,以"岫"爲遠山,似亦無害。

劉履《選詩補注》卷八:玄暉理郡多暇,因吕法曹有贈,故答是詩。
其言景趣幽遠,朝夕可娱。琴尊在御,自足賞適,非僧珍德美無度,將
復爲誰而使我勞心哉?且以今之愛好,兼至遺我佳篇,則其情意之
厚,何異枉高步而來就見也。

吴淇《六朝選詩定論》卷十五:凡答某人詩者,答某人之所贈也。
答某人某詩,蓋因某人有某題詩,兼以贈我,或贈我之詩而兼詠某事
也。此篇却於原贈之外加出"郡内高齋閑坐"六字作題目,意思全在
一"閑"字。嗚呼!玄暉其人,奈何使之閑坐郡中高齋乎?首六句寫
"郡内高齋",言當此閑坐無事,正可邀人閑談,况有酒可酌,有琴可撫
乎?故下文答之,而兼以邀之也。大約詩至齊梁之代已漸成律,但未

---

① 參見曹融南《謝宣城集校注》,第458—459頁。

盡協平仄耳。此詩"窗中"二句,平仄全協,唐人"檻外低秦嶺,窗中小渭川"本此。

于光華《重訂文選集評》卷六引邵長衡評:宣城得康樂之靈秀,而變以輕清,令人心怡神曠。

張玉穀《古詩賞析》卷十八:此因閑望思呂,遂答其詩。所謂兩截題也。前二,高齋閑望,點題直起。"窗中"四句,皆寫望中景,然"窗"中句頂上"曠"字,"庭際"句頂上"高深"。"日出""山暝"則該一日説,"衆鳥散""孤猿吟"已含獨望之感,爲思友引端。"已有"四句,渡到思呂,却又從閑望時補出,非無酌琴韻事可以自樂,然後跌出非君孰思。曲折開展。後四,感呂亦復念已貽詩,即美其詩,以若親來至作結。用"玉山岑",乃暗兜前半高齋之景也。

【按語】

邵長衡謂"宣城得康樂之秀,而變之以輕清,令人心曠神怡",可從。黃稚荃曰:"輕清之變,在於音調流美。"[1]吳淇解説,着眼於詩題中"郡內高齋閑坐",甚是。

在郡卧病呈沈尚書一首五言

善曰:《集》曰:沈尚書,約也。

濟曰:沈尚書,沈約也。

謝玄暉

淮陽股肱守,高卧猶在兹。況復南山曲,何異幽棲時?連陰盛農節,簑笠聚東葘。高閣常晝掩,荒堦少諍辭。珍簟清夏室,輕扇動凉飈。嘉魴聊可薦,渌蟻方獨持。夏李沉朱實,秋藕折輕絲。良辰竟何許?夙昔夢佳期。坐嘯徒可積,爲邦歲已期。弦歌終莫取,撫机令自嗤。

---

[1]　參見黃稚荃《文選顏鮑謝詩評補》,第195頁。

【本事】

謝朓《酬德賦》序：建武二年，予將南牧，見贈五言。

【繫年】

作於齊明帝建武二年（495），謝朓時任宣城太守。①

【集說】

方回《文選顔鮑謝詩評》卷二：起句二韻，謂卧病治郡，如汲黯不異。"棲隱"以下十句，叙事述景，又若誇太守之樂。然下文乃云"良辰竟何許，夙昔夢佳期"，此十字乃是見約自東陽太守入爲尚書，意欲約引己入朝也。其曰"爲邦歲已期"，則補郡合在鬱林王昭業之隆昌元年七月被弑。海陵王昭文立，改爲延興元年，十月，明帝篡立，又改爲建武元年，約之爲吏部出東陽，亦恐與朓同時，而約先入也。

劉履《選詩補注》卷八：玄暉與沈尚書交契雅厚，因卧病治所，作詩寄之，以道己之情素焉。其意謂淮陽爲漢要郡，汲黯猶卧治之，今我守此幽靜之邦，尤爲易治，且得以養病矣。然但居閒自適，不得與朋好歡晤，徒積歲月，而弦歌之治，終莫可取。是以撫枕慨然，秖自嗤咲耳。觀其在郡期年，民既安業，庭無諍訟，而猶以不及古人之政化爲恥，亦可謂善於脩職者。

吴淇《六朝選詩定論》卷十五："淮陽"句，宣城近畿，繁且劇也。"高卧"句，己雖有病，猶能卧治。"況復"二句，宣城在南山之西，幸而不衝，可以養病。"連陰"二句，謂能養。"高閣"二句，謂能教能養。能教，太守之職已盡。"珍簟"六句，郡中無事，每日宴飲，頗得消遣。"良辰"句，後期未卜。"夙昔"句，空省往事。"坐嘯"句，坐嘯之效徒積。"爲邦"句，作郡之期已滿。"弦歌"二句，固自謙之詞，言外不當再留也。

─────────

① 參見曹融南《謝宣城集校注》，第458—459頁。

【按語】

沈約有《答謝宣城》，可與此詩并讀。方回所言"見約自東陽太守入爲尚書，意欲約引己入朝"，大體可從。"良辰竟何許？夙昔夢佳期"一句，李善注："佳，謂沈也。言會面良辰，竟在何許，而令夙昔空夢佳期。阮籍《詠懷詩》曰：良辰在何許？凝霜沾衣襟。許，猶所也。《尚書》曰：夙夜浚明有家。孔安國曰：夙，早也。浚，深也。早夜思之，須明行之。《楚辭》曰：與佳期兮夕張。王逸曰：不敢斥尊者，故言佳也。"黃稚荃曰："'良辰''夙昔'二句，方解殊不如李善原注之佳。"①李善重在釋事，方回側重史事考索及意旨闡釋，各有短長。

暫使下都夜發新林至京邑贈西府同僚一首五言

善曰：蕭子顯《齊書》曰：謝朓爲隨王子隆文學，子隆在荊州，好辭賦，數集僚友，朓以才文尤被賞愛。長史王秀之以朓年少相動，密以啓聞。世祖勑朓可還都。朓道中爲詩，以寄西府。

銑曰：朓爲隨王文學，帝徵朓還都，道中爲詩寄西府同僚，即除新安王記室。

謝玄暉

大江流日夜，客心悲未央。徒念關山近，終知反路長。秋河曙耿耿，寒渚夜蒼蒼。引顧見京室，宮雉正相望。金波麗鳷鵲，玉繩低建章。驅車鼎門外，思見昭丘陽。馳暉不可接，何況隔兩鄉。風雲有鳥路，江漢限無梁。常恐鷹隼擊，時菊委嚴霜。寄言罻羅者，寥廓已高翔。

【本事】

《南齊書·謝朓傳》：子隆在荊州，好辭賦，數集僚友，朓以文才，尤被賞愛，流連晤對，不舍日夕。長史王秀之以朓年少相動，密以啓

---

① 參見黃稚荃《文選顏鮑謝詩評補》，第197頁。

聞。世祖敕曰："侍讀虞雲自宜恒應侍接。朓可還都。"朓道中爲詩寄西府曰："常恐鷹隼擊,秋菊委嚴霜。寄言蔚羅者,寥廓已高翔。"遷新安王中軍記室。

【繫年】

作於齊武帝永明十一年秋(493)。①

【集説】

曾原一《選詩演義》卷下:"常恐鷹隼擊"兩句,喻己爲王秀所譖,常恐懼得罪於朝廷,如恐鷹隼之下擊,如時菊之委落於嚴霜也。"蔚羅"者,喻譖己之人,寄語譖己者,我今歸朝廷,如高翔於寥廓之上,在荆幕者不得而害之矣。詩語典麗,亦鋪畫有委折,然氣則隘矣。

方回《文選顏鮑謝詩評》卷二:《南史》謂:王秀之欲以啓聞,朓知之,因事求還,寄此詩。味尾句,誠若得遠引之義。然以江陵爲京室,"金波麗鳷鵲,玉繩低建章"兩句豐麗,用之子隆,則諸侯王也,亦得用人主宫殿事乎?

劉履《選詩補注》卷八:玄暉在隨王西府以詞賦深被賞愛,乃爲長史王秀之所嫉,遂因事還都。及至京邑,而戀舊之情不能自已,故作是詩以寄同僚焉。言見此大江之流不息,使我心悲無窮者,蓋自荆州順流而下,相去雖近,然欲復返此路,則終知其不可得也。今秋夜澄明,瞻望京室,已一一在目,回顧向來歡集之地,則彼此隔越而不可接矣。因嘆風雲寥廓之間,幸有鳥路可容高舉,何江漢近地乃反不得以通?蓋由在府中時常恐讒邪中傷,猶鳥慮鷹隼之搏擊,菊畏嚴霜之凋殘耳。今我既得遠避,則讒譖之人已無所施其巧矣。曾原謂:"此詩詞實典麗,意亦委折,而氣則溢。"斯言得之。

吴淇《六朝選詩定論》卷十五:自發新林到京邑説起,題却著"暫

---

① 參見曹融南《謝宣城集校注》,第456頁。

使下都"。下都,蓋荆州,隋王之國。曰"下都",乃讒人之藪。曰"使下都",乃見遭讒之由。既受命而爲隋王文學,却曰"暫使",見今已詔還京,且以幸其不再返也。不曰京師,曰"京邑",蓋其家在焉,故詩中又變化爲"關山"。觀朓又有《之宣城發(出)新林浦向版橋詩》,是證新林距京邑不遠,一時到家心切,故急急然不待明發。

何焯《義門讀書記》卷四十六:玄暉俊句爲多,然求其一篇盡善,蓋不易得。如此沉鬱頓挫,故是壓卷之作。玄暉一章之中自有玉石等語,鍾記室抑揚之詞,不可據也。其名章如此詩,尚捶掇未盡耳。"大江流日夜"二句,江流不返,故憶西府而心悲耳。"秋河曙耿耿"句,凄斷。"引領見京室"句,起高翔。"思見昭邱陽"句,西府。"風雲有鳥路"句,以下自明不得已而去西府也。"常恐鷹隼擊"句,謂王秀之輩。

【按語】

此詩"常恐鷹隼擊,時菊委嚴霜"一句,李周翰注:"言此恐讒邪之臣致害賢良。"曾原一有所發揮,劉履、何焯之説同此,諸説可從。

酬王晉安一首五言

善曰:《集》曰:王晉安,德元。王隱《晉書》曰:晉安郡,太康三年置,即今之泉州也。

銑曰:晉安郡守王德元也。酬者,言先贈詩,今有答也。

謝玄暉

梢梢枝早勁,塗塗露晚晞。南中榮橘柚,寧知鴻雁飛?拂霧朝青閣,日旰坐彤闈。悵望一塗阻,參差百慮依。春草秋更緑,公子未西歸。誰能久京洛?緇塵染素衣。

【本事】

《南齊書·謝朓傳》:隆昌初,敕朓接北使,朓自以口訥,啓讓不當,不見許。高宗輔政,以朓爲驃騎諮議,領記室,掌霸府文筆。又掌中書詔誥,除秘書丞,未拜,仍轉中書郎。出爲宣城太守,以選復爲中書郎。

【繫年】

王德元任晉安郡守在延興元年左右,此詩可能作於齊海陵王延興元年(494)。

【集説】

方回《文選顏鮑謝詩評》卷二:晉安郡,今泉州,故云"南中榮橘柚,寧知鴻雁飛"。"青閣",恐當作"青閣"。朓自謂朝趨東宫王府之類。《文選》注:"王晉安,名德元。""公子未西歸",謂晉安。"緇塵染素衣",朓亦欲出外也。

劉履《選詩補注》卷八:此蓋玄暉在中書時答王晉安之詩。其意謂彼此氣候之寒暖,景物之榮悴,既皆不同矣,況我於此自朝之晚,不得休暇,而德元之守郡,優遊玩適,至今忘歸,是以不免悵望而興感嘆也。所謂"參差百慮依"者,不特爲與晉安暌間而言,蓋其居中必有齟齬,而以補外爲樂焉耳。

楊慎《升庵詩話》卷十四"謝詩"條:謝朓《酬王晉安》詩:"南中榮橘柚,寧知鴻雁飛。"後人不解此句之妙。晉安即閩泉州也,"南中榮橘柚",即諺云"樹蠻不落葉也"。"寧知鴻雁飛",即諺云"雁飛不到處也"。樹不凋,雁不到,本是瘴鄉,乃以美言之,此是隱句之妙。

吳淇《六朝選詩定論》卷十五:題曰"酬王",而詩特藉以寫自傷之意。"枝早勁",陰盛也。"露晚晞",陽微也。"梢梢""塗塗",言時勢至此,勿論在内在外無一可者。"榮橘柚",言南方風氣殊異。"鴻雁"喻小人,言王在晉安,雖有風景殊異之悲,然邊遠之地讒言不及,則在外猶差勝於在内耳。我雖在内,徒有虚名,未明即到署中,坐到日旰,絶無一事可作,則權在他人可知。惟署中無事,故得思及故人。遠思故人,既阻一塗,近觀時事,爰懷百慮。"春草"云云,言時勢大變,而故人終不見還,我亦將拂衣而去。孰能以一己之潔,受染於世哉!

【按語】

　　此詩末句化用陸機詩句“京洛多風塵,素衣化爲緇”,方回以爲“朓亦欲出外也”,其説可從。此句吕向注:“贈詩蓋有相與幽棲之志,故言久滯京洛,使緇黑之塵染污素衣也。言此喻讒人,將污己之貞潔也。”吕向注求之過深。

奉答内兄希叔一首五言

　　善曰:《顧氏家譜》曰:胐,字希叔,邵陵王國常侍。

陸韓卿

　　善曰:蕭子顯《齊書》曰:陸厥,字韓卿,吴人。好屬文,州舉秀才。王晏少傅主簿,後至行軍參軍。厥父被誅,坐繫尚方。尋有令赦,厥恨父不及,感慟而卒。其《集》云:竟陵王舉秀才,遷太子太傅功曹掾。

　　濟曰:此詩爲内兄顧胐先贈詩,故有此答。

　　嘉惠承帝子,躡履奉王孫。屬叨金馬署,又點銅龍門。出入平津邸,一見孟嘗尊。歸來翳桑柘,朝夕異涼温。徂落固云是,寂蔑終始斯。杜門清三逕,坐檻臨曲池。鳧鵠嘯儔侣,荷芰始參差。雖無田田葉,及爾泛漣漪。春華與秋實,庶子及家臣。王門所以貴,自古多俊民。離宫收杞梓,華屋富徐陳。平旦上林苑,日入伊水濱。書記既翩翩,賦歌能妙絶。相如惡温麗,子雲慚筆札。駿足思長阪,柴車畏危轍。愧兹山陽讌,空此河陽别。平原十日飲,中散千里遊。渤海方淫滯,宜城誰獻酬?屏居南山下,臨此歲方秋。惜哉時不與,日暮無輕舟。

【本事】

　　《南齊書·陸厥傳》:永元元年,始安王遥光反,厥父閑被誅,厥坐繫尚方。尋有赦令，厥恨父不及，感慟而卒，年二十八。文集行於世。

【繫年】

此詩可能作於齊東昏侯永元元年(499)左右。

【集説】

吳淇《六朝選詩定論》卷十六：當時竟陵王開西邸，以招致天下文學之士，若沈約、任昉、王融、蕭徐、范雲、謝朓、陸倕出其門，而梁武亦與焉，時號"八友"。厥雖不與其數，亦其亞也，故追述以之爲榮。"嘉惠"句，見王賢能下士。"躧履"句，見己應王舉，非有干請也。"屬叨"句，謂己曾爲太子太傅功曹掾。下以平津孟嘗比王，是感知遇之隆，非自誇其官職。"出入"句，數見親暱。"一見"句，時之不久而歸，朝夕涼温，見舉世眼皮之薄，便伏希叔非炎涼中人。

何焯《義門讀書記》卷四十六："嘉惠承帝子"二句，帝子王孫皆指竟陵。下文"點銅龍"乃言遷官。"平津""孟嘗"始指王晏。"歸來翳桑柘"二句，言中間罷歸，又歷温凉，注非。"相如惡温麗"句，注引《西京雜記》云：長卿首尾温麗。按，《西京雜記》梁時書，不當以注齊詩也，爲"温麗"二字無考耳。

張雲璈《選學膠言》卷十一"温麗"條：雲璈按：《後漢書·周榮傳》："榮子興，少有名譽。尚書陳忠上疏薦興曰：'古者帝王有所號令，書必宏雅，辭必温麗。'"是可以證二字所出。但此尚泛言，非專指長卿。又按：張茂先《答何劭詩》云："發篇雖温麗，無乃違其情。"注：《漢書》曰："司馬相如作賦，甚宏麗温雅。"不得謂二字無考矣。李氏注張詩，知引《漢書》，而此引《西京雜記》者，李氏嘗自言諸引文證，皆舉先以明後示作者，必有所祖述，又或引後，以明前示不敢專也，李氏作注之意如此。此正所謂舉後以明前者，安在梁時書不可以注齊詩哉？詳見卷一注例説。

【按語】

本詩可能爲陸厥受父株連,歸隱之後而作,故有"歸來翳桑柘,朝夕異温凉"此類宦海沉浮之嘆。何焯認爲"温麗"二字無考,張雲璈認爲可考,并指明李善注例,張説可從。此詩末句"惜哉時不與,日暮無輕舟",劉良注:"惜,傷也,傷歲時不相待。日將暮矣,無輕舟以濟,喻己之老不遇濟時之材。言此以傷時也。"其説可參。

贈張徐州稷一首五言

范彦龍

濟曰:范雲,字彦龍,武興人也。事齊爲竟陵王子良文學,至梁爲散騎侍郎。張謖爲徐州刺史,臨去,就雲别。不見雲,後作詩贈之。

　　田家樵採去,薄暮方來歸。還聞稚子説,有客款柴扉。儐從皆珠玳,裘馬悉輕肥。軒蓋照墟落,傳瑞生光輝。疑是徐方牧,既是復疑非。思舊昔言有,此道今已微。物情棄疵賤,何獨顧衡闈?恨不具雞黍,得與故人揮。懷情徒草草,淚下空霏霏。寄書雲間雁,爲我西北飛。

【本事】

《梁書·范雲傳》:出爲零陵内史,在任潔己,省煩苛,去遊費,百姓安之。明帝召還都,及至,拜散騎侍郎。復出爲始興内史。

【繫年】

此詩可能作於齊明帝建武二年(495)。

【集説】

吴淇《六朝選詩定論》卷十六:只就稚子口中實叙自己意中虚情,寫出一段依依交情。一見張之貴不忘賤,一見己之不諂不傲,俱各以古道自處也,其格最高。首句去,二句歸,下文"有客"至"得與故人揮"一十三句,却寫在去歸中間有多少曲折起伏。首二句譬巫之兩峽,而江濤萬狀盡夾其中。

何焯《義門讀書記》卷四十六:"疑是徐方牧"八句,流風迴雪,記室固最得其如此。"恨不具雞黍",恰是范、張當家事。

張玉穀《古詩賞析》卷十九:詩應作於免官之時,有感張不勢力意。

【按語】

此詩作年存疑。丘遲《侍宴樂遊苑送張徐州應詔詩》一詩李善注:"劉璠《梁典》曰:張謖,字公喬,齊明帝時爲北徐州刺史。"據此推測范雲詩可能與丘遲詩作於同時,作於齊東昏侯永元二年(500)。[1] 又,曹道衡《丘遲〈侍宴樂遊苑送張徐州應詔詩〉辨》,認爲李善注誤。[2] 韓暉亦以爲此詩中李善注誤,并推測此詩可能作於齊明帝建武二年(495)。[3] 其說可從。

古意贈王中書一首五言

善曰:《集》曰:覽古贈王中書融。
向曰:古意謂象古詩之意。范彥龍以贈中書監王融。

攝官青瑣闥,遙望鳳皇池。誰云相去遠?脉脉阻光儀。岱山饒靈異,沂水富英奇。逸翮凌北海,搏飛出南皮。遭逢聖明后,來棲桐樹枝。竹花何莫莫,桐葉何離離!可棲復可食,此外亦何爲?豈如鷦鷯者,一粒有餘貲。

---

① 參見曹道衡、劉躍進《南北朝文學編年史》,第 340 頁。
② 參見曹道衡《中古文學史料叢考》,第 480 頁。
③ 參見韓暉《〈文選〉編輯及作品繫年考證》,第 341 頁。

【本事】

《梁書·范雲傳》：出爲零陵内史，在任潔己，省煩苛，去遊費，百姓安之。明帝召還都，及至，拜散騎侍郎。復出爲始興内史。

【繫年】

此詩作於齊武帝永明六年左右(488)，王融爲中書郎時。[1]

【集説】

吴淇《六朝選詩定論》卷十六：蓋官高者禄自厚，故既得所棲，則竹花自莫莫也，桐葉自離離也。棲食俱有餘，此亦何求於人。若鷦鷯之食僅一粒，則未得所棲可知。未得所棲，安得不求於人哉！一粒本是不足，都説有餘。一者自占身分，一見己本爲未得所棲，非爲謀食計也。

何焯《義門讀書記》卷四十六："搏飛出南皮"，"南皮"以魏文比竟陵王子良也。結句亦有諷其勿知小謀大之意。

【按語】

何焯所言結尾有諷可從，此句沿用張華《鷦鷯賦》典故。此詩"逸翮凌北海，搏飛出南皮"一句，張銑注："徐幹居北海，吴質遊南皮，二子皆蒙魏文帝深眷，故言也，以明人也。言逸翮搏飛，陵出於徐幹、吴質者，謂王氏多才子也。"又，"豈如鷦鷯者，一粒有餘貲"一句，劉良注："鷦鷯，小鳥也。一粒，一米也。言食少而易有餘貲，以此喻己。"可參。

贈郭桐廬出溪口見候余既未至郭仍
進村維舟久之郭生方至一首五言

善曰：顧野王《輿地志》曰：桐廬縣，吴分富陽之桐廬溪立。《劉孝標集》曰：郭桐廬峙。

---

① 參見曹道衡、劉躍進《南北朝文學編年史》，第274頁。

任彥昇

銑曰：昉爲新安太守，郭峙爲桐廬令，故伺候也。

朝發富春渚，蓄意忍相思。涿令行春反，冠蓋溢川坻。望久方來萃，悲歡不自持。滄江路窮此，湍險方自茲。疊嶂易成響，重以夜猿悲。客心幸自弭，中道遇心期。親好自斯絶，孤遊從此辭。

【本事】

《梁書·任昉傳》：（天監）六年春，出爲寧朔將軍、新安太守。在郡不事邊幅，率然曳杖，徒行邑郭，民通辭訟者，就路决焉。

【繋年】

據此詩作者名下張銑注，任昉時爲新安太守，此詩作於天監六年（507）。

【集説】

吳淇《六朝選詩定論》卷十六：任與郭平日交好。郭爲桐廬令，任出爲新安太守，路經桐廬。郭聞任將至，即出溪口見候。下云“余既未至”，見候之太早，乃急急欲任之至，正與任之“蓄意忍相思”針芥相對。郭仍進村，不是郭不能待，亦藉以顯郭出溪之太早耳。久之，不是怨郭之來遲，見任不遽行，不憚維舟之久，必待郭之至。方至，見郭不憚再出，必以候任之至，絶不肯聽其徑行。即此一題，已寫出兩人繾綣之情，不待讀其詩矣。

何焯《義門讀書記》卷四十六：此當是之新安途中作。結句索漠，宜乎不反。

【按語】

任昉此詩詩題頗具小序性質，寫出兩人繾綣之情，吳淇解説甚是。此詩叙寫依依惜別之情。“親好自斯絶，孤遊從此辭”一句，吕向

注：“親好，亦謂峙也。孤遊，自謂也。言從此告辭。”可參。

行旅上

河陽縣作二首五言

潘安仁

善曰：《哀傷》《贈答》，皆潘居陸後，而此在前，疑誤也。

翰曰：旅，舍也。言行客多憂，故作詩自慰。次於贈答也。

微身輕蟬翼，弱冠忝嘉招。在疚妨賢路，再升上宰朝。猥荷公叔舉，連陪廁王寮。長嘯歸東山，擁耒耨時苗。幽谷茂纖葛，峻巖敷榮條。落英隕林趾，飛莖秀陵喬。卑高亦何常，升降在一朝。徒恨良時泰，小人道遂消。譬如野田蓬，斡流隨風飄。昔倦都邑游，今掌河朔徭。登城眷南顧，凱風揚微綃。洪流何浩蕩，脩芒鬱若嶤。誰謂晉京遠？室邇身實遼。誰謂邑宰輕？令名患不劭。人生天地間，百歲孰能要？潁如槁石火，瞥若截道颷。齊都無遺聲，桐鄉有餘謠。福謙在純約，害盈猶矜驕。雖無君人德，視民庶不恌。（其一）

日夕陰雲起，登城望洪河。川氣冒山嶺，驚湍激巖阿。歸雁映蘭畤，游魚動圓波。鳴蟬屬寒音，時菊耀秋華。引領望京室，南路在伐柯。大夏緬無覿，崇芒鬱嵯峨。抱抱都邑人，攘攘俗化訛。依水類浮萍，寄松似懸蘿。朱博糾舒慢，楚風被琅邪。曲蓬何以直，托身依叢麻。黔黎竟何常，政成在民和。位同單父邑，愧無子賤歌。豈敢陋微官？但恐忝所荷。（其二）

【本事】

《晉書·潘岳傳》：岳才名冠世，爲衆所疾，遂棲遲十年。出爲河陽令,負其才而鬱鬱不得志。時尚書僕射山濤、領吏部王濟、裴楷等并爲帝所親遇,岳内非之。

【繫年】

此詩作於晉武帝咸寧四年(278)左右。參見王增文《潘岳年譜》。[①]

【集説】

吳淇《六朝選詩定論》卷八:"幽谷"四句,是喻小人升、君子阻意,却不敢顯言,乃寓於山居中小小景中。(其一)

吳淇《六朝選詩定論》卷八:"歸雁"四句,非閑點景,謂登城周望,見者止河以北之景,而河之南一無所見矣。無所見而必求其見,故再加"引領",然而京室眇然,終於莫覿,僅僅望見芒山。是洪河一障,而芒山又添一障也。(其二)

何焯《義門讀書記》卷四十六:安仁氣質高於士衡數倍,陸蕉潘靜,故是定論也。

于光華《重訂文選集評》卷六引何焯評:此從歷仕及河陽,以今名自勖,不失雅正之義。

【按語】

李周翰注釋"行旅",未在詩歌類別下作注,而置於作者注下,位置不妥。據《晉書》本傳"出爲河陽令,負其才而鬱鬱不得志",此二詩流露出不滿之情。其二"豈敢陋微官? 但恐忝所荷"一句,吕延濟注:"豈敢以此官爲微小,但恐辱負荷之任。"潘岳寫詩自我勖勉與寬慰。

在懷縣作二首五言

潘安仁

翰曰:岳自河陽令迁懷令,有思京之意。

---

① 參見王增文《潘黄門集校注》,第306頁。

南陸迎脩景,朱明送末垂。初伏啓新節,隆暑方赫羲。朝想慶雲興,夕遲白日移。揮汗辭中宇,登城臨清池。涼飈自遠集,輕襟隨風吹。靈圃耀華果,通衢列高椅。瓜瓞蔓長苞,薑芋紛廣畦。稻栽肅仟仟,黍苗何離離。虛薄乏時用,位微名日卑。驅役宰兩邑,政績竟無施。自我違京輦,四載迄于斯。器非廊廟姿,屢出固其宜。徒懷越鳥志,眷戀想南枝。春秋代遷逝,四運紛可喜。寵辱易不驚,戀本難爲思。(其一)

我來冰未泮,時暑忽隆熾。感此還期淹,嘆彼年往駛。登城望郊甸,遊目歷朝寺。小國寡民務,終日寂無事。白水過庭激,緑槐夾門植。信美非吾土,秖攪懷歸志。眷然顧鞏洛,山川邈離異。願言旋舊鄉,畏此簡書忌。祗奉社稷守,恪居處職司。(其二)

【本事】

《晉書·潘岳傳》:轉懷令。時以逆旅逐末廢農,姦淫亡命,多所依湊,敗亂法度,敕當除之。十里一官槅,使老小貧户守之,又差吏掌主,依客舍收錢。

【繫年】

據李周翰注及詩中"自我違京輦,四載迄於斯"一句,此詩作於太康三年(282)。

【集説】

劉履《選詩補注》卷四:安仁自河陽遷懷令,因避暑登城瞻眺,乃知在外既久,而起戀闕之情,故作是詩。其中歷叙景物,惟果木禾蔬,一皆有用而不可缺者,政宰邑者所當觀省,且因以嘆已之虛薄乏用,曾時物之不若也。

吴淇《六朝選詩定論》卷八:潘於河陽作詩,題曰《河陽縣作》,於懷縣作詩,題上特著一"在"字者,謂已之出宰也。一之爲甚,其可再乎？題曰"在懷縣作"，悲其身之無定在也。"河陽"二作，乍離京師，故怨外補之意多；"懷縣"二作，外補已久，故望入京之意多。

【按語】

劉履所言"在外既久，而起戀闕之情"，吳淇所言"外補已久，故望入京之意多"，可從。潘岳《在懷縣作》其一："虛薄乏時用，位微名日卑。驅役宰兩邑，政績竟無施。自我違京輦，四載迄于斯。"可見其思京之心。又，"器非廊廟姿，屢出固其宜"，李周翰注："言無是材器，數出外職，固其宜之。"

迎大駕一首五言

善曰：王隱《晉書》曰：東海王越從大駕討鄴，軍敗。永康二年，越率天下甲士三萬人，奉迎大駕還洛。

潘正叔

向曰：東海王越從大駕討鄴，軍敗。輕騎奔下邳。永康二年，越率天下甲士三萬人，奉迎大駕還洛。尼時預焉，故有此詩。

南山鬱岑崟，洛川迅且急。青松蔭脩嶺，綠繁被廣隰。朝日順長塗，夕暮無所集。歸雲乘幰浮，淒風尋帷入。道逢深識士，舉手對吾揖。世故尚未夷，崤函方嶮澀。狐狸夾兩轅，豺狼當路立。翔鳳嬰籠檻，騏驥見維縶。俎豆昔嘗聞，軍旅素未習。且少停君駕，徐待干戈戢。

【本事】

《晉書·惠帝紀》：(光熙元年)甲子，越遣其將祁弘、宋胄、司馬纂等迎帝。

【繫年】

陸侃如《中古文學繫年》繫於晉惠帝光熙元年(306)，可從。

【集説】

劉履《選詩補注》卷四：尼之仕也，當惠帝昏庸，諸王構隙，至於劫遷車駕，國步艱危，群凶得意，而君子不獲遂其所施。故賦此詩，托爲路人相勸之詞，以寓退休之志焉。

唐汝諤《古詩解》卷十八：正叔仕晉，無所建明，其詩亦無深意，特以預迎大駕，乃有是作。但意實主於恬退，而又不欲顯言，假托諷諭，猶合風人柔婉之旨，故録於篇。

吳淇《六朝選詩定論》卷九：《晉書》：東藩王越從大駕討鄴，敗績，輕騎奔下邳。永康二年，越率天下甲士三萬，奉迎大駕還洛。尼亦與焉，故作此詩。詩中却只述路中之苦，無一字及大駕者，正好放出下文一段憤懣文字也。然題却仍云"迎大駕"者，見天威咫尺，而若輩乃公然強梁恣肆，而朝廷命官反無寓身之所，時勢亦可知矣。此妙詩妙題，非經遇誰解也。

【按語】

此詩李善注引王隱《晉書》，以爲永康二年之事，不可從。陸侃如《中古文學繫年》以爲此詩作於光熙元年："《文選》卷二十六《迎大駕》李善注，以永康二年（永寧元年）事當之，但'崤函'句便無法解釋，似不妥。"其説可從。[1]　又，韓暉《〈文選〉編輯及作品繫年考證》有詳考，可參。[2]

赴洛二首五言

善曰：《集》云：此篇赴太子洗馬時作。下篇云東宮作，而此同云赴洛，誤也。

銑曰：此詩赴太子洗馬時作也。後篇意乃在東宮作，蓋撰者合也。

---

① 參見陸侃如《中古文學繫年》，第 818 頁。
② 參見韓暉《〈文選〉編輯及作品繫年考證》，第 257—258 頁。

陸士衡

　　希世無高符，營道無烈心。靖端肅有命，假檝越江潭。親友贈予邁，揮淚廣川陰。撫膺解携手，永嘆結遺音。無跡有所匿，寂漠聲必沈。肆目眇不及，緬然若雙潛。南望泣玄渚，北邁涉長林。谷風拂脩薄，油雲翳高岑。亹亹孤獸騁，嚶嚶思鳥吟。感物戀堂室，離思一何深！佇立慨我嘆，痡痻涕盈衿。惜無懷歸志，辛苦誰爲心？（其一）

　　羈旅遠遊宦，托身承華側。撫劍遵銅輦，振纓盡祗肅。歲月一何易，寒暑忽已革。載離多悲心，感物情凄惻。慷慨遺安愈，永嘆廢餐食。思樂樂難誘，曰歸歸未克。憂苦欲何爲？纏綿胸與臆。仰瞻陵霄鳥，羨爾歸飛翼。（其二）

【本事】

　　《晉書·陸機傳》：會駿誅，累遷太子洗馬、著作郎。

【繫年】

　　據該詩題下李善注，此詩其一爲陸機赴太子洗馬時，大約在晉武帝太康末年。其二可能作於晉惠帝元康二年（292 年），陸機任太子洗馬時作。

【集說】

其一

　　吳淇《六朝選詩定論》卷十：此詩首章明明點出思歸，後章“歲月”二句，仕晉已過一年有餘，仍以“赴洛”爲題者，明其始終不願赴洛也。蓋宦久思歸，人之常情也。入洛年餘，泛言思歸，無以異夫宦久思歸者，奚明不願赴洛之初志也。於是仍取從前赴洛之詩申寫之，却於原詩“揔轡登路”之前，又添出親友相送渡江一段，於原篇只約略隱括數語，而於原詩“披衣”之下，又用“托身承華”云云，續寫出入洛以後。合兩詩觀之，只是赴洛一事之本末。此古人製題之妙。……題雖增

"道中作"三字,實是一題。詩雖總叙一事,實是兩詩。當道中作詩,雖止於嵩巖頓轡,正與顏延年《北使洛》詩中"夕登陽城路"同法。……後章接叙後事,雖不相犯,意却相承。入洛年餘,多少愁苦?都是我當不合赴洛,所謂"營道無烈心"也。

其二

吳淇《六朝選詩定論》卷十:"托身"以下,方爲太子洗馬。首句方入洛之日未受命,且就羈旅,正照明前章"佇立"之地,可見前"南望"云云,俱是追寫,不是現前實寫。

【按語】

該兩首詩內容不同,題爲"赴洛"不妥,李善注可從。吳淇所言"仍以'赴洛'爲題者,明其始終不願赴洛也",不可從。劉運好以爲,其一爲太康十年陸機離吳赴洛之時,其二作於陸機太子洗馬任上。[①]大體可從。另,顧農《陸機還鄉及其相關作品》一文認爲,其一爲元康二年再次入洛的作品,其二則作於東宮。[②]可備一説。

赴洛道中作二首五言

翰曰:此詩意與前二篇同。

陸士衡

愀愴登長路,嗚咽辭密親。借問子何之? 世網嬰我身。永嘆遵北渚,遺思結南津。行行遂已遠,野途曠無人。山澤紛紆餘,林薄杳阡眠。虎嘯深谷底,雞鳴高樹巔。哀風中夜流,孤獸更我前。悲情觸物感,沉思鬱纏綿。佇立望故鄉,顧影悽自憐。(其一)

遠遊越山川,山川脩且廣。振策陟崇丘,案轡遵平莽。夕息抱影

① 參見劉運好《陸士衡文集校注》,第 281—289 頁。
② 參見顧農《陸機還鄉及其相關作品》,《文學遺產》,2011 年第 5 期。

寐,朝徂銜思往。頓轡倚嵩巖,側聽悲風響。清露墜素輝,明月一何
朗！撫几不能寐,振衣獨長想。(其二)

【本事】

《晉書·陸機傳》：至太康末,與弟雲俱入洛。

【繫年】

此詩爲太康十年(289),陸機赴洛途中所作。

【集説】

其一

吳淇《六朝選詩定論》卷十："世網"句點出赴洛之故,乃一篇之
筋。士衡國破入晉,其故難顯言,"世網"佯若爲名繮利鎖所牽縛。
"嬰我身",決不能脱也。此猶是未入洛之言,及入洛後,則又變爲"靖
端肅有命"矣。兩語互異,固是時有不同,然讀者合觀之,益徵其苦。

其二

唐汝諤《古詩解》卷十八：此士衡入洛而叙其羈旅之懷也。言遠
遊京洛,跋涉山川,或升高丘,或依平莽,蓋夕猶抱影而臥,及朝而神
已先往矣。此時頓轡嵩巖,悲風凄側,月露清朗,所以伏枕不寐,不覺
振衣而發長想也。

吳淇《六朝選詩定論》卷十：前章寫登路之第一日,此章後半"頓
轡"云云,寫入洛之前一夜。首"遠遊"云云,寫中間長路勞苦,前初登
路之日,尚未覺得身子勞苦,到此纔覺。頓轡嵩巖,固是將見天子,必
先沐浴之禮,然實是回寫從前一路若醉若癡,至此忽省身已至洛,明
日應當見朝,因此彷徨起來。風偏覺他悲,月偏嫌他明,至披衣而起,
更無一時可捱。緬然長想,愁煞人也。

【按語】

此篇爲陸機太康末年入洛時所作,李周翰曰："此詩意與前二篇

同。"此詩寫應徵途中思鄉之情,與前詩第二首略有不同。詩中"佇立望故鄉,顧影凄自憐",正是其"羈旅之懷"的内心寫照。

吴王郎中時從梁陳作一首五言

良曰:梁、陳,二國名。機爲吴王郎中令,行過之,故作此詩也。

陸士衡

　　在昔蒙嘉運,矯迹入崇賢。假翼鳴鳳條,濯足升龍淵。玄冕無醜士,冶服使我妍。輕劍拂鞶厲,長纓麗且鮮。誰謂伏事淺,契闊踰三年。薄言肅後命,改服就藩臣。凤駕尋清軌,遠游越梁陳。感物多遠念,慷慨懷古人。

【本事】

　　《晉書·陸機傳》:吴王晏出鎮淮南,以機爲郎中令。

　　陸機《皇太子賜讌詩序》:元康四年秋,余以太子洗馬,出補吴王郎中。

【繫年】

　　此詩作於元康四年(294),陸機出補吴王郎中令時。

【集説】

　　吴淇《六朝選詩定論》卷十:題是"吴王郎中時",詩中却盛述前爲太子洗馬時,此不再言而已,見其憤懣不平之意。但後半言感物、言懷古,又不明指所感物、所懷何古人也。

　　陳祚明《采菽堂古詩選》卷十:投外之感,正旨寄於前半。後六語不入懷京闕,愴閑散語,是其善於立言處,然調亦平。

【按語】

　　劉良注"機爲吴王郎中令,行過之,故作此詩也",可從。劉運好

《陸士衡文集校注》亦以爲此詩蓋由赴任途中,過梁、陳故國而作。①
吳淇以爲"感物多遠念"是虛寫,其實未必。此句劉良注:"感我事吳
王而遠念古人也。古人謂梁孝王臣枚皋、馬卿之屬。"劉辰翁曰:"士
衡蓋以其才類已,故懷之。"其説可參。

始作鎮軍參軍經曲阿作一首五言

善曰:臧榮緒《晉書》曰:宋武帝行鎮軍將軍。

陶淵明

善曰:沈約《宋書》曰:陶潛,字淵明,或云字元亮,潯陽人。少有
高趣,爲鎮軍、建威參軍。後爲彭澤令,解印綬去職。卒於家。

濟曰:沈約《宋書》曰:陶潛,字淵明,或云字元亮,潯陽柴桑人。
少有高趣,爲鎮軍、建威參軍。後爲彭澤令,解綬去職。曲阿者,
縣名。

弱齡寄事外,委懷在琴書。被褐欣自得,屢空常晏如。時來苟宜
會,宛轡憩通衢。投策命晨旅,暫與園田疏。眇眇孤舟遊,綿綿歸思
紆。我行豈不遥,登降千里餘。目倦脩塗異,心念山澤居。望雲慚高
鳥,臨水愧遊魚。真想初在衿,誰謂形迹拘? 聊且憑化遷,終反班
生廬。

【本事】

《晉書・安帝紀》:元興三年三月壬戌,桓玄司徒王謐推劉裕行鎮
軍將軍。

【繫年】

此詩作於陶淵明赴任鎮軍參軍時,即晉安帝元興三年(404)。

---

① 參見劉運好《陸士衡文集校注》,第324頁。

【集説】

唐汝諤《古詩解》卷十九：淵明以親老家貧，不得已而仕，因經曲阿而作此。

吴淇《六朝選詩定論》卷十一：宋武帝行鎮軍，先生爲參軍，行經曲阿。曲阿者，鎮軍之故里也，感而作此詩。按，先生不樂仕宋，而爲其參軍者，當時宋國未建，猶是晉之鎮軍府參軍耳。題曰"始作"者，前此未常作，後之難克終也。詩文雖婉，全在"常"字、"暫"字、"終"字、"初"字幾個虛字，傳"始"字神髓。

張玉穀《古詩賞析》卷十三：詩有悔出之意。前八，言自少本甘隱遁，不意時來冥會，得遂出仕，暫別田園，違心之舉不長，一起盡攝本旨。中八，正叙在途經過曲阿之景，却處處觸起歸思。慚鳥愧魚，造句新警。後四，言真想豈拘形跡，化遷終返故廬，預籌歸計，應起作收，筆極曲折。

方東樹《昭昧詹言》卷四：此安帝隆安四年庚子事。公時年卅六歲。此詩就本題本詩解之，不過前言不求仕，今乃暫仕。……題曰"經曲阿"，或之京口鎮，或經過，不可知。明年庚子，自江陵假還家，復還江陵，是時桓玄在江陵，此鎮軍亦非桓玄也。凡此皆不可考。又彭澤之仕，《南史》言執事者，公自云家叔所用，亦不知何人。古今事隔，史文多缺，不能一一據以爲考。要之沈、蕭兩傳及《南史》所言，事蹟皆不明，不必附和穿鑿，而公之面目，自可見於萬世。

【按語】

吴淇所言"先生不樂仕宋，當時宋國未建，猶是晉之鎮軍府參軍耳"，以及方東樹所言"事蹟皆不明，不必附和穿鑿"，似爲陶淵明出仕辯護。陶淵明任鎮軍將軍劉裕參軍不足一年，改任建威將軍劉敬宣參軍。①

---

① 參見袁行霈《陶淵明集箋注》，第 182 頁。

辛丑歲七月赴假還江陵夜行塗口作一首五言

善曰：沈約《宋書》曰：潛自以曾祖晉世宰輔，不復屈身後代。自高祖王業漸隆，不復肯仕。所著文章，皆題年月。義熙已前，則書晉氏年號。自永初已來，唯云甲子而已。《江圖》曰：自沙陽縣下流一百一十里，至赤圻，赤圻二十里，至塗口也。

良曰：潛詩，晉所作者皆題年號，入宋所作者，但題甲子而已。意者恥事二姓，故以異之。江陵，郡名。塗口，江口名。

陶淵明

閑居三十載，遂與塵事冥。《詩》《書》敦宿好，林園無世情。如何舍此去，遙遙至西荊。叩栧新秋月，臨流別友生。涼風起將夕，夜景湛虛明。昭昭天宇闊，晶晶川上平。懷役不遑寐，中宵尚孤征。商歌非吾事，依依在耦耕。投冠旋舊墟，不爲好爵榮。養真衡茅下，庶以善自名。

【本事】

《宋書‧陶潛傳》：潛弱年薄宦，不潔去就之跡。自以曾祖晉世宰輔，恥復屈身後代，自高祖王業漸隆，不復肯仕。所著文章，皆題其年月，義熙以前，則書晉氏年號；自永初以來，唯云甲子而已。

【繫年】

此詩作於晉安帝隆安五年(401)。

【集説】

李公煥《箋注陶淵明集》卷三：按，是時淵明年三十七，中間除癸巳爲州祭酒，乙未距庚子參鎮軍事，三十載家居矣。

胡仔《苕溪漁隱叢話》卷三：考淵明詩有以甲子題者始庚子，距丙辰凡十七年間，只九首耳，皆晉安帝時所作也。後一十六年庚申，晉禪，宋恭帝元熙二年也。寧有晉末禪宋輒恥事二姓，所作詩但題甲子而自取異哉？矧詩中又無有標晉年號者，余觀《南史·淵明傳》亦云所著文章皆題其年月，義熙以前明書晉氏年號，自永初以來惟云甲子而已，乃知《南史》之失，有自來矣。

何焯《義門讀書記》卷四十六：注：沈約《宋書》曰：所著文章皆題年月，義熙已前，則書晉氏年號，自永初以來，惟云甲子而已。按《集》當云自永初以來，不書甲子。詩自《丙辰歲八月中於下潠田舍穫稻》一篇外，無復書者。丙辰、義熙十二年也，又三年己未，恭帝立，改元元熙。又一年庚申六月，宋代晉，改元永初。"塗口"，一作塗中，按，"塗"當爲除，即滁字也。

吳淇《六朝選詩定論》卷十一：舊注謂："淵明詩，在晉作者，皆題年號，入宋所作，但題甲子。"不知其題甲子，亦非無因。如此詩題上著"辛丑歲"者，蓋言自晉簡文帝咸安元年之辛未，至今年辛丑之七月，閑居已三十載矣。"塵事冥"，乃三十年閑居所得者。"《詩》《書》"一句，正寫一"冥"字。"遂與"者，已得之詞，亦難得之詞，謂以三十年所得，而舍於一旦，深爲可惜耳。"如何"二句，是"赴假江陵"。"叩枻"至"中宵"句，是"夜行塗口"。"商歌"至末，是作詩之意，與前相應，言必自此掛冠而去。"養真衡茅"，則斯永與塵事冥矣。不然，三十年之善養，竟爾棄去，豈不惜哉！

【按語】

篇題"赴假還江陵"解釋不一，其說主要有三：一是"赴假還自江陵"；二是"銷假赴官"；三是"赴假"不可釋爲"銷假"，當釋爲"休假"，指先赴假回尋陽家中，旋還江陵。韓暉以爲，第一種說法更可從，即從江陵回郡休假。[1]

---

① 參見韓暉《〈文選〉編輯及作品繫年考證》，第284—285頁。

永初三年七月十六日之郡初發都一首五言

善曰：沈約《宋書》曰：高祖永初三年五月崩。少帝即位，出靈運爲永嘉郡守。少帝猶未改元，故云永初。

謝靈運

濟曰：謂高祖崩，少帝立，出靈運爲永嘉郡守，故有幽棲之志。

述職期闌暑，理棹變金素。秋岸澄夕陰，火旻團朝露。辛苦誰爲情，遊子值頹暮。愛似莊念昔，久敬曾存故。如何懷土心，持此謝遠度。李牧愧長袖，邰克慚躩步。良時不見遺，醜狀不成惡。曰余亦支離，依方早有慕。生幸休明世，親蒙英達顧。空班趙氏璧，徒乖魏王瓠。從來漸二紀，始得傍歸路。將窮山海跡，永絕賞心悟。

【本事】

《宋書·謝靈運傳》：廬陵王義真少好文籍，與靈運情款異常。少帝即位，權在大臣，靈運構扇異同，非毀執政，司徒徐羨之等患之，出爲永嘉太守。

【繫年】

據李善注引沈約《宋書》，此詩作於永初三年（422）。

【集說】

方回《文選顏鮑謝詩評》卷三：諸侯朝於天子曰"述職"，然《漢書·王吉傳》云："召公述職，舍於棠下而聽斷。"則諸侯治事亦曰"述職"可也。靈運本期夏末視郡事，而秋乃成行也。見似人而喜，出《莊子》。久友交而中絕，曾子以爲三費，出《韓詩外傳》。靈運不勝去國之懷，故用此三事以寓念昔存故之意，不但悵然於廬陵義真也。李牧臂短，爲木杖接手，坐賜死。晉邰克跛而登階，齊婦人笑之，出《戰國策》《左傳》。"支離疏，形體不全。孔子遊方之內。"方，常也，依常教也，并出《莊子》。靈運用此四事，自況於醜惡疾病之列，而亦不敢自畔於禮法，猶幸而不見棄於明時也。相如以趙璧爲瑕，惠子以魏瓠爲無用。靈運又用此二事謂英達之顧，雖荷義真，出爲外郡，徐、傅見擠，珍非趙璧，而棄如魏瓠也。"從來漸二紀，始得傍歸路"，想靈運去會稽始寧，出仕踰二十餘年，今乃因作郡而過家也。"將窮山海跡，未絕賞心晤"，自是佳句，然其義專在義真。義真於靈運嘗云"未能忘言於悟賞"，而靈運終身亦有"賞心永絕"之嘆。此詩排比整密，建安諸子混然天成，不如此，陶淵明剝落枝葉，不如此。但當以三謝詩觀之，則靈運才高詞富，意愴心怛，亦未易涯涘也。

劉履《選詩補注》卷六：按，廬陵王義真警悟好文，與靈運及顏延年情好款密。靈運性褊傲，自謂才能宜參權要，常懷憤悒。司空徐羨之等惡其與義真遊，因少帝即位，出爲永嘉太守。此詩雖以之郡而作，大概爲與廬陵分異，而寓其感恩懷舊之情焉。言性循其職，本期末夏，今乃遲遲其行。值此秋景，豈無所爲者哉？夫見似而愛，所以念其疇昔者滋深；交久而敬，所以存其故舊者不絕。古人之遠度如此，今我既托好廬陵，如何持此懷土之心，遽忍違離，不免有慚於古人也。雖然，我本支離醜狀之人，又將支離其德，以全天年者，不謂遭逢幸會，親蒙英達顧遇，亦猶李牧之於趙，郤克之於晉也。然徒賜以好爵，既乖所用，以此見出，理固宜矣。況從筮仕以來，漸及二紀，今始得便還鄉，且將窮探山水，由是而永絕賞心之晤，蓋有不得已焉者耳。史言：徐羨之奏靈運構扇異同，非毀執政，出之。今觀是詩，略無怨恨非毀之意。譖者之言，未必皆實也。

吳淇《六朝選詩定論》卷十四：此康樂之永嘉郡，初發都作也。然古人作之郡詩多矣，未有謹書初發之日，且詳紀其月詳紀其年者，而此題獨書曰"永初三年七月十六日"者何？年，高祖之年也。月，少帝之月也。日，靈運初發都之日也。係高祖之年者，未踰年也。七月者，少帝之立甫踰月也。十六日者，去高祖之升遐無多日也。

【按語】

　　方回釋謝靈運詩作用事頗周詳，可參。此詩"生幸休明世，親蒙英達顧"一句，李善注："英達，謂廬陵王也。"劉履所言"此詩雖以之郡而作，大概爲與廬陵分異，而寓其感恩懷舊之情焉"，其說可從。

過始寧墅一首五言

　　善曰：沈約《宋書》曰：靈運父祖并葬始寧縣，并有故宅及墅，遂脩營舊業，極幽居之美。《水經注》曰：始寧縣西，本上虞之南鄉也。

　　良曰：靈運父祖并葬始寧，并有故宅。墅，墟也。此言自永嘉過故墟也。

謝靈運

　　束髮懷耿介，逐物遂推遷。違志似如昨，二紀及茲年。淄磷謝清曠，疲薾慚貞堅。拙疾相倚薄，還得靜者便。剖竹守滄海，枉帆過舊山。山行窮登頓，水涉盡洄沿。巖峭嶺稠疊，洲縈渚連綿。白雲抱幽石，綠篠媚清漣。葺宇臨迴江，築觀基曾巔。揮手告鄉曲，三載期歸旋。且爲樹枌檟，無令孤願言！

【本事】

　　《宋書·謝靈運傳》：廬陵王義真少好文籍，與靈運情款異常。少帝即位，權在大臣，靈運構扇異同，非毀執政，司徒徐羨之等患之，出爲永嘉太守。

【繫年】

　　此詩作於永初三年(422)。謝靈運赴任永嘉太守，途經故鄉始寧而作。

【集說】

　　方回《文選顏鮑謝詩評》卷三：詩有形有脈。以偶句敘事述景，形也。不必偶而必立論盡意，脈也。古詩不必與後世律詩不同，要當以脉爲主。如此詩"剖竹守滄海"以下五聯,十句皆偶,未爲奇也。前八句不偶,則有味矣。"束髮懷耿介"當是年十五而涉世,倏復二紀,則三十歲矣。沈約《宋書‧靈運傳》内有《山居賦》注,俟考。"拙"與"疾"相迫,而後得遂"靜"者之志。"靜"者,詩家多用,本於《論語》"仁者靜",但未詳用"靜者"二字,誰爲祖耳。此所以述出處本末也。期約鄉曲,三載而歸,俾樹枌檟,無孤始願。此繳句,又自有味。靈運欲書滿郡考,後乃一年移疾去職,蓋其家溫有餘,無資於禄。惜乎才高氣銳,積以不參時政爲恨,遂致顛沛云。

劉履《選詩補注》卷六:按:《會稽志》:東山西一里始寧園,乃靈運別墅,一曰西莊,蓋其祖父故宅在焉。宋史所謂"傍山帶江,盡幽居之美"者也。此詩因之永嘉,得過此而作。言自少時即懷耿介,不謂因物有遷,違志頗久。蓋非清曠貞堅之質,而執操不固,可爲慚謝也。所賴拙與疾相并,以此出守海隅,因此遂吾幽尋故山之便。於是登陟深峻,窮覽景物,脩營舊業,增築新基,而後赴郡。且與鄉里相别,告之歸期,使樹枌檟於茲,當不負此願言也。

吴淇《六朝選詩定論》卷十四:始寧墅者,謝之舊墅。別此二十四年,以出守永嘉始得便道一省。"過"者,如過路然。

何焯《義門讀書記》卷四十六:自然流出。"且爲樹枌檟",以示老死不出,亦所以息徐、傅之猜也。

張玉轂《古詩賞析》卷十六:詩因赴任永嘉過墅而作,有不忘故土意。

【按語】

關於謝靈運赴任永嘉太守途經路綫,顧紹柏有詳細分析。[1] 何焯所言"以示老死不出,亦所以息徐、傅之猜也"不可從。此詩"且爲樹

---

[1] 參見顧紹柏《謝靈運集校注》,第 578—579 頁。

枌檟,無令孤願言"一句,呂向注:"謂鄉人云,爲我樹此木於墳之上,無令孤我所願之言。"可參。

富春渚一首五言

濟曰:富春,渚名,在錢塘江也。

謝靈運

宵濟漁浦潭,旦及富春郭。定山緬雲霧,赤亭無淹薄。溯流觸驚急,臨圻阻參錯。亮乏伯昏分,險過呂梁壑。洊至宜便習,兼山貴止托。平生協幽期,淪躓困微弱。久露干祿請,始果遠遊諾。宿心漸申寫,萬事俱零落。懷抱既昭曠,外物徒龍蠖。

【本事】

《宋書·謝靈運傳》:廬陵王義真少好文籍,與靈運情款異常。少帝即位,權在大臣,靈運構扇異同,非毀執政,司徒徐羡之等患之,出爲永嘉太守。

【繫年】

謝靈運赴任永嘉太守途中所作,此詩作於永初三年(422)。

【集説】

方回《文選顏鮑謝詩評》卷三:靈運歸會稽始寧墅,從今漁浦泝富陽,赴永嘉也。"定山""赤亭",今如故。"伯昏""呂梁"二事,以言浙江之險。《坎》之"水洊至",習乎險者也。《艮》之兼山,貴乎止也。"久露干祿請,始果遠遊諾",謂久有補郡之請,今得永嘉,而遂遠遊之願也。"宿心漸申寫",即所謂幽期者無可乖矣。"萬事俱零落"一句,怨辭也。志欲與廬陵有所爲,雖未必曾有宰相之許,而襟期不淺。既爲徐、傅所擠,則從前規度之事,俱無復望也,其怨深矣。"龍蠖"之屈以求伸,此謂心事明白,如爵祿外物,聽其可有可無也。細味之,靈運實未能忘情於世,故如此作。以詩法論之,若無"平生協幽期"以下八句議論,前十句鋪敘而已。

劉履《選詩補注》卷六:靈運自始寧墅將赴永嘉,由浙江泝流而上,每遇山水佳處,輒留詠紀之。此篇言夜渡漁浦,旦及富春,其間名山或爲雲霧隔遠,或以舟行疾速,皆不及盤桓登覽,又況湍驚岸絕,莫可臨陟,而我信無伯昏之量,故視此險,以爲過於呂梁也。然不涉險難,則無以知習坎之義;不覩兼山,則無以識艮止之時。顧我平生,雖協幽隱之期,而乃困頓微弱,不自勇決,不免久請干祿,屢更坎險。今幸因此出守,始遂遠遊,而知所止托,使宿心漸得舒寫。塵累既去,則懷抱自然昭曠,而屈伸顯晦,無足道矣。

吳淇《六朝選詩定論》卷十四:人知靈運用《易》語箋詩詞,不知靈運用《易》義立詩格。如此詩借未濟富春已前,喻冒險而行,須重“坎”之義,曰“洊至宜便習”,截住前半;既濟富春以後,喻於止知止,又須重“艮”之義,曰“兼山貴止托”,截住後半。若今日以前之年,是一靈運;今日以後之年,又是一靈運也。如此詩格,亘古無兩,然却不是是今而悔昔。蓋凡聖賢學問,要從人間險難中磨煉而成。苟不便習“洊至”而遽“止托”,乃告子之不動心也。此最善於《易》者。

何焯《義門讀書記》卷四十六:“遡流觸驚急”六句,皆托意徐、傅,“平生協幽期”至末,既以重險比執政之見排,復言適協本趣,固非干木、季友所得輕重。萬事零落,則終於無復當世之志。曲折三致,不卑不激。

【按語】

此詩用《易》義,吳淇所言可從。詩中“洊至宜便習,兼山貴止托”一句,呂向注:“言水相仍而至,兼有山險也。言今經險阻,宜便習於水,貴止托於山。言其危也。”又,“宿心漸申寫,萬事俱零落”一句,李周翰注:“宿昔幽隱之心漸得舒散,而人俗之事俱從棄舍。”何焯所言“萬事零落,則終於無復當世之志”,可與并參。

七里瀬一首五言

善曰:《甘州記》曰:桐廬縣有七里瀬,瀬下數里,至嚴陵瀬。

濟曰:瀬,水流沙上也。七里者,言長七里也。此瀬下數里,有嚴子陵隱居。

謝靈運

羈心積秋晨,晨積展遊眺。孤客傷逝湍,徒旅苦奔峭。石淺水潺湲,日落山照曜。荒林紛沃若,哀禽相叫嘯。遭物悼遷斥,存期得要妙。既秉上皇心,豈屑末代誚。目覩嚴子瀬,想屬任公釣,誰謂古今殊,異世可同調!

【本事】

《宋書・謝靈運傳》:廬陵王義真少好文籍,與靈運情款異常。少帝即位,權在大臣,靈運構扇異同,非毀執政,司徒徐羨之等患之,出爲永嘉太守。

【繫年】

此詩作於永初三年(422)。謝靈運赴任永嘉太守,途經七里瀬而作。

【集說】

方回《文選顏鮑謝詩評》卷三:《文選》注:"桐廬有七里瀬,下數里至嚴陵瀬。"予作郡七年,往來屢矣。今人皆混而言之。任公之釣,志其大而不志其小,故所得者大。予謂此寓言,非所以擬嚴子。"遷斥"者,推移之義,非謂遷謫也。

吳淇《六朝選詩定論》卷十四:小淵曰渚,深水也。水流沙上曰瀬。前題《富春渚》,見其水深難濟,故前詩止寫其險急而不他及。七里瀬,亦富春之瀬,長七里,子陵之遺蹤在焉。於此弔子陵者,以瀬因子陵而傳也。然先寫瀬而始及子陵者,以此灘爲浙東南之盛,縱無子陵,亦能自傳也,故題曰《七里瀬》。若詩正爲此瀬而作,而子陵不過我心之同然耳。

于光華《重訂文選集評》卷六引方伯海評:因過七里瀬而思歸隱,雖非其情,卻亦流動。

【按語】

此詩寫遷逝之悲,有隱逸之心。此詩末句"誰謂古今殊,異世可同調",吕向注:"古今不殊,自謂能與嚴陵、任公同道隱遁之調。"可參。又,"遭物悼遷斥,存期得要妙"一句,李周翰注:"遷斥,謂貶出也。言遇時物則傷貶出,存我幽隱之期,則爲善要妙也。"不可從。方回所言"'遷斥'者,推移之義,非謂遷謫也",其説是。

登江中孤嶼一首五言

善曰:永嘉江也。

濟曰:嶼,江中之山。

謝靈運

江南倦歷覽,江北曠周旋。懷雜道轉迥,尋異景不延。亂流趨正絕,孤嶼媚中川。雲日相輝映,空水共澄鮮。表靈物莫賞,蘊真誰爲傳?想像崑山姿,緬邈區中緣。始信安期術,得盡養生年。

【本事】

《宋書·謝靈運傳》:出爲永嘉太守。郡有名山水,靈運素所愛好,出守既不得志,遂肆意遊遨,遍歷諸縣,動逾旬朔,民間聽訟,不復關懷。所至輒爲詩詠,以致其意焉。在郡一周,稱疾去職,從弟晦、曜、弘微等并與書止之,不從。

【繫年】

作於景平元年(423),謝靈運任永嘉太守期間。

【集説】

方回《文選顔鮑謝詩評》卷三：此今永嘉郡江心寺無疑。予三十年前甲寅、乙卯寓郡齋往遊，見徐靈暉“流來天際水，截斷世間塵”詩牌，不見此詩。至今永嘉稱爲“中川”者，因此詩也。“孤嶼媚中川”，“媚”字句中眼也。“懷新道轉迥”，此句尤佳。心有不純，去道愈遠，但恐靈運道其所道耳。“尋異景不延”，“異”字可疑。“雲日”“空水”之聯亦佳。“表靈”“蘊真”一聯似乎深奧，然從此説向神仙上去，則所謂靈與真者，仙也。故於孤嶼之上，想夫崑崙山之神，而有信於安期生之術。安期，琅琊阜鄉人，秦始皇東遊，與語三日三夜者。西王母者，崑崙之神。

唐汝諤《古詩解》卷二十：此登臨海嶠而作。言江之南北，業已遍遊，而更思尋新異之境。因亂流而渡，遂登孤嶼之山。見其雲日輝映，江水澄鮮。而靈氣仙真，空留絕島，竟誰爲賞鑒，誰爲傳述？從此想象崑崙，原與區中懸隔，始信安期之得長年，皆由遁跡海外，所以得盡養生之術耳。無如此處學長生，深得此詩之旨。

吴淇《六朝選詩定論》卷十四：非先遊江南，方遊江北，正先遊江北，方遊江南。江南既倦矣，乃回想我昔遊江北。江北山水，與我周旋久矣，今久不遊，若朋友之久曠然。於是又欲返棹遊江北，乃未及江北，適於江中亂流正絕之處，得此孤嶼。因知首二句多少曲折，乃用“南”“北”二字夾出一“中”字也。然於未登孤嶼之先，上著“懷新”二句者何？凡人行過舊路，多不覺遠，以“懷新”故，冀得見所未見耳。道既覺速，則日便覺促，總是急急尋異，以見前倦於江南，非倦於歷覽也。“雲日”二句，寫孤嶼之景，正是所懷之新、所尋之異也。“表靈”，即“亂流”云云，言此等山水皆表天地靈異之氣。苟不知賞，則此中所蘊之真意，誰爲之傳乎？此所以新不能已於懷，異不能已於尋也。前段重一“新”字，後段重一“真”字。宇宙之理惟一真，蘊之爲真，表之爲靈。天地之化惟一新，懷之爲新，尋之爲異。

　　何焯《義門讀書記》卷四十六：放眼江天，脫屣遺世，興象殆欲參靈。"江南倦歷覽"二句，"南""北"起"中"字。"亂流趨正絶"二句，妙在上句一頓，舟行兀兀，忽推篷遠眺，心目俱曠，叙寫生動。"表靈物莫賞"二句，景物靈曠，尚莫能賞，況埋照而蘊真者乎？

【按語】

　　此篇有遺世絶塵、養生盡年之意。此詩末句"始信安期術，得盡養生年"，李善注："《莊子·養生篇》曰：可以盡年。郭象曰：養生非求過分，蓋全理盡年而已。"可參。

初去郡一首五言

　　善曰：沈約《宋書》曰：靈運在郡一周，稱疾去職。

　　濟曰：靈運在永嘉一年，稱疾去職，作此詩也。

謝靈運

　　彭薛裁知恥，貢公未遺榮。或可優貪競，豈足稱達生？伊余秉微尚，拙訥謝浮名。廬園當棲巖，卑位代躬耕。顧己雖自許，心迹猶未并。無庸妨周任，有疾像長卿。畢娶類尚子，薄遊似邴生。恭承古人意，促裝反柴荆。牽絲及元興，解龜在景平。負心二十載，於今廢將迎。理棹遄還期，遵渚鶩脩坰。溯溪終水涉，登嶺始山行。野曠沙岸净，天高秋月明。憩石挹飛泉，攀林搴落英。戰勝臞者肥，止監流歸停。即是羲唐化，獲我擊壤聲！

【本事】

　　《宋書·謝靈運傳》：出爲永嘉太守。郡有名山水，靈運素所愛好，出守既不得志，遂肆意遊遨，遍歷諸縣，動逾旬朔，民間聽訟，不復關懷。所至輒爲詩詠，以致其意焉。在郡一周，稱疾去職，從弟晦、曜、弘微等并與書止之，不從。

【繫年】

作於景平元年(423)秋，謝靈運離任去郡時。

【集説】

方回《文選顏鮑謝詩評》卷三："牽絲及元興"，初仕。"解龜在景平"，謂去郡。晉安帝初改隆安，至五年而改元元興。是年三月，桓玄入京師。二年十一月，玄篡晉。三年二月，劉裕起兵，四月玄伏誅。明年，改元義熙。三月安帝還京師。自此盡十四年。恭帝改元元熙，盡一年，明年六月劉裕篡晉，改元熙二年爲永初元年，盡三年。少帝改元景平，明年文帝入，改永平二年爲元嘉元年。自元興之元，至景平之元，凡二十三年。

靈運初以襲康樂公，除散騎常侍，不就，此"牽絲"之始也。得非桓玄未反之先乎？其爲琅邪王大司馬參軍，此則在反正之後無疑，中間遷太子左衛率。以沈約《宋書》細考，永初三年秋，出爲永嘉太守，景平元年秋謝病去職，作此詩。以彭宣、薛廣德、貢禹爲不足，以周任、司馬長卿、尚子平、邴曼容自擬。刊本"妨周任"，決非"妨"字，非"仿"字即"方"字，仿像類似，四字一義故也。或問予，"野曠沙岸淨，天高秋月明"，以筆圈之良是。"溯溪終水涉，登嶺始山行"，點之，則何義邪？曰：此於永嘉爲郡如畫也。永嘉城下泝潮江，過青田縣，抵處州，始舍舟登馮公嶺，出永康、東陽，非嘗至其地不知也。《文選》注："戰勝"，明貴不如義；"止監"，明語不如默。所注甚佳。戰勝而肥，子夏事，出《韓子》。莫監流水，而監于止水，出《文中子》。擊壤，事出《莊子》、《論衡》、周處《風土記》。

劉履《選詩補注》卷六：按：靈運在郡一周，稱疾去職，此詩當是在塗中作。言彭薛貢公雖各辭榮，而不能無意，故未足爲達生。予既無心功名，素懷棲遁，顧乃猶爲形跡所累，未遂其心焉。因思周任言，不能則止，相如得謝病家居，尚子畢娶而遊，邴生薄遊輒免。凡茲古人之意，我皆似之，故今亦決其歸計而促裝也。且又追念初仕以來，負心既久,今乃始廢將迎之勞,得遵歸路。於是登涉俯仰,怡情景物,此心悠然,莫非天趣。是知閑逸足勝仕宦,譬諸鑒水,當不於其流,而於其止也。此即羲皇、陶唐雍熙之化,而當時擊壤者,則已先得我之歡情矣。

吳淇《六朝選詩定論》卷十四:"初去郡"者,去郡之初也。不日者,義不繫乎日也。即初去郡之不日,益知前之郡初發都,是繫日兼繫月繫年之有指耳。但前詩題中,直書"永初",而此却於詩補"景平",明景平爲少帝之年號,益顯永初爲高祖之年號。此詩補出景平,又以元興配言。元興者,晉安帝之年號也。是不惟有存没之感,具有興亡之感,俱在二十年間,真大可痛也。

何焯《義門讀書記》卷四十六:"野曠沙岸净"二聯,耳目心神爲之爽易,極有"初"字興味。

張玉穀《古詩賞析》卷十六:此去官在途,自述其適志之詩。前四,援古彭、薛、貢公揚之伸之,爲去官作領筆。"伊余"六句,轉入己身秉尚、謝名。吏隱究非真隱,爲題前一開。"無庸"十句,正叙安分棄官,疊證古人,總計年歲,題面已了。"理棹"八句,接寫去郡後在途水陸之景。"秋"字點出時序。後四,收足肥遁無疑之意。寄懷上古,則不特"優貪競",直可"稱達生"矣,應起作結。

【按語】

方回考索較詳,可參。"牽絲及元興,解龜在景平"一句,李善注:"牽絲,初仕。解龜,去官也。臧榮緒《晉書》曰:安帝即位,改元曰元興。靈運初爲琅耶王大司馬行軍參軍。沈約《宋書》曰:少帝即位,改元曰景平。"自晉安帝元興元年(402)至宋少帝景平元年(423),共二十二年。顧紹柏先生認爲,二十載爲概數,謝靈運從義熙元年開始做官到景平元年秋離職,前後只有十八年多。[1]

----

[1] 參見顧紹柏《謝靈運集校注》,第148頁。

初發石首城一首五言

善曰：沈約《宋書》曰：靈運陳疾東歸，會稽太守孟顗乃表其異志。靈運馳往京都，詣闕上表。太祖知其見誣，不罪也，不欲使東歸，以爲臨川內史。伏韜《北征記》曰：石頭城，建康西界臨江城也，是曰京師。

良曰：靈運謝疾東歸，會稽太守孟顗乃表其異志。靈運馳往京都，詣闕上表。太祖知其誣，不罪，不欲使東歸，以爲臨川內史。至石頭城，故作此詩。

謝靈運

白珪尚可磨，斯言易爲緇。雖抱中孚爻，猶勞貝錦詩。寸心若不亮，微命察如絲。日月垂光景，成貸遂兼茲。出宿薄京畿，晨裝摶魯颷。重經平生別，再與朋知辭。故山日已遠，風波豈還時。苕苕萬里帆，茫茫終何之？遊當羅浮行，息必廬霍期。越海凌三山，遊湘歷九嶷。欽聖若旦暮，懷賢亦淒其。皎皎明發心，不爲歲寒欺。

【本事】

《宋書·謝靈運傳》：太祖知其見誣，不罪也。不欲使東歸，以爲臨川內史，加秩中二千石。

【繫年】

作於元嘉八年（431），謝靈運赴任臨川內史時。

【集説】

方回《文選顏鮑謝詩評》卷三："中孚""貝錦"之聯甚佳。"微命察如絲"，"察"字尤佳。《老子》曰："夫惟道，善貸與善成。"貸，施也。靈運感文帝之宥己，故以"日月"喻之。舊説會稽之浮山，合于廣東之羅山。廬山在今江州，霍山、灊、皖，是在今舒州。三山，海中。九嶷，湘中。靈運方當治郡，略不及理人宣化事，專言遊山，意太汗漫無歸宿。"萬世之後，一遇大聖，知其解者，是旦暮遇之"，出《莊子》。晉人《老》

《莊》之學，初用爲清談之資，而詩亦必出於是，一時之蔽也。

劉履《選詩補注》卷六：《宋書》謂靈運因孟顗表其有異志，遂馳往京都，上表自陳，文帝乃不之罪，而以爲臨川內史。此詩蓋將赴臨川，初發石頭而作。言玉之有玷，尚可磨去，而讒言之污人，不可遽釋。故我雖抱誠信，自謂無咎，猶且勞此讒人，飾成罪害。然寸心若不明白可信，則微命易絕。所幸天子明照，遂成貸宥，而又兼此職命也。於是出宿近地，懷舊叙別，且知遠離故山，渺無還期，則其情念爲何如耶。惟當從此遊覽山川名勝，尋訪聖賢遺跡以自適耳。所謂“欽聖旦暮”者，以見敬慕之切，而期見之速也。“懷賢淒其”者，以傷遭讒遠放，而與之近似也。是則此心皎皎不忘，豈以困厄自欺而變之哉！

吳淇《六朝選詩定論》卷十四：首四句直刺孟顗之讒。“寸心”二句，言其幾危。“日月”二句，幸天子原其罪。“出宿”二句，復奉臨川之命，“初發石首城”也。然題曰“初發”，詩何以云“重經”？蓋重經者，指前有永嘉之行，見生平之遷斥非一。“初發”者，謂今有臨川之行，伏後來之飄搖靡定。“朋知”，偶在建業之朋知。“故山”指始寧，距石首已遠。況從此而臨川，去之又遠。而此身去後，讒在君側，肆爲媒蘖，有如此江上風波者，豈復得生還故山耶？至此，序題已完。以下又作自問自解之詞，悠悠忽忽，若忘其爲赴臨川者也。曰此行也，將遊羅浮乎？將有廬霍之期乎？將越海陵三山而遊仙乎？將即屈謁舜而遊湘歷九嶷乎？然欽聖懷賢，在在動人悲思，何處是安身立命之所乎？我惟是聖賢之心爲心，任小人百般媒蘖，此心終不爲所移耳。此等詩與楚《騷》并讀可也。

于光華《重訂文選集評》卷六引方伯海評：靈運行旅諸篇，多及幽棲，此獨不然者，被謗得釋，誠出望外，故以忠藎之意終焉。

【按語】

黃稚荃《文選顏鮑謝詩評補》卷三：“故作爲此汗漫肆志之言，以洩其不平之氣。有《離騷》《遠遊》之意也。"①此與吴淇説相似,可從。
此詩末句"皎皎明發心,不爲歲寒欺",張銑注:"言我皎然明發之心,
松栢不爲歲寒所能欺損者。喻雖遭讒人,不能欺辱於己。"可參。

道路憶山中一首五言

　　向曰:往臨川郡,憶始寧山中。

謝靈運

　　采菱調易急,江南歌不緩。楚人心昔絶,越客腸今斷。斷絶雖殊
念,俱爲歸慮款。存鄉爾思積,憶山我憤懣。追尋棲息時,偃卧任縱
誕。得性非外求,自已爲誰纂?不怨秋夕長,常苦夏日短。濯流激浮
湍,息陰倚密竿。懷故叵新歡,含悲忘春暖。凄凄明月吹,惻惻廣陵
散。殷勤訴危柱,慷慨命促管!

【本事】

　　《宋書・謝靈運傳》:太祖知其見誣,不罪也。不欲使東歸,以爲
臨川内史,加秩中二千石。

【繫年】

　　此詩作於元嘉九年(432)春,謝靈運赴任臨川内史途中。

【集説】

　　方回《文選顔鮑謝詩評》卷三:《楚詞》有云"涉江""采菱",古樂府
有《江南》辭,靈運時必有此二曲。其聲急而怨,故引之,以見故山之
思,有感於此聲也。"縱誕"之説非是。"得性非外求",謂樂在内是
也。吹萬不同,而使其自已。"已"訓止,言各得其性而止,出《莊子》。
靈運意謂山水之樂,適我之性,而自足自止,無人能繼我者。"纂"訓
繼,則亦深僻矣。"明月吹",言笛。"廣陵散"言琴,靈運當是作此音

----

① 參見黄稚荃《文選顔鮑謝詩評補》,第238頁。

以寫悲怨。"危柱""促管"謂琴笛之音自緩而急，悲怨至此極也。詩尾應首，然有哀以思之意，未爲佳篇。

劉履《選詩補注》卷六：此亦因往臨川，于道路憶始寧山中而作。托言聞楚人歌調，而起懷鄉悲憤者。蓋以今昔雖殊，而情念不異也。且又追想舊日之縱誕，乃得於稟性所好，而非纂繼它人而然。所以于秋之夕、夏之晝，惟恐其不永，而濯湍流，息茂陰，自不一而足。今乃何爲舍此，而係於官守，徒懷舊遊而莫爲新歡，含悲思而忘春陽之芳景哉。所賴《明月》《廣陵》二曲，音節凄惻，可以寫吾湮鬱之懷，故既托於急弦以自訴，而又使人促管相間，以激其哀聲也。

吳淇《六朝選詩定論》卷十四：以聲音起，以聲音結，一詩大章法。蓋感人最深者，莫如聲音。其音彌精，其感彌深，此詩借寫憤懣，如抽蕙然，層層遞入，直到無以加處。……凡天下之愁人，皆天下之有情人也。天下惟有情人善於攬愁，亦惟有情人善於遣愁，故有以歡遣愁者，更有以愁遣愁者。以歡遣愁者，當愁之來，自寬自解，勉强行樂，以避愁鋒。凡人有情往往如此，此遣愁之一法也。若夫至情之人，從不避愁，豈惟不避且更相兜，如阮嗣宗每逢愁絶，偏要尋著窮途痛哭，此又一遣愁法也。康樂正同阮法，故于聞歌斷腸之後，更起絲竹，曰《明月吹》、曰《廣陵散》，較前《采菱》《江南》，不啻倍蓰，故曰"凄凄"、曰"惻惻"，直寫到心裏，不僅曰急、曰不緩，徒爲震耳之音也。曰"危柱"、曰"促管"，又從發音之器上加寫一倍凄惻；曰"殷勤"、曰"慷慨"，又從作音之人上加寫一倍凄惻。然孰爲訴之、孰爲命之？此又至情之人以愁遣愁也。

于光華《重訂文選集評》卷六引何焯評：謝詩用意都在山水之間，而以懷舊息機爲宗旨，故自去永嘉，再出臨川，皆寓此意。

【按語】

劉履沿襲五臣注，訓釋詩意較爲準確。吳淇"至情之人以愁遣愁"説頗佳。黄稚荃亦認爲,劉履、吳淇兩氏釋此章詩極佳。[①]

入彭蠡湖口一首五言

銑曰:彭蠡,太湖名。向臨川郡,從此過也。

謝靈運

客遊倦水宿,風潮難具論。洲島驟迴合,圻岸屢崩奔。乘月聽哀狖,浥露馥芳蓀。春晚緑野秀,巖高白雲屯。千念集日夜,萬感盈朝昏。攀崖照石鏡,牽葉入松門。三江事多往,九派理空存。靈物吝珍怪,異人秘精魂。金膏滅明光,水碧綴流温。徒作千里曲,弦絶念彌敦。

【本事】

《宋書·謝靈運傳》:太祖知其見誣,不罪也。不欲使東歸,以爲臨川内史,加秩中二千石。

【繫年】

此詩作於元嘉九年(432)春,謝靈運赴任臨川内史途中。

【集説】

方回《文選顔鮑謝詩評》卷三:彭蠡湖口,今江州湖口也。"石鏡""松門",《文選》注、張僧鑒《尋陽記》、顧野王《輿地志》各指其地,惟"三江事多往,九派理空存",此二句者,知三江、九派,自晉宋時已不明矣。中江、南江、北江,先儒所辨,有《尚書》索元在。分九派于尋陽,郭璞《江賦》云耳。後人亦不能定九派之跡。劉子澄《淳祐江州圖經》詳著之,予已别書訂此詩。則靈運之所不詳,後人姑存疑事也。"靈物""異人"以下,又歸宿於仙道。《千里曲》,想當時有此琴操,徒作此曲,而仙靈不接,所以弦雖絶而心徒悲也。大抵以恍惚爲宗,要

---

① 參見黄稚荃《文選顔鮑謝詩評補》,第241—242頁。

爲不近人情,胸中亦別無十分道理也。

　　吴淇《六朝選詩定論》卷十四:客之倦于水宿者,以風潮故。"洲島"二句,正寫風潮。至於哀狄之鳴、芳蓀之馥、緑野香秀、白雲高屯,無限好景日,千念萬感之人視之,無非風潮者,正所謂"難具論"也。於是舍舟而崖,遠入松門而望,三江九派歷歷矣。"事"者,古人之事蹟,如大禹九江既入之績之類,然事既往矣,孰爲繼之?"理"者,即康樂後詩所藴之真。如古聖觀河而作圖,臨洛而作《書》,皆因其理。其理空存,誰是作者?故"靈物吝珍怪"而不出,"異人秘精魄"而不見。金膏之明光已滅,水碧之流温久綴,所謂"天地閉,賢人隱"之時也。所以徒作思歸之曲,轉令憂念益甚耳。

　　陳祚明《采菽堂古詩選》卷十七:起句能窮水宿之況。"洲島"二句,洶涌在目。"三江"已下,徘徊弔古,物色超異。通篇惟"千念"二語言愁,餘句不言愁而愁無極。弔古之情,正是深愁也。身世如斯,江湖滿目,交集百端,乃至無語可述。"金膏""水碧",亦有《天問》之旨乎?康樂遷永嘉,猶有録用之望,故往往言其不得已。至斥廣州,已矣,無復可言矣。故其詩低徊反復,有懷不吐如此。

　　于光華《重訂文選集評》卷六引何焯評:一起包括,境闊而情深,覺有杳冥變幻之態,故爲稱題。

【按語】

　　關於"三江""九派",黄節《謝康樂詩注》有考,諸説難定。① 又,此詩末句"徒作千里曲,弦絶念彌敦",吕延濟注:"千里曲,謂黄鵠一遠别,千里顧徘徊也。絃絶,謂曲終也。言曲終而别念彌厚。"可參。

入華子崗是麻源第三谷一首五言

　　善曰:謝靈運《山居圖》曰:華子崗,麻山第三谷。故老相傳,華子

_____

① 參見黄節《黄節注漢魏六朝詩六種》,第673頁。

期者,禄里弟子,翔集此頂,故華子爲稱也。

　　翰曰:華子期,角里先生弟子,居此山頂,故稱焉。麻源,山名。

謝靈運

　　南州實炎德,桂樹凌寒山。銅陵映碧潤,石磴瀉紅泉。既枉隱淪客,亦棲肥遁賢。險逕無測度,天路非術阡。遂登羣峯首,邈若升雲煙。羽人絕髣髴,丹丘徒空筌。圖牒復摩滅,碑版誰聞傳?莫辯百世後,安知千載前。且申獨往意,乘月弄潺湲。恒充俄頃用,豈爲古今然!

【本事】

　　《宋書·謝靈運傳》:太祖知其見誣,不罪也。不欲使東歸,以爲臨川內史,加秩中二千石。在郡遊放,不異永嘉,爲有司所糾。

【繫年】

　　此詩作於元嘉九年(432),謝靈運任臨川內史期間。

【集説】

　　方回《文選顏鮑謝詩評》卷三:華子期,角里弟子,見《列仙傳》。故老相傳,翔集此頂,故稱華子岡。神仙茫昧,前後莫測。且申獨往意。夫“獨往”者,聊以自充俄頃之賞,非爲尊古卑今而然。

　　劉履《選詩補注》卷六:靈運既至臨川,復得遨遊名山,因入華子岡而作是詩。言此南州地暖,桂樹冬榮,而山水輝映,尤爲名勝,故自昔賢者多棲隱於此。今我來遊,遂得追踐靈跡。然仙人羽化既久,版籍磨滅,誰復傳聞?以此思之,不必辯論於百代之後,亦安用知千載已前之事乎?且當申我獨往之意,玩景適情,但自常充一時之用,豈爲欲圖久遠傳述而然也?斯亦可謂達者之言歟!詩稱陶、謝,尚矣!鮑明遠謂謝五言“如初發芙蓉,自然可愛”。此但言其詞之鮮美,不假雕繢耳。愚謂康樂陶寫性靈,往往深造自得,誠有它人所不能及者。然較之靖節之安於義命,而不忘憂國,見於詞氣者,又非康樂可得而并矣,讀者不可不知也。

吴淇《六朝選詩定論》卷十四:凡題事有不明,意有未盡,則用自注。然自注有在題外者、在題内者,何以別之? 在題外者,小書注附於題者也;在題内者,大書注并爲題者也。此題止一"入華子岡",又曰"是麻源第三谷"者,非有兩地。甪里先生高弟華子所居之舊岡,正麻姑脩煉處所之第三谷也。以麻姑照出華子,以谷照出岡上之泉,爲詩中"羽人"以下一段文字緣起,而華子岡其根本也。是并根本緣起爲一題,非少陵公自注之例矣。

陳祚明《采菽堂古詩選》卷十七:古人托神仙,每屬不得已。爾時康樂胸中愁緒萬種,不堪宣之筆墨,而抒吐於憑弔,若不信有神仙者,此又不得已之至感也。"莫辨"四句當與信陵君飲醇酒、近婦人同觀,極哀之旨也。

何焯《義門讀書記》卷四十六:"恒充俄頃用"二句,張銑注:"少時爲樂,不足爲長久之事。"于文義較明。

【按語】

此詩題下李善注"謝靈運《山居圖》",當爲謝靈運《遊名山志》。又"甪里",當作"禄里",字本作"角"。① 劉履品評陶、謝詩,對其贊譽頗高,然更推崇陶淵明"安於義命,而不忘憂國"。

---

① 參見黄稚荃《文選顔鮑謝詩評補》,第248—249頁。

《文選》卷二十七

行旅下

北使洛一首五言

顏延年

善曰:沈約《宋書》曰:延之爲豫章世子中軍行軍參軍。義熙十二年,高祖北伐,有宋公之授,府遣一使慶殊命,參起居。延之至洛陽,道中作詩一首,文辭藻麗,爲謝晦、傅亮所賞。《集》曰:時年三十二。

銑曰:宋高祖北伐,府遣一使起居。延之与府參軍北至洛,道中作是詩也。

改服飭徒旅,首路跼險難。振楫發吳州,秣馬陵楚山。塗出梁宋郊,道由周鄭間。前登陽城路,日夕望三川。在昔輟期運,經始闕聖賢。伊穀絕津濟,臺館無尺椽。宮陛多巢穴,城闕生雲煙。王猷升八表,嗟行方暮年。陰風振凉野,飛雪瞀窮天。臨塗未及引,置酒慘無言。隱愍徒御悲,威遲良馬煩。遊役去芳時,歸來屢祖愆。蓬心既已矣,飛薄殊亦然。

【本事】

《宋書·顏延之傳》:義熙十二年,高祖北伐,有宋公之授,府遣一使慶殊命,參起居。延之與同府王參軍俱奉使至洛陽,道中作詩二首,文辭藻麗,爲謝晦、傅亮所賞。

【繫年】

據李善注引沈約《宋書》，此詩作於義熙十二年(416)。

【集說】

方回《文選顏鮑謝詩評》卷三：《文選》注：沈約《宋書》曰：延之爲豫章世子中軍行參軍，義熙十二年，高祖北伐，有宋公之授，府遣一使慶殊命，參起居。延之至洛陽，道中作詩一首。文辭藻麗，爲謝晦、傅亮所賞。《集》曰：時年三十二。予味此詩，人所可及，所以書此詩者有二。東晉立國一百四年，義熙十二年，恰一百年足也。後四年，而劉裕禪洛陽。自惠帝朝喪亂，迄於懷、愍蒙塵，百餘年丘墟。延之三川之詠，謂“伊瀍絕津濟，臺館無尺椽”，予存此，所以考時論事也。義熙十二年，延之年三十二。元初三年，出爲始安太守，當年三十八。元嘉三年，入爲中書侍郎，當年四十二。元嘉十年，有《湖北田收》詩，當年四十九。是年謝靈運誅。至元嘉二十六年，有《京口蒜山后湖》詩，則年六十六矣。孝武登祚，爲金紫光禄大夫，領湘東王師，則七十餘矣。予存此，所以考年論人也。又因而論之。陶淵明元嘉四年卒，年六十三。延之爲劉、柳後軍功曹，在潯陽與淵明情款。後爲始安郡，經過淵明，每往必酣飲致醉，臨去留二萬錢與淵明，淵明悉送酒家。觀此乃知延之詩雖不及靈運，其胸次則過之。靈運嘗入廬山，不爲遠法師所與，亦不聞其見交於淵明，延之獨與淵明交好甚深。以年計之，永初三年，淵明年五十八矣，長延之二十歲，亦可謂忘年之交也。延之後作《靖節徵士誄》，書曰“有晉徵士”，雖出於衆志，而延之實秉易名之筆，其知淵明蓋深也。“違衆速尤，迕風光蹶，身才非實，榮聲有歇。”延之誄書淵明，所誨如此。又書淵明：“獨立者危，至方則礙。”語其有得淵明也多矣。故曰：詩雖不及靈運，其胸次則過之。

吴淇《六朝選詩定論》卷十二：按，延年爲晉豫章王世子中軍行參軍。義熙十二年，宋主北征，克復洛陽。有宋公之授，遣延年使慶殊命，參起居。此詩蓋爲使洛而作也。其“使洛”之上，加一“北”字者，鄙之也。洛陽，晉之故都爾，何鄙焉？當晉南渡都建業，宋主北征，遂專制於洛陽，有兩都之嫌矣。曰“北使”者，亦云晉之邊鄙焉爾。題既曰“北使洛”，則入洛時作矣，却于洛之陽城説起者，不成其爲使洛也。宋王既殊命矣，更有此一使，其勢益逼，故作起于陽城，則命猶未致，不成乎使也。其不曰“至陽城作”，而止曰“北使洛”者，言至陽城，則是以陽城爲主而洛爲客矣。故削其至陽城，而但曰“北使洛”所以起問者，見是非也。延年雖終仕宋，然晉一日未亡，其心固未嘗一日忘晉也。

何焯《義門讀書記》卷四十七：擬士衡《赴洛詩》，與下《還至梁城》首，在顏集中亦爲清拔。

張玉穀《古詩賞析》卷十五：此因使洛而傷晉室凋殘，并述行役之苦也。前八，歷叙赴洛水陸經行之道。中六，則就入洛時，目中所見晉室亂後傷殘之景致慨。後十二，點明使宋，補述歲暮行役之悲。蓬心既已，收應晉難；身亦飛薄，收應久役。顏詩此種，尚不致過於雕琢，有傷自然。

【按語】

《北使洛》篇題之意，李善注引沈約《宋書》甚明，吳淇所言“‘北’字者，鄙之也”，不可從。又，吳淇“未嘗忘晉”説，流於牽强。關於顏、謝異同，黃稚荃《文選顏鮑謝詩評補》有詳論，可參。[1]

還至梁城作一首五言

《鈔》曰：梁城，大樑城，亦非梁國城也。云云，明非漢時梁孝王所居地也。

良曰：自洛還也。梁，國名。

---

[1]　參見黃稚荃《文選顏鮑謝詩評補》，第253—258頁。

顏延年

眇默軌路長，憔悴征戍勤。昔邁先徂師，今來後歸軍。振策睠東路，傾側不及群。息徒顧將夕，極望梁陳分。故國多喬木，空城凝寒雲。丘壟填郊郭，銘志滅無文。木石扃幽闥，黍苗延高墳。惟彼雍門子，吁嗟孟嘗君。愚賤同埋滅，尊貴誰獨聞？曷爲久遊客？憂念坐自殷。

【本事】

《宋書·顏延之傳》：義熙十二年，高祖北伐，有宋公之授，府遣一使慶殊命，參起居。延之與同府王參軍俱奉使至洛陽，道中作詩二首，文辭藻麗，爲謝晦、傅亮所賞。

《資治通鑒》卷一百一十八：（義熙十三年）十二月，庚子，裕發長安，自洛入河，開汴渠以歸。

【繫年】

此詩可能作於義熙十三年（419）左右。顏延之由洛陽東歸，經過梁城而作。

【集説】

方回《文選顏鮑謝詩評》卷三：此詩十韻。"故國多喬木，空城凝寒雲。丘壟填郊郭，銘志滅無文。木石扃幽闥，黍苗延高墳。惟彼雍門子，吁嗟孟嘗君。愚賤同湮滅，尊貴誰獨聞。"亦通論也，但不可及耳。

劉履《選詩補注》卷七：義熙十二年冬，晉太尉劉裕北伐，始有宋公九錫之授，諸府遣使往慶殊命。時延年爲豫章世子參軍，奉使至洛陽。還過梁城，而作是詩。言道路險遠，征役勤勞，而於息徒將夕之時，瞻望故國空城，已不勝其慘愴。況見丘壟之多，又皆荒頹，若此能不爲之感傷焉？因思雍門周對孟嘗君之言，則知千秋萬歲以後，賢愚貴賤同一埋滅,豈獨尊貴而能永存者乎? 今我何爲久遊遠道,而自致憂念哉? 史言,延之使洛道中作二詩,文詞藻麗,爲謝晦、傅亮所賞。然其《北使》一篇,但懷怨嘆,曾無王事靡鹽之憂,故不録。若此篇之覯景增懷,感今興喟,自有人情之所不能無者,况其詞之可觀也。

吳淇《六朝選詩定論》卷十二:"還",自洛還也。不言自洛,亦不成其爲使也。前題不言陽城,至此乃言至梁城者,明所作之地,去洛未遠也。

何焯《義門讀書記》卷四十七:擬《赴洛道中作》。

方東樹《昭昧詹言》卷五:何義門云:此擬士衡《赴洛道中作》。此詩只托於行李之苦,盛衰之跡,意可知也。

【按語】

何焯所言"擬《赴洛道中作》",不妥。此詩"息徒顧將夕,極望梁陳分"一句,李善注:"陸機《從梁陳詩》曰:遠遊越梁陳。"又,黃稚荃《文選顏鮑謝詩評補》認爲:"此三百篇中《黍離》之遺響也。"[1]

始安郡還都與張湘州登巴陵城樓作一首五言

濟曰:延年爲始安太守,徵爲侍郎,与湘州刺史張邵登巴陵郡城樓,而作是詩也。都,謂建鄴也。

顏延年

善曰:沈約《宋書》曰:延之爲員外常侍,出爲始安太守,徵爲中書侍郎。《集》曰:張劭。

江漢分楚望,衡巫奠南服。三湘淪洞庭,七澤藹荆牧。經塗延舊軌,登隒訪川陸。水國周地嶮,河山信重複。却倚雲夢林,前瞻京臺囿。清氛霽岳陽,曾暉薄瀾澳。淒矣自遠風,傷哉千里目。萬古陳往

---

① 參見黃稚荃《文選顏鮑謝詩評補》,第 260 頁。

還，百代勞起伏。存没竟何人？炯介在明淑。請從上世人，歸來藝
桑竹。

【本事】

《宋書·顏延之傳》：少帝即位，以爲正員郎，兼中書，尋徙員外常
侍，出爲始安太守。領軍將軍謝晦謂延之曰："昔荀勖忌阮咸，斥爲始
平郡，今卿又爲始安，可謂二始。"黃門郎殷景仁亦謂之曰："所謂俗惡
俊異，世疵文雅。"延之之郡，道經汨潭，爲湘州刺史張劭《祭屈原文》
以致其意。……元嘉三年，羡之等誅，徵爲中書侍郎，尋轉太子中
庶子。

【繫年】

此詩作於元嘉三年（426）。顏延之由始安郡歸都城建康，途經巴
陵郡時而作。

【集説】

方回《文選顏鮑謝詩評》卷三：此詩十韻。"江漢分楚望，荆巫奠
南服。三湘淪洞庭，七澤藹荆牧。"起句二韻，大概言地勢。郊外曰
"牧"，"荆牧"，言七澤之野也。末韻"請從上世人，歸來藝桑竹"，有感
於"存没竟何人，炯介在明淑"而云。初不明言"炯介""明淑"，爲進爲
退，而爲"松竹"之句，則意在退也。

劉履《選詩補注》卷七：元嘉三年，延年既有中書之召，自始安還
都，因登巴陵城樓有感，而作是詩。其言楚國山川形勢之勝，瞻眺遐
曠，而萬古往還之跡，百代興廢之端盡在目矣！即思當時之人一存一
没，今日竟安在哉！要其炯介而不泯者，惟在乎德之明淑也。我既無
能及之，不若請從質樸之人歸樹桑竹，以樂夫閑居云耳。

吴淇《六朝選詩定論》卷十二：此與《蒜山詩》同一起法，彼以"元
天高北列"起，此以"江漢分楚望"起；彼是"侍遊"題，寫形勢處務與帝

王氣象相敵；此是"登覽"題，須與己之胸懷相敵。目之所望者山川，
胸之所懷者古今。存是今人，没是古人。萬古之往還，已成陳陳。没
者何人？百代之起伏，徒爾勞勞。存者何人？"請從上世人"云云，乃
言非古人吾誰與歸？真是目空一世。具此胸懷，方足敵山川雄壯。

于光華《重訂文選集評》卷六引方伯海評：此篇從登巴陵城遠望，
忽悟出人世幻化無常，心胸眼界，真有"得兔忘歸、得魚忘筌"之妙。

【按語】

此詩末句"請從上世人，歸來藝桑竹"，有歸退之心。顔延之元嘉
三年到都之後，還作有《和謝監靈運》，可與此詩并讀。①

還都道中作一首五言

善曰：《集》曰：上潯陽，還都道中作。都，謂都揚州也。

鮑明遠

良曰：照爲臨海王參軍，從荆州還也。都，謂楊州也。

昨夜宿南陵，今旦入蘆洲。客行惜日月，崩波不可留。侵星赴早
路，畢景逐前儔。鱗鱗夕雲起，獵獵曉風遒。騰沙鬱黄霧，翻浪揚白
鷗。登艫眺淮甸，掩泣望荆流。絶目盡平原，時見遠煙浮。倏悲坐還
合，俄思甚兼秋。未嘗違户庭，安能千里遊？誰令乏古節，貽此越
鄉憂。

【本事】

《南史·鮑照傳》：照爲《河清頌》，其序甚工。照始嘗謁義慶未見
知。……於是奏詩，義慶奇之。賜帛二十匹，尋擢爲國侍郎，甚見知
賞。遷秣陵令。

---

① 參見繆鉞《顔延之年譜》，收入《繆鉞全集》第一卷，第471—472頁。

【繫年】

作於元嘉十七年（440），鮑照隨臨川王義慶由潯陽還京都，途中而作此詩。①

【集説】

方回《文選顏鮑謝詩評》卷三：此詩尾句絶佳。守古人之節，不輕出仕，則焉得有越鄉之憂乎？前段皆江路曉行暮宿之意。

吴淇《六朝選詩定論》卷十三：總重"客行惜日月"一句。"崩波"句，客行之速不可留，以艱險也。"昨夜""今旦""侵星""畢景"，是寫"惜日月"。"鱗鱗"四句，寫"不可留"。古者男子生而懸弧，志在四方，憂在越鄉，非古節矣，參軍豈"乏古節"哉？古所謂志在四方，乃得志行道，經營天下也。今一官自守，徒僕僕風塵耳，豈有所謂得志行道歟？"未嘗"云云，固是詩人之言，非實也。

于光華《重訂文選集評》卷六引方伯海評：此篇前寫征途勞苦，中寫景物凄涼，倏因遠眺淮甸、回望荆流，觸出一片戀土至情，因自明其不得不歸，而悔其出也。便似身入武夷，一曲引出一曲，前後用意雖有數截，却是相牽相遞而下，此可想其精神結聚處。

方東樹《昭昧詹言》卷六：五臣注："照爲臨海王參軍，從荆州還。"按，《南史》，照初爲臨川王佐吏，在江州；擢國臣，在文帝時；及孝武時，爲臨海王子頊前軍掌書記，在荆州。明帝立，子頊拒命，頊敗，爲亂兵所殺，此何云還都也？若云亂兵所殺者子頊，則《子頊傳》云："頊事敗，賜死，年十一。"且子頊以拒命死，其幕僚尚敢還都乎？五臣之注，昧於事理矣！此蓋從義慶在江州擢國侍郎時也。按，漢潯陽在黄州、蘄州。東晉潯陽，在今九江府德化縣，桓温所移。明遠自江州還，正由此。五臣云："由荆州，亦出潯陽。"但臨海死，明遠遂死，不還也。

① 參見丁福林、叢玲玲《鮑照集校注》，第374頁。

【按語】

此詩共三首,《文選》録其一首。劉良注:"昭爲臨海王參軍,從荆州還也。"注誤,方東樹考辨周詳,可從。錢仲聯指出:"此詩照從臨川王由江州移南兖時所作。"[1]

之宣城出新林浦向版橋一首五言

善曰:酈善長《水經注》曰:江水經三山,又湘、浦出焉。水上南北結浮橋渡水,故曰版橋。浦江又北經新林浦。

謝玄暉

向曰:新林,浦名。朓時爲宣城郡太守,故出於此。

江路西南永,歸流東北鶩。天際識歸舟,雲中辨江樹。旅思倦摇摇,孤遊昔已屢。既歡懷禄情,復協滄州趣。囂塵自兹隔,賞心於此遇。雖無玄豹姿,終隱南山霧。

【本事】

《南齊書·謝朓傳》:出爲宣城太守,以選復爲中書郎。

【繫年】

此詩作於齊明帝建武二年(495),謝朓赴任宣城太守途中所作。

【集説】

方回《文選顔鮑謝詩評》卷三:"天際識歸舟,雲中辨江樹",古今絶唱。"江路西南永",今大江上水,指西南行,而南爲多。"歸流東北鶩",今下水,即東北行,而北爲多。之宣城,即上水。玄暉家於浙,則東北乃其歸路。上水用東北風,下水用西南風,此二句又似指定江流之勢,古今不可易也。得郡而兼得山水之樂,於永嘉、臨川則靈運,于

① 參見錢仲聯《鮑參軍集注》,第311頁。

宣城則玄暉，而玄暉至今專謝宣城之名云。板橋名，今猶存，晉宋時乃浮橋。

劉履《選詩補注》卷八：玄暉始出守宣城，而於途中作此詩，以寫夫江路遠景，且言既喜得祿，而又協幽隱之趣，則囂塵自此隔絕矣。蓋是時明帝方弒君自立，而玄暉乃有全身遠害之志，故以“玄豹”“隱霧”之説終之，其意遠矣。愚謂“天際歸舟”“雲中江樹”兩語，殆與“魚戲新荷動，鳥散餘花落”“日華川上動，風光草際浮”同一巧媚，無復古人渾厚風氣，亦在所當削者。然以終篇較之，猶爲彼善於此，姑特存之，以著其説，使讀者知所別焉。

唐汝諤《古詩解》卷二十二：玄暉出守宣城，而紀途中之景。言舟行如在天際，江樹儼出雲中。因念生平業已倦遊，令幸竊祿名區而又協幽棲之趣，則囂塵自此永隔矣。蓋是時明帝方弒君自立，而玄暉有全身遠害之志，故以玄豹隱霧之説終之，其寓意遠矣。劉坦之論“天際”一聯，而及“鳥散餘花落，風光草際浮”等語，謂其辭巧媚，無復古人渾厚遺風，斯言真得選古之法。

吳淇《六朝選詩定論》卷十五：首二句江之大勢。“永”謂路之長，“騖”謂流之急。永曰西南，騖曰東北，乃沿江逆流而行，最是苦境。“天際”句寫“騖”字，“雲中”句寫“永”字，乃就出新林向版橋中間看出。却將苦境寫作極好景，以爲苦境，則歡祿之情不勝旅思之倦；以爲好境，則旅思之倦不勝賞心之樂。緣此等極好景，我昔曾經歷過。但昔日是孤遊，乃滄洲之趣。今日宦遊所遇之趣，不異孤遊所遇之趣。故曰“協”，即下文之“賞心”也。然新林版橋之間，亦尋常境耳，豈真能隔絕塵世，爲玄暉賞心之遇而欲終隱於此哉？其意不過不願之宣城耳。沈休文《發定山作》格意與此相似。

何焯《義門讀書記》卷四十七：次聯固自警絶，然其得勢全在首聯。“出”字、“向”字，無不貫注。“既歡懷祿情”二句，上句是之郡，下句是出江。"雖無玄豹姿"二句,之郡收。以廉節自屬,使事無跡。

張玉穀《古詩賞析》卷十八:此亦之官宣城時作。前四,先寫江行之樂,揭過題面。後八,則以久已倦遊,跌出吏隱外郡,庶幾可以遠害全身,是爲題情,較《京路夜發作》,用意一變。

【按語】

劉履所言"玄暉有全身遠害之志",可從。此詩"雖無玄豹姿,終隱南山霧"一句,張銑注:"朓言我雖無豹姿,且終得隱居養性。"可參。劉履以爲,謝朓此詩無渾厚風氣,劉氏重視詩歌渾厚內蘊,而對辭藻不甚看重,故有"巧媚"之評。唐汝諤訓解選詩,多從劉履之說。謝朓宣城時期作品,又有《在郡臥病呈沈尚書》等,可與此詩并讀。

敬亭山詩一首五言

善曰:《宣城郡圖經》曰:敬亭山,宣城縣北十里。

謝玄暉

茲山亙百里,合沓與雲齊。隱淪既已托,靈異俱然棲。上干蔽白日,下屬帶回谿。交藤荒旦蔓,樛枝聳復低。獨鶴方朝唳,飢鼯此夜啼。渫雲已漫漫,多雨亦凄凄。我行雖紆組,兼得尋幽蹊。緣源殊未極,歸徑窅如迷。要欲追奇趣,即此陵丹梯。皇恩竟已矣,茲理庶無睽。

【本事】

《南齊書·謝朓傳》:出爲宣城太守,以選復爲中書郎。

【繫年】

作於建武二年(495),謝朓任宣城太守時。

【集説】

方回《文選顏鮑謝詩評》卷三:此詩妙在何處?亦本無妙處,而玄暉詩名與敬亭山千古不朽,何也? 學者試下一轉語。

　　方東樹《采菽堂古詩選》卷二十:應是初至此山,故發端鄭重,六句中千巖萬壑,舉在楮上。"潎雲"二句,轉入時景,以述今遊。"緣源"二句,極寫窅深,與起意相應。

【按語】

　　方回對此詩評價不高。黃稚荃曰:"此詩本無妙處,誠如方氏之説。然以出自玄暉之手,如米擲麻姑,自成丹粒。至於山水之得人而傳,蓋亦偶然者。"①又,此詩"緣源殊未極,歸徑窅如迷"一句,似有前路未卜之嘆。

休沐重還道中一首五言

　　善曰:休,假也。沐,洗也。《漢書》:張安世休沐未嘗出。如淳曰:五日得下一沐。

　　良曰:休沐,謂休假沐浴也。還歸於丹陽。

謝玄暉

　　薄遊第從告,思閑願罷歸。還邛歌賦似,休汝車騎非。霸池不可別,伊川難重違。汀葭稍靡靡,江菼復依依。田鶴遠相叫,沙鴇忽爭飛。雲端楚山見,林表吳岫微。試與征徒望,鄉淚盡沾衣。賴此盈罇酌,含景望芳菲。問我勞何事? 沾沐仰清徽。志狹輕軒冕,恩甚戀重闈。歲華春有酒,初服偃郊扉。

【本事】

　　《南齊書·謝朓傳》:朓少好學,有美名,文章清麗。解褐豫章王太尉行參軍,歷隨王東中郎府,轉王儉衛軍東閤祭酒,太子舍人、隨王鎮西功曹,轉文學。

────────────

① 參見黃稚荃《文選顏鮑謝詩評補》,第268頁。

【繫年】

此詩可能作於謝朓爲隨王蕭子隆鎮西功曹、文學期間，大約在齊武帝永明九年(491)。

【集説】

方回《文選顏鮑謝詩評》卷三：“薄遊於朝”，本孫綽語，謂立朝僅許給假，故曰“薄遊第從告”。《漢書》：“五日得一休沐。”休者，假也。沐者，洗也。願罷歸而僅賜休沐也。司馬相如還臨邛，諭蜀而歸也。嘗奏賦漢武，故玄暉以爲似之。袁紹以濮陽令歸汝南，不敢以輿服令許子將見，單車歸家。玄暉無此車徒，故曰非也。此二句極佳。長安之霸池，洛陽之伊川，借喻京師，以言戀闕之意。“楚山”“吳岫”二句亦佳。玄暉家吳中，嘗有詩曰“再遊館娃官”是也。末句謂“志輕軒冕”，而君恩之至，則又有禁闈之戀。“重闈”，謂宮省也。最後句，終期退閑，其思緩而不迫，尤有味也。

何焯《義門讀書記》卷四十七：“還邛歌賦似”二句，按，“還邛”義取家徒四壁，言遊宦以來，有相如之四壁，無袁紹之兼輔，所以思歸耳。“重闈”之戀，非其誠也。

方東樹《昭昧詹言》卷七：起四句，休沐。“霸池”二句，重還。“汀葭”六句，丹陽道中景。“征徒”以下，述作旨歸宿。十句一片清綺，似劉公幹。何云：“還邛”二句，義取家徒四壁，而無袁紹之兼輔。此言得之。注泛引，非是。“霸池”用枚乘，“伊川”亦必使事，而注不能詳。“汀葭”六句寫景，韋、柳所撫，多在此等而已。古人皆以叙題交代爲本分，無闌入泛剩長語，求之謝、鮑皆然，至韋、柳乃不見此典型，但一味空象浮虛，尋其事緒，髣髴而已，了無實際。觀玄暉自言，見其胸中殊無決志，非徒智及而仁不能守，安在其能戰勝哉！此豈足與陶公同歲而語？

【按語】

此詩"霸池不可別,伊川難重違"一句,劉良注:"霸池,謂西京。伊川,謂東京。言此二京不可違別者,以喻丹陽,亦不可暫去也。"此與方回"言戀闕之意"相同。此詩看似思鄉,實有戀闕之心。

晚登三山還望京邑一首五言

善曰:山謙之《丹陽記》曰:江寧縣北十二里,濱江有三山相接,即名爲三山。舊時津濟道也。

濟曰:三山,山名。京邑,謂丹陽。

謝玄暉

灞涘望長安,河陽視京縣。白日麗飛甍,參差皆可見。餘霞散成綺,澄江靜如練。喧鳥覆春洲,雜英滿芳甸。去矣方滯淫,懷哉罷歡宴。佳期悵何許,淚下如流霰。有情知望鄉,誰能鬒不變?

【本事】

《南齊書·謝朓傳》:出爲宣城太守,以選復爲中書郎。

【繫年】

此詩可能作於齊明帝建武三年(496)春,謝朓出任宣城太守時。

【集説】

方回《文選顏鮑謝詩評》卷三:起句以長安、洛陽擬金陵,用王粲、潘岳二詩,極佳。李白云:"解道澄江淨如練,令人却憶謝玄暉。"此一聯尤佳也。三山今猶如故,回望建康甚近,想六朝時甚盛也。味末句,其惓惓於京邑如此,去國望鄉,其情一也。有情無不知望鄉之悲,而況去國乎?

劉履《選詩補注》卷八:玄暉在郡既久,必有所不樂於懷,因出臨江登眺,而起戀闕之思,故作是詩。其言當去矣,而且留滯之久,懷念至此,寧不使人罷歡宴耶?然是時朝廷擢授,非憑勢要,無由通進,則是未知佳期又在何許。是以不免悲泣，而至於嘆傷也。觀此則於前篇豹隱之志得無少變乎？

何焯《義門讀書記》卷四十七：首聯可作用事之法，次聯三山在金陵西，故向晚而西頹之日轉明也。"喧鳥覆春洲"二句，"喧鳥""雜英"以比當日得路之人。去國已可悲，況滯淫而佳期不可必乎？

吳景旭《歷代詩話》卷三十二：按，玄暉《晚登三山還望京邑》作詩有"澄江"之語，三山在江寧縣北十二里，濱江地名，則此詩非在宣城州治所作也。

吳淇《六朝選詩定論》卷十五：三山去京邑未遠，即還望者，致其慊慊之意耳。

張玉穀《古詩賞析》卷十八：此因望京師而思歸之詩。若泥定望京，後半便難索解。前四，以前人比起，了却望京題面。中四，則就登山所見春晚之景鋪敘，引動歸思。後六，醒出久滯京國，有懷故鄉之意，却以有情皆然暗兜起處作結。蓋王、潘二人皆有懷歸詩也。

【按語】

劉履以爲此詩作於謝朓任宣城太守時，吳景旭《歷代詩話》以爲非在宣城時作，非是，劉履説可從。此詩亦有思鄉之情，"有情知望鄉，誰能縝不變"一句，呂向注："言人情有望鄉者，誰能髮不變白乎？鄉，謂丹陽。"可參。

京路夜發一首五言

銑曰：又自丹陽之宣城郡。

謝玄暉

擾擾整夜裝，蕭蕭戒徂兩。曉星正寥落，晨光復泱漭。猶霑餘露團，稍見朝霞上。故鄉邈已夐，山川脩且廣。文奏方盈前，懷人去心賞。敕躬每跼蹐，瞻恩唯震蕩。行矣倦路長，無由税歸鞅。

【本事】

《南齊書・謝朓傳》：出爲宣城太守，以選復爲中書郎。

【繫年】

據張銑注，此詩作於齊明帝建武二年（495），謝朓赴任宣城太守途中所作。

【集説】

方回《文選顏鮑謝詩評》卷三：此乃早行詩。"兩"，車也。"徂兩"二字甚佳。

吳淇《六朝選詩定論》卷十五：此自丹陽之宣城郡作也。題是《京路夜發》，詩却先寫"夜發"，後寫"京路"，蓋感夜發之景，而嘆京路之長也。"擾擾"二句，寫夜發。"曉星"四句，乃夜發路上之景物，妙在"正""復""猶""稍"四虛字，一時寫出，令人眼光不定。"故鄉"二句，寫京路。"文奏"四句，是路上夜發之情，乃預愁之郡後，文奏與賞心，雅俗不并立，況且外脅於權勢而踟躕，内惕於法網而震蕩。風塵作吏，真有此苦也。末二句"行矣"，無可奈何之詞。"路長"一應"故鄉"句，謂已過之路長；一應"山川"句，謂未來之路長。"文奏"四句，"倦"之根也。"無由"句應前段，謂整裝于曉星云云之下，乃是"戒徂兩"，不是"税歸鞅"，良可嘆也。

張玉穀《古詩賞析》卷十八：此之官宣城之詩。前六，點清夜發，即夜發寫所見之景。中四，分兩層，一層在地方上顧後瞻前，一層在人事上料前念後，皆正寫在途懷抱。後四，則以循分供職自勉作收，而遊倦難歸，決絶之中，仍含惆悵。

【按語】

黄稚荃曰："此蓋離京赴宣城之作，故有文奏盈前，故鄉邈夐之嘆。寫拂曉行旅，情景絶佳。"①其説可參。此詩多用陸機詩句，以寫思鄉之情。如"故鄉邈已夐，山川脩且廣"一句，李善注："陸機《赴洛詩》曰：遠遊遊山川，山川脩且廣。"又"行矣倦路長，無由税歸鞅"一句，李善注："陸機《贈弟詩》曰：行矣怨路長。"

望荆山一首五言

江文通

良曰：淹時校建平王景素五經，而作是詩。

奉義至江漢，始知楚塞長。南關繞桐柏，西嶽出魯陽。寒郊無留影，秋日懸清光。悲風橈重林，雲霞肅川漲。歲晏君如何？零淚沾衣裳。玉柱空掩露，金樽坐含霜。一聞苦寒奏，更使艷歌傷。

【本事】

《梁書·江淹傳》：尋舉南徐州秀才，對策上第，轉巴陵王國左常侍。景素爲荆州，淹從之鎮。

【繫年】

據首句李善注引沈約《宋書》，此詩可能作於江淹隨建平王景素鎮荆州時，即齊明帝泰始七年（471）左右。丁福林認爲，此詩當是江淹於泰始四年深秋前往湘州臨湘途經荆州江陵所作。②

【集説】

吳淇《六朝選詩定論》卷十七：此詩雖未點出"望荆山"字面，而文則處處照得明白。然其意却不在望荆山上，只借望荆山顯出路之長。路之長，顯其行之久，行之久，顯出歲之晏，以寫其不樂出外之意。

---

① 參見黄稚荃《文選顔鮑謝詩評補》，第 274 頁。
② 參見丁福林、楊勝朋《江文通集校注》，第 391—394 頁。

陳祚明《采菽堂古詩選》卷二十四：末六句詞氣蕭瑟。

【按語】

吳淇所言"寫其不樂出外之意"，求之過深。余冠英先生《漢魏六朝詩選》認爲："本篇前半寫山川形勢和風景，後半寫因歲晏引起的悲思。"可從。此詩"歲晏君如何？ 零淚沾衣裳"一句，呂延濟曰："歲晏，喻年老。君者，淹自謂也。淹懼年老，故落淚也。"其説可參。

旦發漁浦潭一首五言

丘希範

向曰：遲爲新安郡太守，經此潭宿。明日早發，至中流，作此詩也。

漁潭霧未開，赤亭風已颺。櫂歌發中流，鳴鞞響沓障。村童忽相聚，野老時一望。詭怪石異像，嶔絶峯殊狀。森森荒樹齊，析析寒沙漲。藤垂島易陟，崖傾嶼難傍。信是永幽棲，豈徒暫清曠。坐嘯昔有委，臥治今可尚。

【本事】

《梁書·丘遲傳》：天監三年，出爲永嘉太守，在郡不稱職，爲有司所糾，高祖愛其才，寢其奏。

【繫年】

據《梁書·丘遲傳》，此詩作於梁武帝天監三年(504)，丘遲任永嘉太守時。

【集説】

吳淇《六朝選詩定論》卷十六："漁潭"二句，寫旦。"櫂歌"二句，寫發。"村童"二句，分明是黄童白叟争迎使君，他却寫作因櫂歌發鳴鞞響，驚出聚看官人來過光景，是他能化俗爲雅處。"詭怪"以下，寫漁浦潭之景，以見此郡之美，稍愜幽棲之意，可以坐嘯而治，不必以外任介意。

何焯《義門讀書記》卷四十七：步趨康樂而未屆精微，所工特模範間矣。體物工矣，興象不逮。"杳障"下插出"村童""野老"一聯，與"櫂歌""鳴榔"縈拂，則結處"坐嘯""卧治"氣脈皆貫穿生動，然後模山範水亦紆餘不直矣。丘方出守永嘉，未容先事遊覽也。"崖傾嶼難傍"五字，不惟叙致窈折，亦可隨勢脱卸出後四句，書家所謂意在筆先也。

張雲璈《選學膠言》卷十一：謝靈運詩《宵濟漁浦潭旦及富春郭》注引《吳郡記》："富春東三十里有漁浦。"五臣劉良注："遲爲新安太守，經此宿，中流作。"雲璈按，《梁書》《南史》皆云丘遲爲永嘉太守，在郡不稱職，爲有司所糾，非新安也。劉良誤。

【按語】

呂向注："遲爲新安郡太守。"注誤，當爲永嘉太守，張雲璈辯之，可從。此詩多摹擬謝靈運詩句，如"漁潭霧未開，赤亭風已颭"一句，李善注："漁潭、赤亭，已見謝靈運《富春渚詩》。"又"信是永幽棲"一句，李善注引："謝靈運《方山詩》曰：資此永幽棲。"何焯所言"步趨康樂而未屆精微"，甚是。

早發定山一首五言

善曰：《梁書》曰：約爲東陽太守。然定山，東陽道之所經也。

沈休文

良曰：約爲東陽太守，宿于定山而早發也。

夙齡愛遠壑，晚莅見奇山。標峯綵虹外，置嶺白雲間。傾壁忽斜豎，絶頂復孤員。歸海流漫漫，出浦水淺淺。野棠開未落，山櫻發欲然。忘歸屬蘭杜，懷祿寄芳荃。眷言採三秀，徘徊望九仙。

【本事】

《梁書·沈約傳》：隆昌元年，除吏部郎，出爲寧朔將軍、東陽太守。

【繫年】

此詩作於齊鬱林王隆昌元年（494），沈約赴任東陽太守途中。

【集説】

吳淇《六朝選詩定論》卷十六：題曰《早發定山》，是以定山紀行，不是詠定山之詩，乃全篇重“發定山”者，蓋休文心中先有不樂外補之意，故一見此山之奇，而驚訝之也。

陳祚明《采菽堂古詩選》卷二十三：頗仿康樂，故知昭明所選，惟取高清。“標”“置”字新。

【按語】

此詩有幽棲之意。“忘歸屬蘭杜，懷禄寄芳荃”一句，吕延濟注：“言我至此忘歸，屬於此草，雖懷禄而去，長寄其心。”可參。吳淇所言“有不樂外補之意”，可從。此詩亦有仿謝靈運詩，如“傾壁忽斜竪，絶頂復孤員”一句，李善注：“謝靈運有《登廬山絶頂詩》。”

新安江水至清淺深見底貽京邑遊好一首五言

善曰：《十洲記》曰：桐廬縣，新安、東陽二水合於此，仍東流爲浙江。

銑曰：新安，郡名。京邑，丹陽。

沈休文

眷言訪舟客，兹川信可珍。洞澈隨深淺，皎鏡無冬春。千仞寫喬樹，百丈見遊鱗。滄浪有時濁，清濟涸無津。豈若乘斯去，俯映石磷磷。紛吾隔囂滓，寧假濯衣巾。願以潺湲水，沾君纓上塵。

【本事】

《梁書·沈約傳》：隆昌元年，除吏部郎，出爲寧朔將軍、東陽太守。

【繫年】

此詩作於齊鬱林王隆昌元年(494)，沈約赴任東陽太守時。

【集説】

張鳳翼《文選纂注評林》卷六：末蓋刺京邑遊好之汩没於風塵而不知止。

吳淇《六朝選詩定論》卷十六：古人不惟工于制詩，而且工于制題。如此題曰"新安江水"，便是京邑所無，於"江水"下又贊以"至清"二字，見足供濯灑之需也。"至清"二字贊江水已盡，又用"深淺見底"四字申寫一番，見此水之清，惟遊新安江上者見之，而京邑遊人不得見也。然新安江上水，何由貽得京邑人？蓋我宿遊京邑，固與京邑人有夙好，京邑人以遊而得好，則原非同好，其人須待濯灑也。我既以宿遊而得與京邑人好，則不得不思爲濯灑也，此亦不忍獨清之意。

何焯《義門讀書記》卷四十七：休文素被文惠太子親遇，鬱林隆昌元年由吏部郎出爲東陽太守。此詩蓋不能無望於中矣。

張玉穀《古詩賞析》卷十九：此因見江之清而諷遊好以勿戀囂淬也。前六，正寫江清，造句刻畫。中四，以他處清水有時濁涸作襯。後四，落到貽詩本旨，即就水上生情，以吾衣久濯，挑出君纓當灑，勿縻好爵，言下顯然而仍不會説破。交存古道，詩有雅音。

【按語】

諸家之説皆言"刺京邑遊好"之意，吳淇訓釋此詩篇題及意旨甚明，可從。此詩末句"願以潺湲水，沾君纓上塵"，劉良注："君，即京邑遊好也。言我至此，已隔喧囂濁穢，無假浣濯衣巾，請以流沫灑洗京邑遊好纓上塵。"其説可參。

軍　戎

從軍詩五首五言

善曰：《魏志》曰：建安二十年三月，公西征張魯，魯及五子降。十二月，至自南鄭。是行也，侍中王粲作五言詩，以美其事。

王仲宣

銑曰：漢相曹操出師征張魯及孫權，時粲作詩，以美其事。

從軍有苦樂，但聞所從誰？所從神且武，焉得久勞師？相公征關右，赫怒震天威。一舉滅獫虜，再舉服羌夷。西收邊地賊，忽若俯拾遺。陳賞越丘山，酒肉踰川坻。軍人多飫饒，人馬皆溢肥。徒行兼乘還，空出有餘資。拓地三千里，往返速若飛。歌舞入鄴城，所願獲無違。盡日處大朝，日暮薄言歸。外參時明政，內不廢家私。禽獸憚爲犧，良苗實已揮。不能效沮溺，相隨把鋤犁。執覽夫子詩，信知所言非。（其一）

涼風厲秋節，司典告詳刑。我君順時發，桓桓東南征。泛舟蓋長川，陳卒被隰坰。征夫懷親戚，誰能無戀情？拊襟倚舟檣，眷眷思鄴城。哀彼東山人，喟然感鸛鳴。日月不安處，人誰獲常寧？昔人從公旦，一徂輒三齡。今我神武師，暫往必速平。棄余親睦恩，輸力竭忠貞。懼無一夫用，報我素餐誠。夙夜自恲性，思逝若抽縈。將秉先登羽，豈敢聽金聲。（其二）

從軍征遐路，討彼東南夷。方舟順廣川，薄暮未安坻。白日半西山，桑梓有餘暉。蟋蟀夾岸鳴，孤鳥翩翩飛。征夫心多懷，惻愴令吾悲。下船登高防，草露沾我衣。迴身赴牀寢，此愁當告誰？身服干戈

事，豈得念所私？即戎有授命，茲理不可違。（其三）

　　朝發鄴都橋，暮濟白馬津。逍遥河堤上，左右望我軍。連舫踰萬艘，帶甲千萬人。率彼東南路，將定一舉勳。籌策運帷幄，一由我聖君。恨我無時謀，譬諸具官臣。鞠躬中堅內，微畫無所陳。許歷爲完士，一言獨敗秦。我有素餐責，誠愧伐檀人。雖無鉛刀用，庶幾奮薄身。（其四）

　　悠悠涉荒路，靡靡我心愁。四望無煙火，但見林與丘。城郭生榛棘，蹊徑無所由。藋蒲竟廣澤，葭葦夾長流。日夕凉風發，翩翩漂吾舟。寒蟬在樹鳴，鸛鵠摩天遊。客子多悲傷，淚下不可收。朝入譙郡界，曠然消人憂。雞鳴達四境，黍稷盈原疇。館宅充廛里，女士滿莊馗。自非聖賢國，誰能享斯休？詩人美樂土，雖客猶願留。（其五）

【本事】

　　《三國志·魏書·武帝紀》：十二月，公自南鄭還，留夏侯淵屯漢中。（裴松之注：是行也，侍中王粲作五言詩，以美其事……）二十一年春二月，公還鄴。

　　《三國志·魏書·王粲傳》：建安二十一年，從征吳。二十二年春，道病卒，時年四十一。

【繫年】

　　此組詩其一作於建安二十一年（216），王粲隨同曹操西征張魯返回鄴城時所作。其二"凉風屬秋節"一句，李善注："《魏志》曰：建安二十一年，粲從征吳，作此四篇。"故其二至其五，作於建安二十一年（216）南征孫吳途中。

【集説】

其一

　　吴淇《六朝選詩定論》卷六：按：當時武帝將有事于吴，故先西魯。"從軍"四句，似美征西之不久勞師，然已暗刺征東之勞師也。"相公"六句，似美之，已有黷武意，且暗伏三舉之失。"陳賞"云云，明是貪獲，非王者秋毫無犯之師。"拓地"云云，見幸博一捷，便已志盈氣驕。"晝日"四句，見中日營營，只是外攬權、內營私，非古大臣國而忘家，公而忘私之義。然此猶屬美詞，以張魯雖小，患在肘腋故也。

　　何焯《義門讀書記》卷四十七：按，詩所言亦不止二十年事，當是二十一年從征吴時作也。"徒行兼乘還"二句，如此何異作賊？何如昌黎"士飽而歌，馬騰於槽"八字，爲有《雅》《頌》風格也。詩取紀實，亦不爲病。"孰覽夫子詩"二句，建安二十一年操進爵爲王，殺中尉崔琰，斥尚書僕射毛玠，當時必有高蹈以避禍者，故粲之言云。

其二

　　吴淇《六朝選詩定論》卷六：武帝既勝張魯，乃大興伐吴。此章説士卒出門戀家之苦。

　　陳祚明《采菽堂古詩選》卷七：建安二十二年，粲從曹公征吴，此下四首，蓋征吴作也。立言得體，調并蒼勁，古質之筆，不及漢而高於晉。漢人筆古，然情更流麗，晉人亦蒼，然視此校近。

其三

　　吴淇《六朝選詩定論》卷六：此篇征夫在外望鄉之苦，連上出門戀家之苦，其苦如此，何忍驅之鋒鏑之下哉！

　　于光華《重訂文選集評》卷六引方伯海評：按是在途中，因日暮感秋，思故鄉而作。篇中"懷"字、"悲"字、"愁"字，隱露其意。末復以大義，強自排遣，情文俱美。

其四

吳淇《六朝選詩定論》卷六：此篇"朝發"云云，極陳軍容之盛，便有符堅投鞭斷流自驕之意。運籌一由聖君，見剛愎自用，不聽人言。其云恨無所陳，乃是謙詞。觀"許歷"云云，當時仲宣定有所陳，武帝不能用之耳。合首篇自叙觀之，見我本有憚犠之情，不樂仕宦，特感苗黍之德而來，一吐胸中之奇耳。

于光華《重訂文選集評》卷六引方伯海評：此是因軍容之盛，見己無籌可展，末則以立功自奮，平流若掌，如道家常，佳處只在真樸。

其五

吳淇《六朝選詩定論》卷六：前征張魯，還稱軍獲之盛，此獨寫大兵之後，千里蕭條、煙火斷絶，分明畫出一群敗兵抱頭鼠竄周周章章光景，以形譙國之美。然兵發自鄴城，勝當歸鄴，敗亦當歸鄴。譙雖發跡之處，今則魏之邊境，邊境如此之美，而鄴爲建都之地，美更何如？此總形魏國之美也。……合五詩觀之，首篇見小功之不足驕，後四篇大兵不可輕動。此仲宣諷魏武之微意，而爲萬世戒也。

于光華《重訂文選集評》卷六引方伯海評：此將一路所見亂離光景，形出譙郡之盛，歸本于操之功德。

【按語】

其一，吳淇所言"暗刺征東之勞師"，流於附會，不可從。何焯所言"當時必有高蹈以避禍者，故粲之言云"，亦求之過深。又，吳淇所言"首篇見小功之不足驕，後四篇大兵不可輕動"，過於穿鑿，不可從。此詩"所從神且武，焉得久勞師"一句，呂向注："謂曹公神武，必不勞師旅也。"吳淇或受其影響，故而發揮之。

郊　廟

宋郊祀歌二首四言

顔延年

翰曰：宋文帝時，郊祀天地，使延年作詞。

　　黈威寶命，嚴恭帝祖。炳海表岱，系唐胄楚。靈監叡文，民屬叡武。奄受敷錫，宅中拓宇。亘地稱皇，罄天作主。月竁來賓，日際奉土。開元首正，禮交樂舉。六典聯事，九官列序。有牷在滌，有絜在俎。薦饗王衷，以答神祜。

　　維聖饗帝，維孝饗親。皇乎備矣，有事上春。禮行宗祀，敬達郊禋。金枝中樹，廣樂四陳。陟配在京，降德在民。奔精昭夜，高燎煬晨。陰明浮爍，沈禜深淪。告成大報，受釐元神。月御案節，星驅扶輪。遙興遠駕，曜曜振振。

【本事】

　　《宋書·樂志》：二十二年，南郊，始設登歌，詔御史中丞顔延之造歌詩，廟舞猶闕。

【繫年】

　　曹道衡認爲，顔延之任御史中丞在元嘉二十年（443），此詩當作於其時。《宋書·樂志》所載此事在“二十二年”，此與《通典》所載“二十年”不符。顔延之爲御史中丞時間很短，且二十二年已爲國子監祭酒,故此詩當作於元嘉二十年。①

【集説】

吳淇《六朝選詩定論》卷十二:首章原本宋家受命乃郊祀之由。次章鋪張盛禮,見孝饗之隆,無甚深意,但取其詞之佳耳。其後謝超宗乃因其詞,以爲齊室郊祀之歌,以足徵其佳矣。

何焯《義門讀書記》卷四十七:不採録漢《郊祀》《房中》諸篇者,與此書文體不相入。雅與題稱,麗不病蕪,揚、班儔也,康樂亦復不能兼。

【按語】

吳淇所言"取其詞之佳",何焯所謂"雅與題稱",可從。此詩前後兩章相互關聯,且辭采典麗,因而入《選》。

樂府上

樂府三首

古詞五言

善曰:言古詩,不知作者姓名。他皆類此。

濟曰:漢武帝定郊祀,乃立樂府。散采齊、楚、趙、魏之聲以入樂府也。名字磨滅,不知其作者,故稱古辭。

飲馬長城窟行

善曰:酈善長《水經》曰:余至長城,其下往往有泉窟,可飲馬。古詩《飲馬長城窟行》,信不虛也。然長城蒙恬所築也,言征戍之客至於長城而飲其馬,婦思之,故爲《長城窟行》。《音義》曰:行,曲也。

---

① 參見曹道衡、劉躍進《南北朝文學編年史》,第133頁。

銑曰：長城，秦所築，以備胡者。其下有泉窟，可以飲馬。征人路出於此，而傷悲矣。言天下征役軍戎未止，婦人思夫，故作是行。行，曲也。

青青河邊草，綿綿思遠道。遠道不可思，夙昔夢見之。夢見在我傍，忽覺在他鄉。他鄉各異縣，輾轉不可見。枯桑知天風，海水知天寒。入門各自媚，誰肯相爲言？客從遠方來，遺我雙鯉魚。呼兒烹鯉魚，中有尺素書。長跪讀素書，書上竟何如？上有加餐食，下有長相憶。

【本事】

參見該詩題下李善注引酈道元《水經注》。

【繫年】

此三篇樂府詩作者及作年不詳，且諸説不一。韓暉以爲作於漢末，大體可從。①

【集説】

郭茂倩《樂府詩集》卷三十八：一曰《飲馬行》。長城，秦所築以備胡者，其下有泉窟，可以飲馬。古辭云：“青青河畔草，綿綿思遠道。”言征戍之客至於長城而飲其馬，婦人思念其勤勞，故作是曲也。酈道元《水經注》曰：“始皇二十四年，使太子扶蘇與蒙恬築長城，起自臨洮至於碣石東暨遼海西并陰山，凡萬餘里，民怨勞苦。故楊泉《物理論》曰：‘秦築長城，死者相屬。’”民歌曰：“生男慎勿舉，生女哺用脯。不見長城下，屍骸相支拄。”其冤痛如此。今白道南谷口有長城，自城北出有高坂，傍有土穴出泉，挹之不窮。《歌錄》云“飲馬長城窟”，信非虛言也。《樂府解題》曰：“古詞，傷良人遊蕩不歸，或云蔡邕之辭，若

---

① 參見韓暉《〈文選〉編輯及作品繫年考證》，第99頁。

魏陳琳辭云'飲馬長城窟，水寒傷馬骨'，則言秦人苦長城之役也。"
《廣題》曰："長城南有溪坂，上有土窟，窟中泉流，漢時將士征塞北，皆
飲馬此水也。按：趙武靈王既襲胡服，自代并陰山下至高闕爲塞，山
下有長城，武靈王之所築也。其山中斷望之若雙闕，所謂高闕者焉。"
《古今樂録》曰："王僧虔《技録》云：'《飲馬行》，今不歌。'"

嚴羽《滄浪詩話·考證》：《文選·飲馬長城窟》無人名，《玉臺》以
爲蔡邕作，所言與此本合，後人編入蔡集，蓋即據此。

劉履《選詩補注》卷一：征夫之婦見河邊之草青青不絶，因思其夫
行役遠道。又念宿昔感於夢寐，而輾轉之頃已不可見，則其情慮有非
它人所能知者。譬猶枯桑搖落，乃知天風。海水曠蕩無障，乃知天
寒。不經離別之人，焉知思遠之苦？彼但入門，各自媚好，誰肯相與
慰問之乎？惟賴所思之人遠遺素書，使我致敬，而讀之知其勤厚不
忘，可以自釋耳。此篇情思深宛，最宜涵詠，其詞雖若間斷，意實相
屬，讀者不爲舊注所惑，可也。

楊慎《丹鉛總録》卷十八：古樂府詩："尺素如殘雪，結成雙鯉魚。
要知心裏事，看取腹中書。"據此詩古人尺素結爲鯉魚形，即緘也，非
如今人用蠟。《文選》"客從遠方來，遺我雙鯉魚"，即此事也。下云烹
魚得書，亦譬況之言耳，非真烹也。五臣及劉履謂古人多於魚腹寄
書，引陳涉罩魚倡禍事證之，何異癡人説夢耶！

紀容舒《玉臺新詠考異》卷一："河邊"，《文選》五臣注本作"河
畔"。按，六朝擬作凡題《青青河邊草》者皆擬此篇，題《青青河畔草》
者皆擬枚叔之作，然則五臣誤矣。

胡紹煐《文選箋證》卷二十二：此即《檜風》"誰能烹魚"以興"懷我
好音"之意，故古詩藉以爲喻。

【按語】

此篇"遺我雙鯉魚"句衆説紛紜。五臣注不可從，楊慎《丹鉛總

錄》已經指瑕。五臣訓解古詩，多關乎政治諷喻。如此詩"入門各自媚，誰肯相爲言"一句，李周翰注："亦喻朝廷食祿之士各自保己，以爲娛遊，不能薦於賢才。"

傷歌行

向曰：側調。傷日月代謝，年命遒盡，離絕知友，傷而爲歌。

昭昭素月明，暉光燭我牀。憂人不能寐，耿耿夜何長！微風吹閨闥，羅帷自飄颺。攬衣曳長帶，屣履下高堂。東西安所之？徘徊以彷徨。春鳥飜南飛，翩翩獨翱翔。悲聲命儔匹，哀鳴傷我腸。感物懷所思，泣涕忽沾裳。佇立吐高吟，舒憤訴穹蒼。

【本事】

郭茂倩《樂府詩集》卷六十二：《傷歌行》，側調曲也。古辭。傷日月代謝，年命遒盡，絕離知友，傷而作歌也。

【繫年】

不詳。

【集説】

吳淇《六朝選詩定論》卷四：此首從"明月何皎皎"翻出。古詩俱是寐而復起，俱以"明月"作引，俱有"徘徊""彷徨"字。但彼於戶內寫徘徊，戶外寫彷徨，態在出戶入房上。此首徘徊彷徨俱在戶外中，却於離牀以後、下階以前，先寫出一段態來，各極其妙。

【按語】

《玉臺新詠》收錄此詩，以爲魏明帝作，吕向注同郭茂倩《樂府詩集》，皆認爲當是古辭。此詩多似《詩經》句意，如"憂人不能寐，耿耿夜何長"一句，李善注："《毛詩》曰：'耿耿不寐，如有隱憂。'"又如"佇立吐高吟，舒憤訴穹蒼"一句，李善注："《毛詩》曰：'靡有旅力，以念穹蒼。'"

長歌行

善曰：崔豹《古今注》曰：長歌，言壽命長短定分，不妄求也。此上一篇似傷年命，而下一首直叙怨情。《古詩》曰：“長歌正激烈。”魏武帝《燕歌行》曰：“短歌微吟不能長。”傅玄《艷歌行》曰：“咄來長歌續短歌。”然行聲有長短，非言壽命也。

良曰：長歌短歌，言壽命長短有定分，不可妄求。當早崇樹事業，無貽後時之嘆。

青青園中葵，朝露行日晞。陽春布德澤，萬物生光暉。常恐秋節至，焜黃華蕊衰。百川東到海，何時復西歸？少壯不努力，老大乃傷悲。

【本事】

郭茂倩《樂府詩集》卷三十：《樂府解題》曰：“古辭云：‘青青園中葵，朝露待日晞。’言芳華不久，當努力爲樂，無至老大乃傷悲也。”魏改奏文帝所賦曲“西山一何高”，言仙道茫茫不可識，如王喬、赤松皆空言虛詞，迂怪難信，當觀聖道而已。若陸機“逝矣經天日，悲哉帶地川”，則復言人運短促，當乘間長歌，與古文合也。崔豹《古今注》曰：“長歌、短歌，言人壽命長短，各有定分，不可妄求。”按，《古詩》云“長歌正激烈”，魏武（文）帝《燕歌行》云“短歌微吟不能長”，晉傅玄《艷歌行》云“咄來長歌續短歌”，然則歌聲有長短，非言壽命也。唐李賀有《長歌續短歌》，蓋出於此。

【繫年】

不詳。

【集説】

劉履《選詩補注》卷一：此亦相和歌詞之平調曲也。按，《古今注》謂：“長歌、短歌，言壽命長短，有定分也。”考之魏武帝、陸士衡及唐人諸篇皆言人運短促，當及時自勉，然二曲一致，初無彼長此短之分。李善引古詩“長歌正激烈”，魏文帝短歌“微吟不能長”等語以爲歌聲有長短，非言壽命也。斯得名題之本意。

……此言人之待時猶葵之待日，當天下有道，賢者在位，能者在職，莫不各遂所志，而功名顯著。及世運衰，朝不通道，則賢者皆擯棄而銷落，譬之春陽和煦、雨露膏澤之時，萬物莫不暢茂而光輝，至於秋風一起，而華葉變衰矣。且亨嘉之運難逢，進脩之功易沮，年與時馳，亦猶百川之赴海而不復回，苟不自奮而幼學壯行，則老而傷悲，復何及哉！詳此，非惟自勉，亦以勉人也。

吳淇《六朝選詩定論》卷四：題曰《長歌行》，全于時光短處寫長。人有一日之時，有一年之時，有一生之時。一日之時在朝，一年之時在春，一生之時在少壯。之三時者，以爲甚長而玩愒則短，以爲甚短而勤脩則長也。

【按語】

劉履訓解篇題“爲歌聲有長短，非言壽命也”，可從。劉良曰“言壽命長短有定分”，此同崔豹《古今注》，不妥。

怨歌行一首五言

善曰：《歌録》曰：《怨歌行》，古辭。然言古者有此曲，而班婕妤擬之。婕妤，帝初即位，選入後宮。始爲少使，俄而大幸，爲婕妤，居增成舍。後趙飛燕寵盛，婕妤失寵，希復進見。成帝崩，婕妤充園陵，薨。

班婕妤

向曰：《漢書》云：孝成帝班婕妤。帝初即位，選入後宮。始爲少使，俄而大幸，爲婕妤。後趙飛鷰寵盛，婕妤失寵，故有是篇也。婕妤，后妃之位名也。左曹越騎校尉況之女，彪之姑，少有才學。

新裂齊紈素，皎潔如霜雪。裁爲合歡扇，團團似明月。出入君懷袖，動搖微風發。常恐秋節至，涼風奪炎熱。棄捐篋笥中，恩情中道絶。

【本事】

《漢書·外戚傳》：自鴻嘉後，上稍隆於内寵。婕妤進侍者李平，平得幸，立爲婕妤。上曰：“始衛皇后亦從微起。”乃賜平姓曰衛，所謂衛婕妤也。其後，趙飛燕姊弟亦從自微賤興，逾越禮制，浸盛於前。班婕妤及許皇后皆失寵，稀復進見。鴻嘉三年，趙飛燕譖告許皇后、班婕妤挾媚道，祝詛後宫，詈及主上。許皇后坐廢。孝問班婕妤，婕妤對曰：“妾聞‘死生有命，富貴在天’。脩正尚未蒙福，爲邪欲以何望？使鬼神有知，不受不臣之訴；如其無知，訴之何益？故不爲也。”上善其對，憐憫之，賜黄金百斤。趙氏姊弟驕妒，婕妤恐久見危，求共養太后長信宫，上許焉。婕妤退處東宫，作賦自傷悼。

【繫年】

此詩可能作於漢成帝時期。

【集説】

徐陵《玉臺新詠》卷一：昔漢成帝班婕妤失寵，供養于長信宫，乃作賦自傷，并爲《怨詩》一首。

郭茂倩《樂府詩集》卷四十一：《古今樂録》曰：“《怨詩行》歌東阿王‘明月照高樓’一篇。”王僧虔《技録》曰：“荀録所載《古爲君》一篇，今不傳。”《琴操》曰：“卞和得玉璞以獻楚懷王，王使樂正子治之，曰‘非玉’。刖其右足。平王立，復獻之，又以爲欺，刖其左足。平王死，子立，復獻之，乃抱玉而哭，繼之以血，荆山爲之崩，王使剖之，果有寶。乃封和爲陵陽侯，辭不受，而作怨歌焉。”班婕妤《怨詩行》序曰：“漢成帝班婕妤失寵，求供養太后。于長信宫，乃作怨詩以自傷，托辭於紈扇云。”《樂府解題》曰：“古詞云：‘爲君既不易，爲臣良獨難。’

言周公推心輔政，二叔流言，致有雷雨拔木之變。梁簡文'十五頗有餘'，自言姝艷，以讒見毀。又曰'持此傾城貌，翻爲不肖軀'，與古文意同而體異。若傅休奕《怨歌行》云'昭昭朝時日，皎皎最明月'，蓋傷十五入君門，一別終華髮，不及偕老，猶望死而同穴也。"

劉履《選詩補注》卷一：比也。紈素出齊地，荀悅《漢紀》云："齊國獻紈素絹。""飂"通作"猋"，疾風自下而上者也。婕妤既退處東宫，因以紈扇自喻，而作此曲。其言新製齊紈鮮如霜雪，則脩己有潔白之行矣。及合歡成扇，圓如明月，則事君無虧缺之儀矣。至於承君寵倖，又溫惠而不驕且專，乃如微風足以洗滌煩熱，必待動搖然後應之耳。惟常慮夫時移事變，或有邪媚上僭，如秋焱暴疾，自能移奪吾君之心，則將不免於棄捐，而恩情中絶矣今。乃果罹於此，其得已於言哉。此晦庵朱子所謂"情雖出於幽怨，終不過於慘傷者"，當與《自悼賦》兼觀可也。

吳淇《六朝選詩定論》卷三：婕妤《怨歌行》，題雖樂府而體兼蘇李，故録於《選》。鍾嶸曰："有婦人焉，一人而已。"蓋以婕妤方駕都尉，空盡漢魏六朝之群也。然魏甄后《塘上行》擬婕妤《怨歌行》，《選》弗録者，婕妤怨而不怒，深得匹婦之致。古云：無可廢之言。此爲男子道者，女人定以德爲本。

【按語】

此詩篇題不一，《玉臺新詠》題爲《怨詩》，《古今樂録》題爲《怨詩行》。此雖爲樂府舊題，然似漢代五言詩，吳淇所言"婕妤《怨歌行》，題雖樂府而體兼蘇李，故録於《選》"，其説可從。

樂府二首四言

魏武帝

善曰：《魏志》曰：太祖武皇帝，沛國譙人，姓曹，諱操，字孟德。少機警，有權數，而任俠。舉孝廉爲郎，遷南頓令，封魏王。文帝追謚曰武皇帝。

翰曰:《魏志》曰:太祖武皇帝,姓曹氏,諱操,字孟德。少機警,有權數,而任俠。舉孝廉而爲郎,遷南頓令,後封魏王。創造大業,文武并施。從軍三十餘年,手不捨卷,畫則講軍策,夜則思經傳。登高必賦,乃造新詩,被之管弦,皆成樂章。文帝立,追謚曰武皇帝。

短歌行

濟曰:言人壽命不可得,長思與知友及時爲樂,并自戒勗之意。凡樂府詩古皆有詞,此則擬而作之,已下盡類此。

對酒當歌,人生幾何! 譬如朝露,去日苦多。慨當以慷,憂思難忘。何以解憂,唯有杜康。青青子衿,悠悠我心。但爲君故,沈吟至今。呦呦鹿鳴,食野之苹。我有嘉賓,鼓瑟吹笙。明明如月,何時可掇? 憂從中來,不可斷絕。越陌度阡,枉用相存。契闊談讌,心念舊恩。月明星稀,烏鵲南飛。繞樹三匝,何枝可依? 山不厭高,海不厭深。周公吐哺,天下歸心。

【本事】

不詳。

【繫年】

此詩可能作於赤壁之戰後不久,建安十四年(209)左右。

【集説】

郭茂倩《樂府詩集》卷三十:《古今樂録》曰:王僧虔《技録》云:《短歌行》,"仰瞻"一曲魏氏遺令,使節朔奏樂,魏文製此辭,自撫箏和歌。歌者云:"貴官彈箏",貴官即魏文也。此曲聲制最美,辭不可入宴樂。《樂府解題》曰:《短歌行》,魏武帝"對酒當歌,人生幾何",晉陸機"置酒高堂,悲歌臨觴",皆言當及時爲樂也。

唐汝諤《古詩解》卷九:曹公少有大志,而功業未建,故因朋儕燕集而爲此詩。

　　陳祚明《采菽堂古詩選》卷五：此是孟德言志之作。禪奪之意已萌，而沉吟未決，畏爲人嫌。嗟歲月之如流，感憂思而不已，又恐進退失據，末乃斷然自定所尚。理忌顯言，雜引《三百篇》，故謬其旨，比之《離騷》繁稱，令人不易測識耳。論者不揆作者之心，以"子衿""鹿鳴"諸語爲贅，豈不大謬？跌宕悠揚，極悲涼之致。

　　何焯《義門讀書記》卷四十七：猶是漢音。《宋書》"明明如月"，一解在"呦呦鹿鳴"之上，斯爲文從字順。觀後半，則發端乃傳所謂"古之王者，知壽命之不長，故并建聖哲"，蓋此詩之旨也。

【按語】

　　此詩作者名下李善注引《魏志》"南頓令"，當作"頓丘令"。詩作末段有求賢之意，"周公吐哺，天下歸心"一句，吕向注："周公以聖人之姿，一食三吐哺，一沐三握髮，以待天下之士，使歸其心，亦猶此也。魏武有慕此，因而爲戒焉。"可參。

苦寒行

善曰：《歌録》曰：《苦寒行》，古辭。

翰曰：謂因行遇寒而作也。古曲有清調。

　　北上太行山，艱哉何巍巍！羊腸坂詰屈，車輪爲之摧。樹木何蕭瑟，北風聲正悲。熊羆對我蹲，虎豹夾路啼。谿谷少人民，雪落何霏霏。延頸長嘆息，遠行多所懷。我心何怫鬱，思欲一東歸。水深橋樑絕，中路正徘徊。迷惑失故路，薄暮無宿棲。行行日已遠，人馬同時飢。擔囊行取薪，斧冰持作糜。悲彼東山詩，悠悠使我哀。

【本事】

　　《三國志·魏書·武帝紀》：十一年春正月，公征幹。幹聞之，乃

留其別將守城,走入匈奴,求救于單于,單于不受。公圍壺關三月,
拔之。

【繫年】

此詩作於建安十一年(206),曹操征討高幹時。

【集説】

郭茂倩《樂府詩集》卷三十三:《樂府解題》曰:"晉樂奏魏武帝《北
上篇》,備言冰雪溪谷之苦。其後或謂之《北上行》,蓋因武帝辭而擬
之也。"

劉履《選詩補注》卷二:此蓋武帝屯兵河内時,登陟太行遇天寒而
賦之也。首言道路之險艱,次叙景物之變異,因嘆吾行旅日遠,思欲
一歸而不可得。末又念及征夫勞苦,迫於饑寒而不得休息也。一説
"水深橋絶",以比事之未濟云。

吳淇《六朝選詩定論》卷五:此詩極寫苦寒,原是收拾軍士之心,
却把自己平生心事寫出。首云"北上太行",冒險而行,實喻其初念,
未嘗不思建功於漢室。"熊羆"云云,喻當時外有群雄、内有諸臣,以
致事不克濟。於是乃思退步,如周公之歸東山也。然周公當周室之
初,故有東山可歸,今日當漢室之末,寧有東山可歸耶? 嗚呼! 當此
徘徊中道,欲求一夕之棲泊而莫能,況乃如《東山》之詩云云哉? 此所
以喟然而悲。

何焯《義門讀書記》卷四十七:此篇征高幹時作。

【按語】

吳淇所言"思建功於漢室",流於附會,不可從。此詩言行役之
苦。"悲彼東山詩,悠悠使我哀"一句,李周翰注:"《詩》云:我徂東山,
滔滔不歸。言行役未還,故感此詩而哀也。"可參。

樂府二首四言

魏文帝
燕歌行七言

善曰：《歌録》曰：燕，地名。猶楚宛之類。此不言古辭，起自此也。他皆類此。

濟曰：燕，地名。此婦人思夫之意。

秋風蕭瑟天氣凉，草木搖落露爲霜。群燕辭歸雁南翔，念君客遊思斷腸。慊慊思歸戀故鄉，何爲淹留寄他方？賤妾煢煢守空房，憂來思君不敢忘，不覺淚下霑衣裳。援琴鳴弦發清商，短歌微吟不能長。明月皎皎照我牀，星漢西流夜未央。牽牛織女遥相望，爾獨何辜限河梁。

【本事】

不詳。

【繫年】

不詳。據劉履注，此詩可能作於曹丕爲五官中郎將時。

【集説】

郭茂倩《樂府詩集》卷三十二：《樂府解題》曰：晉樂奏魏文帝《秋風》《別日》二曲，言時序遷換，行役不歸，婦人怨曠無可訴也。《廣題》曰：燕，地名也。言良人從役于燕，而爲此曲。

劉履《選詩補注》卷二：此婦人思其君子遠行不歸之詞。豈帝爲中郎將時，北征在外，代述閨中之意而作歟？然不可考矣。其曰"慊慊思歸"者，意其必然之詞。"何爲淹留"者，又怪而問之之詞也。憂來而不敢忘，微吟而不能長，則可見其情義之正，詞氣之柔。至如"牽牛織女"而下，因賦所見而反以自況，含蓄無窮之思焉。

　　吳淇《六朝選詩定論》卷五:《燕歌行》初起魏文,實祖柏梁體,自後因之,皆平韻也。至梁元帝"燕趙佳人本自多",音調始協。蕭子顯、王子淵製作寖繁,但通章尚用平韻,搏聲七字成句,故誦之猶未大暢。至王、楊諸子歌行,韻則平仄互換,句則三五錯綜,而又加以開合,傳以神情,宏以風藻。七言之體至是大備。要惟長篇巨什,敘述爲宜,用之短歌,紆緩寡態,於是高、岑、王、孟出,而格又一變矣。

　　何焯《義門讀書記》卷四十七:"秋風"之變,七言之祖。魏世已作《燕歌行》,十六國之機兆動矣。極于梁元帝,而文武之道盡於江陵之敗。

　　王堯衢《古唐詩合解》卷三:魏文代爲北征者之婦思征夫而作。

【按語】

　　劉履曰:"豈帝爲中郎將時,北征在外,代述閨中之意而作歟?"此詩或作於曹丕爲五官中郎將之時。詩中"牽牛織女遙相望,爾獨何辜限河梁"一句,張銑注:"婦人自恨與夫離絕,故問此星何辜,復如此戾。"可參。何焯求之過深,不可從。

善哉行四言

　　善曰:《歌録》曰:善哉行,古詞也。《古出夏門行》曰:善哉殊復善,弦歌樂我情。然善哉,嘆美之辭也。

　　銑曰:謂山林之人,節行危苦,欲其入仕,以取逸樂。

　　上山采薇,薄暮苦飢。谿谷多風,霜露沾衣。野雉群雊,猴猿相追。還望故鄉,鬱何壘壘。高山有崖,林木有枝。憂來無方,人莫之知。人生如寄,多憂何爲。今我不樂,歲月如馳。湯湯川流,中有行舟。隨波迴轉,有似客遊。策我良馬,被我輕裘。載馳載驅,聊以忘憂。

【本事】

不詳。

【繫年】

不詳。

【集説】

郭茂倩《樂府詩集》卷三十六：《樂府解題》曰：古辭云："來日大難，口燥唇乾。"言人命不可保，當見親友且永長年術，與王喬八公遊焉。又魏文帝詞云："有美一人，婉如青揚。"言其妍麗，知音，識曲，善爲樂方，令人忘憂。此篇諸集所出，不入《樂志》。按，魏明帝《步出夏門行》曰："善哉殊復善，弦歌樂我情。"然則"善哉"者，蓋嘆美之辭也。

劉克莊《後村詩話》卷一：當操無恙，植以才倉舒以惠，幾至奪嫡，謂之多憂可也。及受漢禪，可與天下同樂矣，帝既猜阻鮮歡，而諸侯王就封者，皆爲典籤侵迫，多見削奪，其末命乃托國于狼顧之仲達，是帝之憂，至死未已，何時而可樂乎？

真德秀《文章正宗》卷二十二：文帝詩之入《選》者，《芙蓉池》居其首。末章云："壽命非松喬，安能得神仙。遨遊快心意，保己終百年。"其言何以異于秦二世？陳壽譏其不能邁志存道、克廣德心，信矣哉！此篇末語亦此意，以其中有可采者，姑録之。

劉履《選詩補注》卷二：此文帝因征行勞苦，感物憂傷而歌以自娛也。托言上山采薇，既不足以療飢，而徒爲風霜所侵，且物之群動者尚各求其匹侶，今我何獨遠離所親，而勞於征役乎？於是還望故鄉，則鬱然壘壘者又爲隔絶，使不可見，故其憂感之懷，反復興嘆而不能已焉。"湯湯川流"以下三語，亦以申言歲月如馳，人生如寄之意，宜乎策馬被裘，以自遣釋也。西山真氏謂："此篇末意類《芙蓉池》，特以其中有可采者，故録之。"愚按，《芙蓉池》一篇，首言"乘輦夜行遊，逍

遥步西園”，末云“遨遊快心意，保已終百年”，則是缺人君弘濟之度，
縱一己流連之情，其不取也宜矣。若夫驅馬出遊，聊以寫憂，亦人情
所不能無者，讀者不以詞害意，可也。

吳淇《六朝選詩定論》卷五：想亦魏武欲易世子時作。

何焯《義門讀書記》卷四十七：丕他日詩云：“壽命非喬松，誰能得
神仙。遨遊快心志，保已終百年。”其言如此其偷也，復有子孫黎民之
遠圖哉？詩以言志，文帝之志固已荒矣。風俗衰敝，不待何晏、王弼
之徒出也。“高山有崖”二句，崖與枝以比氣類之同，注非。

張玉穀《古詩賞析》卷八：此客遊有感之詩。

【按語】

此詩題旨，各説不一。張銑注“欲其入仕”，不妥。劉履“行役有
感”説，可從。劉履《選詩補注》選詩標準與真德秀《文章正宗》不盡相
同，其所謂“人情所不能無者”，更重詩作思想内涵。劉克莊及吳淇訓
解附會政治，不可從。

樂府詩四首五言

曹子建

箜篌引

善曰：《漢書》曰：塞南越，禱祠太一、后土，作《坎侯》。坎，聲也。
應劭曰：使樂人侯調作之，取其坎坎應節也。因以其姓號名曰《坎
侯》。蘇林曰：作《箜篌》。

濟曰：箜篌，樂器名。引，曲也。此詞亦欲使知友存交情，爲善
事，及時行樂，以保其天年。

置酒高殿上，親友從我遊。中厨辦豐膳，烹羊宰肥牛。秦箏何慷
慨，齊瑟和且柔。陽阿奏奇舞，京洛出名謳。樂飲過三爵，緩帶傾庶

羞。主稱千金壽，賓奉萬年酬。久要不可忘，薄終義所尤。謙謙君子德，磬折欲何求？驚風飄白日，光景馳西流。盛時不可再，百年忽我遒。生在華屋處，零落歸山丘。先民誰不死？知命亦何憂！

【本事】

不詳。

【繫年】

存疑。可能作於建安中後期。

【集説】

劉履《選詩補注》卷二：此蓋子建既封爲王之後，燕享賓親，而作是曲。故言置酒高殿而極陳烹宰膳羞之豐、聲樂獻酬之盛矣，而又謂親交之義，但當久要不忘始終如一，何乃過爲謙卑，若有所求而然耶？此可見其雖處富貴而能以義下交於人，寬裕愷悌，有以勸其開懷盡歡也。篇末復言歲不我與，終歸於盡，順受其正，亦復何憂？特以申其相歡之義，而於待賓之情意益勤至矣。

吳淇《六朝選詩定論》卷五：舊注以此詩爲子建之國後作，然不必泥。

何焯《義門讀書記》卷四十五：景初中詔云：陳王克己慎行，以補前闕。則植之自持者可知矣。

朱緒曾《曹集考異》卷三：劉履曰：此蓋子建既封爲王之後，燕享賓親而作。按，子建在文帝時，雖膺王爵，“四時之會，塊然獨處”。至明帝時，始上疏求存問親戚，恐無燕享賓客事，然則此篇封作於平原、臨淄侯時也。

【按語】

此詩作年存有爭議。趙幼文認爲，此詩疑作於太和五年上《求通親親表》後。① 徐公持指出："此詩應撰于建安中,若在建安後期,則曹植漸失父寵,處境不利,不可能再作鋪張奢華宴飲活動。"②詩中有"盛時不可再,百年忽我遒"之類的慨嘆,當爲曹植中後期作品。

美女篇

善曰:《歌録》曰:《美女篇》,《齊瑟行》也。

銑曰:以美女喻君子,言君子既有美行,上願明君而事之,若不得其人,雖見徵求,終不能屈。

美女妖且閑,采桑歧路間。柔條紛冉冉,葉落何翩翩。攘袖見素手,皓腕約金環。頭上金爵釵,腰佩翠琅玕。明珠交玉體,珊瑚間木難。羅衣何飄飄,輕裾隨風還。顧盻遺光采,長嘯氣若蘭。行徒用息駕,休者以忘餐。借問女安居?乃在城南端。青樓臨大路,高門結重關。容華耀朝日,誰不希令顏?媒氏何所營?玉帛不時安。佳人慕高義,求賢良獨難。衆人何嗷嗷,安知彼所觀?盛年處房室,中夜起長嘆。

【本事】

不詳。

【繫年】

可能作於魏明帝太和年間,曹植求自試而不用之時。

【集説】

郭茂倩《樂府詩集》卷六十三:美女者,以喻君子。言君子有美行,願得明君而事之。若不遇時,雖見徵求,終不屈也。

---

① 參見趙幼文《曹植集校注》,第461—462頁。
② 參見徐公持《曹植年譜考證》,第242—243頁。

劉履《選詩補注》卷二：子建志在輔君匡濟，策功垂名，乃不克遂，雖授爵封，而其心猶爲不仕，故托處女以寓怨慕之情焉。其言妖閑皓素，以喻才質之美；服飾珍麗，以比己德之盛。至於文采外著，芳馨日流，而爲衆所希慕如此。況謂居青樓高門，近城南而臨大路，則非疏遠而難知者，何爲見棄不以時而幣聘之乎？其實爲君所忌，不得親用，今但歸咎於媒薦之人，蓋不敢斥言也。且古之賢者必擇有道之邦，然後入仕，猶佳人之擇配而慕夫高義者焉。惟子建以魏室至親，義當與國同其休戚，雖欲它求，其可得乎？此所以爲求賢獨難，而其所見亦豈衆人所能知哉？夫盛年不嫁，將恐失時，故惟中夜長嘆而已。《孟子》所謂"不得於君，則熱中"，其子建之謂歟？

朱乾《樂府正義》卷十二：賢女必得佳配，賢臣必得聖主。《標梅》所以嘆求士之難也。余讀子建《求自試表》，未嘗不悲其志。其言曰："微才弗試，没世無聞，榮其軀而豐其體，生無益於事，死無損於數。虛荷上位，而忝重禄，禽息鳥視，終於白首，此徒圈牢之養物，非臣之所志也。"以子建之才，而親不見用，君臣際會，自古難之，此詩所謂"盛年處房室，中夜起長嘆"者也。

吴淇《六朝選詩定論》卷五：言容貌如此，閥閱如此，節操如此，爲君子者，急宜趁此芳年，寤寐求而琴瑟樂者，而乃使之長嘆於空房乎？末只二語，把前多少好處，都説得棄擲無用，煞是可惜。此亦是請自試之意。

何焯《義門讀書記》卷四十七："借問女安居"二句，不惟其才，身又托在親藩，非若幽陋，難於上達，豈宜反見遺也？《詩·靜女》"俟我於城隅"，《傳》云："以言高不可踰。""盛年處房室"二句，植求自試而不得，故其言云。

【按語】

諸説皆闡明曹植托喻美女，求自試之意。此詩作年不詳。徐公持以爲，詩中"盛年處房室"，與《洛神賦》"怨盛年之莫當"相似，故此詩可能作於黃初四年(223)左右。[①]　其説存疑。趙幼文將此詩繫於太和二年(228)。此詩求自試之意，與曹植太和二年所作《求自試表》相近，可能作於同時期。

<h2 align="center">白馬篇</h2>

善曰：《歌録》曰：《白馬篇》，《齊瑟行》也。

良曰：見乘白馬者，故有此曲。言人當立功、立事，盡力爲國，不可念私。

　　白馬飾金羈，連翩西北馳。借問誰家子？幽并遊俠兒。少小去鄉邑，揚聲沙漠垂。宿昔秉良弓，楛矢何參差。控弦破左的，右發摧月支。仰手接飛猱，俯身散馬蹄。狡捷過猴猿，勇剽若豹螭。邊城多警急，胡虜數遷移。羽檄從北來，厲馬登高堤。長驅蹈匈奴，左顧凌鮮卑。棄身鋒刃端，性命安可懷？父母且不顧，何言子與妻。名編壯士籍，不得中顧私。捐軀赴國難，視死忽如歸。

【本事】

不詳。

【繫年】

此詩可能作於建安二十三年(218)左右。

【集説】

郭茂倩《樂府詩集》卷六十三：白馬者，見乘白馬而爲此曲。言人當立功、立事，盡力爲國，不可念私也。《樂府解題》曰：鮑照云"白馬騂角弓"，沈約云"白馬紫金鞍"，皆言邊塞征戰之事。

---

① 參見徐公持《曹植年譜考證》，第331頁。

劉履《選詩補注》卷七：考子建《白馬篇》未免狃于俗習，而以遊俠爲賢。

朱乾《樂府正義》卷十二：此寓意于幽并遊俠，實自况也。……篇中所云"捐軀赴難，視死如歸"，亦子建素志，非泛述矣。

何焯《義門讀書記》卷四十七：此即所謂："閑居非吾志，甘心赴國憂"者也。

【按語】

朱乾"自况"説可從。徐公持認爲，此詩與曹彰事蹟頗爲相近，曹彰北征在建安二十三年，故繫於此。①

名都篇

善曰：《歌録》曰：《名都篇》，《齊瑟行》也。

銑曰：名都，邯鄲、臨淄之類也。居篇之首，故以爲名。刺時人騎射之妙，遊騁之樂，而忘憂國之心。

名都多妖女，京洛出少年。寶劍直千金，被服光且鮮。鬬雞東郊道，走馬長楸間。馳馳未能半，雙兔過我前。攬弓捷鳴鏑，長驅上南山。左挽因右發，一縱兩禽連。餘巧未及展，仰手接飛鳶。觀者咸稱善，衆工歸我妍。我歸宴平樂，美酒斗十千。膾鯉臇胎鰕，寒鼈炙熊蹯。鳴儔嘯匹旅，列坐竟長筵。連翩擊鞠壤，巧捷惟萬端。白日西南馳，光景不可攀。雲散還城邑，清晨復來還。

【本事】

不詳。

【繫年】

不詳。

【集說】

郭茂倩《樂府詩集》卷六十三:《歌錄》曰:《名都》《美女》《白馬》并《齊瑟行》也。曹植《名都篇》曰"名都多妖女",《美女篇》曰"美女妖且閑",《白馬篇》曰"白馬飾金羈",皆以首句名篇,猶《艷歌羅敷行》有《日出東南隅篇》,《豫章行》有《駕鴦篇》是也。

劉履《選詩補注》卷二:子建見京城之士女佩服盛麗,相與遊戲于郭外,而騁其射藝之精,極其宴妓之樂,惟日不足,不自知其爲非,故賦此以刺之也。

唐汝詢《唐詩解》卷十:子建自負其才,思竪勳業,而爲文帝所忌,抑鬱不得伸,故感憤賦此。自言日與士女遊戲,鬥雞走馬以爲樂,而因誇其騎射之精,宴樂之盛,若自譽而自嘲也。至末云歲月已逝而遊戲復然,即《清人》詩所云"河上乎遊遙"之意,而解者不察,以爲刺都城士女之作,亦誤矣。

何焯《義門讀書記》卷四十七:結處四句言不能垂功名於竹帛,而徒遊戲以須老,爲可嘆也。

【按語】

唐汝詢《唐詩解》"感憤賦此",其說近似有理,然劉履以刺時人立論,亦可備一說。此詩作年不詳。趙幼文繫於太和年間,曹植描寫入京之所見,不妥。

王明君詞一首并序五言

石季倫

善曰:臧榮緒《晉書》云:石崇,字季倫,渤海人也。早有智惠,稍遷至衛尉。初,崇與賈謐善,謐既誅,趙王倫專任孫秀。崇有妓曰綠珠,秀使人求之,崇不許,秀勸倫殺崇,遂被害也。

　　銑曰:臧榮緒《晉書》云:石崇,字季倫,渤海南皮人。早有智惠,稍遷至衛尉卿。初,崇與賈謐善,謐既誅,趙王倫專任孫秀。崇有妓曰綠珠,秀使人求之,崇不許,於是秀乃勸倫殺崇,遂遇害。

　　王明君者,本是王昭君,以觸文帝諱改焉。匈奴盛,請婚於漢。元帝以後宮良家子昭君配焉。昔公主嫁烏孫,令琵琶馬上作樂,以慰其道路之思。其送明君,亦必爾也,其造新曲,多哀怨之聲,故敘之於紙云爾。

　　我本漢家子,將適單于庭。辭訣未及終,前驅已抗旌。僕御涕流離,轅馬悲且鳴。哀鬱傷五內,泣淚濕朱纓。行行日已遠,遂造匈奴城。延我於穹廬,加我閼氏名。殊類非所安,雖貴非所榮。父子見陵辱,對之慚且驚。殺身良不易,默默以苟生。苟生亦何聊,積思常憤盈。願假飛鴻翼,乘之以遐征。飛鴻不我顧,佇立以屏營。昔爲匣中玉,今爲糞上英。朝華不足歡,甘與秋草并。傳語後世人,遠嫁難爲情。

【本事】

　　見《王明君詞》序。

【繫年】

　　不詳。

【集説】

　　郭茂倩《樂府詩集》卷二十九:一曰《王昭君》。《唐書·樂志》曰:《明君》,漢曲也。元帝時,匈奴單于入朝,詔以王嬙配之,即昭君也。及將去,入辭,光彩射人,悚動左右,天子悔焉。漢人憐其遠嫁,爲作此歌。晉石崇妓綠珠善舞,以此曲教之,而自製新歌。

　　劉履《選詩補注》卷四:此季倫述昭君之意而作也。夫昭君之失節，單于之亂倫，其事固爲可醜。然亦錄而不遺者，以爲於此可見漢道之日衰，而使匈奴得遂所欲，足以垂鑒後世也。況其終篇不苟，情至詞贍，有可觀者焉。

　　唐汝諤《古詩解》卷十一：此爲明君自叙之詞。言我以漢人而適異域，中情不勝悲楚，即寵以閼氏之號，猶不足爲榮，況强以胡虜之禮，有不重爲辱者耶。今雖靦顔苟活，而心常慚憤，惟恨不得奮飛而歸漢也。夫方與春華同艷，隨與秋草同萎，遠嫁之苦，尚足爲後人道哉。

　　吳淇《六朝選詩定論》卷九：從來作此題者，無下千百，要皆議論翻新取勝。此詩只平平就昭君自己口中前半叙事，後半述情，便有無限曲折，無限凄惋。真爲此題作者之冠。

　　何焯《義門讀書記》卷四十七：逼似陳王。此詩可以諷失節之士。

【按語】

　　唐汝諤"自叙"之説可從，何焯"諷失節之士"説似難成立。此詩"朝華不足歡，甘與秋草并"一句，張銑注："其憂思之心，見春朝之華，不足與歡樂，甘以其身與秋草俱凋隕，不願生居匈奴之中。"可參。

君子行五言平調

古　詞

　　向曰：言君子之道，宜守謙撝，不履見猜之地。瑟有三調：平調、清調、側調。此曲處於平調。

　　君子防未然，不處嫌疑間。瓜田不納履，李下不正冠。嫂叔不親授，長幼不比肩。勞謙得其柄，和光甚獨難。周公下白屋，吐哺不及餐。一沐三握髮，後世稱聖賢。

【本事】

郭茂倩《樂府詩集》卷三十二：《樂府解題》曰：古辭云：君子防未然，蓋言遠嫌疑也。又有《君子有所思行》，辭旨與此不同。

【繫年】

不詳。

【集說】

吳淇《六朝選詩定論》卷四：古詩和平，樂府險急。此篇和平極矣，然畢竟是樂府，作古詩不得。

【按語】

李善注本《古詞》只三首，無此一篇，而王臣注本有此。尤袤本將此首附於卷二十七最末。

樂府下

樂府詩十七首

陸士衡
猛虎行雜言

善曰:《古猛虎行》曰:飢不從猛虎食,暮不從野雀棲。野雀安無巢,游子爲誰驕。

銑曰:《古猛虎行》云:飢不從猛虎食。但取發首爲名,不必以篇中意義,他皆類此。觀其大體,是勸人抗其志節,義不苟容。

渴不飲盜泉水,熱不息惡木陰。惡木豈無枝,志士多苦心。整駕肅時命,杖策將遠尋。飢食猛虎窟,寒栖野雀林。日歸功未建,時往歲載陰。崇雲臨岸駭,鳴條隨風吟。靜言幽谷底,長嘯高山岑。急弦無懦響,亮節難爲音。人生誠未易,曷云開此衿?眷我耿介懷,俯仰愧古今。

【本事】

《晉書·陸機傳》:倫將簒位,以爲中書郎。倫之誅也,齊王冏以機職在中書,九錫文及禪詔疑機與焉,遂收機等九人付廷尉。賴成都王穎、吳王晏并救理之,得減死徙邊,遇赦而止。

【繫年】

此詩作於永寧二年左右（302），陸機受知於成都王之後。

【集説】

郭茂倩《樂府詩集》卷三十一：《樂府解題》曰：晉陸機云"渴不飲盜泉水"，言從遠役，猶耿介不以艱險改節也。

劉履《選詩補注》卷四：士衡既入洛，羈寓久之，雖或就仕，時國中多難，顧榮勸其還吳，不聽，此篇之作，其在斯時乎？首言雖"渴不飲盜泉"，雖"熱不蔭惡木"，此有志之士審擇所處，而其立心之苦，有非它人所能知者。且士衡素負才望，志存匡世。吳既亡矣，舍晉復將何之？故又言惟當整駕，敬待時君之命。今乃杖策而出，遠有所求，不免服事權門，追遂群小，譬猶飢食虎窟，寒棲雀林，亦何心哉？殆將遭時立功，以遂所志焉。爾今既不然，而況運祚日衰，擾亂非一，亦猶時往歲陰，雲駭岸而風鳴條也。當是時，我但言嘯于幽僻無人之地以自適焉。蓋以弦之急者，必無懦響，而負直亮之節者，言必不巽，豈不於此難爲哉？故又嘆人生實不易爲，而所蘊何由舒展？顧我平日耿介之懷，而今若此，是以俯仰古今，不能無愧也。

唐汝諤《古詩解》卷十一：此述古人以志節自勵，而因言肅駕趨時，將尋可食可棲之處也。若徒食於猛虎之窟，棲於野雀之林，而使日月空馳，功勛不立，則風雲變幻，其誰能堪。誠不如長嘯山谷，而以亮節自表見矣。夫涉世甚難，而開此襟抱，正爲守吾耿介之懷，惟恐有愧於古今人耳。其志節可勝道哉。

吳淇《六朝選詩定論》卷十：此所以眷眷昔懷，退不能爲伯夷之采薇，是仰而有愧于古；進不能爲太公之鷹揚，是俯而有愧於今。士衡此詩，其作於受知成都王之後乎？

何焯《義門讀書記》卷四十七：數詩沉著痛快，可以直追曹、王，顏延年專寫仿其典麗，則偶人而已。……起手反古詞之意，宋人翻案實祖述於此。自"日歸功未建"以下,所謂"多苦心"也。末云"俯仰愧古今",惟恐有愧於俯仰,所以一食息而不敢苟也。

【按語】

劉履所言"時國中多難"及吳淇"作於受知成都王之後",大體可從。劉運好繫於永寧二年(302)前後。[①] 此詩有被誣之後自悔之意。末句"眷我耿介懷,俯仰愧古今",劉良注:"眷此正直之懷,而不得施展,故愧於古今之人。"

君子行五言

善曰:《古君子行》曰:君子防未然,不處嫌疑間。

翰曰:前有此篇,其意略相類。

天道夷且簡,人道嶮而難。休咎相乘躡,翻覆若波瀾。去疾苦不遠,疑似實生患。近火固宜熱,履冰豈惡寒。掇蜂滅天道,拾塵惑孔顏。逐臣尚何有,弃友焉足嘆。福鍾恒有兆,禍集非無端。天損未易辭,人益猶可歡。朗鑒豈遠假,取之在傾冠。近情苦自信,君子防未然。

【本事】

不詳。

【繫年】

不詳。

【集説】

吳淇《六朝選詩定論》卷十:與古詞《君子行》同是別嫌明微之語,但古詞氣和,此詞心危。"君子防未然",是此題之骨。古詞以之作

---

① 參見劉運好《陸士衡文集校注》,第493頁。

起,此詞以之作結。作起將以戒人,作結用以自危,各有妙處。

何焯《義門讀書記》卷四十七:較之古詞,猶爲深切。"去疾苦不遠"二句,此即發明古詞"不處嫌疑間"之意。乃下所謂"近情苦自信"也。"福鍾有兆"以下,言天命之不可知,禍來誠無所避,人事可以自主,猶可無愧於心。傾冠之難,掩於朗鏡,皆自取之。是以君子常防未然,豫遠疑似於兆端未著之時,卒能自求多福,順乎夷簡之天道也。注家未暢作者本意。

【按語】

吳淇、何焯將其與古詞比較,題旨則明。此詩作年存疑,姜亮夫以爲"詩思無宏深之旨,且亦不見寄興之義,亦少壯時擬古之作也"。[①]劉運好認爲,此詩可能作於元康元年(291),賈謐、張華等人被殺,詩人薄冰顫慄之感觸蓋由此。[②] 此詩確有如履薄冰、防患未然之思,詩中"近火固宜熱,履冰豈惡寒"一句,張銑注:"近水火,必罹寒熱之患。近讒佞,亦必致禍難。"然具體作年難定。

從軍行五言

濟曰:苦天下征伐。

苦哉遠征人,飄飄窮四遐。南陟五嶺巓,北戍長城阿。深谷邈無底,崇山鬱嵯峨。奮臂攀喬木,振迹涉流沙。隆暑固已慘,凉風嚴且苛。夏條集鮮藻,寒冰結衝波。胡馬如雲屯,越旗亦星羅。飛鋒無絶影,鳴鏑自相和。朝食不免胄,夕息常負戈。苦哉遠征人,拊心悲如何!

---

① 參見姜亮夫《陸平原年譜》,第 40 頁。
② 參見劉運好《陸士衡文集校注》,第 501 頁。

【本事】

不詳。

【繫年】

不詳。

【集説】

郭茂倩《樂府詩集》卷三十三：晉陸機《從軍行》曰："苦哉遠征人，飄飄窮四遐。"宋顏延年《從軍行》曰："苦哉遠征人，畢力幹時艱。"蓋苦天下征伐也。又有《苦哉行》《遠征人》，皆出於《從軍行》也。

吳淇《六朝選詩定論》卷十：以"苦哉遠征人"起，以"苦哉遠征人"結，中間却用十六句，分作南北兩行，如大官鹵簿然。一隊一隊，排得十分整齊，固是創格。至其構意之精，又非人所及者。……"南陟"六句，地利之苦。"隆暑"四句，天時之苦。"雲屯"六句，人事之苦。

于光華《重訂文選集評》卷七引方伯海評：曲盡征戍之苦。清刻疏爽，已爲謝玄暉諸家導其先路。

【按語】

此詩寫征戍之苦，作年不詳。姜亮夫以爲"亦不見寄興之意，非中年以後之語，少年習作之存者也"。[1] 劉運好認爲，此詩或爲泛擬古樂府之作，或當作於元康六年(296)職典中兵之後。[2]

豫章行五言

善曰：《古豫章行》曰：白楊初生時，乃在豫章山。

濟曰：本以豫章郡而爲之，以叙人代苦辛之意。

泛舟清川渚，遙望高山陰。川陸殊途軌，懿親將遠尋。三荊歡同

---

① 參見姜亮夫《陸平原年譜》，第 40 頁。
② 參見劉運好《陸士衡文集校注》，第 507—508 頁。

株,四鳥悲異林。樂會良自古,悼別豈獨今。寄世將幾何,日昃無停陰。前路既已多,後塗隨年侵。促促薄暮景,亹亹鮮克禁。曷爲復以茲?曾是懷苦心。遠節嬰物淺,近情能不深。行矣保嘉福,景絶繼以音。

【本事】

　　不詳。

【繫年】

　　不詳。

【集説】

　　郭茂倩《樂府詩集》卷三十四:《古今樂録》曰:《豫章行》,王僧虔云:《荀録》所載古《白楊》一篇,今不傳。《樂府解題》曰:陸機"泛舟清川渚",謝靈運"出宿告密親",皆傷離別,言壽短景馳,容華不久。傅玄《苦相篇》云"苦相身爲女",言盡力於人,終以華落見棄,亦題曰《豫章行》也。豫章,漢郡邑,地名。

　　劉履《選詩補注》卷四:士衡以兄弟將有遠行,因傷別而賦此。且言人壽無幾,徂年促迫,則已無如之何,況復以茲離別而懷苦心耶?然有遠大之節者,其繫於物必淺,而近情之人,能不深有所累乎?故于其行,但祝以善自保養,雖形影隔絶,惟當繼以音問可也。

　　張鳳翼《文選纂注評林》卷六:此道離別之苦而未復自解,然終不能遣釋。

　　吴淇《六朝選詩定論》卷十:原注云:"機祖、父世爲吴臣,著大勳于江表,己亦嘗領父兵爲牙門將。今乃世殊事異,遠離邦族,所以推驗天道,慨思平生,不能不爲悲傷也。"余始疑爲此説者,未免太鑿。再三把玩,字字有亡國破家之感,乃信其不誣。此詩乃士衡兄弟送別之詩,言特懇切,故假題於樂府,使人不覺。……"曷爲"句,即指今日之別；"曾是"句，謂今日之別，非比尋常，乃因國亡家破，世網嬰身而別。此別在遠節之人，或可自遒，未免有情，感痛那得不深也。保厥福者，在晉不比在吳，尤宜謹慎，不是泛常相勗套語。士衡詩屢用"苦心"二字，反覆互校，自曉其意，非泛用也。

　　陳祚明《采菽堂古詩選》卷十：此應是入洛別親友作，推《豫章行》之意而廣之。"三荆"數語悲切，亦復古勁。

【按語】

　　劉履認爲此詩爲二陸兄弟傷別之作，可從。劉運好《陸士衡文集校注》以爲，此詩寫兄弟離別，作於陸雲赴任吳王郎中令時，應繫於元康六年（295）。[1] 此詩乃入洛之初別親友所作，或作於"陸雲赴任吳王郎中令時"，存疑。

苦寒行五言

　　善曰：或曰《北上行》。

　　良曰：前有此作，意与是同也。

　　北遊幽朔城，涼野多嶮難。俯入穹谷底，仰陟高山盤。凝冰結重澗，積雪被長巒。陰雲興巖側，悲風鳴樹端。不覩白日景，但聞寒鳥喧。猛虎憑林嘯，玄猿臨岸嘆。夕宿喬木下，慘愴恒鮮歡。渴飲堅冰漿，飢待零露餐。離思固已久，寤寐莫與言。劇哉行役人，慊慊恒苦寒。

【本事】

　　不詳。

---

[1] 參見劉運好《陸士衡文集校注》，第513—514頁。

【繫年】

不詳。可能作於陸機任河北大都督時，晉惠帝太安元年（302）。

【集説】

吳淇《六朝選詩定論》卷十：首四句寫遠征之艱難，正是"苦寒"張本。"凝冰"四句，正寫寒。"不覿"四句，旁寫寒，已暗度入"苦"字。"日宿"四句，即事寫苦寒。末四句，即情寫苦寒。

【按語】

首句"北遊幽朔城，涼野多嶮難"，呂向注："北稱幽也。朔，北方也。"由此推知，此詩當作於入洛之後。韓暉以爲，此詩可能作於太安元年（302），陸機任河北大都督時。①

飲馬長城窟行五言

向曰：盖与前意不異。

驅馬陟陰山，山高馬不前。往問陰山候，勁虜在燕然。戎車無停軌，旌斾屢徂遷。仰憑積雪巖，俯涉堅冰川。冬來秋未反，去家邈以綿。獫狁亮未夷，征人豈徒旋。末德爭先鳴，凶器無兩全。師克薄賞行，軍没微軀捐。將遵甘陳迹，收功單于斾。振旅勞歸士，受爵藁街傳。

【本事】

不詳。

【繫年】

不詳。

---

① 參見韓暉《〈文選〉編輯及作品繫年考證》，第245頁。

【集説】

劉履《選詩補注》卷四：此亦從軍之詩，不知何爲而作。始言涉歷險艱，久而不返者，以獫狁之未平也。終論爭先交戰，勢無兩全，而勝負得喪安可預？必惟將效古人收功于虜庭，受爵於京都，是吾志也。此篇在士衡樂府中詞平理順，而不失忠義之節，較之《演義》所取《從軍》《苦寒》《日出東南隅行》及《前緩聲歌》等篇，徒以詞藻艷麗而無曲折致趣者，則有間矣，故爲録之。但"受爵"二字，視左太沖"長揖歸田"之意，爲不及耳。

吴淇《六朝選詩定論》卷十：然甘陳雖有奇績，當時朝廷抑而不序，亦無振振受爵之事，此亦志士心中想像而然。只要展布自己本事，受爵不受爵，非所必云。

何焯《義門讀書記》卷四十七：惟老杜前後《出塞》可以追配之。

【按語】

劉履之説，可見其作品編選觀點，與曾原一《選詩演義》之標準不盡相同。韓暉繫於元康六年(296)，征討羌虜時。[1]

門有車馬客行五言

翰曰：言念舊鄉，而有是作。雖曰擬古，機意自屬。

門有車馬客，駕言發故鄉。念君久不歸，濡迹涉江湘。投袂赴門塗，攬衣不及裳。拊膺携客泣，掩淚叙温涼。借問邦族間，惻愴論存亡。親友多零落，舊齒皆彫喪。市朝互遷易，城闕或丘荒。墳壟日月多，松柏鬱芒芒。天道信崇替，人生安得長？慷慨惟平生，俛仰獨悲傷。

---

[1] 參見韓暉《〈文選〉編輯及作品繫年考證》，第245頁。

【本事】

陸機《嘆逝賦》序：昔每聞長老追計平生同時親故，或凋落已盡，或僅有存者。余年方四十，而懿親戚屬，亡多存寡；昵交密友，亦不半在。或所曾共遊一途，同宴一室，十年之內，索然已盡，以是思哀，哀可知矣。

【繫年】

此詩可能與陸機《嘆逝賦》作於同時，即晉惠帝永康元年（300）左右。

【集説】

郭茂倩《樂府詩集》卷四十：《古今樂録》曰：王僧虔《技録》云：《門有車馬客行》歌東阿王《置酒》一篇。《樂府解題》曰：曹植等《門有車馬客行》皆言問訊其客，或得故舊鄉里，或駕自京師，備敘市朝遷謝，親友雕喪之意也。按，曹植又有《門有萬里客》，亦與此同。

劉履《選詩補注》卷四：凡旅寓之士，聞有客自故鄉來者，其趨迎感泣、訪舊惻愴之情，豈得自已？況士衡祖父世爲將相，著大勳于江表。及己，亦嘗領父兵爲牙門將。今乃世殊事異，遠離邦族，且聞故都丘荒，而先壟久不歸省，所以推驗天道，慨思平生，尤不能不爲之悲傷也。

吳淇《六朝選詩定論》卷十：士衡自寓亡國之感，人知其感在下“惻愴”云云，而不知開口閑序時，已偷筆帶出。客發故鄉，謂故鄉人物彫零已盡，獨剩己在。故千山萬水得得而來，相訪問，竟投門塗見其更無他事。“攬衣”三句，亦是故鄉彫零已盡，獨剩客在，故倍加親熱。此不待細論存亡，先已寫得悼絶。“親友”句，是存。“舊齒”句，是亡。“市朝”二句，應零落見存者，亦不在眼前。“墳壟”二句，應彫喪見亡者之多且久。“天道”四句，不止自嘆，前“念子”句，暫把自己算在存者數內。“人生”云云，終把自己也算到亡者數內。其寫國破處，真是蟻亡蜂滅。

何焯《義門讀書記》卷四十七：悲凉古直。

于光華《重訂文選集評》卷七引方伯海評：文字惟真故妙。聞故鄉人至而喜，問及故鄉事而悲，因自傷其離鄉之久，情景俱真。

【按語】

李周翰注：“言念舊鄉，而有是作。”甚是。詩中“親友多零落”等語與《嘆逝賦》相似，可能作於同時。“市朝互遷易，城闕或丘荒”一句，張銑注：“謂吳之市朝、城闕。”陸機以此自傷離鄉之久。

君子有所思行五言

銑曰：言登山，下見都邑，時俗奢泰，因思古之賢哲，与前《君子行》有異也。

命駕登北山，延佇望城郭。廛里一何盛，街巷紛漠漠。甲第崇高闥，洞房結阿閣。曲池何湛湛，清川帶華薄。邃宇列綺牕，蘭室接羅幕。淑貌色斯升，哀音承顏作。人生誠行邁，容華隨年落。善哉膏粱士，營生奧且博。宴安消靈根，酖毒不可恪。無以肉食資，取笑葵與藿。

【本事】

不詳。

【繫年】

不詳。姜亮夫《陸平原年譜》以爲陸機初入洛時作。

【集說】

郭茂倩《樂府詩集》卷六十一：《樂府解題》曰：《君子有所思行》，晉陸機云“命駕登北山”，宋鮑照云“西山登雀臺”，梁沈約云“晨策終南首”,其旨言雕室麗色,不足爲久歡,宴安酖毒,滿盈所宜敬忌。與《君子行》異也。

　　吴淇《六朝選詩定論》卷十:此當是未入洛前,傷孫氏之將衰,全是一班身家自營之人,謀國不臧,故作此以刺之。

　　何焯《義門讀書記》卷四十七:此君子以戒有位者也。以此與鮑明遠相較,則遺山詆士衡爲“布穀”,真不知量也。

【按語】

　　此詩“命駕登北山”一句,劉良注:“謂登北邙,望晉都。”吴淇以爲入洛前作,誤也。此詩末句“無以肉食資,取笑葵與藿”,劉良注:“無以肉食而自安,是以取笑於食葵藿貧賤之士。”此即何焯所言“戒有位者也”。

齊謳行五言

　　善曰:《漢書·禮樂志》曰:齊謳員六人。

　　銑曰:此屬齊人謳歌國風也。其終篇亦欲使人推分直進,不可苟有所營。

　　營丘負海曲,沃野爽且平。洪川控河濟,崇山入高冥。東被姑尤側,南界聊攝城。海物錯萬類,陸産尚千名。孟諸吞楚夢,百二侔秦京。惟師恢東表,桓后定周傾。天道有迭代,人道無久盈。鄙哉牛山嘆,未及至人情。爽鳩苟已徂,吾子安得停? 行行將復去,長存非所營。

【本事】

　　不詳。

【繫年】

可能作於太安二年(302),陸機任平原內史時。姜亮夫《陸平原年譜》:"叙齊地地形勢廢興也,平原內史時作。"①

【集説】

郭茂倩《樂府詩集》卷六十四:《漢書》曰:漢王至南鄭,諸將及士卒皆歌謳《思東歸》。顏師古曰:謳,齊歌也,謂齊聲而歌。或曰:齊地之歌。《禮樂志》曰:齊古謳員六人。梁元帝《纂要》曰:齊歌曰謳是也。陸機《齊謳行》,備言齊地之美,亦欲使人推分直進,不可妄有所營也。

吳淇《六朝選詩定論》卷十:士衡吳人,止宜作《吳趨行》耳,又作《齊謳》,何爲?士衡去國入洛,心中有不平處,托意於二詞。故于《吳趨》極摹其風土人物之美,而于《齊謳》則譏之。……《吳趨》《齊謳》二行,却是爲《三都賦》而作。蓋以我之《吳趨》解彼之《吳都賦》,以敵彼之《魏都》,以我之《齊謳》抑彼之《魏都賦》也。不及蜀,蜀、吳一體,且漢裔也。故止以二詩當三賦,使人不覺,最有深意。

何焯《義門讀書記》卷四十七:"南界聊攝城","南"字必爲"西"字之誤,而李善必爲曲説以解之,何哉?

于光華《重訂文選集評》卷七引方伯海評:篇中處處切齊,即借齊之遺事,爲世人不達死生之分説法。

【按語】

吳淇説流于附會,方伯海説可從。劉運好認爲"平原古屬齊地,當入齊而作《齊謳行》也"。② 末句"行行將復去,長存非所營",張銑注:"行行,漸去貌。長存之事,非由經營而得也。"正如方伯海所評"爲世人不達死生之分説法"。

---

① 參見姜亮夫《陸平原年譜》,第96頁。
② 參見劉運好《陸士衡文集校注》,第546頁。

長安有狹邪行五言

向曰：言世路險狹邪僻，正直之士无所措手足矣。

伊洛有歧路，歧路交朱輪。輕蓋承華景，騰步躡飛塵。鳴玉豈樸
儒，憑軾皆俊民。烈心厲勁秋，麗服鮮芳春。余本倦遊客，豪彦多舊
親。傾蓋承芳訊，欲鳴當及晨。守一不足矜，歧路良可遵。規行無曠
迹，矩步豈逮人。投足緒已爾，四時不必循。將遂殊塗軌，要予同
歸津。

【本事】

不詳。

【繫年】

此詩可能作於陸機入洛之初，晉武帝太康十年（289）或太熙元年
（290）。

【集說】

郭茂倩《樂府詩集》卷三十四：一曰《相逢狹路間行》，亦曰《長安
有狹斜行》。《樂府解題》曰：古詞文意與《雞鳴曲》同。晉陸機《長安
狹斜行》云“伊洛有歧路，歧路交朱輪”，則言世路險狹邪僻，正直之士
無所措手足矣。唐李賀有《難忘曲》，亦出於此。

劉履《選詩補注》卷四：士衡在京洛，見世道險狹邪僻，而豪俊之
士競相奔趨，自謂得志，莫覺其非，故托歧路爲喻，而賦此以諷焉。首
言車服之華麗，氣勢之驕暴，已足彰其失矣。復謂我本倦遊之客，易
於止托，況多豪彦舊親，承以美言，諄諄勸誘如此。是豈不知歧路可
以追及於人哉？然既投足于正塗，而意向已定，不可改矣。蓋窮達之
分雖殊，而其理則一，猶四時寒暑各異而一氣流行，不必一一相循。
且將遂我所適，而要子於同歸之津可也。此不特辭其所勸，而所以警
之者亦深矣。但意圓而語滯，舊說不能盡通爾。

　　吳淇《六朝選詩定論》卷十：此篇從來注者，文意多不屬。再三玩味，始知與潘尼《迎大駕》詩同格也。此詩"豪彥多舊親""傾蓋承芳訊"，即潘詩所謂"道逢深識士，舉手對吾揖"。"欲鳴"以下，述舊親所訊之言也。"欲鳴"句，當及時而仕。"守一"句，欲及時而仕。當遵歧路，不得規行矩步。"緒"是繼，"已爾"是已然。凡人舉足作事，當照前人行過的做，雖曰人生出處，如四時之有定序，實不必循也。"將遂"二句，言子行正道，吾行歧路，是殊塗。今吾欲要子合成一轍，而同歸於要津也。潘詩是勸止，故用陌路深識之士，士衡詩是勸進，故設舊親豪彥之言，總是欲止之之意。潘顯快些，陸深婉些。

【按語】

　　劉履所言"托歧路爲喻，而賦此以諷"，可從。吳淇將此詩與潘尼《迎大駕》比較，疏解文意有新意。

長歌行五言

向曰：前有是篇，其意相類。

　　逝矣經天日，悲哉帶地川。寸陰無停晷，尺波豈徒旋。年往迅勁矢，時來亮急弦。遠期鮮克及，盈數固希全。容華夙夜零，體澤坐自捐。茲物苟難停，吾壽安得延？俛仰逝將過，倏忽幾何間。慷慨亦焉訴，天道良自然。但恨功名薄，竹帛無所宣。迨及歲未暮，長歌承我閑。

【本事】

　　不詳。

【繫年】

　　可能作於陸機入洛以後。姜亮夫《陸平原年譜》繫於陸機任太子舍人前，即元康元年（291）前。

【集說】

郭茂倩《樂府詩集》卷三十:《樂府解題》曰:古辭云"青青園中葵,朝露待日晞",言芳華不久,當努力爲樂,無至老大乃傷悲也。魏改奏文帝所賦曲"西山一何高",言仙道茫茫不可識,如王喬、赤松,皆空言虛詞,迂怪難信,當觀聖道而已。若陸機"逝矣經天日,悲哉帶地川",則復言人運短促,當乘間長歌,與古文合也。

魏慶之《詩人玉屑》卷十一:《文選・長歌行》只有一首"青青園中葵"者,郭茂倩《樂府》有兩首,次一首乃"仙人騎白鹿"者,"仙人騎白鹿"之篇,予疑此詞"岧岧山上亭"以下其義不同,當又別是一首,郭茂倩不能辨也。

吳景旭《歷代詩話》卷二十四:觀魏文帝所賦,似《擬仙人騎白鹿》一首,陸士衡所賦,似《擬青青園中葵》一首,其詞意各合古辭,而《解題》謂曹魏改奏,晉陸士衡不與古文合,何也?"岧岧山上亭"以下,細閱絕不相類,嚴氏駁之有見。

吳淇《六朝選詩定論》卷十:首四句,日無停晷,川無旋流,雙起雙承。年是吾之年,時是天之時。年矢之往迅,由於時弦之催急。"期"是遥指百年,"數"是逐年細數。容之華主外,體之澤主內。兹二物者,吾命所寓,二物難停,吾壽曷長? 前之去者,俯仰已過;後之來者,倏忽幾何! 此乃天道之常,夫復何恨! 所恨者冉冉老至,功名不立耳。

于光華《重訂文選集評》卷七引方伯海評:大意是言年華易逝,百歲難期,當立功名以垂後。

【按語】

劉運好以爲,此詩當是陸機入洛之初、仕途未達之時所作。[①]　其

---

① 參見劉運好《陸士衡文集校注》,第578頁。

説可從。此詩有"所恨者冉冉老至，功名不立"之嘆。"俛仰逝將過，倐忽幾何間"一句，張銑注："言歲月俯仰，則往將過，人命倐忽，能幾何時。"可參。

悲哉行五言

善曰：《歌録》曰：悲哉行，魏明帝造。

良曰：客遊感物，憂思而作焉。

遊客芳春林，春芳傷客心。和風飛清響，鮮雲垂薄陰。蕙草饒淑氣，時鳥多好音。翩翩鳴鳩羽，喈喈倉庚吟。幽蘭盈通谷，長秀被高岑。女蘿亦有托，蔓葛亦有尋。傷哉遊客士，憂思一何深！目感隨氣草，耳悲詠時禽。寤寐多遠念，緬然若飛沈。願託歸風響，寄言遺所欽。

【本事】

不詳。

【繫年】

可能作於陸機入洛之後。

【集説】

郭茂倩《樂府詩集》卷六十二：《歌録》曰：《悲哉行》，魏明帝造。《樂府解題》曰：陸機云"遊客芳春林"，謝惠連云"羈人感淑節"，皆言客遊感物憂思而作也。

吳淇《六朝選詩定論》卷十：心爲悲之因，景爲悲之緣。耳與目爲之締合。題之"悲哉"，蓋四者湊而成也。而要以心爲主，心有情，景無情。故同一景也，樂人見之而樂，悲人見之而悲。春芳者，世之所謂良辰美景，而遊客則以傷心也。故下文"和風"二句，虛寫春芳，一風一雲。"蕙草"二句，實寫春芳，一草一鳥。"翩翩"二句，就鳥申寫春，"幽蘭"句，就草申寫芳春。極寫之者，以見人世賞心之物，遂爲傷心之媒也。"女蘿"二句，不與蘭草一例，蓋順就文勢，全重有托有尋，以起下文之憂思也。

何焯《義門讀書記》卷四十七:《悲哉行》，緣情綺麗，斯爲不負。此入洛之後，爲北士所輕而賦。

【按語】

此篇當爲陸機客居洛中所作。此詩"傷哉遊客士，憂思一何深"一句，李善注:"言己客遊不如蘿葛，故憂思逾深也。"可參。

吳趨行五言

善曰:崔豹《古今注》曰:吳趨曲，吳人以歌其地也。

良曰:趨，步也。此曲吳人歌其土風。

楚妃且勿嘆，齊娥且莫謳。四坐并清聽，聽我歌吳趨。吳趨自有始，請從閶門起。閶門何峨峨，飛閣跨通波。重欒承游極，回軒啓曲阿。藹藹慶雲被，泠泠祥風過。山澤多藏育，土風清且嘉。泰伯導仁風，仲雍揚其波。穆穆延陵子，灼灼光諸華。王迹隤陽九，帝功興四遐。大皇自富春，矯手頓世羅。邦彥應運興，粲若春林葩。屬城咸有士，吳邑最爲多。八族未足侈，四姓實名家。文德熙淳懿，武功侔山河。禮讓何濟濟，流化自滂沱。淑美難窮紀，商榷爲此歌。

【本事】

不詳。

【繫年】

此詩當作於入洛之初。姜亮夫《陸平原年譜》認爲，此詩爲陸機初入洛時見輕中原，乃以此爲自況也。

【集説】

　　郭茂倩《樂府詩集》卷六十四：崔豹《古今注》曰：《吳趨行》，吳人以歌其地。陸機《吳趨行》曰："聽我歌吳趨。"趨，步也。

　　吳淇《六朝選詩定論》卷十：起上句點出"齊""楚"二字，明用《子虛賦》意，以齊比魏，以楚比蜀。"聽我"句，以吳比漢。後《齊謳行》"孟諸吞楚夢"，亦用《子虛賦》意，言齊差勝楚，正魏差勝蜀耳。可謂心細之極。

　　士衡生於吳，世受吳恩，家破國亡而歸晉，其心有不安處。時諸王爭權，晉室大亂，無有寧日，其身亦有不安者，故作《吳趨》以示不忍忘吳之意。而叙人物處，取泰伯、仲雍、季札讓國高賢，引起大皇兄弟相讓，以刺司馬諸王骨肉相殘，照出後《齊謳行》之意。結以商榷爲歌，言費盡苦心，以俟後人好學心知者。

　　何焯《義門讀書記》卷四十七："矯手頓世羅"，"世羅"猶言世變也。吕向注以爲舉手下羅天下英賢而用之，亦非也。

【按語】

　　吳淇將此詩繫於八王之亂時，"以刺司馬諸王骨肉相殘"，似不妥。此詩主要寫吳地鄉土風俗之美及人才之盛，可能作於入洛之初。

短歌行四言

　　翰曰：前有此詞，意旨相類。

　　置酒高堂，悲歌臨觴。人壽幾何？逝如朝霜。時無重至，華不再陽。蘋以春暉，蘭以秋芳。來日苦短，去日苦長。今我不樂，蟋蟀在房。樂以會興，悲以別章。豈曰無感，憂爲子忘。我酒既旨，我肴既臧。短歌有詠，長夜無荒。

【本事】

不詳。

【繫年】

不詳。姜亮夫《陸平原年譜》以爲乃陸機初入洛時作。

【集說】

郭茂倩《樂府詩集》卷三十：此曲聲制最美，辭不可入宴樂。《樂府解題》曰：《短歌行》，魏武帝“對酒當歌，人生幾何”；晉陸機“置酒高堂，悲歌臨觴”，皆言當及時爲樂也。

劉履《選詩補注》卷四：此士衡宴會賓親之詩，既有以勸其不可不樂，又得以因其會而忘憂，而卒能以長夜無荒爲戒，其得《唐風·蟋蟀》之遺意者歟？

吳淇《六朝選詩定論》卷十：凡《長歌行》，是於長處說短，教人急急脩行；《短歌行》却又於短處說長，亦教人急急脩行。……魏武帝“但爲君故，沉吟至今”，善於憂處寫短。陸平原“豈曰無感，憂爲子忘”，善於樂處寫短。魏武帝“去日苦多，”妙在能舍；陸平原補出“來日苦短”，妙在互視，真正對手棋子。

【按語】

此詩意旨與曹操詩作頗爲相似，郭茂倩所言“皆言當及時爲樂也”，可從。吳淇將二詩比較，詩意明矣！

日出東南隅行五言 或曰《羅敷艷歌》

善曰：崔豹《古今注》曰：《陌上桑》者，出秦氏女也。秦氏，邯鄲人，有女名羅敷，嫁爲邑人千乘王仁爲妻。王仁後爲趙王家令。羅敷出，採桑於陌上，趙王登臺見而悅之，因飲酒欲奪焉。羅敷巧彈箏，乃作《陌上之歌》，以自明焉。

向曰：《陌上桑》，出秦氏女也。秦氏，邯鄲人，有女羅敷，爲邑人王仁妻。仁後爲趙王家令，羅敷出，採桑於陌上，趙王登臺見而悦之，因飲酒欲奪焉。羅敷巧彈箏，作《陌上之歌》，以自明其言，其後轉相擬述。

　　扶桑升朝暉，照此高臺端。高臺多妖麗，濬房出清顏。淑貌耀皎日，惠心清且閑。美目揚玉澤，蛾眉象翠翰。鮮膚一何潤，秀色若可餐。窈窕多容儀，婉媚巧笑言。暮春春服成，粲粲綺與紈。金雀垂藻翹，瓊珮結瑶璠。方駕揚清塵，濯足洛水瀾。藹藹風雲會，佳人一何繁。南崖充羅幕，北渚盈軿軒。清川含藻景，高崖被華丹。馥馥芳袖揮，泠泠纖指彈。悲歌吐清響，雅舞播幽蘭。丹脣含九秋，妍迹陵七盤。赴曲迅驚鴻，蹈節如集鸞。綺態隨顏變，沈姿無乏源。俯仰紛阿那，顧步咸可歡。遺芳結飛飈，浮景映清湍。冶容不足詠，春遊良可嘆。

【本事】

　　不詳。

【繫年】

　　可能作於太康十年(289)左右，入洛之初春遊時作。

【集説】

　　郭茂倩《樂府詩集》卷二十八：《樂府解題》曰："古辭言羅敷採桑，爲使君所邀，盛誇其夫爲侍中郎以拒之。"與前説不同。若陸機"扶桑升朝暉"，但歌美人好合，與古詞始同而末異。又有《採桑》，亦出於此。

　　吳淇《六朝選詩定論》卷十：此詩寫艷，可謂盡態極妍，令人目眩，最難察其端緒所在。……"方駕"二句，喻其入洛。"濯足"者，言洛之濁，止堪濯足耳。"藹藹"以下，應"高臺"句。蓋指當時權貴，幸禪革之際，自爲際會風雲。而又有一輩小人，爭相趨赴，工爲諧媚，分明是一群妖魅，却自以爲清顏佳人。夫絕世佳人，有一無二，何洛水佳人之多耶！"南崖"以下，寫得熱艷，朋黨寵附，兼有權勢相傾之意。"遺芳"二句，蹴起"飛飆"。洛水爲濁，喻朝政之亂也，故云"冶容不足詠"，徒令人見之而悲也。此雖寓言，觀賈充命姬妾千人，繞舟三匝，以誇示夏統，想亦實賦。

何焯《義門讀書記》卷四十七：或曰《羅敷艷歌》，注引崔豹《古今注》："羅敷爲千乘王仁妻，採桑于陌上，趙王見而悦之，欲奪焉。羅敷作《陌上歌》以自明。"按，詩中不見自明之意。《玉臺》只題爲《艷歌行》。"照此高臺端"，"高臺"，指在上之人，此刺晉人無政，淫荒遊蕩，王公以下皆不能正其家。當以令升之論同觀，與羅敷本解殊旨。

【按語】

陸機入洛之時，賈充已卒。吴淇之説過於附會，不可從。此篇寫洛中春遊之樂，"冶容不足詠，春遊良可嘆"一句，劉良注："言事雖不足歌詠，然芳春之遊良可嘆美。"可參。

前緩聲歌五言

向曰：將前慕仙遊，冀命長緩，故流聲於歌曲中也。

遊仙聚靈族，高會曾城阿。長風萬里舉，慶雲鬱嵯峨。宓妃興洛浦，王韓起太華。北徵瑶臺女，南要湘川娥。肅肅宵駕動，翩翩翠蓋羅。羽旗棲瓊鸞，玉衡吐鳴和。太容揮高弦，洪崖發清歌。獻酬既已周，輕舉乘紫霞。揔轡扶桑枝，濯足湯谷波。清輝溢天門，垂慶惠皇家。

【本事】

不詳。

【繫年】

不詳。可能作於陸機入洛以後。

【集説】

吳兢《樂府古題要解》卷下：如陸士衡《緩聲歌》，皆傷人世不永，俗情險艱，當求神仙翶翔六合之外，其詞蓋出楚歌《遠遊》篇也。

郭茂倩《樂府詩集》卷六十五：晉陸機《前緩聲歌》曰："遊仙聚靈族，高會曾城阿。"言將前慕仙遊，冀命長緩，故流聲於歌曲也。宋謝惠連又有《後緩聲歌》，大略戒居高位而爲讒諂所蔽，與前歌之意異矣。按，緩聲，本謂歌聲之緩，非言命也。又有《緩歌行》，亦出於此。

吳淇《六朝選詩定論》卷十：此篇似極頌美，却是痛刺晉室諸王外戚，專權自恣，樹立黨援，爭以遊戲荒淫相尚，全無體統紀綱也，故借倦靈聚會以寓意。"長風"二句，見其勢既盛，不可推解。宓妃、王韓、瑶女、湘娥，是一色仙靈。太容洪崖，是一色仙靈。宓妃指賈后，王韓指諸王，瑶女、湘娥指諸家之羽翼。曰"興"曰"起"，各立門户。曰"南要""北徵"，招致幾遍天下。

【按語】

吳淇比附政治，穿鑿附會，不可從。此篇爲遊仙之作，承襲《楚辭·遠遊》、曹植《升天行》之餘緒。

塘上行五言

善曰：《歌録》曰：塘上行，古辭。或云甄皇后造，或云魏文帝，或云武帝。歌曰：蒲生我池中，葉何一離離。

銑曰：言婦人衰老失寵，行於塘上，爲歌也。塘，堤也。

江蘺生幽渚，微芳不足宣。被蒙風雲會，移居華池邊。發藻玉臺下，垂影滄浪泉。沾潤既已渥，結根奥且堅。四節逝不處，華繁難久鮮。淑氣與時殞，餘芳隨風捐。天道有遷易，人理無常全。男歡智傾愚，女愛衰避妍。不惜微軀退，但懼蒼蠅前。願君廣末光，照妾薄暮年。

【本事】

不詳。

【繫年】

作年存疑。姜亮夫《陸平原年譜》："疑去太子舍人時作。"劉運好《陸士衡文集校注》認爲，此詩可能作於八王之亂時。

【集説】

郭茂倩《樂府詩集》卷三十五：《歌録》曰：或云甄皇后造。《樂府解題》曰：《前志》云：晉樂奏魏武帝《蒲生篇》，而諸集録皆言其詞文帝甄后所作，嘆以讒訴見棄，猶幸得新好，不遺故惡焉。若晉陸機"江蘺生幽渚"，言婦人衰老，失寵行於塘上而爲此歌，與古詞同意。

劉履《選詩補注》卷四：此亦相和歌詞之清調曲也。按，《鄴都故事》：魏文帝甄皇后爲郭后所譖，賜死後宮，臨終爲詩有"蒲生我池中"及"棄捐素所愛"等語，即此曲也。……此篇豈亦宮中妃嬪之流，有衰老而失寵者，故爲托江蘺爲喻，以諷其主焉。或曰：此士衡慮己之詞，然不可考其何爲也。且言智能傾愚、衰當避妍，固天道之常。故於身退有不足惜，但懼讒邪如蒼蠅之能變白黑者乘間而進，有以惑亂於君耳。其忠愛之誠見於詞者如此，則庶幾能感悟之云。

吳淇《六朝選詩定論》卷十：甄后既衰，作《塘上行》，説者以爲怨而不怒。此擬更加雅秀，深得風人之致。首二句自謙爲小家兒女，生長民間，其後發藻垂影，都是大家擡舉出來。"沾潤"二句，滿意極寫，反映下文之衰棄也。"四節"四句，正寫衰棄，由於時去，非己有可棄之罪。"天道"四句承上，競言女色避妍，亦天道人理之常，無足深惜。

但恨蒼蠅之物，能白黑黑白，懼其前進熒亂君德，所以仰望君王之念舊耳。

何焯《義門讀書記》卷四十七：（注：）古詞或云甄皇后造，或云魏文帝，或曰武帝。（按：）以本詞爲甄皇后造者，近之。

張玉穀《古詩賞析》卷十一：《塘上行》始于魏文帝甄后，此詩擬之，亦作宫怨看。前十二句，皆以江蘺比己。而四句叙出身之概，四句叙末路之哀，意亦平順，托之於物，便覺空靈。後八句，接喻意，用慨嘆遞落正意，而女愛以男歡襯出，懼讒又以甘退跌醒，然後以望其終鑒收住，辭旨婉曲。

【按語】

劉履“托江蘺爲喻，以諷其主”説，大體可從。此詩末句“願君廣末光，照妾薄暮年”，李周翰注：“薄暮，喻老也。欲君子存始終之情也。”可參。

樂府一首

謝靈運

會吟行五言

銑曰：會，謂會稽也。吟，猶詠也。意與《吳趨行》同類。

六引緩清唱，三調佇繁音。列筵皆静寂，咸共聆會吟。會吟自有初，請從文命敷。敷績壺冀始，刊木至江沱。列宿炳天文，負海横地理。連峯競千仞，背流各百里。滮池溉粳稻，輕雲曖松杞。兩京愧佳麗，三都豈能似？層臺指中天，高墉積崇雉。飛燕躍廣途，鶬首戲清沚。肆呈窈窕容，路曜便娟子。自來彌年代，賢達不可紀。句踐善廢興，越叟識行止。范蠡出江湖，梅福入城市。東方就旅逸，梁鴻去桑梓。牽綴書土風，辭殫意未已。

【本事】

不詳。

【繫年】

此詩可能作於景平元年(423)，謝靈運退居會稽始寧時作。[①]

【集説】

郭茂倩《樂府解題》卷六十四：《會吟行》其致與《吳趨》同，"會"謂會稽，謝靈運《會吟行》曰："咸共聆會吟。"

方回《文選顏鮑謝詩評》卷三：《文選》不注《會吟行》之義，詳考乃是效陸機《吳趨行》。崔豹《古今注》曰："《吳趨曲》，吳人以歌其地也。"今曰"會吟"，非吳會之"會"，即會稽之"會"。今兩浙，秦之會稽郡，漢之吳郡也。陸機之作曰："楚妃且莫嘆，齊娥且莫謳。四坐并清聽，聽我歌吳趨。吳趨自有始，請從閶門起。"以下十四韻皆述吳中風土人物。靈運之作，起句三韻同調，以下少一韻耳。鋪叙誇張，別無高意，皆不可謂之佳作。"六引""三調"，《文選》注亦不詳明。所引吳、越六人，所謂"越叟"者，出《越絶書》："子胥戰于檇李，闔閭軍敗，欲復其讐，師事越公，録其術。"又非范蠡，其人他書未嘗見。東方朔就旅逸，出劉向《列仙傳》，謂宣帝時，棄郎去，避亂政，置幘官舍，風飄之去，後見會稽賣藥。《漢書》無此事，餘四人史可考。

張鳳翼《文選纂注評林》卷六：首叙神禹之功，文有源委。次叙山川臺榭之景，末叙會稽之人物。

吳淇《六朝選詩定論》卷十四：禹行水，何處不至？但會稽地負海，禹始開之，會諸侯于此，因名。而又其子孫之封國，故引爲稱首。"天文"以下，文稍泛，惟"連峰"二語，從顧長康"千峰競秀，萬壑争流"二語來得切，但詞不甚練，不及原語耳。叙人物處，連用六句，不見

---

① 參見顧紹柏《謝靈運集校注》，第348頁。

排，却是練得幾個虛字精工。

何焯《義門讀書記》卷四十七：會，謂會稽也。吟，猶詠也。擬《吳趨行》。又，樂府詩宜讓明遠，謝公不嫻斯體，他章亦無可觀。曩疑《吳趨行》既述泰伯、仲雍之化，復述大帝創業、四姓夾輔，所謂樂操土風也。靈運此詩，既序大禹及句踐舊跡，當舉永嘉南渡名臣將相出於會稽以徵邦彥之盛。且文靖常居會稽，而獻武又爲内史，乃皆略之，未免舉典而忘其祖。後細玩詩中，亦故有微旨。首叙禹功及句踐伯業，不敢忘其在上者也。自范蠡以下皆客遊之杞梓，則所以增土風之重，固隱然在南渡諸賢矣。不明言近事，恐一群白頸烏張其喙耳。往時於斯藝實粗，致滋妄議。

【按語】

此詩效仿陸機《吳趨行》而作，諸家已論。黄節先生認爲："此篇當是康樂稱疾去職，移籍會稽時所作。故篇中所引，范蠡、梅福數人，皆有深意。"[1]謝靈運追懷古賢，以此寄托退隱之志。

樂府詩八首

鮑明遠

東武吟五言

善曰：左思《齊都賦注》曰：《東武》《太山》，皆齊之土風，弦歌謳吟之曲名也。

銑曰：人有少壯征伐，年老被弃，遊於東武者。不敢論功，但戀君耳，故托遠以言之。東武，太山下小山名。

主人且勿喧，賤子歌一言。僕本寒鄉士，出身蒙漢恩。始隨張校尉，占募到河源。後逐李輕車，追虜窮塞垣。密塗亘萬里，寧歲猶七

---

① 參見黄節《黄節注漢魏六朝詩六種》，第 593 頁。

奔。肌力盡鞍甲，心思歷涼溫。將軍既下世，部曲亦罕存。時事一朝
異，孤績誰復論？少壯辭家去，窮老還入門。腰鎌刈葵藿，倚杖牧雞
狕。昔如鞲上鷹，今似檻中猿。徒結千載恨，空負百年怨。弃席思君
幄，疲馬戀君軒。願垂晉主惠，不愧田子魂。

【本事】

　　不詳。

【繫年】

　　不詳。

【集説】

　　郭茂倩《樂府詩集》卷四十一：《古今樂録》曰：王僧虔《技録》有
《東武吟行》，今不歌。《樂府解題》曰：鮑照云“主人且勿喧”，沈約云
“天德深且曠”，傷時移事異，榮華徂謝也。左思《齊都賦》注云：東武、
太山皆齊之土風。弦歌，謳吟之曲名也。《通典》曰：漢有東武郡，今
高密諸城縣是也。

　　方回《文選顏鮑謝詩評》卷三：此早從軍而晚無成者。晉文公捐
籩豆、棄席蓐，舅犯夜哭，出《韓子》。田子方贖老馬事，出《韓詩外
傳》。能垂晉主之惠，則能不愧于田子之神矣，而後世之不願棄席、老
馬者衆矣。東武地本太山，當吟齊之土風，今照用題不拘，恐謂東武
之人應募亦可。詩有筆力，如轉石下千仞山，袞袞轟轟不可禦，李太
白詩甚似之。

　　劉履《選詩補注》卷七：按，《樂府解題》謂《東武吟》率皆傷悼時移
事變之詞。明遠此篇，殆亦有所爲而擬作歟？觀其首言主人勿喧而
後歌者，欲其聽之審而感之速也。故下文歷敘征役遠塞之勞，窮老還
家之苦，至篇末復懷戀主之情，而猶有望于垂惠，然不知其爲誰而
發也。

張玉穀《古詩賞析》卷十七：此代從軍老卒訴苦望恤之詩。

方東樹《昭昧詹言》卷六：此勞卒怨恩薄之詩。《小雅·杕杜》，先王勞旋役之什，所以爲忠厚也。後世恩薄，不能念此，故詩人詠之，亦所以爲諷諫。此所以爲原本古義，用張騫、李蔡，仿詩人南仲、方叔耳。

【按語】

該詩題下張銑注："不敢論功，但戀君耳，故托遠以言之。"可從。丁福林以爲，此詩揭露是時兵役制度之腐朽。[1] 關於東武土風，黃節有考："其矜尚功名，失志而悲，皆豪悍之習使然。"[2]

出自薊北門行五言

善曰：《漢書》曰：薊，故燕國也。

銑曰：薊北，門名。叙征戰苦辛之意。

羽檄起邊亭，烽火入咸陽。徵騎屯廣武，分兵救朔方。嚴秋筋竿勁，虜陣精且強。天子按劍怒，使者遥相望。雁行緣石逕，魚貫度飛梁。簫鼓流漢思，旌甲被胡霜。疾風衝塞起，沙礫自飄揚。馬毛縮如蝟，角弓不可張。時危見臣節，世亂識忠良。投軀報明主，身死爲國殤。

【本事】

不詳。

【繫年】

不詳。

---

[1] 參見丁福林、叢玲玲《鮑照集校注》，第 122 頁。
[2] 參見黃節《黃節注漢魏六朝詩六種》，第 739 頁。

【集説】

郭茂倩《樂府詩集》卷六十一：魏曹植《艷歌行》曰："出自薊北門，遥望胡地桑。枝枝自相値，葉葉自相當。"《樂府解題》曰：《出自薊北門行》，其致與《從軍行》同，而兼言燕薊風物，及突騎勇悍之狀，若鮑照云"檄起邊亭"，備叙征戰苦辛之意。《通典》曰："燕本秦上谷郡，薊即漁陽郡，皆在遼西。"《漢書》曰：薊，古燕國也。

方回《文選顔鮑謝詩評》卷三：此全用《楚詞·國殤》之意。"身既飛兮神以靈，魂魄毅兮爲鬼雄"，張巡嚼齒穿齦之類是也。《西京雜記》：元封二年，大雪，深五尺，牛馬蜷縮如蝟。少陵詩"漢時長安雪一丈，牛馬寒毛縮如蝟"，鮑用又在先也。

劉履《選詩補注》卷七：此言漢時邊塞警急，出師征戰正當嚴秋，弓矢堅勁敵陣精彊之時，而其冒犯風霜，不避辛苦如此。大抵危亂之際，方見臣子之懷忠殉節，能棄其身而不顧也。豈亦因時多難，有所激勸而言之歟？

吴淇《六朝選詩定論》卷十三：應是當時政令躁急，臣下有不任者，故借此以寓意。言平日無折衝之謀，以寢敵慮。及邊隙一啓，曰"徵騎"，曰"分兵"，皆臨時周章光景，以敵陣之精彊故也。天子之怒，固是怒敵，亦是怒將士之不急急剪此朝食，故從戰之士，相望於道。當此時也，雖有李牧輩爲將，亦不暇爲謀矣。"簫鼓"云云，不憚于勞。"時危"云云，不憚於死。一片忠心，上之弗恤，死爲國殤，何益于國哉！

朱乾《樂府正義》卷一：古稱"燕趙多佳人，出自薊北門"，本曹植《艷歌》，與《從軍》無涉。自鮑照借言燕薊風物，及征戰辛苦，奄不知此題爲《艷歌》矣。蓋樂府有轉有借，轉者，就舊題而轉出新意；借者，借前題而裁以己意。擬古者須識此二義，然後可以參變。未可泥解題之説，而忘却《艷歌》本旨也。

　　方東樹《昭昧詹言》卷六：此從軍出塞之作，薊北多烈士，故托言之。

【按語】

　　此詩"敘征戰苦辛之意"。朱乾指出樂府題旨有轉借，其説可參。詩中有"時危見臣節，世亂識忠良"一語，劉履言"豈亦因時多難，有所激勸而言之歟？"此詩或作於元嘉二十七年（450），魏軍南下，建康形勢危急之時。①

結客少年場行五言

　　善曰：曹植《結客篇》曰：結客少年場，報怨洛北芒。范曄《後漢書》曰：祭遵嘗爲部吏所侵，結客報之也。

　　翰曰：言少年時結任俠之客，爲遊樂之場，終而無成，故有斯作也。

　　驄馬金絡頭，錦帶佩吳鈎。失意杯酒間，白刃起相讎。追兵一旦至，負劍遠行遊。去鄉三十載，復得還舊丘。升高臨四關，表裏望皇州。九塗平若水，雙闕似雲浮。扶宮羅將相，夾道列王侯。日中市朝滿，車馬若川流。擊鐘陳鼎食，方駕自相求。今我獨何爲，埳壈懷百憂。

【本事】

　　不詳。

【繫年】

　　不詳。可能作於宋孝武帝大明三年（459），鮑照客居江北之時。

---

①　參見韓暉《〈文選〉編輯及作品繫年考證》，第 321 頁。

【集説】

郭茂倩《樂府詩集》卷六十六:《後漢書》曰:祭遵嘗爲部吏所侵,結客殺人。曹植《結客篇》曰:"結客少年場,報怨洛北邙。"《樂府解題》曰:《結客少年場行》,言輕生重義,慷慨以立功名也。《廣題》曰:漢長安少年殺吏,受財報仇,相與探丸爲彈。探得赤丸,斫武吏。探得黑丸,殺文吏。尹賞爲長安令,盡捕之。長安中爲之歌曰:"何處求子死,柏東少年場。生時諒不謹,枯骨復何葬。"按,《結客少年場》,言少年時結任俠之客,爲遊樂之場,終而無成,故作此曲也。

方回《文選顏鮑謝詩評》卷三:此謂俠少晚而悔者,朱家、郭解之徒,終貽悔吝,況區區殺人亡命子乎? 可以爲戒也。此詩專指洛陽"四關"者,東成皋、南伊闕、北孟津、西函谷。"雙闕"者,南、北宮,乃秦始皇所創。"九塗平若水,雙闕似雲浮",此亦古詩蹉對句法。

吴淇《六朝選詩定論》卷十三:如此詩中之"去鄉三十載",人鮮不以爲過文語耳。殊不知一篇關鎖,全在此句。凡事有初中末,凡人有少壯老。人生百年耳,前三十年爲少,少之時以好俠費;中三十年爲壯,壯之時又以亡命費;末三十年雖得歸,又以老費。然人生做事,全在壯年,此却重寫老,輕寫壯年,何也? 因其輕而輕之,正是重寫少年也。當少時只因負酒使氣,遂致亡命,非有邪也。亡命凡三十載,此三十載中正是壯年做事時候,試問此三十年中無所爲乎? 觀其歸家而嘆,正嘆此三十年間,或不得有爲,或爲未成耳。至"升高"云云,亦是去鄉三十年中,家下時勢人情俱變盡。今之將相王侯,非昔之將相王侯者,曰"扶""羅",曰"夾""列",何王侯將相之多乎? 我獨不能取此,所以百憂交集也。

何焯《義門讀書記》卷四十七:結語作悔艾之詞,於詩教合矣。

朱乾《樂府正義》:世衰道微,紀綱壞而刑政不脩,於是有俠客,亂世之賊民,王法所必誅也。綱目書盜殺韓相俠累,尹起莘曰:嘗怪馬遷作史,特取聶政,著之列傳,累百千言而不厭,若有深嘉樂予之意。向微君子直筆書之,則千載之下,必有聞風效之者矣。愚觀樂府諸作,亦皆有似乎此,所以獨取乎《驄馬篇》也。

【按語】

　　該詩題下李周翰注:"言少年時結任俠之客,爲遊樂之場,終而無成,故有斯作。"可從。此詩末句"今我獨何爲,埳壈懷百憂",陸善經注:"言遊俠失計,故晚節自悔也。"其説可參。

東門行五言

善曰:《歌録》曰:《日出東門行》,古辭也。

良曰:東都門,長安城門名。別離之地,故叙去留之情焉。

　　傷禽惡弦驚,倦客惡離聲。離聲斷客情,賓御皆涕零。涕零心斷絶,將去復還訣。一息不相知,何況異鄉別。遙遙征駕遠,杳杳落日晚。居人掩閨臥,行子夜中飯。野風吹秋木,行子心腸斷。食梅常苦酸,衣葛常苦寒。絲竹徒滿坐,憂人不解顔。長歌欲自慰,彌起長恨端。

【本事】

　　不詳。

【繫年】

　　不詳。丁福林將此詩繫於宋孝武帝大明六年(462)。

【集説】

　　郭茂倩《樂府詩集》卷三十七:《古今樂録》曰:王僧虔《技録》云:《東門行》,歌古東門一篇,今不歌。《樂府解題》曰:古辭云:"出東門,不顧歸,入門悵欲悲。"言士有貧不安其居者,拔劍將去,妻子牽衣留之,願共餔糜,不求富貴,且曰"今時清,不可爲非"也。若宋鮑照"傷禽惡弦驚",但傷離別而已。

方回《文選顏鮑謝詩評》卷三：此專言離別之難。詩四折,爲二韻、三韻各二折。味至末句,則凡中有憂者,雖合樂也而愈悲,雖長歌也而愈怨,不特離別也。"虛弓落雁",事出《戰國策》:"更贏于魏王射者",蓋寓言設譬,此所謂"傷禽惡弦驚"也。

劉履《選詩補注》卷七：明遠久倦客遊,將復遠行,惡聞離別之聲,故以傷禽之惡驚弦者起興,而爲是曲。備述遠塗辛苦、中心憂傷,以明夫不忍遽別之情也。其言日落昏暮,家人已卧,而行者夜中方飯,所謂不相知者如此,且以食梅衣葛爲喻,則其憂苦自知,有非聲樂所可得而慰者。其情意悲切,音調抑揚,讀者宜詠歌而自得也。

唐汝諤《古詩解》卷十二：照將遠遊別故鄉親友,而有是作。首以傷禽起興,而言離聲之不忍聞如此。於是綢繆譴綣,欲往復却。蓋以一宿之隔,彼此不能相知,況爲異鄉之別乎？因叙道中之景,復以服梅苦酸,衣葛苦寒,與離別不能無愁,非絲竹長歌所能慰也。明遠他作,雕繪太過,獨此雅淡,有魏晉遺韻。

吳淇《六朝選詩定論》卷十三：樂府有《東門行》,曰:"出東門,不顧歸。"乃婦人送別歸而嘆於室,詞至哀切。參軍所擬,乃代行者別後之詞,分三段。"離聲"六句是離別之情,"遙遙"六句是行路之情,"食梅"六句是行到所遊之情。總以首二句内"離聲"爲主。"離聲"者,即別親友時所奏之絲竹。絲竹滿座,乃遊所所奏者,惟塗中無絲竹,則用"野風吹秋木"五字補之。風吹秋木,本是無心,入離人之耳,則以爲離聲耳,滿座絲竹亦然。"將去復還訣",正擬原題"不顧歸"。"一息"二句,正是不還訣之由。

何焯《義門讀書記》卷四十七：直追《十九首》,又近景陽。鮑詩中過事誇飾,奇之又奇,顧少餘味。此篇佳處,乃在真樸也。

【按語】

　　方回所言"此專言離別之難",可從。黃節引吳汝綸《古詩鈔》曰:
"晉安王子勛之亂,臨海王子頊從亂,明遠爲臨海王前軍參軍,此詩蓋
憂亂之旨。"①錢仲聯《鮑照年表》據此繫於宋明帝泰始二年(466)。丁
福林認爲:"是詩應是大明六年(462)隨子頊上荆行前作於京都
建康。"②

苦熱行五言

　　善曰:曹植《苦熱行》曰:行遊到日南,經歷交阯鄉。苦熱但曝霜,
越夷水中藏。

　　翰曰:謂於南方瘴癘之地,盡節征伐,而國家賞之太薄。

　　赤阪橫西阻,火山赫南威。身熱頭且痛,鳥墮魂來歸。湯泉發雲
潭,焦煙起石圻。日月有恒昏,雨露未嘗晞。丹蛇踰百尺,玄蜂盈十
圍。含沙射流影,吹蠱痛行暉。郭氣晝熏體,菵露夜沾衣。飢猿莫下
食,晨禽不敢飛。毒涇尚多死,渡瀘寧具腓。生軀蹈死地,昌志登禍
機。戈船榮既薄,伏波賞亦微。財輕君尚惜,士重安可希。

【本事】

　　不詳。

【繫年】

　　錢仲聯《鮑照年表》將此詩繫於元嘉二十三年(446)。

【集説】

　　郭茂倩《樂府詩集》卷六十五:魏曹植《苦熱行》曰:"行遊到日南,

---

① 參見黃節《黃節注漢魏六朝詩六種》,第730頁。
② 參見丁福林、叢玲玲《鮑照集校注》,第146頁。

經歷交阯鄉。苦熱但曝露，越夷水中藏。"《樂府解題》曰：《苦熱行》備言流金礫石，火山炎海之艱難也。若鮑照云"赤阪橫西阻，火山赫南威"，言南方瘴癘之地，盡節征伐，而賞之太薄也。

方回《文選顏鮑謝詩評》卷三：熱者地之至惡，死者事之至難。蹈至惡之地，責以至難之事，而上之人不察，則天下士有去之而已。君視臣如草芥，則臣視君如寇讎。此詩連以十六句言苦熱，一句用一事，富哉言乎。"毒涇""渡瀘"始入議論，謂所住之地甚于秦人之毒涇，諸葛之渡瀘，死地禍機，決無可全之理，而軍賞微薄，則必失天下之心矣。《韓詩外傳》："田饒對宋燕語：'財者君所輕，死者士所重。君不能用所輕，欲使士致重乎？'"

吳淇《六朝選詩定論》卷十三："赤阪"一段，亂寫熱意，無倫次，似《楚詞》之南招。"毒涇"以下，見開邊之功。夫人臣爲君開疆展土，本爲榮賞，然開疆展土之功，有大於戈船、伏波者乎？賞則宜厚矣、重矣，而乃薄且微如此。夫以士之重博君之輕猶不爲，況以士之重尤不得博君之輕，則何爲而爲之？以士之重博君之輕，猶不爲，況以萬士之重博君之輕，又何爲而爲之？凡古詩托興之詩，有正面、有借面。此詩之借面，是說苦熱。不止是前半是苦熱，即後半亦是苦熱，若榮厚賞重，則人忘其熱矣。此詩正面是說薄賞，以士重較賞，賞以薄，況蹈必死之地辛苦萬狀乎？前苦熱一段，正形賞薄。

何焯《義門讀書記》卷四十七：可敵景陽《苦雨》。

黃節《黃節注漢魏六朝詩六種》引朱乾《樂府正義》："宋文帝元嘉二十三年，遣交州刺史檀和之討林邑。宗慤自請從軍，和之遣慤爲前鋒，遂克林邑。陽邁父子挺身走，所獲未名之寶，不可勝計。慤一無所取。還家之日，衣櫛蕭然。此刺功高賞薄。戈船、伏波，蓋指和之及慤也。"

【按語】

吴淇及朱乾等"功高賞薄"説可從。丁福林認爲,元嘉二十三有檀和之及宗愨苦熱南征而功高賞薄事,詩人有感而作此詩。[1]

白頭吟五言

善曰:《西京雜記》曰:司馬相如將娉茂陵一女爲妾,文君作《白頭吟》以自絶,相如乃止。沈約《宋書》:古辭《白頭吟》曰:凄凄重凄凄,嫁娶不須啼。願得一心人,白頭不相離。

濟曰:疾人相知,以新間舊,不能至於白首,故以爲名。

直如朱絲繩,清如玉壺冰。何慚宿昔意,猜恨坐相仍。人情賤恩舊,世議逐衰興。毫髮一爲瑕,丘山不可勝。食苗實碩鼠,玷白信蒼蠅。鳧鵠遠成美,薪芻前見陵。申黜褒女進,班去趙姬昇。周王日淪惑,漢帝益嗟稱。心賞猶難恃,貌恭豈易憑。古來共如此,非君獨撫膺。

【本事】

不詳。

【繫年】

丁福林繫於宋孝武帝大明元年(457)。

【集説】

郭茂倩《樂府詩集》卷四十一:《古今樂録》曰:王僧虔《技録》曰:《白頭吟行》歌,古《皚如山上雪》篇。《西京雜記》曰:司馬相如將聘茂陵人女爲妾,卓文君作《白頭吟》以自絶,相如乃止。《樂府解題》曰:古辭云:"皚如山上雪,皎若雲間月。"又云:"願得一心人,白頭不相

---

① 參見丁福林、叢玲玲《鮑照集校注》,第152—153頁。

離。"始言良人有兩意，故來與之相決絕。次言別于溝水之上，叙其本情。終言男兒重意氣，何用於錢刀。若宋鮑照"直如朱絲繩"，陳張正見"平生懷直道"。唐虞世南"氣如幽徑蘭"，皆自傷清直芬馥，而遭鑠金玷玉之謗，君恩以薄，與古文近焉。一説云：《白頭吟》疾人相知，以新間舊，不能至於白首，故以爲名。唐元稹又有《決絕》詞，亦出於此。

方回《文選顔鮑謝詩評》卷三：司馬相如欲聘茂陵女，卓文君爲《白頭吟》，此用其題而廣之也。沈約《宋書》：《古白頭辭》曰："凄凄重凄凄，嫁女不須啼。願得一心人，白頭不相離。"廣其意則不止夫婦間也。此詩可謂逎麗俊逸。黄鵠所從來遠而貴之，雞所從來近而日淪之。《韓詩外傳》：田饒語魯哀公者，譬若薪燎，後者處上。文子語，亦汲黯語。蓋遠近前後之説也。"心賞""貌恭"一聯，至佳，至佳。

劉履《選詩補注》卷七：此殆明遠爲人所間，見棄於君，故借是題，以喻所懷。言我既直且清，而宿昔相與之意無可愧者，不知何緣而致此猜恨耶？蓋世降俗薄，人情背馳，往往遺舊逐新，隨時俯仰。見人稍有微隙，則張而大之，譬猶碩鼠之傷苗，蒼蠅之污白。鳧鵠自遠而至，方爲貴美，而薪芻之積前者，必見覆壓也。其舉申后、班婕妤之事，又以見君主溺于寵新，遂至變替，且謂心所親賞者，猶難久恃，而況於貌恭者，豈可以深托之哉？亦以寓規諷之意云耳。篇末復言古皆來已如此，非獨爾爲然者，以自寬也。《衛》詩云："我思古人，俾無訧兮。"其是之謂乎？

吳淇《六朝選詩定論》卷十三：《白頭吟》，始于卓文君，而詞內所引班去趙升，乃後來故事。擬樂府者，特借古題，非加八股之擬摹古人口氣也。……凡樂府此等題，皆是臣不得事君。但他題是憂人妒己，此題偏是己先妒人。

張玉穀《古詩賞析》卷十七：此擬棄婦自傷之詩，與卓文君原辭同意。

　　方東樹《昭昧詹言》卷六：此統言君臣、朋友、夫婦之情難常保，即屈子"恩不甚者輕絶"之意，而古人屢以寄慨。蓋此世情，古今天下恒如斯也，收句分明言之。

【按語】

　　劉履、吴淇比附君臣之義，頗爲穿鑿。方東樹比之世情，較爲融通。丁福林以爲，此詩爲鮑照于大明元年（457）任太學博士兼中書舍人而出爲秣陵令時所作。①

放歌行五言

　　善曰：《歌録》曰：《孤子生行》，古辭曰《放歌行》。
　　翰曰：叙放臣之心也。

　　蓼蟲避葵菫，習苦不言非。小人自齷齪，安知曠士懷。雞鳴洛城裏，禁門平旦開。冠蓋縱横至，車騎四方來。素帶曳長颺，華纓結遠埃。日中安能止，鐘鳴猶未歸。夷世不可逢，賢君信愛才。明慮自天斷，不受外嫌猜。一言分珪爵，片善辭草萊。豈伊白璧賜，將起黄金臺。今君有何疾，臨路獨遲迴。

【本事】

　　不詳。

【繫年】

　　作年存疑，諸説不一。可能作於宋文帝元嘉二十八年（451）左右。

【集説】

　　郭茂倩《樂府詩集》卷三十八：《樂府解題》曰：鮑照《放歌行》云

---

① 參見丁福林、叢玲玲《鮑照集校注》，第161—163頁。

"蓼蟲避葵菫"。言朝廷方盛,君上好才,何爲臨歧相將去也?

方回《文選顏鮑謝詩評》卷三:此詩之意,全在"夷世不可逢,賢君信愛才"四句,謂明君在上,可以仕矣。"一言""片善",可致富貴,豈徒取虞卿之白玉璧,又將起郭隗之黃金臺?而不急於仕者,果何所病而不進乎?起句用"蓼蟲避葵菫"事,《楚辭》云"蓼蟲不徙乎葵藿",言性不遷也。世間以苦爲甘,以臭爲香者,固有之。然士之處世,果逢明君,何爲不仕?苟有一之未然,則不如蓼蟲之安於苦也。

劉履《選詩補注》卷七:此殆明遠自中書舍人以後退歸,當孝武之時,重於仕進,故作是曲,以見志歟?首言蓼蟲避葵菫而集於蓼,由其慣於食苦。不言非甘,以喻己之謝祿仕而窮居,安於處困,自以爲高也。然衆人所見者小,乃爲之不堪其憂,安知曠士之懷,隨時出處,視窮達爲一致者哉!下文歷言京城達官之人,四方遠集,而朝夕不止,況乎時不可失,而賢君愛才,進用如此其易,今爾有何所病,乃獨臨路遲回而不進耶?蓋明遠之所不進有難以語人者,故特設爲它人之詞以詰之,此即所謂不知曠士者也。

吳淇《六朝選詩定論》卷十三:截"雞鳴"以下十八句論之,是放臣代小人之言。合通篇二十二句論之,是作者代放臣之言。題曰《代放歌行》,"代"字蓋指作者代放臣。……凡忠直之士,以讒見放,雖甚無聊,靜中或可以理自遣。最苦者,從旁有不在行人,絮絮聒聒,以不入耳之言來相譏訕,愈難堪矣。此作費盡苦心,追取"放"字神髓,乃知舊評之妄。

何焯《義門讀書記》卷四十七:八篇之中,此作無愧風雅矣。

朱乾《樂府正義》卷八:此疑宋元嘉中,彭城王義康爲司徒時專政,明遠知其必敗,獨遲回不進也。《宋書》稱義康勢傾遠近,朝野輻輳。義康傾身引接,未嘗懈倦,士之幹練者多被恩遇。然素無學術,不識大體。朝士有才用者,皆引入己府。府僚無施及忤旨者,乃斥爲臺官。其時奔走相門者,皆險躁傾詭之徒,安得不敗? 明遠於此,可謂知謹身矣,不知他日又何以失足于始興王濬也。知幾其難哉! 言洛城者,託詞也。

張玉轂《古詩賞析》卷十七:此慨小人不知曠士之詩。

方東樹《昭昧詹言》卷六:此詩極言富貴,斥譏蓼蟲。蓋憤懑反言,故曰"放歌"。《十九首》中《今日良宴會》,即此意也。

吳汝綸《漢魏六朝百三家集選·鮑參軍集選》:此殆爲孝武中書舍人時之作。《宋書》稱上好爲文章,自謂物莫能及。照悟其旨,爲文多鄙言累句。此詩蓋在此時矣。"夷世"八句,蓋託爲競進者之詞。末二句則自謂也。

【按語】

劉履認爲此詩"自中書舍人以後退歸"而作。黃稚荃認同朱乾之説,以爲此詩作於宋元嘉中,彭城王義康爲司徒時專政,明遠知其必敗,獨遲回不進也。[①] 丁福林以爲,詩人創作此詩以見志,此詩可能作於元嘉二十八年左右。[②]

升天行五言

銑曰:言學仙也。

家世宅關輔,勝帶宜王城。備聞十帝事,委曲兩都情。倦見物興衰,騖覩俗屯平。翩翻類迴掌,恍惚似朝榮。窮塗悔短計,晚志重長生。從師入遠岳,結友事仙靈。五圖發金記,九籥隱丹經。風餐委松宿,雲卧恣天行。冠霞登綵閣,解玉飲椒庭。蹔遊越萬里,近別數千齡。鳳臺無還駕,簫管有遺聲。何時與爾曹,啄腐共吞腥。

---

① 參見黃稚荃《文選顏鮑謝詩評補》,第 300 頁。
② 參見丁福林、叢玲玲《鮑照集校注》,第 177—179 頁。

【本事】

不詳。

【繫年】

可能作於宋孝武帝大明六年(462)左右。

【集説】

郭茂倩《樂府詩集》卷六十三：《樂府解題》曰：《升天行》，曹植云"日月何時留"，鮑照云"家世宅關輔"，曹植又有《上仙籙》與《神遊》《五遊》《龍欲升天》等篇，皆傷人世不永，俗情險艱，當求神仙，翺翔六合之外。與《飛龍》《仙人》《遠遊篇》《前緩聲歌》同意。按，《龍欲升天》，即《當牆欲高行》也。

方回《文選顏鮑謝詩評》卷三：厭世故而求神仙，神仙果有之乎？張子房願從赤松子遊，以全功名也。梅福去爲吳市卒，人以爲仙，以避亂也，未必真有所謂升天者也。蘇子由評李白詩："語用兵則先登陷陣，不以爲難。語遊俠則白晝殺人，不以爲非。"予以鮑明遠詩，輒續之曰：語神仙則白日升天，不以爲無。若從尾句之意，則寓言借喻君子有高志遠意出塵埃之表者，視世之卑污苟賤之人，直如禽蟲之吞啄腐腥耳。

吳淇《六朝選詩定論》卷十三：前半自述平生。至"窮途"云云，言平生閲歷多矣、久矣，用世事業做不得，方思出世，正與陳圖南對朝士意合。此詩之最正者。遊仙詩，只如一首詠懷詩，絶無一切鉛汞氣習。從師交友是求仙人第一要緊事，此獨拈出。末結仙人渡世溺情，語最警切。

何焯《義門讀書記》卷四十七：似景純。

方東樹《昭昧詹言》卷六：此即屈子《遠遊》、景純《遊仙》之意，而其佳轉在起八句，直書即事，無一字客氣假像陳言。"窮途"以下，正説升天。

　　吳汝綸《漢魏六朝百三家集選·鮑參軍集》:此詩乃閱世既久,不耐腥腐而思遠舉之意。曾太傅謂譏學仙,非也。

【按語】

　　此詩將遊仙詩與樂府詩結合,方東樹所言"此即屈子《遠遊》、景純《遊仙》之意",可從。據詩中"窮塗悔短計,晚志重長生"一語,此詩可能作於晚年時期。吳汝綸所言"此詩乃閱世既久,不耐腥腐而思遠舉之意",可參。

鼓吹曲一首五言

　　善曰:《集》云:奉隋王教,作《古入朝曲》。蔡邕曰:《鼓吹歌》,軍樂也。謂之《短簫鐃歌》,黃帝歧伯所作也。

謝玄暉

　　銑曰:朓奉隋王教,作《古入朝曲》。鼓吹,短簫也,所謂歌軍樂。

　　江南佳麗地,金陵帝王州。逶迤帶淥水,迢遞起朱樓。飛甍夾馳道,垂楊蔭御溝。凝笳翼高蓋,疊鼓送華輈。獻納雲臺表,功名良可收。

【本事】

　　《南齊書·武十七王傳》:八年,代魚復侯子響爲使持節、都督荊雍梁寧南北秦六州、鎮西將軍、荊州刺史,給鼓吹一部。其年,始興王鑒罷益州,進號督益州。九年,親府州事。

【繫年】

　　據《南齊書·武十七王傳》,此詩作於齊武帝永明八年(490)左右。

【集説】

　　郭茂倩《樂府詩集》卷二十:齊永明八年,謝朓奉鎮西隨王教,於荊州道中作。

　　方回《文選顏鮑謝詩評》卷三:《文選》注:奉隋王教,作《鼓吹歌》。軍樂也,謂之《短簫鐃歌》,黃帝岐伯所作,又《古入朝曲》。《吳錄》:張紘語:秣陵,楚武王所置,名爲金陵。秦始皇時,望氣者云,金陵有王者氣。故斷連岡,改名秣陵。曹植詩:"壯哉帝王居,佳麗殊百城。"玄暉此二句響人牙頰。後四句亦熟爲人所誦。徐引聲謂之"凝",小擊鼓謂之"疊"。

　　吳淇《六朝選詩定論》卷十五:鼓吹者,諸樂之總名也。其施用須別:用之朝會宴享者,曰黃門鼓吹;用之道路從行者,曰騎吹;師行而奏之馬上者,曰橫吹;旋師而奏之社廟者,曰短簫鐃吹。此曲奉隨王之教而作,玩其詞意,蓋用之道路從行者耳。……此奉教而作應副之詩也。無深義可論,當取其詞之佳耳。

【按語】

　　郭茂倩《樂府詩集》曰:"齊永明八年,謝朓奉鎮西隨王教,於荊州道中作。"永明八年,隨王蕭子隆爲荊州刺史,謝朓遷鎮西功曹并轉文學。赴荊州途中,而作此詩。該詩題旨明瞭,吳淇所言"無深義可論,當取其詞之佳耳",其説可從。

挽　歌

　　善曰:譙周《法訓》曰:《挽歌》者,高帝召田橫,至尸鄉,自殺,從者不敢哭,而不勝哀,故爲此歌,以寄哀音焉。

　　翰曰:田橫自殺,從者爲悲歌,以寄其情。其後廣之,爲《薤露》《蒿里》,歌以送喪也。至李延年分爲二等,《薤露》送王公貴人,《蒿里》送士大夫庶人。使挽柩者歌之,因呼爲挽歌矣。

　　陸善經曰:《左傳》云:公孫夏命其徒歌《虞殯》。注曰:葬歌曲也。則古已有其事,非起田橫也。

挽歌詩一首五言

繆熙伯

善曰：《文章志》曰：繆襲，字熙伯。《魏志》曰：襲，東海人，有才學，多所叙述。官至尚書光祿勳。

翰曰：《文章志》曰：繆襲，字熙伯，東海人。有才學，多所叙述。官至尚書光祿勳。漢高祖召田橫，至尸鄉，自殺，從者不敢哭，而不勝哀，故爲悲歌，以寄其情。後廣之，爲《薤露》《蒿里歌》，歌以送喪也。至李延年分爲二等，《薤露》送王公貴人，《蒿里歌》送士大夫庶人。使挽柩者歌之，因呼爲挽歌。

生時遊國都，死没棄中野。朝發高堂上，暮宿黄泉下。白日入虞淵，懸車息駟馬。造化雖神明，安能復存我？形容稍歇滅，齒髮行當墮。自古皆有然，誰能離此者。

【本事】

不詳。

【繫年】

不詳。

【集説】

劉履《選詩補注》卷二：此詩之意，謂死生者，晝夜之道也。夫日出於暘谷，至虞淵則淪没於地下，人之有生至老必死，是皆一定之理，誰能離於此哉？世有營己而不知止者，觀此亦可以深警矣。

唐汝諤《古詩解》卷十：此詩嘆人之生存華屋，死歸荒丘，循環一如晝夜。試觀日入虞淵猶有休歇，而況人乎？形骸色澤倏而凋枯，此原一定之理，人欲久不死而觀居此世何也。

何焯《義門讀書記》卷四十七：注：譙周《法訓》曰：挽歌者，高帝召田橫，至尸鄉，自殺，從者不敢哭，而不勝哀，故爲此歌。按，五百人不難自殺，乃至不敢哭耶，周奈何以小人之腹量君子。《風俗通義》言：漢末時，京師賓婚嘉會皆作魁㯭，酒酣之後，續以挽歌。又，《後漢書·周舉傳》：陽嘉六年三月上巳日，大將軍梁商大會賓客，讌于洛水，酣飲極歡。及酒闌唱罷，繼以《薤露》之歌，坐中聞者皆爲掩涕。蓋漢末尤尚之，故魏武父子皆有此作，論其出拔，莫過陳思王。首錄熙伯，拘限本詞也。謂挽歌始于田橫賓客，恐亦不然。《纂文》云：《薤露》，今之挽歌也。宋玉《對問》已有《陽阿》《薤露》矣。推而上之，《左傳》哀十一年，公孫夏命其徒歌《虞殯》，杜注云：送葬歌曲，莊子亦有紼挽之文。司馬紹統注：紼，引柩索也。挽，哀歌也。詞極峭促，亦淡以悲。

【按語】

“挽歌”題下陸善經注引《左傳》，并指出：“則古已有其事，非起田橫也。”何焯亦認爲“謂挽歌始于田橫賓客，恐亦不然”，其說可從。挽歌起源有爭議，吳承學《漢魏六朝挽歌考論》一文可參。[1]

挽歌詩三首五言

陸士衡

陸善經曰：《集》曰：王侯挽歌。

卜擇考休貞，嘉命咸在茲。凤駕驚徒御，結轡頓重基。龍幰被廣柳，前驅矯輕旗。殯宮何嘈嘈，哀響沸中闈。中闈且勿讙，聽我薤露詩。死生各異倫，祖載當有時。舍爵兩楹位，啓殯進靈轜。飲餞觴莫舉，出宿歸無期。帷衽曠遺影，棟宇與子辭。周親咸奔湊，友朋自遠

---

① 參見吳承學《漢魏六朝挽歌考論》，《文學評論》2002 年第 3 期。

來。翼翼飛輕軒，駸駸策素騏。按轡遵長薄，送子長夜臺。呼子子不聞，泣子子不知。嘆息重欄側，念我疇昔時。三秋猶足收，萬世安可思？殉没身易亡，救子非所能。含言言哽咽，揮涕涕流離。

重皁何崔嵬，玄盧竄其間。旁薄立四極，穹隆放蒼天。側聽陰溝涌，臥觀天井懸。廣霄何寥廓，大暮安可晨？人往有反歲，我行無歸年。昔居四民宅，今托萬鬼鄰。昔爲七尺軀，今成灰與塵。金玉素所佩，鴻毛今不振。豐肌饗螻蟻，妍姿永夷泯。壽堂延螭魅，虛無自相賓。螻蟻爾何怨，螭魅我何親。拊心痛荼毒，永嘆莫爲陳。

流離親友思，惆悵神不泰。素驂佇輼軒，玄駟驚飛蓋。哀鳴興殯宮，迴遲悲野外。魂輿寂無響，但見冠與帶。備物象平生，長旆誰爲施？悲風徽行軌，傾雲結流藹。振策指靈丘，駕言從此逝。

【本事】

不詳。

【繫年】

不詳。可能作於陸機晚年，即晉惠帝太安年間（302—304）。

【集説】

顏之推《顏氏家訓·文章》：挽歌辭者，或云古者《虞殯》之歌，或云出自田横之客，皆爲生者悼往苦哀之意，陸平原多爲死人自嘆之言。詩格既無，此例又乖製作本意。

吳淇《六朝選詩定論》卷十：莊子曰：“死生亦大矣。”故古人立教，必假“生死”二字爲柄。釋教脩不生，道教脩不死，儒教脩生，景教脩死，總之死生皆命於天。但人知生爲天之嘉命，而不知死亦天之嘉命。卜擇吉地，出於堪輿家，卜擇吉日，出於陰陽家，此亦流俗不經之事，然而聖人不禁，賢者不免。蓋以天之嘉命，全在於此。必如全而受,全而歸,方得不辱此嘉命。"夙駕"六句,寫送死者,荒荒亂亂,忙进一團光景。旋用挽郎口喝斷,作一波瀾。然後即挽郎口中,代説生人送死一段,極痛極哀之情,死者泯然不知,爲可悲耳。

何焯《義門讀書記》卷四十七:按,《虞殯》,本謂啓殯將虞之歌,此爲得其本意也。

【按語】

此組詩,二、三首篇次諸本不一。"重阜何崔嵬,玄廬竄其間"篇,尤袤本作爲第二篇,而陳八郎本、朝鮮正德本、奎章閣本此篇作爲第三篇。《文選集注》編者按:"《音决》、五家、陸善經本以此篇爲第三也。""重阜何崔嵬,玄廬竄其間"篇當置於第三篇爲宜。劉運好指出,第一首寫唱挽歌之緣由及内容,第二首寫送葬者之悲哀,第三首乃詩人懸想死者在墓中的感受。[①]

挽歌詩一首五言

陶淵明

陸善經曰:此詩自送。

荒草何茫茫,白楊亦蕭蕭。嚴霜九月中,送我出遠郊。四面無人居,高墳正嶣嶢。馬爲仰天鳴,風爲自蕭條。幽室一已閉,千年不復朝。千年不復朝,賢達無奈何。向來相送人,各已歸其家。親戚或餘悲,佗人亦已歌。死去何所道,托體同山阿。

【本事】

不詳。

---

① 參見劉運好《陸士衡文集校注》,第655頁。

【繫年】

不詳。袁行霈以爲,此詩可能作於晉安帝隆安元年(397)左右。[1]

【集説】

劉履《選詩補注》卷五:祈寬曰:昔人自作祭文挽詩者,皆寓意騁詞,成於暇日。今考次靖節詩文,乃絶筆於祭挽二篇,蓋并出於一時屬纊之際,其於晝夜死生之道了然如此,可謂達矣!要之,自孔子曳杖之歌、曾子易簀之言已後,如靖節此詞,亦不多見矣。

吳淇《六朝選詩定論》卷十一:按,挽歌昉于繆襲,以此歌比而校之,其曠達處相同,而哀慘過之。陸機三章雖佳,風骨則減矣。

【按語】

此詩陶集中共有三首,此爲第三首。陶集題作《擬挽歌辭》三首。袁行霈先生認爲,陶淵明此詩爲擬繆襲、陸機等人之作。吳淇將三家詩作比較,可參。趙山泉、劉履等人,皆以爲此詩作於詩人將逝之時。

雜　歌

歌一首并序七言

荆　軻

善曰:《史記》曰:荆軻,衛人。其先齊人,徙於衛,衛人謂之慶卿。之燕,燕人謂之荆卿。荆卿好讀書擊劍。

濟曰:《史記》云:荆軻,衛人,好讀書擊劍。荆軻爲燕太子刺秦王,不剋,而誅於秦。

燕太子丹使荆軻刺秦王,丹祖送於易水上。高漸離擊築,荆軻歌,

---

[1] 參見袁行霈《陶淵明集箋注》,第 420—422 頁。

宋如意和之,曰:

風蕭蕭兮易水寒,壯士一去兮不復還!

【本事】

《戰國策》卷三十一:遂發,太子及賓客知其事者皆白衣冠以送之。至易水上,既祖,取道。高漸離擊築,荊軻和而歌,爲變徵之聲,士皆垂淚涕泣。又前而爲歌曰:"風蕭蕭兮易水寒,壯士一去兮不復還!"復爲忼慨羽聲,士皆瞋目,髮盡上指冠。於是荊軻遂就車而去,終已不顧。

【繫年】

據《史記·秦始皇本紀》載,秦王政二十年,"燕太子丹患秦兵至國,恐,使荊軻刺秦王"。此詩作於秦王政二十年(前227)。

【集說】

郭茂倩《樂府詩集》卷五十八:《渡易水》,一曰《荊軻歌》。《史記》曰:燕太子丹使荊軻刺秦王,丹送之至於易水之上。軻使高漸離擊築,荊軻和而歌,爲變徵之聲。又前而爲此歌,復爲羽聲忼慨。於是就車而去。《樂府廣題》曰:後人以爲琴中曲。按,琴操商調有《易水曲》,荊軻所作,亦曰《渡易水》是也。

陳仁子《文選補遺》卷三十五:晦庵朱氏曰:《易水歌》者,燕刺客荊軻之所作也。……夫軻匹夫之勇其事無足言,然於此可以見秦政之無道,燕丹之淺謀,而天下之勢已至於此。雖使聖賢復生,亦未知其何以安之也。且余於此又特以其詞之悲壯激烈,非楚而楚,有足觀者。於是錄之,他固不遑深論云。

吳淇《六朝選詩定論》卷十八:《大風歌》"大風起兮雲飛揚",《易水歌》"風蕭蕭兮易水寒",一壯一悲,勢足相敵。"壯士一去兮不復還",悲極壯極。"威加四海歸故鄉",其志盈,"安得猛士兮守四方",其氣怯,二句不敵此一句。至項羽《虞兮歌》,英雄之氣盡矣,兩"奈何",直一匹夫耳。此歌當與《楚詞》并讀。屈子千言不厭其多，荆生二語不見其少。今千載下讀之，英英有生氣。故汨羅可補楚風之缺，易水直開漢道之先。

何焯《義門讀書記》卷四十七：荆軻、漢高祖二歌，不可以詩格論。

【按語】

胡克家《文選考異》指出，李善注引《史記》多出數字，"此尤延之增多而誤"。《文選集注》："李善曰：《史記》曰：荆軻者，衞人也。好讀書擊劍，之燕。"可證《文選考異》爲是。吳淇曰："易水直開漢道之先。"頗佳。

歌一首并序七言

漢高祖

濟曰：《漢書》云：高祖姓劉氏，諱邦，字季，沛豐邑中陽里人也。項羽封爲漢王，後平羽，立爲天子，謚曰高皇帝，爲漢之高祖。

高祖還，過沛，留。置酒沛宮，悉召故人父老子弟佐酒，發沛中兒得百二十人，教之歌。酒酣，上擊築自歌曰：

大風起兮雲飛揚，威加海内兮歸故鄉，安得猛士兮守四方！

【本事】

《史記·高祖本紀》：（十二年）高祖還歸，過沛，留。置酒沛宮，悉召故人父老子弟縱酒，發沛中兒得百二十人，教之歌。酒酣，高祖擊築，自爲歌詩。

【繫年】

據《史記·高祖本紀》，此詩作於漢高祖十二年（前195）。

【集説】

郭茂倩《樂府詩集》卷五十八:《禮樂志》曰:至孝惠時,以沛宫爲原廟,令歌兒習吹以相和,常以百二十人爲員。按,琴操有《大風起》,漢高帝所作也。

吴淇《六朝選詩定論》卷三:古帝王自作歌詞,昉于虞舜,寫一時明良之盛,孔子取之爲經。嗣後高帝《大風》一歌,其詞意雄壯,最有帝王氣象。説者謂其偏霸陋習,然正妙在偏霸陋習毫不自諱。

【按語】

何焯所言"荆軻、漢高祖二歌,不可以詩格論",重視其歌詞的獨特藝術價值。"大風起兮雲飛揚,威加海内兮歸故鄉,安得猛士兮守四方!"李善注:"風起雲飛,以喻群凶競逐,而天下亂也。威加四海,言已靜也。夫安不忘危,故思猛士以鎮之。"可參。

扶風歌一首五言

劉越石

善曰:《集》云:《扶風歌》九首,然以兩韻爲一首,今此合之,蓋誤。

良曰:扶風,地名,蓋古曲也。琨擬而自喻也。《集》云:《扶風歌》九首,以兩韻爲一首,今合而爲一者,誤也。

陸善經曰:蓋古有此曲也。《集》云:《扶風歌》九首。以兩韻爲一首,今撰者併爲一篇也。

朝發廣莫門,莫宿丹水山。左手彎繁弱,右手揮龍淵。顧瞻望宫闕,俯仰御飛軒。據鞍長嘆息,淚下如流泉。繫馬長松下,發鞍高岳頭。烈烈悲風起,泠泠澗水流。揮手長相謝,哽咽不能言。浮雲爲我結,歸鳥爲我旋。去家日已遠,安知存與亡? 慷慨窮林中,抱膝獨摧藏。麋鹿遊我前,猿猴戲我側。資糧既乏盡,薇蕨安可食? 攬轡命徒侶,吟嘯絶巖中。君子道微矣,夫子故有窮。惟昔李騫期,寄在匈奴庭。忠信反獲罪,漢武不見明。我欲競此曲,此曲悲且長。弃置勿重陳,重陳令心傷。

【本事】

　　《晉書·劉琨傳》:永嘉元年,爲并州刺史,加振威將軍,領匈奴中郎將。琨在路上表曰:"臣以頑蔽,志望有限,因緣際會,遂忝過任。九月末得發,道險山峻,胡寇塞路,輒以少擊衆,冒險而進,頓伏艱危,辛苦備嘗,即日達壺口關。"

　　《世説新語·言語》注引王隱《晉書》:"年三十五(光熙元年),出爲并州刺史。"

【繫年】

　　此詩作於晉惠帝光熙元年(306),劉琨赴任并州刺史時作。

【集説】

　　曾原一《選詩演義》卷下:《集》云:《扶風歌》兩韻爲一首,今合爲一首,誤也。余謂,良謂九首者,亦誤也,當是一首九章,章兩韻。

　　劉履《選詩補注》卷四:劉良曰:扶風,地名蓋古曲,而琨擬之。按,晉有扶風郡,在今陝西鳳翔府,然此詩所指未詳何地。又按,《伎録》:古無此曲,梁昭明又編於雜歌之中,豈越石創爲之歟?……越石既失并州,遂奔薊,依段匹磾。聞元帝渡江,遣右司馬温嶠奉表詣建康勸進,嶠屢求反命,而朝廷不許,故有是作。首一節言初赴并州有顧瞻戀闕之情,次言將陟太行之險,而與送者謝別,有哽咽悲傷之意。中叙去家既久,屢致喪敗,不免奔竄窮困,而有君子道微之嘆。末章之意謂雖托身鮮卑,其實相與歃血同盟,翼戴晉室。今不見信,則亦無如之何矣。不敢斥言其君,故借李陵爲喻,而反覆嘆息之也。盱江黃應龍曰:琨初與匹磾約爲兄弟,今詩以匈奴待之,宜其有隙,終爲所害也。

　　吳淇《六朝選詩定論》卷十一:樂府有《扶風歌》,一曰《扶風豪士歌》。此歌凡九解，只是寫得一人自行自止，自慷自慨，一片孤忠，莫我知也，知我其天之意。……"去家"，似喻其在晉陽及并州也。其不地者，既已不知其存亡，又何地之可繫哉？晉室南遷，江北盡陷，獨太尉一人自起義兵，與朝廷隔絕。當時江左君臣，偷安旦夕，無恢復之志，所以竟忘了朔方中尚有此一人在。然而朝廷雖忘我，我終不敢忘朝廷。故摧藏養晦，以待時也。

何焯《義門讀書記》卷四十七：此詩疑爲段氏所幽而作。

陳沆《詩比興箋》卷二：《集》中《扶風歌》九首，蓋以兩韻爲一首，即樂府四句一解之例也。詩不知何時作，或謂作於自并州奔薊時，則"朝發廣莫門，顧瞻望宮闕"，皆與并州無涉。（《文選》注：晉宮閣名，曰洛陽城廣莫門。北向）況是時，琨父母俱遇害晉陽，何尚有"去家日遠，安知存亡"之語，考永嘉元年，以琨爲并州刺史。琨在路上表曰："臣九月末得發，道險山峻，胡寇塞路，輒以少擊衆，冒險而進，頓伏艱危，辛苦備嘗。"即此詩所詠也。自洛陽都城赴鎮，故有"廣莫門宮闕"之語。時九月末，故有"烈烈悲風"之語。又《本傳》言，并土饑荒，流離四散，存者無復人色，荆棘成林，豺狼滿道。故有"資糧乏盡、薇蕨安食、麋鹿猿猴"之語。時琨僅募得千人，轉鬥至晉陽，故有"攬轡命儔侶，吟嘯絕巖中"之語。時琨領匈奴中郎將，故借李陵以見志。《文選》注：騫期，即愆期，蓋恐曠日持久，討賊不效，區區孤忠，不獲見諒於朝廷耳。若謂指匹磾見幽，則事在日後，不應投薊之初，遽作此語，況漢武不見明，亦與匹磾事無涉，謂之詩讖則可，謂之直賦則不可。故箋以正之。

【按語】

劉良注："琨擬而自喻也。"可從。陸善經注："《集》云：《扶風歌》九首。以兩韻爲一首，今撰者并爲一篇也。"陸注并未以此爲誤。曾原一以爲"一首九章，章兩韻"，可從。陳沆《詩比興箋》曰："蓋以兩韻爲一首，即樂府四句一解之例也。"顧農贊同此説："不妨認爲《扶風

歌》由九個小節構成，分之可以單獨成立，合之則形成一首。"①逯欽立
所輯《先秦漢魏晉南北朝詩》又有"南山石嵬嵬，松柏何離離"一首。

中山王孺子妾歌一首五言

陸韓卿

善曰：《漢書》曰：《詔賜中山靖王噲及孺子妾并未央才人歌詩》四
篇。如淳曰：孺子，幼少稱也。孺子，宮人也。

翰曰：《漢書》曰：《詔賜中山靖王噲及孺子妾并未央才人歌詩》四
篇。厥作是歌，以刺人情變移也。

如姬寢臥內，班婕坐同車。洪波陪飲帳，林光宴秦餘。歲暮寒飆
及，秋水落芙蕖。子瑕矯後駕，安陵泣前魚。賤妾終已矣，君子定
焉如！

【本事】

不詳。

【繫年】

不詳。

【集説】

吳淇《六朝選詩定論》卷十六："孺子妾"者，以孺子爲妾，猶小説
所載臨川王之男，王后當盛寵之時，入與同寢，出與同車，如魏主之與
如姬、漢成之與班婕，若忘孺子之爲男子也者。在孺子恃其寵愛，暮
陪飲帳，朝宴秦餘，亦自忘其身之爲男子也者。及其衰也，君王始厭
其爲男子矣。曰此矯駕之子瑕也，前魚之安陵也。在孺子久假不歸，
終不認其身之爲男子也者。故自稱稱"妾"，而不稱臣，其稱王不謂君

---

① 參見顧農《從孔融到陶淵明——漢末三國兩晉文學史論衡》，第532頁。

王，而謂"君子"。"君子"者，女子謂夫之通稱。"已"者，不已也；"焉如"者，望其念舊。

何焯《義門讀書記》卷四十七：擬《怨歌行》陸士衡之樂府，雖本前人之意，實能自開風氣，所以可尚。韓卿生承明、天監之時，而規橅前人，略不能自出新意，豈非所謂失肉餘皮者乎？

【按語】

何焯所言"規橅前人，不能自出新"，道出齊梁時期摹擬風尚。此詩當有寄托，詩中"賤妾終已矣，君子定焉如！"一句，李周翰曰："言我衰謝，失子瑕、龍陽之寵，不知王君之意竟如何也。"可參。

《文選》卷二十九

雜詩上

古詩一十九首五言

善曰：并云古詩，蓋不知作者，或云枚乘，疑不能明也。詩云：驅馬上東門。又云：遊戲宛與洛。此則辭兼東都，非盡是乘明矣。昭明以失其姓氏，故編在李陵之上。

向曰：不知時代，又失姓氏，故但云古詩。

行行重行行，與君生別離。相去萬餘里，各在天一涯。道路阻且長，會面安可知？胡馬依北風，越鳥巢南枝。相去日已遠，衣帶日已緩。浮雲蔽白日，遊子不顧反。思君令人老，歲月忽已晚。弃捐勿復道，努力加餐飯。

青青河畔草，鬱鬱園中柳。盈盈樓上女，皎皎當牕牖。娥娥紅粉妝，纖纖出素手。昔爲倡家女，今爲蕩子婦。蕩子行不歸，空牀難獨守。

青青陵上柏，磊磊礀中石。人生天地間，忽如遠行客。斗酒相娛樂，聊厚不爲薄。驅車策駑馬，遊戲宛與洛。洛中何鬱鬱，冠帶自相索。長衢羅夾巷，王侯多第宅。兩宮遥相望，雙闕百餘尺。極宴娛心意，戚戚何所迫。

今日良宴會，歡樂難具陳。彈箏奮逸響，新聲妙入神。令德唱高言，識曲聽其真。齊心同所願，含意俱未申。人生寄一世，奄忽若飇塵。何不策高足，先據要路津。無爲守窮賤，轗軻長苦辛。

西北有高樓，上與浮雲齊。交疏結綺牕，阿閣三重階。上有弦歌聲，音響一何悲！誰能爲此曲？無乃杞梁妻。清商隨風發，中曲正徘徊。一彈再三嘆，慷慨有餘哀。不惜歌者苦，但傷知音稀。願爲雙鳴鶴，奮翅起高飛！

涉江采芙蓉，蘭澤多芳草。采之欲遺誰？所思在遠道。還顧望舊鄉，長路漫浩浩。同心而離居，憂傷以終老。

明月皎夜光，促織鳴東壁。玉衡指孟冬，衆星何歷歷。白露沾野草，時節忽復易。秋蟬鳴樹間，玄鳥逝安適。昔我同門友，高擧振六翮。不念携手好，棄我如遺跡。南箕北有斗，牽牛不負軛。良無磐石固，虛名復何益？

冉冉孤生竹，結根泰山阿。與君爲新婚，兔絲附女蘿。兔絲生有時，夫婦會有宜。千里遠結婚，悠悠隔山陂。思君令人老，軒車來何遲？傷彼蕙蘭花，含英揚光輝。過時而不采，將隨秋草萎。君亮執高節，賤妾亦何爲！

庭中有奇樹，綠葉發華滋。攀條折其榮，將以遺所思。馨香盈懷袖，路遠莫致之。此物何足貢，但感別經時。

迢迢牽牛星，皎皎河漢女。纖纖擢素手，札札弄機杼。終日不成章，泣涕零如雨。河漢清且淺，相去復幾許。盈盈一水間，脉脉不得語。

迴車駕言邁，悠悠涉長道。四顧何茫茫，東風搖百草。所遇無故物，焉得不速老？盛衰各有時，立身苦不早。人生非金石，豈能長壽考？奄忽隨物化，榮名以爲寶。

東城高且長，逶迤自相屬。迴風動地起，秋草萋已綠。四時更變化，歲暮一何速？晨風懷苦心，蟋蟀傷局促。蕩滌放情志，何爲自結束。燕趙多佳人，美者顔如玉。被服羅裳衣，當户理清曲。音響一何悲，弦急知柱促。馳情整中帶，沈吟聊躑躅。思爲雙飛燕，銜泥巢君屋。

驅車上東門，遥望郭北墓。白楊何蕭蕭，松柏夾廣路。下有陳死人，杳杳即長暮。潛寐黄泉下，千載永不寤。浩浩陰陽移，年命如朝露。人生忽如寄，壽無金石固。萬歲更相送，聖賢莫能度。服食求神仙，多爲藥所誤。不如飲美酒，被服紈與素。

去者日以疏，生者日以親。出郭門直視，但見丘與墳。古墓犁爲田，松柏摧爲薪。白楊多悲風，蕭蕭愁殺人。思還故里閭，欲歸道無因。

生年不滿百，常懷千歲憂。晝短苦夜長，何不秉燭遊？爲樂當及時，何能待來兹。愚者愛惜費，但爲後世嗤。仙人王子喬，難可與等期。

凛凛歲云暮，螻蛄夕鳴悲。涼風率已厲，遊子寒無衣。錦衾遺洛浦，同袍與我違。獨宿累長夜，夢想見容輝。良人惟古歡，枉駕惠前綏。願得常巧笑，携手同車歸。既來不須臾，又不處重闈。亮無晨風翼，焉能凌風飛？眄睞以適意，引領遥相睎。徙倚懷感傷，垂涕沾雙扉。

　　孟冬寒氣至，北風何慘慄？愁多知夜長，仰觀衆星列。三五明月滿，四五詹兔缺。客從遠方來，遺我一書札。上言長相思，下言久離別。置書懷袖中，三歲字不滅。一心抱區區，懼君不識察。

　　客從遠方來，遺我一端綺。相去萬餘里，故人心尚爾。文綵雙鴛鴦，裁爲合歡被。著以長相思，緣以結不解。以膠投漆中，誰能別離此？

　　明月何皎皎，照我羅牀幃。憂愁不能寐，攬衣起徘徊。客行雖云樂，不如早旋歸。出戶獨彷徨，愁思當告誰？引領還入房，淚下沾裳衣。

【本事】

　　不詳。

【繫年】

　　衆說不一，其中大部分詩作可能作於東漢末年。

【集説】

　　胡仔《苕溪漁隱叢話前集》卷一：《古詩十九首》或云枚乘作，而昭明不言，李善復以其有“驅車上東門”與“遊戲宛與洛”之句爲辭兼東都，然徐陵《玉臺》分《西北有浮雲》以下九篇爲乘作，兩語皆不在其中，而《凜凜歲云暮》《冉冉孤生竹》等別列爲古詩，則此十九首蓋非一人之辭，陵或得其實，且乘死在蘇、李先，若爾，則五言未必始二人也。

　　劉履《選詩補注》卷一：詩以古名，不知作者爲誰，或云枚乘，而梁昭明既以編諸蘇、李之上，李善謂其詞兼東都，非盡爲乘詩，故蒼山曾原《演義》特列之張衡《四愁》之下。夫五言起蘇、李之説，自唐人始然，陳徐陵集《玉臺新詠》分《西北有高樓》以下至《生年不滿百》凡九首爲乘作，而“上東門”“宛洛”等語皆不在其中，仍以《冉冉孤生竹》及前後諸篇別自爲古詩。蓋十九首本非一人之詞，徐或得其實者也。蔡寬夫亦嘗辯之，今姑依昭明編次云。

顧炎武《日知錄》卷三"孔子删詩"條：真希元《文章正宗》，其所選詩一掃千古之陋，歸之正旨。然病其以理爲宗，不得詩人之趣。且如《古詩十九首》，雖非一人之作，而漢代之風略具乎此。今以希元之所删者讀之，"不如飲美酒，被服紈與素"，何以異乎唐詩《山有樞》之篇？"良人惟古歡，枉駕惠前綏"，蓋亦《邶詩》"雄雉於飛"之義。"牽牛織女"，意仿《大東》，"兔絲女蘿"，情同《車舝》。十九作中無甚優劣。必以坊淫正俗之旨嚴爲繩削，雖矯昭明之枉，恐失《國風》之義。六代浮華，固當芟落，使徐庾不得爲人，陳隋不得爲代，無乃太甚！豈非執理之過乎？

吳淇《六朝選詩定論》卷四：此二十三首不著作姓氏，蓋亦猶《三百篇》不著姓氏之遺也。今尚有可考者，《西北有高樓》爲枚乘，西漢之人也。《冉冉孤竹生》爲傅毅，東漢之人也。《青青河畔草》爲蔡邕，漢末之人也。可見此二十三首，漢家四百年人材盡在其中，故其詩卓絕古今。《十九首》不出於一手、作於一時，要皆臣不得於君，而托意於夫婦朋友，深合風人之旨。後世作者，皆不出其範圍。《詩品》云："升堂者劉楨，入室者曹植。"此外寥寥矣。

【按語】

此組詩作者及年代存疑。逯欽立《漢詩別錄》一文以爲有西漢及東漢作品。① 諸説不一，韓暉有詳考。② 關於此詩的歷代訓解，隋樹森《古詩十九首集釋》一書搜羅甚詳，可參。

---

① 參見《逯欽立文存》，第1—98頁。
② 參見韓暉《〈文選〉編輯及作品繫年考證》，第101—106頁。

與蘇武三首五言

李少卿

善曰：《漢書》曰：李陵，字少卿，少時爲侍中、建章監。善射，愛人。降匈奴，爲右校王，病死。

翰曰：《漢書》云：李陵，字少卿，隴西成紀人。善射，愛人，謙讓下士，甚得名譽，爲騎都尉。与蘇武善。武將使匈奴，故贈此詩。五言詩自陵始也。

良時不再至，離別在須臾。屏營衢路側，執手野踟躕。仰視浮雲馳，奄忽互相踰。風波一失所，各在天一隅。長當從此別，且復立斯須。欲因晨風發，送子以賤軀。（其一）

嘉會難再遇，三載爲千秋。臨河濯長纓，念子悵悠悠。遠望悲風至，對酒不能酬。行人懷往路，何以慰我愁？獨有盈觴酒，與子結綢繆。（其二）

携手上河梁，遊子暮何之？徘徊蹊路側，悢悢不得辭。行人難久留，各言長相思。安知非日月，弦望自有時。努力崇明德，皓首以爲期。（其三）

【本事】

不詳。

【繫年】

不詳。

【集説】

劉履《選詩補注》卷一：少卿既失身匈奴，思欲復還漢庭不可得矣。及蘇武歸，因作詩爲贈。故首嘆良時不再至，以起傷別之端也。況又見浮雲之馳，奄忽相踰，則知人之離散如風波一失，而相去遠矣。故其執別戀戀之情不能自已，亦欲乘風而以身俱往也。（其一）

　　……初，少卿説武降已，謂終不得歸漢矣。及和親之後，而匈奴又詭言武死，今其歸也，誠出少卿之不意，宜其握手驚問，恨恨而不能辭也。然思舊之情曷已，離合之理可推，故以日月弦望爲喻，而相期於皓首，亦自遣釋云耳。李周翰謂：“武使匈奴時陵贈此詩。”而曾原取之非也。凡使者奉君命出疆，在朝之臣或有贈言，自當慷慨規祝，不應預逆其不歸，而有“風波失所”“長從此別”及“長相思”“皓首爲期”等語，況二人素稱相善，又豈忍言此哉？林實夫以此爲答武“黄鵠遠別”之詩，得之矣。（其二）

　　……因濯纓而念遠行之人，望悲風而舉盈觴之酒，其詞氣稍緩，與前二詩不同，豈此篇獨爲出使時所贈者歟？或疑蘇、李詩皆後人所擬作，以爲武在長安，何爲乃及江漢，陵詩用“盈”字不應觸惠帝諱，此殆不必深辨也。（其三）

　　吳淇《六朝選詩定論》卷三：題曰《與蘇武》，實送蘇武。後人餞送詩必首叙其人，次叙其事，始及景及情。而古人爲詩，止就眼前欲別未別時情景，寫得凄慘，讀之起人多少厚道，所以不可及。

　　何焯《義門讀書記》卷四十七：子瞻辨蘇、李之詩，皆爲後人擬作，然固非曹、劉下之人所辨也。

【按語】

　　逯欽立《漢詩別録》以爲此詩爲僞作，韓暉亦認爲當爲僞李詩説。[①] 此詩或爲後世擬作，梁章鉅《文選旁證》卷二十五引翁先生之説，認爲應爲魏晉以後擬作。

---

① 參見韓暉《〈文選〉編輯及作品繫年考證》，第131—135頁。

詩四首五言

蘇子卿

善曰：《漢書》曰：蘇武，字子卿，爲移中監。使匈奴十九年，歸拜爲典屬國，病卒。

銑曰：《漢書》云：蘇武，字子卿，京兆人也，爲典屬國。此詩別從昆弟。

骨肉緣枝葉，結交亦相因。四海皆兄弟，誰爲行路人？況我連枝樹，與子同一身。昔爲鴛與鴦，今爲參與辰。昔者常相近，邈若胡與秦。惟念當離別，恩情日以新。鹿鳴思野草，可以喻嘉賓。我有一罇酒，欲以贈遠人。願子留斟酌，叙此平生親。（其一）

黃鵠一遠別，千里顧徘徊。胡馬失其群，思心常依依。何況雙飛龍，羽翼臨當乖。幸有弦歌曲，可以喻中懷。請爲遊子吟，泠泠一何悲！絲竹厲清聲，慷慨有餘哀。長歌正激烈，中心愴以摧。欲展清商曲，念子不能歸。俛仰内傷心，淚下不可揮。願爲雙黃鵠，送子俱遠飛。（其二）

結髮爲夫妻，恩愛兩不疑。歡娛在今夕，嬿婉及良時。征夫懷往路，起視夜何其？參辰皆已沒，去去從此辭。行役在戰場，相見未有期。握手一長嘆，淚爲生別滋。努力愛春華，莫忘歡樂時。生當復來歸，死當長相思。（其三）

燭燭晨明月，馥馥我蘭芳。芬馨良夜發，隨風聞我堂。征夫懷遠路，遊子戀故鄉。寒冬十二月，晨起踐嚴霜。俯觀江漢流，仰視浮雲翔。良友遠離別，各在天一方。山海隔中州，相去悠且長。嘉會難兩遇，歡樂殊未央。願君崇令德，隨時愛景光。（其四）

【本事】

不詳。

【繫年】

不詳。

【集説】

胡仔《苕溪漁隱叢話前集》卷一：蔡寬夫《詩話》云：五言起于蘇武、李陵。自唐以來有此説，雖韓退之亦云，然蘇、李詩世不多見，惟《文選》中七篇耳。世以蘇武詩云："寒冬十二月，晨起踐凝霜。俯觀江漢流，仰視浮雲翔。"以爲不當有江漢之言，或疑其偽。予嘗考之此詩，若答李陵，則稱江漢決非是，然題本不云答陵，而詩中且言"結髮爲夫婦"之類，自非在塞外所作，則安知武未嘗至江漢邪？但注者淺陋，直指爲使匈奴時，故人多惑之，其實無據也。

曾原一《選詩演義》卷上：陳宗道謂：《詩》之《常棣》曰："死喪之威，兄弟孔懷。"又曰："脊令在原，兄弟急難。"蓋言兄弟之情，至此而後見也。若曰喪亂既平，既安且寧，雖有兄弟，不如友生，則謂世俗薄于兄弟之情者，徒以爲安平無事，可無兄弟之助，不知義同手足，要不可以安危爲厚薄，於是"儐爾籩豆"以下，備言親睦之義。此《常棣》之旨也。今詩宛然此意。（其一）

劉履《選詩補注》卷一：此子卿別昆弟之詩。言骨肉之親本同一體，如枝葉之相連本同一樹也。彼結交爲友者，亦相親依，雖四海之人皆得以爲兄弟，而不爲路人矣，況我連枝同體，非結交四海比者。何乃昔常相近，而今成乖別耶？然昔者相近之時，玩熟以爲常，邈然若無所係，及當離別，則思念之情有日新而不已者焉。彼鹿鳴相呼，思得野草以共食，尚可取喻以燕樂嘉賓，今兄弟遠離，有酒盈尊，且願相留斟酌，以叙平生之親也。其委曲盡情，亦彷彿《常棣》之遺意歟。（其一）

……此子卿出使時，別妻之詩。其夫婦之情義、臣子之忠誠，藹然見於言外。曾原曰：夫奉君命以出別其室家，即以死誓捐軀報國，素志如此，宜虜庭之不屈節也。（其二）

……此子卿在匈奴時得歸漢，而與李陵別之詩，故首以雙飛龍爲比，後以子不得歸爲念。蓋同在匈奴十八年，其間羈旅之態、抑塞之懷，相知者惟吾二人，一旦遽別言歸，豈忍舍哉？此其衷誠痛悝，有不自知其語之復者。後村劉克莊曰："願爲雙黃鵠，送子俱遠飛者。"陵雖萬無還理，武尚欲拔之以歸漢，忠厚之至也。（其三）

……因遠遊南國，將別朋友而歸，爲賦此詩。晨月以比其儀容之光霽，蘭芳以喻其德美之播揚，而芬馨聞我，則又以見其交契之同心焉耳！夫良友有如此者，今我當還故鄉，見江漢之流、浮雲之翔，亦知己之行邁不止，而與其相離日遠矣。且朋友之嘉會難再，而隨時之歡樂未央，故於臨別贈言，重以相勉也。愚謂子卿既能杖節尊漢，揚名顯親，其于君臣父子之道可謂盡矣。況詩中所述兄弟夫婦之親、朋友之義，藹然充溢如此，校之其他篇什，欲求無虧於五典如子卿者，蓋絕無而僅有耳，學者不可不審也。（其四）

吳淇《六朝選詩定論》卷三：鍾嶸評詩、江淹擬詩，皆存李而遺蘇，非抑之也，應以其同爲一體故耳。然細讀之亦有辨，李詩一味清激，蘇則兼帶婉摯。六朝北專尊李，至宋人獨取蘇，喻以清廟明堂之瑟，朱弦疏越，一唱三嘆。則古今人之眼光識力，各不相及也。畢竟少陵"蘇李"并稱，爲千古折衷之論。

【按語】

劉履曰："其于君臣父子之道可謂盡矣。"其解釋蘇武詩，詩教觀由此可見。吳淇認爲，蘇李詩各具特色，應當并重。此詩其三"結髮爲夫妻，恩愛兩不疑"，《玉臺新詠》卷十收入此篇，題爲《留別妻》。張銑注："此詩別從昆弟。"不妥，僅其一"骨肉緣枝葉，結交亦相因"，當爲兄弟贈別之作。

四愁詩四首七言并序

張平子

張衡不樂久處機密，陽嘉中，出爲河間相。時國王驕奢，不遵法度，又多豪右并兼之家。衡下車，治威嚴，能内察屬縣，姦滑行巧劫，皆密知名，下吏收捕，盡服擒。諸豪俠遊客，悉惶懼逃出境。郡中大治，爭訟息，獄無繫囚。時天下漸弊，鬱鬱不得志，爲《四愁詩》。屈原以美人爲君子，以珍寶爲仁義，以水深雪雰爲小人。思以道術相報，貽於時君，而懼讒邪不得以通。其辭曰：

一思曰：

我所思兮在太山，欲往從之梁父艱。側身東望涕霑翰。美人贈我金錯刀，何以報之英瓊瑤？路遠莫致倚逍遥，何爲懷憂心煩勞？

二思曰：

我所思兮在桂林，欲往從之湘水深。側身南望涕霑襟。美人贈我金琅玕，何以報之雙玉盤？路遠莫致倚惆悵，何爲懷憂心煩傷？

三思曰：

我所思兮在漢陽，欲往從之隴阪長。側身西望涕霑裳。美人贈我貂襜褕，何以報之明月珠？路遠莫致倚踟躕，何爲懷憂心煩紆？

四思曰：

我所思兮在雁門，欲往從之雪紛紛。側身北望涕霑巾。美人贈我錦繡段，何以報之青玉案？路遠莫致倚增嘆，何爲懷憂心煩惋？

【本事】

《後漢書》卷五十九《張衡傳》：永和初，出爲河間相。時國王驕奢，不遵典憲；又多豪右，共爲不軌。衡下車，治威嚴，整法度，陰知奸黨名姓，一時收禽，上下肅然，稱爲政理。視事三年，上書乞骸骨，徵拜尚書。年六十二，永和四年卒。

【繫年】

此詩作於漢順帝永和二年(137)左右,張衡任河間相時。

【集説】

劉履《選詩補注》卷一:此詩指意已具本序,既思太山而又及于桂林、漢陽、雁門者,以見思之不一也。四方各有所阻,亦以喻君之左右前後莫非讒間小人也。是則雖有愛君憂國之忠誠,而莫之致卒,乃付之無可奈何,但自遣釋焉耳。世謂七言起于漢武帝《柏梁詩》,蓋如今之聯句,在座之人共成之,然未見有自爲全篇傳至於今者,故録此以備一體云。

吳景旭《歷代詩話》卷二十四:《西溪叢語》謂,張衡《四愁詩》"欲往從之梁父難",注云:泰山,東岳也,君有德則封此山,願輔佐君王,致于有德,而爲小人讒邪之所阻。梁父,泰山下小山名,諸葛好爲《梁父吟》,恐取此意。

吳淇《六朝選詩定論》卷三:凡古人著作,遞相祖述。此詩以七言隱括全《騷》。其以"四愁"命題者,愁即騷也。《騷》以《招魂》兼及上下,此以思人止于四方。孫鑛曰:"立格奇,構語麗,祖《離騷》而微易其貌,委爲高作。第體方境窄,不可無一,不可有二。"

平子爲太史令,被讒出爲河間相,未免以外補爲愁,要知平子絶無此意,止從天下起見,真見得此時之天下漸散,必至極散,故以屈原自況也。若云以外補爲怨,當平子居中時,不過太史令,主天文之事,即司馬子長所爲,俅儒畜之,不與聞政者也,與爲河間相何以異哉?故此節於"久處機密"之上著"不樂"二字,因知其無時不愁矣。詩却不云愁而云"思"。思者,思得君也。即本序所云"思以道術報貽于時君,而懼讒邪不得通"也。通則天下之散可以立起,不得通則漸散者將至於大散,而不可收拾矣。故舊注云:"愁出於思。"是也。

紀容舒《玉臺新詠考異》卷九:按,《文苑》載此四詩,前有平子自叙,所謂依屈原以美人爲君子,以珍寶爲仁義,以水深雪雰爲小人,思以道術相報貽于時君,而懼讒邪不得以通者,正作者之本意。

何焯《義門讀書記》卷四十七:《四愁》之作,所謂我瞻四方、蹙蹙靡所騁者也。自東而南,又自西而北,言終歲愁望,以四方比四時也。

梁章鉅《文選旁證》卷二十五:《後漢書·張衡傳》,知此乃史詞也。詞有不同,蓋撰《後漢書》者非一家,編《衡集》者增損之耳。《玉臺新詠》無序,蓋彼書例不應有。

【按語】

詩序:"陽嘉中出爲河間相。"誤也,當爲永和初。此詩序"時國王驕奢,不遵法度"一句,李善注:"永和初,出爲河間相。而此云陽嘉中,誤也。"可參。吳淇所言"以屈原自況也",可從。

雜詩一首五言

善曰:雜者,不拘流例,遇物即言,故云雜也。

王仲宣

翰曰:興致不一,故云雜詩。此意思友人也。

日暮遊西園,冀寫憂思情。曲池揚素波,列樹敷丹榮。上有特棲鳥,懷春向我鳴。褰衽欲從之,路險不得征。徘徊不能去,佇立望爾形。風飈揚塵起,白日忽已冥。迴身入空房,托夢通精誠。人欲天不違,何懼不合并?

【本事】

不詳。

【繫年】

不詳。可能作於建安年間。

【集説】

劉履《選詩補注》卷二：此蓋仲宣在荆州時，因曹子建寄贈，而以是答之。故其詞意終篇相合。所謂“特鳥”，喻子建也；“向我鳴”者，謂其贈詩以相歡也。風揚塵而白日冥，亦以喻天道之變革。至於托夢通誠，此可見其羈旅憂思之際，感子建之情念，而歸魏之心已決然矣。

吳淇《六朝選詩定論》卷六：此詩與子建贈詩，不惟格調相同，且字句相類，如後人擬詩然，想亦答子建之詩。

何焯《義門讀書記》卷四十七：“風飆揚塵起”二句，謂值衰亂，而獻帝播遷也。

【按語】

此詩“日暮遊西園”一句，呂向注：“西園，鄴都之西園。”此詩當作於王粲歸曹之後。劉履以爲荆州時作，恐誤。“風飆揚塵起”一句，呂向注：“風起舉揚塵埃，喻兵戈暴起。”何焯曰：“謂值衰亂，而獻帝播遷也。”其説當受呂向注影響。

雜詩一首五言

劉公幹

職事相填委，文墨紛消散。馳翰未暇食，日旲不知晏。沈迷簿領書，回回自昏亂。釋此出西城，登高且遊觀。方塘含白水，中有鳧與雁。安得肅肅羽？從爾浮波瀾。

【本事】

《三國志·魏書·王衛二劉傳》：瑒、楨各被太祖辟，爲丞相掾屬。

【繫年】

不詳。據詩中“職事相填委，文墨紛消散”，可能作於劉楨任丞相橡屬之後。

【集説】

劉履《選詩補注》卷二：此必公幹輪作之時所賦，故言文墨簿領之繁，馳翰勞苦，而至於沉迷昏亂。或且釋此出遊，見水中之鳧雁而嘆，不能如彼之浮游也。蓋其失於敬身自厎于此，讀者可不懲創乎哉？

吳淇《六朝選詩定論》卷七：無他深意，只是不耐薄書之煩。

何焯《義門讀書記》卷四十七：人不當如晉人之虛薄，然羈鞅官人讀此詩，如六月北窗下涼風至也。“釋此出西城”六句，所謂公幹有逸氣，於此見之。

【按語】

劉履以爲，該詩與《贈徐幹》作於同時，欠妥。此詩當作於劉楨爲丞相掾屬，尚未因“平視甄氏”獲罪之時。

雜詩二首五言

善曰：《集》云：枹中作。下篇云：於黎陽作。

魏文帝

濟曰：此詩帝未即位，尚爲漢行征伐也。

漫漫秋夜長，烈烈北風涼。展轉不能寐，披衣起彷徨。彷徨忽已久，白露沾我裳。俯視清水波，仰看明月光。天漢迴西流，三五正從橫。草蟲鳴何悲，孤雁獨南翔。鬱鬱多悲思，綿綿思故鄉。願飛安得翼，欲濟河無梁。向風長嘆息，斷絕我中腸。（其一）

西北有浮雲，亭亭如車蓋。惜哉時不遇，適與飄風會。吹我東南行，南行至吳會。吳會非我鄉，安能久留滯？棄置勿復陳，客子常畏人。（其二）

【本事】

不詳。

【繫年】

衆説不一，作年難定。

【集説】

劉履《選詩補注》卷二：文帝黄初五年八月，以舟師伐吴，九月遂至廣陵，會暴風至，龍舟幾覆。今此詩首言秋夜北風烈烈，以至彷徨不寐，感物思歸，而有向風長嘆，斷絶中腸之悲，其必作於斯時歟？下篇意亦相合。（其一）

……此篇以浮雲自喻，言由西北而至東南，其作於廣陵無疑矣！且帝實至廣陵而還，此云"至吴會"者，豈其伐吴欲入其地而言歟？然以末句觀之，則知其心事不遂，有難以語人者，故常畏人知也。（其二）

張溥《漢魏六朝百三家集》卷二十五：《集》云：柂中作。下篇云：于黎陽作。吕延濟以此詩未即位，方爲漢征伐。李善云：當時實至廣陵。則此與《馬上詩》爲同時矣。今觀棄置詩，與天隔南北意合，或近是耳。

吴淇《六朝選詩定論》卷五：此二詩有疑懼意，應作於魏武欲易太子時。蓋太子國之副貳，不可一刻離君側者也。遠出在外，而讒人居中伺隙，危道也。此詩雖云《雜詩》，而後首曰"至吴會"，前首曰"思故鄉"，可知非作於鄴中者。舊注謂"文帝爲太子時曾至廣陵"云。

何焯《義門讀書記》卷四十七：注：《集》云：柂中作。下篇云：于黎陽作。按，子桓不從西征，《集》云柂中作者，亦後人妄加也。

朱珔《文選集釋》卷十七：案，柂中即柂罕也。……帝在袍罕，《魏志》無文。惟《武帝紀》，建安十九年遣夏侯淵討宋建於袍罕，斬之。時文帝已爲五官中郎將，然不言與是役也。……然則此二詩，或上篇在黎陽作,下篇在廣陵作歟?

【按語】

其二"西北有浮雲,亭亭如車蓋"一句,李周翰注:"此意爲漢征吳之時,西北浮雲自喻也。"其説不妥。陸侃如以爲,上篇朱琦臆斷,不可從;下篇在廣陵作,作於黄初六年,與《至廣陵於馬上作》同時。①

朔風詩一首四言

曹子建

翰曰:時爲東阿王,在藩,感北風思歸,故有此詩。朔,北也。

仰彼朔風,用懷魏都。願騁代馬,倏忽北徂。凱風永至,思彼蠻方。願隨越鳥,翻飛南翔。四氣代謝,懸景運周。別如俯仰,脱若三秋。昔我初遷,朱華未希。今我旋止,素雪雲飛。俯降千仞,仰登天阻。風飄蓬飛,載離寒暑。千仞易陟,天阻可越。昔我同袍,今永乖別。子好芳草,豈忘爾貽?繁華將茂,秋霜悴之。君不垂眷,豈云其誠?秋蘭可喻,桂樹冬榮。弦歌蕩思,誰與消憂?臨川暮思,何爲泛舟?豈無和樂,遊非我鄰。誰忘泛舟?愧無榜人。

【本事】

《三國志·魏書·陳思王植傳》:四年,(曹子建)徙封雍丘王。其年,朝京都。⋯⋯六年,帝東征,還過雍丘,幸植宫,增户五百。太和元年,徙封浚儀。二年,復還雍丘。

【繫年】

衆説不一。

---

① 參見陸侃如《中古文學繫年》,第 462 頁。

【集説】

劉履《選詩補注》卷二：文帝多猜忌，諸昆弟各就藩國，不得以時朝謁。黃初四年，子建始得自雍丘入朝，上《責躬詩》，是時待遇，禮甚傲，法甚峻，既而與白馬王彪還國，欲同路款叙，不許，遂憤惋而別。此詩必還雍丘後作。故此章首懷魏都而兼思兄弟之國。按，《魏志》，是年彪爲吴王，故稱蠻方也。

唐汝諤《古詩解》卷十四：陳思不爲兄姪所眷注，作詩五章以述思慕之情。

吴淇《六朝選詩定論》卷五：孫鑛曰："凡四言詩，寫情事太切，便類箴銘。此篇比興多駕空浚虚，全以意趣勝，故是詩家本色。"張平子《四愁詩》從《招魂》來，省二；此詩起處，從《四愁》來，又省二。

王堯衢《古唐詩合解》卷二：子建時爲東阿王，不得于兄，故作詩以述思君之意。

【按語】

此詩作年諸説不一。李周翰以爲乃曹植爲東阿王時作，在太和三年(229)。劉履以爲乃黃初四年(223)還雍丘時所作。黃節以爲乃黃初六年在雍丘時作(225)。趙幼文以爲作於建安二十二年(217)左右。朱緒曾《曹集考異》以爲乃太和二年(228)還雍丘作。據詩中"昔我初遷，朱華未希。今我旋止，素雪雲飛"語，"初遷"和"旋止"是指雍丘而言。曹植初遷雍丘在黃初四年，再遷雍丘在太和二年。韓暉以爲朱説是。[1]

雜詩六首五言

曹子建

善曰：此六篇并托喻傷政急，朋友道絶，賢人爲人竊勢。别京已

---

[1] 參見韓暉《〈文選〉編輯及作品繫年考證》，第196頁。

後，在鄄城思鄉而作。

　　高臺多悲風，朝日照北林。之子在萬里，江湖迥且深。方舟安可極？離思故難任。孤雁飛南遊，過庭長哀吟。翹思慕遠人，願欲托遺音。形影忽不見，翩翩傷我心。（其一）

　　轉蓬離本根，飄飄隨長風。何意迴颶舉，吹我入雲中。高高上無極，天路安可窮？類此遊客子，捐軀遠從戎。毛褐不掩形，薇藿常不充。去去莫復道，沈憂令人老。（其二）

　　西北有織婦，綺縞何繽紛。明晨秉機杼，日昃不成文。太息終長夜，悲嘯入青雲。妾身守空閨，良人行從軍。自期三年歸，今已歷九春。飛鳥繞樹翔，噭噭鳴索群。願爲南流景，馳光見我君。（其三）

　　南國有佳人，容華若桃李。朝遊江北岸，日夕宿湘沚。時俗薄朱顏，誰爲發皓齒。俛仰歲將暮，榮耀難久恃。（其四）

　　僕夫早嚴駕，吾將遠行遊。遠遊欲何之，吳國爲我仇。將騁萬里塗，東路安足由？江介多悲風，淮泗馳急流。願欲一輕濟，惜哉無方舟。閑居非吾志，甘心赴國憂。（其五）

　　飛觀百餘尺，臨牖御欞軒。遠望周千里，朝夕見平原。烈士多悲心，小人偷自閑。國讎亮不塞，甘心思喪元。拊劍西南望，思欲赴太山。弦急悲聲發，聆我慷慨言。（其六）

【本事】

　　不詳。

【繫年】

此組詩非作於一時。其一,趙幼文《曹植集校注》:"曹植與曹彪年紀相若,又俱好文學,遠封吳王,故有江湖迥深之語。而思念之情,不能自達,用托喻孤雁以寄其闊別之思,因疑此篇爲植懷彪而作。"據《魏志·武文世王公傳》,曹彪黃初三年(222)封吳王,五年改封壽春縣,此詩當作於其時。其二,據趙幼文《曹植集校注》,此篇所言與《轉封東阿王謝表》中之"桑田無業,左右貧窮,食裁糊口,形有裸露"雍丘生活狀況相同。疑此篇或作於太和二年(228)時。其三,可能作於黃初三年(222)。其四,黃節《曹子建詩注》認爲,此詩中的"佳人"指曹彪,當時似已封楚。可能作於太和六年(232)。其五,趙幼文《曹植集校注》:"故植有'吳國爲我仇'之句。而曹睿不願假予兵權,遂有惜無方舟之嘆。證以《求自試表》更爲有徵。"可能與《求自試表》同時,作於太和二年(228)。其六,黃節《曹子建詩注》以爲與《東征賦》同時,作於建安十九年(214)。[①]

【集説】

劉履《選詩補注》卷二:子建遠處藩邦,兄弟乖隔,而情念不得以通,故賦此詩。"高臺悲風""朝日北林",以比朝廷氣象陰慘,遠君子而近小人也。由小人之讒蔽日深,故兄弟之乖離日遠,如江湖萬里,方舟安可極乎。夫既失愛于兄,而常責躬自悼,正猶孤雁之失群而哀鳴也。故因其過庭,欲就托遺音以達之於彼,庶其能感悟焉。而形影忽已不見,則使我心翩翩不定,而至於憂傷也。(其一)

……此篇嘆身世之飄轉有類於蓬,故賦之以自比也。蓋久在遠外,正如蓬離本根,一得入朝京都,如遇回飆吹入雲中,自謂天路之可窮矣。及乎終不見用,轉致零落,乃知高高無極,不可企及,反類遊客從戎而有飢寒之苦者。是則且宜安于時命,去去勿言,而不至溺於憂

---

① 參見韓暉《〈文選〉編輯及作品繫年考證》,第199頁。

傷也。此與《本傳》所載"吁嗟此轉蓬"一篇，詞意實相表裏。（其二）

……此自言才華之美，而君不見用，如空閨織婦，服飾既盛，而良人從軍久而不歸者也。然則雖秉機杼，實何心於效功，惟終夜悲嘆而已。至於感鳴鳥之索群，則其願見之心爲何如載？張銑曰："日光遠近皆同，人無不見，故願托爲此馳往見君，以自明也。"（其三）

……此亦自言才美足以有用，今但遊息閑散之地，不見顧重於當世，將恐時移歲改，功業未建，遂湮没而無聞焉。故借佳人爲喻，以自傷也。（其四）

……此言殉國之志如此，惜無兵權以遂所施也。（其五）

……此因登高望遠，感而多悲，惟常以二方未克爲念，願捐軀以報國。是以目瞻西蜀，心想東吳，而此志不遂，無以舒吾憤激之懷，且如弦之急者，其發聲也悲，則我之出言也，自不能不慷慨耳。（其六）

吳淇《六朝選詩定論》卷五：雜詩六首，似皆原本於《離騷》，吾不知其有意摹之歟，抑無心偶合歟？第一章"高臺多悲風"，即《思美人》。二章"轉蓬離本根"，即《悲回風》。三章、四章，"西北有織婦""南國有佳人"，即《經》所爲"蹇脩"，乃《離騷》之正托。五章"僕夫早嚴駕"，即《遠遊》。末章詠烈士，即《九歌》之《國殤》。

此詩舊注以爲皆請自試之意，然實非請自試詩也。故詩中不專指一事，亦不必作於一時。稱物引類，比興之義爲多，故題名曰《雜詩》，所以詩中全無一字是實賦，與《責躬》《應詔》等詩，迥然大異。然則原注奚以爲請自試之詩也？蓋《書》曰："詩言志。"志者，心之所之也。詩者，言之所之也。故志之所至，言亦至焉。凡人心中有事，即夢中囈語，亦不離此，而況其所慘澹經營者乎！是請自試，即以蔽子建一生之詩文可也。

……凡文詞有不通者，則取其人之他作互證之。蓋一手所出，決無自爲矛盾也。如此詩"拊劍"二句最難通。舊注此詩別京以後，在鄄城思故鄉而作。鄄城在東北腹里，非用兵之地，以身處東北，故望西南。拊劍,即枕戈之意。及讀《責躬詩》,有"建節東嶽"云云,東嶽即泰山,上文之西南,即江湘吳越也。泰山距蔓鄄城咫尺,西南必由之路,異日倘獲自效,有事西南必先治兵於此比,故曰"建旗"也。然在《責躬詩》曰"建旗",此止曰"思赴"者,何也? 將有事於西南,則必赴請於朝,而泰山又赴朝之路。然今日身羈鄄城,無詔不得赴朝,即咫尺泰山,亦是難赴。此即班超所云"但願生入玉門關"之意。

【按語】

該詩作者名下李善注"郢"當爲"鄄"。李善注:"此六篇并托喻傷政急,朋友道絶,賢人爲人竊勢。別京已後,在鄄城思鄉而作。"大體可從。吳淇曰:"此詩舊注以爲皆請自試之意,然實非請自試詩也。"其說較爲融通,可從。如其四"南國有佳人,容華若桃李"一句,李周翰注:"以佳人喻賢人,不見重于時。"其五"願欲一輕濟,惜哉無方舟。閑居非吾志,甘心赴國憂",呂延濟注:"若濟此水,惜無行舟,喻心雖願爲而不見用。所以志不閑居者,意常憂國而君不知。"五臣注偏重以"不見用"訓解,諸詩或比興寄托,或述其志趣,非僅"求自試"也。

情詩一首

曹子建

微陰翳陽景,清風飄我衣。遊魚潛淥水,翔鳥薄天飛。眇眇客行士,遙役不得歸。始出嚴霜結,今來白露晞。遊子嘆黍離,處者歌式微。慷慨對嘉賓,凄愴内傷悲。

【本事】

不詳。

【繫年】

不詳。可能作於魏文帝黄初年間(220—227)。

【集説】

吴淇《六朝選詩定論》卷五：凡情詩，皆借閨房兒女之私，以寫臣不得於君之思。子建此詩，舊注爲忠君憂國之情，甚至以爲不忘漢室。何其迂也！大抵子建平生，只爲不得于文帝，常有憂生之嗟，因借遥役思歸之情，以喻其憂讒畏譏、進退維谷之意。

紀容舒《玉臺新詠考異》卷二：（曹植《雜詩》五首）第一首《文選》作《七哀詩》，第二首《文選》作情詩，蓋雜取子建之詩，故標曰《雜詩》，不必盡其本題也。《文選》魏文帝《雜詩》二首，李善注本集一題《枹中作》，一題于《黎陽作》，是其例矣。

梁章鉅《文選旁證》卷二十五：朱氏超之曰：《魏志·蘇則傳》：植聞魏代漢，發服悲哭。此詩《黍離》《式微》，情見乎辭。

【按語】

此詩"遊子嘆黍離，處者歌式微"一句，李周翰注："遊子，謂行役者。《黍離》詩，閔周宗之衰也。《式微》詩，刺不歸也。"梁章鉅注："植聞魏代漢，發服悲哭。"不可從。黃侃《文選平點》卷三："'黍離'但取行邁之義，'式微'但取望歸之義，而或者妄傳以禪代之際發服悲哭之事，不知斷章賦詩之旨矣。"又，黃節曰："説此詩者，皆以《詩·黍離》毛序'閔周宗也'，遂謂子建此詩有不忘漢室之意。吾以爲恐非詩旨。子建引《黍離》，蓋從韓詩説。……此詩之作，蓋與《贈白馬王彪》同時，傷任城被殺，故用伯封作《黍離》之意，以寫其哀。"[1]黃節注可備一説，然出於推測，難成定論。

雜詩一首四言

嵇叔夜

微風清扇，雲氣四除。皎皎亮月，麗于高隅。興命公子，携手同

---

① 參見黃節《黃節注漢魏六朝詩六種》，第382頁。

車。龍驥翼翼,揚鑣踟躕。肅肅宵征,造我友廬。光燈吐輝,華幔長舒。鸞觴酌醴,神鼎烹魚。弦超子野,嘆過綿駒。流詠太素,俯讚玄虚。孰克英賢,與爾剖符。

【本事】

不詳。

【繋年】

不詳。

【集説】

吳淇《六朝選詩定論》卷七:末二語從孟子"得志行乎中國,若合符節"來。蓋前聖後聖,合節異世之間;此賢彼賢,分符一室之内。

何焯《義門讀書記》卷四十七:剖符乃同樂之意,不謂仕進。

沈德潜《古詩源》卷三:言詠讚道妙,遊心恬漠,誰能以英賢之德,與爾分符而仕乎。

【按語】

此詩末句"孰克英賢,與爾剖符",李善注:"詠讚道妙,遊心恬漠,誰能以英賢之德,與爾分符而仕乎。"沈德潜《古詩源》從之。黄侃《文選平點》卷三:"意言誰爲賢者,當與之契合也。注非。"黄侃説是。

雜詩一首五言

傅休奕

善曰:臧榮緒《晉書》曰:傅玄,字休奕,北地人,勤學善屬文,州舉秀才,稍遷至司隸校尉,卒。

翰曰:臧榮緒《晉書》云:傅玄,字休奕,北地人,勤學善屬文,州舉奇才,遷司隸校尉。

　　志士惜日短，愁人知夜長。攝衣步前庭，仰觀南雁翔。玄景隨形運，流響歸空房。清風何飄飄，微月出西方。繁星依青天，列宿自成行。蟬鳴高樹間，野鳥號東箱。纖雲時髣髴，渥露沾我裳。良時無停景，北斗忽低昂。常恐寒節至，凝氣結爲霜。落葉隨風摧，一絕如流光。

【本事】

　　不詳。

【繫年】

　　不詳。

【集説】

　　劉履《選詩補注》卷三：此休奕傷魏祚之日蹙，慮讒邪之傾危，因物感懷而作歟？其言觀南雁之翔，則知其能避寒就暖，而人之審時擇處，亦當如是。于時魏主昏弱，不久淪没，正猶微月之西出。晉王設官分職，而群臣莫不依附，亦猶繁星麗天，而列宿成行也。其間亦有讒佞小人，如蟬鳴鳥號者焉，雖其出没詭秘，若纖雲之髣髴，而浸潤之跡，已如渥露之沾衣矣。殆恐時移事變，陰凝堅冱，君子亦將不能保身，如落葉之摧絕也。其詞雖若繁複，而意實深密，讀者詳之。

　　吳淇《六朝選詩定論》卷九：“繁星”二句，即杜詩所云“初月出不高，衆星尚爭光”意，喻晉室之亂。“蟬鳴”二句，言小人將附勢而肆讒也。“纖雲”二句，有憂讒畏譏之意，以結“愁人”句。哀時至末寫情，正應“惜日短”，最爲明顯。特“北斗”云云，從“夜長”生轉下來，均不覺耳。

　　沈德潛《古詩源》卷七：清俊，是《選》體，故昭明獨收此篇。

【按語】

　　此詩“常恐寒節至，凝氣結爲霜”一句，李善注：“曾子曰：陰氣勝則凝爲霜。"李周翰注:"上文所云繁星,謂小人在位者多,讒邪之道浸潤,如渥露初沾人衣也,復恐讒積至甚,如凝露之結爲霜。"劉履發揮此説。然魏晉之際傅玄的具體生平經歷,史多不載,無從考其傷魏之心。傅玄卒于晉武帝咸寧年間,吳淇"喻晉室之亂"説,附會失考,當不可從。

雜詩一首五言

張茂先

晷度隨天運,四時互相承。東壁正昏中,固陰寒節升。繁霜降當夕,悲風中夜興。朱火青無光,蘭膏坐自凝。重衾無暖氣,挾纊如懷冰。伏枕終遥昔,寤言莫予應。永思慮崇替,慨然獨撫膺。

【本事】

不詳。

【繫年】

不詳。可能作於張華晚年政局多變之時。

【集説】

劉履《選詩補注》卷三:此茂先見魏之將亡,而感嘆之歟?其意謂世運固有遷易,乃借四時爲喻,而言仲冬陰盛既極,正天道變革、陽氣復生之時。方且繁霜悲風交相侵迫,而朱火爲之無光,則君之昏弱從可知焉。于時忍寒伏枕,以終長夜,亦惟安時處順,以待陽明之來,竟無可與語此者矣。但永思其興廢之故,則亦不能不慨然而拊膺也。

唐汝諤《古詩解》卷十八:茂先感天運之推遷,而念四時之遞變,因言此時東壁昏中,正仲冬之候也,陰氣既盛,而繁霜已零,悲風忽起,即朱火爲之無光,蘭膏爲之凝結,嚴寒凜冽,已無復陽和之氣。此疑亦有衰世之感,而隱忍以終長夜,竟無可與語者,故以寤言莫應繼之,而遂思及於廢興不覺,深自憤恨,而至自撫其胸也。

　　吳淇《六朝選詩定論》卷八：首四句寫冬，喻時之亂也。次四句寫冬之夜，喻亂之甚。小人得志，君子退也。後四句"重衾"，喻亂之甚且漸逼己，癙言莫應，孤立而無援也。末二句正言孤立無援而又位居最崇，將必替也。通篇意最明顯，但"崇替"二字似無所承，然却是早於首二句四時迭運，內暗伏綫索。言人事崇替，猶天時寒暑迭更爲之，恐終不免也。

　　于光華《重訂文選集評》卷七引方伯海評：通篇即北風雨雪之意。見國家危亂將至，氣象愁慘，正意於末二句發之。

【按語】

　　此詩末句"永思慮崇替"，呂向注："長思人事，慮興亡之理，慨然有嘆，而獨撫膺也。"劉履本此，謂"魏之將亡而感嘆"，則失考。此詩可能作於張華晚年，政治動蕩之際。

情詩二首五言

張茂先

　　清風動帷簾，晨月照幽房。佳人處遐遠，蘭室無容光。襟懷擁靈景，輕衾覆空牀。居歡惕夜促，在慼怨宵長。拊枕獨嘯嘆，感慨心內傷。（其一）

　　遊目四野外，逍遙獨延佇。蘭蕙緣清渠，繁華蔭綠渚。佳人不在兹，取此欲誰與？巢居知風寒，穴處識陰雨。不曾遠別離，安知慕儔侶？（其二）

【本事】

　　不詳。

【繫年】

　　不詳。

【集説】

吴淇《六朝選詩定論》卷八：獨宿幽房,偶因風動帷簾,見月已晨矣,則徹宵不寐可知。佳人既遠,蘭室自是無光,但滅燭之後,尚懷意中,忽因月照,更於眼中顯出。(其一)

劉履《選詩補注》卷三：此或茂先在外時,代述其室家之詞歟?(其二)

吴淇《六朝選詩定論》卷八：末四句,借未經別離者,正明慣經別離之苦。看他只作一反却不轉落,最爲健筆。(其二)

唐汝諤《古詩解》卷十八：此詩以君子不在而想念之,故眺望久立,而見清渠之内,蘭蕙生焉,將欲取之而竟無懷人可贈,因自嘆巢居始知風,穴處乃知雨,若不經遠別者,又安知別離之苦耶? 即翻樂府《拈桑知天風》之案,而彼猶委婉,此却徑直,漢詩所以不同。(其二)

何焯《義門讀書記》卷四十七：二詩疑爲荀、馮所構而作。

【按語】

張華情詩共五首,此選其三與其五。何焯所言求之過深,不可從。此詩之文學價值,可見曹旭《張華〈情詩〉的意義》一文。①

園葵詩一首五言

陸士衡

善曰:《晉書》:趙王倫篡位,遷帝於金墉城。後諸王共誅倫,復帝位。齊王同譜機爲倫作禪文,賴成都王穎救之免,故作此詩,以葵爲喻謝穎。

翰曰:葵之爲物,傾心向陽,如臣事君,以心敬也。故托之爲詩。

---

① 參見曹旭《張華〈情詩〉的意義》,《文學評論》,2012 年第 5 期。

種葵北園中,葵生鬱萋萋。朝榮東北傾,夕穎西南晞。零露垂鮮澤,朗月耀其輝。時逝柔風戢,歲暮商颷飛。曾雲無溫液,嚴霜有凝威。幸蒙高墉德,玄景蔭素蕤。豐條并春盛,落葉後秋衰。慶彼晚彫福,忘此孤生悲。

【本事】

《晉書·陸機傳》:倫將篡位,以(陸)機爲中書郎。倫之誅也,齊王冏以機職在中書,九錫文及禪詔疑機與焉,遂收機等九人付廷尉。賴成都王穎、吳王晏并救理之,得減死徙邊,遇赦而止。

【繫年】

此詩作於晉惠帝永寧元年(301)。

【集説】

劉履《選詩補注》卷四:李善曰:"趙王倫篡位,遷帝于金墉城。後諸王共誅倫,復帝位。齊王冏以機爲倫作禪文,收之,賴成都王穎救免,故作此詩以謝。"其説得之。蓋士衡由吳入洛,故以種葵北園自況,而"露澤""月輝"以喻君之寵禄,"時逝""歲暮"以喻晉之衰,末且以"霜威"比齊王,而"高墉"比成都也。

吳淇《六朝選詩定論》卷十:士衡遭趙王倫之難,成都王穎救之得免,故士衡德之,作此詩,借葵自比,園比晉。"鬱萋萋",葵生之盛。"朝榮"二句,表己之心,兼喻入洛之始,即蒙嘉遇,得侍君側,不離左右。"零露"句,恩澤之渥。"朗月"句,寵光之隆。"時逝"句,喻賈后之亂甫息。"歲暮"句,喻趙倫之變復起。"層雲"二句,流毒朝端,己幾不免也。"高墉",即園之墉,比穎。"玄景",高墉之影。"素蕤"即葵,葵華於秋,故曰素。"豐條"二句,葵之得保其生。"晚凋"乃松柏,喻穎之盡節王室。"孤生"即葵,謂己之傾心於穎也。

按,士衡入洛以後之詩,心心只繫於吳,其于晉室之恩,非應制之作,決不述及。兹胡爲於詠物之詩,盛稱晉德不置也?蓋不言舊時晉室之恩之重,不足見今日趙倫之變之危、成都之德之深也。然葵之所託在園,而葵心之所映惟日。園而曰北,則所映之日在南,蓋暗指吳也。又葵隨日而傾,"朝榮"二句,止寫得朝而傾東,夕而傾西,至於中天南傾之際,則略而弗及。謂當時當塗之霸業已空,有不堪回首者,則不忍忘吳之念,固未嘗一日改也。

【按語】

李善及李周翰訓釋題旨甚明,劉履認同李善注,可從。該詩與《謝成都王箋》等作於同時。此詩以"園葵"自喻,言其忠誠之心。吳淇注解此詩甚詳,可參。

思友人詩一首五言

曹顏遠

善曰:臧榮緒《晉書》曰:曹攄,字顏遠,譙國人也。篤志好學,參南國中郎將,遷高密王左司馬。流人王逌之等寇掠城邑,攄與戰,軍敗而死。

良曰:臧榮緒《晉書》云:曹攄,字顏遠,譙國人也。篤志好學,參南中郎將,遷高密王左司馬。流人王逌等侵掠城邑,遇戰,軍敗死之。攄与歐陽建俱以名稱相得,故作此詩思之。

密雲翳陽景,霖潦淹庭除。嚴霜彫翠草,寒風振纖枯。凛凛天氣清,落落卉木疏。感時歌蟋蟀,思賢詠白駒。情隨玄陰滯,心與迴飆俱。思心何所懷,懷我歐陽子。精義測神奧,清機發妙理。自我別旬朔,微言絕于耳。褰裳不足難,清陽未可俟。延首出階檐,佇立增想似。

【本事】

不詳。

【繫年】

不詳。此詩可能作於元康六年(296)左右,陸侃如《中古文學繫年》繫於元康六年。

【集說】

吳淇《六朝選詩定論》卷九:凡贈答人之詩,必書其名,或書其字,或書其官。一篇議論,即就此人身上發揮,一字不可移那他人。若夫泛題友人,或其人之微耳,或其交之泛耳。此詩思歐陽堅石也。不曰歐某而曰"友人"者,蓋德齊之謂友,情篤之謂友,則與曹同於行、合於心者,豈堅石之外,更有一人哉?故與泛言友人者,詞同而義異也。此又以堅石被難後作,不曰哭而曰思,恐取忌於當時,故托之於思。若堅石生平偶爾暫別,憶念之詩然。……如此詩,若出於平生偶爾相念,如何將時景狠寫?"密雲"云云十句,陰慘之極,分明群宵得志、正人摧折,所以感之而思。若云平日偶念,又何至以"精義"二句述其生平耶?"微言",即"精義"二句。若云平日偶念,又何云"絕於耳"耶?"褰裳"四句,冀其猶生耳。故此詩"精義"二句,爲一篇骨子。友人之所以見思于作者,與作者所以思友人之故,皆在此。

【按語】

陸侃如認爲,曹攄又有《贈歐陽建》:"弱冠參戎,既立南面。"建卒時年三十餘,此詩當作於卒前不久。又載《思友人詩》,當作於前詩之後。[①]此詩"思心何所懷,懷我歐陽子"一句,李善注:"顏遠《贈歐陽堅石詩》曰:'嗟我良友,惟彥之選。'然此歐陽,即堅石也。"可參。吳淇認爲,此詩爲"堅石被難後作",歐陽建于晉惠帝永康元年(300)被殺,此詩或作於其時。

---

① 參見陸侃如《中古文學繫年》,第 762 頁。

感舊詩一首五言

曹顏遠

善曰：此篇感故舊相輕，人情逐勢。

富貴他人合，貧賤親戚離。廉藺門易軌，田竇相奪移。晨風集茂林，棲鳥去枯枝。今我唯困蒙，郡士所背馳。鄉人敦懿義，濟濟蔭光儀。對賓頌有客，舉觴詠露斯。臨樂何所嘆，素絲與路歧。

【本事】

《晉書·曹攄傳》：（曹攄）尋轉中書侍郎。長沙王乂以爲驃騎司馬。乂敗，免官。因丁母憂。惠帝末，起爲襄城太守。

【繫年】

此詩可能作於晉惠帝永興元年（304），成都王乂敗，曹攄免官之時。

【集説】

劉履《選詩補注》卷四：此蓋顏遠免官家居時，感鄉里之人不忘故舊而作。言自古勢利之交，隨時向背，人心物性莫不皆然。今我當困蒙之時，衆皆背去，而鄉人獨能待我如此，豈易得哉？故復於觴詠之際，發素絲歧路之嘆，殆將勉其益敦此義，不可惑于世道而有變也。

吳淇《六朝選詩定論》卷九：起首六句，反復以明世態之炎涼，下借鄉人之厚，以形群士之薄。然鄉人亦不過是人情交往體面上周旋而已，濟不得甚事。此素絲歧路，不能去懷，所以當樂而嘆。

何焯《義門讀書記》卷四十七：淺薄無餘味，殷領軍誦之而泣下，蓋各有所感耳。

【按語】

劉履認爲，此詩作於"免官家居時"，可從。何焯所言，出自《晉書·殷浩傳》："浩甥韓伯，浩素賞愛之，隨至徙所，經歲還都，浩送至渚側，詠曹顏遠詩云：'富貴他人合，貧賤親戚離。'因而泣下。"

雜詩一首五言

何敬祖

善曰：贈答，何在陸前，而此居後，誤也。

秋風乘夕起，明月照高樹。閑房來清氣，廣庭發暉素。静寂愴然嘆，惆悵出遊顧。仰視垣上草，俯察階下露。心虚體自輕，飄飄若仙步。瞻彼陵上柏，想與神人遇。道深難可期，精微非所慕。勤思終遥夕，永言寫情慮。

【本事】

不詳。

【繫年】

不詳。可能爲何劭後期作品。

【集説】

閔齊華《文選瀹注》卷十五引孫鑛評：總是慕仙意，亦婉雅有姿態。

吳淇《六朝選詩定論》卷九：古今才人，不知何故，只是潑口駡世。敬祖却無此習，只是一個"静寂"。

【按語】

關於何劭生平，曹道衡有考。① 鍾嶸《詩品》將陸雲、石崇、曹攄、

---

① 參見曹道衡、沈玉成《中古文學史料叢考》，137頁。

何劭四人并列中品,以爲"季倫、顏遠,并有英篇。篤而論之,朗陵爲最"。① 此詩"静寂愴然嘆,惆悵出遊顧"一句,吕向注:"秋物凋落,閑夜無友,故愴然發嘆,出户遊望也。"此詩可與吳淇之説互參。

雜詩一首五言

王正長

善曰:臧榮緒《晉書》曰:王讚,字正長,義陽人也。博學有俊才,辟司空掾,歷散騎侍郎,卒。

翰曰:臧榮緒《晉書》云:王讚,字正長,義陽人也。博學有才,辟司空掾,歷散騎侍郎。

朔風動秋草,邊馬有歸心。胡寧久分析,靡靡忽至今。王事離我志,殊隔過商參。昔往鶺鴒鳴,今來蟋蟀吟。人情懷舊鄉,客鳥思故林。師涓久不奏,誰能宣我心?

【本事】

《晉書·石勒載記》:濟自延津,南擊兗州,越大懼,使苟晞、王讚等討之。

【繫年】

作年不詳。據詩中"朔風動秋草,邊馬有歸心",可能作於晉懷帝永嘉元年(307),王讚征討石勒時。

【集説】

劉勰《文心雕龍·隱秀》:"朔風動秋草,邊馬有歸心",氣寒而事傷,此羈旅之怨曲也。

劉履《選詩補注》卷三:正長因行役思歸,而作此詩。言朔風既動

---

① 參見曹旭《詩品集注》,第302頁。

秋草,則邊馬且有歸心,而我何爲久離家室,至今不得歸耶?蓋以王事繫於我心,不敢不勤,是以自春至秋,殊隔逾遠。且人物各有思舊之情,世無師涓,誰能爲我宣明此心也?詳此,則我獨賢勞之意,亦可見矣。

吴淇《六朝選詩定論》卷九:此詩舊注止謂一意思歸。如果一意思歸,試問其出而服勞王事者何心?乃甫出而旋欲歸耶?必有不得志于時之事,難以言宣耳,故托意於思歸耳。

張玉穀《古詩賞析》卷十一:此久宦懷歸之詩。首二,就秋風邊馬思歸比起,有勢。中六,述分析由於王事,即點清時序之久。後四,醒出思鄉本旨,却更以客鳥一喻,反綴在後,愈覺活動,收到望君之鑒,仍托于望古遥集,亦甚空靈。

【按語】

此詩"朔風動秋草,邊馬有歸心"一句,呂向注:"感離別也。朔,北也。邊馬,胡馬也。"此詩叙寫守邊之士思鄉之情,劉履説可從。吴淇"托意思歸"之説,求之過深。

雜詩一首五言

棗道彦

善曰:《今書七志》曰:棗據,字道彦,潁川人。弱冠,辟大將軍府,遷尚書郎。太尉賈充爲伐吴都督,請爲從事中郎,遷中庶子,卒。

翰曰:《晉書》云:棗據,字道彦,潁川人。美容貌,善文辭。弱冠,辟大將軍府,遷尚書郎,中庶子。

吴寇未殄滅,亂象侵邊疆。天子命上宰,作藩于漢陽。開國建元士,玉帛聘賢良。予非荆山璞,謬登和氏場。羊質復虎文,燕翼假鳳翔。既懼非所任,怨彼南路長。千里既悠邈,路次限關梁。僕夫罷遠涉,車馬困山岡。深谷下無底,高巖暨穹蒼。豐草停滋潤,霧露沾衣裳。玄林結陰氣,不風自寒涼。顧瞻情感切,惻愴心哀傷。士生則懸

弧,有事在四方。安得恒逍遥,端坐守閨房。引義割外情,内感實
難忘。

【本事】

《晉書·棗據傳》:賈充伐吴,請爲從事中郎。

【繫年】

此詩"天子命上宰,作蕃於漢陽"一句,劉良注:"上宰,賈充也。征
吴,都督江漢,而道彦爲之從事。"曹道衡以爲作於太康元年(280)。[1] 韓
暉以爲,此詩作於受賈充請爲從事中郎時,即晉武帝咸寧五年
(279)。[2]

【集説】

吴淇《六朝選詩定論》卷七:凡詩之妙,雖深含不露,定有頭緒可
尋,而此詩最難尋其頭緒,以爲懼非所任耶?既非本意,以爲真怨路
長耶?潁川去漢陽不遠千里,何至於怨且莫忘耶?再三仔細玩味,忽
悟于"路長"上加"南"字,乃是怨不見用於朝也。當時晉都洛陽,賈鎮
漢陽,棗居潁川,漢陽在潁川之南,故曰"南路"。洛陽在潁川之地,應
曰北路,其相去也俱約千里。而乃以漢陽之路爲長,怨其路之不
北耳。

何焯《義門讀書記》卷四十七:擬仲宣《從軍》。

于光華《重訂文選集評》卷七引方伯海評:據不欲往,辭之可也。
既往矣,南路雖長,又何怨焉。讀《岵岵》詩,忠臣之節,孝子之行,溢
於言外。此只是一片兒女私情。末雖以"有事四方"自壯,復結之以
"内感難忘",所云"國爾忘家,公爾忘私",又何謂耶,故作詩全在用
意,而氣體則雄厚流轉。

---

① 參見曹道衡、沈玉成《中古文學史料叢考》,第 155 頁。
② 參見韓暉《文選》編輯及作品繫年考證,第 214—215 頁。

【按語】

吳淇所言"怨不見用於朝也",流於穿鑿,不可從。詩中"既懼非所任,怨彼南路長"一句,吕向注:"謂賈充用我,懼不當所任,怨嗟不堪任重致遠,故云怨彼南路長。"吳淇受吕向注影響,更加發揮,因而有"不見用"之説。

雜詩一首五言

左太沖

善曰:沖于時賈充徵爲記室,不就。因感人年老,故作此詩。

秋風何冽冽,白露爲朝霜。柔條旦夕勁,緑葉日夜黄。明月出雲崖,皦皦流素光。披軒臨前庭,嗷嗷晨雁翔。高志局四海,塊然守空堂。壯齒不恒居,歲暮常慨慷。

【本事】

《晉書·左思傳》:齊王冏命爲記室督,辭疾,不就。

【繫年】

此詩作於晉惠帝永寧元年(301),齊王冏命爲記室督時。

【集説】

劉履《選詩補注》卷三:此篇首言天氣漸變而寒凝,草木亦因時而變衰矣。觀此則人之少壯者安得不速老耶? 又言雲際之月出流素光,而我開軒視之,乃有哀雁飛翔而去者,以喻陰邪之臣當朝專政,是使賢者方高舉而退遁也。于斯時也,我既不可以仕,則平生高志陌而不申,將恐壯年一去,老死無聞,故常於此風霜摇落之時,而爲之感傷焉! 是知太沖不肯就仕者,豈其心哉,亦必有道矣!

唐汝諤《古詩解》卷十八:此處衰亂而感懷之作。

　　吳淇《六朝選詩定論》卷八：此詩首四句記時，次四句寫景，末四句言情。

　　張玉穀《古詩賞析》卷十一：此傷壯志之不得展也。前八，皆寫秋景，然先以風霜引起條勁葉黃，已爲壯齒不恒作興，接以明月引起翔雁晨鳴，又爲志局慨慷作興。後四，正述本懷，點清作意，突如其來，闃然而止，筆力老横。

【按語】

　　該詩作者名下李善注“冲于時賈充徵爲記室”，此誤，據《晉書·左思傳》，當爲“齊王冏命爲記室督”。胡克家《文選考異》指出，李善注“二十字於例不類，非善之舊，必亦并五臣也，今無以考之”。此詩末句“壯齒不恒居，歲暮常慨慷”，吕向注：“言少年顏色不常居住，忽即衰老，故常爲嘆。歲暮，謂衰暮之年也。”此可與劉履注互參。

雜詩一首五言

張季鷹

　　善曰：《今書七志》曰：張翰，字季鷹，吳郡人也。文藻新麗，齊王冏辟爲東曹掾。觀天下亂，東歸，卒於家。

　　濟曰：《晉書》云：張翰，字季鷹，吳人也。有清才，而縱任不拘，時人號爲“江東步兵”。齊王冏辟爲東曹掾。

　　暮春和氣應，白日照園林。青條若揔翠，黃華如散金。嘉卉亮有觀，顧此難久就。延頸無良塗，頓足托幽深。榮與壯俱去，賤與老相尋。歡樂不照顏，慘愴發謳吟。謳吟何嗟及，古人可慰心。

【本事】

　　《晉書·張翰傳》：齊王冏辟爲大司馬東曹掾。冏時執權，翰謂同郡顧榮曰：“天下紛紛，禍難未已。夫有四海之名者，求退良難。吾本

山林間人,無望于時。子善以明防前,以智慮後。"榮執其手,愴然曰:
"吾亦與子采南山蕨,飲三江水耳。"翰因見秋風起,乃思吳中菰菜、蓴
羹、鱸魚膾,曰:"人生貴得適志,何能羈宦數千里以要名爵乎!"遂命
駕而歸。著《首丘賦》,文多不載。俄而冏敗,人皆謂之見機。

【繫年】

據《晉書・張翰傳》,此詩作於晉惠帝太安元年(302)左右。

【集説】

劉履《選詩補注》卷三:此季鷹退歸後詠懷之詩。言暮春景物鮮
榮,信有可觀,但易至衰謝,未足耽玩,亦以興人之榮貴與少壯,皆不
可以久恃。蓋我初企望而進,既無可騁之塗,於是斂跡以退,而又困
悴如此,則亦無如之何。唯念古人有能處此而無憂者,可用慰吾心
焉!若季鷹亦可謂善自處者矣。

吳淇《六朝選詩定論》卷九:秋風鱸膾,百世美談。論者莫不以季
鷹爲惜退人者。而史稱其任放不羈,蓋嘗有志當世之務矣,而勢有所
阻,故托興於千里蓴湖,知其不可爲而不爲,是或一道也。故其詩,鍾
嶸稱其高麗,而不知其一謳一吟,皆自慘愴中來。

何焯《義門讀書記》卷四十七:"嘉卉亮有觀"二句,胸懷本趣。

張玉穀《古詩賞析》卷十一:此傷老大之寡歡樂也。首四,就春園
植物茂盛寫景起,賦中帶興,琢句亦工。"嘉卉"八句,頂上即嘉卉有
觀難久,遞落人生易老,歡樂不常之悲。"榮與"二語,千古同慨。結
二,忽以徒悲無益,藉慰古人,陡然收住,峭甚。

【按語】

劉履曰:"此季鷹退歸後詠懷之詩。"可從。此詩"延頸無良塗,頓
足托幽深"一句,李周翰注:"引頸望榮官之路既已絕矣,乃復頓足下
流,托幽深之居。"又,"嘉卉亮有觀,顧此難久耽"一句,張銑注:"雖
嘉卉信有可觀,見其榮必有衰,難久樂耽,感之於心。"何焯所言"胸懷

本趣"，由此可見。

雜詩十首五言

張景陽

秋夜凉風起，清氣蕩暄濁。蜻蛚吟階下，飛蛾拂明燭。君子從遠役，佳人守榮獨。離居幾何時，鑽燧忽改木。房櫳無行跡，庭草萋以綠。青苔依空牆，蜘蛛網四屋。感物多所懷，沉憂結心曲。（其一）

大火流坤維，白日馳西陸。浮陽映翠竹，迴飆扇綠竹。飛雨灑朝蘭，輕露棲叢菊。龍蟄暄氣凝，天高萬物肅。弱條不重結，芳蕤豈再馥。人生瀛海內，忽如鳥過目。川上之嘆逝，前脩以自勖。（其二）

金風扇素節，丹霞啓陰期。騰雲似涌煙，密雨如散絲。寒花發黃采，秋草含綠滋。閑居玩萬物，離群戀所思。案無蕭氏牘，庭無貢公綦。高尚遺王侯，道積自成基。至人不嬰物，餘風足染時。（其三）

朝霞迎白日，丹氣臨湯谷。翳翳結繁雲，森森散雨足。輕風摧勁草，凝霜竦高木。密葉日夜疏，叢林森如束。疇昔嘆時遲，晚節悲年促。歲暮懷百憂，將從季主卜。（其四）

昔我資章甫，聊以適諸越。行行入幽荒，歐駱從祝髮。窮年非所用，此貨將安設？瓵瓺誇瑀璠，魚目笑明月。不見郢中歌，能否居然別？陽春無和者，巴人皆下節。流俗多昏迷，此理誰能察！（其五）

朝登魯陽關，狹路峭且深。流澗萬餘丈，圍木數千尋。咆虎響窮山，鳴鶴聒空林。淒風爲我嘯，百籟坐自吟。感物多思情，在險易常心。碣來戒不虞，挺轡越飛岑。王陽驅九折，周文走岑崟。經阻貴勿遲，此理著來今。（其六）

此鄉非吾地,此郭非吾城。羈旅無定心,翩翩如懸旌。出覩軍馬陣,入聞鞞鼓聲。常懼羽檄飛,神武一朝征。長鋏鳴鞘中,烽火列邊亭。舍我衡門衣,更被縵胡纓。疇昔懷微志,帷幕竊所經。何必操干戈,堂上有奇兵。折衝樽俎間,制勝在兩楹。巧遲不足稱,拙速乃垂名。(其七)

述職投邊城,羈束戎旅間。下車如昨日,望舒四五圓。借問此何時?胡蝶飛南園。流波戀舊浦,行雲思故山。閩越衣文蚺,胡馬願度燕。土風安所習?由來有固然。(其八)

結宇窮岡曲,耦耕幽藪陰。荒庭寂以閑,幽岫峭且深。淒風起東谷,有渰興南岑。雖無箕畢期,膚寸自成霖。澤雉登壟雊,寒猿擁條吟。溪壑無人跡,荒楚鬱蕭森。投耒循岸垂,時聞樵采音。重基可擬志,迴淵可比心。養真尚無爲,道勝貴陸沉。遊思竹素園,寄辭翰墨林。(其九)

黑蜧躍重淵,商羊舞野庭。飛廉應南箕,豐隆迎號屏。雲根臨八極,雨足灑四溟。霖瀝過二旬,散漫亞九齡。階下伏泉涌,堂上水衣生。洪潦浩方割,人懷昏墊情。沉液漱陳根,綠葉腐秋莖。里無曲突煙,路無行輪聲。環堵自頹毀,垣閒不隱形。尺燼重尋桂,紅粒貴瑤瓊。君子守固窮,在約不爽貞。雖榮田方贈,慚爲溝壑名。取志於陵子,比足黔婁生。(其十)

【本事】

《晉書·張協傳》:于時天下已亂,所在寇盜,協遂棄絕人事,屏居草澤,守道不競,以屬詠自娛。

【繫年】

非作於一時一地，大多爲張協後期作品。

【集説】

吳淇《六朝選詩定論》卷九：此詩十首皆以秋起，意未必作於一時。景事繁多，正意苦雨，旁及征夫思婦之流，學者難窺其意。余細玩之，亦與《詩·綿》之九章同法。

其一

張玉穀《古詩賞析》卷十一：此閨怨詩也，作比體看亦得。首四，賦秋夜景物起。中四，叙明離索路遥時久之慨。後六，再就空房景物，點醒觸目傷心作收。

其二

劉履《選詩補注》卷四：此景陽感時自警之詩。言見夫氣候流易，時物變衰，因念人生奄忽若此，則君子之進德脩業不可以不及時也。且聞孔子川逝不舍之嘆，則知前脩所以自强不息者，亦法乎此而已，可不勉哉？

張玉穀《古詩賞析》卷十一：此慨流光易逝，因以進脩自勉也。前十，皆就秋高肅殺之景，爲人生少壯難留之喻。得“龍蟄”二句振起，方不平直。後四，醒出年不我與，當以前脩自勖本旨作收。川上嘆，用古也，却即暗跟“瀛海”來，細甚。

其三

唐汝諤《古詩解》卷十八：景陽遭時之亂，而屏居草澤，因撫景懷思，而嘆無良友之過從，惟自隱居高尚，而念至人之遺風爲足濡染。真可謂超於流俗者矣。

其四

劉履《選詩補注》卷四：此景陽覩朝綱之紊亂、憂國祚之不永也。其言朝霞迎日，而丹氣臨湯谷者，以比惠帝之初，權姦柄國，氣勢烜

赫，爲亂之漸也。至於繄繄結雲，森森散雨，則陰邪日盛，而悖逆非一
矣。甚至殺害忠良，迫及乘輿，由是賢才退散，朝廷孤危，正猶風摧勁
草，霜殄高木，而林葉枯疏，森然如束也。且吾向也嘆逢時之不早，今
乃悲世運之促忽，譬之少時，日望長大，及既垂老，惟懼衰没爾。時既
若此，尚將從善卜者，以占其吉凶如何，亦可見其憂國之忠誠矣。
《詩》云："握粟出卜，自何能穀。"其是之謂歟！

其五

劉履《選詩補注》卷四：此景陽傷己之不遇也。言我昔資章甫，以
往幽荒之國，而其俗好辟異，此貨終無所用，以況初年抱負所學，入仕
於朝，而朝廷漸至昏亂，惟邪佞是從，是以吾道卒無所施焉。彼小人
者自以爲是，乃反以我爲迂，猶瓴甋之誇美玉，魚目之笑明珠也。然
其是非真僞，豈難辨哉？如陽春巴人之曲高，下固已絶殊，但流俗昏
迷，不能察識焉爾。

張玉轂《古詩賞析》卷十一：此傷懷才莫用，由於世鮮真識也。首
六，先表己之不用於世。妙在引宋人章甫不售事，以比出之，便不平
實。後八，説世俗是非顛倒，由於知識昏迷，再用瓴甋、魚目以譬喻
之，又用曲高和寡以印證之，至末方正點作收，絶不呆相。

其六

吳淇《六朝選詩定論》卷九：此章借魯陽以喻世路之險，未必曾親
涉其地也。若云親涉，黃門亦豈曾適越乎？或是承上章意，取爲適越
所由之路也。

其七

劉履《選詩補注》卷四：此篇殆作於征北從事中郎之時乎？言在
軍中，心無定繫，常恐邊方警急，即當奮身以往。蓋我疇昔有志於此，
而帷幄之事，竊嘗經心焉。何必手操干戈？乃爲用兵，惟坐於廟堂，
而笑談樽俎之間，自可折衝而制勝矣。且巧遲不如拙速，亦兵法之機

要也。詳此則景陽之才略過人，亦可見矣。

其八

　　劉履《選詩補注》卷四：此篇蓋作於河間內史之時。河間，北方郡，即今瀛州也，故言述職邊城。羈束頗久，因感時物之變，乃托流波行雲以自比。復舉風土之便習，物性之固然者，以自決焉。然則景陽之托疾歸隱，其在斯時歟？

　　張玉穀《古詩賞析》卷十一：此苦遠宦邊地而懷故鄉也。前六，敘明遠宦久羈，即帶點時序，引起歸思。後六，正賦懷歸，却疊用四比，然後以安習固然托空收住，一若止論物理，不關己事者然。解此用筆，那得復有平實之患。

其九

　　劉履《選詩補注》卷四：景陽既歸隱，卜築耕稼而作此詩。夫以乍去祿位，處此深山窮谷，而其景物凄然，人跡闃絕，宜若有不堪於懷者。然見重基之積，則志可擬之使益高，觀回淵之潴，則心可比之使益靜。於是養真韜晦，以道自勝，而時遊情于簡册，屬詠其詞章，已自不勝其樂，尚何富貴之足慕哉？

其十

　　吳淇《六朝選詩定論》卷九：首三章雖極言苦雨，尚有晴日，九章雖極言苦雨，尚有晴時。此章"墨蜧"云云，則無日無夜，盡是雨矣，寫困窮之狀可爲極盡無餘，正起下固窮之力。不窮，不足見君子之守窮；不甚，不足見君子之守之定。蓋上章君子之遁世，此章君子之不悔也。

【按語】

　　關於此組詩作的作年及主旨，可參拙作《論張協與兩晉之際文學新變》一文。①

---

① 參見宋展雲《論張協與兩晉之際文學新變》，《中南民族大學學報》，2015 年第 5 期。

《文選》卷三十

雜詩下

時興詩一首五言

盧子諒

翰曰：時興，感時物而興，喻情也。亦雜詩之類。

亹亹圓象運，悠悠方儀廓。忽忽歲云暮，游原采蕭藿。北踰芒與河，南臨伊與洛。凝霜霑蔓草，悲風振林薄。摵摵芳葉零，蕊蕊芬華落。下泉激洌清，曠野增遼索。登高眺遐荒，極望無崖堮。形變隨時化，神感因物作。澹乎至人心，恬然存玄漠。

【本事】

《晉書・盧諶傳》：粲敗走，諶得赴琨，先父母兄弟在平陽者，悉爲劉聰所害。琨爲司空，以諶爲主簿，轉從事中郎。琨妻即諶之從母，既加親愛，又重其才地。

【繫年】

作年不詳。可能作於永嘉之亂時。

【集説】

劉履《選詩補注》卷四：此子諒遭天下喪亂，感物興懷之詩。故以"歲暮"比晉代之衰末，"霜風""下泉"比寇盗之侵擾，而"芳葉""芬華"且以比生民之凋弊者也。其意蓋言天運而不已，地廓而無窮，人生其中,乃忽值此歲暮之時,聊且游原野、采蕭薔以自娛,而其所歷景象遼索如此,登高極望,滔滔皆然。是知時物之變,固不免隨化而遷,則人心之靈,又焉得不因物而興感乎?唯至人者乃能安時處順,目繫道存,而不動其中也。

吳淇《六朝選詩定論》卷十一:題曰"時興詩",論題面是感時物而作,論題意則感時事也。按,《詩·下泉》之章,傷天下之無王也。"曠野"句,內着一"增"字,言晉室之亂甚于東周也。"游原""采薔",即"采芑采薇"意。有志勤王。芒、河、伊、洛,中原之地,晉之故都,皆宜經營之地也。"至人"云云,非有感慕於至人,乃是太上忘情,我輩未免有情。遭此時勢,那不感神?惜乎形爲時變,冉冉老至而功名不遂也。

【按語】

"下泉激冽清"句,李善注:"《毛詩》曰:'冽彼下泉。'毛萇曰:冽,寒也。"吳淇由此比附《詩經》,加以訓解,過於附會。此詩末句"澹乎至人心,恬然存玄漠",呂延濟注:"至人真性,澹乎然無所營爲,唯在玄然寂寞而已。"詩人以老莊思想消解內心之感傷。

雜詩二首

陶淵明

結廬在人境,而無車馬喧。問君何能爾?心遠地自偏。采菊東籬下,悠然望南山。山氣日夕佳,飛鳥相與還。此還有真意,欲辯已忘言。(其一)

秋菊有佳色,裛露掇其英。泛此忘憂物,遠我遺世情。一觴雖獨進,杯盡壺自傾。日入群動息,歸鳥趨林鳴。嘯傲東軒下,聊復得此生。(其二)

【本事】

陶淵明《飲酒》詩序："余閑居寡歡，兼秋夜已長，偶有名酒，無夕不飲，顧影獨盡，忽焉復醉。既醉之後，輒題數句自娛。紙墨遂多，辭無詮次。聊命故人書之，以爲歡笑爾。"

【繫年】

此詩作於晉安帝義熙十三年(417)。①

【集説】

何焯《義門讀書記》卷四十七："悠然望南山"，"望"一作"見"，就一句而言，"望"字誠不若"見"字爲近自然。然"山氣""飛鳥"皆望中所有，非復偶然見此也。"悠然"二字從上心遠來，東坡之論不必附會。（其一）

劉履《選詩補注》卷五：此篇乃寫其休閑自得之趣。言心志超遠，不爲塵物所滯，則目曠耳清，雖居人境，自無喧雜矣。故於東籬采菊之際，悠然見夫南山，初不經意，而景與意會。況山氣日夕清佳，而飛鳥亦相與還，各遂其自然之性，則我於此豈不陶然自樂也哉？夫鳥倦飛則知還，人不得志則卷而懷之，此意甚真，人莫之察，然欲與之辯，則又有非言説可得而盡者。意味含蓄，最宜潛玩。（其一）

……靖節嘗言"世與我而相違"，今既得名酒，又必采佳菊以泛觴者，特以遠此違世之情耳。且林鳥尚知時而歸息，今我嘯傲於東軒之下，豈不爲得吾生哉？蘇子瞻曰："靖節以無事爲得此生，則見役於物者，非失此生耶？"（其二）

吳淇《六朝選詩定論》卷十一：上章寫自得中帶不得有爲之意，此章寫不得有爲帶自得之意。……"歸鳥"字，靖節屢用，見於《選》者凡四。此詩前章"飛鳥相與還"，此章"歸鳥趨林鳴"，《貧士》詩"遲遲出林翮，未夕先來歸"，《經曲阿》詩"望雲慚高鳥"，《歸去來辭》"鳥倦飛

---

① 參見袁行霈《陶淵明集箋注》，第236—237頁。

而知還"。其不願仕宦之意,可謂深切著明矣。(其二)

【按語】

《陶淵明集》中題爲《飲酒二十首》第五、第七,此處題爲《雜詩》。其一"采菊東籬下,悠然望南山"一句,"望"或"見",歷來爭議。黄侃《文選平點》卷三:"'望'字不誤,不望南山,何由知其佳耶? 無故改古以伸其謬見,此宋人之病也。"又,"此還有真意,欲辯已忘言"一句,《鈔》曰:"真,謂道之本也。鳥日晚還山,是歸棲集息其勞倦,故言有真意也。我今欲辯此得理之意,意以辯之,故忘言。"其二"嘯傲東軒下,聊復得此生"一句,吕向注:"言自超逸於東檐之下,聊復得此生之樂也。"可參。

詠貧士詩一首五言

陶淵明

《鈔》曰:無財曰貧,達理曰士。

萬族各有托,孤雲獨無依。曖曖虚中滅,何時見餘輝。朝霞開宿霧,衆鳥相與飛。遲遲出林翮,未夕復來歸。量力守故轍,豈不寒與飢。知音苟不存,已矣何所悲!

【本事】

不詳。

【繫年】

不詳。可能作於宋文帝元嘉初年。

【集説】

劉履《選詩補注》卷五:此亦靖節更歷世變,安貧守節,而嘆人之莫我知也。言衆人各得其所,而己獨窮困無賴,恐没世而無聞,譬猶飛潛動植之物各有所托,而孤雲獨飄飄無依,行將滅於空中,不復可見矣。且所謂朝霞開霧，喻朝廷之更新，衆鳥群飛，比諸臣之趨附，而遲遲出林未夕來歸者，則自況其審時出處，與衆異趣也。我于此時固守不易，甘分飢寒如此，苟無知音者存，亦自已矣，夫復何悲？此真所謂樂夫天命而不疑者歟！

吳淇《六朝選詩定論》卷十一：“詠貧士”者，憐士之貧也。一憐其微，一憐其拙。凡人生在世，必有所憑藉而起，或祖父之餘業，或親友之旁援，惟士孑然無依，猶似孤雲在太虛之中，任其自生自滅，總無有人理論，微之至矣。又人生未必皆有憑藉，必須自己經營支持。猶如天色甫曉，群鳥散飛，各各爭先覓食。貧士偏以笨鳥，晚出早歸，不能爲謀生之計，拙之極矣。

何焯《義門讀書記》卷五十：孤雲自比其高潔。下六篇皆言聖賢惟能固窮，所以輝曜千載，迥立于萬族之表，不可如世人之但見目前也。

張玉穀《古詩賞析》卷十四：此章言貧士守轍飢寒，由無知己，諸章之綱也。前八，以孤雲無依，空滅餘暉，衆鳥競飛，鈍翮早返，兩層比起，詩境空靈。後四，脫接正意，以安本分、無怨尤作結。

吳汝綸《漢魏六朝百三家集選·陶彭澤集選》：此當爲初罷彭澤令而作。又，起四句以比貧士至死不逢時也。“朝霞”句似指桓玄亂定，“衆鳥”指士大夫。遲出早歸，乃自喻耳。

【按語】

《陶淵明集》中有《詠貧士七首》，此爲第一首。劉履：“此亦靖節更歷世變，安貧守節，而嘆人之莫我知也。”其說可從。此詩“萬族各有托，孤雲獨無依”一句，李周翰注：“萬類各有所托附，而孤雲迥出，獨無所依也。蓋以喻貧士。”又，末句“知音苟不存，已矣何所悲”，《鈔》曰：“知音，謂知己者也。言知己守故轍之人皆不在，且復自止，何所悲乎。”此可與劉履注互參。

讀山海經詩一首五言

《鈔》曰：《山海經序》云：禹治水，巡行天下，遂令伯益主名川。

翰曰：《山海經》者，所記衆山百川草木禽獸之書。潛讀之，因而發詠。

陸善經曰：《集》有十首，此第一，序其讀之意也。

孟夏草木長，繞屋樹扶疏。衆鳥欣有托，吾亦愛吾廬。既耕亦已種，且還讀我書。窮巷隔深轍，頗迴故人車。歡言酌春酒，摘我園中蔬。微雨從東來，好風與之俱。泛覽周王傳，流觀山海圖。俛仰終宇宙，不樂復何如。

【本事】

不詳。

【繫年】

不詳。逯欽立以爲作於晉安帝義熙四年（408）遇火之前。

【集説】

劉履《選詩補注》卷五：此詩凡十三首，皆記二書所載事物之異，而此發端一篇，特以寫幽居自得之趣爾。觀其“衆鳥有托”“吾愛吾廬”等語，隱然有萬物各得其所之妙，則其俯仰宇宙而爲樂可知矣。

吳淇《六朝選詩定論》卷十一：“衆鳥欣有托”二句，是萬物各遂其性，却以“樂”字補出，知命之學。“萬族各有托”二句，是萬物各正其命，後却以“守”字補出，盡性之學。合二項，深得乾道變化之旨。謝康樂硬用《易》語，猶膚。

于光華《重訂文選集評》卷七引方伯海評：按，篇中讀書只三見，餘俱從不寫處寫，彌見神味悠然，其處處切孟夏。先生胸無宿物，故到處皆見受用。

　　張玉穀《古詩賞析》卷十四：此十三首之總冒也。故通首空寫，只於末處點題。坊選不明指出，則此題豈應作如是詩耶？前六，點清時物，以“耕”字陪出“讀”字，虛虛逗起。中六，再就事僻地幽之景引入。後四，復以《周王傳》作陪，點出題目，而仍以尋樂兜收，絕不粘滯。

【按語】

　　陸善經曰：“《集》有十首。”宋本《陶淵明集》共有十三首，二者不同。吳淇以《易》解釋陶詩，比照謝詩，頗爲獨特。

七月七日夜詠牛女一首五言

　　善曰：《齊諧記》曰：桂楊城武丁，有仙道，常在人間，忽謂其弟曰：七月七日織女渡河，諸仙悉還宮，吾向以被召，不得停，與爾別矣。弟問：織女何事渡河？兄何當還？答曰：織女暫詣牽牛，吾去後三千年當還耳。明旦，失武丁所在。世人至今猶云七月七日，織女嫁牽牛。

　　《鈔》曰：牛女，北方宿也。《漢書·天文志》：此星楊州分野。《風土記》曰：七月七日，俗至是日，其夜洒掃於庭中，施几筵，設酒脯及時菓，散香粉於筵上。楚香祈請於河鼓、織女二星神當會，守夜者咸懷私願，見天漢中有弈弈正白氣，濔然有五色，以此爲徵驗，見者拜乞願富壽，子孫貴位。唯得乞一，不得兼求。見者三年乃得之，或云頗有受其祚者也。

謝惠連

　　《音決》：宋法曹參軍。

　　落日隱櫚楹，升月照簾櫳。團團滿葉露，析析振條風。蹀足循廣除，瞬目曬曾穹。雲漢有靈匹，彌年闕相從。遐川阻昵愛，脩渚曠清容。弄杼不成藻，聳轡騖前蹤。昔離秋已兩，今聚夕無雙。傾河易迴斡，款顏難久悰。沃若靈駕旋，寂寥雲幄空。留情顧華寢，遙心逐奔龍。沈吟爲爾感，情深意彌重。

【本事】

不詳。

【繫年】

此詩可能作於宋文帝元嘉五年（428）左右，謝靈運第二次退隱始寧時，此與謝靈運《七夕詠牛女》同題而作。

【集説】

方回《文選顔鮑謝詩評》卷四：世人云，七月七日織女嫁牽牛，本出《齊諧記》。謂爲桂陽城武丁之言，無是理也。神仙荒唐，予尚未信，況又出於一夫之口？誣蔑星象，虛無妄誕，曰此仙者之説，而世人信之，殊可憫也。且星之爲物，固有飛孛流彗之異，此徒見有織女之"女"字，撰造夫婦靈配、夜渡天河等事以欺愚俗，豈不哀哉？玄暉詩推"昔離秋已兩，今聚夕無雙"，爲詩宗所稱。《文選》注："昔離迄今會，而秋已兩。今聚便別，故夕無雙也。"亦注得好。他不過體貼敷衍耳。無議論斷此事，善乎少陵之詩曰："牽牛出河西，織女出河東。萬古永相望，七夕誰見同。神光竟難候，此事終朦朧。"是也。然猶曰："颯然精靈合，何必秋遂通。"似不謂之全無是理者。此少陵力爲辨析，謂假使有此精靈倏合，何必於秋之七夕耶？所以力闢之，而非以爲有也。自"祈請走兒童"，以至"日出甘所終"，既哂夫因節乞巧者之愚。自"嗟汝未嫁女"，以至"丈夫多英雄"，又所以訓夫臣之於君，猶婦之於夫，未有私會苟合而可久者。此少陵詩所以獨步也。然則牛、女之説，誨淫之薄俗歟！

吴淇《六朝選詩定論》卷十四：止此一夜，見離多歡少，喻君臣聚會之難也。

何焯《義門讀書記》卷四十七：不爲高格，後半尤穢褻。

【按語】

方回所言"訓夫臣之於君,猶婦之於夫,未有私會苟合而可久者",以君臣之義訓解此詩,求之過深。對於方回之說,黄稚荃《文選顏鮑謝詩評補》辯之。①

搗衣一首五言

良曰:婦人搗帛裁衣,將以寄遠。

謝惠連

衡紀無淹度,晷運倏如催。白露滋園菊,秋風落庭槐。肅肅莎雞羽,烈烈寒螿啼。夕陰結空幕,霄月皓中閨。美人戒裳服,端飾相招携。簪玉出北房,鳴金步南階。櫩高砧響發,楹長杵聲哀。微芳起兩袖,輕汗染雙題。紈素既已成,君子行未歸。裁用笥中刀,縫爲萬里衣。盈篋自余手,幽緘候君開。腰帶準疇昔,不知今是非。

【本事】

不詳。

【繫年】

不詳。可能作於宋文帝元嘉七年(430),謝惠連入仕之後。

【集說】

方回《文選顏鮑謝詩評》卷四:此詩全在後面八句,尤佳則尾句也。似當作"寄衣"。以上八句,不過賦搗衣而已,無佳處。又前八句,則述秋夜之景而已,斗半夜建者"衡",北斗中一星也。冬至日月起於牽牛,爲星紀,故曰:"衡紀無淹度。"

劉履《選詩補注》卷七:此惠連詠美人搗衣之詩。言其感天運之速,時物之變,思念君子行役未歸,用戒衣裳,以爲禦寒之備。於是乘

———————————

① 參見黄稚荃《文選顏鮑謝詩評補》,第319—320頁。

此月夕，招携同侶，相與從事於碪杵，不憚用力，勤勞如此。及衣既成，將以寄遠，且謂腰帶寬窄，但以舊時尺寸爲則，不知今日肥瘦又爲何如。言念至此，則閨房懷遠之情切矣！唐子西以宣遠詩不工，而推惠連，與靈運、玄暉合爲“三謝”。鍾嶸評惠連才思富健，《秋懷》《擣衣》，雖靈運無以加。而《文章正宗》亦專錄《秋懷》一篇而已。以愚觀之，惠連才氣不逮宣遠，《秋懷》一詩尤無足取。即其首云“平生無志意”，殆將何以爲人？至如“夷險難預謀，倚伏昧前算。未知古人心，且從性所玩”，則其智識淺狹，而自棄可知。且謂“頹魄不再圓，傾曦無兩旦”，其失理又如此。竊恐學者尊所聞而忽所見，猶未免於顧惜，故附著其説焉。

吳淇《六朝選詩定論》卷十四：裁之縫之，始得成衣，當其擣之，猶未成乎衣者。題曰“擣衣”，爲其爲衣而擣之耳。故美人之情見乎針箧之後，而作者已識于擣之之先。

張玉穀《古詩賞析》卷十六：擣衣，擣素而成衣，非擣已成之衣也。看題勿混。前八，以流光易逝意起，便即時物鋪叙秋景。“夕陰”十字，遞落閨夜，總爲擣衣發端。中八，正叙擣素，四句就其人説，四句就其事説，著色形容。後八，接寫成衣，方點出君子不歸，裁縫寄遠，珍重遲疑心事，言情婉約。

【按語】

劉履以爲《秋懷》無足取，批評過當，欠妥。張玉穀論《擣衣》“言情婉約”，甚是。

南樓中望所遲客一首五言

善曰：謝靈運《遊名山志》曰：始寧又北轉一汀，七里，直指舍下圍南門樓，自南樓百許步，對橫山。

《鈔》曰：遲，思遲也。南樓，湖之南樓也。于時在永嘉。

翰曰：靈運登樓望所待客未至，故作是詩。遲，待也。

謝靈運

《音決》：宋侍中，臨川內史。

杳杳日西頹，漫漫長路迫。登樓爲誰思？臨江遲來客。與我別
所期，期在三五夕。圓景早已滿，佳人猶未適。即事怨睽携，感物方
凄戚。孟夏非長夜，晦明如歲隔。瑤華未堪折，蘭苕已屢摘。路阻莫
贈問，云何慰離析？搔首訪行人，引領冀良覿。

【本事】

《宋書・謝靈運傳》：靈運父祖并葬始寧縣，并有故宅及墅，遂移
籍會稽，脩營別業，傍山帶江，盡幽居之美。與隱士王弘之、孔淳之等
縱放爲娛，有終焉之志。每有一詩至都邑，貴賤莫不競寫，宿昔之間，
士庶皆遍，遠近欽慕，名動京師。作《山居賦》并自注，以言其事。

【繫年】

此詩作於宋少帝景平二年(424)，謝靈運退居故鄉始寧時。[1]

【集説】

方回《文選顏鮑謝詩評》卷四：靈運始寧又北轉一汀，七里，有園
南門樓。南樓百許步，對橫山，在今上虞。此遲客之所也。遲，去聲，
訓待，而《文選》注音訓爲“思”，非是。江淹《擬湯惠休》云：“日暮碧雲
合，佳人殊未來。”不如靈運語意足，有來歷。初與客期會於月望之
夕，今月忽圓而客不至，所以爲佳。淹所謂“日暮碧雲合”，豈初以黃
昏爲期乎？故曰不如靈運之語意足也。

劉履《選詩補注》卷六：靈運既閑居，無所與適，惟冀親好往來，相
爲娛賞。今所期未至，登樓思望，感物凄戚，以至搔首而訪問行人，則
其懷念之情切矣！然未知其所遲爲何人也。

---

① 參見顧紹柏《謝靈運集校注》，第172—173頁。

陳祚明《采菽堂古詩選》卷十七：如此良夜，如此江樓，又有人如康樂者，而遲之，而不至，其人蓋可知矣，而猶眷眷不忘，此康樂之厚也。又，"孟夏非長夜"二語，刻畫至情，比《國風》"一日三秋"，此言尤警。

何焯《義門讀書記》卷四十七："孟夏非長夜"二句，此本《楚詞》之意，而反用之。蓋《楚詞》所謂"晦明若歲"者，乃言秋夜之長，望夏夜之短而不得也。

【按語】

此詩"臨江遲來客"一句，"遲"，李善注引《楚辭》，訓釋爲"思"，非是。張銑注訓爲"待"，可從。方回從五臣注而非李善注。此詩寫待客之憂思，"搔首訪行人，引領冀良覿"一句，呂延濟注："雖蘭茝屢摘，而道路遠阻，莫能贈而問之，何以慰分離之情也。登樓望遠，訪于行路之人，引領之間，冀良友之可見。"可參。

田南樹園激流植援一首五言

《鈔》曰：謂在田南樹園，復疏激流水而種植樹木爲援也。

銑曰：田南，靈運所居之南也。樹，立也；植，種也。引流水種木爲援，如牆院也。援，衛也。

謝靈運

樵隱俱在山，由來事不同。不同非一事，養痾丘園中。中園屏氛雜，清曠招遠風。卜室倚北阜，啓扉面南江。激澗代汲井，插槿當列墉。群木既羅户，衆山亦對牕。靡迤趨下田，迢遞瞰高峯。寡欲不期勞，即事罕人功。唯開蔣生逕，永懷求羊蹤。賞心不可忘，妙善冀能同。

【本事】

《宋書·謝靈運傳》：靈運父祖并葬始寧縣，并有故宅及墅，遂移

籍會稽，脩營別業，傍山帶江，盡幽居之美。與隱士王弘之、孔淳之等
縱放爲娛，有終焉之志。每有一詩至都邑，貴賤莫不競寫，宿昔之間，
士庶皆遍，遠近欽慕，名動京師。作《山居賦》并自注，以言其事。

【繫年】

　　此詩作於宋文帝景平二年（424）左右，謝靈運退居故鄉始寧時。①

【集説】

　　方回《文選顏鮑謝詩評》卷四：四句喝起，有議論。臧榮緒《晉
書》：胡孔明有言，隱者在山，樵者亦在山。在山則同，所以在山則異。
靈運則謂，吾樵非隱，於中園養病而已。此所謂在山同，所以在山者
異也。無井也，以澗代之；無塘也，以磵當之。羅戶之木，對窗之山，
迤邐則趨下岫，迢遞則瞰高峰，謂皆出於自然。吾本寡欲，而得於勞
力，即此爲田園之事而功寡矣。其以人力爲之者，唯開三徑，以待賞
心之友耳。《三輔決錄》：蔣詡，字元卿。隱于杜陵，舍中三徑，惟羊
仲、求仲從之遊。"妙善同"，出郭象《莊子注》，"賞心"二字靈運屢用
之，每篇必然。

　　劉履《選詩補注》卷六：靈運始歸，居石壁，既又卜室田南，後因役
工，而作此詩。且言中園清曠，有江山林泉之勝，樹藝趨田，日以爲
樂。然吾所以寡欲，正不期於勞役，即此田園之事，亦少工用，唯效昔
人開徑，以來朋好焉耳。蓋賞心之人，自不可忘，故欲與之同此妙善
也。史言靈運既移籍會稽，與隱士王弘之、孔淳之等，放意爲娛，又族
弟惠連、東海何長瑜、潁川荀雍、泰山羊璿之共爲山澤之徒，此其賞心
之不可忘者歟？

　　吳淇《六朝選詩定論》卷十四：樵，庸夫之事；隱，賢者之事。養屙
之事，在非隱非樵之間。其事不同，所在之地則同。未樹爲山，既樹
爲園，一也。在山在園，各順人之所宜耳。

---

① 參見顧紹柏《謝靈運集校注》，第168—169頁。

　　張玉穀《古詩賞析》卷十六：前四，以樵隱在山之不同其事，引起園居不同縱欲，用意幻甚。中十二，正敘題面，總見得變紛雜爲清曠，皆因利乘便，無過求意，而以"不期勞""罕人功"收住。所謂在園養疴，宜如是也。後四，就園居補出求友作結。用《莊》注，亦能暗繳養疴。

【按語】

　　劉履認爲"靈運既移籍會稽"，與諸賞心之友歡娛而作此詩，可從。此詩末句"賞心不可忘，妙善冀能同"，李周翰注："賞心之樂，不可忘者，則妙善之道，所望同于古人者。"可參。

齋中讀書一首五言

　　善曰：永嘉郡齋也。

　　銑曰：齋，靜室也。

謝靈運

　　昔余遊京華，未嘗廢丘壑。矧乃歸山川，心跡雙寂漠。虛館絶諍訟，空庭來鳥雀。卧疾豐暇豫，翰墨時間作。懷抱觀古今，寢食展戲謔。既笑沮溺苦，又哂子雲閣。執戟亦以疲，耕稼豈云樂。萬事難并歡，達生幸可托。

【本事】

　　《宋書·謝靈運傳》：少帝即位，權在大臣，靈運構扇異同，非毀執政，司徒徐羨之等患之，出爲永嘉太守。郡有名山水，靈運素所愛好，出守既不得志，遂肆意遊遨，遍歷諸縣，動逾旬朔，民間聽訟，不復關懷。所至輒爲詩詠，以致其意焉。在郡一周，稱疾去職，從弟晦、曜、弘微等并與書止之，不從。

【繫年】

此詩作於宋武帝永初三年(422)，謝靈運任永嘉太守時。①

【集説】

方回《文選顏鮑謝詩評》卷四：《文選》注："永嘉郡齋也。""虛館絶諍訟，空庭來鳥雀"，恐是棄郡事則可。予嘗寓永嘉郡齋，近時特爲殷盛，未易以卧病治也。"耕稼豈云樂"此一句似失言。偷一日郡齋之安，而笑夫碌碌朝列之人可也。謂勝沮、溺，而耕稼亦在所卑，過矣。

唐汝諤《古詩解》卷二十：此靈運讀書自遣而作。言當昔跡遊京華，而心未嘗不在丘壑，況今已歸而心跡俱閑，庭可羅雀。時方遊神翰墨，偏觀古今，而既悲沮、溺之耦耕，復笑子雲之投閣。凡事皆難托業，而惟達生之理者，乃可自托于時。此吾寧高卧齋中，而蕭然以自樂也。

張玉穀《古詩賞析》卷十六：此詩自李善注以爲在永嘉郡齋，諸本宗之，并爲一談。愚按"歸山川""絶諍訟"等句，的是去郡後在家之詩，故移編在《初去郡》題之後。前四，以在京之不去丘壑，跌出已歸之心跡寂寞，有勢。中六，承"雙寂寞"來，正寫齋中讀書景事，而"展戲謔"又爲下引端。後六，以笑哂頂上戲謔，即仕農之苦推之萬事難歡，收出達生本旨作結。"子雲閣"押韻欠妥，瑜不掩瑕。

【按語】

此詩作年有爭議。張玉穀以爲"去郡後在家之詩"，黄稚荃亦認爲當是始寧之書齋。② 論者多以詩中"虛館絶諍訟，空庭來鳥雀"一句，推斷此詩爲謝靈運任永嘉太守時所作。黄稚荃認爲："乃用翟公罷廷尉事，其非郡齋甚明。"可備一説。

————————————

① 參見顧紹柏《謝靈運集校注》，第 92 頁。
② 參見黄稚荃《文選顏鮑謝詩評補》，第 329—330 頁。

石門新營所住四面高山迴溪石瀨脩竹茂林詩一首五言

《鈔》曰：靈運《遊名山志》云：石門在永嘉。

向曰：新營所住，則前篇激流植援之處也。

謝靈運

躋險築幽居，披雲卧石門。苔滑誰能步，葛弱豈可捫？嫋嫋秋風過，萋萋春草繁。美人遊不還，佳期何由敦？芳塵凝瑶席，清醑滿金樽。洞庭空波瀾，桂枝徒攀翻。結念屬霄漢，孤景莫與諼。俯濯石下潭，仰看條上猿。早聞夕飇急，晚見朝日暾。崖傾光難留，林深響易奔。感往慮有復，理來情無存。庶持乘日車，得以慰營魂。匪爲衆人説，冀與智者論。

【本事】

不詳。

【繫年】

此詩作於宋文帝元嘉七年(430)左右。

【集説】

方回《文選顏鮑謝詩評》卷四：詩題止是新築幽居，終篇乃屬意所思，有美人不來之嘆。“感往慮有復，理來情無存”，此是説道理處，然老莊之學不可强以吾儒性命道德通之。莊子所謂“乘日車”，郭象亦注不明，謂“日出而遊，日入而息”，亦不足多窮也。

劉履《選詩補注》卷六：按，《山居賦》有南北兩居，自注云：“南山是開創卜居之處。”蓋靈運幽隱之志，猶以田南石壁爲未深，故又卜此新營也。其言石門躋扳險阻，人跡已不至此，況見時物屢變，而所親之人遠遊不歸，使我徒深懷念，誰與忘憂也。且又巖林深峭，景候凄然，誠若不堪處者，感此則不免思慮往復於懷，然達生之理一至，則情慮已釋然矣。今我庶幾常持此道，如乘日之車，任其自然，得以安吾心魂之勞，而遂其生也。然非明識之士，殆不足與論此也。

吳淇《六朝選詩定論》卷十四：此詩當與《田南作》合看，田南是未成之園，故極力佈置景事而冀同心人，止於末帶曰"惟開"、曰"永懷"，不敢暢言之也。石門所住，已落成矣，故景事甚略，而獨致意于美人之不還。

何焯《義門讀書記》卷四十七：所引《楚詞》，參觀王逸注，乃知此詩托意之遠。

【按語】

何焯所謂此詩多引《楚辭》，合參諸家注解，托意可見。如詩中"洞庭空波瀾，桂枝徒攀翻"一句，張銑注："洞庭空波瀾，謂秋時至也。故《楚詞》云：洞庭波兮木葉下。洞庭，湖名也。桂樹貞芳，可以玩遊，今友人不還，故徒爲攀援，誰與共之。"可見該詩主旨所在。

雜詩一首五言

王景玄

善曰：沈約《宋書》曰：王微，字景玄，少好學，無不通覽。年十六，舉秀才，除南平王鑠右軍諮議。微素無宦情，并陳疾不就。江湛舉爲吏部郎中。

《鈔》曰：沈約《宋書》：王微，琅邪沂人，好學博覽，能屬文，善書畫，解音律。舉秀才，衡陽王義季右軍行參軍，并不就。起家司徒祭酒，累遷始与王友。父孺卒，去官。服闋，累除不就，因縱容門庭。弟僧謙遇疾亡，微以書告靈，言甚哀，至後四旬而卒。宗孝武即位，贈秘書監也。

良曰：沈約《宋書》曰：王微，少好學，无不通覽，善屬文，能書。十六，舉秀才，除右軍諮議。微素無宦情，微，并不就。

思婦臨高臺，長想憑華軒。弄弦不成曲，哀歌送苦言。箕帚留江介，良人處雁門。詎憶無衣苦，但知狐白溫。日闇牛羊下，野雀滿空園。孟冬寒風起,東壁正中昏。朱火獨照人,抱景自愁怨。誰知心曲亂,所思不可論。

【本事】

《宋書·王微傳》:元嘉三十年,卒,時年三十九。僧謙卒後四旬而微終。遺令薄葬,不設輴旐鼓挽之屬,施五尺牀,爲靈二宿便毁。以嘗所彈琴置牀上,何長史來,以琴與之。何長史者,偃也。無子。家人遵之。所著文集,傳於世。

【繫年】

不詳。

【集説】

孫鑛《文選淪注》卷十五引孫鑛評:《莊子》子桑鼓琴有不任其聲而趨舉其詩焉。此意從彼脱胎來。又,濃古有餘味。

吳淇《六朝選詩定論》卷十三:此此詩全在"弦""歌"二字,翻出情景來。"高臺"言高,"華軒"言敞,取其聲易遠聞,故於此處弄弦以抒其思。然而不成曲者,其心曲亂也。於是又舍弦而歌,即《莊子》子桑鼓琴,有不任其聲而趨舉其詩焉。

于光華《重訂文選集評》卷七引周平園評:玩中間所云,是怨夫之棄已,與別戍婦思夫不同。

【按語】

孫鑛以爲,此詩從《莊子》子桑鼓琴之意脱胎而來,吳淇從其説。詩中"弄弦不成曲,哀歌送苦言"一句,《鈔》曰:"不見其夫,心不和,故不成曲,但有怨酷之詞也。"此與"怨夫之棄已"説相似。韓暉認爲,此詩可能借思婦懷人寫作者對已故兄弟王僧謙的思念之情。[1]

---

[1] 參見韓暉《〈文選〉編輯及作品繫年考證》,第329頁。

數詩一首五言

《鈔》曰：數者，從一至十，故云數詩。其數具在篇中顯之。

翰曰：數從一爲首，累至十，以爲文理，述其所情。

鮑明遠

一身仕關西，家族滿山東。二年從車駕，齋祭甘泉宮。三朝國慶畢，休沐還舊邦。四牡曜長路，輕蓋若飛鴻。五侯相餞送，高會集新豐。六樂陳廣坐，組帳揚春風。七盤起長袖，庭下列歌鐘。八珍盈彫俎，綺肴紛錯重。九族共瞻遲，賓友仰徽容。十載學無就，善宦一朝通。

【本事】

不詳。

【繫年】

不詳。

【集説】

方回《文選顏鮑謝詩評》卷四：此遊戲翰墨，如金石絲竹八音、建除滿平十二辰、角亢氐房二十八宿，皆以作難得巧爲功，非詩之自然者也。數者，自一至十。始云"一身仕關西，家族滿山東"，末至"十載學無就，善宦一朝通"，緊要意全在此。謂寒士之學，十載不成，巧宦之人，一朝通顯，如前九韻所云耳。

吳淇《六朝選詩定論》卷十三：百事中皆寫"善宦一朝通"，只末第二句"十載學無就"，五字是本意，與前《詠史》同格。

【按語】

黃稚荃曰："蓋明遠自嗟英才沉没，戲爲此詩，以譏當時之不學而善宦者。"①此詩《藝文類聚》卷五十六、《古詩紀》卷六十二題作"數名詩"。

翫月城西門解中一首五言

《鈔》曰：解中者，時爲秣陵令，在縣城公解中也。

翰曰：廨，公府也。時昭爲秣陵公。

鮑明遠

始見西南樓，纖纖如玉鈎。末映東北墀，娟娟似蛾眉。蛾眉蔽珠櫳，玉鈎隔瑣窗。三五二八時，千里與君同。夜移衡漢落，徘徊帷户中。歸華先委露，別葉早辭風。客游厭苦辛，仕子倦飄塵。休澣自公日，宴慰及私辰。蜀琴抽白雪，郢曲發陽春。肴乾酒未缺，金壺啓夕淪。迴軒駐輕蓋，留酌待情人。

【本事】

不詳。

【繫年】

此詩作於宋孝武帝孝建三年(456)左右，鮑照任秣陵令時。

【集説】

方回《文選顏鮑謝詩評》卷四：前六韻言月之自缺而滿，又有感於節物之易凋。《文選》注："華落向本，故曰'歸華'。葉下離枝，故曰'別葉'。"亦佳。後五韻言宦遊休澣，偶值此月，具琴曲、設酒肴，當夕漏之云初，命駐車以同酌也。"淪"訓"波"，小波曰"淪"。此詩不似晉後宋人詩。

吳淇《六朝選詩定論》卷十三：翫月詩中，却句句是懷人詩，然不可作懷人詩看，乃是《翫月城西門廨中》詩也。今夜翫月在何處？在

---

① 參見黃稚荃《文選顏鮑謝詩評補》，第335頁。

城西廂中。此中悶悶，故借懷人以抒之也。

【按語】

　　關於鮑照任秣陵令時間，説法不一。錢仲聯《鮑參軍集注》以爲此詩作於孝建三年(456)，丁福林以爲作於大明元年(457)。① 又，《玉臺新詠》卷四此詩題作《玩月城西門》。

始出尚書省一首五言

謝玄暉

　　善曰：蕭子顯《齊書》曰：眺兼尚書殿中郎。高宗輔政，以眺爲諮議，領記室。高宗，明帝也。

　　《鈔》曰：名眺，陳郡陽夏人。少有令名，文彩遒麗。起家爲豫章王嶷太尉行參軍，累遷尚書吏部郎，齊末見誅。此謂爲宣成郡守之日也。眺時爲尚書吏部，齊明帝即位，出爲宣城郡守。

　　翰曰：眺爲尚書殿中郎，高宗輔政，以眺爲諮議，領記室。故出尚書省。

　　惟昔逢休明，十載朝雲陛。既通金閨籍，復酌瓊筵醴。宸景厭照臨，昏風淪繼體。紛虹亂朝日，濁河穢清濟。防口猶寬政，餐荼更如薺。英袞暢人謀，文明固天啓。青精翼紫軑，黄旗映朱邸。還覩司隸章，復見東都禮。中區咸已泰，輕生諒昭洒。趨事辭宮闕，載筆陪旄榮。邑里向疏蕪，寒流自清泚。衰柳尚沈沈，凝露方泥泥。零落悲友朋，歡虞謬兄弟。既秉丹石心，寧流素絲涕。乘此終蕭散，垂竿深澗底。

---

① 參見丁福林、叢玲玲《鮑照集校注》，第 609 頁。

【本事】

《南齊書・謝朓傳》：尋以本官兼尚書殿中郎。隆昌初，敕朓接北使，朓自以口訥，啓讓不當，不見許。高宗輔政，以朓爲驃騎諮議，領記室，掌霸府文筆。

【繫年】

此詩作於齊海陵王延興元年（494）。[①]

【集説】

方回《文選顏鮑謝詩評》卷四：讀首四句，知朓盡齊武帝永明之世，立朝十許年。次六句痛鬱林。次八句美齊明帝，稱曰"英衮"，知其詠帝。用"青精""黃旗"，并光武"司隸"事，則帝有所歸矣，海陵爲虛位也。"趨事""載筆"一聯，去尚書省爲記室也。"邑里"以下十句，乃是因出省而還家。朓前賦《東田詩》有莊在鍾山，蓋有退閑之意也。詩排比多而興趣淺。三謝惟靈運詩喜以老莊説道理、寫情懷，述景則不冗，寄意則極怨，爲特高云。

張鳳翼《文選纂注評林》卷七：此朓自叙其更歷三帝之遇而終歸邑里之樂。

吳淇《六朝選詩定論》卷十五：按史，玄暉爲尚書殿中郎，授改驃騎諮議領記室。此詩當是諮議命初下，玄暉即辭省告假，暫歸邑里而作也。詩"惟昔"四句，指自起家太尉行參軍，至爲尚書殿中郎。"英衮"十句，改授諮議，乃出尚書省之由。謂之"始"者，一應詩"宸景"八句，見遭時昏亂，幾不得出；一應詩"零落"八句，宜乘此一出，永不再人，有終隱之意焉。

何焯《義門讀書記》卷四十七：與下《直中書省》一首，皆祖述顏光祿。

---

① 參見曹融南《謝宣城集校注》，第 458 頁。

吳汝綸《漢魏六朝百三家集選·謝宣城集選》:"英衮"二句,曾解爲明帝即位,蓋沿善注之誤,題下引蕭書謂高宗輔政時事,則未即位也。若已即位,不得云"英衮"矣。是時初入霸府,而云"寧流素絲涕",蓋懷墨翟素絲之悲,知非本志所安矣。

【按語】

此詩"英衮暢人謀,文明固天啓"一句,吕向注:"時明帝爲丞相,輔國政,故云英衮也。通于人謀,謂國之謳謡願明帝即位,而明帝文明之,故天啓之也。謂受太后教,廢鬱林而明帝立。"此説可從。

直中書省一首五言

善曰:蕭子顯《齊書》曰:眺轉中書郎。

銑曰:直,謂宿於禁中,以備非常。

謝玄暉

紫殿肅陰陰,彤庭赫弘敞。風動萬年枝,日華承露掌。玲瓏結綺錢,深沈映朱網。紅藥當階翻,蒼苔依砌上。兹言翔鳳池,鳴珮多清響。信美非吾室,中園思偃仰。朋情以鬱陶,春物方駘蕩。安得凌風翰,聊恣山泉賞。

【本事】

《南齊書·謝朓傳》:高宗輔政,以朓爲驃騎諮議,領記室,掌霸府文筆。又掌中書詔誥,除秘書丞,未拜,仍轉中書郎。出爲宣城太守,以選復爲中書郎。

【繫年】

此詩可能作於齊明帝建武二年(495),謝朓任中書郎時。

【集説】

方回《文選顔鮑謝詩評》卷四:朓嘗轉中書郎,此"紅藥""蒼苔"之詩,應用者資爲事料熟矣。實則潘岳《懷縣詩》有云:"清泉過庭激,綠槐夾門植。信美非吾土，祇攪懷歸志。”此全效之也。處省闥而思江湖，人能爲是言，能踐者鮮耳。“萬年枝”，今人以爲冬青樹。“承露盤”，漢武所爲，江左宮殿無之，殆借用耳。

　　吳淇《六朝選詩定論》卷十五：此玄暉又自諮議轉中書，故得直省中也。省以“中書”名者，中謂禁中，乃天下圖籍所在也。立省於殿庭之側，以居主者，故此詩首四句先寫殿庭，所以尊君也。……前四句，寫省之高遠、省之深邃，如此除非插翅方可飛出也。此等結語，又與《暫使下都詩》“寄言蔚羅者，寥廓已高翔”相對相反。蓋彼不勝其快，此不勝其鬱也。可見玄暉憂讒畏譏之心，雖遭高宗之時，猶不敢自必也。

　　何焯《義門讀書記》卷四十七：結語亦學公幹。

　　張玉穀《古詩賞析》卷十八：此在省思歸之詩，乃爲中書郎時所作。諸本雜編于宣城詩中，非是。前十，起即點清省中，隨細寫省中之景。而以“兹言”一聯，就省中之人，人皆豔羨頓住，反喝下文。後六，接落己身。“信美”句，忽將上文一齊撇落，轉出歸思。懷人玩物，恣賞山泉，皆思歸之故也。前路嘖嘖鋪陳，不圖後路煙雲盡掃，筆極不測。

【按語】

　　劉履所言“可見玄暉憂讒畏譏之心”，大體可從。此詩“信美非吾室，中園思偃仰”一句，呂向注：“中書信爲美，然非居室也。思丘園以自偃仰。”可與劉説互參。末句“安得凌風翰，聊恣山泉賞”，《鈔》曰：“賞玩自得之謂也。”張玉穀説與此頗爲相似。

觀朝雨一首五言

謝玄暉

朔風吹飛雨，蕭條江上來。既灑百常觀，復集九成臺。空濛如薄霧,散漫似輕埃。平明振衣坐,重門猶未開。耳目暫無擾,懷古信悠哉。戢翼希驤首,乘流畏曝鰓。動息無兼遂,歧路多徘徊。方同戰勝者,去蕫北山萊。

【本事】

　　《南齊書‧謝朓傳》:高宗輔政,以朓爲驃騎諮議,領記室,掌霸府文筆。又掌中書詔誥,除秘書丞,未拜,仍轉中書郎。出爲宣城太守,以選復爲中書郎。

【繫年】

　　此詩作於齊明帝建武元年(494),謝朓任中書郎時。

【集説】

　　方回《文選顏鮑謝詩評》卷四:"百常觀",出張景陽《七命》;"九成臺",出《呂氏春秋》。此必省中早坐見雨,有"驤首"之思,又有"曝鰓"之懼。動而進乎?息而退乎?恐熊、魚難兼,而路分爲二,莫知適從也。如子夏戰紛華而勝,則可歸矣,亦平。

　　劉履《選詩補注》卷八:此殆玄暉任內職時所作。其言早起飛雨既集,禁門未開,未與物接,而耳目暫得無擾,因懷古人處世之道,一何悠哉。今我欲斂翮而退,猶望得意,以驤首乘流而進,又畏失勢而曝鰓,是以動息兩難,惑於多歧而未決。方將相與能以道義自勝者,去采北山之萊而歸休焉。

　　吳淇《六朝選詩定論》卷十五:"戢翼"云云,借雨中之物,言人世動息,無兩遂之理。人或徘徊於動息之間,必至中路無歸計,惟有"戰勝"可從耳。"戰勝",指子夏即所懷之古。

　　洪若皋《文選越裁》卷五:一段進退維谷之懷,不覺對雨感觸,想見幽情微緒。

　　何焯《義門讀書記》卷四十七:玄暉之言如此,而卒不免自蹈曝鰓之禍者,蓋清雨曉凉,萬慮俱息,能戰勝俄頃之間,而不覺旋惑于富貴之途也。行之維艱,亦可悲夫。"戢翼希驤首"四句,是戰。即所謂貧賤常思富貴,富貴必履危機者也。

【按語】

　　此篇有進退之憂、畏禍之心。此詩"戢翼希驤首,乘流畏曝鰓"一句,陸善經注:"戢翼未遇者,則希驤首而奮翼。乘流得便者,又畏曝鰓而失勢。"又,"動息無兼遂,歧路多徘徊"一句,張銑曰:"出處之道,不可兩兼而遂之,則歧路甚多,不知而從,故徘徊中心不安定。"此可與何焯説互參。

郡内登望一首五言

　　善曰:蕭子顯《齊書》曰:朓出爲宣城太守。
　　翰曰:朓出爲宣城太守,郡内登望也。

謝玄暉

　　借問下車日,匪直望舒圓。寒城一以眺,平楚正蒼然。山積陵陽阻,溪流春穀泉。威紆距遥甸,巉嵒帶遠天。切切陰風暮,桑柘起寒煙。悵望心已極,惝恍魂屢遷。結髮倦爲旅,平生早事邊。誰規鼎食盛,寧要狐白鮮。方棄汝南諾,言稅遼東田。

【本事】

　　《南齊書·謝朓傳》:高宗輔政,以朓爲驃騎諮議,領記室,掌霸府文筆。又掌中書詔誥,除秘書丞,未拜,仍轉中書郎。出爲宣城太守,以選復爲中書郎。

【繫年】

　　此詩作於齊明帝建武二年(495),謝朓任宣城太守時。

【集説】

　　方回《文選顏鮑謝詩評》卷四:"寒城一以眺,平楚正蒼然",朱文公極喜此上一句,謂有力。唐子西《語録》:"謝玄暉詩'平楚',猶平野也。吕延濟乃用'翹翹錯薪,言刈其楚',謂楚木叢。便覺氣象殊窘。"予所有李善本亦爾。近世張雪牕良臣詩:"祇留平楚伴銷凝。"予謂乃極目寒蕪之意。平野縱無大草木,所以蒼然者,蓋亦青青而無極也。宣城郡有陵陽山,所謂仙人陵陽子明,見劉向《列仙傳》。春穀縣在丹陽郡,出《漢書》。末句"汝南諾"下"棄"字佳,謂不能爲太守,與人畫諾字也。"遼東田"下"税"字亦佳。牛暴管寧田,寧牽牛飼之。亦善用事。

吴淇《六朝選詩定論》卷十五:此眺其郡内之山川爾。初下車之日,因有許多事務未暇,及至匝月,始得登城一眺。……蓋自晉氏失馭,海内分崩。爰及宋、齊,生民之塗炭甚矣。有志經世者,首在混一南北。玄暉爲旅事邊,總欲匡世濟民,原非邀圖富貴而乃一麾出守。身不在廟廊之上,有志莫伸,此所以有浩然歸去之思。

何焯《義門讀書記》卷四十七:晦翁賞"寒城一以眺"十字,以爲有力。

張玉穀《古詩賞析》卷十八:此因登望而思歸之詩。前四,以在郡日久落到登望。"寒城"十字,領起有力。中八,正寫望中之景,一句山、一句水,"威紆"即頂水説,"巉巖"即頂山説。"風暮""煙寒",景中帶苦;"悵望""惝怳",即景引情。後六,自表平生倦遠宦,甘淡泊,勒到棄官歸田作收。援古自況,便不單弱。

【按語】

此篇爲登望思歸之作,張玉穀説可從。此詩末句"援古自況","方棄汝南諾,言税遼東田",吕延濟注:"眺志欲追蹤此事。"可參。

和伏武昌登孫權故城一首五言

善曰:徐勉《伏曼容墓誌序》曰:曼容爲大司馬諮議參軍,出爲武昌太守。

《鈔》曰：伏儼爲武昌縣令，登孫權城述之。武昌，縣名也，今在鄂州下，是權故都也。玄暉時爲宣城郡守，見其詩而和之也。

翰曰：伏曼容爲大司馬諮議參軍，出爲武昌太守，孫權都在此郡。朓聞曼容作此詩，遂遙和之。

謝玄暉

炎靈遺劍璽，當塗駭龍戰。聖期缺中壤，霸功興宇縣。鵲起登吳山，鳳翔陵楚甸。衿帶窮巖險，帷帟盡謀選。北拒溺驂鑣，西當收組練。江海既無波，俯仰流英盼。裘冕類禋郊，卜揆崇離殿。釣臺臨講閱，樊山開廣讌。文物共葳蕤，聲明且葱蒨。三光厭分景，書軌欲同薦。參差世祀忽，寂漠市朝變。舞館識餘基，歌梁想遺轉。故林衰木平，荒池秋草遍。雄圖悵若茲，茂宰深遐眄。幽客滯江臯，從賞乖纓弁。清卮阻獻酬，良書限聞見。幸籍芳音多，承風采餘絢。于役儻有期，鄂渚同游衍。

【本事】

不詳。

【繫年】

此詩可能作於齊武帝永明十年（492），謝朓跟從隨王赴荆州期間。[1]

【集説】

方回《文選顏鮑謝詩評》卷四：炎靈遺斬蛇之劍與傳國之璽，而吳興；日月星三光厭乎分景而書軌欲同也，故吳亡。凡詩述興盛之事，則雅而難爲工；言及衰亡，則哀而易爲醉。此“舞館”“歌梁”“故林”“荒池”四句，所以讀之而見其佳也。伏武昌者，伏曼容，自大司馬參軍出

---

[1] 參見曹融南《謝宣城集校注》，第455頁。

爲武昌太守,朓以"茂宰"稱之。太守亦可云"茂宰",而世人罕用。

　　劉履《選詩補注》卷八:此亦玄暉在宣城時,聞伏武昌登城懷古而有作,故遥和之。其意謂漢祚既亡,三國鼎峙,然魏獨以讖緯弒奪而得位,此蓋聖王不作,而霸功所以興也。是時孫權據形勝之地,任謀略之臣,拒敵制勝,雄視中原。及踐帝位,而一時行事,文物聲明,可謂盛矣。然而天厭分裂,將歸於一,故其世代促忽,以至於今,而陳跡荒凉如此。夫以當時之雄圖,而有今日之哀替,守兹土者登高遐覽,不能不深爲之感慨,而形於賦詠也。篇末自以不得從賞爲恨,尚期相與遊樂者,則亦因和是詩,而不免興感於懷云爾。

　　吳淇《六朝選詩定論》卷十五:《三國志》吳孫權二年,自公安徙居鄂,遂改鄂爲武昌。泰和三年,權稱帝於此,則武昌固吳帝舊都矣。今權不稱帝而稱名者,權不全藉父兄之勢,能自崛起,有英雄之實也。舊都而謂"故城",廟社朝市泯滅盡矣。

　　陳祚明《采菽堂古詩選》卷二十一:先寫繁華,後序蕭索,憑弔之情極暢。

　　何焯《義門讀書記》卷四十七:無句不妙,然比之前人,意味力量自殊,此退之所以并掃齊梁也。又,鮑明遠太麗,謝玄暉太工,皆求勝前人而反不及。

【按語】

　　此詩作年存疑。曹融南認爲,謝朓於永明九年跟隨隨王赴荆州,永明十一年還都,此詩當作於永明十年(492)左右。[1] 劉履等認爲此詩作於謝朓任宣城郡守時。《鈔》曰:"玄暉時爲宣城郡守,見其詩而和之也。"劉履等從之。此詩"幽客滯江臯,從賞乖纓弁"一句,劉良注:"言我留滯于江畔,而相從賞樂,遂乖於衣冠之列也。"可參。

---

① 參見曹融南《謝宣城集校注》,第455頁。

和王著作八公山一首五言

善曰：《淮南子》曰：淮南王安養士數千人，中有高才八人：蘇非、李上、左吳、陳由、伍被、雷被、毛被、晉昌，爲八公。《神仙傳》曰：雷被誣告安謀反，人告公曰：安可以去矣。乃與登山，即日升天。八公與安所踐石上之馬跡存焉。

《鈔》曰：王著作，不得名也。姓王爲著作者，同時有三人，未知是若人，故疑之不定。

翰曰：王著作，融也。八公，山名也。王融登是山有作，朓和之，述王導、謝玄破符堅事也。

二別阻漢坻，雙崤望河澳。茲嶺復巑岏，分區奠淮服。東限琅邪臺，西距孟諸陸。仟眠起雜樹，檀欒蔭脩竹。日隱澗凝空，雲聚岫如複。出沒眺樓雉，遠近送春目。戎州昔亂華，素景淪伊穀。阽危賴宗袞，微管寄明牧。長蛇固能翦，奔鯨自此曝。道峻芳塵流，業遙年運儵。平生仰令圖，吁嗟命不淑。浩蕩別親知，連翩戒征軸。再遠館娃宮，兩去河陽谷。風煙四時犯，霜雨朝夜沐。春秀良已凋，秋場庶能築。

【本事】

不詳。

【繫年】

不詳。此詩可能作於齊武帝永明七年（490）左右。

【集説】

方回《文選顏鮑謝詩評》卷四：此詩平平鋪叙。"琅琊""孟諸""東限""西距"，泛而不切，又誤向背。"平生仰令圖"以下，自述兩別家鄉之意，以辛苦爲嘆，殊無足觀。"檀欒蔭脩竹"一聯，處處可用，何獨八公山？

　　吳淇《六朝選詩定論》卷十五：凡曰和某人某詩者，必依某人之詩爲主，而己之意略帶於中，如《和伏武昌登孫權故城》是也。此詩却只自寫己意，通篇不及王原詩，且并無一語及王，於和之義何居？蓋八公山者，二謝破符堅處。凡題此山詩，必當以二謝爲稱首。玄暉乃其嫡裔，固不得借他口氣，而當自爲稱述。然而猶曰"和"者，紀作詩之由，謂王唱之於前，己和之于後，時有先後而意有同歸也。

　　何焯《義門讀書記》卷四十七：向疑何以不用符堅八公山草木皆疑晉兵事，豈王詩已及之耶？王詩今不傳，細玩詩中已用宗衮，此事何必瑣屑。又《晉書》中以爲禱于蔣侯而然，固宜在所棄也。

　　沈德潛《古詩源》卷十二："戎州亂華"，謂符堅。"素景"謂晉以全德王也。又，"宗衮"謂謝安，"明牧"謂謝玄。"微管"即微管仲吾其被髮左衽意，古人引用多割截者。又，"長蛇""奔鯨"，喻符堅、符融也。"平生仰令圖"以下，皆朓自謂。又，小謝詩俱極流利，而此篇及《和伏武昌作》典重質實，俱仰宗靈運。

【按語】

　　此詩作年存疑。曹融南繫於齊明帝建武二年（495），謝朓任宣城郡守時。[1] 韓暉以爲作於永明七年（490）左右，非任宣城太守時作。[2] 韓説可從。

和徐都曹一首五言

　　善曰：《集》云：《和徐都曹勉昧旦出新渚》。

　　《鈔》曰：徐勉仕齊爲都曹郎，時在丹陽游眺作之，故謝朓和彼意也。

---

① 參見曹融南《謝宣城集校注》，第 459 頁。
② 參見韓暉《〈文選〉編輯及作品繫年考證》，第 336—337 頁。

銑曰：都曹郎，徐勉也。

謝玄暉

宛洛佳遨遊，春色滿皇州。結軫青郊路，迴瞰蒼江流。日華川上動，風光草際浮。桃李成蹊逕，桑榆陰道周。東都已俶載，言歸望綠疇。

【本事】

《南史·徐勉傳》：遷臨海王西中郎，田曹行參軍。俄徙署都曹。時琅邪王融，一時才俊，特相慕悦，嘗請交焉。

【繫年】

陳慶元將此詩繫於齊明帝建武二年（495），徐勉任都曹時。

【集説】

方回《文選顏鮑謝詩評》卷四：《文選》注：《和徐都曹勉昧旦出新渚》。此乃借宛洛以喻建康，小詩十句，而三句膾炙人口。

吴淇《六朝選詩定論》卷十五：《集》云《和徐都曹勉昧旦出新渚》。新渚在東郊，應是謝與徐偕遊，徐先有詩，謝因而和之也。首二句，遨遊之佳者本爲春色，曰“滿皇州”，見皇城内外皆春。“結軫”猶云聯騎，謂與徐并出，通篇中只此一句點明和徐。青郊路傍大江，乃瞰江流。而曰“迴”者，江勢之遠，非謂東郊距江尚遠。“日華”句，寫江中；“風光”句，寫江岸，莫非春色，莫非皇州之春色。非我兩人，孰肯到此閑瞰？“桃李”二句，又收眼近瞰。曰成蹊成陰，斗底驚心。曰已是“俶載”南畝之時矣，盍歸而望我綠疇？此俱是謝之自感。

張玉穀《古詩賞析》卷十八：詩送徐出新亭渚而遊宛洛也。前四，先從所往之地説起，點清現在出渚事。中四，寫出渚時所見春景。後二，即景中遥想彼處方事春耕，因就轉瞬綠疇，點醒望歸作結。

方東樹《昭昧詹言》卷七：“日華川上動”二句，千古如新。阮亭不取,失之矣。

【按語】

　　此詩"日華川上動,風光草際浮"一句,新穎生動,頗受贊譽。李善注:"《楚辭》曰:光風轉蕙泛崇蘭。王逸注曰:光風,謂日出而風,草木有光色也。"善注可從。李周翰注:"風本無光也,草上有光色,風吹動之,如風之有光。"此僅字面訓解,頗顯牽強,不可從。

和王主簿怨情一首五言

　　善曰:《集》云:王主簿,名季哲。

　　翰曰:王主簿,名季哲。此詩言婦人怨曠,以自托也。

謝玄暉

　　掖庭聘絕國,長門失歡宴。相逢詠麋蕪,辭寵悲班扇。花叢亂數蝶,風簾入雙燕。徒使春帶賒,坐惜紅妝變。生平一顧重,宿昔千金賤。故人心尚爾,故人心不見。

【本事】

　　不詳。

【繫年】

　　不詳。可能作於謝朓任宣城太守時。

【集說】

　　方回《文選顏鮑謝詩評》卷四:"花叢亂數蝶,風簾入雙燕",靈運、惠連、顏延年、鮑明遠,在宋元嘉中,未有此等綺麗之作也。齊永明體自沈約立爲聲韻之說,詩漸以卑,而玄暉詩徇俗太甚,太工太巧。陰、何、徐、庾繼作,遂成唐人律詩,而晚唐尤纖瑣,蓋本原於斯。"一顧重"而"千金輕",此聯乃絕佳,事出《列女傳》:"楚成王之夫人鄭子瞀,初,成王登臺,子瞀不顧。王曰:'顧吾,與汝千金。'子瞀遂行不顧。"爲子瞀之不顧千金,彼一時也;爲王嬙、陳后、班姬見棄於主,此一時也。杜荀鶴"風暖鳥聲碎,日高花影重"之句,全得此格。

吴淇《六朝選詩定論》卷十五:古有情詩,厥義不一。題曰"怨情",則專主乎怨者也。《傳》曰"發乎情",又曰"怨而不怒",詩人之則也。此和本古詩體,須與樂府《怨歌行》不同。

何焯《義門讀書記》卷四十七:"掖庭聘絶國"四句,是怨。"花叢亂數蝶"四句,是情。"生平一顧重"二句,如此説怨情,方見身分力量。

【按語】

該詩題下李周翰注:"此詩言婦人怨曠,以自托也。"大體可從。吴淇以儒家詩教觀分析此詩,求之過深。

和謝宣城一首五言

善曰:《集》云:《謝宣城眺卧疾》。

翰曰:謝眺爲宣城太守,作《卧疾詩》,約今和之。

沈休文

《鈔》曰:沈約,字休文,吴興武康人。少有篤志,好學,遂博貫群書,善屬文。

王喬飛鳧舃,東方金馬門。從宦非宦侶,避世不避喧。揆余發皇鑒,短翮屢飛翻。晨趨朝建禮,晚沐卧郊園。賓至下塵榻,憂來命綠樽。昔賢侔時雨,今守馥蘭蓀。神交疲夢寐,路遠隔思存。牽拙謬東汜,浮惰及西崐。顧循良菲薄,何以儷璵璠。將隨渤澥去,刷羽泛清源。

【本事】

不詳。

【繫年】

此詩作於齊明帝建武三年(496),謝朓爲宣城太守時。

【集説】

張鳳翼《文選纂注評林》卷七:約蓋以王喬、東方自擬。

吳淇《六朝選詩定論》卷十六:此和謝朓《在郡卧病呈沈尚之作》。王喬喻謝,東方自喻。"從宦"句承"王喬",是括他原詩全篇意思。"避世"句承"東方",言自己亦有一段意思,爲和詩根本。"揆余"六句自叙,是和他"淮陽股肱郡"云云至"秋藕折輕絲"意。"昔賢"二句,點明謝之作詩,而"神交"二句,和他"良辰在何許"二句意。"牽拙"四句自謙,和原詩"坐嘯"四句意,而"何以儷璵璠"方點明和詩也。"將隨"二句又和他詩外之意。蓋原詩,謝朓以外補已久,有望援手之意。沈自維不得,若曰:知子不能薦,惟有與子偕隱而已。

陳祚明《采菽堂古詩選》卷二十三:語無浮情。"賓至"二句,曠然遠旨,摘"思存"字雋。

【按語】

此詩可見沈、謝二人深厚情誼,正所謂"語無浮情"。吳淇將其與謝朓贈詩并讀比照,可參。

應王中丞思遠詠月一首五言

善曰:蕭子顯《齊書》曰:王思遠爲御史中丞。

《鈔》曰:王中丞,不得名,字思遠,爲御史中丞。應者,尊前人也。平懷則和也。

良曰:王思遠爲御史中丞,有詠月之作,約和之。

沈休文

月華臨静夜,夜静滅氛埃。方暉竟户入,圓影隙中來。高樓切思婦,西園游上才。網軒映珠綴,應門照緑苔。洞房殊未曉,清光信悠哉。

【本事】

不詳。

【繫年】

此詩作於齊明帝建武三年(496)，王思遠任御史中丞時。

【集説】

吳淇《六朝選詩定論》卷十六：凡作詩者必相題。題曰"月"，只寫月，不得一字涉詠；題曰"詠月"，只自寫月，"詠"字意，只中間略點開。題曰"應某人詠月詩"，貌雖寫詠月，而一片神情，全要覷定某人。如此詩題曰"應王中丞思遠詠月"。月，妙景也；詠月，妙事也。王書爵書字，則妙人也。以此妙景，應此妙人，作此妙事，則自當有此妙詩也。要亦"應"與"和"不同。凡"和"者，其人先有詩，我和其詞或意；"應"者，其人或不作，或作之我尚未見，全要寫得其人在詩裏面。

何焯《義門讀書記》卷四十七：小庾以降，必無此力量，一詩中户、隙、樓、園、軒、門、房七事，可抵小賦。

【按語】

此詩篇題中"應"字存疑。《鈔》曰："應者，尊前人也。"又，劉良注："王思遠爲御史中丞，有詠月之作，約和之。"吳淇所言，"應"者與"和"不同，其人或不作，不可從。

冬節後至丞相第詣世子車中一首五言

善曰：蕭子顯《齊書》曰：豫章王嶷，太祖第三子也。薨，贈丞相、揚州牧。長子廉，字景藹，爲世子。蔡邕《獨斷》曰：諸侯適子稱世子。

《鈔》曰：丞相死後，冬至，約往即省之，見無人往赴，傷之，迴歸道上車中爲詠也。

翰曰：冬節，冬至日也。約往弔之，傷其闐寂，還於車中，作是詩也。第，宅也。

沈休文

　　廉公失權勢，門館有虛盈。貴賤猶如此，況乃曲池平。高車塵未滅，珠履故餘聲。賓階綠錢滿，客位紫苔生。誰當九原上，鬱鬱望佳城。

【本事】

　　《南齊書·豫章文獻王傳》：(永明十年)其日，上再視疾，至薨，乃還宮。詔曰：“巋明哲至親，勳高業始，德懋王朝，道光區縣，奄至薨逝，痛酷抽割，不能自勝，奈何奈何！今便臨哭。九命之禮，宜備其制。斂以袞冕之服，溫明秘器，命服一具，衣一襲，喪事一依漢東平王故事，大鴻臚持節護喪事，大官朝夕送莫。大司馬、太傅二府文武悉停過葬。”

【繫年】

　　此詩作於齊武帝永明十年(492)。

【集説】

　　劉履《選詩補注》卷八：史稱豫章王寬仁忠謹，有珪璋之質，且又謚曰“文獻”，可謂賢矣，宜乎在朝諸臣所當崇敬者也。及薨，未幾，而門館頓虛。休文獨至其第，感古傷今，不能自已，退還車中，而作是詩。末章謂今已若此，則自爾寖久，豈復有人能思念而望其丘墓者哉？此可見當時士風，率皆趨附權門而不顧道義，故休文刺之也。

　　吳淇《六朝選詩定論》卷十六：此詩爲詣世子而作，却無一字及世子者何？緣是休文胸中先有一段炎凉之感，偶因詣世子而發，意且不在死者，何暇生者？“詣世子”上著“至丞相第”者何？丞相第，炎凉之地也。上又著“冬節後”者何？冬節後，朝臣往還拜謁之候，正驗人炎凉之時也。今日世子所居之地，依然舊日丞相所居之地，今日至丞相第之人，已全無舊日至丞相第之人，乃特爲驅車而來者，僅僅休文一人，則休文之外，盡炎凉之人矣。所以感之深，不待操筆，故題下又著

"車中作"三字。

何焯《義門讀書記》卷四十七：結有萬鈞力。

張玉穀《古詩賞析》卷十九：詩慨世態之炎涼也。前四，援古以貴賤跌出死生之勢利來。中四，正寫丞相新薨，賓客盡散，府第凄凉之景。後二，因其第，想到其墓。"誰當"二字，有惟我不忘意。

【按語】

此詩爲作者往豫章王府問候世子，"慨世態之炎凉"而作。吳淇結合詩題解釋詩旨，較爲周詳，其説可參。

學省愁卧一首五言

善曰：學省，國學也。《梁書》曰：齊明帝即位，約遷國子祭酒。

良曰：齊帝即位，遷約爲國子祭酒，故謂國子爲學省。

沈休文

秋風吹廣陌，蕭瑟入南闈。愁人掩軒卧，高颺時動扉。虛館清陰滿，神宇曖微微。網蟲垂户織，夕鳥傍櫳飛。纓珮空爲忝，江海事多違。山中有桂樹，歲暮可言歸。

【本事】

《梁書・沈約傳》：明帝即位，進號輔國將軍，徵爲五兵尚書，迁國子祭酒。

【繫年】

此詩作年有争議。可能作於齊明帝建武五年（498）。

【集説】

吳淇《六朝選詩定論》卷十六：休文自負才品，朝廷定當以台司第一席相處，而不意處之學省。學省者，固休文大不得意之地，故此詩特借"學省"爲愁場，而以"風"爲織愁之杼。

于光華《重訂文選集評》卷七引方伯海評：中間字字是愁臥，不似今人有詩無題。

【按語】

此詩末句"山中有桂樹，歲暮可言歸"，李周翰注："桂樹芳香而貞堅，故君子尚之。年將衰老，可以歸休。"此可見詩人歸隱之志。

詠湖中雁一首五言

沈休文

白水滿春塘，旅雁每迴翔。唼流牽弱藻，斂翮帶餘霜。群浮動輕浪，單泛逐孤光。懸飛竟不下，亂起未成行。刷羽同搖漾，一舉還故鄉。

【本事】

不詳。

【繫年】

不詳。

【集説】

吳淇《六朝選詩定論》卷十六：當時心有所感，故借湖雁爲喻。"白水"句，似比京都。"每迴翔"，不能去也。"唼流牽弱藻"，食不安也。"斂翮帶餘霜"，寢不寧也。"群浮動輕浪"，暫從衆也。"單泛逐孤光"，獨危苦也。"懸飛竟不下"，有所疑也。"亂起未成行"，有所驚也。故思刷羽而歸也。

此詩其作於齊梁禪革之時乎？休文與梁武夙同仕齊，暨任昉諸人所謂"八友"也。及將受禪，休文蓋有不安於心者，故寓意於詠雁。首句滿塘只是白水，雁尚未集其中。"迴翔"謂齊梁之間諸人未知所擇。有從梁而得禄者，如"唼流"句；有不從而中傷者，如"斂翮"句；有黨附而隨波逐浪者，如"群浮"句；有孤立而無與者，如"單泛"句。總之，憧憧擾擾，輾轉于此滿塘白水之中耳。即有回翔於塘外而不下者，如"懸飛"句，蓋既飛矣，何不竟去？而懸之云者，是其戀群而不忍獨去，似有招之、待之意。於是群雁應之，刷羽同歸，一若叢林和尚捲堂大散然。蓋自欲隱而兼寓招隱之意。

何焯《義門讀書記》卷四十七：《園葵》《湖雁》，詠物之祖。

【按語】

此詩爲詠物詩，別無深意。吳淇附會時政，求之過深。

三月三日率爾成篇一首五言

良曰：率尔，率疾也。

沈休文

麗日屬元巳，年芳具在斯。開花已匝樹，流嚶復滿枝。洛陽繁華子，長安輕薄兒。東出千金堰，西臨雁鶩陂。游絲映空轉，高楊拂地垂。綠幘文照耀，紫燕光陸離。清晨戲伊水，薄暮宿蘭池。象筵鳴寶瑟，金瓶泛羽巵。寧憶春蠶起，日暮桑欲萎。長袂屢以拂，彫胡方自炊。愛而不可見，宿昔減容儀。且當忘情去，嘆息獨何爲？

【本事】

《南齊書·王融傳》：（永明）九年，上幸芳林園宴朝臣，使融爲《曲水詩序》。

【繫年】

此詩作於齊武帝永明九年（491）。

【集説】

吳淇《六朝選詩定論》卷十六："率爾成篇"，猶少陵所云"漫興"，言本無意作詩，偶感三月三日之事，率爾成此篇也。

陳祚明《采菽堂古詩選》卷二十三：蕩子繁華，空閨寂寞，此情難序,此怨何極!

【按語】

此詩將蕩子繁華與空閨寂寞加以對比,陳祚明說可參。詩作末句"且當忘情去,嘆息獨何爲",呂延濟注:"且遺忘於情愛,違而去之,亦何嘆息也。"可與陳祚明所謂"此情難序,此怨何極!"互參。

雜擬上

擬古詩十二首五言

陸士衡

良曰:雜,謂非一類也。擬,比也。比古志,以明今情。

擬行行重行行

濟曰:此明閨婦之思。

悠悠行邁遠,戚戚憂思深。此思亦何思,思君徽與音。音徽日夜隔,緬邈若飛沈。王鮪懷河岫,晨風思北林。遊子眇天末,還期不可尋。驚颷褰反信,歸雲難寄音。佇立想萬里,沈憂萃我心。攬衣有餘帶,循形不盈衿。去去遺情累,安處撫清琴。

擬今日良宴會

向曰:此盖勸人仕進,以趨歡樂。

閑夜命歡友,置酒迎風館。齊僮梁甫吟,秦娥張女彈。哀音繞棟宇,遺響入雲漢。四坐咸同志,羽殤不可算。高談一何綺?蔚若朝霞爛。人生無幾何,爲樂常苦晏。譬彼伺晨鳥,揚聲當及旦。曷爲恒憂苦,守此貧與賤。

擬迢迢牽牛星

濟曰：此述思婦之情，托牽牛以明之也。

昭昭清漢暉，粲粲光天步。牽牛西北迴，織女東南顧。華容一何冶，揮手如振素。怨彼河無梁，悲此年歲暮。跂彼無良緣，晼焉不得度。引領望大川，雙涕如霑露。

擬涉江采芙蓉

良曰：芙蓉，水草，其花美。此言思婦盛年，其夫遠遊，采此以自傷也。

上山采瓊蕊，穹谷繞芳蘭。采采不盈掬，悠悠懷所歡。故鄉一何曠？山川阻且難。沈思鍾萬里，踟躕獨吟嘆。

擬青青河畔草

翰曰：此喻情人，感時思遠行也。

靡靡江離草，熠耀生河側。皎皎彼姝女，阿那當軒織。粲粲妖容姿，灼灼美顏色。良人游不歸，偏棲獨隻翼。空房來悲風，中夜起嘆息。

擬明月何皎皎

翰曰：此謂閨人對月，思行人之意。

安寢北堂上，明月入我牖。照之有餘輝，攬之不盈手。涼風繞曲房，寒蟬鳴高柳。踟躕感節物，我行永已久。游宦會無成，離思難常守。

擬蘭若生朝陽

銑曰：蘭若皆香草，古詩取興閨中守芳香之氣，以侍遠人。機以松柏堅貞，取之爲比。

嘉樹生朝陽，凝霜封其條。執心守時信，歲寒終不彫。美人何其曠？灼灼在雲霄。隆想彌年月，長嘯入飛飆。引領望天末，譬彼向陽翹。

擬青青陵上柏

向曰：柏生於高陵而色青，舊言得性不可攀仰。蘋，靈草。生於高山，亦猶是焉，故機取以爲比。

冉冉高陵蘋，習習隨風翰。人生當幾何？譬彼濁水瀾。戚戚多滯念，置酒宴所歡。方駕振飛轡，遠遊入長安。名都一何綺，城闕鬱盤桓。飛閣纓虹帶，曾臺冒雲冠。高門羅北闕，甲第椒與蘭。俠客控絕景，都人驂玉軒。遨遊放情願，慷慨爲誰嘆？

擬東城一何高

翰曰：言高城常存而人易老，不如早爲行樂。

西山何其峻？曾曲鬱崔嵬。零露彌天墜，蕙葉憑林衰。寒暑相因襲，時逝忽如頹。三閭結飛轡，大耋嗟落暉。曷爲牽世務，中心若有爲。京洛多妖麗，玉顏侔瓊蕤。閑夜撫鳴琴，惠音清且悲。長歌赴促節，哀響逐高徽。一唱萬夫嘆，再唱梁塵飛。思爲河曲鳥，雙游豐水湄。

擬西北有高樓

向曰：此明賢才不見用也。

高樓一何峻？苕苕峻而安。綺窗出塵冥，飛陛躡雲端。佳人撫琴瑟，纖手清且閑。芳氣隨風結，哀響馥若蘭。玉容誰得顧？傾城在一彈。佇立望日昃，躑躅再三嘆。不怨佇立久，但願歌者歡。思駕歸鴻羽，比翼雙飛翰。

擬庭中有奇樹

銑曰：此言友朋離索，相思之情。

歡友蘭時往，苕苕匿音徽。虞淵引絕景，四節逝若飛。芳草久已茂，佳人竟不歸。躑躅遵林渚，惠風入我懷。感物戀所歡，采此欲貽誰？

擬明月皎夜光

濟曰：此喻權臣用事，時氣迅速，人情漸懷，在貴忘賤之意。

歲暮涼風發，昊天肅明明。招搖西北指，天漢東南傾。朗月照閑房，蟋蟀吟戶庭。飜飜歸雁集，嘒嘒寒蟬鳴。疇昔同宴友，翰飛戾高冥。服美改聲聽，居愉遺舊情。織女無機杼，大梁不架楹。

【本事】

不詳。

【繫年】

此組詩歌作年存在爭議。姜亮夫《陸平原年譜》以爲是陸機入洛前模擬實習之作。劉運好《陸士衡文集校注》認爲詩中多寫北方景物,當爲陸機入洛後所作。[1]

【集説】

吴淇《六朝選詩定論》卷十:《十九首》詩無題,特取首句爲題,如《三百篇》,摘篇中字爲題例。然古人詩無泛起之句,必關動通篇。故擬詩者,以首句作題,即以首句措意。

何焯《義門讀書記》卷四十七:《擬古》十二首遠不如《樂府》十七首。《擬今日良宴》首:"曷爲恒憂苦,守此貧與賤。"華亭鶴唳,復可得聞乎?

【按語】

該組詩題下五臣注揭示陸機擬作之現實寄托,大體可從。此組詩作可能作於入洛以後,雖多摹擬《古詩十九首》,亦不乏詩人真情流露。劉運好認爲:"所擬之意固是《十九首》閨婦思遠,遊子懷鄉,然亦滲透着詩人濃濃鄉情,以及對故鄉風情之懸想。少數篇章或自明其志,或直抒心曲,折射了詩人心境與情懷。"[2]

擬四愁詩一首七言

張夢陽

良曰:《四愁》凡四首,今一首入此。

我所思兮在營州,欲往從之路阻脩。登崖遠望涕泗流,我之懷矣心傷憂。佳人遺我緑綺琴,何以贈之雙南金。願因流波超重深,終然莫致增永吟。

---

① 參見劉運好《陸士衡文集校注》,第436—437頁。
② 參見劉運好《陸士衡文集校注》,第436—437頁。

【本事】

不詳。

【繫年】

不詳。

【集説】

張鳳翼《文選纂注評林》卷七："流波"喻信也。重深阻險喻讒佞也。言我願以忠信超反讒佞之代終不能致，故增長嘆也。

吳淇《六朝選詩定論》卷九：平子原詩，饒有風騷之致，而孟陽所擬，不無少減，則只可有一之説，未嘗無謂。不知擬詩不如原詩之工，從古皆然。泥此，則是擬詩一體，盡可廢矣。

何焯《義門讀書記》卷四十七：《集》是四首，昭明欲備擬詩各體，遂録其一，亦編集文章變例也。

【按語】

蕭統選此詩重在列出一體，擬作本身或許并未寄托深意。吳淇所言"擬詩不如原詩之工"，何焯提出"欲備擬詩各體"，可從。

擬古詩一首五言

陶淵明

良曰：此言榮樂不常。

日暮天無雲，春風扇微和。佳人美清夜，達曙酣且歌。歌竟長嘆息，持此感人多。明明雲間月，灼灼葉中花。豈無一時好，不久當如何？

【本事】

不詳。

【繫年】

此詩可能作於晉宋易代之際。逯欽立繫於宋武帝永初元年(420)。

【集説】

劉履《選詩補注》卷五：此詩殆作於元熙之初乎？"日暮"以比晉祚之垂没，天無雲而風微和，以喻恭帝暫遇開明温煦之象。"清夜"則已非旦晝之景，而"達曙"則又知其爲樂無幾矣。是時宋公肆行弑立，以應"昌明之後，尚有二帝"之讖，而恭帝雖得一時南面之樂，不無感嘆於懷，譬猶雲間之月，行將掩蔽，葉中之華，不久零落，當如何哉？其明年六月，果見廢爲零陵王，又明年被弑。此靖節預爲憫悼之意，不其深歟？

邱嘉穗《東山草堂陶詩箋》卷四：此詩微諷宴樂逸遊之不可久，則其性情之正大可見矣。

陳祚明《采菽堂古詩選》卷十三：雖好不久者，不足千秋也。或亦翼其久而憂之，與前詩同。

張玉穀《古詩賞析》卷十四：此擬及時行樂之詩。前六，先即春暮佳景，引入佳人忽歌忽嘆，足感人心，布一疑陣。後四，方將好時不久，指出歌嘆無端之由，然却用皎月灼花憑空作比，然後撲醒，是爲能斷能亂。

【按語】

陶淵明《擬古詩》共九首，此録其七。劉良注："此言榮樂不常。"甚是。此詩"豈無一時好，不久當如何？"一句，李周翰注："言月滿則缺，花盛則落，好惡暫時，此安能久？當如何，言不可奈何。"可參。劉履解説比附政治，附會過深。邱嘉穗"微諷"説，大體可從。

擬魏太子鄴中集詩八首五言 并序

濟曰：魏太子，曹丕也。鄴，魏都也。此代當時諸賢之意。

謝靈運

建安末，余時在鄴宮，朝遊夕讌，究歡愉之極。天下良辰美景，賞心樂事，四者難并。今昆弟友朋，二三諸彥，共盡之矣。古來此娛，書籍未見，何者？楚襄王時有宋玉、唐景，梁孝王時有鄒、枚、嚴、馬，遊者美矣，而其主不文；漢武帝徐樂諸才，備應對之能，而雄猜多忌，豈獲晤言之適？不誣方將，庶必賢於今日爾。歲月如流，零落將盡，撰文懷人，感往增愴。其辭曰：

魏太子

百川赴巨海，眾星環北辰。照灼爛霄漢，遙裔起長津。天地中橫潰，家王拯生民。區宇既滌蕩，群英必來臻。忝此欽賢性，由來常懷仁。況值眾君子，傾心隆日新。論物靡浮說，析理實敷陳。羅縷豈闕辭？窈窕究天人。澄觴滿金罍，連榻設華茵。急弦動飛聽，清歌拂梁塵。何言相遇易，此歡信可珍。

王　粲

家本秦川，貴公子孫，遭亂流寓，自傷情多。

幽厲昔崩亂，桓靈今板蕩。伊洛既燎煙，函崤沒無像。整裝辭秦川，秣馬赴楚壤。沮漳自可美，客心非外獎。常嘆詩人言，式微何由往。上宰奉皇靈，侯伯咸宗長。雲騎亂漢南，紀郢皆掃蕩。排霧屬盛明，披雲對清朗。慶泰欲重疊，公子特先賞。不謂息肩願，一旦值明兩。并載遊鄴京，方舟泛河廣。綢繆清讌娛，寂寥梁棟響。既作長夜飲，豈顧乘日養！

陳　琳

袁本初書記之士，故述喪亂事多。

皇漢逢屯邅，天下遭氛慝。董氏淪關西，袁家擁河北。單民易周章，窘身就羈勒。豈意事乖己，永懷戀故國。相公實勤王，信能定蝥賊。復覩東都輝，重見漢朝則。餘生幸已多，矧乃值明德。愛客不告疲，飲讌遺景刻。夜聽極星闌，朝遊窮曛黑。哀哇動梁埃，急觴蕩幽默。且盡一日娛，莫知古來惑。

徐　幹

少無宦情，有箕潁之心事，故仕世多素辭。

伊昔家臨淄，提攜弄齊瑟。置酒飲膠東，淹留憩高密。此歡謂可終，外物始難畢。搖蕩箕濮情，窮年迫憂慄。末塗幸休明，棲集建薄質。已免負薪苦，仍遊椒蘭室。清論事究萬，美話信非一。行觴奏悲歌，永夜繫白日。華屋非蓬居，時髦豈余匹？中飲顧昔心，悵焉若有失。

劉　楨

卓犖偏人，而文最有氣，所得頗經奇。

貧居晏里閈，少小長東平。河兗當衝要，淪飄薄許京。廣川無逆流，招納廁群英。北渡黎陽津，南登紀郢城。既覽古今事，頗識治亂情。歡友相解達，敷奏究平生。矧荷明哲顧，知深覺命輕。朝遊牛羊下，暮坐括揭鳴。終歲非一日，傳卮弄新聲。辰事既難諧，歡願如今并。唯羨蕭蕭翰，繽紛戾高冥。

應　瑒

汝潁之士，流離世故，頗有飄薄之嘆。

嗷嗷雲中雁，舉翮自委羽。求涼弱水湄，違寒長沙渚。顧我梁川時，緩步集潁許。一旦逢世難，淪薄恒羈旅。天下昔未定，托身早得所。官度廁一卒，烏林預艱阻。晚節值衆賢，會同庇天宇。列坐廕華榱，金樽盈清醑。始奏延露曲，繼以闌夕語。調笑輒酬答，嘲謔無慚沮。傾軀無遺慮，在心良已叙。

阮 瑀

管書記之任，有優渥之言。

河洲多沙塵，風悲黃雲起。金羈相馳逐，聯翩何窮已。慶雲惠優渥，微薄攀多士。念昔渤海時，南皮戲清沚。今復河曲游，鳴葭泛蘭氾。躍步陵丹梯，并坐侍君子。妍談既愉心，哀弄信睦耳。傾酤係芳醑，酌言豈終始。自從食蓱來，唯見今日美。

平原侯植

公子不及世事，但美遨遊，然頗有憂生之嗟。

朝遊登鳳閣，日暮集華沼。傾柯引弱枝，攀條摘蕙草。徙倚窮騁望，目極盡所討。西顧太行山，北眺邯鄲道。平衢脩且直，白楊信裊裊。副君命飲宴，歡娛寫懷抱。良遊匪晝夜，豈云晚與早。衆賓悉精妙，清辭灑蘭藻。哀音下迴鵠，餘哇徹清昊。中山不知醉，飲德方覺飽。願以黃髮期，養生將念老。

【本事】

不詳。

【繫年】

不詳。顧紹柏繫於宋文帝元嘉三年(426)到元嘉五年(428)間。[1]

【集説】

方回《文選顔鮑謝詩評》卷四：序擬曹丕作。良辰美景、賞心樂事四者難并，實靈運語擬爲曹丕詩者。又云，楚襄王時有宋玉、唐景，梁孝王時有鄒、枚、嚴、馬，遊者美矣，而其主不文。漢武帝徐、樂諸才，備應對之能，而雄猜多忌，豈獲晤言之適？予謂此序使其主宋武帝、文帝見之，皆必切齒其主不文，明譏劉裕，雄猜多忌，亦能誅徐傅、謝檀者之

---

① 參見顧紹柏《謝靈運集校注》，第200—201頁。

所諱也。又況言與行皆躁而不靜，作爲韓亡秦帝之時，宋之禪晉自義熙得柄，近二十年而篡，文帝在位至元嘉十年靈運坐誅，其創業三十年矣，而以憤辭輕爲匡復晉室之語，不已疏乎？此序亦賈禍之一端也。況文帝以文自命，鮑照悟旨，僞作才盡，僅僅自全，靈運誠可謂不智矣！

　　吳淇《六朝選詩定論》卷十四：前論以傷己才之不用於時而托之此詩，固是康樂之正意而非其隱情，蓋有感于廬陵王義真之事也。史稱康樂爲性偏激，多衍禮度，朝廷唯以文藝處之，不以應實相許。且自謂才能宜參權要，既不見見，常懷憤憤。廬陵王義真少好文籍，與康樂情款異常。少帝即位，康樂構扇異同，非毀執政。司徒徐羨之等患之，出爲永嘉太守。史又稱廬陵王義真，宋武之愛子，年十二從北征。武帝東歸，留鎮關中，後亂還朝封廬陵王。初，少帝爲太子，多狎群小，武欲立廬陵，謝晦曰："德輕於才，非人主也。"尋爲徐羨之等所害，康樂作此詩。其托之魏太子鄴下集詩者，蓋以魏武屢有易儲之意，太子、平原各豎羽翼。其他朝臣不具論，即此能文之彥，共在一宴之上者，不無異同。故所擬八詩，與江文通所擬三十體不同。文通心中無事，故詞無軒輊；康樂心中有事，故意有低昂。所以寫人人之心，只是寫平原一人之心事，蓋藉平原作廬陵影子以寫自己心中之事耳。

　　何焯《義門讀書記》卷四十七：當是與廬陵周旋時所作。惟陳、徐二詩爲可觀。首篇真副君語矣，不在貌似也。擬古變體。

【按語】

　　此詩別有寄托，非徒單純擬作。吳淇曰："蓋有感于廬陵王義真之事也。"顧紹柏認爲："謝靈運不受重視，意甚不平，蓋由此而回憶起永初年間與廬陵王劉義真以及顏延之等朝夕相處的一段美好生活，自不免感慨良多，遂擬詩八首以寄其意。"①吳淇指出"康樂心中有事，故意有低昂"，分析較爲細微。又，何焯認爲"擬古變體"，頗爲恰當。

---

① 參見顧紹柏《謝靈運集校注》，第200—201頁。

雜擬下

效曹子建樂府白馬篇一首五言

袁陽源

善曰:孫巖《宋書》曰:袁淑,字陽源,陳郡人,少好屬文。彭城王起爲祭酒,後遷至左衛率。凶劭當行篡逆,淑諫見害。

濟曰:沈約《宋書》曰:袁淑,字陽源,陳郡陽夏人也。好屬文。彭城王起爲祭酒,後迁至左衛率。及凶劭當行篡逆,淑諫見害。《白馬篇》述遊俠分義之事。傚,象也。

劍騎何翩翩,長安五陵間。秦地天下樞,八方湊才賢。荆魏多壯士,宛洛富少年。意氣深自負,肯事郡邑權。籍籍關外來,車徒傾國鄽。五侯競書幣,羣公亟爲言。義分明於霜,信行直如弦。交歡池陽下,留宴汾陰西。一朝許人諾,何能坐相捐?影節去函谷,投珮出甘泉。嗟此務遠圖,心爲四海懸。但營身意遂,豈校耳目前?俠烈良有聞,古來共知然。

【本事】

《宋書·袁淑傳》:(袁淑)至十餘歲,爲姑夫王弘所賞。不爲章句之學,而博涉多通,好屬文,辭采遒艷,縱橫有才辯。本州命主簿,著作佐郎,太子舍人,并不就。彭城王義康命爲司徒祭酒。義康不好文學,雖外相禮接,意好甚疏。劉湛,淑從母兄也,欲其附己,而淑不以爲意，由是大相乖失，以久疾免官。

【繫年】

不詳。韓暉繫於宋文帝元嘉十二年（435）至十七年（440）間，此詩可能作於袁淑壯年時期。[1]

【集說】

吳淇《六朝選詩定論》卷十三：閎壯而腴密，兼有文質，却與陳思作不甚相似，然其亞也。……此以務遠作結，歸之于大，陳思以赴難作結，歸之於正，差相當。

何焯《義門讀書記》卷四十七：音節悲壯，近太沖。

【按語】

此詩作者名下李善注引“孫巖《宋書》”，呂延濟引作“沈約《宋書》”，梁章鉅《文選旁證》卷二十六注引《隋書・經籍志》：“《宋書》六十五卷，齊冠軍録事參軍孫巖撰。”可知李善注引“孫巖《宋書》”不誤。《宋書・袁淑傳》載：“世祖即位，使顏延之詔曰：‘袁淑以身殉義，忠烈邁古。遺孤在疚，特所矜懷。可厚加賜恤，以慰存亡。’”由此可見其俠義情懷。

效古一首五言

袁陽源

《鈔》曰：效古，效古詩之體作也。此詩亦是御史時爲之。

翰曰：象古人征行辛苦之意。

訊此倦遊士，本家自遼東。昔隸李將軍，十載事西戎。結車高闕下，極望見雲中。四面各千里，從橫起嚴風。寒燠豈如節，霜雨多異同。夕寐北河陰，夢還甘泉宮。勤役未云已，壯年徒爲空。乃知古時

人,所以悲轉蓬。

【本事】

不詳。

【繫年】

不詳。袁淑于宋文帝元嘉三十年(453)卒,年四十六。此詩可能作於後期。

【集説】

劉履《選詩補注》卷七:陽源歷仕其間,殆有倦遊之志,故托爲邊塞征役之士,以賦是詩。

吳淇《六朝選詩定論》卷十三:不知經過多少雲中之望、河北之夢,總無奈此壯年之徒空何耳。故總結之以古人"悲轉蓬"也,悲生於倦。

【按語】

此詩寫行役之苦,李周翰注可從。末句"乃知古時人,所以悲轉蓬",呂延濟注:"言勞役不已,空度壯盛之年,古人悲轉蓬飄流,我今乃知之。"《鈔》曰:"此詩亦是御史時爲之。"大體可從。據《宋書·袁淑傳》:"元嘉二十六年,還尚書吏部郎。……出爲始興王征北長史、南東海太守。……還爲御史中丞。"此詩可能作於元嘉二十六年(449)至元嘉三十年(453)間。

擬古二首五言

劉休玄

善曰:沈約《宋書》曰:南平穆王鑠,字休玄,文帝第四子也。少好學。有文才。元兇弒立,以爲中軍將軍。世祖入討,歸世祖,進侍中司空。後以藥内食中,毒殺之。

良曰:沈約《宋書》云:南平穆王鑠,字休玄,文帝第四子。少好學。有文才。後進侍中司空。爲藥所毒,時年二十三。

擬行行重行行

銑曰:此篇叙閨人思遠之意。

眇眇陵長道,遥遥行遠之。迴車背京里,揮手從此辭。堂上流塵生,庭中緑草滋。寒螿翔水曲,秋兔依山基。芳年有華月,佳人無還期。日夕涼風起,對酒長相思。悲發江南調,憂委子襟詩。卧覺明燈晦,坐見輕紈緇。淚容不可飾,幽鏡難復治。願垂薄暮景,照妾桑榆時。

擬明月何皎皎

良曰:此篇爲遠人未還,中閨感月而嘆。

落宿半遥城,浮雲藹曾闕。玉宇來清風,羅帳延秋月。結思想伊人,沈憂懷明發。誰爲客行久,屢見流芳歇。河廣川無梁,山高路難越。

【本事】

《南史·宋宗室及諸王傳》:南平穆王鑠字休玄,文帝第四子也。元嘉十六年,年九歲,封南平王,少好學,有文才,未弱冠,擬古三十餘首,時人以爲亞迹陸機。

【繫年】

據《南史》所載,此詩當作於劉鑠弱冠之前,即宋文帝元嘉二十六年(449)左右。

【集説】

　　吳淇《六朝選詩定論》卷十三：東平當晉宋綺靡之時，獨表絜秀。意欲追漢，適以肇唐。風氣所至，固不由人。

　　何焯《義門讀書記》卷四十七：注：世祖時進侍中司空，後以藥内食中，毒殺之。按，二詩亦怯孝武之猜忍而作。

【按語】

　　此爲擬《古詩一十九首》之作，爲詩人青年時期之習作。何焯據該詩作者名下李善注加以推斷，以爲"怯孝武之猜忍而作"，其説不足取。

和琅邪王依古一首五言

　　《鈔》曰：琅瑘王，宋家王。又云：東晉將爲天子。依古，言依古人之體，不改法也。

　　濟曰：依，亦擬也。

王僧達

　　《鈔》曰：王僧達，太保王弘之子。孝武即位，以爲尚書右僕射，封寧陵侯，後爲征虜將軍，吳郡太守也。

　　少年好馳俠，旅宦游關源。既踐終古跡，聊訊興亡言。隆周爲藪澤，皇漢成山樊。久没離宮地，安識壽陵園？仲秋邊風起，孤蓬卷霜根。白日無精景，黃沙千里昏。顯軌莫殊轍，幽塗豈異魂？聖賢良已矣，抱命復何怨！

【本事】

　　不詳。

【繫年】

　　此詩當爲王僧達後期不得志之作，可能作於宋文帝元嘉三十年

（453）至宋孝武帝大明二年（458）間。①

【集説】

吴淇《六朝選詩定論》卷十三：擬古者，擬其詞。依古者，依其意，并依其體。琅邪王，原有依古詩，而僧達和之者也。其詩以"關源"立義者，蓋關源乃秦中路，古興亡之跡存焉。平日載籍所載，興亡事總話柄耳，初未踐其跡也。爲馳俠而旅宦，爲旅宦而遊關源，已踐其跡矣。聊將平日所聞興亡之言，一一訊之。

陳祚明《采菽堂古詩選》卷十九："仲秋"四句悲涼，稍近鮑明遠語之亮者。

【按語】

此詩將遊俠與羈旅主題相相合，吴淇説可從。末句"聖賢良已矣，抱命復何怨！"陸善經注："言逢喪亂今昔同，聖賢盡以如此，但抱任命，復何所怨。"可參。

擬古三首五言

良曰：此篇刺有德不仕，安於幽棲。

鮑明遠

幽并重騎射，少年好馳逐。氈帶佩雙鞬，象弧插彫服。獸肥春草短，飛鞚越平陸。朝遊雁門上，暮還樓煩宿。石梁有餘勁，驚雀無全目。漢虜方未和，邊城屢翻覆。留我一白羽，將以分虎竹。（其一）

魯客事楚王，懷金襲丹素。既荷主人恩，又蒙令尹顧。日宴罷朝歸，鞍馬塞衢路。宗黨生光華，賓僕遠傾慕。富貴人所欲，道德亦何懼？南國有儒生，迷方獨淪誤。伐木青江湄，設罝守龜兔。（其二）

---

① 參見韓暉《〈文選〉編輯及作品繫年考證》，第 328 頁。

十五諷詩書，篇翰靡不通。弱冠參多士，飛步遊秦宮。側覩君子論，預見古人風。兩説窮舌端，五車摧筆鋒。羞當白璧貺，恥受聊城功。晚節從世務，乘障遠和戎。解佩襲犀渠，卷袠奉盧弓。始願力不及，安知今所終？（其三）

【本事】

不詳。

【繫年】

非一時之作，具體作年不詳。

【集説】

其一

劉履《選詩補注》卷七：此亦托古以諷今之詩。言北方風氣剛勇敢，俗尚騎射，故其人自幼肄習，所以馳騁捷疾，技藝精妙如此。且曰方今漢虜未和，邊城警急，正當留我一矢，用以立功，而分符守郡也。此可見當時朝廷多尚武功，苟能精於騎射，則刺史郡守不難得矣。

張玉穀《古詩賞析》卷十六：此擬少年思建邊功之思。前二，點地點人，提明所事，總冒而起。"氈帶"八句，鋪寫其騎射之精，馳逐之遠。點次有虛實，位置亦錯綜。後四，方推開收出報國立功心事，却仍在射上著筆。氣宕而格嚴。

其二

劉履《選詩補注》卷七：此明遠自嘆其守道而無所遇托。言有魯客來事楚王者，其佩服之盛，寵顧之榮，及退食而鞍馬僕從之眾如此，是以親疏遠近無不歆慕之者。且富與貴，人所同欲，苟以其道得之，亦何所懼而不處焉。今南國之儒生，乃獨迷其所向，而自致淪誤，猶伐木者置之江湄，而望其爲車，設置於此，而待狡兔之自至。奚可得哉？其詞若自貶責，其實乃自許也。

　　吳淇《六朝選詩定論》卷十三:"魯客"云云,把人間富貴盡情寫出,令人熱中。止形出末四句,是從"不義而富且貴,於我如浮雲"來,卻又跨進一步曰:以道得之,猶且不處,況不義乎?

其三

　　方東樹《昭昧詹言》卷六:不過言己文武足備,與太冲意略同。

【按語】

　　鮑照有《擬古詩》九首,此錄其中三首。《文選集注》諸家注解甚詳,利於理解題旨。此詩其一,與曹植《白馬篇》主旨頗似。此詩其二,"魯客事楚王,懷金襲丹素"一句,《鈔》曰:"此章言邦有道則仕,邦無道則隱。今既漢有道,乃在山林,故刺之。古詩中前世亦有此事,今故擬之。"此詩其三,"十五諷詩書,篇翰靡不通"一句,《鈔》曰:"此章詠賈誼學問智榮之事,古詩亦有此意,今用誼以擬之。賈誼本傳:'十五通《詩》《書》。'"

學劉公幹體一首五言

　　《鈔》曰:此詩意正直被邪佞所損,人不得自高自潔,卒被所毀,雖爲行素質,而衰盛相陵也。

　　良曰:此詩言正直被邪佞所損,雖行質素,而衰盛相陵。

鮑明遠

　　胡風吹朔雪,千里度龍山。集君瑤臺裏,飛舞兩楹前。茲辰自爲美,當避艷陽年。艷陽桃李節,皎潔不成妍。

【本事】

　　不詳。

【繫年】

　　此詩可能作於宋孝武帝孝建三年(456),鮑照出任秣陵令時。

【集說】

劉履《選詩補注》卷七：此亦明遠被間見疏而作。乃借朔雪爲喻，詞雖簡短，而托意微婉。蓋其審時處順，雖怨而益謙。然所謂艷陽與皎潔者，自當有辨。

吴淇《六朝選詩定論》卷三：此詩舊注，以"雪"比小人，"桃李"比君子。非也。有一輩小人自有一輩小人行事，前人之術巧矣，後人更有巧者。前人必爲後人所傾，故小人猖獗肆志，各有其時，把個時勢盡是小人迴轉據住，何日是君子道長之時乎？

張玉穀《古詩賞析》卷二十八：此借雪以自比。前四，言膺薦致身。後四，言畏讒避位也。起得突然，結得悠然。竊恐公幹詩，反未能佳妙若此。

【按語】

《鮑參軍集》中此詩共有五首，此錄其中一首。此詩借雪爲喻，寄托己志，劉履說可從。《藝文類聚》卷二此詩題作《詠雪詩》。

代君子有所思一首五言

《鈔》曰：代者，擬意同，言代彼詩之意也。君子有所思，言君子遭亂世，思明君聖主，道德仁義，以濟世勸俗，輔弼聖君，使思道義也。

翰曰：此言防漸忌滿之戒。

陸善經曰：《集》云：代陸平原《君子有所思》。《君子有所思》本古題，今將此以代之，言君子之人見微如著，物禁太盛，思自減損也。

鮑明遠

西出登雀臺，東下望雲闕。層閣肅天居，馳道直如髮。繡甍結飛霞，琁題納行月。築山擬蓬壺，穿池類溟渤。選色遍齊代，徵聲币邛越。陳鐘陪夕讌，笙歌代明發。年貌不可還，身意會盈歇。蟻壤漏山河，絲淚毀金骨。器惡含滿欹，物忌厚生没。智哉衆多士，服理辯昭昧。

【本事】

參見該詩題下陸善經註。

【繫年】

此詩可能作於宋孝武帝大明五年(462)。①

【集說】

方回《文選顏鮑謝詩評》卷四:此詩十韻。前述帝居皇闕之盛,而後嘆其忽衰,雍門子感孟嘗君之意也。"築山擬蓬壺,穿池類溟渤,選色遍齊代,徵聲匝卬越",其盛如此。"蟻壞漏山河,絲淚毀金骨,器惡含滿欹,物忌厚生没",一朝有不可測者,則衰矣。一蟻之孔,可以傾山潰河。一絲之淚,可以鑠金銷骨。欹器滿則覆,出《家語》。生之厚而之死地,出《莊子》。詩意本亦常談,但造語峭拔,而世之富貴驕淫不戒以顛者,比比是也。則其言豈可忽諸。

劉履《選詩補注》卷七:此篇戒富貴之人當慮患而防微也。言出見其官闕臺池之盛,聲色伎樂之繁,而但朝夕娛宴,無有窮已,然不知壯年豈得長存,樂意豈能長有。一言不謹,則易成大患,讒毀一生,則易致傷害,可不思所以豫防之乎。大抵器滿者必傾,物盛者必減,理之當然,宜常戒懼。明智之士服習事理,而於明暗幾微之際,尤當審察也。詳夫"天居"、"馳道"等語,蓋爲時君過奢,不能自謹,故特以此規諷之。且不敢指斥,故借多士爲言耳。

【按語】

此詩擬陸機《君子有所思行》。李周翰注:"此言防漸忌滿之戒。"其說可從。丁福林認爲,該詩末句"智哉衆多士,服理辯昭昧",乃詩人對孝武帝荒淫無道行爲的警告與諷刺。②

---

① 參見丁福林、叢玲玲《鮑照集校注》,第 272 頁。
② 參見丁福林、叢玲玲《鮑照集校注》,第 272 頁。

效古一首五言

《鈔》曰：此意言爲君征討，致身授命，彌須謹愼也。

銑曰：此言從征之意。

范彦龍

《鈔》曰：范彦龍，名雲，丹陽人，爲齊僕射。

寒沙四面平，飛雪千里驚。風斷陰山樹，霧失交河城。朝馳左賢陣，夜薄休屠營。昔事前軍幕，今逐嫖姚兵。失道刑既重，遲留法未輕。所賴今天子，漢道日休明。

【本事】

不詳。

【繫年】

作年不詳。

【集説】

吳淇《六朝選詩定論》卷十六：首四句，總寫塞外之苦。"寒沙"二句，地苦。"風斷"二句，時苦。"朝驅"二句，逐日有血戰之苦。"昔事"二句，終身在人帳下，竟無自己出頭日子。"失道"二句，以刑之重，形賞之薄。"所幸"二句，不知是美是刺，是感是怨？

【按語】

該詩題下張銑注"此言從征之意"，可從。詩作末句"所賴今天子，漢道日休明"，陸善經注："言從戎者或逼留失道，有損軍容，但天子之德而漢道日盛。"此與《文選鈔》"爲君征討，致身授命，彌須謹愼"之説相似。

雜體詩三十首 五言

善曰：《雜體詩序》曰：關西、鄴下，既已罕同；河外、江南，頗爲異法。今作三十首詩，學其文體，雖不足品藻淵流，庶亦無乖商榷。

江文通

古別離

　　遠與君別者，乃至雁門關。黃雲蔽千里，游子何時還？送君如昨日，檐前露已團。不惜蕙草晚，所悲道里寒。君在天一涯，妾身長別離。願一見顏色，不異瓊樹枝。兔絲及水萍，所寄終不移。

【本事】

　　《雜體詩》序：夫楚謠漢風，既非一骨。魏制晉造，固亦二體。譬猶藍朱成采，雜錯之變無窮。宮商爲音，靡曼之態不極。故蛾眉詎同貌，而俱動於魂。芳草寧共氣，而皆悅於魄。不其然歟？至於世之諸賢，各滯所迷，莫不論甘則忌辛，好丹則非素，豈所謂通方廣恕、好遠兼愛者哉。及至公幹仲宣之論，家有曲直。安仁士衡之評，人立矯抗。況復殊於此者乎？又貴遠賤近，人之常情。重耳輕目，俗之恒蔽。是以邯鄲托曲於李奇，士季假論於嗣宗，此其效也。然五言之興，諒非夐古。關西、鄴下，既已罕同。河外、江南，頗爲異法。故玄黃經緯之辨，金碧沉浮之殊，僕以爲亦各其美，兼善而已。

　　今作卅首詩，效其文體，雖不足品藻淵流，亦無乖於商榷云爾。

【繫年】

　　不詳。

【集説】

　　唐汝諤《古詩解》卷十三：婦人思其君子而言。昔君之別，遠在塞外，隔去千里，不知何時可還。而追想送君之時，則宛然如昨日耳。乃零露已溥，節序頓改，不惜吾衰如蕙草之晚，而惟悲君遠多道里之寒。兩地相思，竟難一見，然吾寄托於君，如兔絲水萍，終不移易，凜然自守，如此斯亦可謂賢矣。

　　吳淇《六朝選詩定論》卷十七：按：樂府雜曲有《古別離》，其作者人與詩俱不傳。《古今樂府集》所收者，唐李端一篇耳，不及此作者，以此作非樂府體也。文通以《古詩十九首》原無作者姓氏，不便立題，故假此題，代仿"行行重行行"一首。然古詩以"別"起，中有"代馬"云云，以緩調承之。此亦以"別"起，中却"不惜"云云，以急調承之，初不似士衡輩句步字趨者，蓋此詩止取備體。古詩十有九首，作者不必一人一時，而其體大約如此，故用此一首以該之，非專擬其首篇也。

何焯《義門讀書記》卷四十七：擬古詩，殆欲遠跨士衡，不在多少也。

【按語】

此詩擬《古詩一十九首》其一《行行重行行》。吳淇所言"初不似士衡輩句步字趨者"，可從。

李都尉陵從軍

良曰：此擬"携手上河梁"。

陸善經曰：尋詩之意，蓋擬在匈奴中作。

樽酒送征人，踟躕在親宴。日暮浮雲滋，渥手淚如霰。悠悠清川水，嘉魴得所薦。而我在萬里，結髮不相見。袖中有短書，願寄雙飛燕。

【本事】

見《雜體詩》序。

【繫年】

不詳。

【集説】

吳淇《六朝選詩定論》卷十七：淹于漢以來，諸家皆有所擬。至蘇、李爲五言之祖,止有李都尉陵一首,却無蘇屬國者何也?淹詩主備體,非以備人。蘇、李雖出兩手,只是一體。雖後世學者或各領一派,必渾而稱之曰"蘇李體",亦曰"河梁體",未嘗分目之爲蘇體、李體也。然不用蘇爲題而用李者何?一人一體,取其佳者;兩人同體,取其先者。李詩題曰"與蘇武",《選序》亦曰"降將著《河梁》之篇",是五言創于李,而蘇和之也。詩中固是極力摹擬李,亦往往常帶出蘇意,以明蘇李之爲一體,非有擇于蘇也。

【按語】

吳淇所言"淹詩主備體,非以備人",可從。

班婕妤詠扇

良曰:此擬"新製齊紈素"。

紈扇如圓月,出自機中素。畫作秦王女,乘鸞向煙霧。采色世所重,雖新不代故。竊愁涼風至,吹我玉階樹。君子恩未畢,零落在中路。

【本事】

見《雜體詩》序。

【繫年】

不詳。

【集說】

吳淇《六朝選詩定論》卷十七:女子所重,第一是潔,尤重在本色,却是原詩摹得極至。原詩"裁爲合歡扇",女子之本事已盡於此。此詩"畫作"云云,又多一番妝飾,便減了一分本色。試以《碩人》詩證之。原詩只做到"巧笑倩兮,美目盼兮"便住,此直說到"素以爲絢"上去了。原詩"出入"云云,謂一女子位不過婕妤,亮無大功,却有微效,如辭華之類,以見不當棄捐。此詩"彩色"云云,怨而怒矣。原詩"棄捐"尚不離"篋笥"之中,此直云"零落中路",詞亦甚矣。

【按語】

吳淇比照原作,認爲"又多一番妝飾""詞亦甚矣",正是此擬作新意所在。末句"君子恩未畢,零落在中路",張銑注:"言君子所愛未畢,而時已涼,故零落于中路。"可參。

魏文帝曹丕遊宴

濟曰:此擬《芙蓉池作》。

　　置酒坐飛閣,逍遥臨華池。神飆自遠至,左右芙蓉披。緑竹夾清水,秋蘭被幽涯。月出照園中,冠珮相追隨。客從南楚來,爲我吹參差。淵魚猶伏浦,聽者未云疲。高文一何綺,小儒安足爲?蕭蕭廣殿陰,雀聲愁北林。衆賓還城邑,何以慰吾心?

【本事】

見《雜體詩》序。

【繫年】

不詳。

【集説】

吳淇《六朝選詩定論》卷十七:謝靈運《鄴中集詩》八首,不過擬其一時遊宴之作,故于文帝書太子而不名,所以桃之七子之外。江淹《雜體詩三十首》,他人書官書名,于文帝書謚書名,彝文帝於詩中之人,將以一詩概其生平,用備一體云。

陳祚明《采菽堂古詩選》卷二十四:結四語佳,是仿魏文非獨仿公宴。

【按語】

此詩摹擬諸作,李周翰曰:"擬《贈丁儀王粲》等詩",可從。

陳思王曹植贈友

翰曰:擬《贈丁儀王粲》等詩。

　　君王禮英賢,不悋千金璧。雙闕指馳道,朱宮羅第宅。從容冰井臺,清池映華薄。涼風蕩芳氣,碧樹先秋落。朝與佳人期,日夕望青閣。褰裳摘明珠,徙倚拾蕙若。眷我二三子,辭義麗金騰。延陵輕寶劍,季布重然諾。處富不忘貧,有道在葵藿。

【本事】

　　見《雜體詩》序。

【繫年】

　　不詳。

【集説】

　　吳淇《六朝選詩定論》卷十七:謝《鄴中集詩》,追書子建生爵,此題舉國舉謚,一以擬其一時,一以擬其生平也。謝詩叙子建於六子之末,主道也;此題叙子建于王、劉之前,備體也。此詩擬鄴下諸子詩凡四,雖概其生平,而亦祖述謝詩之意,故俱用"公宴"爲題,故于王、謝二詩,直在宴中寫,而子建則於未宴之前,寫一段眷眷望客之意。以主道論之,想當然耳。至文帝詩末,亦綴留客數語,蓋太子雖尊,至於禮士下賢,亦有主道焉。此古今詩家一脈遞承。原有針芥相對處,非細認不能察也。

　　陳祚明《采菽堂古詩選》卷二十四:校之陳思,雄麗尚未全合。

【按語】

此篇擬《贈丁儀王粲》等詩，"眷我二三子"一下幾句，大多擬之。

劉文學楨感遇

濟曰：感，思也。思其有幸遭遇。

蒼蒼中山桂，團圓霜露色。霜露一何緊？桂枝生自直。橘柚在南國，因君爲羽翼。謬蒙聖主私，托身文墨職。丹采既已過，敢不自彫飾。華月照方池，列坐金殿側。微臣固受賜，鴻恩良未測。

【本事】

見《雜體詩》序。

【繫年】

不詳。

【集説】

吳淇《六朝選詩定論》卷十七：鄴下諸子詩，總名"建安體"。然公幹質勁實，另自爲一體。所以鮑照有"學劉公幹體"詩。

陳祚明《采菽堂古詩選》卷二十四：起四句頗似公幹。

【按語】

此詩首句"蒼蒼中山桂，團圓霜露色"，李善注："劉楨《贈徐幹詩》曰：亭亭山上松，瑟瑟谷中風。"此擬劉楨詩作，陳祚明所言甚是。

王侍中粲懷德

銑曰：懷德，謂懷魏武帝之德。

陸善經曰：《魏志》曰：魏國建，拜粲侍中也。

伊昔值世亂，秣馬辭帝京。既傷蔓草別，方知杕杜情。崤函復丘墟，冀闕緬縱橫。倚棹泛涇渭，日暮山河清。蟋蟀依桑野，嚴風吹若莖。鸛鷁在幽草，客子淚已零。去鄉三十載，幸遭天下平。賢主降嘉賞，金貂服玄纓。侍宴出河曲，飛蓋遊鄴城。朝露竟幾何，忽如水上萍。君子篤惠義，柯葉終不傾。福履既所綏，千載垂令名。

【本事】

見《雜體詩》序。

【繫年】

不詳。

【集説】

吳淇《六朝選詩定論》卷十七：此云擬仲宣《公宴詩》。原詩“昊天隆豐澤”云云，乃紀時以興起。此詩採《七哀詩》語，用自述爲起，即用謝擬王詩小序“家本秦川貴公子，遭亂流寓，自傷情多”爲柄，詩中摹仿仲宣格調，十得七八。其最警策者，在“日暮山河清”一語。然却是齊梁妙境，魏人所無。康樂備人，故全擬八首；文通備體，故只效前四首。此四首皆用《公宴》爲題，而舊注妄分四題，可噱也。

洪若皋《文選越裁》卷五：仲宣無此響亮。不稱“聖君”而稱“賢主”，亦無此氣骨，令仲宣讀之，當自汗顏。

【按語】

此詩前段叙寫顛沛經歷，後段感謝魏武帝恩義。洪若皋謂仲宣“無此氣骨”，其説比附政治，不可從。

嵇中散康言志

濟曰：言志，言本有高尚之志，而橫遭讒言。

曰余不師訓，潛志去世塵。遠想出宏域，高步超長倫。靈鳳振羽
儀，戢景西海濱。朝食琅玕實，夕飲玉池津。處順故無累，養德乃入
神。曠哉宇宙惠，雲羅更四陳。哲人貴識義，大雅明庇身。莊生悟無
爲，老氏守其眞。天下皆得一，名實久相賓。咸池饗爰居，鐘鼓或愁
辛。柳惠善直道，孫登庶知人。寫懷良未遠，感贈以書紳。

【本事】

見《雜體詩》序。

【繫年】

不詳。

【集説】

吳淇《六朝選詩定論》卷十七：文通所擬雜體詩，俱以五言漢道爲
主，而中散入《選》者止四言，文通強以相就，未免有刓珪爲璧之譏。

于光華《重訂文選集評》卷七引方伯海評：無一字一句不肖嵇叔
夜，性情、面目、聲口、胸次，直忘其爲優孟衣冠，當爲三十首之冠。

【按語】

此詩擬嵇康《幽憤詩》，原作爲四言，擬作則爲五言。吳淇評價不
高，方伯海評詩主意趣，因而稱此篇"爲三十首之冠"。

阮步兵籍詠懷

青鳥海上遊，鸒斯蒿下飛。沉沉不相宜，羽翼各有歸。飄飄可終
年，沉瀜安是非？朝雲乘變化，光耀世所希。精衛銜木石，誰能測
幽微？

【本事】

見《雜體詩》序。

【繫年】

不詳。

【集說】

閔齊華《文選瀹注》卷十五引孫鑛評：言遠，意仿佛近之。

吳淇《六朝選詩定論》卷十七：此詩五十字，欲驥嗣宗《詠懷》諸詩，却隱括得一部《莊子》。

何焯《義門讀書記》卷四七："精衛衘木石"句，阮公知己。

于光華《重訂文選集評》卷七引方伯海評：阮步兵與嵇中散不肯附司馬氏一也，但步兵能晦於酒以免禍。篇中重在"鷽斯""精衛"，自示其意。予讀《別》《恨》二賦，未免疑其才盡，讀此篇及前篇，不覺爽然失矣。

【按語】

此詩重在擬意，孫鑛曰："言遠，意仿佛近之"，甚是。

張司空華離情

秋月照簾籠，懸光入丹墀。佳人撫鳴琴，清夜守空帷。蘭徑少行迹，玉臺生網絲。庭樹發紅彩，閨草含碧滋。延佇整綾綺，萬里贈所思。願垂湛露惠，信我皎日期。

【本事】

見《雜體詩》序。

【繫年】

不詳。

【集說】

閔齊華《文選瀹注》卷十五引孫鑛評：借景陽語思追茂先，此亦一巧。

　　吳淇《六朝選詩定論》卷十七：茂先詩不逮文，惟《情詩》二首最細秀。原詩欲寫室內蕭索，故借風開帷簾，放月光人室。此詩全在室外寫。故以簾櫳隔斷，置月光在丹墀。惟景俱在室外，益顯室內之空。室內既空，又是夜間，何由知有獨守之佳人？故添借鳴琴，以醒出徑臺庭閨。

　　陳祚明《采菽堂古詩選》卷二十四：故是晉調。

【按語】

　　此詩"玉臺生網絲"一句，李善注引張景陽《雜詩》曰"蜘蛛網四屋"。孫鑛所言思追茂先甚是。

潘黃門岳述哀

　　良曰：謂悼婦詩。

　　青春速天機，素秋馳白日。美人歸重泉，凄愴無終畢。殯宮已肅清，松柏轉蕭瑟。俯仰未能弭，尋念非但一。撫襟悼寂寞，恍然若有失。明月入綺窗，髣髴想蕙質。消憂非萱草，永懷寧夢昧。夢寐復冥冥，何由覿爾形。我慚北海術，爾無帝女靈。駕言出遠山，徘徊泣松銘。雨絕無還雲，華落豈留英。日月方代序，寢興何時平！

【本事】

　　見《雜體詩》序。

【繫年】

　　不詳。

【集説】

　　閔齊華《文選瀹注》卷十五引孫鑛評：兼摘《永逝文》意，亦是巧。

　　吳淇《六朝選詩定論》卷十七：潘之詩文生於情。此詩擬潘，情生於文,因寫情處不及原詩,然而風調風格,居然黄門矣。鍾氏謂"文通善於擬摹",良然。

【按語】

此詩"夢寐復冥冥,何由覿爾形"一句,李善注:"潘岳《哀永逝賦》曰:既目遇兮無兆,曾寤寐兮不夢。"孫鑛説參之李善注,可從。

陸平原機羈宦

陸善經曰:《晉書》云:成都王表機起爲平原内史。

儲后降嘉命,恩紀被微身。明發眷桑梓,永嘆懷密親。流念辭南澨,銜怨別西津。馳馬遵淮泗,旦夕見梁陳。服義追上列,矯迹廁宫臣。朱黻咸髦士,長纓皆俊人。契闊承華内,綢繆踰嵗年。日暮聊摠駕,逍遥觀洛川。徂没多拱木,宿草凌寒煙。遊子易感慨,躑躅還自憐。願言寄三鳥,離思非徒然。

【本事】

見《雜體詩》序。

【繫年】

不詳。

【集説】

吳淇《六朝選詩定論》卷十七:二陸之齊名久矣,獨取平原機,不及浚儀云者。二陸之詩本一體,故不更擬。若陳思之于魏文,法曹之於臨川,體迥別矣。此取士衡《吳王郎中時作》爲題,而兼取《赴洛》諸詩之意。

陳祚明《采菽堂古詩選》卷二十四:平原以秀潔爲高,此亦未合。

【按語】

陳祚明以詩作風格論，故言未合原作。吳淇從詩意之論，可參。

左記室思詠史

陸善經曰：《晉書》云：齊王冏命爲記室，辭疾不就也。

韓公淪賣藥，梅生隱市門。百年信荏苒，何用苦心魂。當學衞霍將，建功在河源。珪組賢君晚，青紫明主恩。終軍才始達，賈誼位方尊。金張服貂冕，許史乘華軒。王侯貴片議，公卿重一言。太平多歡娛，飛蓋東都門。顧念張仲蔚，蓬蒿滿中園。

【本事】

見《雜體詩》序。

【繫年】

不詳。

【集説】

吳淇《六朝選詩定論》卷十七：原詩七首，雖雜引古人之事，却如善理絲者，千頭萬緒，一忽不亂。此一首之中，引稱太繁。

陳祚明《采菽堂古詩選》卷二十四：太沖尚宜高簡。

【按語】

此詩用事繁複，意味稍弱，吳淇所言可從。

張黃門協苦雨

陸善經曰：《晉書》云：永嘉初徵爲黃門郎，托疾不就。

丹霞蔽陽景，綠泉涌陰渚。水鸛巢層甍，山雲潤柱礎。有弇興春節,愁霖貫秋序。孌孌涼葉奪,庨庨飇風舉。高談玩四時,索居慕疇侶。青苔日夜黃,芳蕤成宿楚。歲暮百慮交,無以慰延佇。

【本事】

見《雜體詩》序。

【繫年】

不詳。

【集說】

閔齊華《文選瀹注》卷十五引孫鑛評:辭意太襲,然彼濃此寡,猶未足媲美。

吳淇《六朝選詩定論》卷十七:此櫽括黃門《雜詩》十首,全從"春秋三不雨"翻來。

陳祚明《采菽堂古詩選》卷二十四:尚未得其凄緊。

何焯《義門讀書記》卷四七:"苦雨"本趣在乎固窮,擬者殊不及此。"索居慕儔侶"句,風雨思友朋。

【按語】

此詩意旨與原作不同,何焯說可從。

劉太尉琨傷亂

善曰:臧榮緒《晉書》曰:琨卒後贈太尉。

《鈔》曰:於閔懷之間傷其亂離,故作之。詩在本集中及《文選》,今擬之。

良曰:此擬《贈盧諶詩》。

皇晉遘陽九,天下橫雰霧。秦趙值薄蝕,幽并逢虎據。伊余荷寵靈,感激殉馳騖。雖無六奇術,冀與張韓遇。寧戚扣角歌,桓公遭乃舉。苟息冒險難，實以忠貞故。空令日月逝，愧無古人度。飲馬出城濠，北望沙漠路。千里何蕭條，白日隱寒樹。投袂既憤懣，撫枕懷百慮。功名惜未立，玄髮已改素。時或苟有會，治亂惟冥數。

【本事】

見《雜體詩》序。

【繫年】

不詳。

【集説】

閔齊華《文選瀹注》卷十五引孫鑛評：磊落意亦得四五。

吳淇《六朝選詩定論》卷十七：太尉原詩以“握手有懸璧”比興起，忽然述昔，忽然言懷，原無蹊徑可尋。此詩先以晉亂引起，次用自序，是兼太尉先贈之詩也。次述古，次自言懷，谿徑太分明。

陳祚明《采菽堂古詩選》卷二十四：壯矣而未悲。“飲馬”數句亦悲矣，而所嫌者太尉失路之嗟，一種情境，不能低徊出也。

【按語】

此詩叙寫亂離之際英雄末路之感，陳祚明所謂“壯矣而未悲”，大體可從。

盧郎中諶感交

《鈔》曰：子諒妹嫁與劉琨弟。當時劉念等作亂，遂北出詣幷州投琨，琨用爲從事中郎。後爲段疋磾別駕，乃思憶在琨處同列知故等，遂作詩贈之。此擬贈崔篇也。諶，涿郡人。祖珽父志，幷尚書。諶清敏有才，善屬文，談老莊，通《尚書》。後至懷閔時，復遭喪亂，乃北投劉琨，本通好舊門，素相愛，乃契闊喪亂，情好特深。琨後疋磾所害，諶亦拘留焉。及石勒滅磾，復爲勒爲得，卒於胡中焉。

大厦須異材，廊廟非庸器。英俊著世功，多士濟斯位。眷顧成綢
繆，乃與時髦匹。姻媾久不虛，契闊豈但一？逢厄既已同，處危非所
恤。常慕先達概，觀古論得失。馬服爲趙將，疆埸得清謐。信陵佩魏
印，秦兵不敢出。慨無幄中策，徒慚素絲質。羈旅去舊鄉，感遇喻琴
瑟。自顧非杞梓，勉力在無逸。更以畏友朋，濫吹乖名實。

【本事】

見《雜體詩》序。

【繫年】

不詳。

【集説】

張鳳翼《文選纂注評林》卷七：諶爲琨所薦而顯，自愧不能如馬
服、信陵，故感嘆而作。末二句，一篇大旨。

吳淇《六朝選詩定論》卷十七：只是貪用贈劉題目大耳，然其贈劉
乃四言詩，與此不合。故又雜采《贈崔温》及《答魏子悌》詩，以篏成此
篇，然郎中《時興詩》最佳，何不擬之！凡擬詩者，在得古人之意，此詩
雖不合郎中之體，而頗會其意。

【按語】

吳淇所言"凡擬詩者，在得古人之意"，甚是。擬詩不僅學其形，
亦重在得其神。

郭弘農璞遊仙

善曰：臧榮緒《晉書》曰：璞卒後，贈弘農太守。

《鈔》曰：郭景純好仙方，作《遊仙詩》十七首，在集中，今文通
擬之。

陸善經曰：《晉書》云：璞卒後，贈弘農太守也。

崦山多靈草,海濱饒奇石。偃蹇尋青雲,隱淪駐精魄。道人讀丹
經,方士煉玉液。朱霞入窗牖,曜靈照空隙。傲睨摘木芝,凌波采水
碧。眇然萬里遊,矯掌望煙客。永得安期術,豈愁濛汜迫。

【本事】

見《雜體詩》序。

【繫年】

不詳。

【集説】

閔齊華《文選瀹注》卷十五引孫鑛評:太濃太實,却不是景純,景
純故慷慨。

吳淇《六朝選詩定論》卷十七:景純《遊仙詩》,原本《參同契》。蓋
伯陽以《周易》字面代丹家字面,使人人易省。景純又以詩家字面易
之,使人人樂讀也。此又約景純諸詩之旨,而爲一首,更爲簡盡。

何焯《義門讀書記》卷四十七:亦失本趣。“海濱饒奇石”句,奇石
如丹砂、空青、琉黄之屬,可煉藥者。

【按語】

郭璞《遊仙詩》共有十餘首,江淹提煉諸詩,擬作一首。所謂“失
本趣”,郭璞詩作“乃是坎壈詠懷”,江淹未能得之精粹。

孫廷尉綽雜述

《鈔》曰:孫綽,字興公,太原人也。雜,衆也。述,序也。因古序
事曰述,序事非一,故言雜。此詩在興公本集,文通今擬之。

太素既已分,吹萬著形兆。寂動苟有源,因謂殤子夭。道喪涉千
載,津梁誰能了。思乘扶搖翰,卓然凌風矯。靜觀尺棰義,理足未常

少。囧囧秋月明,憑軒詠堯老。浪迹無蚩妍,然後君子道。領略歸一致,南山有綺皓。交臂久變化,傳火乃薪草。曡曡玄思清,胷中去機巧。物我俱忘懷,可以狎鷗鳥。

【本事】

　　見《雜體詩》序。

【繫年】

　　不詳。

【集說】

　　閔齊華《文選瀹注》卷十五引孫鑛評:純是論宗語,而腴勁渾妙,打成一片,風致更有餘。

　　吳淇《六朝選詩定論》卷十七:議論非詩之所貴。古未有以議論入詩者,間有之,亦不過數語,而此則全篇純用議論矣。在《選》詩中固是創體,然興公之作未見。細玩此詩,却取孫子荆留別之作截去首尾,節取"三命"以下十句意,敷衍成篇。其大指不離《齊物論》意。

　　于光華《重訂文選集評》卷七引方伯海評:會一部《莊子》,以立言大意。總歸於清虛無爲,順其自然而已。其曰"去機巧"、"俱忘懷",乃作詩之旨。

【按語】

　　此詩化用《莊子》語意,吳淇曰:"其大指不離《齊物論》意",甚是。

許徵君詢自序

　　善曰:《晉中興書》曰:高陽許詢,字玄度,寓居會稽,司徒蔡謨辟不起。詢有才藻,善屬文,時人皆欽愛之。

　　《鈔》曰:徵爲司徒掾不就,故號徵君。好神仙游樂隱遁之事,故自序本懷所好之事,在集,文通今擬之。

向曰：序謂述隱居之意也。

張子闇内機，單生蔽外像。一時排冥筌，泠然空中賞。遺此弱喪情，資神任獨往。採藥白雲隈，聊以肆所養。丹葩耀芳蕤，綠竹蔭閑敞。苕苕寄意勝，不覺陵虛上。曲櫺激鮮飇，石室有幽響。去矣從所欲，得失非外獎。至哉操斤客，重明固已朗。五難既灑落，超迹絶塵網。

【本事】

見《雜體詩》序。

【繫年】

不詳。

【集説】

閔齊華《文選瀹注》卷十五引孫鑛評：飄然有塵外意趣。

吳淇《六朝選詩定論》卷十七：《世説》甚重玄度，而不謂能詩，然興公云“一吟一詠，許當北面。”然玄度詩，有“青松凝素髓，秋菊茂芳英”，有似唐律，故唐人稱其五言妙絶。則許亦詩人，非止清談差勝者。故文通亦擬其體，但不知何所據也。

何焯《義門讀書記》卷四十七：“采藥白雲隈”八句，有此即虛實相間，不復苦其平典，此擬議之變化也。

【按語】

此詩叙隱遁之趣，“去矣從所欲，得失非外獎”一句，《鈔》曰：“言處所既如此，我願隱去，從我願欲也，得即隱士矣。即世事牽心，既忘得失，不爲外所獎勸，使迷於世俗中也。”孫鑛所謂“飄然有塵外意趣”，可與此并參。

殷東陽仲文興矚

《鈔》曰：矚，眺也。興，起也，謂晨旦早起。仲文于時爲東陽太守。山逼海故旦起，眺望而作是詩也。在本集中，文通擬之。

晨遊任所萃，悠悠蘊真趣。雲天亦遼亮，時與賞心遇。青松挺秀萼，惠色出喬樹。極眺清波深，緬映石壁素。瑩情無餘滓，拂衣釋塵務。求仁既自我，玄風豈外慕？直置忘所宰，蕭散得遺慮。

【本事】

見《雜體詩》序。

【繫年】

不詳。

【集説】

吳淇《六朝選詩定論》卷十七：此擬仲文《南州桓公九井作》也，却削去南州桓公，止寫九井作者。仲文原作將以寫其進退危懼之情，不書桓公，不書南州，無以顯其情也，故不得不見之題中，而却力推之詩外。故文通擬之，并不肯收之題中。惟不收題中，故得寫其所得耳。故文通擬他人詩俱正用，此通篇皆反其意。

何焯《義門讀書記》卷四十七：稍革孫、許之風餘，有虛無之趣。推移方始，實之惟肖。"直置忘所宰"二句：清曠如接仙真。

【按語】

此詩末句"直置忘所宰，蕭散得遺慮"，《鈔》曰："既眺望遠覽，可以適性，故棄其思慮之事，不有憂懷也。"此何焯所言"有虛無之趣"。

謝僕射混遊覽

《鈔》曰：出行爲游，自視曰覽。言出在帝郊遨游觀覽而作是詩，亦在本集，文通今擬之。謝混，字叔源，陳郡人也，少名益壽。祖安，司徒太傅，父琰，司空。混幼而清秀，有俊才，弱冠爲秘書丞，磊落如玉。年廿七，便爲領軍將軍左僕射領吏部尚書，居内外要任，矜貴養譽，名盛一時也。

信矣勞物化，憂襟未能整。薄言遵郊衢，揔轡出臺省。淒淒節序高，寥寥心悟永。時菊耀巖阿，雲霞冠秋嶺。眷然惜良辰，徘徊踐落景。卷舒雖萬緒，動復歸有靜。曾是迫桑榆，歲暮從所秉。舟壑不可攀，忘懷寄匠郢。

【本事】

見《雜體詩》序。

【繫年】

不詳。

【集説】

閔齊華《文選瀹注》卷十五引孫鑛評：調頗俊峭，意趣亦彷彿僕射。

吳淇《六朝選詩定論》卷十七：《選》止載謝僕射《游西池》一首，故擬之者，不必分心他顧。但原作首起四句，極其高華悲慘，此起首二句，相去最遠。

【按語】

此詩與原作主旨有異，謝混《游西池》覽景思友，此擬作則叙寫玄思。此詩寫景俊逸冷峭，如"時菊耀巖阿，雲霞冠秋嶺"等語，故孫鑛有"調頗俊峭"之評。

陶徵君潛田居

種苗在東皋，苗生滿阡陌。雖有荷鋤倦，濁酒聊自適。日暮巾柴車,路闇光已夕。歸人望煙火,稚子候檐隙。問君亦何爲?百年會有役。但願桑麻成,蠶月得紡績。素心正如此,開逕望三益。

【本事】

見《雜體詩》序。

【繫年】

不詳。

【集説】

湯漢《陶靖節先生詩注》卷四:此江淹擬作,見《文選》。其音節文貌絕似。至"但願桑麻成,蠶月得紡績",則與陶公語判然矣。

劉履《選詩補注》卷八:此篇詞稍平淡,近似淵明,故人多稱誦之,或乃竄入陶集而不疑。然論者謂"開徑望三益"一語不類,又似牽綴,且種苗與桑麻,前後意雜,終非自然,讀者不可不察。

閔齊華《文選瀹注》卷十五引孫鑛評:句法盡相似,但總看覺色過妍耳。

吳淇《六朝選詩定論》卷十七:昔人以武侯舍耒而仕,爲得出之正;吾亦以元亮操耒而隱,爲得處之正。《文選》不識此意,故于陶取捨未盡合。文通却深識此意,故於擬詩獨得其神。

何焯《義門讀書記》卷四十七:擬陶能得其自然。

沈德潛《古詩源》卷十三:得彭澤之清逸矣。

【按語】

湯漢曰:"其音節文貌絕似",此詩化用原作種苗、濁酒、桑麻等典型語彙及意象,叙寫陶淵明歸處田園之樂,故何焯曰:"擬陶能得其自然。"

謝臨川靈運遊山

　　江海經邅迴，山嶠備盈缺。靈境信淹留，賞心非徒設。平明登雲峯，杳與廬霍絶。碧鄣長周流，金潭恒澄澈。桐林帶晨露，石壁映初晰。乳竇既滴瀝，丹井復寥沈。嵒崿轉奇秀，岑崟還相蔽。赤玉隱瑶溪，雲錦被沙汭。夜聞猩猩啼，朝見鼯鼠逝。南中氣候暖，朱華凌白雪。幸遊建德鄉，觀奇經禹穴。身名竟誰辯？圖史終磨滅。且泛桂水潮，映月游海澨。攝生貴處順，將爲智者説。

【本事】

　　見《雜體詩》序。

【繫年】

　　不詳。

【集説】

　　閔齊華《文選瀹注》卷十五引孫鑛評：語不甚襲，然却乃絶似。以時代相邅，有暗入處耳。

　　吴淇《六朝選詩定論》卷十七：康樂一生精力，盡于遊覽諸詩。此獵其美稈，故詞甚藻葩。

　　陳祚明《采菽堂古詩選》卷二十四：於康樂生動警拔處，都未遽詣。

　　何焯《義門讀書記》卷四十七：模範之巧，工細無敵，兼以一幽一顯，更互成奇妙。是謝公展齒淹留，非復尋常登眺。

【按語】

　　此詩模範謝詩遊覽賞心之趣。“靈境信淹留，賞心非徒設”一句，李周翰注：“言我賞心此山，謂懷仁者之意非空設而已。”可參。

顔特進延之侍宴

太微凝帝宇,瑤光正神縣。揆日粲書史,相都麗聞見。列漢構仙宫,開天制寶殿。桂棟留夏颷,蘭橑停冬霰。青林結冥濛,丹巘被葱蒨。山雲備卿藹,池卉具靈變。重陽集清氣,下輦降玄宴。鶩望分寰隧,曨目盡都甸。氣生川岳陰,煙滅淮海見。中坐溢朱組,步櫩簉瓊弁。禮登姈睿情,樂闋延皇昕。測恩躋踰逸,沿牒慚浮賤。榮重餽兼金,巡華過盈瑱。敢飾輿人詠,方慚绿水薦。

【本事】

見《雜體詩》序。

【繫年】

不詳。

【集説】

閔齊華《文選瀹注》卷十五引孫鑛評:光禄詩原有畦徑,故自易似。又,亦是景語,亦著意琢煉,然却是顔,不是謝。

吳淇《六朝選詩定論》卷十七:"測恩"以下,自述恩遇,以見作詩之意。特進《應詔》諸作,章法無不如此,且詞語典重,極爲似之。

陳祚明《采菽堂古詩選》卷二十四:華縟之中亦有深細處,頗似光禄。"氣生"二句佳。"山雲"二句,摘用"鄉"字、"靈"字,古典。

何焯《義門讀書記》卷四十七:擬顔遂蹈困躓,然顔之詩體本爾。

【按語】

此詩摹擬顔延之侍宴詩,用詞繁縟典麗。"測恩躋踰逸,沿牒慚浮賤"一句,吕向注:"言天子賜深恩,得登樂逸,自顧爲隨牒之任,慚其浮賤。"吳淇曰:"以見作詩之意。"可爲互參。

謝法曹惠連贈別

昨發赤亭渚，今宿浦陽沕。方作雲峯異，豈伊千里別。芳塵未歇席，涔淚猶在袂。停艫望極浦，弭棹阻風雪。風雪既經時，夜永起懷思。泛灆北湖遊，岧亭南樓期。點翰詠新賞，開袠瑩所疑。摘芳愛氣馥，拾蕊憐色滋。色滋畏沃若，人事亦銷鑠。子襟怨勿往，谷風誚輕薄。共秉延州信，無慚仲路諾。靈芝望三秀，孤筠情所托。所托已懇勤，祇足攪懷人。今行崎嶔外，衙思至海濱。覯子杳未儔，款睞在何辰？雜珮雖可贈，疏華竟無陳。無陳心悁勞，旅人豈遊遨？幸及風雪霽，青春滿江皋。解纜候前侶，還望方鬱陶。煙景若遠離，未響寄瓊瑤。

【本事】

見《雜體詩》序。

【繫年】

不詳。

【集説】

閔齊華《文選瀹注》卷十五引孫鑛評：法曹詩只是親切，此乃更益以康樂法，覺濃色滿眼。構法相似，若較優劣，則二作尚未知孰勝？

吳淇《六朝選詩定論》卷十七：擬《西陵遇風獻康樂》之作也。但原詩可分五章，此詩不可分。蓋文通于三十家詩人各一首也。

解此詩須分五段。首段自赤亭別康樂。次日至西陵，即阻風也。二段阻風西陵，盡有可消遣處，只是不得康樂同伴，其消遣處益增愁悶耳。三段似臨別與康樂有約，然甫出門便遇風，必至爽約。四段又預算所行之程之遠，乃正寫思康樂之情。五段謂風止當行，愈去愈遠，其思不知更當如何耳。凡連章之詩，以前章之結語爲後章之起句。此法始于曹子建《贈白馬王》詩，而康樂用以《答法曹》原詩。此詩本擬法曹，而却用康樂之體。然仔細玩味，却是法曹，終不是康樂。

但法曹只是清挺,此詩加以茗秀。然"青春滿江皋",何減"池塘生春草"之句耶?

何焯《義門讀書記》卷四十七:"子衿怨勿往"四句,激昂處去法曹微遠。

【按語】

吳淇訓解各段甚詳,可參。此詩"子襟怨勿往,谷風誚輕薄"一句,劉良注:"《子衿》《谷風》,皆詩篇名,刺風俗輕薄,而朋友道絕,不相往來。"此何焯所謂激昂處也。

王徵君微養疾

銑曰:此詩被徵不應,隱於瀟湘之間。

窈藹瀟湘空,翠磵澹無滋。寂歷百草晦,欻吸鵾雞悲。清陰往來遠,月華散前墀。煉藥矚虛幌,泛瑟臥遙帷。水碧驗未黷,金膏靈詎緇。北渚有帝子,蕩瀁不可期。悵然山中暮,懷痾屬此詩。

【本事】

見《雜體詩》序。

【繫年】

不詳。

【集説】

閔齊華《文選瀹注》卷十五引孫鑛評:起二語,古峭甚。若以景玄前《雜詩》較之,則此猶覺稍涉板。

吳淇《六朝選詩定論》卷十七:擬古詩中徵君凡三,却是三樣身份。獨善、兼善,陶俱做得,許和光同塵,王只是一味清。

陳祚明《采菽堂古詩選》卷二十四:頗饒空濛之象。

【按語】

此詩摹擬王微《雜詩》,張銑注:"此詩被徵不應,隱於瀟湘之間。"可參。末句"悵然山中暮,懷痾屬此詩",劉良曰:"悵然,失志貌。言失志山中,抱其痾疾,而屬綴此詩。"此托出"養疾"之題旨。

袁太尉淑從駕

向曰:爲御史中丞時,從宋高祖拜廟,并祭南郊之作。

宮廟禮哀敬,粉邑道嚴玄。恭絜由明祀,肅駕在祈年。詔徒登季月,戒鳳藻行川。雲旂象漢徙,宸網擬星懸。朱櫂麗寒渚,金鑠映秋山。羽衛靄流景,綵吹震沈淵。辯詩測京國,履籍鑒都壖。盱謠響玉律,邑頌被丹弦。文軫薄桂海,聲教燭冰天。和惠頌上笲,恩渥浹下筵。幸侍觀洛後,豈慕巡河前?服義方無沬,展歌殊未宣。

【本事】

見《雜體詩》序。

【繫年】

不詳。

【集説】

閔齊華《文選瀹注》卷十五引孫鑛評:太尉原詩不傳。此作點景嚴密,似顏光禄、若袁白馬等,固猶有跌宕氣。

吳淇《六朝選詩定論》卷十七:袁太尉原詩雖不存,然觀其《白馬》等篇,甚跌蕩有氣。文通乃取顏光禄之詩,字摹句擬,硬作太尉,是何異用玉環之貌爲飛燕寫真,其肥瘦長短之形尚相徑庭,又安能傳其神乎?

此詩無深意,只是一味典雅。首四句祀典之重。"詔徒"四句,車駕初出。"朱櫂"四句,已到祀所。"辯詩"四句,正寫行禮。"文軫"四句,禮成而宴享。末四句,自叙作詩之意。

　　于光華《重訂文選集評》卷七引方伯海評:題目只是《從駕》,與顏光祿《拜陵廟》題目不同。但從駕之由,是因拜祖廟祭郊。入手提出緣起,下俱就從駕一路細叙,典則凝重處,極似顏光祿。

【按語】

　　此詩鋪叙繁複,頗似顏延之《拜陵廟》詩。吳淇評之甚是,可從。

謝光祿莊郊遊

　　蕭舲出郊際,徙樂逗江陰。翠山方藹藹,青浦正沈沈。凉葉照沙嶼,秋榮冒水潯。風散松架險,雲鬱石道深。靜默鏡綿野,四睇亂曾岑。氣清知雁引,露華識猿音。雲裝信解黻,煙駕可辭金。始整丹泉術,終覿紫芳心。行光自容裔,無使弱思侵。

【本事】

　　見《雜體詩》序。

【繫年】

　　不詳。

【集説】

　　閔齊華《文選瀹注》卷十五引孫鑛評:屬對精工,全似唐,此正希逸體。與集道里名詩絶相類。

　　吳淇《六朝選詩定論》卷十七:此詩舊以“郊遊”爲題,似指其爲光祿時也。……此詩意頗佳,但病在地太複。……又病在物太繁。

【按語】

　　此詩精工縝密,略顯繁複。末句“行光自容裔,無使弱思侵”,張銑注:“神不滅曰行光。容裔,自在貌。弱思,謂俗事。言我神之不滅,而得自在,故不使俗事侵害。”此類絶塵去俗之心,與謝莊作品之旨趣頗爲相似。

鮑參軍照戎行

豪士枉尺璧，宵人重恩光。殉義非爲利，執羈輕去鄉。孟冬郊祀月，殺氣起嚴霜。戎馬粟不暖，軍士冰爲漿。晨上成皋阪，磧礫皆羊腸。寒陰籠白日，太谷晦蒼蒼。息徒稅征駕，倚劍臨八荒。鶬鶊不能飛，玄武伏川梁。鍛翮由時至，感物聊自傷。豎儒守一經，未足識行藏。

【本事】

見《雜體詩》序。

【繫年】

不詳。

【集說】

閔齊華《文選瀹注》卷十五引孫鑛評：險仄自快，宛然明遠風調。然尚未極傚詭靡嫚之致耳。

吳淇《六朝選詩定論》卷十七：此擬鮑參軍《擬古》三首之意。舊注云："險側自快，婉然明遠風調。但未極傚詭靡曼之致。"不知未極傚詭靡曼，正所以善擬明遠。蓋明遠長於樂府，故古詩中皆帶有樂府意，乃明遠之體也。此詩險側自快，正是詩中稍帶樂府意，若更極傚詭靡曼，則是擬明遠之樂府，而非擬明遠之詩矣。誠觀此通篇無一處不是險側自快，儼然一樂府體，但中間於序行處用"殉義非爲利"，于序藏處用"鍛翮由時至"，全無一些傚詭意，洵爲古詩，非樂府也。

陳祚明《采菽堂古詩選》卷二十四：鮑照詩以大氣舉之，固不易似。

何焯《義門讀書記》卷四七：明遠之奇麗，是其天才絕倫，固非文通所能到也。"鶬鵬不能飛"四句，亦自凄壯。

【按語】

吳淇就孫鑛之説加以補正，可從。此詩寄托徇義之志，暗含自傷之情，"鍛翮由時至，感物聊自傷"一句，劉良："鍛，殘也。殘翮，自喻也。由時，謂雪霜之時也。言感此雪霜，暫自傷結。"何焯所言"亦自凄壯"，正在於此。

休上人別怨

善曰：沈約《宋書》曰：沙門惠休，善屬文，徐湛之與之甚厚，世祖命使還俗。本姓湯，位至楊州從事也。

向曰：沙門惠休，姓湯大。上人，則沙門之尊稱。

西北秋風至，楚客心悠哉。日暮碧雲合，佳人殊未來。露采方泛艷，月華始徘徊。寶書爲君掩，瑶琴詎能開？相思巫山渚，悵望陽雲臺。膏爐絶沈燎，綺席生浮埃。桂水日千里，因之平生懷。

【本事】

見《雜體詩》序。

【繫年】

不詳。

【集説】

劉履《選詩補注》卷八：此述惠休怨朋友久別，覩景物而興遠念之詞也。

閔齊華《文選瀹注》卷十五引孫鑛評：上人存詩者多，七言皆過於綺靡。惟《怨詩行》五言稍清俊有骨力，此與相似，然腴净過之。

唐汝諤《古詩解》卷二十二：此感秋而思友也。風至而遠發其思，雲合而冀與之遇。人既不來，覩惟月露，只增其悲。於是掩書迸琴，馳情所思者之居，而香絶於爐，塵生於席。離愁無可奈何，惟藉桂水之流，以寄平生之懷想云爾。

吳淇《六朝選詩定論》卷十七：《選》無僧人之詩，無贈僧人之詩，亦無以佛語入詩者，獨此爲擬僧人詩。擬僧人之詩，不惟不以佛語入詩，且用極艷者以反其意，示後世或僧、或贈僧人一切之法。唐宋之問《浣沙篇》贈陸上人，頗得此意。惜其末後猶用佛語解釋，較此少趣耳。

【按語】

此詩摹擬僧人惠休之作，叙寫感秋思友之情。江淹《雜擬詩》以《古別離》起，以《怨別》終，足見其善寫離愁。關於本組詩作的研究價值及其文體意義，可參見拙作《〈文選集注〉中江淹〈雜體詩〉的研究價值——兼論先唐文本的研究方法》一文。①

---

① 參見宋展雲《〈文選集注〉中江淹〈雜體詩〉的研究價值——兼論先唐文本的研究方法》，《上海大學學報》，2018 年第 3 期。

參考文獻

一、古典文獻

［漢］司馬遷撰，［南朝宋］裴駰集解，［唐］司馬貞索隱，［唐］張守節正義：《史記》，中華書局，1982 年第 2 版。

［漢］班固撰，［唐］顏師古注：《漢書》，中華書局，1962 年。

［魏］曹植著，趙幼文校注：《曹植集校注》，人民文學出版社，1984 年。

［魏］何晏集解，［梁］皇侃義疏：《論語集解義疏》，中華書局，1985 年。

［魏］阮籍著，陳伯君校注：《阮籍集校注》，中華書局，1987 年。

［魏］嵇康著，戴明揚校注：《嵇康集校注》，人民文學出版社，1962 年。

［晉］陳壽撰，［南朝宋］裴松之注：《三國志》，中華書局，1959 年。

［晉］潘岳著，王增文校注：《潘黃門集校注》，中州古籍出版社，2002 年。

［晉］陸機著，劉運好校注整理：《陸士衡文集校注》，鳳凰出版社，2007 年。

［晉］陸雲著，劉運好校注整理：《陸士龍文集校注》，鳳凰出版社，2010 年。

［晉］陶淵明著，袁行霈箋注：《陶淵明集箋注》，中華書局，2003 年。

［南朝宋］謝靈運著，顧紹柏校注：《謝靈運集校注》，里仁書局，2004 年。

［南朝宋］范曄撰，［唐］李賢等注：《後漢書》，中華書局，1965 年。

〔南朝宋〕劉義慶撰,〔梁〕劉孝標注,徐震堮校箋:《世説新語校箋》,中華書局,1984 年。

〔南朝宋〕鮑照著,錢仲聯注:《鮑參軍集注》,上海古籍出版社,2005 年。

〔南朝宋〕鮑照著,丁福林、叢玲玲校注:《鮑照集校注》,中華書局,2015 年。

〔南朝梁〕沈約撰:《宋書》,中華書局,1974 年。

〔南朝梁〕沈約著,陳慶元校箋:《沈約集校箋》,浙江古籍出版社,1995 年。

〔南朝梁〕江淹著,丁福林、楊勝朋校注:《江文通集校注》,中華書局,2017 年。

〔南朝梁〕劉勰撰,范文瀾注:《文心雕龍注》,人民文學出版社,1978 年。

〔南朝梁〕鍾嶸撰,曹旭集注:《詩品集注》,上海古籍出版社,1994 年。

〔南朝梁〕蕭子顯撰:《南齊書》,中華書局,1972 年。

〔南朝梁〕蕭統編,〔唐〕李善注:《文選》,上海古籍出版社,1986 年。

〔南朝梁〕蕭統編,〔唐〕李善注:《六臣注文選》,中華書局,2012 年。

〔南朝梁〕蕭統選編,〔唐〕吕延濟、劉良、張銑、吕向、李周翰、李善注:《日本足利學校藏宋刊明州本六臣注文選》,人民文學出版社,2008 年。

〔南朝陳〕徐陵編,〔清〕吴兆宜注,〔清〕程琰删補,穆克宏點校:《玉臺新詠箋注》,中華書局,1985 年。

〔隋〕虞世南撰,〔清〕孔廣陶校注:《北堂書鈔》,中國書店,1987 年。

〔唐〕歐陽詢等撰,汪紹楹校:《藝文類聚》,上海古籍出版社,1999 年。

〔唐〕房玄齡等撰:《晉書》,中華書局,1974 年。

〔唐〕李延壽撰:《南史》,中華書局,1975 年。

［唐］李延壽撰:《北史》,中華書局,1974 年。

［唐］徐堅等著:《初學記》,中華書局,1962 年。

［宋］李昉等撰:《太平御覽》,中華書局,1960 年。

［宋］李昉等編:《太平廣記》,中華書局,1961 年。

［宋］李昉等編:《文苑英華》,中華書局,1966 年。

［宋］司馬光等撰,［元］胡三省音注:《資治通鑒》,中華書局,1956 年。

［宋］郭茂倩編:《樂府詩集》,中華書局,1979 年。

［明］王世貞著,羅仲鼎校注:《藝苑卮言校注》,齊魯書社,1992 年。

［明］胡應麟撰:《詩藪》,上海古籍出版社,1979 年。

［明］許學夷撰,杜維沫點校:《詩源辯體》,人民文學出版社,1987 年。

［明］張溥撰,殷孟倫注:《漢魏六朝百三家集題辭注》,人民文學出版,1985 年。

［清］吳淇著,汪俊、黄進德點校:《六朝選詩定論》,廣陵書社,2009 年。

［清］王夫之評選,張國星校點:《古詩評選》,文化藝術出版社,1997 年。

［清］陳祚明評選,李金松點校:《采菽堂古詩選》,上海古籍出版社,2008 年。

［清］何焯撰,崔高維點校:《義門讀書記》,中華書局,1987 年。

［清］沈德潛編:《古詩源》,中華書局,1963 年。

［清］永瑢等撰:《四庫全書總目》,中華書局,1965 年。

［清］嚴可均輯:《全上古三代秦漢三國六朝文》,中華書局,1958 年影印本。

［清］阮元校刻:《十三經注疏》(清嘉慶刊本),中華書局,2009 年。

［清］方東樹著,汪紹楹校點:《昭昧詹言》,人民文學出版社,

1961 年。

　　［清］梁章鉅撰，穆克宏點校：《文選旁證》，福建人民出版社，2000 年。

　　［清］郭慶藩撰，王孝魚點校：《莊子集釋》，《新編諸子集成》本，中華書局，1961 年。

　　［清］方廷珪評點，［清］陳雲程增補，［清］邵晉涵等批校：《增訂昭明文選集成詳注》，國家圖書館出版社，2015 年。

　　［清］張玉穀著，許逸民點校：《古詩賞析》，上海古籍出版社，2001 年。

　　［清］何文煥編：《歷代詩話》，中華書局，1981 年。

　　［清］王先慎撰，鍾哲點校：《韓非子集解》，《新編諸子集成》本，中華書局，1998 年。

　　［清］于光華編：《重訂文選集評》，國家圖書館出版社，2012 年。

　　［清］高步瀛著，曹道衡、沈玉成點校：《文選李注義疏》，中華書局，1985 年。

　　朱謙之撰：《老子校釋》，《新編諸子集成》本，中華書局，1984 年。

　　丁福保輯：《歷代詩話續編》，中華書局，2006 年。

　　隋樹森集釋：《古詩十九首集釋》，中華書局，2018 年。

　　周勛初輯：《唐鈔文選集注彙存》，上海古籍出版社，2000 年。

　　羅國威著：《敦煌本〈文選注〉箋證》，巴蜀書社，2000 年。

　　宋志英輯：《〈文選〉研究文獻輯刊》，國家圖書館出版社，2013 年。

　　逯欽立輯校：《先秦漢魏晉南北朝詩》，中華書局，1983 年。

　　黃進德主編：《中華大典文學典·魏晉南北朝分典》，鳳凰出版社，2007 年。

　　俞紹初輯校：《建安七子集》，中華書局，2005 年。

　　劉躍進著，徐華校：《文選舊註輯存》，鳳凰出版社，2017 年。

二、近現代學者論著

陸侃如：《中古文學繫年》，人民文學出版社，1985 年。

黃節：《黃節注漢魏六朝詩六種》，人民文學出版社，2008 年。

黃稚荃：《文選顏鮑謝詩評補》，上海古籍出版社，2013 年。

繆鉞：《繆鉞全集》，河北教育出版社，2004 年。

程千帆：《程千帆全集》，河北教育出版社，2001 年。

逯欽立：《逯欽立文存》，中華書局，2010 年。

錢鍾書：《管錐編》，生活·讀書·新知三聯書店，2007 年。

姜亮夫：《陸平原年譜》，古典文學出版社，1957 年。

曹道衡、劉躍進：《南北朝文學編年史》，人民文學出版社，2000 年。

曹道衡、沈玉成：《中古文學史料叢考》，中華書局，2003 年。

徐公持：《曹植年譜考證》，社會科學文獻出版社，2016 年。

劉躍進：《中古文學文獻學》，江蘇古籍出版社，1997 年。

劉躍進：《秦漢文學編年史》，商務印書館，2006 年。

劉躍進、范子燁：《六朝作家年譜輯要》，黑龍江教育出版社，1999 年。

駱鴻凱：《文選學》，中華書局，2015 年。

黃侃：《文選平點》，中華書局，2006 年。

傅剛：《文選版本研究》，北京大學出版社，2000 年。

傅剛：《昭明文選研究》，中國社會科學出版社，2000 年。

范志新：《文選版本論稿》，江西人民出版社，2003 年。

胡大雷：《文選詩研究》，廣西師範大學出版社，2000 年。

韓暉《〈文選〉編輯及作品繫年考證》，群言出版社，2005 年。

顧農：《文選論叢》，廣陵書社，2007 年。

顧農：《從孔融到陶淵明——漢末三國兩晉文學史論衡》，鳳凰出版社，2013 年。

王書才：《昭明文選研究發展史》，學習出版社，2008 年。

趙俊玲：《文選評點研究》，上海古籍出版社，2013 年。